ullstein

Das Buch

Dieser Feind ist unsichtbar, und wenn sein Opfer ihn bemerkt, ist es längst zu spät: Ein hochansteckender Erreger verwüstet die USA. Wer von ihm infiziert wird, merkt nichts, bis er ohne jede Vorwarnung tot zusammenbricht. Wenn niemand eingreift, wird binnen kurzem die Menschheit aussterben. Unter Hochdruck machen Jack Sigler und sein Delta-Team sich auf die gefährliche Suche nach dem Ursprung des Erregers und einem Gegenmittel. Die Spur führt das Team in die Tiefen des vietnamesischen Dschungels. An keinem Flecken der Erde werden so viele neue Spezies entdeckt – ein Traum für Forscher und auch eine Brutstätte von Seuchen und Heimat tödlicher Gefahren.

Doch noch Schlimmeres wartet auf das Delta-Team. Kaum haben sie diese Gefahrenzone betreten, werden sie gejagt – von einem Gegner, der mächtiger ist als je zuvor. Und er wird alles tun, damit sie den Dschungel niemals lebend verlassen!

Der Autor

Jeremy Robinson lebt mit seiner Familie in New Hampshire. *Operation Genesis* ist das zweite Buch in seiner Bestseller-Serie mit dem Delta-Team um Jack Sigler.

Von Jeremy Robinson ist in unserem Hause
bereits erschienen:
Mission Hydra

Jeremy Robinson

Operation Genesis

Thriller

Aus dem Amerikanischen von
Peter Friedrich

Ullstein

Besuchen Sie uns im Internet:
www.ullstein-taschenbuch.de

MIX
Papier aus verantwortungsvollen Quellen
FSC® C006701

Deutsche Erstausgabe im Ullstein Taschenbuch
1. Auflage April 2011

Titel der amerikanischen Originalausgabe:
Instinct (Thomas Dunne Books, New York)
Konzeption: HildenDesign, München
Umschlaggestaltung: ZERO Werbeagentur, München
Titelabbildung: FinePic®, München
Satz: LVD GmbH, Berlin
Gesetzt aus der Sabon
Papier: Holmen Book Cream von Holmen Paper Central Europe,
Hamburg GmbH
Druck und Bindearbeiten: CPI – Ebner & Spiegel, Ulm
Printed in Germany
ISBN 978-3-548-28178-0

Für Mom, obwohl ich weiß,
dass dir das hier zu viel sein wird

Es gibt kein Gesetz des Fortschritts. Unsere Zukunft liegt in unseren eigenen Händen, zum Guten wie zum Schlechten. Es wird bis zum Ende ein schweres Ringen bleiben, und würden wir es denn anders haben wollen? Niemand soll glauben, dass Evolution jemals ohne Kampf vor sich gehen kann. »Du vergisst«, sagte der Teufel in sich hineinlachend, »dass auch ich mich weiterentwickelt habe.«

– William Ralph Inge

Denn der Mensch, den wir unter die zahmen Wesen zählen, pflegt doch nur dann, wenn eine glückliche Natur bei ihm durch gute Erziehung ausgebildet ist, das gezähmteste und gottähnlichste zu werden, wenn er dagegen nicht hinreichend oder nicht gut erzogen ist, gerade das wildeste von allen, welche die Erde hervorbringt.

– Platon

Das Leben ist eine sexuell übertragbare Krankheit.

– R. D. Laing

PROLOG

Annamitische Kordilleren – Vietnam, 1995

Vor drei Monaten hatte Dr. Anthony Weston mit seiner Suche nach den geheimnisvollen Kreaturen begonnen. Und nun, da er sie gefunden hatte, würden sie ihn töten.

Der Schweiß rann ihm in Strömen über die gefurchte Stirn und brachte seine schreckgeweiteten Augen zum Tränen, so dass er nur verschwommen sah. Er konnte weder die Kreaturen klar erkennen noch das Terrain, über das er rannte, aber er hörte, wie sie sich überall um ihn herum durch Zurufe verständigten.

Die Urgewalt ihres Gekreisches und Gebrülls erfüllte ihn mit einer Art animalischer Furcht und ließ ihm das Herz wie wild schlagen. Einen Augenblick lang befürchtete er, einen Herzinfarkt zu erleiden, doch das war sein geringstes Problem, wie ihm das Rascheln trockener Blätter unter zahllosen Füßen sagte.

Weston rannte um eine Biegung des halb zugewucherten Pfads, der sich durch den gebirgigen Dschungel schlängelte, und sprang in großen Sätzen bergab, als der Weg wieder geradeaus verlief. In der Ebene hätten ihn die Bestien garantiert längst eingeholt. So oder so kostete es seinen Körper die letzten Reserven, vor der wilden Horde davonzulaufen. Mit jedem keuchenden Atemzug sogen sich sein rötlich brauner Bart und Schnurrbart, während der Monate im Urwald lang und buschig gewachsen, tief in den weit aufgerissenen Mund hinein und blähten sich beim Ausatmen wieder auf. Seine wasserblauen Augen glänzten feucht, und die Hände, die er zum Schutz vor Ästen und Zweigen vor sich ausgestreckt hielt, zitterten unkontrolliert, verschmiert vom Blut aus frischen Wunden.

Das Dickicht rechts von ihm schien zu explodieren, als eine der Kreaturen hindurchgekugelt kam. Sie waren tollpatschig und übereifrig bei der rasenden Verfolgungsjagd, derart auf ihre Beute fixiert, dass sie nicht auf den Weg achteten. Aber Weston hatte erlebt, wie sie wild lebende Schweine und sogar die antilopenähnlichen Saolas erlegten – nicht einmal von deren spitzen Hörnern ließ sich die wilde Horde abschrecken, wenn sie Hunger hatte.

Und jetzt war sie hungrig.

Das erste Anzeichen dafür, dass etwas nicht stimmte, hatte Weston am frühen Morgen bemerkt, als die Kreaturen heftig in der Luft zu schnüffeln begannen. Schon seit einer ganzen Woche hatte er sie aus der Ferne beobachtet, von weiter oben am Hang. Bei der Jagd, beim Lausen, beim Schlafen und beim Spielen. Doch das reichte ihm nicht. Ein Blick durch den Feldstecher und entfernte Lautäußerungen konnten seinen Forscherdrang nicht befriedigen. Darum hatte er sich in der Nacht zuvor still und leise den Berg hinabgeschlichen, bis er aus nur fünfzig Meter Entfernung von oben freien Blick auf die Lichtung und die Höhle hatte, in der sie hausten. Sorgfältig getarnt mit Gestrüpp und toten Ästen wartete er gespannt auf den Tagesanbruch.

Als die aufgehende Sonne den morgendlichen Dunst weggesengt hatte, kam die Gruppe nach und nach aus der Höhle, gähnte und streckte sich. Gewöhnlich folgte anschließend das Lausen, doch das war der Moment, als ihnen ein neuer Geruch in die Nase stieg – Weston. Eine kühle Brise kitzelte ihn im Nacken, und da begriff er, dass der Wind gedreht hatte und jetzt von den Bergen herab blies. Und auf diese Entfernung konnte ihnen der Geruch seines ungewaschenen Körpers schwerlich entgehen.

Er war noch am Überlegen, was er tun sollte, als die Kreaturen anfingen, auf der Stelle auf und ab zu hüpfen und heftig auf den Boden zu schlagen. Dann kamen sie allesamt, es waren dreiundvierzig, den Hang herauf auf ihn zugejagt. Das braune, langhaarige Fell stand ihnen zu Berge und wippte im Lauf. Erst war er zu verblüfft, um sich zu rühren, doch dann wurden die Kreaturen seiner ansichtig und stimmten ein wildes Geheul an. In Windeseile begann er, den Berg zu erklimmen. Auf dem Kamm verschwendete er keine Zeit damit, sich umzusehen. Er wusste, dass seine Verfolger ausgezeichnet klettern konnten. Bestimmt waren sie ihm schon dicht auf den Fersen.

Und jetzt, keine zwei Minuten nachdem er den Berggrat überschritten und seine rasende Flucht bergab begonnen hatte, saßen sie ihm im Nacken.

Für Sekundenbruchteile kam Weston ins Straucheln und schrie auf. Er war überrascht, wie gellend und schrill seine Stimme klang. Fast so unmenschlich wie die Laute, welche die noch nicht klassifizierten Kreaturen von sich gaben, die hinter ihm her waren. Die ersten hatten ihn eingeholt, und er suchte verzweifelt nach einer Möglichkeit, zu entkommen. Doch der Wald war ein endloses Meer aus mächtigen Baumstämmen und Buschwerk an einem von verfaulenden Pflanzenresten bedeckten, steilen Abhang. Es gab nur einen Weg: abwärts.

Und dann? Bis zum Fluss waren es zwei Tage zu Fuß, bis zu den nächsten Außenposten der Zivilisation noch mindestens eine Woche mehr. Und welche Waffen konnte es dort schon geben, die einer Horde wie dieser gewachsen waren?

Keine.

Hoffnungslosigkeit überwältigte ihn und legte sich wie Blei in seine Glieder. Unvermittelt kam ihm seine Frau in den Sinn, und er bedauerte, ihr nie gesagt zu haben, wie zornig er darüber war, dass sie ihn verlassen hatte. Ihre Unversöhnlichkeit und ihr Spott standen ihm noch deutlich vor Augen. Sie hatte die Kryptozoologie als eine Beschäftigung für Kinder oder Schwachsinnige verhöhnt, als reine Spintisiererei. Es war ein Fehler gewesen, bei ihr auf Verständnis zu hoffen. Und das wäre ihm nie klargeworden, wenn nicht ... Kopfschüttelnd verbannte Weston diese Gedanken. Das Bild seiner Frau wollte er beim Sterben ganz bestimmt nicht vor Augen haben.

Der Boden unter seinen Füßen wurde sicherer. Das Brennen in den Lungen ließ nach, und der Schweiß auf seiner Stirn verdunstete jetzt, bevor er in die Augen tropfte. Er bekam wohl das, was man die »zweite Luft« nannte, und einen Moment lang schöpfte er wieder Hoffnung.

Da strich ein flackernder Schatten über ihn hinweg, als würde irgendetwas über ihm die spärlichen Sonnenstrahlen abblocken, die durch das Blätterdach drangen. Er blickte hoch und starrte in zwei rotgeränderte, tiefgelbe Augen. Die Bestie kreischte und griff nach ihm. Ihre Finger fanden seine Expeditionsweste und packten zu. Einen Augenblick später verlor er den Bodenkontakt und wurde mit erstaunlicher Leichtigkeit durch die Luft geschleudert.

Alles drehte sich um ihn, während er die ganze Gruppe auf sich zukommen sah, einige in vollem Lauf, manche durch die Wipfel, während andere ungeschickt durchs Gebüsch stolperten. Normalerweise wäre er vielleicht drei Meter weit durch die Luft geflogen, aber die Steilheit des Geländes verlängerte seinen Sturz. Erst nach fast zehn Metern kam Weston auf, doch das Gefälle, das seinen Sturz verlängert hatte, milderte ihn auch ab. Er rollte und schlidderte noch fünfzehn Meter weiter, bis er am Fuß eines großen, schlanken Adlerholzbaums zum Liegen kam.

Er wusste, dass er von Glück sagen konnte, überhaupt überlebt zu haben, noch dazu ohne gebrochene Knochen. Mühsam rappelte er sich auf, wobei er sich der Nähe der Horde haariger Kreaturen, die den Berg heruntergedonnert kamen, schmerzhaft bewusst war. Mit wackligen Knien lehnte er sich an den Baum. Der Stamm erzitterte.

Weston blickte hoch und sah wieder in diese rotgeränderten Augen. Die Kreatur hing kopfunter im Baum und schlug mit dem Handrücken nach ihm. Er ging zu Boden, betäubt und der Verzweiflung nahe. Sie hatten ihn. Die Flucht war zu Ende.

Er begann zu weinen, während die Kreatur mit jener Geschicklichkeit den Baum herabkletterte, die ihm schon die ganze Woche aufgefallen war. In vieler Hinsicht waren sie besser an ein Leben in den Bäumen als auf der Erde angepasst. Die Bestie stellte sich vor ihm auf die Hinterbeine und richtete sich zu ihrer vollen Größe von anderthalb Metern auf. Ohne ihre außergewöhnliche Körperkraft hätte Weston sich vielleicht den Weg freikämpfen können. Doch er erinnerte sich, mit welcher Leichtigkeit er wie ein Kind durch die Luft geschleudert worden war.

Während das Biest sich über ihm aufrichtete, stieß es einen gutturalen Laut aus, und jetzt umzingelten auch die anderen den auf dem Rücken liegenden Weston. Kreischend schlugen sie in einem grotesken Schauspiel auf den Boden, wie er es von ihnen noch nie gesehen hatte, nicht einmal, wenn sie auf die Jagd gingen. Ein paar blieben in den Bäumen, wo sie schreiend an den Ästen rüttelten. Das Untier, das ihn erwischt hatte – Red Rim, wie er es bei sich wegen der rotgeränderten Augen nannte –, starrte ihm ins

Gesicht. Es beugte sich näher und beschnupperte ihn gründlich von Kopf bis Fuß.

Vielleicht wollen sie feststellen, ob ich essbar bin, dachte Weston. Er überlegte, ob er sich irgendwie unappetitlicher machen könnte, aber das war kaum möglich. Seine Beine waren bereits mit Kot beschmiert, die Hose urindurchtränkt. Er stank erbärmlich – obwohl, wie er jetzt feststellte, nicht so schrecklich wie die Kreaturen, die ihn umringten. Sie rochen scharf nach Fäkalien, wie verdorbener Eiersalat. Der Rote pustete Weston ins Gesicht, und er bekam einen Geschmack von den verrottenden Fleischfetzen früherer Mahlzeiten, die zwischen den fünf Zentimeter langen Eckzähnen klebten. Während der Rote seine Haare beschnüffelte, bemerkte Weston eine leichte Berührung an seiner Brust. Er blickte über den verfilzten Bart an sich herab und sah zwei große, haarige Brüste auf seinen Körper herunterbaumeln. Der Rote war ein Weibchen.

Sie richtete sich auf und stieß abermals einen misstönenden Ruf aus, in den die anderen einfielen. Das Geschrei steigerte sich zu einer wilden Kakofonie, und die Gruppe schwärmte um Weston herum wie ein halb verhungertes Rudel Hyänen, jaulend und nach ihm schnappend. Während ihm mit Zähnen und Klauen die Kleider vom Leib gerissen wurden, fing er endlich an zu schreien und sich zu wehren. Es half ihm wenig und schien die Gruppe erst richtig zur Raserei zu treiben. Eine der Kreaturen setzte sich breitbeinig auf seinen nackten Rumpf und zwang ihn zu Boden. Dann beugte es sein Gesicht zu ihm herab.

Red.

Sie heulte auf, dann schlug sie die Zähne in seine Schulter.

DEVOLUTION

1 Annamitische Kordilleren – Vietnam, 2009

Die offenen Geschwüre an Phan Giangs Füßen erinnerten an Mondkrater. Sie nässten schon lange nicht mehr, dafür juckte die trockene, schuppige Haut erbarmungslos. Trotzdem ging er weiter, oder besser, er taumelte. Seit drei Tagen bewegte er sich wie eine Maschine, schleppte sich einem Zombie gleich durch den Dschungel. Aus blutunterlaufenen, halb zugeschwollenen, brennenden Augen sah er die Welt durch einen Nebelschleier. Sein fiebergeschüttelter, ausgedörrter Körper war glitschig von der Feuchtigkeit, die an ihm klebte und doch nicht in seine Haut eindringen konnte. Zerlumpte Kleider, die eines Bauern, hingen in klammen Fetzen an seinen dürren Knochen, wie zum Trocknen aufgehängtes Fleisch. Obwohl er dem Tode nahe war, machte sein Herz einen Sprung, als der Dschungel sich lichtete.

Er trat aus der riesigen Sauna des vietnamesischen Urwalds und erreichte freies Feld. Vor ihm lag eine Reihe schimmernder, metallener Hangars, vor denen mehrere grüne Hubschrauber abgestellt waren. Am Rand des Geländes patrouillierten Soldaten. Eine Militärbasis. *Wer könnte mir besser helfen,* dachte er.

Als einziger überlebender Mann seines Dorfes, Anh Dung, hatte er sich auf die Suche nach Hilfe gemacht. Seit Generationen litten seine Leute unter *cái chét bat thin linh* – dem plötzlichen Tod. Manchmal fiel einer der Männer einfach tot um. Unabhängig von Gesundheitszustand oder Alter starb der Betroffene ohne Vorwarnung, wo er gerade stand, saß oder lag. Sie hatten immer geglaubt, dass zornige Geister, die sich an den Lebenden rächen wollten, den Männern die Seele raubten. Das bewährte Mittel dagegen war immer gewesen, sich als Frau zu kleiden und zu geben. So hatte das Dorf überlebt, denn die Geister forderten nie mehr als einen einzelnen Mann.

Doch dieses Mal ... erwiesen sich die Geister, die Anh Dung heimsuchten, als überaus zornig. Gleichgültig, ob einer Frauenkleider trug oder Frauenarbeit verrichtete, hatten die Geister jeden Mann im Dorf dahingerafft, indem sie ihm erst ein leichtes Fieber und Husten schickten, dann den Tod. Im Schlaf, bei der Arbeit auf dem Feld oder beim Wäschewaschen, die Männer kippten einfach tot um. Die Geister kannten keine Gnade ... bis die Dorfbewohner begriffen, dass es gar keine *Geister* waren, die die Männer töteten.

Es war eine Seuche.

Innerhalb einer einzigen Woche starben dreiundzwanzig Männer, einige davon noch sehr jung.

Giang war in den Dschungel geflohen, als es seinen Vater getroffen hatte. Um das eigene Leben zu retten und Hilfe zu holen, war er einfach weggerannt. Ohne Nahrung. Ohne Kleider. Und ohne eine Ahnung, wohin.

Aber jetzt, drei Tage später, tauchte er aus dem dunklen Dschungel wieder auf wie Jesus aus dem Grab, zurück ans Licht der Welt, wo lebendige, gesunde Männer Wache hielten.

Man bemerkte ihn sofort und brachte ihn auf die Krankenstation. Die Soldaten waren gut ausgebildet, und als sie Giangs Zustand sahen, hielten sie Abstand. Diese Vorsicht rettete ihnen das Leben.

Stunden später erwachte Giang aus tiefem Schlaf. Man hatte ihm zu essen und zu trinken gegeben. Trotz eines rauen Halses, Niesanfällen und schlimmen Kopfschmerzen fühlte er sich viel besser. Der Raum, in dem man ihn unter Quarantäne gestellt hatte, war klein, enthielt aber ein bequemes Feldbett, und die Nahrung war genießbar. Eine einzige nackte Glühbirne an der Decke erhellte vier kahle weiße Wände.

Er zuckte zusammen, als plötzlich vor dem Fenster in der Tür, das auf einen schmucklosen Gang hinausging, ein Mann auftauchte. Seine Miene war entspannt, beinahe heiter, und die olivgrüne Uniform mit einem einzelnen Goldstern auf der Schulter verriet seinen hohen Rang. Das war der Mann, der ihm helfen konnte.

Giang erhob sich. Eine Gegensprechanlage neben der Tür meldete sich knisternd. »Ich bin Generalmajor Trung. Fühlen Sie sich jetzt besser?«

Giang starrte den Apparat an. Er hatte noch nie etwas Derartiges gesehen. Die Stimme des Mannes drang mittels des Geräts direkt durch die Wand. Giang kniff die Augen zusammen und inspizierte den Lautsprecher und den einzelnen weißen Knopf. Er versuchte, durch die Plastiklamellen zu spähen. Irgendwo dahinter musste doch ein Loch sein.

Er prallte zurück, als der Lautsprecher wieder ertönte. »Drücken Sie den weißen Knopf, wenn Sie sprechen wollen, dann kann ich Sie hören.«

Giang gehorchte, und nach und nach erzählte er seine Geschichte. Das Dorf. Der plötzliche Tod. Die Angst vor der Seuche. Trung lauschte aufmerksam, nickte hin und wieder, stellte jedoch keine Fragen. Als Giang geendet hatte, schürzte Trung die Lippen. »Die Ärzte konnten bei Ihnen nur eine Grippe feststellen, die im Allgemeinen gut behandelbar ist.«

Ein erleichtertes Lächeln stahl sich auf Giangs Lippen. Er würde überleben!

»Aber«, Trungs Gesicht wurde sehr ernst, »wir haben gestern Nacht einige Menschen Ihrem Speichel ausgesetzt. Zwei davon fielen heute Morgen tot um. Drei andere fühlen sich gut, wir befürchten jedoch, dass auch sie bald sterben werden, genau wie Sie.«

Giang setzte sich schwer auf das Feldbett, zerrissen von widerstreitenden Gefühlen. Das Militär musste doch helfen können. Sie hatten spezielle Medikamente. Er stand wieder auf und drückte den weißen Knopf. »Aber Sie können doch bestimmt etwas tun!«

»Schon möglich«, meinte Trung. »Haben Sie vielleicht irgendetwas ausgelassen? Ist jemand oder etwas ein paar Tage vor dem Tod des ersten Mannes in Ihr Dorf gekommen? Gab es seltsame Vorfälle? Wenn wir nur die Quelle lokalisieren können ...«

Trung verstummte, als er durch die Scheibe sah, wie Giangs Augen plötzlich brachen und der Mann hinter der Tür zusammensackte. Er spähte hinunter auf Giangs Körper. Tot.

Trung verdrehte vor Ärger die Augen.

Er verließ das kleine, nur aus zwei Räumen bestehende Gebäude am äußersten Rand des Stützpunkts. Als er die Tür hinter sich schloss, wandte er sich zu den vier Männern, die ihn erwartet hatten. »Brennt alles nieder.«

Während sie den Bau mit Benzin tränkten, schritt Trung über den Exerzierplatz aus gestampftem Lehm. Hier war eigentlich ein Ausbildungslager der vietnamesischen Volksarmee, doch vor zwei Jahren hatten Trung und seine Elitetruppe der »Freiwilligen des Todes« es übernommen. Diese Einheit war während des Vietnamkriegs gegründet worden, und im Gedenken daran betrachtete sie sich selbst immer noch als Teil der vietnamesischen Volksbefreiungsarmee, eine Ehrbezeugung für ihre Vorkämpfer.

Diese Männer waren das Beste, was das Land aufzubieten hatte. Sie übten den Dschungelkampf und bereiteten sich auf die in ihren Augen unvermeidliche – abermalige – Invasion durch den Westen vor. Trungs Vater war Vietcong-Soldat gewesen. Seine Erzählungen vom glorreichen Sieg gegen die technisch und zahlenmäßig überlegenen Kräfte Amerikas hatten Trungs Fantasie als Kind beflügelt. Und jetzt war es an ihm, diesen Sieg zu wiederholen, sollte der Feind dumm genug sein zurückzukehren.

Was immer Giang da aus dem Dschungel eingeschleppt hatte, es war etwas völlig Neuartiges. Symptome und Tests hatten auf eine normale Grippe hingedeutet, doch tatsächlich handelte es sich um etwas Unerhörtes, nie Dagewesenes. Wenn Trung seine Feinde diesem Erreger aussetzte, würden sie tot umfallen, bevor sie wussten, wie ihnen geschah. Ganze Armeen oder Städte ließen sich ohne einen einzigen Schuss ausradieren. Es war die perfekte Waffe. Doch sie war nicht einsetzbar. Noch nicht. Erst, wenn er ein Heilmittel besaß.

Zwanzig seiner besten Männer standen bereit und erwarteten seine Befehle. In flüssigen Worten berichtete er ihnen von dem seltsamen Virus, das Giang befallen hatte, und sagte ihnen, was jetzt zu tun war.

Sie drangen in den Dschungel ein und erreichten nach drei Tagen die Bergkette der Annamiten. Einen Tagesmarsch später, im Gebirge, lediglich eine halbe Meile von der Stelle entfernt, wo laut ihrer Karte Anh Dung lag, ließ der Späher an der Spitze anhalten.

Er hatte etwas gehört.

Trung vertraute seinen Männern rückhaltlos, und sein

Späher hatte Ohren wie ein Luchs. Doch um das hier nicht zu hören, hätte er schon taub sein müssen. Es waren Rufe. Vielleicht eher Schreie. Allerdings nicht menschlichen Ursprungs. Und die Quelle … es schien von überall her zu kommen. Seine Männer gingen in Stellung und bildeten einen Kreis, sicherten den Dschungel nach allen Richtungen.

Das Geräusch rollte in Wellen über sie hinweg, während die Bäume über ihnen in einer kräftigen Brise schwankten.

Dann übertönte eine Stimme den Lärm. Ein Mann. Er rief ein einziges Wort … in Englisch. »Jetzt!«

Der Dschungel explodierte. Äste regneten von oben herab. Bodenpflanzen stoben in die Luft. Steine und Zweige schwirrten aus der Ferne heran. Einen Augenblick lang glaubte Trung, dass der Angriff, so primitiv und uneffektiv wie er war, von den verängstigten Frauen von Anh Dung ausging. Doch diese männliche Stimme – sie war befehlsgewohnt, als richtete sie sich an Soldaten …

Trung begriff zu spät, dass der Tumult nur das Vorrücken der Angreifer tarnen sollte. Es war ein Ablenkungsmanöver. Seine Männer waren darauf trainiert, ihre Kugeln so lange zurückzuhalten, bis sie ein Ziel sahen, und hatten in aller Ruhe darauf gewartet, dass der Feind sich zeigte. Ein Fehler.

»Feuer!«, schrie Trung. Der Feind stürzte sich auf sie. Von oben.

Er ließ sich zwischen abgerissenen Blättern und Ästen aus dem Dach des Dschungels herabfallen. Durch die von Laub und Pflanzenfetzen geschwängerte Luft konnte Trung undeutlich Gestalten erkennen – hellbraun, mit rötlich-orangefarbenem Pelz. Dann blitzte weiße Haut auf. Ein langer Bart. Eine Brille? Der Mann tauchte auf und verschwand wieder wie ein Gespenst, während das Chaos ausbrach.

Der brutalen Körperkraft des Gegners hatten seine Männer nichts entgegenzusetzen. Sie starben wie die Fliegen. Nur wenige Schüsse waren zu hören. Einzelne versuchten es im Nahkampf, aber sie überlebten nur für Sekundenbruchteile. In weniger als einer halben Minute fielen zehn seiner besten Leute unter dem primitiven und doch unglaublich organisierten Angriff. Sie hatten ihren Meister gefunden. Während seine letzten Männer furchtlos den Kampf mit dem Feind aufnahmen, duckte Trung sich hinter einen Baum und schlich davon. Als er sicher war, dass niemand ihn bemerkt hatte, wandte er sich um und rannte los.

Vier Tage später tauchte er wieder aus dem Dschungel auf, mit geschwollenen Füßen und halb verdurstet. Er sah wenig besser aus als Giang, als er ihn zum ersten Mal gesehen hatte. Seine Leute hielten Abstand, weil sie fürchteten, dass auch er sich angesteckt hatte. Er befahl ihnen, ihm eine Wasserflasche zuzuwerfen, und nachdem er sie geleert hatte, erzählte er seine Geschichte. Die Soldaten hegten zwar ihre Zweifel, doch Trungs Zorn fürchteten sie noch mehr als die Krankheit, und so halfen sie ihm in sein Quartier, wo Ärzte sich um ihn kümmerten.

Eine Woche später, nachdem er sich erholt hatte und feststand, dass er nicht unter der geheimnisvollen Krankheit litt, traf Trung sich mit einigen der besten Ärzte und Forscher Vietnams und einer Delegation der Regierung. Die Wissenschaftler standen vor einem Rätsel. Trotz aller Bemühungen verstanden sie den Wirkungsmechanismus der Krankheit nicht. Ohne Kenntnis des Infektionsweges konnten sie sie weder begreifen noch ein Heilmittel entwickeln. Und sie bezweifelten, dass sie das Rätsel jemals lösen könnten, selbst wenn sie den Herd entdeckten.

Sie brauchten Hilfe.

Trung hasste es, zugeben zu müssen, dass sie alleine nicht weiterkamen. Aber er kannte nur eine einzige Nation mit den nötigen wissenschaftlichen und militärischen Ressourcen, um die Quelle der Krankheit aufzuspüren und ein Gegenmittel zu entwickeln – Amerika. Er verließ die Besprechung, ohne etwas über den Plan verlauten zu lassen, der in ihm heranreifte. Doch noch in derselben Nacht setzte er einiges in Gang. Die Amerikaner würden ihm ihre besten Militärs und Wissenschaftler schicken … und *er* würde sie erwarten.

2 Beverly, Massachusetts, 2010

Daniel Brentwood hatte sich nie als Familienmensch betrachtet. Um das zu werden, musste man seiner Meinung nach zunächst ein Frauentyp sein. Schließlich bedurfte es zur Fortpflanzung einer willigen Partnerin. Und willige Partnerinnen hatten zeit seines Lebens nicht gerade Schlange gestanden. In der Highschool war er der Streberfreak mit den dicken Brillengläsern und dem Rechenschieber in der Hemdtasche gewesen. Seine besten Freunde waren ein Apple iic und eine Raubkopie des Kung-Fu-Spiels Karateka. Auf dem College wurde er als ewige Jungfrau gehänselt und das Opfer von mehr als einem üblen Streich im Duschraum. Immerhin schaffte er es, den Apple gegen einen brandneuen PC mit Windows 3.1 und einer Raubkopie von Doom einzutauschen. Und nun, zehn Jahre später, war er Inhaber von Elysian Games, einem der führenden Entwickler von Videospielen in der Welt, neben Blizzard, Microsoft und EA. Mit dreißig Jahren hatte er ein Imperium aufgebaut und verdiente in einem Jahr mehr Geld als die meisten Menschen in ihrem ganzen Leben.

Seine dicken Brillengläser waren den Weg des tasmanischen Tigers gegangen und durch Kontaktlinsen ersetzt worden, der Rechenschieber durch einen PDA, aber noch immer war er durch und durch Computerfreak. Es gab eine Zeit, in der ihn nichts vom Spiele-Entwickeln ablenken konnte. Bis »sie« in sein Leben trat. Genau genommen hatte er sie eingestellt. Angela O'Neill. Eine brillante Programmiererin. Er bewunderte ihr Talent. Kaum eine Frau konnte sich für die Entwicklung realistischer Spielphysiken begeistern – sie schon. Doch nicht das war es, was sein Auge vom Computerbildschirm abgelenkt hatte. Es war ihre Vorliebe für enge T-Shirts, die ihre ausgeprägten Rettungsringe betonten. Er wusste nicht genau, warum, aber er war verrückt nach diesen Rettungsringen.

Wie sich herausstellte, war *sie* verrückt nach PDAs. Ein Jahr später heirateten sie – ein großes Spektakel und vielleicht die einzige Veranstaltung abseits der Welt der Computer, die ihre Gäste jemals besucht hatten. Schließlich, heute vor zwei Jahren, bekamen sie ein Kind. Ben. Einen kleinen Kümmerling mit hellblauen Augen, blasser Haut und pechschwarzem Haar. Angie blödelte, dass Gott den Kontrast zu hoch eingestellt hätte, als Ben geschaffen wurde.

Und jetzt, an Bens zweitem Geburtstag, rissen sie sich endlich mal los vom Geschäft. Ließen ihren Monitor Monitor sein und das Chaos im Büro hinter sich. Ihr Ziel hieß Lynch Park, ein Ausflugsparadies mit grünem Gras, hohen Bäumen und zwei kleinen Stränden, einer Konzertmuschel, einer Eisdiele und einer Meeresbrise, die einfach unschlagbar war. Alles, was sie mitnahmen, waren Handtücher, Spielzeug und viel Sonnencreme.

Daniel war gerade von einer einwöchigen Geschäftsreise rund um die Welt zurückgekommen. Nach Verhandlungen in Tokio und Hongkong hatte er in Washington Station gemacht, wo sein Team das Oval Office für ein Level seines neuen Ego-Shooters fotografierte: »Army Ranger: Advance Strike Force«. Inspiriert von den Heldentaten des gegenwärtigen Präsidenten als Army Ranger, tauchte im Spiel auch dessen Doppelgänger auf, obwohl die Figur natürlich anders hieß. Höhepunkt der Reise war der Empfang beim Präsidenten im Oval Office gewesen. Seit Monaten machte Daniel damit Publicity, und das Ereignis hatte seine hochgesteckten Erwartungen noch übertroffen. President Duncan hatte ihn nicht nur ausgesprochen herzlich begrüßt, sondern sogar gesagt, er freue sich darauf, das Spiel zu spielen. Der Präsident! Peinlicherweise hatte Daniel ihn anschließend angeniest. Anscheinend irgendein Virus, das er sich vor einer Woche in Hongkong eingefangen hatte. Der Präsident war mit einem Scherz darüber hinweggegangen.

Doch das Beisammensein mit der Familie – da konnte auch ein Besuch beim Präsidenten nicht mithalten. Nicht einmal eine *Godzilla*-Vorstellung in einem Tokioter Kino. Und selbst die Veröffentlichung eines neuen Spiels nicht. Die Erkältung war fast überstanden, und Daniel war fest entschlossen, zusammen mit den Menschen, die er am meisten liebte, den Ausflug in vollen Zügen zu genießen.

Als sie den Nationalfriedhof in Beverly passierten, wo Daniels Großeltern beerdigt lagen, beglückte der kleine Ben sie mit einer enthusiastischen Version von »The Wheels on the Bus«, einem Lied, zu dem er mindestens zwanzig neue Verse kreiert hatte. Daniel kannte sie alle auswendig. Der Klang der Stimme seines Sohnes war magischer als der Begrüßungston eines Computers. Ben war seine großartigste Kreation. Nichts kam ihm gleich.

Daniel war selbst am meisten überrascht gewesen, als er sich als wunderbarer Vater entpuppte. Liebevoll. Energisch. Witzig. Die Art Vater, die sich alle Kinder wünschten. Hundertprozentig verlässlich und immer zum Spielen aufgelegt. Sein einziges Manko war, dass er in der Firma so viel zu tun hatte. Darum auch dieser Familienausflug anlässlich von Bens zweitem Geburtstag.

Daniel lenkte den schwarzen Jaguar – ein Geschenk, das er sich selbst vor fünf Jahren gemacht hatte, als die Verkaufszahlen seines ersten Spiels die Millionenmarke überstiegen – den steilen Hang zum Parkplatz hinab. Für einen so schönen Sommertag war relativ wenig los. Die Bäume schwankten im Wind, als reckten sie sich nach unsichtbaren Träumen. Der perfekte Tag, um Drachen steigen zu lassen.

Der Jaguar wurde immer schneller, doch noch bevor Daniel den Fuß vom Gas nehmen und bremsen konnte, erstarrte er. Seine Augen wurden glasig. Der Kiefer erschlaffte. Die Schwerkraft zerrte seinen Körper nach vorne. Er sank mit dem Kopf aufs Lenkrad, während sein Fuß das Gaspedal durchtrat. Der Jaguar machte einen Satz und beschleunigte.

Die Jungs, die die Parkscheine verkauften, konnten sich gerade noch in Sicherheit bringen, bevor der Wagen sich durch ihre sonnenbeschirmten Stühle und eine Kühlbox voll Getränken pflügte und dann weiter über den Parkplatz raste.

Angie, die mit Ben auf der Rückbank saß, rüttelte Dan an der Schulter, flehte ihn an aufzuwachen. Sie versuchte auf den Vordersitz zu klettern, um die Bremse zu erreichen, aber genau in dem Moment rumpelte der Wagen über eine Bordsteinkante. Der Ruck schleuderte Angie mit dem Kopf gegen das Dach. Benommen sackte sie zurück. Wäre die Kaimauer nicht in einem Bogen verlaufen, hätte der Jaguar die Eisdiele niedergemäht, doch so jagte er geradewegs auf einen zwei Meter tiefen Absturz ins Meer zu. Als Angie das klarwurde, schloss sie ihren Sitzgurt und umklammerte Bens Hand.

Der grüne Maschendrahtzaun an der Kaimauer leistete dem schweren Wagen kaum Widerstand. Er riss von seinen Pfosten ab und ging mit über die Kante. Angies Gedanken rasten, während der Wagen sich in der Luft überschlug. Wasser würde hereinströmen und ... Dann prallte der Jaguar mit einem schrillen metallischen Kreischen gegen Stein, und Angie wurde übel. Vielleicht lag es an dem Sicherheitsgurt, der ihren Unterleib einschnürte. Der Wagen war auf dem Dach auf einer Masse von Felsbrocken gelandet, die bei Ebbe freilagen. Während Angie versuchte, wieder zu sich zu kommen, breitete sich das furchtbarste aller Geräusche aus. Stille.

Sie sah Daniel, der nie den Gurt anlegte, in sich zusammengesackt auf dem Dach liegen. Neben ihr baumelte Ben in seinem Kindersitz.

Mit zitternden Händen schnallte sie sich los und fiel herunter. Sie fummelte an Bens Sitz herum und öffnete die Gurte. Der Kleine rutschte ihr in die Arme. Wimmernd tastete sie nach seinem Puls. Nichts. Atemlos hielt sie die Hand vor seinen Mund. Endlich spürte sie einen Hauch an den Fingern und seufzte erleichtert auf.

Rufe von draußen zerrissen die Stille. Sie sagten ihr dasselbe wie ein beißender, sich ausbreitender Geruch: »Der Wagen brennt! Raus da!«

Sie rüttelte an ihrer Tür. Verklemmt. Vom Aufprall verformt. Sie probierte es auf Bens Seite. Auch dort rührte sich nichts. Das ganze Dach war eingedrückt.

Sie saßen in der Falle.

Rauch quoll durch die Heizungsschlitze, und sie begriff, dass sie entweder ersticken oder bei lebendigem Leib verbrennen würden.

Ein lauter Knall erschütterte das Heck des Wagens und ließ sie aufschreien. Jemand rief: »Nehmen Sie meine Hand, Lady!« Sie sah sich um und erblickte zwei junge Männer. Sie hatten die Rückscheibe mit einem großen

Stein eingeschlagen. Bevor Angie einen klaren Gedanken fassen konnte, wurde sie am Arm gepackt und zusammen mit Ben aus dem Auto gezerrt. Sie begann zu schreien, dass Daniel noch im Wagen sei. Während sie über die Felsen geschleift wurde und sich die Fersen aufriss, fing Ben an zu weinen. Wenigstens er schien unverletzt zu sein.

Das Schreien ihres Kindes brachte sie endgültig wieder zu sich, und augenblicklich versuchte sie sich loszureißen. Warum waren die denn so grob zu ihr? Hitze und Gestank ließen sie zum Auto zurückblicken. Es war ein einziges Inferno. Daniel hatte keine Chance.

Ihre beiden Retter schleiften sie und Ben ins Meer. Als der Wagen in die Luft flog, ließen sie sich unter die schützende Wasseroberfläche gleiten. Sie waren gerettet. Doch Daniel war tot. Die Ursache seines Todes blieb ein Rätsel.

Die offizielle Version lautete: am Steuer eingeschlafen. Der Preis des Erfolgs. Eine Nacht lang war es eine Meldung wert. Die Medien rückten das Schicksal des nun vaterlosen Ben in den Mittelpunkt. Ein Todesfall, mit dem sich die nächtlichen Nachrichten aufpeppen ließen, während die Zuschauer auf ihre Reality-Shows warteten.

3 Golf von Aden – Somalia

Ein schneeweißes Motorboot ohne Hoheitszeichen, Namen oder sonstige Identifikationsmerkmale schoss über eine Welle und hob einen Moment lang ab. Die Schraube tauchte aus dem azurblauen Wasser, und der Motor jaulte auf, bis das Boot wieder zurückkrachte. Das fast fünf Meter lange Fahrzeug tanzte von Welle zu Welle, so schnell die alte Maschine es mit seinen fünf Passagieren vorantreiben konnte.

Die Insassen trugen lose Umhänge und Wickeltücher um den Kopf, die nur die Augen frei ließen. Vier Augenpaare waren auf dasselbe Ziel geheftet – die *Volgaeft,* ein russischer Frachter. Nur einer der fünf achtete nicht auf das große Schiff. Er saß am Steuer und war voll damit beschäftigt, das Flachrumpfboot durch die kabbeligen, anderthalb Meter hohen Wellen zu steuern. Es herrschte schwerer Seegang für ein so kleines Boot, doch keiner an Bord dachte an die Kentergefahr. Alle bereiteten sich gedanklich auf den bevorstehenden Überfall vor.

Die *Volgaeft* dampfte mit voller Kraft voraus, um die Piratenbande abzuhängen, und hatte zweifellos einen Hilferuf abgesetzt. Doch die Verfolger waren sich sicher, das träge, schwer beladene Schiff bald einzuholen. Und mit Hilfe von neu erworbenen Technologien würden sie es geentert haben, lange bevor Hilfe eintraf. *Dass* diese Hilfe kommen würde, stand außer Zweifel. Nach einer kurzen

Blütezeit der Piraterie, die ungefähr dreißig Millionen Dollar eingebracht hatte, war der internationalen Gemeinschaft der Kragen geplatzt. Kriegsschiffe aus Indien, der EU, den Vereinigten Staaten und China patrouillierten in den Gewässern vor Somalia und eskortierten Frachter aus ihren Heimatländern, eilten aber auch anderen Schiffen in Not zu Hilfe. Wie der *Volgaeft*.

Laut Informationen der Piraten befand sich das nächste Kriegsschiff, ein chinesischer Zerstörer, rund eine halbe Stunde entfernt. Doch da die *Volgaeft* jetzt direkt auf den Zerstörer zudampfte, halbierten sich diese dreißig Minuten. Fünf Minuten hatte es gedauert, bei dem Frachter längsseits zu gehen.

Blieben noch zehn.

Sobald ein Frachtschiff geentert und die Crew gefangen genommen war, konnte ein Zerstörer nicht mehr viel ausrichten. Das Lösegeld würde bezahlt werden, anschließend konnten Schiff und Crew fahren, wohin sie wollten. Doch das hier war kein normaler Piratenüberfall. Diese Freibeuter waren hinter etwas Speziellem her, und wenn die Chinesen eintrafen, wollten sie längst wieder weg sein.

Die Crew des Frachters beobachtete das kleine Piratenschiff weit unten und machte sich bereit, die Enterleinen zu kappen. Da geschah etwas Ungewöhnliches. Alle fünf Piraten hoben etwas hoch, das wie eine Handfeuerwaffe aussah, allerdings jeweils mit einem großen schwarzen Zylinder am Ende des Laufs versehen. Normalerweise feuerten die Banditen Warnschüsse ab, um die Crew von der Reling wegzutreiben, während sie an der Bordwand hochkletterten. Aber diese Geräte waren keine Waffen. Alle fünf feuerten gleichzeitig. Die schwarzen Zylinder sausten in hohem Bogen über die Reling und zogen dünne schwarze Drähte hinter sich her. Sie landeten auf der

Oberseite eines großen Stahlcontainers und stellten sich ruckartig senkrecht, als ihre magnetischen Sockel aktiviert wurden.

Einer der Russen, der mit einer Machete bewaffnet war, versuchte die schwarzen Drähte durchzuhacken, die bereits straff unter Zug standen, doch seine Klinge zeigte nicht mehr Wirkung als ein Plastikmesser. Bevor die Crew sich einigen konnte, was zu tun war, kamen die Piraten bereits über die Reling geschossen, landeten auf den Füßen und zogen Pistolen. Die Crewmitglieder starrten sie einen Moment lang verdutzt an, dann gaben sie Fersengeld.

Die Piraten ignorierten sie und drangen in das Labyrinth von Metallcontainern ein, das das Deck des großen Schiffs bedeckte. Sie waren auf der Suche nach einem bestimmten Container. Sein Inhalt war mehr wert als die Beute aller Piratenangriffe des letzten Jahres zusammengenommen.

Sie schlängelten sich durch die Gänge zwischen den aufgestapelten Containertürmen und überflogen die Aufschriften, Seriennummern und Identifizierungscodes. Sie wussten, wonach sie suchten. ID-432 aus Wladiwostok.

Drei Minuten später wurden sie fündig.

Unter einer der losen Roben der Piraten tauchte ein Bolzenschneider auf. Einen Augenblick später fiel das Schloss aufs Deck und die großen Metalltüren schwangen auf. Im Schein von Taschenlampen wurde eine einzelne, metallene Transportkiste im Inneren sichtbar.

»Das ist es«, sagte einer der hochgewachsenen Männer in perfektem Englisch, wenn auch mit einem Hauch von New-Hampshire-Akzent.

»Schon gesehen«, erwiderte die kleinste Gestalt. Es war eine Frauenstimme. Eine billige schwarze Skimaske verbarg ihr Gesicht, ihre Haut war verborgen unter schwarzer Tarnfarbe. Der einzige Schwachpunkt in ihrer Piratenverkleidung waren die indigoblauen Augen.

Der Mann – Stanley Tremblay, Codename *Rook,* der Turm – betrat den Container mit gezückter Taschenlampe, gefolgt von der Frau – Zelda Baker, Codename *Queen,* die Königin.

Queen kniete sich vor dem silberfarbenen Behälter hin und untersuchte den umliegenden Bereich. »Keine Fallen. Alles klar. King?«

Jack Sigler, Codename *King,* der König, wickelte sich die Tuchmaske vom Kopf. Er trug einen Dreitagebart, und in seinen Augen blitzte etwas auf, das seine Mutter Mutwilligkeit nannte, beim US-Militär aber Stärke hieß.

Vor dem Container hielten die letzten beiden Piraten Wache. Der muskelbepackte Erik Somers, Codename *Bishop,* der Läufer, und ein kleinerer Mann, Shin Daejung, Codename *Knight,* der Springer. Sie richteten ihre schallgedämpften Pistolen schussbereit auf die Enden des Durchgangs zwischen den Wänden der aufgestapelten Container.

King löste die Gummischnüre, die die Kiste an der Rückwand des Containers verankerten. An der Seite war ein digitaler Touchscreen mit zehn nummerierten Tasten eingelassen, von null bis neun. Lowtech-Transport, aber Hightech-Sicherheit. Ohne den richtigen Code konnte niemand den Behälter knacken, und obwohl es keine Fallen zum Schutz der Kiste selbst gab, wollte niemand das Risiko eingehen, dass beim Aufklappen des Deckels ein Sprengsatz hochging. »Deep Blue, sind Sie da?«

»Ich bin bei Ihnen.« Tatsächlich befand sich der Agentenführer des Delta-Teams, Deep Blue, einen halben Globus weit entfernt und beobachtete sie via Satellit. Deep Blue, so benannt nach dem Schach spielenden Supercomputer, der 1997 Weltmeister Garry Kasparow geschlagen hatte, war das einzige Mitglied des Teams, dessen Identität im Dunkeln lag. Der Mann war ein Rätsel, aber er besaß beispiellosen Zugang zu den Ressourcen des US-Militärs, einen eindrucksvollen strategischen Verstand und ein Verständnis für Militärtaktik, das nur jemand haben konnte, der selbst schon im Gefecht gestanden hatte. »Ich sehe Bishop und Knight außerhalb des Containers. Sind Sie drin?«

»Positiv. Ich verschaffe mir jetzt Zugang zum Sperrmechanismus«, sagte King, während er den Touchscreen mit Hilfe seines KA-BAR-Messers loshebelte. Er löste das Kabel an der Rückseite und schloss einen eigenen kleinen Touchscreen an, den er für diesen Zweck mitgebracht hatte. Der Schirm leuchtete in einem ähnlichen Blau auf wie das Meer und ließ eine endlose Reihe von Ziffern durchscrollen. Im Unterschied zu anderen Mechanismen, die Myriaden von Kombinationen auf der Suche nach der richtigen ausprobierten, überschrieb dieses Gerät die eigentliche Software, so dass ein neuer Code einprogrammiert werden konnte.

»Sobald Sie sich vergewissert haben, dass es der richtige Inhalt ist, müssen Sie zusehen, dass Sie wegkommen«, sagte Deep Blue. »Der chinesische Zerstörer wird in fünf Minuten eintreffen, und es sieht so aus, als ließen sie einen Helikopter warmlaufen.«

King schüttelte den Kopf. Einfach war es nie. »Bewaffnet oder Transport?«

»Kampfhubschrauber.«

»Scheiße.«

»Bishop, Knight, die Crew will den Helden spielen«, fügte Deep Blue hinzu. »Sieht aus, als hätten sie sich bewaffnet.«

»Sagen Sie uns einfach, wohin wir zielen sollen«, sagte Knight.

Bishop blieb wie üblich schweigend auf seinem Posten. Wartend und beobachtend. Im Unterschied zu den anderen hatte er nichts von Kugeln zu befürchten, jedenfalls nicht im physischen Sinn. Ein unerprobtes Serum, entwickelt von Manifold Genetics, ließ Bishops Körper von beinahe jeder Verletzung regenerieren, es sei denn, ihm wurde der Kopf abgerissen. Der Nachteil war, dass selbst die kleinste Schnittwunde seinen Verstand in den Wahnsinn treiben konnte. Die Testpersonen vor ihm waren alle zu dem geworden, was das Team »Regenerierte« nannte – hirnlose Mordmaschinen. Lediglich Bishops lange Erfahrung in der Kontrolle seines inneren Zorns und die strikte Einnahme von Stimmungsaufhellern hielten ihn stabil. Fast ein Jahr war seit ihrem Zusammenstoß mit Manifold Genetics und der regenerierten mythischen Hydra vergangen, doch erst nachdem die Ärzte vor einer Woche ihr Okay gegeben hatten, war Bishop in den aktiven Dienst zurückgekehrt.

Die Zahlen auf dem Display hörten auf durchzulaufen und wurden durch einen Bildschirm mit zehn leeren Eingabefeldern ersetzt.

»Bereit für den Code«, sagte King.

»He, Leute? Lew hier.« Die neue Stimme in ihren Ohrhörern gehörte Lewis Aleman, einem Technikgenie, der nicht nur ein erfahrener Kämpfer auf dem digitalen Schlachtfeld war, sondern auch ehemaliger Delta-Agent im Außeneinsatz. »Der Code ist der legendäre CD-Schlüssel für Office 97.«

»Lew«, sagte King, »jetzt ist wirklich nicht der richtige Zeitpunkt für …«

»Lauter Nullen«, erklärte Rook.

»Und der Gewinner heißt ...!«

King hörte nicht weiter zu. Er tippte bereits die zehn Nullen ein. Der Bildschirm wurde schwarz. »Äh, Lew ...«

Dann klickten die Schlösser. Sie waren drin.

»Knight, es wäre jetzt Zeit für einen Warnschuss.« Deep Blues Stimme klang kühl, doch die Dringlichkeit war unüberhörbar. Die Mannschaft, bestehend aus dreißig Männern, rückte zu den vermeintlichen somalischen Piraten vor.

In der Hoffnung, der Lärm würde einschüchternd wirken, entfernte Knight den Schalldämpfer von seiner 45er Sig Sauer 220 und feuerte eine Kugel ab.

Sie surrte an der Stelle vom Deck weg, wo die Schuhspitze eines Crewmitglieds hinter einem Container hervorlugte. Der Mann schrie auf, und man hörte davonlaufende Schritte.

»Es hat gewirkt«, sagte Deep Blue. »Aber sie haben noch nicht aufgegeben. Der chinesische Helikopter ist jetzt in der Luft. Voraussichtliche Ankunftszeit zwei Minuten. Der Zerstörer wird unmittelbar danach eintreffen.«

King ignorierte das Zeitlimit. Das hätte ihn nur nervös gemacht. Er öffnete den Deckel der Kiste. Dampf zischte heraus und waberte über den Rand, als wäre der Inhalt kochend heiß. Als der Dunst sich legte, kamen zwanzig kleine Phiolen zum Vorschein. King zog ein Werkzeugmäppchen aus seiner Cargohose und öffnete es. Mit äußerster Vorsicht schraubte er die Kappe einer der Phiolen auf, schob ein Wattestäbchen hinein und sog eine winzige Menge der klaren Flüssigkeit auf, die sich darin befand. Dann rollte er das Wattestäbchen über ein kleines Gerät, das die Probe absorbierte und untersuchte. Normalerweise benötigte man mehr Rechnerleistung und Apparate zur Analyse eines unbekannten Stoffs, aber sie suchten nach einer ganz bestimmten Flüssigkeit, oder besser nach dem, was darin gelöst war. Ein kleines Lämpchen leuchtete grün auf.

»Bestätigt«, sagte King. »Wir haben hier genügend Pockenerreger aus russischer Herstellung, um die Bevölkerung von zehn Großstädten auszulöschen.«

»Na großartig«, sagte Rook. »Alles unterwegs zu unseren iranischen Freunden.«

Fälle von Pockenerkrankung lassen sich Tausende von Jahren in der Vergangenheit nachweisen, ausgehend von China. Das Virus breitete sich über Asien nach Afrika aus, wo es zahllose Menschenleben forderte, darunter das des Pharaos Ramses V. Europa wurde gut 700 Jahre v. Chr. erreicht. Später überquerten die Pocken mit Hernando Cortez und seiner Armee von Konquistadoren den Atlantik und eroberten die Neue Welt. Entgegen der landläufigen Meinung war es nicht der brutale Vernichtungskrieg der Konquistadoren, der das Aztekenreich zu Fall brachte – es waren die Pocken. Beinahe vier Millionen Azteken starben daran. Der letzte registrierte Pockenfall ereignete sich 1977, ironischerweise ausgerechnet in Somalia. Seit damals ist die Welt pockenfrei … und gefährdeter denn je. Es gibt kein Heilmittel, und obwohl die Sterblichkeitsrate der Erkrankten nur zwischen zehn und dreißig Prozent liegt, sind zehn Prozent der Bevölkerung von New York immerhin achthunderttausend Menschen. In den falschen Händen würden diese kleinen Phiolen zu Waffen werden und Millionen töten.

»So viel zu Putins Versicherung, dass ihre Pockenvorräte sicher gelagert sind«, sagte Queen.

»Das glaube ich genauso, wie ich glaube, dass Putin ein Filmteam vor einem sibirischen Tiger gerettet hat«, meinte

Rook. »Wenn der Typ in den USA aufgewachsen wäre, wäre er jetzt vermutlich am Broadway. Was ich nicht begreife, ist, warum das Zeug überhaupt noch existiert.«

»Die menschliche Natur«, erwiderte Queen. »Wir haben Tausende von Jahren mit chemischen und biologischen Waffen gekämpft, bevor wir überhaupt verstanden haben, was da passiert. Und die USA sind daran ebenso schuld wie andere Nationen. Nur weil wir jetzt keine Chemie- und Biowaffen mehr einsetzen, heißt das nicht, dass wir es nie getan hätten. Wir haben einfach die bessere Technologie und die größeren Bomben, deshalb müssen wir nicht mehr schmutzig kämpfen.«

»Amen.« King nickte, während er das Wattestäbchen und den kleinen Apparat auf den Boden stellte. Er öffnete einen langen Zylinder, den er ans Bein geschnallt hatte, und überschüttete Wattestäbchen und Apparat mit Thermat-TH3, einem rötlich-braunen Pulver, das aus einer Eisenoxid-Variante von Thermit, Bariumnitrat, Schwefel und PBAN als Bindemittel bestand. Das Pulver würde mit 2500 Grad Celsius abbrennen, jede Spur des Pockenvirus vernichten und ein Loch in den Boden des Containers und einen Teil der darunterliegenden Decks schmelzen. Er schloss seine Werkzeugmappe, als ein weiterer Schuss außerhalb des Containers ertönte.

»Noch ein Warnschuss«, erklärte Knight. »Keine Sorge. Nein, löscht das. Große Sorgen, Feindberührung.«

Das *Tschopp-tschopp* eines näherkommenden Hubschraubers wurde laut. Die Chinesen waren angekommen. King stand auf und schüttete des restliche Thermat in die offene Kiste. Zwar hätten mehr als nur ein paar Wissenschaftler in den Vereinigten Staaten liebend gerne die Chance genutzt, das alte Pockenvirus zu untersuchen, doch Deep Blues Befehle waren eindeutig: Zerstören. Die Welt würde ein sichererer Ort sein, wenn kein Pockenstamm mehr im Umlauf war, selbst in Händen der USA.

King wand sich sein Wickeltuch wieder um den Kopf, während er mit Queen und Rook dem Ausgang zustrebte. Er zündete eine Leuchtfackel, warf sie in den Container, schloss schnell die Metalltüren und schob den Riegel vor. Das Thermat würde den Sauerstoff in dem kleinen Container schnell aufgebraucht haben, doch die Flammen konnten trotzdem nicht erlöschen. Das pulverförmige Höllenfeuer verfügte über seine eigene Sauerstoffquelle und brannte auf dem Grund des Ozeans ebenso gut wie im Vakuum des Weltalls. War es einmal entzündet, gab es nichts mehr, womit man es löschen konnte.

Knight deutete aufs Meer. Ein schwarzer WZ-11-Kampfhubschrauber brauste im Tiefflug über das Wasser direkt auf sie zu. Als gelbes Mündungsfeuer von den 12,7-mm-Maschinengewehren aufblitzte, schrie King: »Weg! Weg! Weg!«

Das Schachteam sprang in einem Seitengang in Deckung, während Kugeln das Deck an der Stelle aufrissen, wo sie gerade noch gestanden hatten. Außer Sicht des Helikopters rannten sie weiter, mit gezückten Waffen, falls die Crew noch irgendwo auf der Lauer lag. Doch als sie die Backbordreling erreichten, stellten sie fest, dass die Mannschaft sich bei Ankunft des Hubschraubers klugerweise versteckt hatte. Sie wollte nicht ins Kreuzfeuer geraten.

Der Kampfhubschrauber dröhnte über sie hinweg und wendete über dem Meer auf engstem Radius. In wenigen Sekunden würde er zurück sein.

Das Team klinkte sich an die dünnen Drähte, die immer noch an dem Frachtcontainer verankert waren, halfterte seine Waffen und seilte sich mit langen Sprüngen an der Bordwand zu dem kleinen, weißen, wehrlosen Motorboot ab.

Als sie das Fahrzeug erreichten, lösten sich die zylinderförmigen Magneten und wurden automatisch eingeholt. King gab Vollgas. Der Motor mochte alt wirken, aber tatsächlich war er das neueste Militärmodell. Das kleine Boot schoss im selben Moment vorwärts, als eine Linie von 12,7-mm-Geschossen hinter ihm die Wellen aufpflügte und sich in die Bordwand der *Volgaeft* grub.

King steuerte von dem Frachter weg, während der Hubschrauber zu einem neuen Angriff kehrtmachte. Doch stattdessen begann er, in einiger Entfernung zu kreisen.

Das ist zu einfach, dachte King.

»King«, erklang wieder Deep Blues Stimme. »Hart Steuerbord.«

King warf einen Blick nach Backbord. Der chinesische Zerstörer näherte sich bedrohlich, und seine Kanonen schwenkten zu ihnen herum. »Das kann doch nicht ihr Ernst sein!«

»Die Chinesen sind seit einem Jahr ohne größere Zwischenfälle im Golf von Aden stationiert«, sagte Deep Blue. »Sie sind scharf auf einen echten Einsatz. Ich glaube, sie ...«

BUMM!

Das Meer vor dem kleinen Boot schoss in einer Fontäne zum Himmel, als eine 10-cm-Granate ins Wasser einschlug. Das Boot hob auf der entstehenden Welle ab, flog durch den Sprühnebel und setzte auf der anderen Seite wieder auf. King lenkte scharf nach Steuerbord, doch da die *Volgaeft* sich jetzt entfernte, saßen sie wie auf dem Präsentierteller. Sie hätten ein leichtes Ziel abgegeben, wäre das Boot nicht so klein und schnell gewesen.

»Sieht gut aus«, sagte Deep Blue. »Halten Sie den gegenwärtigen Kurs für dreißig Sekunden.«

»Leicht gesagt«, brummte King.

BUMM!

Die zweite Granate schlug direkt hinter ihnen ein und warf das Heck des Bootes in die Luft, so dass sich der Motor aus dem Wasser hob. Nur Rooks und Bishops Geistesgegenwart, die sich ins Heck des Bootes warfen und es mit ihrem Gewicht wieder hinunterdrückten, war es zu verdanken, dass der Bug nicht unter Wasser schnitt und sie sich überschlugen.

»Wartet den nächsten Schuss ab«, schrie King. »Dann ...«

BUMM!

Die Granate explodierte direkt an Backbord. Das kleine Boot verschwand in einer Wolke von Sprühnebel. Als sie sich wieder lichtete, trieb es bewegungslos und gekentert an der Oberfläche.

Statt alles daranzusetzen, die Piraten festzunehmen, veranstaltete der chinesische Zerstörer Zielübungen.

BUMM!

Das kleine Boot wurde von einer Granate getroffen, die selbst die *Volgaeft* mit ihrer Doppelhülle hätte versenken können, und zerplatzte in einer Wolke von Splittern.

Zehn Meter weiter unten sanken fünf Körper regungslos in die Tiefe. Dann zuckte eine Hand nach oben.

Position halten.

Ein dunkler Schatten lauerte weiter unten. Wartend. Lauschend.

King gab dem Besatzungsmitglied, das das Hydrophon des Unterseeboots abhörte, einen Moment Zeit, um sich von dem Granateneinschlag an der Oberfläche zu erholen. Dann schrie er mit dem letzten Rest Luft in den Lungen:

»Macht die verdammte Tür auf!« Die Botschaft war zwar durch die Luftblasen, die aus Kings Mund strömten, unverständlich, doch sie kam an. Die seitliche Luftschleuse der geheimen HMS *Wolverton* glitt auf. Alle fünf schwammen hinein. Die Tür schloss sich wieder, während durch Ventile Luft in die kleine Kammer geblasen wurde.

Die Chinesen suchten nach den sterblichen Überresten der Piraten, fanden aber nur einige Wrackteile des kleinen Bootes. Trotzdem feierte Chinas populärste Zeitung, die *Southern Metropolis Daily,* das Ereignis wie den Sieg in einer Seeschlacht. Die Piraten waren trotz all ihrer Bemühungen zurückgeschlagen worden, an der *Volgaeft* gab es nur minimale Schäden zu beklagen, und lediglich ein für den Iran bestimmter Container war vollständig zerstört worden. Laut Berichten hatte er Spielzeug geladen, gestiftet von einer russischen Wohltätigkeitsorganisation.

4 Catoctin Mountain – Maryland

Energisch in die Zukunft.

So hatte sein Wahlkampfmotto gelautet. Es war einprägsam, treffend und stand für den Lebensstil Tom Duncans, des Präsidenten der Vereinigten Staaten. Er war nicht nur ein Verfechter schneller Reformen, von der Steuergesetzgebung bis zur Abtreibung, sondern ging auch außenpolitisch entschlossen vor. Manche nannten den ehemaligen Army Ranger und Desert-Storm-Veteranen skrupellos, und manchmal handelte er auch entsprechend, doch er zog die Bezeichnung »effizient« vor, wie ein Chirurg, der den Krebs aus der Welt herausschneidet. In den drei Jahren seiner Präsidentschaft hatte er drei Terrororganisationen schwere Schlappen beigebracht, darunter Hamas und Hisbollah, was die Voraussetzungen für einen Frieden im Nahen Osten geschaffen hatte. Aber seine unverbrämte, harte Machtpolitik trug ihm die Kritik etlicher führender Staatsmänner ein, die befürchteten, die »Effizienz« des Präsidenten könnte sich gegen sie selbst wenden. Wenn man alles zusammenrechnete, war die Welt mit Duncan im Oval Office zweifellos zu einem sichereren Ort geworden.

Und er gab immer Gas, selbst beim Joggen, wie sein Sicherheitsteam nur allzu gut wusste.

Duncan überprüfte Herzfrequenz und Zeit auf seiner Armbanduhr. Er war dreißig Sekunden schneller als die bisherige Bestzeit und fühlte sich noch überhaupt nicht erschöpft, obwohl sein olivgrünes T-Shirt durchgeschwitzt war. Er hörte die beiden Sicherheitsleute hinter sich keuchen, während sie versuchten, mit dem durchtrainiertesten Präsidenten Schritt zu halten, den die USA je gesehen hatten. Er trank nicht, rauchte nicht und aß weniger Zucker als ein Diabetiker. Sein gutes Aussehen war ein Spiegelbild seiner Gesundheit. Die kurz geschnittenen braunen Haare lichteten sich zwar ein wenig, doch sein schiefes Lächeln brachte die Herzen der akkreditierten Journalistinnen immer noch zum Schmelzen und zierte die Titelblätter sehr unpräsidentschaftlicher Magazine. Es wurde spekuliert, dass sein Aussehen ihm die Stimmenmehrheit der weiblichen Bevölkerung gebracht und damit das Vorurteil widerlegt hätte, dass ein unverheirateter Mann niemals Präsident werden könne. Er war ein moderner amerikanischer Held im besten Alter, eine Bank für die nächsten Wahlen.

Doch daran dachte er an diesem Sommertag nicht. Schon Roosevelt, Bush jr. und gelegentlich Clinton waren auf dem malerischen Pfad durch den Wald, der sich um Camp David herumzog, gerne spazieren gegangen, doch keiner von ihnen war durch die Landschaft gestürmt wie ein Mann, der eine Mission hatte. Die Atmosphäre gefiel Duncan. Unter dem dichten Laubdach roch der Wald erdig nach Feuchtigkeit und verwelkenden Blättern. Es war ein wenig drückend, doch hier in den Bergen, sechshundert Meter über Meereshöhe, kam es einem im Vergleich zu der fast tropischen Schwüle von Washington richtig frisch vor.

Er würde zwei Wochen lang seinen Stab und ausländische Staatsoberhäupter bewirten und zum Schluss letzte Hand an einen Friedensvertrag für Palästina und Israel legen. Doch die nächsten drei Tage waren ausschließlich der Entspannung gewidmet. Den Kopf freibekommen, vielleicht ein Buch lesen. Wie es hieß, war *Ice Station* von Matthew Reilly eine höchst spannende, actiongeladene Story, die ihm gefallen könnte.

Seine Gedanken glitten zu weiteren erfreulichen Dingen. Bei seinem Amtsantritt hatte er das Land auf harte Schläge gegen den Terrorismus eingestimmt. Aber er hatte nicht vorgehabt, mit stumpfen Waffen zu kämpfen. Keine Einmärsche in fremde Länder. Keine unschuldigen Opfer. Und schon gar keine Schlagzeilen. Stattdessen setzte er chirurgische Teams ein, die terroristische Organisationen vorsichtig entfernen sollten wie Krebsgeschwüre aus einem Körper – mit brutaler Effizienz.

Bisher hatte sich vor allem das Schachteam dabei hervorgetan. Gestern hatte es einen weiteren lautlosen Sieg errungen. Und die Welt glaubte, eine Bande von Piraten hätte wieder einmal einen Frachter angegriffen und wäre von einem chinesischen Zerstörer getötet worden. Duncan freute sich darauf, Jack Sigler und seinem Schachteam endlich persönlich gegenüberzutreten. Deep Blue würde – kaum überraschend – an dem Treffen nicht teilnehmen. Seine Identität musste im Dunkeln bleiben, um den Erfolg nicht zu gefährden.

Mit oder ohne Deep Blue, nach Duncans Meinung wurde es höchste Zeit, dass das Delta-Team, das seiner Präsidentschaft zur Blüte verholfen hatte, für seinen Einsatz die entsprechende Anerkennung bekam. Eigenartigerweise legte King keinen Wert auf Orden. Keiner aus dem Team. Sie behaupteten, nicht an solche Dinge zu glauben. Sie wünschten sich lediglich ein Barbecue mit dem Präsidenten ... also sollte es so sein. Und Duncan war fest entschlossen, das beste gottverdammte Barbecue zu veranstalten, das das Schachteam je erlebt hatte. Ohne

Spitzenköche oder eine Cateringfirma. Viel besser. Er hatte einen neuen, professionellen Lynx-Grill installieren lassen, die besten und frischsten Fleischstücke für den Nachmittag geordert und reichliche Mengen vom Lieblingsbier des Teams eingelagert – Sam Adams. Und er ließ einen unübertrefflichen Grillmeister einfliegen – seinen eigenen Bruder Greg.

Duncan freute sich darauf, King und seine Mannschaft kennenzulernen, die so viel für das Land getan hatten. Lächelnd und schon wieder ein wenig entspannter lief er weiter. Er konnte es kaum erwarten, aus erster Hand von ihren Abenteuern zu hören.

Er kam um eine Wegbiegung und bewunderte das hellgrün leuchtende Laub der Ahornbäume, die den Pfad säumten. Durch die Blätter sah er den azurblauen Himmel und die strahlende Sonne. Dabei fiel ihm sein Traum von letzter Nacht wieder ein, der einzige kleine Wermutstropfen an diesem ansonsten makellosen Tag. Er hatte geträumt, durch den Dschungel gehetzt zu werden – gejagt wie ein wildes Tier. Aus der Vogelperspektive sah er sein Kind-Ich vor schemenhaften, kreischenden und heulenden Gestalten davonlaufen. Dann *war* er plötzlich der Junge, keuchend, in Panik, die Füße wie in zähem Schlamm steckend. Bevor er mit einem Schrei aufgewacht war, der den bewaffneten Sicherheitsbeamten vor der Tür auf den Plan rief, sah er noch gelbe Zähne aufblitzen und auf sein Gesicht zuschießen.

Er hatte nie unter Nachtangst gelitten, aber dieser intensive Alptraum musste etwas Derartiges gewesen sein. Er war am ganzen Körper schweißgebadet und zerkratzt aufgewacht. Vermutlich hatte er sich selbst mit den Fingernägeln verletzt, während er sich gegen die imaginären Angreifer zur Wehr setzte. Der Arzt hatte den Traum auf seine bevorstehende Auszeit zurückgeführt. Er kannte Duncan als Workaholic und glaubte tatsächlich, dass der Gedanke an Entspannung den Präsidenten eher unter Stress setzte.

Duncan bezweifelte diese »Angst vor einer Auszeit«-Theorie. Aber einen Grund für den Alptraum fand er auch nicht, höchstens, dass er vor ein paar Tagen James Camerons *Alien* im Kinosaal des Weißen Hauses gesehen hatte. Das erschien ihm als Grund ebenso plausibel wie irgendwelche psychischen Ursachen. Der Alptraum war jedenfalls so erschreckend real gewesen, dass er ihn am liebsten vollständig vergessen wollte. Und dabei half ihm das Joggen in dieser herrlichen Umgebung. Ein wunderschöner Tag. Ein perfekter Tag. Ein gutes Omen.

Plötzlich schoss ein Schmerz durch seine Brust. Er strauchelte und blieb stehen, fühlte sich plötzlich benommen. Er tastete nach seinem Puls und fand ihn in Ordnung.

Dann blieb sein Herz stehen.

Als er zu Boden fiel, fragte er sich noch, wie jemand es geschafft haben konnte, ihn zu vergiften. Er hörte die beiden Sicherheitsbeamten Befehle brüllen. Helle Flecken tanzten vor seinen Augen, und er wusste, dass sie nichts mehr für ihn tun konnten. Als sein Kopf auf die Erde schlug, spürte er schon nichts mehr.

President Duncan war tot.

5 Fort Bragg – Cumberland County, North Carolina

»Heilige Pferdekacke!«, sagte Rook, während er Knight einen Pik-Buben überreichte. »Das ist jetzt das fünfte Mal hintereinander! Du bescheißt doch!«

Knight ließ ein großspuriges Lächeln aufblitzen und lehnte sich zurück. Dieses Lächeln und seine fein geschnittene Kieferlinie mit der glatten Babyhaut machten nicht nur viele Frauen schwach, sondern trieben Rook zum Wahnsinn. Nicht, dass Rook kein Glück bei Frauen gehabt hätte; aber er war einfach kein »hübscher koreanischer Jüngling« wie Knight. »Ich würde nie betrügen. Ritter sind stets ehrlich und wahrheitsliebend.«

Unterdrücktes Gelächter von King, Queen und Bishop, die ihre Blätter dicht an der Brust hielten. Vor jedem Spieler, mit Ausnahme von Rook, lag ein kleiner Stapel abgelegter Karten auf dem Tisch.

»Ehrlich und wahrheitsliebend am Arsch«, knurrte Rook. »Ich bin dir nur noch nicht auf die Schliche gekommen. Und wenn es so weit ist …« Rook schüttelte die Faust. »Dann ramme ich dir die hier in den …«

»Halt, halt, hör auf zu träumen, Kleiner«, meinte Queen besänftigend. Im Einsatz konnte sie eine wahre Furie sein, aber zu Hause spielte sie oft die Friedensstifterin. Es war ja nicht so, dass die Jungs nicht miteinander auskamen, aber sie waren wie Brüder … und Brüder streiten eben manchmal. »Du bist dran.«

Rook seufzte und betrachtete seine Karten. Instinktiv suchte er nach Pärchen, Straßen und gleichfarbigen Karten, aber leider spielten sie nicht Poker. In ihrem ersten gemeinsamen Jahr fanden sie dieses Spiel zu frustrierend, einfach deshalb, weil King unschlagbar war. Er besaß das Talent, in den Gesichtern von Menschen zu lesen und intuitiv zu erfassen, wie gut ihr Blatt war. Nachdem das Team insgesamt 2300 Dollar in einer einzigen Runde an ihn verloren hatte, hatte Rook mit Zornesröte im Gesicht die Chips genommen, sie mit Benzin übergossen und in Brand gesteckt. Sie verschmolzen zu einem einzigen, rot-weiß-blauen Klumpen aus versengtem Plastik. Danach beschlossen sie, etwas weniger Wettkampfmäßiges zu spielen ... wobei es eher auf Glück als auf Geschicklichkeit ankam. Aber seit einem Monat hatte Knight, zu Rooks wachsendem Missvergnügen, kein einziges Mal verloren. Auch wenn es nicht um Geld ging, war Kings Siegesserie bei *Go Fish* noch schlimmer als die beim Poker, denn angeblich war dies ein Glücksspiel. Doch irgendwie hatte Knight einen Dreh gefunden ... wenigstens was Rook anging, der immer als Erster ausschied.

Er konzentrierte sich auf seine letzten drei Karten. Herz-Ass. Karo-Zehn. Pik-Drei. Er musste eine wählen.

»Knight. Zehner«, sagte Rook. »Schieb rüber.«

Knight warf einen Blick auf seine Karten und ging sie langsam durch. »Nein ... nein ... nein ... Tut mir leid, Großer. Da geht nichts.«

Rook zog die Augenbrauen hoch, während sein Gesicht einen leicht violetten Farbton annahm. Er strich sich über den fünf Zentimeter langen blonden Spitzbart. »Pinkel mir nicht ans Bein und erzähl mir dann, dass es regnet, Knight.«

»Aber in Strömen.«

»Verdammt.«

»Äh, und Rook? Geh fischen. Karte ziehen.«

Unterdrückt in sich hineinfluchend nahm Rook eine Karte vom Stapel. Dann leuchtete seine Miene auf. Herz-Zehn. »Ha!« Er knallte die Karten auf den Tisch und sagte sein erstes Pärchen an. »Friss Staub, Knight!«

Knight lachte. »Was soll denn das jetzt heißen?«

»Hey, Rook«, meinte King, mühsam ein Grinsen unterdrückend.

Rook sah zu King, der seine übliche saloppe Uniform trug: Bluejeans und Elvis-T-Shirt. Was Rook jetzt in seinen Augen entdeckte, war etwas, das nur wenige Menschen je zu sehen bekamen – Belustigung. Und das machte ihn nervös.

»Asse«, verkündete King.

Rook reichte ihm zähneknirschend die Karte, das Gesicht misstrauisch verzogen. »Macht ihr zwei etwa gemeinsame Sache?«

»Nein«, meinte King und lehnte sich zurück, so dass ihm seine lockigen, moppartigen Haare aus dem Gesicht fielen und ein breites Lächeln enthüllten. »Ich bin nur gerade hinter Knights Geheimnis gekommen.«

Knight und Rook sahen ihn verblüfft an.

»Hinter dir«, meinte King und deutete auf die Rückwand des Freizeitraums, sieben Meter entfernt, wo Knight vor einem Monat einen kleinen Spiegel direkt neben dem Fernseher an der Decke angebracht hatte. Jetzt hatte auch Rook ihn entdeckt, und selbst wenn er weit entfernt war, hatte er keinen Zweifel, dass Knight mit seinen Adleraugen seine Karten auch aus dieser Entfernung erkennen konnte.

Männer aus anderen Einheiten, die ferngesehen, Pool gespielt oder gelesen hatten, drehten sich zu ihnen um, während Rook seine riesenhafte Gestalt über Knight aufbaute und rief: »Du kleiner Saukerl.«

Knight hüpfte vom Stuhl und tänzelte davon, während Rook ihn verfolgte. Knight fing an, seine Karten nach Rook zu flippen, und traf ihn mit jedem Schuss an der Stirn. Während er noch schrill keckerte, stolperte er über Kings ausgestrecktes Bein. Mehr brauchte Rook nicht, um ihn an seinem Seidenhemd zu packen.

Knight hielt plötzlich ganz still und hörte auf zu lachen. »Zerknitter mir ja nicht das Hemd, Rook.«

Rook sammelte einen Klumpen Spucke und schnaubte laut durch die Nase.

»Rook …«

Selbst der normalerweise stille Bishop lachte jetzt. Dieser Streit hatte sich einen Monat lang angebahnt, und die drei nicht daran beteiligten Mitglieder des Schachteams genossen jede Sekunde. Eine hübsche, erholsame Woche lag vor ihnen, deren Krönung morgen das Barbecue in Camp David mit keinem Geringeren als dem Präsidenten sein sollte. Ihr Flug ging heute Nacht, und die Koffer waren bereits gepackt. Natürlich konnte es Verspätungen geben, sollte jemand verletzt werden. Rook war stärker und größer, aber Knight war ein schneller und geschickter Kämpfer … und anscheinend hatte er das Glück auf seiner Seite.

»King!« Eine befehlsgewohnte Stimme. Gereizt. Nicht ungewöhnlich für Brigadegeneral Keasling, aber nicht auf ihn richteten sich alle Blicke, sondern auf die Person, die mit ihm die Lounge betreten hatte.

Queen war nicht nur die einzige Delta-Soldatin, sie war auch die einzige Frau unter all den Einheiten der Sondereinsatzkräfte in Fort Bragg. Die Einwohnerzahl lag über 29 000, und es wohnten natürlich noch viele andere

Frauen auf dem Stützpunkt, doch sie betraten sehr selten die Baracken, und wenn, dann bestimmt nicht in Begleitung des kleinen, finster dreinschauenden Generals, der jetzt auf King zumarschiert kam. Die Frau wich ihm nicht von der Seite und sah dabei aus, als wäre sie auf dem Weg zum Abschlussball. Sie war in jeder Hinsicht das Gegenteil von Queen. Elegantes Kostüm. Hohe Absätze. Steif.

»Alle anderen raus hier, sofort!«, bellte Keasling. Dreißig Sekunden später hatte sich der Freizeitraum geleert, bis auf die fünf Delta-Agenten, den General und die Frau, die jetzt nervös von einem Fuß auf den anderen trippelte.

King erhob sich und grüßte den General in seiner makellosen Uniform mit einem lässigen Salut. Die Frau warf ihm einen seltsamen Blick zu. »General, was kann ich für Sie tun?«, fragte King. »Wie Sie sehen, sind wir gerade sehr beschäftigt.« King wies auf Rook, der Knight immer noch an der Hemdbrust gepackt hielt und die Lippen zum Spucken spitzte.

»Sie setzen sich in zwei Stunden in Marsch«, sagte Keasling knapp.

King blinzelte unsicher, überzeugt, dass es sich um ein Missverständnis handelte. »Eigentlich sollten wir erst heute Abend fliegen.«

»Nein, das hat sich erledigt.«

King verschränkte die Arme über Elvis' Gesicht auf seinem T-Shirt. »General, verzeihen Sie den Einwand, aber wenn Ihr Ausflug nicht ein Barbecue mit dem Oberkommandierenden beinhaltet, dann müssen Sie sich jemand anderen …«

Eine schwere Hand legte sich auf Kings Schulter. Es war Bishop. Zum ersten Mal an diesem Tag machte er den Mund auf und brachte King zum Schweigen. »Jack, da stimmt was nicht. Hör ihn an.«

King wandte sich wieder zu Keasling. »Was ist los?«

»Der Präsident ist gestorben«, meinte Keasling nüchtern.

Rook ließ Knight los, und die Mienen des Schachteams verdüsterten sich. Kings Gedanken rasten. Wenn der Präsident tot war und die erste Reaktion der Regierung darin bestand, sein Team zu mobilisieren, konnte das nur eines bedeuten: Er war ermordet worden. Da blieb nur eine Frage: »Wer ist das Ziel?«

6

Keasling seufzte, nahm seine Mütze ab und wischte sich mit dem Unterarm über die Stirn. Er setzte sich auf die Lehne einer Couch und sagte: »Das ist der springende Punkt, Jack. Niemand. Jedenfalls noch nicht.«

»Worum geht es dann?«, fragte King.

Keasling wies auf die Frau, die auf den Lippen kaute und sich unruhig umsah. »Um sie.«

King wandte sich ihr zu. »Und Sie sind?«

Sie antwortete nicht. Sie ließ die braunen Augen durch den Raum schweifen, als speicherte sie jedes Detail, jeden Laut und jede Farbe ab.

»Hallo«, sagte King lauter. »Miss?«

Sie erwachte aus ihrer Versunkenheit. Einen Augenblick lang klimperte sie mit den Wimpern, aber weder freundlich noch flirtend. Sie wirkte wie ein Android, der Informationen aus seinem Elektronengehirn abruft. Und diese Vorstellung lag gar nicht so weit daneben. Vor ihrem geistigen Auge rekapitulierte sie die vergangenen Sekunden, bis sie registrierte, was sie zuvor nicht bewusst wahrgenommen hatte. »Tut mir leid«, meinte sie und schüttelte King die dargebotene Hand. »Sara Fogg. CDC.«

»Das CDC?«, wiederholte King.

»Center for Desease Control, die Behörde für Seuchenkontrolle«, fügte Sara hinzu.

»Ich weiß, was das CDC ist.« Er verbarg seine Belustigung hinter einem ernsten Tonfall. Sara Fogg war schön, betont souverän und *extrem* unsicher. Ein Mensch außerhalb seines gewohnten Lebensraums. Andererseits hatte er keine genaue Vorstellung davon, *wo* sie sich zu Hause fühlte. Der Outdoortyp schien sie nicht zu sein – friseurgepflegte kurze Haare, gut geschminkt –, aber unter ihren kurz geschnittenen Fingernägeln klebten Schmutzreste, und der Lack war stellenweise abgeplatzt. Sie war sich also nicht zu schade, sich die Finger dreckig zu machen. »Ich verstehe nur nicht, warum Sie hier sind.«

»Ich bin Seuchendetektivin«, erwiderte Sara.

Rook zog eine Augenbraue hoch.

Sara bemerkte seine Skepsis. »Sie glauben wahrscheinlich, Sie retten die Welt, indem Sie Terroristen töten. Aber statistisch gesehen retten Sie jedes Jahr nur ein paar *Tausend* Menschenleben. Was ich tue, rettet *Millionen*. Terroristen sind nicht die wahren Killer auf dem Planeten Erde. Das sind die Seuchen.«

Keasling brachte sie mit erhobener Hand zum Schweigen. »Lassen Sie mich das erklären. Sie vermitteln ein ganz falsches Bild.«

King blieb stumm. Die meisten Menschen teilten Saras Meinung über die Arbeit des Schachteams. Aber Seuchen feuerten keine Kugeln ab oder verschworen sich gegen die Zivilisation. Krankheiten waren ein Faktum des Lebens, kein Feind. Kein Attentäter. »Lassen Sie uns auf den Präsidenten zurückkommen. Wie ist er gestorben?«

»Genau genommen ist er nicht tot«, erwiderte Keasling. »Die Männer vom Secret Service, die bei ihm waren, konnten ihn wiederbeleben. Er liegt jetzt im Krankenhaus und bleibt natürlich unter Beobachtung. Aber für dreißig Sekunden am gestrigen Tag war er tot.«

»Und?«, hakte Knight nach.

»Er hatte einen Herzanfall. Er …«

»Ich dachte, der Präsident wäre ein Gesundheitsfanatiker«, warf Queen ein.

»Das stimmt«, antwortete Keasling.

»Wie kann bei einem Gesundheitsfreak plötzlich die Pumpe streiken?«, fragte Rook.

»Genetischer Defekt?«, schlug Knight vor.

Keasling wollte etwas erwidern, doch Rook kam ihm zuvor. »Vielleicht ist er ein heimlicher Fast-Food-Fetischist?«

»*Rook*«, mahnte Queen im Tonfall einer Lateinlehrerin.

Er zuckte die Achseln. »He, der Bursche hat doch überlebt.«

Sara wurde ungeduldig. Das ging ihr alles zu langsam. Sie räusperte sich und sagte: »Es war *kein* Herzanfall. Der Präsident ist Opfer einer genetisch bedingten Krankheit geworden, die wir als Brugada-Syndrom kennen. Er ist hundertprozentig fit. Seine Cholesterinwerte sind überdurchschnittlich gut. Sein Herz schlägt wie ein Metronom. Er ist in den Vierzigern, besitzt aber den Körper eines Dreißigjährigen. Und sein Herz ist medizinisch gesund.«

Sara sah fünf Augenpaare auf sich gerichtet. Sie hatte ihre volle Aufmerksamkeit.

»Aber beim EKG tauchte ein charakteristisches Muster auf – typisch für Menschen mit Brugada. Der plötzliche Herztod wird verursacht durch schnelle, polymorphe ventrikuläre Tachykardie oder Kammerflimmern. Diese Arrhythmien können schlagartig auftreten, ohne jede Vorwarnung. Die üblichen Alarmsignale für eine Herzattacke – Schmerzen im linken Arm, Kurzatmigkeit – tauchen bei Brugada nicht auf. Das Herz bleibt einfach stehen, und man fällt tot um. Der Präsident war nur noch für Sekunden bei Bewusstsein, nachdem er einen Stich in der Brust gefühlt hatte. Dann folgte eine Welle von Übelkeit. Das war alles. Er erinnert sich nicht einmal mehr an den Sturz.

Es gibt keine äußeren Anzeichen dafür, dass ein Mensch an der Krankheit leidet, bis er tot umfällt, es sei denn natürlich, man ließe einen Test machen, was keinen Sinn ergäbe, da nur null Komma null fünf Prozent der Weltbevölkerung über die entsprechenden Gene verfügen, und auch da werden sie nur bei einem verschwindend geringen Anteil aktiv, üblicherweise bei Männern. Die Krankheit ist so selten, dass die meisten Ärzte noch nicht einmal von ihr gehört haben.«

Sara endete und fuhr sich mit den Fingern durch die stacheligen schwarzen Haare. »Noch Fragen?«

Rook schnalzte mit den Fingern wie ein Erstklässler. »Der Präsident wurde also mit einer seltenen, heimtückischen Krankheit geboren. Was hat das mit uns zu tun?«

»Wenn ein Präsident sein Amt antritt, wird er einer ganzen Reihe von Gesundheitschecks unterzogen und auf alle gefährlichen Krankheiten und genetischen Störungen untersucht. Das schließt ein EKG mit ein. Zwei Wochen nach Amtsantritt litt er noch nicht unter Brugada. Das Brugada-Syndrom ist eine Erbkrankheit, das heißt, man leidet von Geburt an darunter. Doch als Tom Duncan sein Amt antrat, war er noch gesund ... er hat sich erst vor einer Woche damit angesteckt, als er unwissentlich einem neuen Stamm von aviärer Influenza ausgesetzt war – Vogelgrippe.«

King spürte, wie sich die Härchen an seinen Armen aufstellten. Er befürchtete das Schlimmste. Warum sonst müsste sich das effektivste Delta-Team der Welt mit einer Krankheit befassen? Es war ja nicht so, dass man Mikroben über den Haufen schießen konnte.

Sara rollte mit dem Kopf. Sie hatte denselben Text während der letzten vierundzwanzig Stunden mehr als zehn Mal heruntergebetet, und langsam klang er abgestanden. Sie war von einem Ort zum nächsten gereist, während ein Plan mit ihr als Schlüsselfigur entwickelt wurde. »Vogelgrippe ist normalerweise für Menschen nicht ansteckend, aber es kommt vor, dass sie von einer Spezies auf die andere überspringt. Dieser spezielle Stamm unterscheidet sich von allen, die wir bisher kannten. Er ist mutiert, so dass er ebenso infektiös ist wie jeder andere Grippeerreger, aber zudem beinhaltet er auch Gene, die er zur DNA des Wirts hinzufügt.«

»Die Gene für Brugada«, warf King ein.

Sara nickte. »Und so wird eine normale, lästige Grippe zu einem hundertprozentigen Killer, jedenfalls für den Menschen. Die Übertragung erfolgt durch Tröpfcheninfektion, es genügt also zu husten oder zu niesen, um jemanden anzustecken. Die Krankheit breitet sich aus wie eine Erkältung, tötet aber so sicher wie eine Kugel in den Hinterkopf. Was einmal eine Erbkrankheit war, ist jetzt hoch infektiös und eine Gefahr für die ganze Welt. Mehrere Berater des Präsidenten wurden inzwischen ebenfalls positiv auf Brugada getestet, außerdem die Secret-Service-Leute, die ihn wiederbelebt haben, und die behandelnden Ärzte. Das Weiße Haus steht unter Quarantäne. Niemand darf hinein oder hinaus. Aber das ist nur der Anfang. Wir müssen jeden aufspüren, der das Weiße Haus besucht hat und wiederum dessen Kontaktpersonen während der letzten Woche. Hunderte von Menschen wurden in aller Stille zu Hause unter Quarantäne gestellt, bis sie getestet werden können, aber viele weisen bereits Grippesymptome auf.«

Sara legte eine Pause ein, bis sie sicher war, dass alle Augen auf sie gerichtet waren, bevor sie fortfuhr. Die Mienen des Teams waren wie aus Stein gemeißelt. »Der Präsident hatte sich *angesteckt,* daher mussten wir die Quelle suchen. Wir haben alle seine Termine während der letzten paar Wochen überprüft, seine Reiserouten verfolgt, alle Kontaktpersonen aufgespürt. Vor einer Woche hatte er ein Treffen mit einem gewissen Daniel Brentwood, dem Besitzer von Elysian Games, der sich zuvor in Asien aufgehalten hatte, der Brutstätte der meisten Vogelgrippen der Welt.«

»*Und* von Brugada«, fügte King hinzu.

»Ja.«

»Womit haben wir es also zu tun? Mit einer neuen Biowaffe?«, fragte Rook.

»Schon möglich, aber wir konnten bisher kein Motiv erkennen, und niemand hat die Verantwortung übernommen. Doch eins wissen wir sicher: Wenn jemand Brentwood mit Brugada angesteckt hat, ist er ein großes Risiko eingegangen. Hieraus könnte sich eine Pandemie entwickeln, gegen die die Schwarze Pest harmlos war.«

»Wurde der Erreger im Labor hergestellt?«, fragte Queen.

»Wir glauben, nicht, aber vermutlich hat ihn jemand waffenfähig gemacht.«

»Ist eine allgemeine Warnung rausgegangen?«, fragte Knight.

»Die Öffentlichkeit zu informieren wäre an diesem Punkt kontraproduktiv.«

»Sie meinen«, sagte King, »dass die große Masse der Menschen in den USA ... in der ganzen Welt an dieser Vogelgrippe erkranken könnte, die eine tödliche genetische Krankheit überträgt, und Sie wollen niemandem etwas davon sagen?«

»Sie müssen verstehen, dass es keine Heilung gibt. Wir

glauben, dass der neue Virenstamm fürs Erste unter Kontrolle ist. Die Öffentlichkeit zu informieren wäre ein Fehler. Stellen Sie sich eine Welt vor, in der jeder in jedem Moment tot umfallen könnte. Können Sie sich vorstellen, was für ein Chaos entstünde, wenn diese Gefahr bekannt würde? Es würden mehr Menschen eines gewaltsamen Todes sterben als an der Krankheit selbst. Es gibt keine einfache Lösung. Dies ist mehr als ein simples Virus. Diese Krankheit schreibt den genetischen Code um. *Dauerhaft.*«

»Ich dachte, das wäre unmöglich«, sagte Knight.

»Normalerweise ja. Die meisten von uns sterben mit demselben genetischen Code, mit dem sie geboren wurden, und wenn wir nicht gerade von einem Laster überfahren oder vom Blitz getroffen werden, bestimmt dieser Code auch Zeitpunkt und Art unseres Todes. Aber es gibt Mutationen. Wenn man sich zu lange radioaktiver Strahlung oder der Sonne oder bestimmten Chemikalien aussetzt, kann das den genetischen Code verändern.«

»Sie sprechen von Krebs«, warf Queen ein.

Sara nickte. »Das ist eine typische Manifestation, ja. Wenn in einer Zelle eine Mutation auftaucht und nicht repariert wird und diese Zelle teilt sich, dann wird die veränderte DNA fortan an alle Duplikate weitergegeben. Dabei handelt es sich aber um erworbene Mutationen, die normalerweise nicht an Nachkommen weitergegeben werden können. Doch Brugada wird über Generationen vererbt.

Um ein Heilmittel zu finden, müssen wir an die Quelle gelangen oder eine Person in der Nähe dieser Quelle ausfindig machen, die immun ist. Selbst dann sind unsere Chancen minimal, doch wenn wir keinen Erfolg haben, werden in einer Woche die ersten Menschen – vor allem Männer – anfangen, tot umzufallen. Die Berater des Präsidenten, Agenten des Secret Service, Senatoren, der größte

Teil des Personals des Weißen Hauses. Sie alle werden sehr bald sterben. Ob das Virus anderswo auf der Welt bereits verbreitet wurde, ist irrelevant. Die halbe Welt könnte sich bereits damit infiziert haben, ohne dass uns das einen Schritt weiterbringt.«

»Die Krankheit befällt also keine Frauen?«, wollte Knight wissen.

Sara schüttelte den Kopf. »Doch, aber sehr selten. Wir wissen noch nicht, wie dieser neue Stamm sich verhalten wird, doch wir glauben, dass es dabei bleibt. Alles, was sich vom ursprünglichen Krankheitsbild her verändert hat, ist der Zeitrahmen, in dem der Tod eintritt – der Präsident und Brentwood starben beide innerhalb von einer Woche nach dem ersten Auftreten der Grippesymptome. Frauen sind bisher nicht betroffen.«

»Ach, darum brauchen Sie das Schachteam«, sagte Queen.

Keasling räusperte sich. »Sie sind die einzige Frau bei den Sondereinsatzkräften, Queen. Wenn die Jungs alle tot umfallen, bleiben immerhin noch Sie übrig, um den Job zu erledigen.«

»Aber nicht nur«, meinte King mit einem Seitenblick auf Sara. »Oder?«

»Nein«, antwortete Sara. »Ich komme mit.«

Rook runzelte die Stirn. »Entschuldigung, aber das halte ich für gar keine gute Idee.«

Genau die Art von Machogehabe, die Sara erwartet hatte. Das konnte sie nicht dulden. Dazu stand zu viel auf dem Spiel. »Nur weil ich keine Soldatin bin ...«

»Ich will Ihnen nicht zu nahe treten«, sagte Rook. »Mir gefällt nur nicht ...«

Sara hob die Stimme. »Ich kann auf mich selbst aufpassen!«

»Aber das müssen Sie nicht«, meinte King. Er warf Rook einen warnenden Blick zu. »Weil das *unsere* Aufgabe ist.«

Rook zuckte die Achseln und lehnte sich zurück. »Ich will nur nicht, dass sie verletzt wird, das ist alles.«

»Und genau dafür werden Sie sorgen«, sagte Keasling. »*Sie* ist ihre Mission. Sorgen Sie dafür, dass sie lange genug am Leben bleibt, um *ihre* Mission zu vollenden.«

»Das Heilmittel zu finden«, sagte King.

»Ja«, bestätigte Sara.

Knight kniff die mandelförmigen Augen zusammen. »Aber warum nur sie? Warum nicht ein Team von Wissenschaftlern?«

»Der eine Grund ist«, begann Keasling, »dass wir so unauffällig wie möglich vorgehen müssen. Ein ganzes Wissenschaftlerteam wäre unübersehbar. Und Miss Fogg ist …«

»Besser als jedes Team von Wissenschaftlern, das Sie zusammenstellen könnten«, sagte Sara. »Ich habe zwei Doktortitel. Einen in Molekularbiologie, den anderen in Genetik. Und etliche Semester Biochemie. Ich habe über molekulare Evolution und analytische Morphometrie publiziert. Als es mir im Labor zu langweilig wurde, bin ich zum CDC gegangen, um dort Feldforschung zu betreiben. Ich war in Seuchenbrennpunkten auf der ganzen Welt. Kenia. Kongo. Indien. Ich hatte mit Ausbrüchen von Blauzungenkrankheit, Malaria, Cholera, Denguefieber und Leishmaniose zu tun. *Und* ich habe das ganze letzte Jahr damit verbracht, Brugada zu studieren, was mehr ist, als jeder andere von sich behaupten kann, der physisch in der Lage wäre, sich an dieser Mission zu beteiligen.«

»Schon mal unter Beschuss geraten?«, fragte Rook.

Sara hielt kurz den Atem an. »Nein. Aber das dürfte auf jeden mit meinen Referenzen zutreffen.«

»Da haben Sie vermutlich recht«, bestätigte King. Er ließ sein offenes Lächeln aufblitzen. »Und womit Sie sich herumschlagen, ist sowieso tödlicher als Kugeln, nicht wahr?«

Saras Lippen verzogen sich zu einem schwachen Lächeln. »Richtig.« Sie gab sich einen Ruck, trat vor und öffnete die obere Hälfte ihrer Bluse. Ein kleiner, genähter Einschnitt an ihrem Brustbein wurde sichtbar. »Sie müssen sich alle einem kleinen Eingriff unterziehen. Jedem wird oberhalb des Herzens ein Kardioverter-Defibrillator eingepflanzt. Ohne in technische Details zu gehen: Sobald Ihr Herz stehen bleibt, wird er einen Impuls abgeben, der es wieder zum Schlagen bringen sollte.«

»*Sollte?*«, fragte Knight.

»Die Sterblichkeit von Brugada-Patienten mit Kardiovertern lag in den letzten zehn Jahren bei null Prozent, aber bei diesem neuen Stamm können wir nicht sicher sein. Wir hatten keine Zeit, ihn zu studieren, daher kann ich nichts versprechen.«

Keasling stand auf. Die Zeit war knapp. »Start in zwei Stunden. Sorgen Sie dafür, dass Sie ...« Keasling sah auf die Uhr. »... um dreizehnhundert auf der Luftwaffenbasis Pope sind. Alles Weitere dort.«

»Was ist mit dem chirurgischen Eingriff?«, fragte Queen.

Keasling lächelte. »Der Flug ist lang.«

»Wohin geht es?«, fragte King.

Keaslings Lächeln erlosch. »An die Geburtsstätte Brugadas. Die annamitischen Kordilleren. Vietnam.«

7 Luftwaffenbasis Pope

Das Monstrum brüllte auf, machte einen Satz nach vorn und beschleunigte, so dass die beiden Menschen, die sich an seinen Rücken klammerten, gehörig die Schenkelmuskeln anspannen mussten. Die Harley-Davidson Night-Rod-Special sah mit ihrer Straight-Shot-Dual-Auspuffanlage, dem schwarz- und chromglänzenden Rahmen und dem schlanken Design nicht nur verboten gut aus, sondern bewegte sich auch wie ein Kampfjet – oder jedenfalls wie die beste Annäherung daran, die sich auf zwei Rädern finden ließ.

Mit Vollgas brausten King und Queen über die schwarze Teerstraße zur Luftwaffenbasis Pope. King hatte fünf Jahre lang für das Motorrad gespart und es sich erst vor drei Monaten gekauft. Seitdem war Queen regelmäßig zu Gast auf dem Sozius, die Arme locker um King geschlungen, die blonde Mähne im Wind flatternd. In der ersten Woche hatte es ein Trommelfeuer von Frotzeleien gegeben, dass das tödliche Duo nun ein Paar geworden sei, doch ein paar blutige Nasen und gebrochene Finger hatten dieses Gerücht schneller zum Einschlafen gebracht, als King und Queen je das Bett hätten teilen können.

Die beiden waren eng befreundet und standen sich vielleicht näher als viele Liebespaare, da sie sich schon oft genug gegenseitig das Leben gerettet hatten. Aber das Band zwischen ihnen entsprach eher dem zwischen Bruder und Schwester.

Sie kämpften gemeinsam wie Schachkönig und -Königin, er trickreich und gerissen, während sie für den entscheidenden Zug zum Schachmatt zuständig war. Niemand konnte sie aufhalten.

Sie konnten jedoch zu spät kommen. Wie eben.

Zu spät, um die Welt zu retten. Und warum? Wegen eines schnellen Zwischenstopps an einem 7-Eleven, der sich allerdings noch als nützlich erweisen mochte.

Rook, Knight und Bishop waren vorausgefahren und hatten Kings und Queens Ausrüstung mitgenommen, sie würden also startklar sein, doch Saras Einführungskurs hätte schon vor fünf Minuten beginnen sollen. Aber schließlich hatte King in *ihrem* Interesse gehandelt. Sie würde es ihm noch danken.

Wenig später, nachdem sie auf dem Weg einen Durchschnitt von über 130 km/h hingelegt hatten, hielten sie am Sperrzaun. Queen strahlte übers ganze Gesicht. Der Wachtposten überprüfte ihre Ausweise und öffnete das Tor. »Sie werden in Decon erwartet«, sagte er salutierend.

Decon war ein Raum in Hangar 12, Deltas eigenem Gebäude auf dem Flugfeld, wo auch ihr streng geheimes Flugzeug stand. Da der Raum von eher unkreativen Geistern »Decon« genannt worden war, hatte Rook ihn in »Limbo« umgetauft, jenem Ort zwischen Himmel und Hölle, wo Missionen begannen und endeten.

King erwiderte den Salut lässig und fuhr auf den 900 Hektar großen Stützpunkt, Standort des 43rd Airlift Wing, der 23rd Fighter Group und der 18th Air Support Operations Group. Die Basis diente häufig als Sprungbrett für große Mobilmachungen, wurde aber hauptsächlich von einer Vielzahl von Spezialeinheiten genutzt, die in Fort Bragg stationiert waren.

Sie fuhren in den offenen Hangar und steuerten auf

Limbo zu, einem besseren Konferenzraum mit künstlichen Topfpflanzen, langem Tisch und einer Runde von bequemen Sesseln. Die Technik verbarg sich in den Wänden und unter der Oberfläche des Tisches. King hielt vor der offen stehenden Tür an und sah Sara bereits mit verschränkten Armen vor dem hochauflösenden Flachbildschirm stehen, der nicht nur nahtlos in die Wand überzugehen schien, sondern in ausgeschaltetem Zustand sogar deren Farbe und Textur imitierte und buchstäblich unsichtbar wurde. King und Queen nahmen wortlos ihre Plätze an dem ovalen Tisch ein. Keasling stand im Hintergrund und empfing sie mit der finsteren Miene, auf die er anscheinend ein Patent besaß.

Sara schloss ruhig die Tür und dämpfte die Beleuchtung. Sie wackelte mit der Maus ihres Laptops. Das Display leuchtete auf, ebenso der große Flachbildschirm. Zwei horizontale, verschnörkelte Linien erschienen darauf. Die erste Grafik mit der Unterschrift NORMAL zeigte eine kleine Zacke, einen tiefen Bauch und dann noch eine Zacke.

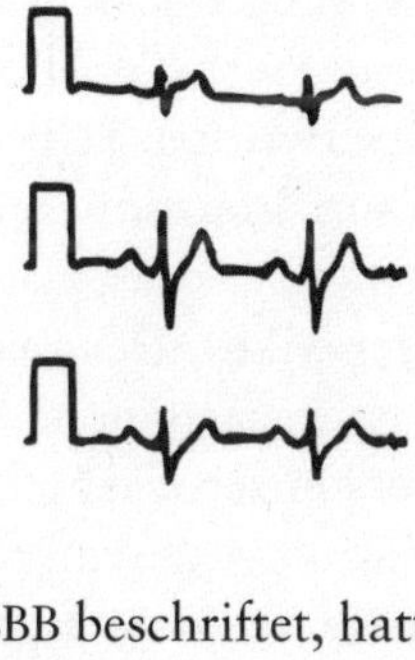

Die zweite, mit RBBB beschriftet, hatte drei Buckel, jeder höher als der vorherige.

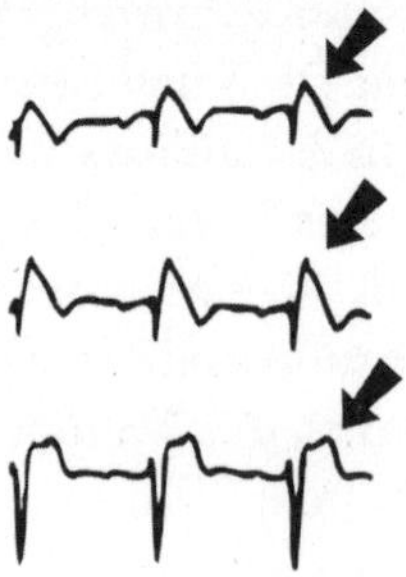

»Diese Bilder stammen aus President Duncans EKG«, begann Sara. »Das als ›normal‹ bezeichnete zeigt seinen QRS – die visuelle Darstellung seines Elektrokardiogramms – zum Zeitpunkt des Amtsantritts.«

Sara deutete auf die zweite Grafik. »Und so sieht sein QRS heute aus. RBBB ist typisch für eine ganze Reihe von Krankheitszuständen, die die rechte Herz- oder Lungenseite betreffen. Dazu gehören Blutgerinnsel, chronische Lungenerkrankungen, atrioventrikuläre Septumdefekte und Kardiomyopathie. Aber das ist leider nicht alles. Wenn RBBB bei Personen festgestellt wird, die an keiner der erwähnten Erkrankungen leiden, wird es als medizinisch unbedeutend und ›normale Abweichung‹ gewertet und für den Befund verworfen. Selbst bei Einsatz eines EKGs zur Diagnose kann Brugada also durch die Maschen schlüpfen.«

Sara klickte mit der Maus. Der Bildschirm zeigte ein neues Bild, das sie alle erkannten. Eine Doppelhelix. »DNA. Grundbaustein unseres genetischen Codes. Ausgangspunkt von Mutationen, die einer Spezies zum Erfolg verhelfen können, aber auch Ausgangspunkt zahlloser genetischer Störungen, die jedes Jahr mehr Menschen töten oder krank machen als alle Kriege der Geschichte zusammengenommen, und zwar wesentlich effizienter. Brugada übertrifft sie alle. Die Krankheit hat das Potenzial zu einer unaufspürbaren Pandemie. Innerhalb eines Jahres könnte es den größten Teil der männlichen Erdbevölkerung auslöschen. Und ohne den männlichen Bevölkerungsanteil würde die Menschheit wenig später zu existieren aufhören ... selbst bei kluger Anwendung der Samenbanken.«

Das Bild zoomte auf einen bestimmten Abschnitt des Codes. Er war mit SCN5A gekennzeichnet. »Dieses Gen, SCN5A, codiert den menschlichen Natriumkanal auf Chromosom 3p21. Sie müssen nicht verstehen, was das heißt, nur wissen, dass wir hier den Feind vor uns haben. Das Gen ist der Auslöser von Brugada. Die meisten von uns kommen ohne es zur Welt. Doch dieser neue Stamm der Vogelgrippe schleust das Gen in unsere DNA ein und betätigt gleichzeitig den ›On‹-Schalter dafür. Unsere Aufgabe ist, den entsprechenden ›Off‹-Schalter zu finden. Wenn wir die Quelle dieses neuen Stammes entdecken, vielleicht in einem weiblichen Überträger, können wir den Wirkmechanismus besser verstehen und vielleicht eine Möglichkeit finden, das Gen wieder abzuschalten. Noch besser wäre ein männlicher Überträger, der den neuen Stamm in sich trägt, aber nicht daran erkrankt. *Sein* Immunsystem könnte uns auf den richtigen Lösungsweg bringen.

Aber es wird nicht leicht sein. Brugada ist erstmals in Asien aufgetaucht. Die Krankheit ist benannt nach Joseph Brugada, der das Syndrom 1992 beschrieb, aber es existierte schon lange zuvor. Auf den Philippinen wird es Bangungut genannt, was so viel heißt wie ›ein Schrei, gefolgt vom Tod während des Schlafes‹. In Japan sagt man Pokkuri dazu. In Thailand Lai Thai. Und in Vietnam cái chét bat thin linh. Der plötzliche Tod. Seine Ursprünge lassen sich in die Bergregion der Annamiten zurückverfolgen, wo Brugada so verbreitet ist, dass es in die örtlichen Legenden Einzug gehalten hat.

Vietnam ist gleichzeitig eine der aktivsten Brutstätten für Vogelgrippe. Höchstwahrscheinlich infizierte sich ein Dorfbewohner der Region, der Träger des SCN5A-Gens war, mit dem Virus, der wiederum das Gen bei einer Mutation in sich aufnahm. Vor fünf Jahren beschrieb eine wissenschaftliche Expedition in einem bestimmten Dorf der Region ein besonders gehäuftes Auftreten von Brugada. Dort wollen wir hin.«

Sara schaltete auf das nächste Dia. Die Satellitenaufnahme zeigte ein kleines Dorf umgeben von endlosem Dschungel. »Dies ist Anh Dung. Das Dorf, das wir für den Ausgangspunkt des Brugada-Syndroms halten und möglicherweise die Quelle des neuen Virenstammes.«

Sara sah den Mitgliedern des Schachteams einzeln in die angespannten Gesichter. Sie waren voll bei der Sache, das musste man ihnen lassen. Sie klickte das nächste Bild an. Ein Foto Daniel Brentwoods in jüngeren Jahren, jungenhaft, ganz das zerstreute Genie, erschien in der oberen rechten Hälfte des Bildschirms. Der Rest füllte sich mit einer Weltkarte.

»Wir glauben, dass Daniel Brentwood sich in Hongkong mit dem mutierten Vogelgrippevirus infiziert hat. Gott sei Dank traten die Symptome erst nach seiner Rückkehr in die Vereinigten Staaten auf. Hätte er in der Enge der Kabine einer 747 herumgehustet, wäre die Pandemie, von der ich gesprochen habe, vielleicht schon voll ausgebrochen. Brentwood hatte die Angewohnheit, in die Hände zu niesen, daher war er perfekt dafür geeignet, die Krankheit zu verbreiten.«

Keasling räusperte sich. »Wir glauben, dass die Krankheit waffenfähig gemacht wurde. Es kann kein Zufall sein, dass ein Mann, von dem bekannt war, dass er sich mit dem Präsidenten treffen würde, sich genau zur richtigen Zeit infizierte, um die Krankheit auf den Präsidenten zu übertragen, aber nicht ein Flugzeug voller Passagiere anzustecken. Die Wahrscheinlichkeit eines zufälligen Zusammentreffens geht gegen null. Hier war intelligente Planung am Werk. Militärische Planung.«

»Sie wollen also sagen, es handelte sich um einen Anschlag auf den Präsidenten?«, fragte King.

Keasling nickte. »Höchstwahrscheinlich.«

Sara fuhr fort: »Alle anderen Infizierten stammen bisher aus dem Umfeld des Präsidenten und Brentwoods persönlichem Bekanntenkreis. Dass einer davon das Ziel war, ist unwahrscheinlich. Wir glauben, dass jeder, der mit dem Erreger in Kontakt kam, mittlerweile unter Quarantäne steht.«

Saras letztem Satz folgte ein unbehagliches Zucken in ihrer Wange. Sie war sich nicht sicher, und Queen merkte es. »Sie *glauben* es?«

»Es wäre *möglich,* dass jemand durchs Raster gerutscht ist. Ein Bankkassierer. Der Postbote. Pfadfinder, die Plätzchen von Haus zu Haus verkauft haben. Nur Gott weiß es sicher.«

»Nehmen wir mal den schlimmsten Fall an«, sagte King. »Wie lange, bis die Pfadfinder anfangen, tot umzufallen?«

»Eine Woche, höchstens.«

»Von jetzt an?«

»Von vor zwei Tagen an gerechnet. Was uns zu einem Szenario führt, über das ich Sie alle nachzudenken bitte. Genau das könnte nämlich in diesem Augenblick geschehen, falls jemand übersehen wurde. Brentwood ist der blaue Punkt.« Die Weltkarte erwachte zum Leben. Der blaue Punkt sprang quer durch Asien und ließ überall rote Punkte aufblühen, wo er hinkam. Einige davon bewegten sich in andere Länder, wo weitere rote Punkte auftauchten, die sich ebenfalls weiter bewegten.

»Brentwood hat mit 200 Mitreisenden einen Flug nach London genommen. Wäre er bereits infektiös gewesen, hätte eine große Anzahl, wenn nicht sogar alle von ihnen, sich anstecken können. Wir haben jedoch festgestellt, dass dem nicht so war.«

Der blaue Punkt schoss über die Karte bis London, wo eine Masse roter Punkt aufleuchtete, von denen sich einige über die kleine Insel verteilten, während andere sich zu entfernteren Orten in Europa, Afrika und sogar Südamerika bewegten. Der blaue Punkt jedoch glitt über den Atlantik und kam in Washington zum Stillstand. Eine neue Wolke aus roten Punkten blühte auf. Dann ein grüner Punkt.

»Der grüne Punkt ist Duncan. Das ist gerade einmal sieben Tage her«, sagte Sara.

Die Animation ging weiter. Der blaue Punkt bewegte sich nach Boston, wo neue rote Ausblühungen begannen. Von dort aus flitzten verschiedene rote Punkte an andere Orte des Landes. Los Angeles, Houston, Miami, Denver. Einige gingen nach Kanada. Andere nach Mexiko. Große rote Flecken breiteten sich um die meisten größeren Städte der Vereinigten Staaten und der ganzen Welt aus. Die Animation fror ein.

»So hätte es heute aussehen können. Aber wir hatten Glück. Brentwood sagte die meisten Verabredungen ab, als er krank wurde, und sah nur noch seine Familie, ein paar Freunde und den Präsidenten. Die Situation, vor der wir heute stehen, sieht eher so aus.« Sara drückte einen

Knopf, und eine veränderte Weltkarte erschien. Die meisten der roten Flecken verblassten, und die größte verbliebene Ausblühung befand sich in Washington. »Da der Präsident sich gut fühlte, hielt er alle Verabredungen während der Woche ein, bis sein gesundes Immunsystem die Grippe niedergerungen hatte. Abermals hatten wir Glück. Die Infektionswege waren nachvollziehbar und minimal.

Aber wieder zurück zum schlimmstmöglichen Fall, ausgehend von heute.« Sara klickte mit der Maus. Die Animation lief weiter. Die roten Punkte verbreiteten sich und wuchsen. Kein Kontinent blieb verschont. Die meisten größeren Städte färbten sich vollständig rot, auch etliche Kleinstädte.

»Zwei Wochen«, sagte Sara.

Fast das gesamte Land leuchtete jetzt rot, bis auf einige besonders abgelegene Gebiete. Dasselbe galt rund um den Globus. Sogar in der Antarktis befanden sich einige rote Punkte.

»Ein Monat.«

Die ganze Welt war rot. Wo kein Rot war, lebten auch keine Menschen.

»Nach unseren Erkenntnissen ist diese neue Abart von Brugada innerhalb von spätestens einer Woche tödlich. Das bedeutet, dass es bereits Tote geben könnte.«

King rutschte auf seinem Stuhl nach vorne. »Und wenn es jetzt schon so weit ist? Ein anderer Ausbruch, von dem wir nur noch nichts wissen?«

»Es hätte jemandem auffallen müssen, wenn so viele Menschen an derselben Krankheit sterben«, meinte Rook.

»Wenn ein übergewichtiger Mann an einer Herzattacke stirbt, wäre das eine Nachricht wert?«, fragte Sara. »Wenn ein übernächtigter Mann am Steuer einschläft und seinen Wagen zu Schrott fährt, würde man darüber in der *New*

York Times lesen? Wenn eine Frau Selbstmord begeht, indem sie sich aus dem Fenster fallen lässt, kümmert das jemanden? Bei Menschen, die an Brugada sterben, wird oft eine ganz andere Todesursache diagnostiziert, und die Grippe ist normalerweise nach einer Woche überstanden. Die Ärzte würden lange brauchen, um ein Muster zu erkennen. Außerdem ist die einzige sichere Nachweismethode für Brugada ein Elektrokardiogramm, das nur am *schlagenden Herzen* durchgeführt werden kann.«

»Das Opfer müsste also überleben«, meinte Knight.

»Nicht überleben«, verbesserte ihn Sara. »Wiederbelebt werden. Brugada ist zu hundert Prozent tödlich, es sei denn, medizinische Hilfe wäre ganz in der Nähe. Wenn dieses Ding ausbricht ... wenn es sich ausbreitet, dann ist die Hölle los. Falls wir versagen ... könnte unsere Zukunft so aussehen.« Sara blickte hoch zu dem Bild der rot eingefärbten Welt und schüttelte den Kopf. Eine Welt ohne Männer. Es mochte ein Jahr dauern, bis der letzte sich mit Brugada infiziert hatte und gestorben war, aber wenn die Seuche ausbrach, ob durch Zufall oder als gezielter Angriff, dann *würde* es geschehen. Die menschliche Rasse würde aussterben.

»Unsere Aufgabe ist klar umrissen«, sagte Sara. Sie verdrängte ihre Furcht und konzentrierte sich. »Wir müssen das Dorf Anh Dung aufsuchen, von den Frauen und jedem überlebenden Mann Blutproben nehmen und sie auf der Stelle analysieren. Wenn wir einen Treffer landen ... wenn wir einen Mann finden, der immun ist ...« Dies war der Teil des Plans, an dem Sara die größten Zweifel hatte. Aber sie wusste, dass es nur wenige Optionen gab, und einzig dieser Weg führte schnell genug zum Ziel. »... dann werden wir – dieses Individuum kidnappen und mitnehmen. Wir sind zuversichtlich, dass sich unter dieser Voraussetzung rasch eine Heilungsmöglichkeit entwickeln lässt.«

Sara holte tief Atem. Sie war fertig und hoffte inständig, dass sie all das nicht noch einmal erklären musste. Sie hasste Vorträge. »Noch Fragen?«

Rook hob die Hand. »Nur eine.«

Sara wand sich innerlich. Warum musste das Team, das mit ihrem Schutz beauftragt war, eigentlich über Brugada Bescheid wissen? Keasling hatte gemeint, es sei wichtig, den Feind zu kennen. Die Begründung leuchtete ihr nicht ganz ein, aber die ernsten Mienen um den Tisch verrieten ihr, dass sie immerhin die Bedeutung der Mission erfolgreich vermittelt hatte. Das Leben von sechs Milliarden hing von sechs einzelnen Menschen ab, das wirkte ziemlich motivierend. Aber hatten sie wirklich verstanden, worum es ging, oder würden sie ihre Erklärung als Hirngespinst einer CDC-Spinnerin abtun? »Nur zu«, erwiderte Sara.

»Warum zum Teufel sitzen wir noch hier herum?«, meinte Rook.

Sie hatten ganz genau verstanden. Sara hob die Hand. »General?«

Keasling trat ans Kopfende des Tisches. Er griff nach der Maus und zoomte aus dem Satellitenfoto heraus. Während das Bild zurückwich, zerschnitten Grenzlinien das Gebiet in drei Teile. »Anh Dung liegt hier, knapp innerhalb der Grenzen von Vietnam. Dort würde man unserem kleinen Kommandounternehmen nicht gerade wohlwollend gegenüberstehen, darum landen wir hier …«

Keasling deutete auf die andere Seite der Grenze. »… in Laos, gleich nördlich von Kambodscha. Die Region wird als annamitische Konvergenzzone bezeichnet. Es ist ein unwegsames Hochland, das niemand, der bei klarem Verstand ist, für sich reklamieren würde. Dichtester Dschungel, heißer als Los Angeles im August und feuchter als Satans Sauna. Das Terrain ist zerklüftet, voller Berggipfel und tiefer Täler. Im Moment ist das Wetter ruhig, aber die Gegend ist berüchtigt für ihre plötzlichen Monsunregen. Wenn es zu regnen anfängt, kann man nur noch Schutz suchen und beten. Und zu allem Überfluss führt durch die Region noch der allseits beliebte Ho-Tschi-Minh-Pfad voller alter Landminen. Sie müssen jede Lichtung, jedes Feld erst gründlich untersuchen, bevor Sie es betreten.«

Keasling schloss den Laptop und schaltete das Licht an. Während die anderen noch vor der plötzlichen Helligkeit die Augen zusammenkniffen, fuhr er fort: »Wir planen hier de facto eine Invasion in einem fremden Land. Einem Land, das sich immer noch alte Wunden leckt, aus einer Zeit, als Sie noch in den Windeln lagen. Sie werden nichts bei sich haben, anhand dessen man Sie identifizieren könnte, und jeglichen Kontakt auf ein Minimum beschränken. Sollten Sie gefangen genommen werden, sind Sie auf sich allein gestellt. Falls Sie getötet werden, wird es nie jemand erfahren.«

Sara wurde blass, als sie Keasling so reden hörte. Über die physischen Gefahren, mit denen ihre Mission verbunden sein würde, hatte sie sich bis jetzt wenig Gedanken gemacht.

»Sie werden nur ein einziges Mal Kontakt aufnehmen, und zwar, wenn Sie Ihre Mission erfüllt haben und unterwegs zur Extraktionszone sind. Noch Fragen?«

»Ja«, sagte King. »Wo ist Deep Blue?«

Der Agentenführer nahm normalerweise via Funkübertragung an den Einsatzbesprechungen teil – oder leitete sie sogar selbst –, wobei er seine Identität hinter einer projizierten Silhouette verbarg.

»Blue nimmt an dieser Mission nicht teil«, erwiderte Keasling.

Rook verschränkte die Arme vor der Brust und legte den Kopf schief. »Warum zum Teufel nicht?«

Keasling erhob die Stimme ein wenig. »In derart dichtem Dschungel ist der strategische Vorteil einer Satellitenüberwachung gleich null, außerdem schlägt er sich derzeit mit einer anderen Krise herum. Das muss Ihnen nicht gefallen. Es ist einfach so.«

Allgemeines Nicken. Es gefiel ihnen nicht, aber bei den meisten Missionen gab es kaum etwas, das einem gefallen konnte. Außer, sie erfolgreich abzuschließen. Eines der besten Eliteteams der Spezialeinsatzkräfte zu sein bedeutete, dass einem die härtesten Aufgaben in den aussichtslosesten Situationen übertragen wurden. Wer wollte sich darüber beschweren?

Keasling griff in die Tasche und holte etwas hervor, das wie Armbanduhren aussah. Er ließ sie einzeln über die Tischplatte zu den Mitgliedern des Teams gleiten. King stoppte das Gerät mit der flachen Hand und sah sich das Display an. Es war leer, bis auf einen grünen Balken, der sich über den unteren Teil zog. »Und das hier ist?«

»Inspiration. Letzten Endes ein Seuchenmonitor. Wir dürfen keine direkte Kommunikation haben, aber Sie werden Signale empfangen, die nicht dechiffriert oder interpretiert werden können. Grün heißt, dass alles paletti ist. Rot bedeutet, die Welt ist am Arsch.«

»Pandemie«, erklärte Sara.

»Zumindest der Ausbruch einer solchen«, verbesserte Keasling. »Technisch gesehen sind wir jetzt bei Gelb. Lewis wird ein Testsignal senden, während Sie im Flugzeug sind und die Alarmstufe entsprechend anpassen.«

Alle sechs streiften sich die Geräte übers Handgelenk.

Keasling beugte sich vor und stützte sich mit den Handflächen auf die Tischplatte. »Wir haben leicht erhöhten Funkverkehr vor Ort registriert, aber nichts Besorgniserregendes. Das schließt jedoch nicht aus, dass es zu Feindberührungen kommt. Wer immer den Anschlag auf President Duncan ausgeführt hat, ist vertraut mit Brugada. Er könnte sich in der Region aufhalten.«

»Die Vietnamesen?«, fragte King.

»Das wäre ziemlich dreist. Eher unwahrscheinlich, aber nicht auszuschließen. Tatsache ist, wir haben keine Ahnung. Das *Wie und Warum* interessiert uns auch ehrlich gesagt im Moment einen feuchten Kehricht. Wir müssen das Ende der menschlichen Zivilisation verhindern, falls jemand da draußen der Meinung ist, unsere Zeit auf dem Planeten sei abgelaufen.«

Er richtete sich auf. »Sie haben fünf Tage.«

8 Zehntausend Meter über dem Südchinesischen Meer

In der Entwicklungsphase hatte das schlanke Flugzeug, das das Schachteam zu seinem Bestimmungsort um die halbe Welt trug, den Codenamen »Senior« getragen. Jetzt, im aktiven Einsatz und immer noch topsecret, wurde der Stealth-Transporter wegen seiner halbmondförmigen Form »Crescent« genannt. Seine beiden Mantelstromtriebwerke jagten das schwarze Gespenst mit Geschwindigkeiten bis zu Mach 2 durch den Nachthimmel, oder auch nur mit gemächlichen Mach 1, wenn das Zielgebiet erreicht wurde. Die Crescent konnte bis zu elf Tonnen Nutzlast befördern, sogar Panzer, doch dieses Modell war für HALO-Sprünge (High Altitude – Low Opening, Sprünge aus sehr großer Höhe, bei denen der Schirm erst dicht über dem Boden geöffnet wird) der Spezialkräfte umgebaut worden und verfügte daher über mehrere private Kabinen mit Pritschen, Schränken und Toiletten. Der Anschaffungspreis lag bei fünfhundert Millionen Dollar, die Milliarden, die die Entwicklung verschlungen hatte, nicht mitgerechnet. Doch das Gerät war perfekt für seine Aufgabe ausgerüstet, die augenblicklich darin bestand, zwei Piloten, zwei Ärzte und die fünf Mitglieder des Schachteams plus einem Neumitglied, *Pawn* – Bauer –, unentdeckt um die halbe Welt zu chauffieren.

»Ist das Ihr Ernst?«, fragte Sara, die Arme vor der schmalen Brust verschränkt. »Pawn?«

King nickte, während der Einschnitt über seinem Herzen zugenäht wurde. Er zuckte zusammen, als Dr. Mark Byers an den Drahtenden zupfte und die Hautränder zusammenzog. Er stand natürlich unter örtlicher Betäubung, aber da der Fallschirmabsprung unmittelbar bevorstand, war die Dosis niedrig ausgefallen, und die Wirkung ließ bereits nach. Glücklicherweise verkündete Byers, dass er fertig war, und ließ die Schere noch ein letztes Mal zuschnappen. »Danke, Mark.«

Der kahl werdende Arzt zwinkerte King zu und wischte das Skalpell ab, mit dem er ihm die Brust geöffnet hatte. »Vermeiden Sie einfach während der nächsten Tage jegliche Anstrengung. Wir wollen ja nicht, dass die Wunde wieder aufplatzt.«

King lachte, und Byers, der ihn während der letzten paar Jahre mehr als einmal verarztet hatte, klopfte ihm auf die Schulter: »Ich habe ein paar Extrastiche gemacht. Es sollte halten. Aber sorgen Sie dafür, dass ich Sie nach Ihrer Rückkehr nicht schon wieder zusammenflicken muss, ja?«

»Da sei Gott vor. Sie leisten schauderhafte Arbeit. Ich habe Narben an Stellen, die ich nie einem Menschen zeigen würde.«

Byers lachte schallend, während er das Skalpell in eine alkoholische Lösung legte. »Mit Ihrem Muttermal wäre es erstaunlich, wenn irgendjemand, ob Mann oder Frau, sich überhaupt für Ihre Narben interessiert. Sie haben Glück, dass ich so gut bezahlt werde.«

King lächelte und inspizierte den frisch vernähten Schnitt. »Sie werden gut bezahlt?«

»Besser als Sie.«

King schüttelte den Kopf. »Dabei bin ich der Kugelfang.«

»Und ich muss sie Ihnen ständig aus dem hässlichen Hintern pulen. Was, glauben Sie, ist der härtere Job?«

Das Geplänkel ging weiter, aber Sara blendete es aus. Sie wurde immer ungeduldiger. Sie hatte King eine Frage gestellt, und er ignorierte sie einfach. Man hatte ihr gesagt, das »Schachteam« sei das beste überhaupt – schlauer und härter als alle anderen –, doch allmählich begann sie daran zu zweifeln. Sie wusste, dass der Umgang unter Delta-Soldaten lässiger war als etwa bei den Navy Seals oder den Army Rangers. Sie hatte gehört, dass sie ein entsprechendes Gehalt bezogen, um ihre eigenen Waffen zu kaufen. Sie mussten mit ihrer Umgebung verschmelzen können, normal wirken, in einer Menge nicht auffallen. Aber deshalb mussten sie sich doch nicht gleich so unprofessionell benehmen.

Und King, der Anführer – sie hatte keine Ahnung, welchen Rang er tatsächlich bekleidete, da es bei Delta keine Ränge gab –, wirkte noch saloper als die anderen. Seine Jeans, das Elvis-T-Shirt und das wirre schwarze Haar waren keine Tarnung. Das war er selbst. Ganz echt.

Der enervierendste Aspekt der Mission war für Sara das Flugzeug. Wenn das Ding eine Stealth-Maschine sein sollte, warum war es dann so verdammt laut? Ganz zu schweigen von dem Gestank nach Munition, Öl und menschlichem Schweiß, der ihren Geruchssinn beleidigte und Kopfschmerzen verursachte, denen sie nur mit vier Ibuprofen beikam.

Und das Gerüttel ... das ewige Steigen und Fallen ... die Konsolen mit den blinkenden Lichtern ... die – Sara richtete ihre Gedanken bewusst wieder auf ihren Unmut über King, um nicht in Panik vor einer Reizüberflutung zu geraten. Vor ein paar Jahren hatte man bei ihr eine sogenannte Wahrnehmungsverarbeitungsstörung diagnostiziert, was damals eine Erleichterung war, denn endlich musste sie sich nicht mehr schuldig fühlen, weil sie dauernd so pingelig und mimosenhaft reagierte. Doch die Störung ging davon nicht weg. Ihre Sinne waren nicht nur hyperempfindlich, sie waren auch falsch verdrahtet. Sie konnte Töne fühlen. Regen verursachte bei ihr Nesselausschlag. Die Sonne, von Menschen normalerweise schlicht als Wärme empfunden, spürte sie wie tausend Nadelstiche auf der Haut.

Solange sie sich auf vertrautem Terrain befand, hatte sie Strategien entwickelt, um damit zurechtzukommen, selbst bei ihrer Arbeit als Seuchendetektivin im Feldeinsatz. Doch diese Mission mit ihren vielen Unbekannten, neuen Menschen, neuen Erfahrungen und völlig ungewohnten Umgebungen ließ ihre Sinneswahrnehmungen schneller verrückt spielen, als ihr Verstand folgen konnte. Ihre einzige mögliche Abwehr war Ablenkung ... und die war schwer zu bekommen, wenn man ignoriert wurde.

In ihrer Frustration hatte Sara gar nicht bemerkt, wie ihre Hände sich verkrampften, ihre Wangen sich röteten und ihre Kiefermuskeln mahlten. King schon. Er sah, dass sie kurz davor stand, die Fassung zu verlieren – und das nur, weil er sie ein paar Sekunden lang nicht beachtet hatte. Sie brauchte eine Beschäftigung. Richtige Arbeit. Er sprang vom Operationstisch, las seine Klamotten von einem Hocker auf und fragte: »Haben Sie etwas gesagt?«

Sara stand kurz vor dem Explodieren, aber als sie Kings Rücken sah, schluckte sie die Worte hinunter, die ihr auf der Zunge gelegen hatten. Die Muskulatur war perfekt durchtrainiert, aber bedeckt von einem großen, purpurnen ... Etwas. Einer Tätowierung?

»Es nennt sich Feuermal. Ist angeboren.«

»Eine vaskuläre Fehlbildung«, sagte sie automatisch.

King lachte leise.

»Genetisch«, sprach sie weiter. »Steht in Verbindung

mit dem RASA-one Proteinaktivator. Wahrscheinlich von einem Ihrer Großeltern. Die Ursache sind erweiterte Kapillargefäße, normalerweise im Gesicht.«

»Meins nicht. Es verläuft über den ganzen Hintern und die Innenseite der Oberschenkel.« Er wandte sich lächelnd zu ihr um, während er ein schwarzes, langärmliges, feuchtigkeitsaktives Hemd überstreifte. Bei einem kurzen Blick auf seine wohlgeformte Bauchmuskulatur musste Sara blinzeln. »Wollen Sie mal sehen?«, fragte King.

»Was? Nein, ganz bestimmt nicht.« Sara blinzelte heftiger, während sie versuchte, sich nicht von ihren falsch verdrahteten Sinneseindrücken ablenken zu lassen. Dann fiel es ihr wieder ein: Pawn. »Mein Codename ...«

»Hätten Sie lieber einen anderen?«

Sara wollte etwas entgegnen, aber er schnitt ihr das Wort ab.

»Ob es Ihnen gefällt oder nicht, Sie sind jetzt Teil des Schachteams, und die anderen Namen sind schon vergeben. Jedes Mal, wenn jemand von außerhalb zu uns stößt, wird er zu Pawn. So ist das einfach. Wenn Sie sich selbst gerne RASA-one nennen würden, nur zu, aber bis zur Abschlussbesprechung in Limbo sind Sie jetzt Pawn.«

Stille breitete sich aus, wenn man das Rauschen des Windes und das Donnern der Triebwerke so nennen konnte. Sara seufzte, als ihr klarwurde, dass sie Streit suchte, um ein Ventil für ihre Angst vor dem bevorstehenden Fallschirmabsprung aus 10 000 Metern Höhe zu haben. Dumm von ihr. »Schön.« Sie wandte sich ab, fügte aber noch hinzu: »Wenigstens weiß ich jetzt, dass ich eine entbehrliche Figur bin.«

King packte sie an der Schulter und wirbelte sie herum. Er funkelte sie an und meinte: »*Niemand* in diesem Team ist entbehrlich. Das schließt Sie ein. *Besonders Sie*.«

Er hielt ihren Blick fest, und sie spürte, dass er es ernst meinte. Seine Worte rührten etwas in ihr an, so dass sie schwieg. Er sah, wie ihre Stirn und Schultern sich entspannten. Sie war dabei, sich zu fangen. »Allerdings arbeiten Sie jetzt für das Militär. Da ist jeder entbehrlich.«

Saras Auflachen wurde abgeschnitten, als die Tür des improvisierten Operationssaals aufschwang. Rook steckte den Kopf herein. »He, hört auf zu turteln und reißt euch zusammen. Noch eine Stunde und fünfzehn Minuten. Höchste Zeit zu packen und mit dem Voratmen anzufangen.«

King lächelte Sara zu, während Rook sich zurückzog. Obwohl er darauf bestanden hatte, sie Pawn zu nennen, konnte er an sie nur als Sara denken. Und das war auch ganz gut so. Wenn er nur anfing zu glauben, sie könne auf sich selbst aufpassen, mochte das schon ihren Tod bedeuten. Und wenn sie sie noch so lange Pawn nannten ... wie eine vom Team ... blieb sie doch Sara, die wandelnde Zielscheibe. »Sie haben den Mann gehört. Hören Sie auf, mit mir zu turteln, und bereiten Sie sich auf den Sprung vor.«

Sara setzte zu einer Erwiderung an, aber dann bemerkte sie ein farbiges Aufflackern an Kings Handgelenk. Er sah ihr Stirnrunzeln und blickte auf seinen Unterarm. Der Seuchenmonitor hatte von Grün auf Gelb umgeschaltet. Es war nur eine simple Farbänderung, aber sie warf düstere Schatten voraus.

»Das wird schon«, sagte er sanft, indem er ihr die Hand auf die Schulter legte.

Ihr Magen krampfte sich bei seiner Berührung zusammen. Sie fragte sich, ob es sich immer so anfühlte, wenn man zusammen mit Fremden in die Schlacht zog. Sie wussten nichts voneinander, aber jede Geste, jede Berührung und jedes Wort durchdrang Saras persönliche Schutzwälle.

Sie war sich Kings Gegenwart überdeutlich bewusst. Der schmalen Narbe an seinem Hals. Seiner zuversichtlichen Haltung. Sogar seines Geruchs – metallisch. Und einen Moment lang, bis er wieder das Wort ergriff, fühlte sie sich sicher.

»Zeit zu gehen.« Er nickte zur Tür hin und folgte ihr nach draußen.

In den anschließenden hektischen fünfzehn Minuten gab es kaum Zeit zum Nachdenken. Sie legten eilig ihre Sprunganzüge, Gurte, Notsauerstoffflaschen, Ausrüstung und Waffen an, die während des Flugs über den Pazifik dreifach überprüft worden waren. Dann setzten sie sich hin, stülpten sich Sauerstoffmasken über und atmeten für die nächste Stunde hundertprozentigen Sauerstoff, um den Stickstoff aus ihrem Blutkreislauf zu verdrängen. Der Luftdruck außerhalb der Crescent betrug nur ein Drittel dessen auf Meereshöhe. Und in zehntausend Metern Höhe mit zu viel Stickstoff im Blut abzuspringen, löste Caisson aus, ähnlich wie bei Tauchern, die zu schnell wieder an die Oberfläche stiegen. Übelkeit, Kopfschmerzen und im schlimmsten Fall der Tod konnten die Folge sein. Keine gute Art, einen Einsatz zu beginnen.

In den nächsten dreißig Minuten prägte Sara sich den Missionsplan ein. Sie sollten sich mit einem CIA-Agenten aus Laos treffen, der die annamitischen Kordilleren gut kannte. Sie wusste nichts über diese Person, nur dass sie den Codenamen Pawn zwei trug. Wie originell. Dann würden sie sich auf den Weg nach Anh Dung machen, einem Dorf mitten im gebirgigen Nirgendwo.

Die Unzugänglichkeit der Bergregion hatte dafür gesorgt, dass es zu einer Art modernen Arche Noah wurde. Vor dem Krieg hatten sich nur die hier lebenden Dorfbewohner in das Massiv gewagt. Generation für Generation war das so gegangen, jahrtausendelang. Aber jetzt hatten selbst die Dörfler Angst, den mit Minen gespickten Boden zu betreten. Nur ein paar Biologen und Kryptozoologen riskierten es. Die Region war eine Goldmine für noch nicht klassifizierte, unbekannte Säugetierarten. Manch ein Wissenschaftler kehrte nie zurück, doch die Anziehungskraft der Berge blieb bestehen.

Ein blinkendes rotes Licht lenkte sie von dem Dossier in ihren behandschuhten Fingern ab. Sie legte es weg und hörte Kings Stimme laut und klar im Ohrhörer. »Zwei Minuten, Leute. Pawn, kommen Sie zu mir.«

Die Sekunden tickten herunter, während King sich an ihrem Rücken festschnallte. Sara war zwar schon mehrmals mit dem Fallschirm abgesprungen, aber nie aus so großer Höhe, und ihr Gefühl sagte ihr, dass King selbst dann auf einem Tandemsprung bestanden hätte.

Dreißig Sekunden vor dem Absprung fühlte sie die Crescent deutlich langsamer werden. Die hydraulische Laderaumtür glitt zischend auf und ließ die eiskalte Nachtluft in 10 000 Metern Höhe hereinfegen. Trotz des schützenden Sprunganzugs spürte sie den Temperatursturz.

»Auf Notsauerstoffflaschen gehen«, sagte King. »Auf mein Kommando ... springt!«

Einer nach dem anderen sprang das Delta-Team aus dem Heck der Crescent und ging in den freien Fall über. So würden sie auf die Erde zuschießen, bis der Ruck ihrer Fallschirme sie dicht über dem Boden abbremste. King und Sara kamen zuletzt.

Außerhalb der beinahe unsichtbaren Crescent verschmolz das ganz in Schwarz gekleidete Team mit der Nacht. Ohne die phosphoreszierenden Rhomben hinten an ihren Helmen hätten sie niemals zusammenbleiben können. King entdeckte die vier Rhomben unter sich und veränderte seine und Saras Fluglage, so dass sie auf die anderen zuglitten, die bereits in Formation gegangen waren.

Während der Wind mit dreißig Grad unter null an ihnen vorbeipfiff, dachte Sara verblüfft, wie groß der Unterschied zu Fallschirmsprüngen aus niedriger Höhe war. Da blieb man typischerweise nur ein paar Sekunden lang im freien Fall, bevor man den Schirm auslöste. Allerdings war es bei Endgeschwindigkeit in dreihundert Metern Höhe unmöglich, noch einen Reserveschirm zu öffnen, falls der Hauptschirm versagte. Daher hatten sie auch gar keine Reserveschirme mitgenommen.

Aber Sara machte sich keine Sorgen darüber, als roter Fleck auf dem Boden zu enden. Sie genoss die Freiheit des Augenblicks. Sie war nicht nur schwerelos, auch ihre Sinne waren wie befreit. Der Wind legte sich wie eine schwere Decke über ihren Körper. Das weiße Rauschen der vorbeisausenden Luft löschte jedes andere Geräusch aus. Und die umgebende Dunkelheit gewährte ihren Augen Entspannung. Sie fühlte sich, als läge sie in einem wunderbar gemütlichen Bett.

King spürte, wie Saras Körper unter ihm leicht erschlaffte. Sollte sie die Besinnung verloren haben, würde es eine harte Landung geben. Verdammt, noch härter als ohnehin. Bei einem Bewusstlosen ging es nicht ohne Verletzungen ab. Er klopfte mit dem Fingerknöchel gegen ihren Helm. »Alles okay?«

»Mir geht's blendend«, drang Saras Antwort durch seinen Ohrhörer. »Ich bin …«

»King, LZ ist kompromittiert«, fiel Knight mit kühler Stimme ein.

King spähte an Saras Helm vorbei und sah Spuren von Leuchtmunition kreuz und quer über dem Gebiet, das eigentlich ihre sichere Landungszone sein sollte. Er hatte keine Ahnung, wer da aufeinander schoss, und auch keine Zeit, darüber nachzudenken. *Verflucht, wo bist du, Deep Blue,* dachte King. Jetzt hätten sie ihn brauchen können. Aber er war nicht da, und King konnte sich nur auf das verlassen, was er mit seinen eigenen zwei Augen sah.

Das Feld war meilenweit von dichtem Urwald und zerklüftetem Terrain umgeben. Es gab keine Ausweichmöglichkeit.

»Landet am nördlichen Rand des Dschungels und verzieht euch zwischen die Bäume, sobald ihr unten seid. Schützt Pawn. Keine Gefangenen.«

Saras Körper verspannte sich, und sie atmete stoßweise. Sie stürzten direkt auf ein Schlachtfeld zu! Sie fühlte ein weiteres Klopfen an ihrem Helm.

»Tut mir leid, Pawn«, sagte King. »Das wird jetzt weh tun.«

9 Annamitische Konvergenzzone – Laos

Chaos regierte, als das Schachteam die Dreihundertmetermarke durchbrach und die Reißleinen zog. Die Fallschirme öffneten sich mit einem Knall, doch das Geräusch ging unter im Stakkato des Maschinengewehrfeuers, mit dem die feindlichen Kräfte am Boden sich gegenseitig beschossen. Der 250 km/h schnelle Sturz wurde massiv abgebremst, was die Überlebenschancen deutlich erhöhte. Doch das Team war noch weit von einer sicheren Geschwindigkeit entfernt ... und dies war keine normale Landung.

Zehn Sekunden vor dem Aufprall blieb keine Zeit mehr, Befehle auszugeben, Pläne zu ändern oder auch nur das Beste zu hoffen. Seit das Team die Leuchtspurgeschosse gesehen hatte, verließ es sich auf seinen größten Vorzug: Instinkt. Und der riet zu einer schnellen Landung: Abrollen, losschneiden und zwischen den Bäumen untertauchen. Zusammenbleiben.

Nur einem Mitglied fehlte dieser Instinkt.

Pawn.

»O Gott. O Gott. O Gott!« Die Worte brachen aus ihr heraus wie bei einem Stotterer auf Speed. Saras Kopf schnellte von einer Seite auf die andere, folgte der Bahn der sich kreuzenden Lichtblitze, die den Weg von Tausenden von Kugeln markierten. Unterbewusst wünschte sie sich, beten zu können. Sie stand kurz vor dem Tod, und gleich würde sie vor ihren Schöpfer treten, aber sie kam nicht weiter als: »O Gott.« Ob das reichte?

Dann durchbrach eine Stimme ihre Panik: »Entspannen, Pawn!«

Ohne richtig verstanden zu haben, gehorchte ihr Körper und erschlaffte. Sie hörte das Zerreißen von Stoff, ein Aufstöhnen, und dann war die Erde da. Alles drehte sich um sie, während sie herumgeworfen, losgeschnitten und zu Boden gedrückt wurde. Sie fiel mit dem Gesicht voran in weichen Schlamm, inmitten von über einem Meter hohen Schilfgras.

»King, hier wimmelt es nur so«, drang Rooks Stimme an ihr Ohr. »Wir kommen nicht in den Wald.« Sie blickte zur Seite und erwartete, Rook dort zu sehen, doch überall war nur Schilfgras, beleuchtet von einem Schwarm Glühwürmchen, der darüber hin und her flitzte.

Keine Glühwürmchen. Kugeln.

»Wie viele?«, fragte King.

»Zehn bis fünfzehn«, sagte Knight, während er die Gegend mit einem Nachtsichtglas absuchte. »Auf jeder Seite. Die Jungs bereiten sich auf den Angriff vor, und wir sind mittendrin.«

Sara fühlte, wie sich eine Hand vor ihren Mund presste, und wollte schreien, doch heraus kam nur ein Wimmern. Sie wurde herumgerissen und erblickte Kings Gesicht nur Zentimeter vor sich. Er legte den Finger auf die Lippen und bedeutete ihr, leise zu sein.

»Bishop«, sagte er. »Hüfthöhe. Volle Breitseite.«

»Bereit«, erwiderte Bishop. Es war ungewöhnlich, dass er schon zu Beginn einer Mission zum Einsatz kam, aber hier war sein spezielles Talent gefragt.

King stieß Sara zu Boden und warf sich schützend über sie, so dass sie mit der Wange in den Schlamm gepresst wurde. Ihr Körper zuckte im Chaos der Sinneswahrnehmungen. Sie atmete tief, während die Leuchtspurmunition violette Streifen vor ihren Augen hinterließ, das unaufhörliche Gewehrfeuer sich wie heiße Nadeln in ihre Haut bohrte und der nasse Schlamm an ihrer Gesichtshaut juckte. Etwas in ihr zerbrach beinahe vernehmlich, wie ein abgeknickter Zweig. Sie schrie wie am Spieß, doch niemand konnte es hören.

Nicht über dem donnernden Stakkato von Bishops Maschinengewehr.

Mit jeder abgefeuerten Kugel ließ er ein wenig von der puren Wut heraus, die sich in ihm aufgestaut hatte – eine Nachwirkung dessen, dass man ihn als Kleinkind ausgesetzt hatte, aber gleichzeitig eine Nebenwirkung des regenerativen Serums, das durch seine Adern floss. Einen Augenblick lang stutzten die vorrückenden Soldaten auf beiden Seiten. Bishop stand hoch aufgerichtet da, sein neues, vollgeladenes XM312-Maschinengewehr Kaliber .50 im hüfthohen Anschlag. Die Waffe konnte normalerweise nur auf einem Dreibein eingesetzt werden, aber Bishops Ausführung war leichter und mit einem modifizierten Trommelmagazin anstelle eines Munitionsgurts ausgestattet, was eine höhere Feuerrate von bis zu achthundert Schuss pro Minute erlaubte. Die tragbare Mordmaschine war eine Einzelanfertigung und von ihrem Hersteller XM312B getauft worden. Bishop hielt den Abzug durchgezogen und mähte in Hüfthöhe alles nieder. Gurgelnde Schreie ertönten und Männer fielen. Das Schilfgras schien zu explodieren. Innerhalb von fünfzehn Sekunden spuckte die Waffe zweihundert .50er Kugeln im Umkreis von 360 Grad aus. Eine ausgefranste Lichtung von zehn Metern Radius mit Bishop in ihrer Mitte war entstanden, als er den Finger vom Abzug nahm. Zuckende und sich windende Leiber von Kämpfern säumten den östlichen und westlichen Rand des freigemähten Geländes. King und sein Team, die jetzt voll im Blickfeld waren, marschierten in einer Reihe von Norden nach Süden, mit Knight an der Spitze und King als Nachhut.

Einen Augenblick lang kehrte völlige Stille ein, während beide Seiten zu begreifen versuchten, was geschehen war und ob sie noch am Leben waren.

In dieser gesegneten Ruhe kehrten Saras Geisteskräfte zurück. Da sie wieder mit beiden Ohren hören konnte und die Nacht sich zu einem obsidianschwarzen Nebel verdichtet hatte, drangen Laute an ihre Ohren, die die meisten Menschen als Hintergrundgeräusche ausfilterten – die sanfte nördliche Brise, das Rascheln von Halmen –, und wurden durch eine Art neurologischen Kurzschluss zu physischen Eindrücken. Sie spürte den Angreifer kommen und reagierte.

»King, hinter Ihnen!« Ihre gellende Stimme zerriss die Stille so brutal wie ein Raubtier ein Stück Fleisch.

Er reagierte schnell, wirbelte herum und feuerte eine Dreiersalve aus seinem M4-Sturmgewehr ab. Ein Mann kam aus dem Schilfgras gestolpert und taumelte zu Boden ... nahe genug, dass man das rot-weiß karierte Tuch sehen konnte, das er um den Kopf geschlungen hatte. King erkannte es als das Markenzeichen einer der berüchtigtsten Kampftruppen der Region, die eigentlich nur noch ein entfernter Schatten einer blutigen Vergangenheit sein sollte.

»Na großartig«, murmelte er, bevor er wieder auf die Füße sprang, Sara am Arm packte und sie gewaltsam hinter sich herzerrte. Die anderen waren bereits im Wald verschwunden. Sara wusste, dass King seine Leute leicht hätte einholen können, aber sein Auftrag lautete, sie zu beschützen. Sie riss sich zusammen und ging schneller.

Als King merkte, dass sie mithalten konnte, ließ er ihren Arm los. So ging es besser. Er hoffte, sie würde klug genug sein, in seiner Nähe zu bleiben und den Kopf unten zu halten. Sobald die beiden an dem Gefecht beteiligten Parteien merkten, dass ihre Leute tot waren, würden sie sich gegenseitig mit höllischem Zorn unter Feuer nehmen, und King wollte möglichst weit weg sein, wenn das geschah. Während King und Sara durch das Schilfgras huschten und auf die Bäume zuhielten, brach von beiden Seiten ein Kugelhagel über die neu entstandene Lichtung herein. Die Verwundeten am Boden flehten ihre eigenen Leute an, das Feuer einzustellen, waren aber bald in Stücke geschossen.

Der Kugelhagel fächerte sich auf, während die beiden Streitkräfte versuchten, fliehende Überlebende niederzumähen. Das Pfeifen der Geschosse im Schilf verwandelte sich in dumpfe, hölzerne Einschläge, als Sara und King den dichten Wald erreichten und das Schlachtfeld hinter sich ließen.

King legte ihr die Hand vor die Brust und bedeutete ihr, stehen zu bleiben. Außer sich vor Angst erstarrte Sara. Ihr Verstand raste, versuchte mit ihren Sinnen Schritt zu halten, die durch das Gefecht völlig überlastet waren. In diesem stummen Moment dachte sie an ihre Eltern, ihre Freunde und die Kinder, die sie eines Tages haben wollte. Sie fragte sich, ob ihr Körper irgendwie wusste, dass er gleich sterben würde, und deshalb instinktiv ihr Leben vor ihrem geistigen Auge ablaufen ließ. Sie duckte sich unwillkürlich, doch King nahm ihren Arm und zog sie wieder hoch.

»Ganz ruhig. Sie sind in Sicherheit.« Mit raschen Bewegungen öffnete King ihren Rucksack, zog eine Nachtsichtbrille heraus und setzte sie ihr auf.

»Können Sie jetzt sehen?«, fragte er.

Die Welt erschien in kontrastreichem Grün, während die Brille das bisschen Licht verstärkte, das durch das dichte Blätterdach fiel.

»Ja«, sagte sie, überrascht, wie zittrig ihre Stimme klang. Sie bekam weiche Knie und wollte sich hinsetzen.

King hielt sie mit festem Griff auf den Beinen. »Nichts da«, sagte er. »Wir müssen weiter.«

Sara blickte hoch und sah, wie Knight, Rook und Bishop tiefer in den Wald eindrangen. Beinahe hätte sie aufgeschluchzt, denn sie begriff, dass die Gefahr noch lange nicht vorüber war. Sie wollte schon loslaufen, als sie einen Klaps auf der Schulter spürte. Queen lächelte sie strahlend an, die Lippen leuchtend grün im Licht der Nachsichtbrille.

»Keine Sorge, Pawn, ich halte Ihnen den Rücken frei.«

Sara wurde in die Finsternis gezogen und rannte durch die Nacht. Mit jedem Schritt fühlte sie sich zerrissen von physischem und emotionalem Stress. Ganz zu schweigen davon, dass das Laufen in voller militärischer Montur bei 27 Grad bei einer Luftfeuchtigkeit von 90 Prozent sich anfühlte, als hätte sie Sandpapier zwischen den Beinen. Und doch war sie erleichtert, dass jeder Schritt sie weiter von den beiden Kriegsparteien auf dem Feld forttrug. Sie wusste nicht, wer sie waren, aber Kings Reaktion auf das rot-weiß karierte Tuch hatte ihr gezeigt, dass er zumindest eine Seite kannte. Sie bezweifelte, dass das Gefecht etwas mit ihrem Auftrag zu tun hatte.

Irgendeine lokale Auseinandersetzung, dachte sie. *Wir befinden uns in einer explosiven Region.*

Während das Schachteam, angeführt von Knight, sich stumm durch die Dunkelheit zum Rendezvous mit Pawn zwei vorarbeitete, dachten sie alle verwundert an die heiße Landungszone zurück. Die Mission hatte mit einem mächtigen Knalleffekt begonnen, doch das Team war unbeschadet davongekommen und lag im Zeitplan. Nur ein kleines Schlagloch auf dem Weg, wie Rook später sagen würde.

Doch keiner von ihnen, trotz all ihres Trainings und ihrer geschärften Instinkte, bemerkte, dass sie von einer Gestalt verfolgt wurden, die den Dschungel besser kannte als sonst wer. Sie hatte sich bei der dramatischen Flucht von den Feldern des Todes an ihre Fersen geheftet und sie seitdem nicht aus den Augen gelassen.

Die dünne Frau wird ihr Untergang sein, dachte sie.

Sie würde als Erste fallen.

10

Die Sonne ging auf, brachte der Welt die Farben zurück und bot Anlass zu einer Ruhepause. Das Schachteam war seit der Landung in Bewegung geblieben. Sie hatten sich lautlos vorwärtsbewegt, nur Saras schwerer Atem war gelegentlich zu hören gewesen. Für einen Normalbürger war sie gut in Form, doch durch die Anstrengung und den unvermittelten, extremen Stress des Gefechts zermürbt, schlurfte sie nur noch wie ein lebender Leichnam dahin.

Vor einer Stunde, als die ersten Sonnenstrahlen durch das Blätterdach gedrungen waren und sie ihre Nachtsichtbrillen absetzen konnten, war Sara überrascht gewesen, dass Rook sich zu ihr zurückfallen ließ, um sie zu unterstützen. Er tat so, als würde ihre Langsamkeit sie noch alle umbringen, doch nach einer Weile fing er an zu plaudern. Wie sich herausstellte, war er ein richtiges Muttersöhnchen. Schwärmte von Mamas selbst gebackenen *Whoopie Pies*. Und er hatte Schwestern. Drei. Sara erinnerte ihn an die jüngste. Daher seine Ritterlichkeit und seine Besorgnis.

Sie war ihm dankbar für die Ablenkung von ihren überaktiven Sinnen. Er half ihr weiter, wenn ihre Kräfte erlahmten. Als sie von ihrem 15-Kilo-Rucksack wackelige Beine bekam, nahm er ihn ihr ab und trug ihn zusätzlich zu seinem eigenen 20-Kilo-Marschgepäck. Er wirkte wie ein Riese. Unwirklich. Als hätte Gott ihr einen übermenschlichen großen Bruder als Beschützer geschickt.

Das bisher flache Terrain begann anzusteigen, anfangs nur sanft, doch dann, als sie die Ausläufer des annamitischen Gebirges erreichten, wurde es immer steiler. Sara gab ihr Bestes, aber auf der schlüpfrigen Laubschicht des Waldbodens rutschte sie immer wieder zurück. Als sie zum dritten Mal hinfiel, gaben ihre Muskeln auf und sie sank auf dem Boden zusammen, ein Häuflein Elend in Schwarz.

Rook blieb stehen. »Knight, warte mal eine Sekunde. Pawn ist ziemlich erledigt.«

Eine halbe Meile weiter vorne blieb Knight stehen, zog seine Feldflasche heraus und trank einen Schluck. Einen Augenblick später hatte Queen ihn erreicht. Dann Bishop. Sie teilten sich das Wasser und ein paar Energieriegel und warteten geduldig auf die Nachzügler. Sie fühlten sich sicher, da sie sich mitten im Nirgendwo befanden und seit der vergangenen Nacht keine Anzeichen für Gefahr mehr gesehen oder gehört hatten.

Doch sie täuschten sich.

Sie waren nicht allein.

King ging schließlich zu Rook zurück und sah Sara beinahe bewusstlos zu seinen Füßen liegen. *Nicht gut,* dachte er. Wenn sie ausfiel, war jeder Mensch auf dem Planeten der Gnade dessen ausgeliefert, der die Kontrolle über den neuen Stamm von Brugada hatte. Doch als die stacheligen Enden der Naht in seiner Brust gegen sein durchweichtes Unterhemd kratzten, fühlte er ein gewisses Maß an Beruhigung. Falls er an Brugada starb, würde er wenigstens wiederbelebt werden.

»Geh voraus zu den anderen«, sagte er zu Rook.

»Wird gemacht«, erwiderte der und machte sich auf den Weg.

King kniete sich neben Sara, hob ihren Kopf an und

versetzte ihr eine leichte Ohrfeige. Ihre Augenlider flatterten. »Trinken Sie das«, sagte er und hielt ihr einen kleinen Behälter an die Lippen.

Sie nippte daran, hustete, nippte wieder. Einen Augenblick später setzte sie sich auf und trank durstig die bittersüße, geheimnisvolle Flüssigkeit. Als die kleine Thermosflasche leer war, musterte sie King mit großen, aber wachen Augen. »Mein Gott, ich kann nicht glauben, dass Sie Kaffee mitgebracht haben.«

»Genau genommen Espresso. Das waren gerade ungefähr fünf Tassen.«

Sara runzelte die Stirn. »Haben Sie das immer bei sich?«

King stand auf und schüttelte den Kopf. »Ein kleiner Tankstopp, bevor wir losgeflogen sind. Dachte mir schon, dass Sie das vielleicht brauchen würden. Achten Sie aber darauf, viel Wasser zu trinken, sonst dehydrieren Sie.«

Sara bemerkte, dass sie allein waren. »Wo sind die anderen?«

»Warten auf uns.«

»Sollten sie nicht hier sein? Falls etwas passiert?«

»Ich wollte einen Moment mit Ihnen allein sein.«

Sara bekam ein flaues Gefühl. Was hatte er vor? »Warum?«

»Weil ich jetzt gar nicht nett sein werde, und ich wollte kein Publikum.« Er kauerte sich hin und sah sie an. »Hören Sie. Sie sind der Dreh- und Angelpunkt dieser Mission. Wir sind alle nur Ihretwegen hier. Aber Sie müssen anfangen, auf Ihren eigenen Beinen zu stehen. Ihren Teil beitragen. Treiben Sie sich an, über das hinaus, was Sie bisher für Ihre Grenze halten. Egal ob Sie Schmerzen haben. Egal ob Sie verletzt sind. Sie können den Rest des Jahres, nein, zum Teufel, den Rest Ihres Lebens damit verbringen, Ihren Geist und Ihren Körper heilen zu lassen, aber hier steht der

Auftrag an erster Stelle. Meine Mission ist Ihr Überleben, aber das heißt nicht, dass Sie eine schöne Zeit verbringen werden.«

Sara nickte. Sie hatte noch nicht über mögliche bleibende Schäden dieser Mission nachgedacht, abgesehen vom Tod. Bilder von verstümmelten Veteranen blitzten vor Ihrem geistigen Auge auf. Opfer von posttraumatischem Stress – Kriegsneurose. Nächtliche Panik. Würde sie auch so enden?

Sie musterte King und dachte: *Warum ist er nicht so?*

Dann plötzlich schrie sie.

»Da, im Baum!«

Als der schwarze Schatten sich auf ihn stürzte, tauchte King bereits weg, rollte sich ab und brachte sein M4 in Anschlag. Doch selbst seine geschärften Reflexe waren nicht schnell genug. Die schwarze Gestalt duckte sich hinter Sara und benutzte sie als Schutzschild gegen mögliche Kugeln aus Kings Waffe. Ein Messer wurde an Saras Kehle gehalten. Der Angreifer war gelassen. Erfahren.

»Runter mit der Waffe«, sagte die Gestalt mit weiblicher Stimme und leichtem Akzent.

King gehorchte.

Er bewegte sich nicht, stellte keine Fragen, drohte nicht. Er wartete.

Die Stille zog sich zwanzig Sekunden lang hin. Sara spürte, dass sich hier zwei Raubtiere gegenseitig einzuschätzen versuchten.

»Pawn zwei«, sagte King. »Lassen Sie sie los.«

»Sie wird Sie noch alle umbringen«, meinte Pawn zwei. »Wenn Sie sie nicht schützen können, hat sie hier draußen nichts verloren.«

»Wer sagt, dass wir sie nicht schützen können?« Das war Rook. Die Mündung seiner Desert Eagle Kaliber .50

schwebte zwei Zentimeter entfernt von Pawn zweis Hinterkopf. Ein Schuss, und ihr Kopf würde einfach aufhören zu existieren.

King trat vor. »Pawn zwei. Wenn Sie Ihr Messer jetzt nicht wegstecken ...«

Mit einer blitzschnellen Drehung verschwand das Messer von Saras Kehle und glitt in eine Scheide unter Pawn zweis Ärmel. Sara strampelte hastig davon und wandte sich zu ihrer Angreiferin um. Wäre sie von der Frau nicht beinahe getötet worden, hätte sie sie fast komisch gefunden. Sie war genauso in Schwarz gekleidet wie sie alle, aber dazu noch maskiert wie ein Ninja. Und sie wirkte alles andere als beeindruckend. Nur knapp über einen Meter fünfzig groß und spindeldürr. Wie eine übergroße Ameise, allein ihre glühenden grünen Augen passten eher zu einer gefährlichen Gottesanbeterin.

Während das Schachteam sie einkreiste und die Waffen auf sie gerichtet hielt, nahm Pawn zwei die Haube ab. Ihre mandelförmigen Augen zogen sich zusammen, wenn sie lächelte. »Betrachten Sie es als Anschauungsunterricht.«

»Sie hätten getötet werden können«, sagte King.

»Und sie wäre getötet worden«, sagte Pawn zwei mit einer Geste zu Sara hin. »Ohne ihre Warnung hätten *Sie* mein Messer an der Kehle gehabt.«

King hatte weder Zeit noch Energie für derartige Spielchen, aber es stimmte. Sara war ein Risikofaktor. Doch es gab keine Wahl. Sie war die Mission.

Die Frau fasste ihre schwarzen Spaghettihaare zu einem Pferdeschwanz zusammen und streckte Sara die Hand entgegen. »Die werden mich weiter Pawn zwei nennen, da bin ich sicher, aber Sie dürfen auch Somi sagen. Kurz für Sommalina Syha. Tut mir leid wegen Ihrem Hals.«

Sara ergriff die dargebotene Hand und ließ sich hochziehen. Die Frau war ihr ein Rätsel. Sie war nicht nur klein, exotisch und gefährlich (nicht unbedingt in dieser Reihenfolge), sondern auch durchaus charmant. Sie griff hinter einen Baumstamm und förderte eine Franchi-SPAS-12-Schrotflinte zutage. Deren dualer Aufbau erlaubte sowohl Einzelschüsse als auch halbautomatisches Feuer mit bis zu vier Schüssen pro Sekunde.

Rook zog eine Augenbraue hoch. »Das ist alles, was Sie dabeihaben?«

»Geboren und aufgewachsen im Urwald. Mehr brauche ich nicht, G. I. Joe.«

»Sie dürfen mich Gung Ho nennen«, meinte Rook.

Somi lächelte und schlug den Weg in den Dschungel ein.

»Was soll die Eile?«, fragte Queen angespannt und misstrauisch.

Somi hielt inne und musterte sie einen nach dem anderen. »Ich bin Ihnen seit Ihrer Landung gefolgt. Eine der beiden kämpfenden Parteien hat dasselbe getan. Die anderen waren versprengte Rote Khmer, die ihr Revier verteidigt haben. Die sind zurückgeblieben.«

King spannte sich. Das waren schlechte Neuigkeiten. Warum sollte ihnen jemand folgen?

»Ach, du grüne Scheiße«, meinte Rook. »Von wie vielen Männern reden wir hier?«

Somi zuckte die Achseln.

»Sie wissen es nicht?«, fragte Rook.

»Es war dunkel.«

»Und woher wissen Sie dann, dass wir verfolgt werden?«

Somi legte Rook die Finger vor den Mund. Es sah eher aus wie ein Akt der Verführung als der Versuch, ihn zum Verstummen zu bringen, aber die Wirkung war die gleiche. Rook hielt den Atem an.

»Lauschen Sie dem Wind«, hauchte Somi.

Sie lauschten. Alle. Und kein Einziger nahm etwas wahr, abgesehen von Somis Anflug von Sarkasmus. Nur Sara spürte sie in der Stille des Dschungels, während das entfernte Rascheln von Schritten im Laub und die Gerüche der Männer in dem leisen Lufthauch sich in ihren Sinnen zu einem physischen Eindruck verdichteten. Sie konnte sie nicht hören, aber sie *fühlte* sie wie ein leichtes Kitzeln auf der Haut.

Seltsam, dachte sie. In der Stadt waren ihre Sinne so überlastet, dass sie die Welt häufig nicht vollständig verstand. Sie konzentrierte sich auf ihr Ziel und strebte ihm zu, während sie alles andere so gut wie möglich auszublenden versuchte. Aber in dieser natürlichen Umgebung schien sie sich dessen, was sie fühlte, besser bewusst zu sein. Ohne nachzudenken sagte sie: »Sie kommen aus Südosten.«

Sara blinzelte. Alle starrten sie an, als hätte sie zwei Köpfe. »Was denn?«

»Ich habe doch nur einen Witz gemacht«, meinte Somi.

»Aber ...«

Somi hielt einen kleinen PDA in die Höhe. »Bewegungsmelder. Ich habe den gestrigen Tag damit verbracht, die Wildwechsel damit zu spicken.«

King kniff die Augen zusammen. Sara hatte ihn schon zweimal vor einer Gefahr gewarnt, bevor er sie kommen sah. In dem Schilfgrasfeld hatte sie ihm vielleicht sogar das Leben gerettet. »Hat sie recht?«, fragte er Somi.

Sie inspizierte mit geschürzten Lippen und verwirrt gerunzelter Stirn den PDA. »Exakt.«

Bishop löste sich von dem Baum, an den er sich während des Wortwechsels gelehnt hatte. »Wir machen uns besser auf den Weg.« Er wandte sich ab und folgte dem

Pfad, der in die Höhe führte. Queen und Knight schlossen sich an.

»Kein Anschauungsunterricht mehr«, sagte King zu Somi.

Sie nickte. »Die nächste Lektion werde nicht ich Ihnen erteilen, und mit Unterricht wird sie auch nichts zu tun haben.«

Sie sagte das mit solcher Sicherheit, dass King sie verdächtigte, mehr zu wissen, als sie preisgab. »Pawn, bleiben Sie bei den anderen. Wir bilden die Nachhut.«

Sara nickte langsam. Ihre verspannten Muskeln wollten ihr kaum noch gehorchen. Die Begegnung mit Somi hatte sie entnervt und erschöpft. Aber sie erinnerte sich an Kings Mahnung und kämpfte gegen die Schmerzen an. Sie würde ihre Mission erfüllen, egal was es ihren Körper und ihre Psyche kostete. Sie mussten einfach Erfolg haben und überleben. Mit raschen Schritten holte sie Rook ein und folgte den anderen.

Als die beiden außer Hörweite waren, wandte King sich zu Somi: »Wer *sind* die? Wer verfolgt uns?«

»Erst war ich mir nicht sicher, aber nach dem Gefecht gestern konnte ich mir die Uniformen der Toten näher ansehen. VPLA. Freiwillige des Todes«, antwortete Somi stirnrunzelnd. »Vietnamesische Spezialeinheiten.«

11

Sieben Lungen keuchten in der schwülen Luft, während das gerade erweiterte Schachteam um sein Leben rannte. King hatte sich die Entscheidung, in Laufschritt zu verfallen, nicht leicht gemacht. Er wusste, dass seine Leute müde waren. Er wusste, dass einige sich den Verfolgern lieber entgegengestellt hätten. Doch das war nicht ihre Mission. Wenn es ihnen gelang, ins Zielgebiet einzudringen und sich wieder zurückzuziehen, ohne dass es zu einem Aufeinandertreffen mit der VPLA kam, die ihnen dicht auf den Fersen saß, umso besser. Sie stellten eine direkte Bedrohung seiner Mission dar: Und die lautete, Pawn eins zu schützen.

Sara.

Selbst das Schachteam konnte sie kaum gegen eine so große Übermacht verteidigen. Also blieb ihm nur die Wahl, wie der Teufel zu rennen und den Vorsprung zu halten.

Bei Sara hatte die Mischung aus Koffein und Adrenalin die Lebensgeister wieder geweckt und ermöglichte ihr ein Lauftempo, das sie nicht für denkbar gehalten hätte. Wenn sie einmal stehen blieb, würde sie nie wieder in Gang kommen, das wusste sie. Doch sie bezweifelte ohnehin, dass King ihr Gelegenheit zum Anhalten geben würde. Der Mann war die reinste Maschine. Er hatte ihr nicht verraten, warum er sie derart die steilen Abhänge der annamitischen Kordilleren hinaufhetzte, aber sie hatte einen Anflug von Furcht aus seiner Stimme herausgehört. Und paradoxerweise gab diese Furcht ihr Zuversicht. Sie zeigte ihr, dass er nicht an Selbstüberschätzung litt. Er wusste, wann es zu kämpfen galt und wann man besser rannte wie der Teufel.

Dennoch hoffte sie inständig, dass die Lauferei bald ein Ende haben würde.

Eine halbe Stunde später war es so weit. Sie hatten vier Meilen zurückgelegt und dabei einen Höhenunterschied von 250 Metern bewältigt, als sie aus den Schatten des Dschungels auf eine Lichtung traten. Sie mussten die Augen vor der sengenden Nachmittagssonne zusammenkneifen, aber endlich waren sie der Feuchtigkeit des Dschungels und den Schwärmen von Moskitos entkommen.

»Hier können wir rasten«, stieß Somi nach Luft ringend hervor. Sogar die lautlose Dschungelveteranin war außer Atem. »Anh Dung liegt eine halbe Meile weiter nördlich, jenseits des offenen Feldes.«

»Anh Dung?«, fragte Sara.

Somi nickte. »Unser Ziel, ja.«

»Ich dachte, das läge in Vietnam?«

»Im Busch gibt es keine Grenzschranken«, meinte Somi mit sarkastischem Lächeln. »Und an den Straßen übrigens auch nicht.«

»Wir befinden uns seit etwa einer Stunde in Vietnam«, ergänzte King. »Wir sind fast am Ziel.«

Sara fühlte sich wie neugeboren. Der Alptraum war bereits halb vorüber. »Dann müssen wir weiter«, sagte sie. Das trug ihr ein paar merkwürdige Seitenblicke ein. »Wir können da nicht einfach reinmarschieren und sagen: ›Aha, da ist unser Heilmittel!‹, und wieder abziehen. Ich weiß nicht, wie lange ich brauchen werde.«

King holte tief Luft und nickte.

»Sind Sie sicher?«, fragte Somi. »Wenn man erschöpft ist, kann man schlecht denken.«

Sara trank einen Schluck Wasser, schraubte die Verschlusskappe wieder auf und wischte sich über den Mund. »Wir wollen uns doch nicht erwischen lassen, oder? Kein weiterer Anschauungsunterricht.«

King grinste. Sara war zäher, als er erwartet hatte. »Haben Sie noch Bewegungsmelder?«, fragte er Somi.

»Ein paar«, erwiderte sie.

»Platzieren Sie sie an strategischen Stellen. Wenn die immer noch hinter uns her sind, will ich rechtzeitig Bescheid wissen. Rook, du hilfst Pawn zwei. Knight, Queen, ihr zieht an allen Stellen Stolperdrähte, wo sich kein Bewegungsmelder befindet. Macht sie schön laut. Bishop, du kommst mit mir. Wir müssen einen sicheren Weg durch dieses Feld erkunden.«

Rook reichte Sara ihren Rucksack. »Den werden Sie brauchen.«

Sara streifte ihn sich über den Rücken. Die ganze Last der Welt schien plötzlich auf ihren Schultern zu ruhen, nicht nur wegen der fünfzehn Kilo Gewicht, sondern weil die Instrumente im Rucksack und ihr Verstand alles waren, was zwischen der Menschheit und der Auslöschung stand.

Ohne ein weiteres Wort teilte das Team sich auf. Somi, Rook, Knight und Queen machten sich klaglos auf den Rückweg in den schwülen Dschungel und verschwanden in dessen Schatten. Bishop schlang sich sein FN über die Schulter und setzte geschickt einen tragbaren Metalldetektor zusammen. Das Gerät vor sich hin und her schwenkend, drang er in das mannshohe braune Gras ein.

King bedeutete Sara, ihm zu folgen. Er selbst übernahm die Nachhut mit dem M4 im Anschlag.

Dumpfer Spannungsschmerz quälte seinen Rücken. Die Mission drohte, sich zum Desaster zu entwickeln. Es würde darauf hinauslaufen, dass sechs von ihnen eine überlegene Streitmacht aufhalten mussten, bis Sara ihre Arbeit erledigt hatte, egal wie lange das dauerte.

Er beobachtete Sara, die sich dicht hinter Bishop hielt und nur stehen blieb, wenn er kleine orangefarbene Fähnchen in den Boden steckte, um die Lage der Landminen zu kennzeichnen. Das war nicht allzu schwierig, da die Einheimischen das Feld schon mit Steinpyramiden markiert hatten. Doch der ungepflegte Zustand des Feldes zeigte, dass sie die tödliche Erde immer noch mieden. Sara schien sich ganz dicht hinter Bishops riesenhaftem Körper zu halten, um in seinem Schatten zu bleiben. Sie mied direkte Sonneneinstrahlung so weit wie möglich. Aber von der zerstreuten Frau, die King in Fort Bragg kennengelernt hatte, war nicht mehr viel übrig. Verdammt, sie waren mitten in einer Kriegszone gelandet, und sie hatte *ihn* vor der Gefahr gewarnt.

Wie wollte man das nennen? Sechster Sinn? Weibliche Intuition?

King sah, wie Sara mit bebenden Nasenflügeln den Kopf von einer Seite zur anderen drehte. Sie schnupperte ... fast wie ein Hund. *Genau wie ein Hund*. Drei schnelle Schnüffler. Kopf drehen. Drei weitere Schnüffler. Sie zuckte zusammen und rieb die Nasenwurzel zwischen Daumen und Zeigefinger, ein klassisches Signal für Kopfschmerzen. Dann schüttelte sie sich und schnupperte weiter. Als King das Gebiet durchquerte, stieg ihm zwar irgendein Duft in die Nase, aber nur für Sekundenbruchteile. Und so schwach, dass er ihn unmöglich identifizieren konnte. Vielleicht eine Blume? Doch warum hatte Sara so stark darauf reagiert?

Nach etwa einer Minute wurden ihre Atemzüge wieder tiefer. Doch King roch lediglich – Moment mal! Kaum zu erkennen, der Geruch entzog sich ihm einfach. Ohne Saras Geschnüffel wäre ihm nie etwas aufgefallen.

Er sog die Luft tief durch die Nase ein wie ein Parfumeur, der einen neuen Duft entwickelt. Nichts.

Sara wandte sich zu ihm um. »Sie riechen es auch?«

»Es ist mir nur aufgefallen, weil ich Sie in der Luft schnuppern sah. Aber es ist sehr schwach. Ich kann es nicht erkennen.«

»Aber es ist doch ganz stark.« King sah einen Schauder über ihren Körper laufen und begriff, dass sie der Geruch völlig aus der Fassung gebracht hatte, und das hieß, dass sie ihn kannte.

»Bishop, riechst du etwas?«, fragte King.

Bishop schüttelte den Kopf. Nein.

»Pawn«, sagte King. »Was ist es?«

Vor genau dieser Frage hatte Sara sich von dem Moment an gefürchtet, als sie die Witterung erstmals aufnahm, als die Brise umschlug und den neuen Geruch mit sich brachte. Sie kannte ihn gut, er trat immer dort auf, wo Seuchen ausbrachen. Es war der Geruch der Toten und Sterbenden, den man schon wahrnahm, lange bevor man die Reihen der Leichen sah. Sara hatte oft um diese Toten geweint, weil sie wusste, dass einfache und billige Impfungen ihr Leben hätten retten können, doch heute … heute musste sie ein Heilmittel gegen eine völlig neuartige Krankheit finden, bevor jemand einen weltweiten Genozid begehen konnte. Auf dieser Reise gab es keine Zeit für Trauer. Die Zeit war zu knapp.

Sie beantwortete die Frage mit einem Flüstern. »Menschen. Tote Menschen.«

Sie stolperte über etwas und blickte zu Boden. Halb im

Gras verborgen lag ein flacher Hügel, einen Meter achtzig lang, sechzig Zentimeter breit.

King sah ihn auch. »Ein Grab.«

»Hier sind noch mehr«, sagte Bishop. »Viel mehr.«

Sie erreichten eine in das Feld aus hohem Gras gemähte Lichtung. Darin befanden sich zwanzig unmarkierte Gräber. Die Erde auf ihnen sah trocken und staubig aus, kein Regentropfen hatte sie berührt. Das Gras um die Gräber war kurz geschnitten. Es war ein frisch angelegter Friedhof. Innerhalb der letzten Woche hatte jemand hier zwanzig Menschen beerdigt.

Ein Lufthauch fuhr vom Dorf her durch das hohe Gras um den Friedhof und trug eine neue Welle von Gestank mit sich. Der stammte nicht von hier. Jetzt erkannten sie es alle. King verzog das Gesicht und hob sein M4. »Gehen wir.«

Mit Bishop an der Spitze liefen sie wieder ins hohe Gras und marschierten auf die Quelle des Geruchs zu.

12 Anh Dung – Vietnam

Sara musste würgen, als sie das Dorf betrat. Das hohe Gras hatte den Geruch nach verrottendem menschlichen Fleisch gefiltert, doch hier war der Gestank überwältigend – auch für nicht hypersensitive Sinne. Sara hielt sich den Ärmel vors Gesicht und hatte Mühe, sich nicht zu übergeben.

Bishop rümpfte angewidert die Nase, schwieg aber und behielt die Waffe im Anschlag. King hielt den Atem an, setzte seinen Rucksack ab und wühlte darin herum. Er brachte drei Operationsmasken zum Vorschein und verteilte sie. Nachdem er selbst eine aufgesetzt hatte, meinte er: »Besser als gar nichts.«

Da der Gestank jetzt halbwegs erträglich war, nahmen sie sich das Dorf vor. Fünfzehn Pfahlbauten auf sechzig Zentimeter hohen Pfosten säumten einen schlammigen Pfad, der sich durch die kleine Ansiedlung schlängelte. Die Bauweise war einfach, aber praktisch. Die Pfähle schützten die Hütten vor den Fluten des Monsuns. Die Grasdächer aus dicht geflochtenem Schilf hielten den Regen ab. Und die Wände aus hölzernen Planken verliehen Stabilität und boten zugleich einigermaßen Schutz vor den Elementen. Doch sie waren nicht dafür gebaut, einem Angriff standzuhalten. Sara konnte sich ungefähr vorstellen, wie das Dorf einmal ausgesehen haben musste. Jetzt war es ein Trümmerhaufen.

Wände waren herausgefetzt worden. Dächer eingestürzt oder verbrannt. Das Dorf sah aus, als hätte man es zum Übungsschießen mit einer Haubitze benutzt. Doch die Schäden an den Hütten waren gar nichts im Vergleich zu dem, was den Bewohnern zugestoßen war. Leichen lagen überall verstreut. Hingen aus Türen heraus. Waren mit verrenkten Gliedern über Steinbrocken zusammengebrochen. Lagen halb im Schlamm vergraben. Die meisten der Toten hatten klaffende Wunden, aus denen Knochen weiß hervorschimmerten. Ihre Haut war wie Stoff in Fetzen gerissen worden. Man hatte sie regelrecht abgeschlachtet. Doch außerhalb des Dorfes war keine einzige Leiche zu sehen. Wer immer für das Massaker verantwortlich war, hatte so schnell zugeschlagen, dass es kein Entkommen gab.

»Das war nicht Brugada«, sagte Sara.

»Sehe ich genauso«, stimmte King zu, während er sich dem kopflosen Körper einer Frau näherte, die an einer Hütte zusammengesunken saß. Der Kopf lag in ihrem Schoß, braun von getrocknetem Blut. Ein Schwarm Fliegen bildete eine summende Wolke über ihr. King kniete nieder und musterte die Frau. Die Augen waren weißlich und bewegten sich. Maden. Er untersuchte ihren Hals. Haut, Muskeln und Blutgefäße waren in die Länge gezogen und zerfetzt. Man hatte ihr den Kopf abgerissen, nicht abgeschnitten. Das M4 im Anschlag richtete King sich hastig wieder auf.

Während Bishop Wache hielt, machte King einen schnellen Rundgang und inspizierte die Leichen. Manche waren zu Tode geprügelt worden. Köpfe und Brustkästen waren eingedrückt und wiesen faustgroße Einbeulungen auf. Dann wandte er sich den Spuren zu. Fußabdrücke in allen Größen hatten sich in der feuchten Erde erhalten. Er kniete sich hin und fuhr sich mit der Hand durch die Haare, die wegen der hohen Luftfeuchtigkeit noch zerzauster waren als üblich.

Sara trat zu ihm, fassungslos von dem Gemetzel. »Was ist hier geschehen?«

»Es ergibt keinen Sinn«, erwiderte King. Seine Stimme war kaum mehr als ein Flüstern.

Sara sah, dass ihm die Szene ebenso unheimlich war wie ihr.

King deutete auf die letzte Leiche, die er untersucht hatte. Eine junge Frau, fast noch ein Teenager. Man hatte sie ausgeweidet, ihre inneren Organe lagen neben ihr im Gras. Ihr Gesicht war zu einer Maske des Entsetzens erstarrt. Sara wandte schnell den Blick ab. Sie hatte genug von dem Blutbad.

»Sie müssen genau hinschauen«, sagte King. »Sehen Sie noch einmal hin. Auf ihrer Brust.«

Sara gehorchte, vermied es aber, die Innereien anzusehen, die aus der gähnenden Höhlung unter ihren Rippen heraushingen. Vier tiefe, parallele Risswunden verliefen von der Schulter bis zum Rippenbogen. Sie war regelrecht zerfleischt worden. Von irgendeiner Art von Tier.

»Und ihr Kopf, an der Schläfe«, dirigierte King ihren Blick.

Sara sah zwei runde Löcher in der Seite des Schädels klaffen, wo ein großer Kiefer zugebissen hatte.

»Ein Tiger?«, mutmaßte sie. In Vietnam gab es noch ein paar Hundert davon. Die Spezies stand am Rande des Aussterbens. Aber eine andere Möglichkeit sah sie nicht.

»Es gibt zwar menschenfressende Tiger, aber die verhalten sich nicht so.«

Saras Gedanken wanderten zu der Theorie, dass das annamitische Gebirge eine Art Arche Noah sei – immer wieder wurden in dieser Wildnis neue Säugetierarten entdeckt. Und während des Vietnamkriegs hatte die Region unter großem Selektionsdruck gestanden. »Vielleicht sind die Tiger in den Annamiten anders? Ein Fall von Hyperevolution.«

Er wartete auf eine Erklärung.

»Wenn eine Spezies sehr isoliert lebt, so wie hier, nimmt sie oft eine ganz spezielle Entwicklung. In Australien beispielsweise, wo die Evolution schon vor Millionen von Jahren einen eigenen Weg eingeschlagen hat, sehen wir heute eine ganz und gar einzigartige Ansammlung von Säugetierarten.«

»Galapagosinseln. Darwin. So weit kann ich folgen.«

»In bestimmten Situationen – wenn Nahrung knapp ist oder andersherum sogar überreichlich vorhanden – beobachten wir sehr schnelle Evolutionsschritte. Im Labor ist es gelungen, die Evolution um dreihundert Prozent zu beschleunigen, aber in der Wildnis, in Extremfällen, kann sich die Veränderung innerhalb weniger Generationen vollziehen. Wenn Nahrung überreichlich vorhanden ist, stoßen wir auf einen Prozess, der Plastizität genannt wird. Die sich entwickelnde Spezies nimmt mehr Nahrung zu sich, wächst schneller und reproduziert sich in immer jüngerem Alter, ein perfektes Szenario für eine schnelle Evolution durch beschleunigten Generationswechsel.«

»Wie Karnickel.«

»Genau. Wenn genug Futter vorhanden ist, explodiert eine Kaninchenpopulation regelrecht.«

»Das hier waren aber keine Kaninchen.«

»Nein, Plastizität ist es nicht ... wenn der Mensch ein Habitat sozusagen einkreist, finden wir meistens Hyperevolution durch Nahrungsknappheit oder extreme Konkurrenz zwischen den Spezies vor. Das führt ebenfalls zu beschleunigter Evolution. Seit der Mensch Kodiakbären jagt, werden sie immer kleiner, schneller und dadurch schwerer zu finden. Eichhörnchen, Waschbären und Falken haben sich an das Leben in Großstädten angepasst. In Los Angeles gibt es mehr als fünftausend Kojoten. Sie sind listiger geworden. Schneller. Kleiner.«

»Klingt so, als könnte dabei leicht auch ein Superraubtier herauskommen. Durch scheues Verhalten und Weglaufen kann man sich vielleicht eine Weile lang retten, aber irgendwann *muss* man kämpfen, um zu überleben.«

Sara sah ihn an. »Möglich wäre es.«

»Trotzdem ergibt *das hier* keinen Sinn.« King schüttelte den Kopf. »Ein Tiger tötet, um zu fressen. Er hätte keinen Grund, ein ganzes Dorf auszulöschen. Selbst ein hyperentwickelter Tiger.«

»Manchmal manifestiert sich die Evolution auch als psychologische Veränderung und es kommt zu extremem Revierverhalten und Gewalttätigkeit. Ein Tiger, der in ein neues Territorium verdrängt wird, könnte die menschliche Population als Konkurrenz betrachten und ...«

»So etwas wie das hier tun.«

»Theoretisch. Aber Hyperevolution erfordert eine echte Veränderung des genetischen Codes, was längere Zeit dauert – selbst Hyperevolution in Szenarien mit beschleunigter Vermehrung. Möglicherweise ist bei Tigern diese Verhaltensvariante bereits einprogrammiert. Es wäre vorstellbar, dass sie über latente Fähigkeiten und Instinkte verfügen, die erst durch bestimmte Situationen aktiviert werden.«

»So etwas ist denkbar?«

Sara nickte leicht und versuchte, das viele Blut zu ignorieren. »Genetische Assimilation. Die Gene einer Kreatur, ob Tiger, Mensch oder Hai, bleiben trotz phänotypischer

Wandlungen – also eventueller Unterschiede im Aussehen – oder neu entwickelten Verhaltensmustern im Grunde unverändert. Der genetische Code ist intakt, aber seine Ausformung wird von den Umweltbedingungen beeinflusst.«

»Als würde man dieselbe Melodie über unterschiedliche Lautsprecher abspielen.«

»Genau. Die Musik ist in ihrer Gesamtheit noch da, aber manche Lautsprecher haben mehr Bass als andere, so dass eine Vokalspur darin untergeht. Nehmen wir mal an, eine Insel wäre von auf dem Boden lebenden Eichhörnchen bevölkert, die vornehmlich von Vögeln gejagt werden. Sie halten sich in Bodennähe auf und suchen Schutz im Gebüsch und in unterirdischen Bauten. Wenn man jetzt aber ein Landraubtier einführt, klettern die Eichhörnchen plötzlich auf Bäume. Der Instinkt und die Fähigkeiten waren immer vorhanden, wurden aber erst durch die Ankunft des neuen Raubtiers aktiviert. Das Raubtier ist lediglich eine Barriere für den andauernden Erfolg und das Überleben des Eichhörnchens. Genau wie eine Eiszeit oder Nahrungsknappheit. Genetische Assimilation ist eine fest einprogrammierte Methode, evolutionäre Barrieren zu überwinden, ohne dass eine Entwicklung über mehrere Generationen nötig wäre. Das funktioniert viel schneller als Evolution, und es erfordert nur wenige Generationen, die Veränderungen zu perfektionieren … unter Umständen sogar nur eine einzige.«

»Als würde man einen Schalter umlegen.«

»Ja.«

»Und man kann ihn auch wieder ausschalten?«

Sie zuckte die Achseln. »Das ist alles Theorie. Unmöglich zu sagen.«

»Es könnte sich hier aber um einen durchschnittlichen

Allerweltstiger gehandelt haben, der auf eine einzigartige Situation genauso reagiert hat, wie andere Tiger es auch tun würden.«

»Schon möglich.«

»Nur«, er deutete auf den Pfad, »dass es keinen einzigen Tatzenabdruck gibt.«

Sara kniete sich hin und betrachtete die Fußabdrücke. Einer sprang ihr besonders ins Auge. »Was ist mit dem hier?«

Der Abdruck sah zwar menschlich aus, war aber zu breit und zu tief. Natürlich gab es übergewichtige Menschen mit sehr breiten Füßen, aber in diesem Teil der Welt traf man sie eher selten an. »Haben Sie jemals so etwas ...?«

Aus einer der Hütten rutschten plötzlich Trümmer heraus. Tontöpfe und Klumpen von Schilfdach polterten einen rampenartigen Aufgang herunter. King und Bishop hatten sich im Nu zwischen Sara und der Hütte aufgebaut und hoben die Waffen, bereit, das angeschlagene Gebäude in streichholzgroße Stückchen zu zerschießen. Eine alte Frau torkelte die Rampe herab und fiel hin, als die Schwerkraft zu viel wurde für ihre brüchigen Knochen und schwachen Muskeln.

Sie eilten zu ihr hin und hörten, wie sie unzusammenhängende Worte zwischen weißen, dehydrierten Lippen hervorstieß. Ihre Haare waren glatt und vollständig ergraut. Keine Spur ihrer Jugend war übriggeblieben. Das von den Runzeln vieler Jahre gezeichnete Gesicht wurde weicher, als sie die Waffen des Teams sah. Sie seufzte erleichtert auf.

Sara runzelte die Stirn. Diese Frau war sicher Großmutter ... vielleicht sogar Urgroßmutter. Hatte sie alle sterben sehen? Ihre Töchter? Ihre Söhne? Lagen ihre Leichen im Dorf verstreut? Sara erinnerte sich noch, was sie bei der

Beerdigung ihrer Großmutter empfunden hatte. Damals war ihr der Tod vorgekommen wie eine Illusion des Lebens. Noch im offenen Sarg hatte ihre Großmutter lebendiger ausgesehen als diese Frau.

Saras Herz flog ihr zu. Sie gab ihr etwas Wasser aus ihrer Feldflasche zu trinken. Die Frau hustete, und die Flüssigkeit tröpfelte ihr wieder aus dem Mund. Sie war zu erschöpft.

»Nguoi Rung«, murmelte sie. »Nguoi Rung. Nguoi Rung.«

King sah, dass es zu Ende ging. »Sie wird es nicht schaffen.«

Zwei Seelen kämpften in Saras Brust. Vielleicht war es noch möglich, die Frau zu retten. Sie hatte alles dabei, was sie für einen intravenösen Tropf brauchte ... aber es bestand das Risiko, dass die Frau starb, bevor Sara ihr Blut abnehmen konnte. Und das durfte nicht sein. Sie öffnete ihren Rucksack, zog den grünen Kasten mit ihrer medizinischen Ausrüstung heraus und klappte ihn auf. Den Tropf legte sie beiseite. Mit zitternden Händen entfernte sie die sterile Verpackung von einer Spritze und steckte die Nadel auf.

Die alte Frau verstummte, als Sara sich mit der Spritze in der Hand zu ihr umwandte. Ihr Gesicht verzog sich zu einer Maske der Qual, als wollte sie sagen: ›Sind Sie denn auch nicht besser?‹

Sara unterdrückte die Tränen, die ihr in die Augen steigen wollten. Sie durfte sich nicht von ihren Gefühlen überwältigen lassen. »Halten Sie sie«, sagte sie zu den beiden Delta-Agenten, die ebenso verwirrt dreinblickten wie die sterbende alte Frau.

»He ...«, begann King, offensichtlich perplex.

»Ich tue das nur ungern. Wirklich. Aber sehen Sie sich

um. Jeder andere in diesem Dorf ist tot oder verschwunden. Und schauen Sie sich die Leichen an. Es sind alles Frauen! Die Männer sind da draußen auf dem Feld begraben. Wenn diese Frau die letzte Überlebende ist, dann ist ihr Blut unsere letzte Hoffnung. Sie so weit zu verarzten, dass sie überlebt, könnte Tage dauern. Wir haben aber nicht so viel Zeit.« Sie konnte die Tränen nicht länger zurückhalten und ließ ihnen freien Lauf.

King und Bishop legten ihre Waffen weg und hielten die Frau fest. King stützte sie so, dass ihr Kopf an seiner Brust lag. Er schob den linken Arm unter der Achsel der Frau durch und hielt ihre Hand. Mit der Rechten strich er ihr sanft über den Kopf. »Ist schon gut«, flüsterte er. Obwohl sie keine Ahnung hatte, was er sagte, war er sicher, dass sie die Geste verstand.

Sara schob den schmutzigen Ärmel der Frau hoch. Sie war unterernährt, und die Venen hoben sich deutlich von der Haut ab, während sie sich unter Kings festem Griff mit Blut füllten. Die alte Frau wehrte sich nur kurz, bevor sie sich in ihr Schicksal fügte.

»Es tut mir leid«, schniefte Sara, dann stach sie die Nadel in die Vene. Der letzte Funke Lebenskraft der Alten schien mit dem Blut zu verrinnen, das in die Spritze floss.

Fünfzehn Sekunden später war sie voll. Sara zog die Nadel heraus und setzte eine Kappe darauf. Die Zukunft der Menschheit hing nun an einer Spritze mit dem Blut einer alten Frau. Sara griff instinktiv nach einem Tuch, um es auf die durch die Nadel verursachte Stichwunde zu pressen, doch das erlahmende Herz der Alten hatte nicht mehr die Kraft, das dickflüssige Blut aus der kleinen Verletzung zu pumpen.

»Nguoi Rung«, hauchte sie noch einmal. Dann schloss sie die Augen für immer. Sie war tot wie die anderen

Frauen, deren Leichen im Dorf verwesten. Doch im Unterschied zu ihnen war ihr Körper heil geblieben, und ihr Tod, wenn auch kein freiwilliges Opfer, diente einem höheren Zweck.

»Für uns bleibt hier nichts mehr zu tun«, sagte Sara. »Wir können anderswo unsere Zelte aufschlagen. An einem sicheren Ort. Dann werde ich das Blut analysieren.«

»Und wenn Sie nicht finden, wonach Sie suchen?«, fragte King.

»Wir werden noch eine Weile hier sein. Wenn es einen weiteren Überlebenden dieses Massakers geben sollte, müssten wir ihn finden.«

Rook und Somi hatten die verbliebenen Bewegungsmelder an den Pfaden platziert, die zum Dorf führten. Auf einer Hügelkuppe hielt Rook an und suchte den Dschungel unter ihnen nach irgendwelchen Bewegungen ab.

»Was zu sehen, Gung Ho?«, fragte Somi.

»Nicht das Geringste.« Rook blickte sich zu ihr um. »Sie sind beim Geheimdienst, nicht wahr?«

Somi nickte. »Ja, und?«

»Ich meine, jemand hätte wissen müssen, dass die Landungszone heiß ist.« Er wandte sich zurück zum Dorf. »Und ich frage mich, wie sie von unserem Kommen erfahren haben.«

»Zufall?«

Rook schüttelte den Kopf. »Sie meinen, wir sind zufällig irgendwo hineingetappt?«

Somi versetzte ihm einen Klaps auf die Schulter. »So geht es beim Geheimdienst manchmal zu.«

Er lächelte, während sie das Grasfeld durchquerten, auf dem Bishop mit orangefarbenen Fähnchen die Minen markiert hatte.

»Scheint nicht, als hätten Sie eine allzu hohe Meinung von der Welt der Geheimdienste«, meinte Rook.

»So kann man es ausdrücken.«

»Wie sind Sie dann dort gelandet?«

»Durch meinen Vater.«

»Klingt ein bisschen altmodisch.«

»Das *ist* eine alte Welt.«

»Richtig ... Aber inzwischen müssten Sie doch andere Möglichkeiten haben, oder?«

Somis kurzes Stirnrunzeln blieb Rook nicht verborgen. »Manchmal hat man keine Wahl. Wenn es um die Familie geht. Oder die Ehre.«

Als sie das Dorf erreichten, stieg Rook der Gestank der verwesenden Körper in die Nase, aber er ließ sich davon nicht irritieren. King, Bishop und Sara standen gerade über eine der Leichen gebeugt. »Mann, jetzt weiß ich, warum sie das Kaff Anh *Dung* genannt haben. Es stinkt nach Scheiße«, sagte Rook.

Sara wirbelte zu ihm herum wie ein Tornado. »*Was* sagen Sie?! Sehen Sie sich doch mal um! Haben Sie überhaupt eine Ahnung, was ...«

Den Rest des Satzes hörte Rook nicht mehr. Eine Welle der Übelkeit nahm ihm den Atem. Er spürte noch, wie seine Augen sich verdrehten und die Schwerkraft an ihm zerrte. Dann nichts mehr.

Rook war tot.

13

Der Schlamm spritzte hoch auf, als Rook der Länge nach hinfiel. Sein Gesicht versank bis zu den Ohren. Hätten seine Lungen noch gearbeitet, wäre er in dem Morast ertrunken. Aber er war bereits tot.

Somi ließ ihre Schrotflinte fallen und bemühte sich, Rook auf den Rücken und aus dem Schlamm herauszuhieven. Eine Sekunde später war auch King zur Stelle.

»Wir müssen ihm den Rucksack abnehmen«, sagte er.

Somi zerrte Rook auf die Seite und hielt ihn fest, während King ihm den Rucksack herunterriss. Er schleuderte ihn beiseite und drehte Rook auf den Rücken. Kein Puls zu fühlen. Er presste ihm die Hände auf die Brust, um mit einer Herzmassage zu beginnen. Doch da spürte er eine Hand an seiner Schulter.

»Nicht«, sagte Sara. »So brechen Sie ihm nur die Rippen.«

»Da haben Sie verdammt recht«, sagte King. »Soll ich ihn vielleicht sterben lassen?«

Ein Ruck ging durch den erschlafften Körper. King zuckte zurück.

Rook hustete Schlamm aus, setzte sich auf und wischte sich übers Gesicht. Dann betrachtete er den Dreck an seinen Händen. »Himmelarsch. Sag mir bitte einer, dass ich nicht gerade an diesem beschissenen Brugada gestorben bin.«

King grinste und schlug ihm auf die Schulter. »Schön, dich wiederzuhaben.« Er half Rook auf die Füße. »Sind die Bewegungsmelder platziert?«

Sara schüttelte den Kopf. Rook war gerade *gestorben*. Er hatte tot zu ihren Füßen gelegen. Ohne den implantierten Kardioverter-Defibrillator wäre er tot *geblieben*. Und nur Augenblicke nach seiner Wiederauferstehung von den Toten, kehrte King zur Tagesordnung zurück, als wäre nichts geschehen. Sie wusste nicht, was sie denken sollte. Waren sie dem Tod schon so oft begegnet, dass das Sterben eines Teammitglieds sie nicht mehr berührte?

Während er ein Taschentuch aus seiner Weste zog und sich das Gesicht säuberte, meinte Rook: »Alles erledigt. Queen und Knight sind noch dabei, die letzten Stolperdrähte zu installieren.«

Sara ertrug es nicht, dass alle so leichthin über Rooks Nahtoderlebnis hinweggingen. »Alles in Ordnung, Rook? Sie waren *tot*.«

Rook rieb sich die Brust und lächelte schwach. »Fühlt sich an wie übles Sodbrennen. Wenn Sie ein Glas Milch haben, können wir darüber reden. Andernfalls vergessen Sie's.«

Da begriff Sara, dass das Schweigen der Teammitglieder nicht an mangelndem Mitgefühl oder Abgestumpftheit gegenüber dem Tod lag. Der Tod jagte ihnen eine Heidenangst ein. Sie wollten nicht einmal darüber sprechen. Sie sah, wie Bishop, der während der ganzen Nervenprobe kein Wort gesagt und keinen Augenblick in seiner Wachsamkeit nachgelassen hatte, ein schnelles Lächeln mit King tauschte. Die Erleichterung über Rooks Rettung stand ihnen ins Gesicht geschrieben. Diese Jungs waren eine Familie. Sie waren …

Sara erstarrte. Etwas hatte sich verändert. So geringfügig, dass sie es nicht genau bestimmen konnte. Durch Rooks Tod und den unaufhörlichen Verwesungsgestank abgelenkt, war es ihr bisher entgangen. »King, da stimmt was nicht.«

Bis vor kurzem hätte King nicht im Traum daran gedacht, nur aufgrund von Saras intuitiven Fähigkeiten zu handeln, doch die hatten bisher mit nachtwandlerischer Sicherheit funktioniert. »Bildet einen Kreis. Pawn, in die Mitte.«

Sara fand sich von drei gewaltigen Gestalten eingekesselt und einer kleineren, die eine Schrotflinte hob.

Stille kehrte in das verwüstete Dorf ein. Sara bemühte sich, den Gestank auszublenden und sich ganz auf ihr Gehör zu konzentrieren. Es half nichts. Der Geruch übertönte alle Sinne. Sie hielt den Atem an und schloss die Augen.

Kopfschmerz keimte auf, ausgelöst von den fremden Gerüchen, der Sonne, die auf ihrer bloßen Haut stach, und dem schlimmen Jucken hinter den Ohren. Und doch konnte sie es durch all diese Reize hindurch spüren. Rennend. Atmend.

Dann hörten es alle. Ein Mann schrie mit sich überschlagender Stimme. Die Gruppe drehte sich synchron in dessen Richtung. Ein Fremder brach mit angstverzerrtem Gesicht aus dem hohen Gras hervor. Er trug ein AK-47. Ein rotes Band mit einem einzelnen goldenen Stern in der Mitte zierte die Mütze seiner grünen Uniform. Vietnamesische Volksarmee. Kein Freiwilliger des Todes. Ohne innezuhalten trampelte er über die Lichtung mit dem Friedhof.

King zielte und machte sich schussbereit, zögerte dann aber. Der Mann war außer sich vor Entsetzen. Er hatte buchstäblich die Hosen voll und kreischte wie ein Irrer aus einem Horrorfilm. Dann sah er das Team. Er nahm sich nicht die Zeit zu entscheiden, ob sie Freund oder Feind waren. Er eröffnete einfach das Feuer.

Das Gras vor dem Mann schien zu explodieren, als eine nur undeutlich erkennbare Gestalt mit dem Kopf voraus auf ihn losging. Der Soldat wurde von den Füßen gerissen und kippte nach hinten. Reglos blieb er liegen. Sein Angreifer stand über ihm.

Queen.

Schneller, als man mit dem Auge folgen konnte, hatte sie dem Mann die Faust in den Hals gerammt und seine Luftröhre zerquetscht. Wäre er noch bei Bewusstsein gewesen, hätte er nach Luft gerungen. Aber er war schon tot, als die anderen Queen erreichten, so tot, wie Rook noch vor ein paar Minuten gewesen war.

»Verdammt, Queen. Dem Burschen hast du ja einen heiligen Schrecken eingejagt.«

»Er ist nicht vor *mir* weggerannt.«

»Vor wem dann?«, fragte King.

»Oder vor was«, ergänzte Sara.

Queen schürzte die Lippen. »Keine Ahnung.«

Die Antwort gefiel King nicht, aber wenn Queen es nicht wusste, dann wusste sie es eben nicht. »Sind noch mehr da?«

»Er war ein Späher. Ist an uns vorbeigeschlüpft, bevor wir das Gelände sichern konnten. Sie waren zu dritt. Knight ist den beiden anderen gefolgt.« Queen musterte sie fragend. »Er ist noch nicht wieder da?«

»Hier oben.« Knights Stimme war nur ein Wispern. Ohne das Kommunikationssystem, das sie alle trugen, hätten sie ihn nicht hören können. Sie richteten die Blicke nach oben, obwohl keiner so genau wusste, wohin.

Rook entdeckte ihn zuerst. »Du gerissener kleiner Affe. Wie zum Teufel bist du da raufgekommen?«

Knight lag auf einem Hüttendach, die Beine gespreizt, um sein Gewicht möglichst gleichmäßig auf dem Schilf zu verteilen. Er war ganz auf das konzentriert, was er durch das Zielfernrohr seines halbautomatischen P5G-1-Scharfschützengewehrs sah, und bedeutete Rook zu schweigen. »Zwei im Grasfeld, kommen näher.«

Die Mündung seines P5G folgte den beiden Personen ruhig und gleichmäßig. Er konnte die kleinen Männer im mannshohen Gras nicht ausmachen, sah nur, wie die Halme sich in ihrem »Kielwasser« neigten. Dann begann das Gras zu beiden Seiten der Männer zu wogen.

»Wartet«, sagte Knight. »Zwei weitere Ziele ... nein, vier. Sie bewegen sich auf die ersten beiden zu.«

Knight beobachtete vier neue Spuren im Gras, deren Wege sich mit dem der beiden Späher treffen würden. Es war, als sähe man Löwen zu, die sich an eine Gazelle anschlichen – unsichtbare Raubtiere. Jetzt waren sie nur noch drei Meter voneinander entfernt. Jede Sekunde musste es zum Zusammenstoß kommen, ziemlich am Rand des Feldes. »Geht in Deckung. Die verstehen keinen Spaß.«

King nahm Sara bei der Schulter und wollte sie wegziehen. Doch im selben Moment erreichte der Hauch eines stechenden Geruchs ihre Nase. Eine Mischung aus Urin und Exkrementen, ebenso schlimm wie der üble Geruch des Todes, nur völlig anders. Es roch ... animalisch.

Sie schüttelte Kings Hand ab und rannte auf den Mann zu, den Queen getötet hatte.

»Verdammt, Pawn! Schaffen Sie Ihren Arsch wieder hierher!« Er rannte ihr nach.

Sara kniete sich neben den Mann und rollte ihn auf den Bauch. Sie zuckte entsetzt zurück, als sie seinen Rücken sah. Er war schon halb tot gewesen, als Queen ihn niederschlug. Vier blutige Risse in seinem Hemd passten zu den gut einen Zentimeter tiefen Kratzwunden in seinem Fleisch.

Sara blickte zu King auf. »Was immer die Bevölkerung des Dorfes umgebracht hat, es ist noch in der Nähe.«

»King, *runter!*« Das war Knight. Eine geflüsterte Warnung. King warf sich über Sara, drückte sie zu Boden und beschützte sie mit dem eigenen Körper.

Das hohe Gras am Rand des Feldes rauschte plötzlich wütend auf. Knights vier neue Ziele waren auf die beiden verbliebenen Späher gestoßen. Die Halme wogten wie in einem Sturm, während gedämpfte Laute hervordrangen – dumpfe Faustschläge, zerreißendes Fleisch, brechende Knochen.

Der Angriff auf die beiden Männer und ihr Tod kamen so rasend schnell, dass sie keine Chance hatten, auch nur zu schreien. King lief es kalt über den Rücken. So etwas hatte er noch nie erlebt. Nichts war zu sehen. Doch durch die Geräusche entstand ein deutliches Bild vor seinem geistigen Auge, das ihm alles sagte, was er wissen musste.

Ein Körper rutschte halb aus dem Gras. Das wenige, was vom Gesicht des Mannes noch übrig war, wurde von einem schwarzen Halstuch verdeckt. Der Rest sah aus, als wäre er mit einem gezackten Eiscremelöffel herausgeschält worden. Dann wurde er zurück ins Gras gerissen, und neue Laute ertönten.

Kaugeräusche.

»Knight, kannst du etwas erkennen?«

»Eine Menge blutiges Gras«, erwiderte Knight. »Warte. Da ist etwas Braunes ... Scheiße!« King blickte hoch zu Knight und sah, wie er sich unter einem abgerissenen Arm wegduckte, der über seinen Kopf hinwegflog.

Durch die plötzliche Gewichtsverlagerung gab das Schilfdach unter ihm nach. Er fiel hindurch und plumpste auf den Hüttenboden.

Rook rannte mit seinem FN-SCAR-L-Sturmgewehr im Anschlag zu ihm hin. Er kauerte sich neben einen der Stelzpfähle der Hütte und behielt die Umgebung im Auge. »Knight?«, flüsterte er.

Knight grunzte und glitt zum Eingang der Hütte. »Hier.« Seine geprellten Rippen schmerzten, aber er beklagte sich nicht. Er schob sich die schräge Rampe der Hütte hinunter und ging in Position, nahm das Feld ins Visier, wo der Festschmaus weiterging. »Gefällt ihnen anscheinend nicht, wenn man ihnen beim Essen zuguckt.«

»Was sind das für Dinger?«

Knight zuckte die Achseln. »Keinen Schimmer.«

King sah schweigend zu, wie das Gras hin und her wogte und die Geräuschorgie aus reißenden Sehnen und knackenden Knochen sich fortsetzte. »Bishop, wenn ich bitten darf?«

Bishop näherte sich wortlos, den Finger am Abzug des umgebauten Maschinengewehrs, das bei dieser Mission schon mehr als zwanzig Menschenleben gefordert hatte. King rappelte sich von Sara hoch und nahm das Feld ins Visier. Er entsicherte den Granatwerfer seines M4 und wartete, bis Bishop ihn erreicht hatte. »Pawn, unten bleiben.«

Sara hatte nicht die geringste Absicht, sich zu rühren. Sie hatte gehört, was den Männern im Gras zugestoßen war, und ihre Theorie von einem Superraubtier klang zunehmend plausibler. Sie hatte den verstümmelten Kopf des Mannes gesehen und den abgerissenen Arm, den man nach Knight geworfen hatte. Am liebsten hätte sie sich an Kings Rücken festgekrallt wie ein Pavianäffchen.

Bishop erreichte sie und baute sich neben King auf. »Auf mein Zeichen lässt du die Hölle los«, sagte King.

Bishop nickte.

Kings Finger krümmte sich um den Abzug, nur Nanosekunden davon entfernt, ihn durchzuziehen und die Biester im Gras zu vernichten. Dann spürte er ein Zupfen an seinem Hosenbein.

Sara.

King wusste, dass das nichts Gutes bedeuten konnte. Sie hatte ein Talent dafür, mit schlechten Neuigkeiten zu kommen. Er sah nach unten. Ihre Blicke trafen sich. Und dann signalisierte sie zweimal mit einer schnellen Augenbewegung … hinter ihnen.

King wirbelte herum und zuckte zusammen. Aber er hatte nicht mehr die Zeit zu feuern, einen Warnruf auszustoßen oder sich auch nur zu bewegen, denn irgendwo erschütterte eine gewaltige Explosion die Erde. Im selben Moment war das Ding verschwunden. King fuhr wieder zur anderen Seite des Feldes herum und sah in der Ferne eine Rauchwolke aufsteigen.

Stille legte sich über das hohe Gras. Bishop senkte die Waffe. »Sie sind weg.«

»Was zum Teufel war das?«, fragte Rook mit Blick auf die aufsteigende Rauchwolke.

»Unser äußerer Verteidigungsring wurde soeben durchbrochen.« Queen grinste schief. »Vielleicht habe ich ein bisschen viel Sprengstoff erwischt.«

King zog Sara auf die Füße, und das Team sammelte sich im Zentrum des Dorfs. King wandte sich an Somi. »Wie viele?«

Sie blickte auf ihren PDA und drückte ein paar Knöpfe. Auf dem Display zeigte ein Zähler, wie oft die Bewegungsmelder ausgelöst worden waren. »Dreißig … und es werden ständig mehr. Schnell.«

»Wir haben, was wir brauchen«, meinte Rook. »Richtig? Wir können uns verziehen.«

Sie sahen Sara an. »Mehr konnten wir nicht erreichen, obwohl ich nicht sicher bin, ob es genug ist.«

»Wollen wir es hoffen«, meinte King. »Wir müssen einen großen Bogen schlagen, zurück zum Abholpunkt nach Laos.«

»Welche Richtung, Boss?«, fragte Rook.

King betrachtete das annamitische Gebirge, das über dem Dorf aufragte. Das Terrain war steil und unwegsam, aber das machte es auch den Verfolgern schwer. »Nach oben. Und zwar schleunigst.«

Das Team machte sich im Eiltempo auf den Weg.

King versuchte, seine Besorgnis zu verdrängen. Sie wurden von rücksichtslosen, bestens ausgebildeten Freiwilligen des Todes und zusätzlich von einer Abteilung der regulären vietnamesischen Armee verfolgt, der VPA. Aber beide machten ihm keine Angst. Er war darauf trainiert, es mit einer Übermacht aufzunehmen, und hatte es schon oft genug mit Erfolg getan. Doch er war daran gewöhnt, gegen *Menschen* zu kämpfen. Was immer diese Späher getötet hatte, waren *keine* Menschen gewesen. Sondern etwas anderes. Etwas Schlimmeres. Er hatte es in dem Moment gewusst, als er sich umdrehte und ihn aus dem hohen Gras heraus diese Augen anstarrten.

Diese rot geränderten, gelben Augen.

EVOLUTION

14

King tat sein Möglichstes, die nicht-menschlichen Augen zu vergessen, die ihn aus dem Gras heraus angestarrt hatten. Aber sie waren wie eingeätzt in seine Netzhaut, als hätte er vor dem Betreten eines dunklen Raums in grelles Licht gesehen. Er konnte ihren starren Blick noch auf sich fühlen. Denkend. Planend. Er wusste, wie es ist, in die Augen eines Raubtiers zu blicken. Das gehörte zu seinem Job. Aber das hier war anders gewesen. Urweltlicher. Geradezu böswillig. Grausamkeit um ihrer selbst willen.

Eine Kugel grub sich neben seinem Kopf in einen Baum und riss ihn aus seinen Gedanken.

Das Schachteam rannte um sein Leben. Die Fallen, die sie gelegt hatten, waren eine nach der anderen ausgelöst worden und mussten massive Verluste verursacht haben. Doch sie schienen die überlebenden Soldaten nur noch mehr anzustacheln. Anstatt sich zu reorganisieren und eine Strategie zurechtzulegen, stürmten sie zum Angriff, als wäre ihnen ihr Leben keinen Pfifferling wert. Sie feuerten wild drauflos. Sie schrien. Sie lachten höhnisch.

Wie sich herausstellte, war die Strategie brillant. Das Schachteam war völlig unvorbereitet darauf, einen Sturmangriff auf breiter Front zurückzuschlagen. Sie hatten soeben mit ihrem Aufstieg in die Berge begonnen, als die Hauptstreitmacht der regulären VPA-Soldaten ins Dorf schwärmte und die Hütten und die Toten beschoss. Dann, wie eine Hundemeute auf der Fuchsjagd, waren sie den Fußspuren des Schachteams hinauf in die Berge gefolgt. Sie feuerten während der Verfolgung pausenlos drauflos. King bezweifelte, dass die Schüsse gezielt waren, aber irgendwann würde einer einen Glückstreffer landen.

»Knight«, sagte King. »Such eine Stelle, wo wir diese Mistkerle festnageln können.«

Als schnellster Mann des Teams sprang Knight voraus, die Bergflanke empor. Dabei sah er sich nach links und rechts um und hielt Ausschau nach geeigneter Deckung. Die Baumstämme standen weit auseinander und fächerten sich zu dicht belaubten Ästen auf, deren Blätterdach kaum einen Sonnenstrahl durchließ. Auf dem Waldboden lag eine dicke Schicht Pflanzenreste und sonst kaum etwas. Sie brauchten etwas Massives, Kugelfestes, und zwar sofort.

Knights Puls beschleunigte sich, während er höher und höher sprintete. Mit jedem Schritt fühlte er sich dem Versagen näher. Das Leben seiner Teamgefährten hing von seinem Erfolg ab. Er kannte solche Situationen. Jedes Mitglied des Teams war schon mindestens einmal darauf angewiesen gewesen, dass Knight den perfekten Schuss setzte. Aber diesmal war es anders. Seine Geschicklichkeit im Umgang mit einem Scharfschützengewehr half jetzt nichts, höchstens seine Schnelligkeit, oder dass Mutter Natur einen Felsblock zur Verfügung stellte oder eine Spalte oder …

Da! Der graue Felsen hob sich deutlich von den braunen Pflanzenresten auf dem Boden ab. Ein Lächeln stahl sich auf sein Gesicht. Er hielt an und blickte zurück. Er konnte die Köpfe der anderen auf und ab tanzen sehen, während sie versuchten, ihn einzuholen.

Weiter unten erkannte er die Verfolger. Es waren mehr olivgrüne Uniformen, als er zählen konnte. Er fragte sich, ob das hier zu ihrem Alamo werden würde. Dann schüttelte er den Kopf. Wäre das Schachteam am Alamo dabei gewesen, die Sache wäre anders ausgegangen.

»King, direkt oberhalb von dir. Etwa eine Minute beim jetzigen Tempo. Jede Menge Deckung.«

»Verstanden, Knight. Kannst du uns ein bisschen Luft verschaffen?«

»Verpasse denen gleich eine Dosis Gottesfurcht.« Knight hatte den Felsblock in drei Schritten erreicht und kletterte hinauf. Erst als er oben stand, erkannte er, dass es keine natürliche Felsformation war. Es war eine Mauer. Oder die Reste davon – zehn Meter lang, einen Meter fünfzig hoch und sechzig Zentimeter dick. Uralt allem Anschein nach, aber stabil wie der Teufel. Eine bessere Verteidigungsposition konnte man sich nicht wünschen.

Er sprang hinter der Mauer hinab und benutzte sie als Stütze für das Zweibein seines halbautomatischen Heckler&Koch-PSG-1-Scharfschützengewehrs. Durch das Zielfernrohr sah er Somi an der Spitze des Teams, gefolgt von Queen, Rook und Pawn. King bildete die Nachhut und war daher das Hauptziel der verfolgenden Soldaten.

Knight verlagerte sachte den Lauf. Ein schnellfüßiger Soldat hatte King gegenüber aufgeholt. Er lag nur noch sieben Meter zurück und setzte gerade dazu an, das Magazin seines Sturmgewehrs in Kings Rücken zu leeren. Es war ein schwieriger Schuss; King lief im Zickzack, und sein Kopf geriet immer wieder in die Schussbahn. Bevor Knight ihn auffordern konnte, sich zu ducken, legte der Soldat an. Knight zog den Abzug durch. Der Kopf des Mannes löste sich in nichts auf.

»Verflixt, Knight«, ertönte Kings überraschte Stimme. »Du hast mir fast das Ohr weggeschossen … hübscher Schuss.«

Knight lächelte. *Das war erst der Anfang*. Rasch wechselte er von einem Ziel zum nächsten, wobei er nicht jedes Mal versuchte, unbedingt einen Kopfschuss anzubringen. Egal an welchem Körperteil man einen Mann mit einer PSG-1 traf, er war außer Gefecht gesetzt. Und hier draußen, ohne Krankenhaus, führte jeder dieser Treffer irgendwann zum Tod. Das Team war jetzt noch dreißig Sekunden entfernt.

Nachdem der zehnte Soldat mit an der Schulter abgetrenntem Arm unter unmenschlichem Brüllen gefallen war, hielt sich die heranbrandende Woge der Soldaten dichter an die Bäume und achtete mehr auf Deckung. Knight fand jetzt seltener ein Ziel, aber der Ansturm hatte sich verlangsamt. Er betätigte zum siebzehnten Mal den Abzug, und der siebzehnte Gegner starb, die Hand vor ein frisches Loch in der Brust gepresst. Aber wo ein Mann fiel, traten fünf andere an seine Stelle. Es war eine ganze Armee.

Einer nach dem anderen kamen die Mitglieder des Teams über die Mauer gesprungen und nahmen ihre Position ein. Sara wälzte sich über das Hindernis und brach mit brennenden Lungen und Beinen keuchend hinter den anderen zusammen. Ihre von der Knallerei in nächster Nähe überlasteten Sinne waren völlig durcheinander. Sie legte die Hände vor die Ohren und krabbelte von der Mauer weg, während ihre Beschützer sich bereitmachten, zum letzten Gefecht für sie anzutreten.

King flankte über die Mauer und landete direkt neben Knight. Er tippte ihm auf die Schulter.

»Sekunde«, meinte Knight. »Ich habe noch drei Schuss im Magazin.«

Drei Schüsse knallten in schneller Folge. Drei weitere Soldaten fielen. Knight wechselte das Magazin, während er sich zu King wandte. »Ja?«

King lächelte. »Gute Arbeit.«

»Was hast *du* denn erwartet?«

Sara war wieder einmal überrascht vom flapsigen Ton des Teams. Sie beobachtete Queen, während sie ihre UMP überprüfte und ein paar Granaten wurfbereit vor die Mauer legte. Entdeckte sie da ein Lächeln auf ihrem Gesicht? Bishop behielt seinen stoischen Gesichtsausdruck bei, während er das Maschinengewehr auf der Mauer abstützte. Was das anrichten konnte, hatte sie bereits erlebt. Und dann Rook. Er lächelte breit und hatte ein listiges Funkeln in den Augen, als würde er gleich jemandem einen Streich spielen.

Das war gar nicht so weit von der Wahrheit entfernt.

Er sah, dass Sara ihn beobachtete. »Soll ich Ihnen zeigen, wie man seine Feinde dazu bringt, sich in die Hosen zu machen?«

»Auf mein Zeichen«, sagte King.

Wenigstens der bleibt ernst, dachte Sara.

»Jetzt!«

Rook feuerte eine Granate von seinem FN-SCAR-Sturmgewehr ab und warf zwei weitere hinterher, während King, Queen und Knight je drei in verschiedene Richtungen und Entfernungen schleuderten. Saras Augen weiteten sich. Der Berg würde ein Feuerwerk erleben wie an einem vierten Juli in Washington. Sie hielt sich die Ohren zu und schloss die Augen.

Der Nachhall der in rascher Folge explodierenden Granaten übertönte die Schreie der getroffenen Soldaten. Die Erde bebte, und Pulverdampf hing in der Luft. Einen Moment lang herrschte völlige Stille.

Rook spähte über die Mauer. Ein ganzer Streifen des Berghangs war jetzt baumlos. Die Stämme lagen kreuz und quer übereinandergestürzt, dazwischen rauchende

Erde und die Überreste menschlicher Körper. Jeder, der das Niemandsland zu überqueren versuchte, würde über die vom Blut glitschigen Baumstämme stolpern und hatte keine Deckung auf der neuen, von Sonnenlicht ungehindert durchströmten Lichtung.

Nach und nach drang das Husten und Stöhnen der Überlebenden aus dem Trümmerfeld. Dann folgte ein Schlachtruf. Im nächsten Moment stürmten hundert Mann aus dem dunklen Wald über den baumlosen Streifen. Ihr Feuer konzentrierte sich auf das Schachteam, dem jedoch die Steinmauer und der steile Schusswinkel guten Schutz gewährten.

Das Schachteam gab mit gleicher Münze zurück, war dabei aber wesentlich effektiver. Bishop hielt den Abzug durchgedrückt und schwenkte das Maschinengewehr hin und her, wobei der Kugelhagel den Erdboden und menschliche Körper gleichermaßen durchpflügte. Queen, King und Rook feuerten in schnellen Salven und erwischten die wenigen, die Bishops mörderischem Trommelfeuer entgingen. Knight suchte nach Zielen unter den Männern, die sich zwischen den Bäumen hielten und das Schlachtfeld seitlich zu umgehen versuchten. Somi dagegen sparte ihre Munition. Die Schrotflinte eignete sich nur für eine kurze Distanz und den Nahkampf, zu dem es bald genug kommen würde.

Mitten in diesem Pandämonium fühlte sich Sara plötzlich sicher. Sie sah mit eigenen Augen, dass das Schachteam unübertroffen war. Es war seiner Aufgabe mehr als gewachsen.

Plötzlich wurde ihr schwarz vor Augen, ein Druck schnürte ihr die Brust zusammen, und alles rückte in weite Ferne. *Brugada!*, dachte Sara, bevor sie die Besinnung verlor.

Aber es war nicht Brugada.

Die Freiwilligen des Todes der Vietnamesischen Volksbefreiungsarmee VPLA besaßen die wohl vollständigste Karte von Vietcong-Tunneln, die das ganze Land von Nord- bis Südvietnam durchzogen, dazu Teile von Laos und Kambodscha. Schließlich war das *ihr* Hinterhof. Und sie trainierten den Dschungel- und Tunnelkrieg wie keine andere Spezialeinheit der Welt. Wüstenkrieg, Grabenkrieg und sogar Straßenkampf kamen für sie kaum infrage. Vietnam würde nicht in ein anderes Land einfallen oder sich an einem NATO-Einsatz beteiligen. Wenn sie einen Krieg führen mussten, dann einen Verteidigungskrieg auf ihrem ureigensten Terrain – im Dschungel. Und heute waren sie besser darauf vorbereitet als während des Vietnamkriegs, als sie sich gegen eine Supermacht zur Wehr setzen mussten. *Die* Supermacht.

Trung war entschlossen, dafür zu sorgen, dass sie auch ein zweites Mal die Macht haben würden, sie in die Knie zu zwingen. Mit dem Schlüssel zu Brugada in der Hand würde der Status Vietnams in der Weltordnung sich ändern. Die wenigen Nationen, die mit einem Knopfdruck über das Schicksal der Erde entscheiden konnten, besaßen die Macht – und sie wurden respektiert. Vietnam würde bald dazugehören. Alles hing vom Erfolg ihrer gegenwärtigen Aufgabe ab.

Zwar war es ihnen nicht gelungen, das US-Team bei seiner Landung per Fallschirm abzufangen, doch es hatte von Anfang an Alternativpläne gegeben, so wie den, den sie gerade durchführten. Sie hatten jede Bewegung der Amerikaner verfolgt. Es war ihnen klar gewesen, dass das US-Team das Dorf vor ihnen erreichen würde. Sie hatten vorausgesehen, dass die massive Streitmacht regulärer Truppen die Amerikaner höher in die Berge zwingen würde. Und dank ihrer guten Karten wussten sie, dass es auf diesem Berghang nur drei Stellen gab, wo man sich verschanzen konnte. Dort standen Bruchstücke einer uralten Mauer, die aus Zeiten lange vor dem modernen Vietnam stammte. Niemand wusste, wer sie gebaut hatte. Niemand scherte sich darum. Aber sie standen an Punkten, die für die Vietcong strategisch ebenso wichtig gewesen waren wie für die einstigen Erbauer. Daher gab es hier Luken, gut verborgen unter der Humusschicht des Bodens, die zu einem Netzwerk von alten Tunneln führten – Tunneln, durch die man sich von der Mauer zurückziehen oder sie von sicherem Gelände her erreichen konnte.

An jedem hatte Trung ein Vier-Mann-Team postiert, zwei im Tunnel und zwei an seinem Ausgang. Sie waren den Amerikanern zuvorgekommen und lagen auf der Lauer. Während das Gefecht tobte und ein Aussichtsposten auf der Bergspitze sie über die genaue Position der Frau auf dem Laufenden hielt, mussten sie lediglich auf den richtigen Moment zum Zuschlagen warten.

Dank eines Informanten hatten sie die genaue Stelle gekannt, wo das US-Team landen würde. Klugerweise hatten die Amerikaner als Landezone Laos gewählt statt Vietnam, so dass Trung nur eine begrenzte Streitmacht mobilisieren konnte, ohne einen Krieg zwischen den beiden Ländern zu riskieren. Allerdings hatten sie nicht mit dem Auftauchen der Neo-Khmer-Rouge in der vergangenen Nacht gerechnet, was es den Amerikanern ermöglicht hatte, ihnen zu entschlüpfen.

Letzten Endes war das nicht entscheidend. Die Neos waren eliminiert worden, und die Mission konnte weitergehen.

Späher in der Umgebung von Anh Dung hatten sie die große Frau als das primäre Ziel identifiziert. Sie war die Expertin der Amerikaner. Ihre Wissenschaftlerin. Ihre

Hoffnung auf ein Heilmittel gegen die Brugada-Krankheit, die ihnen der Generalmajor auf den Hals geschickt hatte. Die anderen waren Soldaten.

Der überraschende Granateneinsatz der Amerikaner hätte den Tunnel beinahe zum Einsturz gebracht, doch seine uralten Steinwände hielten auch dieser Tortur stand. Viele der Vietcong-Tunnel waren mittlerweile verfallen, aber dieser hier war vor langer Zeit aus härterem Stoff erbaut worden. Die beiden Soldaten im Tunnel erhielten das Signal zum Zugriff. Normalerweise hätte das Quietschen der verrosteten Scharniere ihren Ausstieg aus dem Tunnel verraten, doch es ging im pausenlosen Gewehrfeuer des US-Teams unter. Sie hätten ohne Schwierigkeiten ein paar der Amerikaner aus dem Hinterhalt beseitigen können, doch das war nicht ihr Auftrag. Ob das US-Team überlebte oder starb, war irrelevant. Nur auf ihre Zielperson kam es an.

Die beiden Männer schlichen sich von hinten an, während das Gefecht tobte. Einer kauerte sich geduckt hin, während der andere nach oben griff und der Frau ein mit einem Betäubungsmittel getränktes Tuch vor Mund und Nase presste. Als sie zusammenbrach, fingen sie sie geschickt und lautlos auf und trugen sie zurück zum Tunnel. Wie Falltürspinnen waren sie nur für Sekunden exponiert gewesen, bevor sie mit ihrer Beute wieder unter der Erde verschwanden.

Am Tunneleingang wandte einer der VPLA-Soldaten sich noch einmal um. Er fand Somis Blick auf sich gerichtet, die mit der Schrotflinte in der Hand zu ihm herumgefahren war. Ein Druck auf den Abzug konnte ein Höllenfeuer entfesseln, das den Mann in Stücke riss und die anderen warnte. Aber der Schuss blieb aus. Stattdessen nickte sie ihm zu.

Der VPLA-Soldat erwiderte die Geste und lächelte kurz.

Mission erfüllt.

Doch ein Zucken seines Handgelenks und ein metallisches Aufblitzen sprachen eine andere Sprache.

Mission erfüllt? Nur fast.

Das Wurfmesser des Mannes grub sich lautlos in Somis Brust.

Die Schrotflinte entglitt ihren Händen, und sie stürzte schwer zu Boden. Die Falltür schloss sich über den beiden Freiwilligen des Todes, die Sara in das Tunnelnetzwerk verschleppt hatten.

Noch im Fallen spürte Somi, wie die Klinge tiefer in Muskeln und Adern hineinglitt. Die Haut um die Eintrittswunde wurde heiß von ihrem Blut. Während sie hilflos und unbemerkt im Rücken des Schachteams auf dem Boden lag, begriff sie, wie irregeleitet ihre Loyalität gegenüber der VPLA gewesen war. Ihr Vater, ein Diplomat, war mit Major Trung befreundet gewesen. Mit der Zeit war die persönliche und finanzielle Verbindung immer enger geworden, und die beiden hatten angefangen, ihre politischen und militärischen Agenden aufeinander abzustimmen. Erst beim Tod ihres Vaters erfuhr Somi, dass dieser bei Trung hoch verschuldet gewesen war, und Trung forderte die Schuld des Vaters von seinem einzigen Kind ein – der damals sechzehnjährigen Somi. Jeder Schritt, den sie seit dieser Zeit unternommen hatte, einschließlich ihres Eintritts in die CIA, war auf seinen Befehl hin erfolgt. Sie hatte ihm gute Dienste geleistet, um die Schuld ihres Vaters abzutragen, aber jetzt schien es, als sollte sie mit ihrem Leben bezahlen.

Und zum ersten Mal sah sie sich außerstande, den Wünschen von Onkel Trung zu gehorchen. Sterben würde sie nicht für ihn. Nicht freiwillig.

Sie legte den Kopf auf den Arm. Blut sickerte aus der Wunde und tropfte vom Griff des Messers. Als sie ihr Leben so verrinnen sah, überfiel sie der Wunsch nach Rache. King musste Bescheid wissen. Pawn war verschwunden. Sie holte tief Atem, um mit einem lauten Warnruf das Gewehrfeuer zu übertönen, doch das Messer raubte ihr den Atem, während es mit jeder Bewegung tiefer eindrang.

Es gab nichts, was sie tun konnte.

Somi rollte sich auf den Rücken und betrachtete das vereinzelte Aufblitzen blauen Himmels über dem dichten Blätterdach.

15

Das Gewehr ruckte an Rooks Wange, während er die letzten drei Kugeln aus dem Magazin abfeuerte. Er rammte sein viertes und letztes Magazin hinein und zielte sorgfältig. Eine Dreiersalve schleuderte einen weiteren flüchtenden Soldaten durch die Luft. Die reguläre VPA-Truppe hatte schreckliche Verluste erlitten. Mindestens hundert von ihnen lagen tot oder sterbend auf der Lichtung am Berghang. Doch sie gaben nicht auf, auch wenn sie jetzt langsamer und vorsichtiger vorgingen. Ihr anfänglicher Enthusiasmus hatte stark unter der tödlichen Zielsicherheit und der vernichtenden Taktik des Schachteams gelitten.

Das Gewehrfeuer kam beiderseits nur noch in sporadischen Salven, so dass es wieder möglich war, sich zu verständigen.

»Wie Tauben vor einer 747«, sagte Rook, bevor er drei weitere Schüsse abfeuerte. »Patsch.«

Knight schoss ebenfalls. Die Kugel fuhr glatt durch die Brust eines VPA-Soldaten und bespritzte die Umstehenden mit Blut. Sie machten kehrt und ergriffen die Flucht. Andere auf dem Schlachtfeld taten es ihnen gleich. Knight löste das Auge vom Zielfernrohr, durch das er die letzten drei Minuten geblickt hatte. »Sie verdrücken sich.«

Es war ihnen gelungen, eine kleine Armee zurückzuschlagen, doch es gab kein Gefühl des Triumphs. Die Mission war erst erfüllt, wenn sie wieder zurück in Fort Bragg waren und sich einen Kasten Sam-Adams-Bier teilten.

»Jemand verletzt?«, fragte King.

Keiner antwortete.

»Ich glaube, mich hat ein Moskito gestochen«, meinte Rook. Dann spürte er einen Druck an seinem Bein. Er wandte sich um und hob instinktiv die Waffe. Gleich darauf ließ er sie fallen. »Pawn zwei ist verletzt!«

Er kniete sich neben Somi hin. Ihre Augen waren glasig, die Lippen fast blau. Aber sie atmete noch. Sie lebte. Dann sah er das Messer in ihrer Brust stecken. »Wie zum Teufel ...?«

»Bishop, Knight, behaltet unsere Freunde da unten im Auge«, sagte King, während er mit Queen zu Somi trat.

»Schneid ihr das Hemd weg«, ordnete Queen an. Sie streifte den Rucksack ab und öffnete ihn. Ganz oben lag ein Verbandskasten. Sie klappte ihn auf und entnahm ihm eine Rolle Verbandsmull, zwei Gazepads und eine Packung QuikClot-Blutstiller. Dann setzte sie die Nadel auf eine Spritze.

Knight zog Somi das langärmlige schwarze Hemd aus dem Hosenbund. Es lag so eng an wie eine zweite Haut, das erschwerte es ihm, sein KA-BAR-Messer darunterzuschieben. Er wollte ihr nicht noch eine Verletzung zufügen. Schließlich gelang es ihm, das Hemd mit sicherer Hand bis zur Mitte aufzuschlitzen. Ein zweiter Schnitt vom Kragen bis zu dem Messergriff, der aus ihrer Brust ragte, gab den Stoff frei, und das Hemd klappte seitlich herunter. Somis tätowierter Bauch und ein schwarzer BH wurden sichtbar. Der Messergriff ragte aus ihrer Brust wie ein Wolkenkratzer aus einer weiten Ebene, knapp innerhalb von ihrem rechten Schulterträger.

Ein beinahe tödlicher Wurf. Das Messer hatte die Lunge

knapp verfehlt. Es hatte nur Knochen angekratzt und die Muskulatur durchtrennt. Normalerweise war das keine tödliche Verletzung, aber im Feld, wo Operationstische und Chirurgen Mangelware waren, konnte einen auch eine leichtere Verwundung das Leben kosten.

Zwei Schüsse von Knight zerrissen die vorübergehende Stille. »Sie sammeln sich knapp außer Sichtweite. Ich habe ein paar Nachzügler erwischt, aber die geben nicht auf.«

»Rook«, sagte King. »Gib eine Meldung durch. Bewaffnete Evakuierung über dieser Lichtung hier. Und zwar möglichst vorgestern.«

»Du weißt aber schon, dass wir eigentlich gar nicht hier sind, oder?«, fragte Rook, während er seinen Rucksack öffnete, wo ein abhörsicheres Satellitentelefon unter einer Menge Ausrüstung versteckt lag. Sie sollten Funkstille halten, bis ihre Mission erfüllt war und sie die vorbestimmte Evakuierungszone erreicht hatten ... in Laos. Aber dieser Plan hatte nicht zwei feindliche Streitkräfte und eine Neuauflage des Vietnamkriegs mit einbezogen.

»Scheiß drauf«, sagte King. »Wir müssen schleunigst hier raus. Wir haben, weshalb wir gekommen sind.«

Somi streckte die Hand aus und griff nach Kings Arm. Ihre Lippen schnappten nach Luft wie ein Fisch auf dem Trockenen. Dann schlossen sich ihre Augen, und sie fiel zurück. Ihre Lider zuckten. Sie kämpfte darum, bei Bewusstsein zu bleiben.

Rook durchstöberte auf der Suche nach dem Telefon seinen Rucksack. »Das war alles viel einfacher mit Deep Blue in unseren Ohrhörern.«

Queen stach ohne Vorwarnung die Spritze tief in Somis Bein und drückte den Kolben über der klaren Flüssigkeit herab.

Sie sah Somi an. »Morphium. Für das, was als Nächstes kommt.«

Somi nickte und biss entschlossen die Zähne zusammen, obwohl die zitternden Lippen ihre Furcht verrieten.

Queen zählte bis fünf, damit die Droge Zeit hatte zu wirken, dann riss sie das Messer heraus. Somi schrie nicht auf, aber ein Quietschen wie von einem gefolterten Nagetier entrang sich ihren zusammengepressten Lippen. Ein neuerlicher Strom von Blut pulste aus der offenen Wunde.

»Queen …«, mahnte Rook.

»Keine Zeit für Nettigkeiten.« Queen riss das Päckchen QuikClot auf und nahm den Beutel mit 3 mm großen Zeolithperlen heraus, die das Blut absorbierten und zur schnellen Gerinnung beitrugen. »Und jetzt halt ihre Wunde offen.«

Rook gab die Suche nach dem Telefon auf und kniete sich neben Somi. Ihr Leben zu retten war wichtiger. Er zog die Wundränder auseinander und ignorierte das Blut, das über seine Hände strömte und sich unter den Fingernägeln sammelte.

Somi schluchzte einen Moment lang auf und versuchte, etwas zu sagen, bekam aber keine Luft. Sie stand am Rande einer Ohnmacht.

Mit dem Zeigefinger stopfte Queen den flexiblen Beutel in die Wunde.

Somi stöhnte und sträubte sich, aber nur kurz. Das Morphium begann zu wirken. »Gib mir das Messer«, krächzte sie.

Rook gab es ihr. Sie betrachtete die blutbefleckte Klinge, dann schob sie es unter den Gürtel. »Ist jetzt meins.«

Nachdem die Wunde mit QuikClot verschlossen war, half Rook Somi, sich aufzusetzen, während Queen ihr einen Druckverband um Brust und Schulter anlegte. Somi lehnte sich in Rooks Armen zurück und spürte, wie ihr unter der Kombination aus Morphium und Blutverlust langsam das Bewusstsein zu schwinden drohte. Sie streckte die Hand nach King aus.

Er beugte sich zu ihr. »Sie kommen wieder in …«

Sie packte seinen Arm. »K-kein … kein Anschauungsunterricht.«

Sie ließ los, kapitulierte vor der Droge und den Schmerzen. Besinnungslos erschlaffte sie in Rooks Armen.

King wirbelte herum und wäre dabei fast hingefallen. Er blickte sich gehetzt um.

Nichts. Sara war verschwunden, direkt unter ihrer Nase. »Keiner rührt sich!«

King untersuchte jeden Abdruck im Boden, jedes Blatt, das nicht mehr an seinem Platz lag, jede noch so kleine Spur. Er entdeckte die platt gedrückte Stelle, wo Sara gelegen hatte. Die Blätter dahinter waren auf einer Fläche von einem Quadratmeter durcheinandergeraten. King donnerte den Kolben seines M4 auf den Boden. Der dumpfe Klang zeigte, dass sich darunter ein Hohlraum verbarg.

Rook stand bereits an seiner Seite und richtete sein Sturmgewehr nach unten. Er nickte King zu, der die verborgene Klappe freilegte, bis sie sich öffnen ließ. Rook schwenkte den Lauf hin und her, aber es gab kein Ziel, nur einen dunklen Tunnel, der hinab ins Herz des Berges führte.

»Knight, steig so hoch wie möglich hinauf«, sagte King. »Wenn wir beobachtet werden, will ich wissen, von wem. Leg alles um, was lebt und atmet und nicht zu uns gehört.«

Knight nickte und schoss davon.

King setzte den Rucksack ab und ließ ihn fallen. »Queen, du kommst mit mir.«

Queen verknotete die Mullbinde. »Sorg dafür, dass sie sich nicht zu viel bewegt«, sagte sie zu Rook.

Rook stand auf. »Sehe ich vielleicht aus wie eine Krankenschwester? Ich komme mit.«

Bishop feuerte zehn Sekunden lang bergabwärts. »Rook.«

Rook richtete sein FN SCAR über die Mauer und schoss eine Granate ab. Sekunden später explodierte sie, gefolgt von Schmerzensschreien. Er wandte sich zu King und wartete auf Antwort.

King wusste, dass Rook mitkommen wollte, weil sich zwischen ihm und Sara eine Zuneigung entwickelt hatte. Man trug nicht für jemanden kilometerweit einen fünfzehn Kilo schweren Rucksack, ohne dass irgendeine Art von Verbindung bestand. Aber jetzt war weder die Zeit für Debatten noch für Nettigkeiten. »Sorry, Rook. Du bist zu groß und zu langsam.«

Bishop feuerte eine weitere Salve den Hang hinab. *»Rook …«*

»Außerdem«, King schlug ihm auf die Schulter. »Klingt so, als müsstest du nicht bloß Händchen halten.«

King sprang in den Tunnel und verschwand rasch in der Dunkelheit. Queen folgte ihm und zog die Luke hinter sich zu.

Rook blickte auf die ohnmächtige Somi hinab. Ihre Schrotflinte lag dicht neben ihr.

»Rook!« Die Dringlichkeit in Bishops Stimme war nicht zu überhören. Dass Bishop überhaupt mal etwas sagte, war schon ungewöhnlich. Dass er besorgt klang, war noch nie da gewesen. Rook warf einen Blick über die Mauer. Seine Augen wurden groß.

»Heilige Scheiße!«

16

Aufgewirbelter Staub glühte grün in den Nachtsichtgeräten, behinderte die Sicht und drückte auf die Lungen. Doch King und Queen kämpften sich ohne Pause oder Klage vorwärts durch den trockenen Nebel. Ein Mitglied ihres Teams war vom Feind entführt worden – das *einzige* Mitglied, das die Mission unbedingt überleben musste. Und zu allem Überfluss hatte es auch noch die Blutprobe aus Anh Dung bei sich. Die Blutprobe, die die Antwort auf die Frage enthalten konnte, die bald die ganze Welt bewegen würde: Gab es ein Heilmittel für Brugada?

Der Tunnel war einen Meter zwanzig hoch und ebenso breit; das reichte, um sich vorwärtszubewegen, aber nicht, um sich aufzurichten oder auch nur geduckt zu rennen. King hatte es anfangs probiert und war ständig mit dem Kopf und seinem Sturmgewehr gegen die Steindecke geknallt – den beiden wichtigsten Waffen eines Soldaten. Er konnte es sich nicht leisten, eines von beiden zu beschädigen, also ließ er sich auf Hände und Knie nieder. Kriechen war, wie sich herausstellte, wesentlich schneller und weit weniger schmerzhaft – aber immer noch ungemütlich genug, dass sie ein Ende des Tunnels herbeisehnten. Die in ihre speziellen Delta-Kampfanzüge eingearbeiteten Kniepolster fingen einiges auf, trotzdem wurden Arme und Beine gründlich durchgestaucht.

King fiel auf, wie solide der Tunnel gebaut war. Wände,

Boden und Decke bestanden aus fast perfekt geglätteten, fugenlos aneinandergesetzten Steinplatten. Der stetig abwärts verlaufende Gang schien direkt ins Herz des Berges zu führen.

Durch den Staub, den diejenigen aufgewirbelt hatten, hinter denen sie her waren, sah King, wie der Tunnel sich in drei verschiedene Richtungen verästelte. Er hielt an, und Queen prallte von hinten gegen ihn.

»Was ist los?«, fragte sie.

»Der Tunnel verzweigt sich.«

»Dann teilen wir uns auch.«

»Dazu sind wir zu wenige.«

Queen schob sich neben King und sah die drei Tunnel. »Wohin also …?«

Die abzweigenden Tunnel verliefen wie ein Dreizack, zwei gingen nach links und rechts ab, während der, in dem sie sich befanden, geradeaus weiterführte. King streifte seine Nachtsichtbrille ab und schaltete eine kleine Maglite-Taschenlampe ein. Der Tunnel füllte sich mit gelbem Licht. Der Staub färbte sich braun. Die Wände grau. Er richtete den Lichtstrahl auf den Boden der einzelnen Tunnel. Er hatte gehofft, nur in einem Spuren zu entdecken, aber wer immer Sara entführt hatte, verstand sein Handwerk. Alle drei schienen begangen worden zu sein.

»King, sieh mal.« Queen deutete auf die Seitenwand des linken Tunnels.

In den Stein war eine Inschrift gemeißelt. Einige unentzifferbare Symbole. Irgendeine asiatische Schrift, doch King konnte sie keinem bestimmten Land zuordnen. Er blickte in die anderen Tunnel. An jedem befand sich eine andere Inschrift. Es musste sich um Wegweiser handeln, wie die Ausfahrtsschilder auf einer Autobahn. Aber welche Ausfahrt nehmen?

King konzentrierte sich wieder auf die Inspektion des Tunnelbodens. Sie konnten sich natürlich aufteilen und jeweils umkehren, wenn eine der Spuren im Staub plötzlich aufhörte, doch das kostete Zeit. Zudem konnten sie so auch beide in einer Sackgasse landen. Irgendwelche Anzeichen musste es doch geben. Niemand legte perfekte Spuren.

Dann entdeckte er den Fehler. Durch zwei der Tunnel war mindestens eine Person gekrochen und hatte reichlich Spuren hinterlassen. Der dritte sah ganz ähnlich aus, weil vermutlich ein Mann in der Nachhut die Spuren verwischt hatte, aber es war ihm nicht gelungen, die zwei parallelen Linien vollständig zu verbergen, die Saras Fersen im Staub hinterlassen hatten.

»Hier lang«, meinte King, während er die Taschenlampe ausschaltete, die Nachtsichtbrille wieder aufsetzte und die rechte Abzweigung nahm.

Queen warf einen letzten Blick auf die eingemeißelten Symbole und setzte ihm nach, ohne das Augenpaar zu bemerken, das sie dabei beobachtete.

17

Knight erreichte die Spitze des Berges ohne Zwischenfall. Er hatte keine Spur von Mensch oder Tier gesehen. Jedes Lebewesen mit einem Funken Verstand oder einem Rest Instinkt musste angesichts des unten tobenden Gefechts die Flucht ergriffen haben. Von hier oben konnte er bis zum Horizont sehen, aber er hätte schon Supermans Röntgenblick gebraucht, um irgendeine Bewegung unterhalb des Blätterdachs zu erkennen. Dafür hatte er einen perfekten Blick auf das Gebirge – die annamitischen Kordilleren. Zu den Gipfeln hin wurde der Wald immer lichter und hörte schließlich ganz auf. Aber die Aussicht interessierte ihn nicht. Der Dschungel weiter unten am Hang war ein finsteres Loch sich gegenseitig überschneidender Baumstämme im Schatten des Blätterdachs. Für einen Amateurschützen ein undurchdringlicher Schild, hinter dem sich ein Feind ungehindert bewegen konnte. Für Knight war es lediglich die Art von Herausforderung, für die er wie geschaffen schien.

Er lag gut versteckt zwischen großen Felsen und hohem Gras. Selbst vor den Blicken eines Beobachters über ihm auf dem Berggipfel war er geschützt. Und unterhalb … nun, unter ihm würde jeder tot sein, bevor er wusste, wie ihm geschah.

Er griff in eine der vielen Taschen seiner Hose und zog seinen Schalldämpfer hervor, eine Spezialanfertigung. Der

Lauf des PSG-1 verfügte nicht über ein Gewinde, das man normalerweise braucht, um einen Schalldämpfer auf eine Waffe zu schrauben. Daher hatte er sich extra einen anfertigen lassen. Chaos und Unsicherheit waren die Freunde aller guten Scharfschützen, vor allem, wenn es keine Überlebenden geben sollte. Der Knall eines Schusses gab die Richtung an, vor der man Deckung suchen musste. Aber auch der abgebrühteste Soldat verlor die Nerven, wenn er seinen Nebenmann plötzlich ohne Vorwarnung und ohne eine Ahnung, woher die Gefahr drohte, einen Kopf kürzer gemacht sah. Knight schob den Schalldämpfer auf den Lauf und zog die Klammern fest, die ihn arretierten.

Er demontierte geschickt das optische Zielfernrohr und ersetzte es durch ein wärmeempfindliches Infrarotgerät. Im Unterschied zu einem Nachtsichtgerät verstärkte das Infrarot-Zielfernrohr nicht das sichtbare Licht – im grellen Tageslicht der Bergspitze wäre er ansonsten geblendet gewesen –, sondern registrierte Temperaturunterschiede innerhalb der Umgebung. Typischerweise erschienen Lebewesen als rote, orangefarbene und gelbe Punkte vor einem blaugrünen Hintergrund, doch bei einer Lufttemperatur von 40 Grad Celsius unter einem Blätterdach, das die Hitze wie eine Sauna speicherte, ließ sich ein menschliches Wesen schwer ausmachen. Aber immer noch leichter als mit bloßem Auge.

Nachdem er das Fernrohr angebracht hatte, legte er sich auf den Bauch, klappte das Zweibein des Gewehrs auf und suchte nach Zielen. Er musste nicht lange warten. Zwei Männer bewegten sich von ihm weg. Zuweilen kamen Baumstämme dazwischen, doch er konnte ihrem Abstieg mühelos folgen. Er suchte nach ihrer Bewaffnung und entdeckte eine unverkennbare Form in kaltem Blau – AK-47, die Standardwaffe der ärmsten Armeen der Welt. Ein

Sturmgewehr, die häufigste Waffe auf dem Planeten, billig, kompakt und wirkungsvoll. Doch auf diese Distanz hatte es keine Chance gegen Knights Gewehr.

Die zwei Männer bewegten sich schnell – beinahe im Laufschritt. Entweder sie wussten, dass sie beobachtet wurden, oder sie hatten eine Mission erfüllt und befanden sich auf dem Rückzug.

Immer langsam, dachte Knight. Wenn er diese beiden stoppte, würde er den Rest des Kommandos vielleicht noch eine Weile aufhalten, bevor er aufbrach. Und vielleicht verschaffte das King und Queen gerade genug Zeit, um sie einzuholen.

Knight atmete langsam und gleichmäßig und schloss das linke Auge, während er mit dem rechten durchs Zielfernrohr sah. Sein Finger streichelte sanft den Abzug – das Vorspiel vor dem Schuss. Er folgte dem auf und ab tanzenden Kopf des vorderen Mannes, der langsam kleiner wurde, während die Entfernung sich vergrößerte.

Sein Finger zuckte, und eine Kugel flog lautlos durch die Luft. Eine Sekunde später wurde der erste Mann nach vorne geworfen und stürzte. Doch der zweite verlor nicht die Nerven. Er sprang einfach über die Leiche des ersten hinweg und lief schneller. Diese Männer waren bestens ausgebildet. Der Tod kümmerte sie nicht, was bedeutete, dass sie ihn nicht fürchteten. *Freiwillige des Todes,* dachte Knight.

»Wer will der Nächste sein?«, murmelte Knight vor sich hin. »Mach schon, einfach die Hand hoch.«

Er betätigte abermals den Abzug, und dem zweiten Mann baumelte der Kopf nur noch lose von der Schulter, bevor er zu Boden ging. Knight durchkämmte die Gegend nach weiteren Zielen, fand aber keine.

Dann wurde ihm klar, dass er gar nicht gesehen hatte,

ob der erste Mann tödlich getroffen war. Er wollte nicht, dass er eine Warnung funkte. Knight stemmte sich hoch. Er musste sicherstellen, dass beide tot waren.

Das Gras hinter ihm raschelte. Ohne einen Muskel zu rühren, konzentrierte er sich ganz auf seine Umgebung.

Es ging kein Wind. Nicht einmal ein Hauch.

Er rollte sich auf den Rücken, ohne das Auge vom Zielfernrohr zu lösen. Eine riesige, rote Gestalt füllte sein Blickfeld. Er zog den Abzug.

Die Waffe wurde zur Seite geschlagen, und eine gewaltige Last krachte auf ihn herunter. Dann war sie wieder verschwunden, und das Biest kollerte den Hang hinab. Knights Schuss hatte gesessen.

Das Ding kreischte vor Schmerz. Aber es klang nicht verängstigt. Es klang wütend.

Das musste eine von diesen Kreaturen aus Anh Dung gewesen sein – von denen, die die VPA-Späher in Stücke gerissen und mit einem menschlichen Arm nach Knight geworfen hatten.

Blätter und Äste stoben in die Luft, als die Kreatur ins Buschwerk rannte. Knight versuchte ihr mit dem Infrarot-Zielfernrohr zu folgen, doch sie blieb verschwunden. Mit bloßem Auge sah er das Gebüsch nach links und rechts schwanken, wo sie davonlief. Aber durch das Fernrohr blieb sie unsichtbar. Ihre Körpertemperatur entsprach der Umgebung.

Definitiv nicht menschlich, dachte Knight.

Dann bemerkte er eine Veränderung der Bewegungen im Busch. Es entstand ein Streifen schwankender Zweige, der sich zu einem V verbreiterte. Lautes Kreischen und das Knacken von Ästen drang zu Knight herauf.

Das Biest kam zurück.

Aber nicht allein.

18

Der Berg erwachte zum Leben.

Zumindest sah es so aus. Gebüsch, Farne und Baumäste schienen von allen Seiten auf die Mauer zuzurobben, die von Rook, Bishop und der immer noch bewusstlosen Somi gehalten wurde. Es wirkte, als würde der Berg selbst auf sie zukriechen und zum Angriff übergehen. Rook hatte keine Ahnung, wohin er schießen sollte. Da seine Munition begrenzt war, musste er sichergehen, dass seine Schüsse auch saßen. Auf einen im Wind schwankenden Busch zu feuern, war reine Vergeudung.

Aber was war nun echt, und was war Tarnung?

Er konnte nur raten und feuerte eine Dreiersalve ab. Blätter stoben aus dem attackierten Busch, das war alles. Rook knurrte enttäuscht.

Er versuchte es noch einmal. Jetzt wurde er mit einem Schmerzensschrei belohnt. Aber die Armee kroch weiter vor, langsam und unerbittlich. Immerhin wussten die Angreifer nicht, dass sie nur zu zweit waren. Rook war sicher, dass sie sonst schon längst zum Sturmangriff übergegangen wären.

Er duckte sich hinter die Mauer und fragte Bishop, der zwar zielte, aber nicht feuerte: »Wie viel Munition hast du noch?«

Bishop schüttelte langsam und ärgerlich den Kopf. »Nicht genug.«

»Dir ist doch klar, dass wir am Arsch sind, oder?«

Bishop nickte.

»Irgendwelche schlauen Ideen?«

Bishop lächelte. »Sie abballern und rennen wie der Teufel?«

Rook grinste diabolisch. »Du solltest öfter mal was sagen, Bishop. Dein Stil gefällt mir.«

Bishop gluckste.

»Ein Schuss pro Ziel«, sagte Rook, während er sein Sturmgewehr auf Einzelfeuer stellte. »So viele Treffer wie möglich. Tödlich oder nicht, wir müssen sie aus dem Verkehr ziehen.«

Rook atmete mehrmals tief durch wie ein Schwimmer, der sich aufs Tauchen vorbereitet. »Ich zuerst.«

Bishop nickte.

Rook richtete sich hinter der Mauer auf, fand ein Ziel und gab einen einzelnen Schuss ab. Der Gewehrlauf schwenkte weiter, erfasste ein neues Ziele, feuerte. Und wieder. Und wieder. Und immer noch bewegte die Hügelflanke sich auf sie zu. Manche Schüsse wurden durch ein schmerzhaftes Aufstöhnen belohnt oder durch eine zusammenbrechende Gestalt, aber andere trafen nichts als Erde, Holz oder die bereits Toten.

Klick. Rook drückte auf den Abzug, und nichts geschah. Leergeschossen. Er warf das Sturmgewehr beiseite. Fünf Jahre lang war es in seinem Besitz gewesen. Eine seiner Lieblingswaffen. Doch jetzt war es nur noch Ballast.

»Du bist dran, Großer.«

Bishop stand auf, stützte sein Maschinengewehr auf die Mauer und legte an. Aber bevor er abdrücken konnte, knallte von unten ein Schuss.

Rook zuckte zurück, als das Fleisch an Bishops Schulter in einem roten Sprühnebel explodierte. Bishop schrie auf und ging schwer atmend in die Knie. Seine Kiefer mahlten, die Augen brannten vor Zorn.

Als Rook sich das Blut aus den Augen gewischt hatte, erlebte er etwas, von dem er gehört, das er aber noch nie selbst gesehen hatte. Die baseballgroße Wunde an Bishops Schulter begann zu heilen, langsam zunächst, dann streckten sich die Hautlappen auf jeder Seite aus, als würden sie nacheinander greifen, und schlossen die Wunde so perfekt, als hätte sie nie existiert. Bishops regenerative Fähigkeiten hatten nichts mit QuikClot zu tun. Aber sie forderten ihren Preis von seinem Verstand.

Rook tastete nach seinen beiden Desert Eagles, die noch in ihren Halftern steckten. Jeder im Team wusste, was zu tun war, falls Bishop die Kontrolle verlor – ein .50er-Geschoss in den Kopf war das einzige Heilmittel.

Bishop sah ihn an. »Noch nicht.« Er erhob sich, griff wieder nach seinem Maschinengewehr, zog den Abzug und hielt ihn durchgedrückt. Zehn ganze Sekunden lang durchpflügten Kugeln und Leuchtspurmunition den Hang.

Klick.

»So viel zu ein Schuss, ein Ziel, was?«

Irgendwo in der Ferne poppte es dreimal. Die beiden Männer hielten den Atem an. Den Ton kannten sie. Sie blickten hoch und sahen drei kleine Projektile, die auf sie zuflogen. Nein ... *über sie hinweg.*

»Sie wollen einen Erdrutsch auslösen und uns darunter begraben!«

Bishop ließ sein Maschinengewehr liegen und sprang zur Falltür, die in den Tunnel führte. Es gab keinen anderen Ausweg. Unterhalb ihrer Position wartete eine ganze Armee, und gleich würde von oben der halbe Berg auf sie herabstürzen. Bishop riss die Luke auf, während Rook Somi aufhob und sie neben die Öffnung legte.

Rook sprang in den Tunnel, packte Somi unter den Achseln und zog sie mit sich. Er zerrte an ihr, bis auch ihre Füße in der Öffnung verschwunden waren. Unmittelbar darauf sprang Bishop herab und zog die Falltür über sich zu.

Dunkelheit verschlang sie.

Sie hatten keine Zeit, eine Taschenlampe einzuschalten. Sie krochen einfach so schnell wie möglich in die Finsternis hinein und warteten darauf, dass die Mörsergranaten einschlugen. Im Unterschied zu Granaten, die von Haubitzen oder Feldgeschützen abgefeuert wurden, flogen Mörsergeschosse ohne Zischen oder Pfeifen durch die Luft.

Bumm.

Die Decke des Tunnels wackelte. Eine Kaskade von Staub rieselte aus frisch entstandenen Rissen.

Bumm.

Bishop und Rook waren zu groß gewachsen für den engen Gang und schürften sich die Haut auf, prellten sich Köpfe, Knie und Ellbogen an den sie umschließenden Steinplatten, während sie fieberhaft weiterkrabbelten.

Bumm.

Die dritte Granate schlug ein. Ein Grollen dröhnte durch den Tunnel, als die Bergflanke nachgab, abrutschte und die Mauer unter sich begrub, die sie so tapfer verteidigt hatten. Dann brach die Falltür unter der plötzlichen Last zusammen. Sie zersplitterte, und der Berg holte sich den Raum zurück, der ihm abgerungen worden war.

Eine Staubwolke schoss durch den Tunnel und hüllte Rook, Bishop und Somi ein. Sie hielten sich Mund und Nase zu, hustend und keuchend, während die Luft immer dicker wurde. Rook, der rückwärts kroch und Somi dabei mit einem Arm hinter sich herschleifte, zog ihre kleine Gestalt näher zu sich. Er legte ihr seinen Hemdsärmel vor Nase und Mund, in der Hoffnung, dass das half.

Bis der dichte Staub sich legte, saßen sie fest. Sie bekamen kaum noch Luft, und Rook war sicher, dass man selbst im Licht einer Taschenlampe nicht die Hand vor Augen sehen konnte. Er aktivierte sein Kehlkopfmikrofon und sprach zwischen keuchenden Atemzügen: »King … Queen. Hier ist – Rook. Könnt ihr mich hören?«

Nichts. Keine Reaktion. Er versuchte es erst gar kein zweites Mal. Wenn sie nicht antworteten, bedeutete das, dass das Signal nicht durchkam, sie gerade zu beschäftigt waren oder tot. »Knight. Antworte … bist du da, Kleiner?«

Der Empfang war schlecht, aber verständlich. »Tut mir leid, Großer«, hörte er Knights Stimme. Er war außer Atem. Ein lautes Gebrüll im Hintergrund übertönte seine Stimme fast. »Kann nicht reden. Renne um mein Leben.«

»Wir auch«, meinte Rook. Es gab nichts weiter zu sagen als: »Viel Glück.«

»Euch auch.«

Die Verbindung brach ab. Knight war weg. Rook atmete eine Handvoll Staub ein und bekam einen Hustenanfall. Um ihn herum drehte sich alles. Helle Farbflecken tanzten in der Dunkelheit und machten ihn schläfrig. Er kämpfte dagegen an, denn er wusste, dass er kurz davor stand, die Besinnung zu verlieren. Dann schien mehr Staub als Sauerstoff in seine Lungen zu dringen, und er fügte sich in sein Schicksal.

19 Washington, D.C.

Tom Duncan saß stumm da und betrachtete den Rosengarten vor dem Fenster des Oval Office. Er lehnte den Kopf gegen seinen lederbezogenen Bürosessel und ärgerte sich sogleich darüber, wie gut die Lehne sich seinen Konturen anpasste. Er hatte während der letzten drei Jahre viel zu viel herumgesessen. Das war das Schwerste an der Präsidentschaft. Besprechungen, Dinner und Debatten. Immer nur sitzen. Die Zeit des Wahlkampfs war noch voller Leben gewesen, ein aufregendes Umherziehen von einem Ort zum anderen. Präsident der Vereinigten Staaten zu sein, war zwar nicht direkt langweilig, aber Duncan vermisste die Mobilität.

Stattdessen saß er hier im Oval Office und wartete darauf, dass Domenick Boucher, der Direktor der CIA, ihm Neuigkeiten vom Schachteam brachte. Er bedauerte, dass Deep Blue sich nicht an der Mission beteiligen konnte, aber diesmal wäre der Teambetreuer keine große Hilfe gewesen. Unter dem dichten Blätterdach des Dschungels, das visuelle und infrarote Satellitenaufnahmen unmöglich machte, war das Team so gut wie unsichtbar. Und da Deep Blue ohnehin anderweitig beschäftigt war, musste Boucher über das Team wachen.

Ein Klopfen riss ihn aus seinen Überlegungen. Die Tür ging auf, und Boucher trat ein, die Lippen unter dem Schnurrbart grimmig verzogen. Etwas war schiefgegangen.

Boucher setzte sich auf eines der beiden Sofas in der Mitte des Oval Office. Es stand dem zweiten genau gegenüber, auf der anderen Seite des nach Duncans Wahl per Hand in den dunkel olivgrünen Teppich eingenähten Präsidentschaft-Siegels. Er hatte nicht viel mit Raumausstattung im Sinn, aber das hatte einfach sein müssen, als er das Amt antrat. Nicht jeder Präsident ging so vor, doch sein Vorgänger hatte eine Vorliebe für texanisches Sonnenbraun und Cowboyromantik gehabt, bei der Duncan die Haare zu Berge standen. Dem Innenarchitekten hatte er nur ein Stichwort gegeben: Stärke. Beim Anblick des Teppichs hatte Duncan dann nur gelächelt und genickt. Der Innenarchitekt hatte seine Hausaufgaben gemacht und dasselbe Grün gewählt, das die Uniform der US Army Rangers zierte. Inzwischen fühlte sich Duncan im Büro einigermaßen zu Hause, aber gegen seine Sehnsucht nach den guten alten Tagen kam er nicht an.

Duncan nahm Boucher gegenüber Platz und beugte sich vor. »Sie wirken nicht gerade glücklich, mein Alter.«

»Das wird Ihnen gleich genauso gehen«, erwiderte Boucher, während er einen kleinen, ultradünnen Laptop aufklappte. Der Bildschirm leuchtete auf und verlangte ein Passwort. Boucher tippte es ein, während er weitersprach. »Wissen Sie, Ihre Ärzte würde der Schlag treffen, wenn sie wüssten, dass ich Ihnen das Zeug hier zeige. Sie sollen sich nicht aufregen.«

»Meine Ärzte können sich sonst wo hinscheren«, meinte Duncan. »Ich hatte schließlich keinen Herzinfarkt. Ich bin immer noch in Bestform.«

»Bis auf die Tatsache, dass Sie jeden Moment tot umfallen könnten.«

Duncan grinste gehässig. »Genau wie Sie.«

Boucher war einer der Ersten gewesen, die den Präsidenten nach seinem Nahtoderlebnis besucht hatten. Dank eines feuchten Händedrucks war er auch einer der Ersten, die sich mit der Krankheit angesteckt hatten. Daher stand er jetzt zusammen mit etwa zweihundert anderen im Weißen Haus unter Quarantäne. Sie übernachteten am Schreibtisch oder wechselten sich in Lincolns Schlafzimmer ab. Für die Außenwelt waren das Weiße Haus und die Regierung noch voll funktionsfähig. Mit Hilfe eines Kaders von falschen Pendlern, die morgens zur Arbeit zu kommen und am Abend wieder zu gehen schienen, ohne das eigentliche Weiße Haus je zu betreten, hofften sie, den Ernst der Lage so lange wie möglich verschleiern zu können.

Boucher kratzte sich die noch nicht ganz verheilte Wunde, wo ihm der Kardioverter-Defibrillator eingesetzt worden war. »Erinnern Sie mich nicht daran.« Er drehte den Laptop zu Duncan herum.

Die Satellitenaufnahme eines endlosen grünen Blätterdachs tauchte auf, in dem nur wenige hellere Flecken auf Lichtungen zwischen den Bäumen wiesen. »Was sehe ich da, Dom?«

»Vietnam. Die annamitischen Kordilleren. Wir wussten, dass es nicht viel zu sehen geben würde, aber wir haben es trotzdem versucht. Dies ist eine Zusammenstellung von Fotos, die innerhalb einer halben Stunde aufgenommen wurden. Die kleine Lichtung im Zentrum ist das Dorf Anh Dung, von wo aus unserer Ansicht nach die neue Form von Brugada ausging. Sie müssen ziemlich weit hineinzoomen, um Details zu erkennen.«

Mit Hilfe des Touchscreens zoomte der Präsident auf das, was wie ein kleiner brauner Fleck in einem Meer von Dunkelgrün aussah. Pixel lösten sich auf, und ein scharfes Bild trat hervor. Das Dorf Anh Dung, gesehen aus der Erdumlaufbahn. Dem Präsidenten stockte der Atem, als er die Leichen sah. Er zoomte noch näher und seufzte erleichtert auf. Es war niemand aus seinem Team. Aber Dorfbewohner … eine Menge Dorfbewohner. Irgendetwas Furchtbares war vorgefallen. An der Farbe der Blutflecken und den hohlen Gesichtern der Opfer erkannte er, dass die Schlächterei schon ein paar Tage zurücklag. »Was ist da geschehen?«

Boucher kratzte sich die stoppelbärtige Wange. »Unsere Forensiker glauben, es handelt sich um einen Angriff von Tieren. Sie haben mehrere Klauen- und Bisswunden als Beleg dafür ausgemacht. Aber in meinen Ohren klingt das verdächtig.«

Duncan nickte. Tiere löschten nicht ganze Dörfer aus. Menschen taten das.

»Wir wissen nicht, ob das Team hier durchgekommen ist, aber …«

»Doch, sie waren da.«

Bouchers lange Nase zuckte. »Woher wollen Sie das wissen?«

»Der Schlamm.« Duncan zoomte noch näher. Das Bild war kristallklar. Ein Vorzug des teuersten und umfangreichsten Satellitennetzwerks der Welt. »Das ist der Abdruck eines US-Militärstiefels.«

Boucher setzte eine dünne Brille auf. Mit hochgezogenen Augenbrauen betrachtete er das Bild. »Na so was, ich werd verrückt.« Er lehnte sich zurück. »Wenn Sie's mal satthaben, das Land zu regieren, vielleicht wollen Sie ja für mich arbeiten?«

Duncan lächelte. »Es ist schlimm genug, hier herumsitzen zu müssen, ganz zu schweigen von einem fensterlosen Raum mit Leuchtstoffröhren.«

»Sie könnten ja unser Budget aufstocken, bevor Sie das Weiße Haus räumen.«

Duncan lachte in sich hinein, obwohl er wusste, dass sie mit der Witzelei nur versuchten, die Spannung zu überspielen. Denn Boucher hatte noch etwas anderes auf Lager. »Was gibt es sonst noch?«, fragte Duncan.

Boucher räusperte sich. »Zoomen Sie heraus und scrollen Sie nach Nordosten. Dort werden Sie eine Lichtung finden, die vor einem Jahr noch nicht existierte. Verdammt, sie war noch nicht einmal gestern da.«

Duncan entdeckte die Lichtung. Aus der Höhe schien es sich um einen gerodeten Streifen Dschungel zu handeln. Er zoomte näher. Zuerst war die Szene nicht zu identifizieren, dann setzte sich langsam ein Bild zusammen, und seine Augen konnten einzelne Details ausmachen. Bäume waren umgestürzt, einige davon zerbrochen. Zwischen den Stämmen lagen Leichen. Eine Menge Leichen. Die Wunden der Toten waren, im Unterschied zu denen der Dorfbewohner, leuchtend rot – frisch. Dann entdeckte er mehrere ausgestreckte Körper, aber sie schienen nicht verletzt zu sein. Im Gegenteil, sie schienen über die Lichtung zu robben, bergauf. Ihre Köpfe waren mit Blättern und Zweigen getarnt. Jetzt, da er wusste, wonach er zu suchen hatte, nahm er eine rasche Zählung vor.

Boucher beobachtete ihn. »Es sind mindestens fünfzig, die da vorrücken. Wir glauben, dass in den Bäumen weiter unten noch mehr lauern.«

»Was sind das für Leute?«

»Keine Ahnung. Die Zweige, mit denen sie sich getarnt haben, verdecken alle Identifizierungsmöglichkeiten.«

»Was tun sie da?«

»Sehen Sie sich den Mann in der oberen linken Ecke an. Den, der einen Ast in der Hand hält. Das war unser erster Hinweis.«

Duncan fand den Mann. Er sah aus wie die anderen,

aber ein roter Fleck hob ihn heraus. Nachdem er noch näher gezoomt hatte, konnte Duncan erkennen, dass dem Mann das Gehirn aus dem Hinterkopf explodierte. Man hatte auf ihn geschossen. Eine Kugel war in seine Stirn eingedrungen und hinten wieder ausgetreten. Eine Kugel, die von weiter oben kam.

Er wartete nicht auf Bouchers Instruktionen. Er folgte der imaginären Schussbahn zu ihrem Ausgangspunkt. Als er die Baumlinie erreichte, hielt er an. »Verdammt.«

»Da ist eine Lücke im Laubdach«, sagte Boucher.

Duncan suchte danach und zoomte näher. Im nächsten Moment füllte die Lücke den ganzen Bildschirm. Er war noch nie gut darin gewesen, Dinge auf der Grundlage von Makrofotografien zu erraten. »Was ist das?«

»Mündungsfeuer.«

Jetzt erkannte er, was das Bild zeigte. Er sah das Vorderteil der Waffe – einen langen, schlanken Lauf mit einem großen Zielfernrohr. Eine Lichtexplosion flammte aus der Mündung. Er erkannte das Design der Spezialanfertigung. Er hatte das Gewehr nie in der Hand gehabt. Aber Fotos davon gesehen. Das XM312-B.

Bishop.

Der Präsident seufzte. Sie waren am Leben. Aber sie standen im Gefecht. Hoffnungsvoll hob er den Blick zu Boucher und begriff, dass das immer noch nicht alles gewesen war.

Boucher stand auf, stieg über das Präsidentschafts-Siegel hinweg und setzte sich neben Duncan. Er drückte eine Taste auf dem Laptop. Das Bild veränderte sich. Ein Hügel von frischen Erdbrocken und Steinen füllte den Bildschirm. Staub hing noch in der Luft. Baumspitzen ragten heraus.

Duncan blickte in Bouchers blassblaue Augen. »Ist das …?«

Boucher nickte. »Fünf Minuten nach dem vorherigen Bild aufgenommen. Sieht aus, als hätten sie den Berg oberhalb von ihnen gesprengt. Wir wissen nicht genau, was geschehen ist, aber es sieht nicht gut aus.«

»Von wann ist die Aufnahme?«, fragte Duncan. Seine Stimme war kaum mehr als ein Flüstern.

»Vor einer Stunde.«

»Behalten Sie die Gegend weiter im Auge. Ich will Fotos von allem und jedem, das sich verändert, selbst wenn es nur ein umgestürzter Baum ist.«

Boucher stand auf und klappte den Laptop zu. »Ja, Sir.«

»Und erweitern Sie das Suchgebiet. Nehmen Sie so viele Ressourcen in Anspruch, wie Sie benötigen. Ich muss Ihnen ja nicht sagen, was auf dem Spiel steht.«

Boucher schürzte die Lippen und schüttelte den Kopf. »Nein, Sir. Das müssen Sie nicht.«

»Danke, Dom.«

Boucher wandte sich zum Gehen, zögerte dann jedoch. Er war bereits CIA-Direktor gewesen, als Duncan sein Amt angetreten hatte. Auf Duncans Wunsch hatte er die Schaffung des Schachteams geleitet und für Deep Blues Einsatz im Team gesorgt. Er wusste, was das Leben dieser fünf für Duncan bedeutete. Er legte ihm die Hand auf die Schulter. »Wir holen sie da raus, Tom.«

Duncan nickte nur, während Boucher durch die Nordwesttür zum Hauptkorridor des Westflügels hinausging. Ein Plan begann, sich in seinem Kopf zu formen. Er würde nicht einfach herumsitzen und das Schachteam sterben lassen.

Doch bevor er den Gedanken weiterspinnen konnte, klopfte es an der Nordosttür. »Was gibt es, Judy?« Er wusste, dass er gereizt klang. Aber seine Sekretärin war an seine Stimmungsschwankungen gewöhnt und dachte sich nichts dabei. Sie ging durch den Raum, griff nach einer Fernbedienung und schaltete den an der Wand befestigten Flachbildschirm ein. Sie ging auf CNN. »Es braut sich etwas zusammen.«

Die bildschirmfüllende Aufnahme einer aufgedonnerten Reporterin erschien. Der Ton war abgestellt. Während Judy ihn hochregelte, las Duncan von den Lippen der Frau ab. Es war leicht, seinen Namen zu erkennen. Als der Ton schließlich da war, musste er nur ein Wort hören. »Herzanfall.«

Die Katze kam langsam aus dem Sack.

Er wandte sich zu Judy. »Werfen Sie besser schon mal die Kaffeemaschine unten an.«

Judy nickte und eilte hinaus. Duncan bezeichnete das Lagezentrum des Weißen Hauses immer als »unten«. Wahrscheinlich würde er den Rest des Tages dort zubringen, während die Medien das Weiße Haus belagerten und vergeblich eine Pressekonferenz verlangten. Dann würden sie das Personal mit Telefonanrufen bombardieren. Doch niemand durfte die Wahrheit erfahren. Dass das gesamte Weiße Haus unter Quarantäne stand. Dass die Krankheit, die mit ihnen hier drin war, die gesamte Menschheit ausrotten könnte. Das Chaos würde losbrechen.

Tom Duncan ließ sich in die Couch zurücksinken und massierte sich die Schläfen. Sein Vorhaben, dem Schachteam beizustehen, würde warten müssen. Sie mochten gerade im Gefecht mit unbekannten Angreifern stehen, aber er selbst musste jetzt gegen einen raffinierteren Gegner in den Ring steigen – Reporter. Bis das erledigt war, war das Schachteam auf sich allein gestellt.

20 Annamitische Kordilleren – Vietnam

Nachdem er zehn Minuten auf Händen und Knien gekrochen war, fragte King sich langsam, ob sie die falsche Abzweigung genommen hatten. Einmal hatten sie einen Augenblick lang innegehalten, als der Berg erzittert und ein Luftschwall durch den Tunnel gerauscht war. Natürlich machten sie sich Gedanken über die Ursache und fragten sich, ob die anderen in Schwierigkeiten steckten, aber sie konnten keine Zeit damit verschwenden, es herauszufinden. Saras Entführer, wer sie auch sein mochten, hatten lediglich ein oder zwei Minuten Vorsprung, und sie mussten eine Gefangene mitschleifen. Inzwischen hätten sie sie eigentlich eingeholt haben müssen. King hielt an und drehte sich zu Queen um. Er wollte ihr schon sagen, sie solle umkehren und einen der anderen Tunnel versuchen, als er ein Geräusch hörte.

Vielmehr eine Stimme.

Er verstand die Worte nicht. Es war nicht Englisch oder eine andere der vier Sprachen, die King und Queen beherrschten – sondern Vietnamesisch. King erkannte die Sprache am Tonfall. Die beiden Sprecher klangen nervös. Sie wussten, dass sie verfolgt wurden.

Ein neues Geräusch erfüllte den Tunnel. Ein lautes, sich entfernendes Rauschen. Dann wieder. Und ein drittes Mal. King hastete vorwärts in die Dunkelheit, bis er die Stelle erreichte, von der das Geräusch ausgegangen war.

Der Tunnel senkte sich hier im Vierzig-Grad-Winkel nach unten. Ein Ende war nicht abzusehen, und während die Verfolgten den Tunnel hinabschossen, verschwand das von ihnen verursachte Rauschen in der Ferne.

King spürte Queens Hand auf seiner Schulter und sah sich nach ihr um. Sie deutete auf den Boden, dicht neben dem Punkt, wo der Tunnel nach unten abknickte. Im grünen Schein der Nachtsichtbrille sah King einen Block C4-Sprengstoff und einen Zeitzünder, der rückwärts zählte. Er konnte gerade noch die Zahl auf dem Display lesen – 00:15 –, bevor Queen ihm von hinten einen Stoß gab.

»Los!«

Sie tauchten in den abschüssigen Tunnel. King zählte die Sekunden, während er verzweifelt überlegte. Saras Entführer waren vermutlich nicht allein. Sie würden ein oder zwei Männer zurückgelassen haben, um ganz sicherzugehen, dass trotz der Zerstörung des Tunnels niemand mehr hinter ihnen her war. Andererseits hatten sie es eilig.

Noch zehn Sekunden.

King spähte nach vorne, während sie immer schneller durch den Tunnel glitten. Ein kleiner Lichtpunkt am Ende tauchte auf. »Weg mit der Brille«, rief King und schleuderte gleichzeitig sein Nachtsichtgerät von sich. Sie würden gleich im Tageslicht herauskommen. Mit Brillen wären sie geblendet, und das wäre das Ende.

Queen streifte ihre Brille ab. »Was nun?«

Fünf Sekunden.

Der Ausgang wurde schnell größer. Die Erde würde sie jeden Moment ausspucken.

Drei Sekunden.

»Tot stellen!«, schrie King und ließ sich erschlaffen.

Sie flogen aus der Tunnelöffnung, fielen gut einen Meter tief und überschlugen sich in einem Bett aus dickfleischigen Farnen. Für jeden Beobachter mussten sie wie tot aussehen. Sich abzurollen hätte ihnen ein paar blaue Flecken erspart, aber so krachten sie einfach auf den Dschungelboden und blieben mit verdrehten Gliedern regungslos liegen. Die zwei Männer, die den Ausgang bewachten, näherten sich vorsichtig mit erhobenen Waffen. Sie hatten keine Angst, aber sie waren auch nicht dumm.

Ein dumpfes *Wumm* ertönte tief drinnen im Tunnel und ließ den Dschungelboden leicht vibrieren.

Die beiden Posten bauten sich über King und Queen auf. Sie spannten ihre Waffen. King unterdrückte den Drang, das Gesicht zu verziehen. Diese Jungs gingen keinerlei Risiko ein. *Kommt schon,* dachte er, *nur noch eine Sekunde.*

Dann geschah es.

Eine Staubwolke schoss aus dem Tunnel und hüllte die Wachtposten ein. Sie spuckten und husteten, wedelten mit den Händen vor dem Gesicht herum und wichen vor der Wolke zurück. Als sie zwei geisterhafte Erscheinungen aus dem braunen Dunst auftauchen sahen, war es schon zu spät.

King stieß dem ersten Mann sein KA-BAR-Messer in die Kehle, während der andere Queens Arme zu spüren bekam. Einen Augenblick später knackte sein Genick. Leblos sanken die beiden zu Boden. Es wäre einfacher gewesen, sie zu erschießen, aber die Männer, die Sara verschleppten, hätten den Knall hören können.

King zog sein Messer aus dem Hals des einen Mannes. Während er es an einem Farn abwischte, betrachtete er die Uniformen der Toten. Der Stoff war mit einem dunkelbraun und schwarz gestreiften Tigermuster bedruckt, eine perfekte Tarnung zwischen den modrigen Pflanzenresten des Dschungelbodens. Ein rotes, auf den Schultern der Männer aufgenähtes Abzeichen, das einen Totenkopf innerhalb eines großen goldenen Sterns zeigte, wies sie als Freiwillige des Todes aus.

King schob sein Messer in die Scheide und sah eine Spur, die in den Dschungel führte. Er hob das M4, während Queen ihr UMP vom Rücken nahm. Sie blickten sich an. Beide wussten, dass sie nur zwei Waffen und eine Menge Mumm gegen Spezialtruppen von unbekannter Anzahl aufbieten konnten.

»Machen wir's wie beim Pizzaholen«, meinte King. »Schnell rein, schnell wieder raus. Ich möchte möglichst weit weg sein, wenn der Rest von denen aufkreuzt.«

Sie nickte und wollte sich auf den Weg machen. King hielt sie zurück.

»Queen, wenn Sara zu den Gefallenen zählt, ist ihr Rucksack unser primäres Ziel.« Er hasste sich für diese Worte. Sein Job erforderte eben manchmal, dass er ein kalter, gefühlloser Mistkerl war.

Queen sah, dass ihm dieser Befehl nicht leichtfiel, aber sie wusste, dass er recht hatte. Sie schenkte ihm ein schnelles Lächeln. »Keine Sorge, King, wir holen dir dein Mädchen zurück.« Im schnellen Laufschritt drang sie in den Dschungel ein. King blieb ihr auf den Fersen.

»Was soll das heißen, ›mein Mädchen‹?«

Queen blickte in vollem Lauf über die Schulter. »Du hast aufgehört, sie Pawn zu nennen.«

»Scheiße.« King lief schneller. Dass sie wenig über die Streitkräfte wussten, die Sara gefangen genommen hatten, bereitete ihm keine großen Sorgen. Daran war er gewöhnt. Aber jetzt war eine Unbekannte in der Gleichung aufgetaucht, mit der er nicht gerechnet hatte. Sara. Er wusste doch gar nichts von ihr. Verdammt, selbst Rook kannte sie besser. Queen hatte ihn durchschaut. Etwas an Sara ließ ihn nicht mehr los, und er wollte verdammt sein, wenn er zuließ, dass sie zu einer weiteren vermissten Amerikanerin im vietnamesischen Urwald wurde.

Zwei Minuten später erspähte King den ersten der beiden Freiwilligen des Todes, die Sara durch den Dschungel schleiften. Er hob sein M4 und legte an.

21

Dass er der amerikanische Sohn koreanischer Einwanderer war, hatte Knight nie gestört. Er trug einen traditionellen koreanischen Namen, Shin Dae-jung, aber da hörte die Verbindung zu seinen Wurzeln schon auf. Er hatte Korea ein einziges Mal besucht, während einer Mission. Das Team war nach Südkorea geflogen, hatte die entmilitarisierte Zone durchquert, eine hässliche Angelegenheit um einen untergetauchten sudanesischen Terroristen erledigt und war rechtzeitig wieder über die Grenze zurück gehüpft, um ein Bier mit ein paar Soldaten in der abgelegensten Militärbasis zu trinken, die er je gesehen hatte. Wenn man beim Militär gerne eine ruhige Kugel schob, war Südkorea der ideale Ort. Knights einzige andere authentisch koreanische kulturelle Erfahrung hatte er im Alter von zehn Jahren gemacht, als seine Mutter wollte, dass er mit der Küche seines Heimatlandes vertraut wurde. Der geschmorte Tintenfisch war nicht so gut angekommen. Tatsächlich hatte Knight nur ein einziges Mal wirkliche Wertschätzung für das Geburtsland seiner Eltern empfunden, nämlich als er den tollen Film *The Host* sah. Er war immer ein Fan von Monsterfilmen gewesen. Kühne Helden. Feuer spuckende Kanonen. Menschen, die um ihr Leben rennen.

In der Realität war das natürlich alles andere als ein Spaß. Das wusste er spätestens seit der Begegnung mit der wiedergeborenen, mythischen Hydra, die er nur knapp überlebt hatte. Aber anscheinend war Gott – oder wer auch immer da oben die Geschicke lenkte – der Ansicht, dass Knight mal wieder eine Lektion brauchte.

Äste und Zweige peitschten ihm ins Gesicht, während er den Hang hinabhetzte. Die Bäume sausten so schnell vorbei, dass sie miteinander zu verschmelzen schienen. Sein Atem ging stoßweise im rasenden Rhythmus seines Herzens.

Er rannte jetzt schon zwei Minuten lang so. Volle Pulle. Höchstgeschwindigkeit. Das hatte er als Teenager gelernt, als anscheinend jeder Trottel auf der Highschool auf dem kleinen Koreanerknaben herumhacken wollte. Aber sie erwischten ihn nie.

Leider waren jetzt keine Highschool-Idioten hinter ihm her. Knight war nicht einmal sicher, ob sie menschlich waren. Der Höllenlärm, den sie veranstalteten, klang eher nach Schimpansen, aber es gab in Vietnam keine Schimpansen. Nur über eines war er sich ganz sicher: Die Biester waren schnell. Verflucht schnell. Und unermüdlich. Seit dem Beginn der Hatz an der Bergspitze hatten sie stetig aufgeholt. Er hatte Ballast abgeworfen, sein Scharfschützengewehr und den Rucksack fallen lassen, aber sie waren immer noch schneller.

Und jetzt lagen sie nur noch ein paar Meter zurück. Er hörte Bäume schwanken. Äste brechen. Fußsohlen auf den Boden klatschen. Alles überlagert von einem johlenden, kreischenden Chor. Dies waren die Kreaturen aus dem Dorf. Er hatte gesehen, was sie mit einem menschlichen Körper anrichten konnten. Sie hatten zwei Soldaten in Stücke gerissen und zerquetscht, als wären sie fauliges Gemüse. In ihre Fänge zu geraten, bedeutete den sicheren Tod.

Um zu entkommen, musste er etwas riskieren, notfalls

einen anderen Tod in Kauf nehmen. Seine Überlebenschancen schätzte er gering ein, aber einfach aufzugeben, sein Schicksal über sich ergehen zu lassen, als wäre er die Hure des Sensenmanns, das kam nicht infrage.

Knight wäre fast ins Straucheln geraten, als er sah, was von der Mauer noch übrig war, die sie so beharrlich verteidigt hatten. Eine Masse von Erde und Bäumen von weiter oben am Hang hatte alles verschüttet. Er hatte drei Explosionen gehört, die mussten dafür verantwortlich sein. Aber da Rook sich anschließend noch bei ihm gemeldet hatte, mussten seine Kameraden überlebt haben.

Unregelmäßig aufblitzende Sonnenstrahlen signalisierten ihm ein Schwanken in den Baumwipfeln. Aber nicht der Wind war die Ursache, sondern schwere Gestalten hoch oben, die sich durch die Äste schwangen.

Mein Gott, dachte Knight, *sie hocken in den Bäumen!*

Er setzte über die Reste der uralten Mauer hinweg und jagte auf die Lichtung zu, die das Team in den Wald gesprengt hatte. Kein lebender VPA-Soldat war mehr zu sehen. Jedenfalls hier nicht. Wie ein Hürdensprinter sprang Knight über umgestürzte Bäume und blutige Leichen hinweg, ein Hase auf der Flucht. Auf der Lichtung konnten die Raubtiere nicht von oben aus den Bäumen attackieren, sondern mussten sich ins Freie wagen. Er konnte ihnen ins Auge blicken.

Auf einer etwa zehn Quadratmeter großen freien Fläche, auf der weder herabgefallene Äste noch menschliche Körperteile herumlagen, riskierte Knight einen Blick zurück. Beinahe hätte er laut aufgeschrien, doch er fasste sich rechtzeitig wieder, bevor er die Balance verlor. Die Dinger hinter ihm waren ... urweltlich ... und aus ihren gelben Augen leuchtete ein Hass, wie er ihn noch nie erlebt hatte. Sie rannten wie Menschen auf zwei Beinen, doch mit dem

Gang von Affen, tief und gebückt. Trotzdem wirkten ihre von einem orangebraunen Pelz gesäumten Gesichter fast menschlich – und das erschreckte Knight am meisten. Eines der Biester brüllte ihn an und bleckte dabei fünf Zentimeter lange Reißzähne. Die Haare auf dem Rücken sträubten sich wie bei einem tollwütigen Hund und wippten auf und ab. Jede Bewegung, jeder Laut und Atemzug verströmte Wut. Gewalt. Tod. Das war kein Rachedurst, weil er einen der ihren erschossen hatte. Sie hassten ihn wegen seiner bloßen Existenz.

Knight rannte weiter und wurde wieder von den Schatten des Waldes verschlungen. Als seine Augen sich angepasst hatten, erblickte er endlich, wonach er seit dem Erreichen der Lichtung Ausschau gehalten hatte – grüne Uniformen. Jede Menge davon. Die große vietnamesische Kompanie war bei ihrem Rückzug noch nicht weit gekommen.

Sie hatten ihn nicht gesehen, aber sie waren aufgeschreckt. Das Kriegsgeschrei der Biester auf der Jagd rollte unüberhörbar durch den Wald wie ein lebendes Wesen, doch seine Quelle war nicht auszumachen.

Knight brach in vollem Tempo durch die Reihen der Vietnamesen. Er brüllte vor Angst, verdrehte die Augen in gespieltem Entsetzen und gestikulierte wild. Er bezweifelte, dass einer von denen Englisch verstand, aber er schrie: »Lauft um euer Leben!«

Knights unübersehbare Furcht und die Tatsache, dass er unbewaffnet war und sich nicht feindselig verhielt, ließ die Vietnamesen stutzen. Unmittelbar darauf begriffen sie, dass sie seine Warnung besser beachtet hätten.

Die Truppe wurde von hinten überrollt, und erste Angstschreie ertönten. Schädel brachen. Wirbelsäulen knackten. Ein Soldat wurde mit den Gliedmaßen des Mannes zu

Tode geprügelt, der neben ihm gestanden hatte. In den Reihen der VPA-Soldaten fand ein Blutbad statt, während Knight weiterrannte und seine Verfolger jeden töteten, der ihnen in den Weg kam.

Ein paar klügere Männer im hinteren Drittel der vietnamesischen Truppe ließen ihre Granatwerfer stehen und ergriffen die Flucht. Knight schloss sich ihnen an.

Er rannte Brust an Brust neben einem Mann her, der keinen Tag älter sein konnte als achtzehn. Er war gut in Form und schnell. Immer lauter wurden die Schreie, während ein Mann nach dem anderen fiel. Blätter und Erdbrocken schossen durch die Luft. Fleisch platzte auf. Gewehre feuerten ohne Aussicht auf Erfolg, knallten durch die Gegend und verstummten dann. Knights Laufpartner warf ihm einen Seitenblick zu, und seine Augen weiteten sich. Offenbar hatte er geglaubt, Knight gehöre zu seiner Truppe. Als er seinen Irrtum bemerkte, griff der Mann nach einer französischen MAT-49-Maschinenpistole, die auf seinem Rücken auf und ab hüpfte.

Während er die Waffe herumschwenkte, zog Knight seine Pistole. Der rote Punkt der Laser-Zielvorrichtung erschien kurz auf der Stirn des Mannes, bevor eine einzige 45er-Kugel lautlos dort eindrang und seinen Hinterkopf heraussprengte. Der Tod des Mannes hatte etwas Surreales. Mündungsfeuer und Schussknall wurden von einem Schalldämpfer unterdrückt. In einem Augenblick noch voller Leben und Zorn, fiel der Mann im nächsten still und reglos zu Boden. Aber ein anderer trat sofort an seine Stelle.

Er kam über den Toten hinweggesprungen, die Arme ausgestreckt, die Hände zu Klauen gekrümmt. Knight hechtete zur Seite und wirbelte zu der Kreatur herum, deren rot geränderte Augen auf ihn gerichtet waren, während er das gesamte Magazin leerte. Gemeinsam gingen sie in einem Gewirr von ineinander verschlungenen Armen und Beinen zu Boden.

Aber nur einer stand wieder auf.

22

Rook erwachte in besserer Luft, aber mit pochenden Kopfschmerzen. Er zog seine kleine Maglite-Taschenlampe aus der Weste und drehte sie an. Zwar hing noch immer ein bisschen Staub in der Luft, aber sie ließ sich wenigstens wieder atmen. Er untersuchte den Tunnel, solider Stein auf allen Seiten. Bevor ein leichter Anfall von Klaustrophobie sich in ihm breitmachen konnte, sah er nach den anderen.

Bishop setzte sich auf und rieb sich die Stirn. Er blickte Rook an und schüttelte langsam den Kopf.

»Wir müssen hier raus«, sagte Rook. Er richtete den Lichtstrahl auf Somi, die ohne Hemd auf dem Rücken ausgestreckt lag. Sie war bewusstlos, aber ihre blutbefleckte, mit Verbandsmull umwickelte Brust hob und senkte sich. »Sie ist am Leben.«

Rook richtete sich in einen gebückten Stand auf, um sich den Kopf nicht an der niedrigen Decke zu stoßen. »Konntest du einen unserer Rucksäcke retten?«

»Nein«, erwiderte Bishop. »Aber ich habe das hier.« Er hielt Somis Schrotflinte in die Höhe.

»Immerhin etwas«, meinte Rook. Er ergriff Somis Hände und zog sie hoch. Ihr Kopf hing nach unten, während er sie gebückt durch den Tunnel schleifte. Sie hatten keine Wahl. Wenn sie hierblieben, würden sie sterben, und der Weg führte nur in eine Richtung.

Zehn Minuten später erreichten sie die dreizackförmige Gabelung. Ächzend ließ Rook Somi zu Boden gleiten. Dann legte er sich selbst flach auf den Rücken, der vom Bücken völlig verspannt war. Auch sein Kopf tat noch mehr weh, weil er ihn sich immer wieder angeschlagen hatte, während er Somi hinter sich herschleppte. Er griff in seine Weste, zog ein kleines Päckchen Schmerzmittel heraus und schluckte vier Tabletten. »Wo lang, Großer?«

Bishop inspizierte die drei Tunnel. Er bemerkte die in die Wand gemeißelten Schriftzeichen, konnte sich aber keinen Reim darauf machen. »Keine Ahnung.«

Rook setzte sich zu schnell auf und stöhnte, als ihn eine neue Schmerzwelle überflutete. Er inspizierte den Tunnelboden. In allen Gängen waren Spuren zu sehen, aber in einem mehr als in den anderen beiden. »Sieh mal«, meinte er und deutete auf die rechte Abzweigung. »Ich vermute, King und Queen sind da lang.«

Bishop nickte und beugte sich in den Tunnel. »Ich denke, wir sollten …«

Ein gedämpftes *Wumm* erklang in der Ferne, im nächsten Moment erbebte der Tunnel. Aus der rechten Abzweigung drang ein immer lauter werdendes Rauschen von Luft und Staub.

»Was haben wir wieder ein Glück«, meinte Rook. Er packte Somi unter den Achseln und schleifte sie in den Tunnel zur Linken, während bereits ein leichter Luftzug den Staub im Kreuzungsbereich der Tunnel aufwirbelte. Bishop folgte ihm auf dem Fuß.

Sie waren etwa fünfzehn Meter weit gekommen, als die Druckwelle die Kreuzung voll traf. Staubwolken schossen in alle Schächte.

Störrisch kämpfte Rook sich weiter voran, entschlossen, nicht zum dritten Mal am selben Tag das Bewusstsein zu verlieren. Dann verlor er plötzlich den Boden unter den Füßen. Er stürzte in die Tiefe und riss Somi mit sich.

Im Fallen zog er sie an sich und drehte sich auf den Rücken, um ihren Aufprall mit dem eigenen Körper abzufedern. Er schlug hart auf, und der Klang von brechenden Knochen drang an sein Ohr. Er wartete auf den Schmerz, doch er kam nicht. Endlich schaltete sein Verstand sich wieder ein. Hastig schob er Somi von sich herunter. Eine Sekunde später landete Bishop auf ihm wie ein Wrestler vom obersten Ringseil.

Rook wurde explosionsartig die Luft aus den Lungen gepresst. Nach einem tiefen Atemzug lachte er auf, stöhnte und stieß Bishop zur Seite. »Du bist nicht mein Typ, Großer.«

Nachdem er Bishops Last losgeworden war, schaltete Rook seine Taschenlampe ein und richtete den Strahl nach oben, gerade rechtzeitig, um eine Staubsäule aus der Tunnelöffnung schießen zu sehen. Sie dehnte sich zu einer Wolke aus, die langsam auf sie herabsank. Rook schmeckte Staub, doch es war nicht so schlimm, dass er husten musste.

Bishop hob seine Taschenlampe auf, die er bei der Landung verloren hatte, und ließ den Lichtstrahl durch den Raum wandern. Rook tat es ihm nach. Die zwei Strahlen durchschnitten die staubgeschwängerte Dunkelheit und beleuchteten eine etwa fünf Meter hohe und zehn Meter breite Höhle. Aber der Staub war noch zu dicht, um Details zu erkennen.

Rook fröstelte. »He, es ist kalt hier.«

»Wir sind unter dem Berg«, meinte Bishop. »Da liegt die Umgebungstemperatur bei zwölf Grad.«

»Kalt genug, um Bier zu kühlen«, erwiderte Rook.

»Oder etwas anderes.«

Rook folgte Bishops Blick und starrte die gegenüberliegende Wand der Höhle an. Dort hingen drei Körper mit zusammengebundenen Füßen kopfunter. Von den Fesseln an ihren Fußknöcheln liefen Stricke nach oben über eine Kante, hinter der sich ein weiterer Tunnel auftat.

Rook erinnerte sich an den Klang von brechenden Knochen, als er in die Höhle gestürzt war. Er richtete die Lampe nach unten.

Menschliche Knochen lagen wie Abfall auf dem Boden verstreut. Es waren keine vollständigen Skelette, nur ein Wirrwarr von Körperteilen, die achtlos durcheinandergeworfen worden waren.

Rook stieß die Knochen mit dem Fuß beiseite und trat zu Bishop, der die Leichen inspizierte. Es waren zwei Männer und eine Frau. Alles Vietnamesen. Alle nackt. Von den fleischigen Teilen – Schenkel, Waden, Schultern – waren ganze Streifen abgeschält worden wie von einem riesigen Stück Käse. »Bishop, was zum Teufel …?«

»Dorfbewohner aus Anh Dung.« Bishop richtete den Blick auf Rook. Sein Gesicht lag tief im Schatten. »Du hattest recht mit dem Bier, Rook. Das ist ein Kühlschrank.«

Entfernte Geräusche drangen aus dem Tunnel über ihnen, wie von einem Nebelhorn, nur lebendiger. Rook und Bishop zogen sich rasch durch das Feld der Knochen zurück, knieten sich neben Somi und schalteten ihre Taschenlampen aus. Aber es wurde nicht vollständig dunkel. Flackerndes Licht fiel aus der Tunnelöffnung.

Bishop richtete den Lauf der Schrotflinte nach oben. Rook rastete seine Handgelenksmanschetten ein, damit er seine beiden Desert Eagle Kaliber .50 notfalls einhändig abfeuern konnte.

»Was ist denn los?«, krächzte Somi.

Beide Männer zuckten zusammen.

Rook sah sie eindringlich an und legte sich den Lauf

einer Desert Eagle vor die Lippen. *Still.* Er schüttelte den Kopf. *Ausgerechnet jetzt musste sie wieder zu Bewusstsein kommen.* Er konzentrierte sich erneut auf den Tunnelausgang, und eine Gestalt kam in sein Blickfeld. Seine Augen wurden groß. Er hatte keine Ahnung, was für ein Ding das war, das die Fackel hielt, aber er erkannte die schlaffe Gestalt, die über seiner Schulter lag.

Knight.

23 Washington, D.C.

Der Präsident stand vor einem riesigen Bildschirm, der sich aus acht kleineren zusammensetzte. Man konnte entweder ein einzelnes Bild auf allen acht zusammen betrachten oder auch acht verschiedene Bilder. Er hing an der Rückwand des Lagezentrums des Weißen Hauses, wo auch an allen anderen Wänden zahlreiche Flachbildschirme angebracht waren. Von hier aus konnten die Entscheidungsträger die ganze Welt im Auge behalten und Daten aus allen denkbaren Quellen empfangen. Im Moment waren es die Medien, die Tom Duncan interessierten.

Die acht Schirme bliesen ein einziges Bild zu Überlebensgröße auf. Es war das Weiße Haus. Eine Reihe von Reportern, die erregt in ihre Mikrofone sprachen, beherrschte den Vordergrund. Sie vergifteten den Äther mit haltlosen Theorien über die Vorgänge im Weißen Haus. Warum gab es keine Pressekonferenz? Hatte der Präsident eine Herzattacke erlitten? War er tot?

Es war frustrierend, ihnen nicht die Wahrheit sagen zu können. Noch nicht. Nicht, bevor es ein Heilmittel gab. Aber wenn Brugada ausbrach … dann würde man sie an den nächsten Laternenpfahl hängen. Dennoch war Schweigen im Moment Duncans einzige Option.

»Abschalten«, sagte er.

Der Kontrollraum, der sich unter dem Westflügel des Weißen Hauses verbarg, war gut gefüllt. Die erkrankten

Berater, ein paar Generäle und einige Beamte von verschiedenen Geheimdiensten hatten sich eingefunden – sie alle waren Gefangene im Weißen Haus. Wer nicht infiziert war, jedoch unentbehrlich, nahm per Webcam teil.

Duncans Blick glitt vom Fernsehbildschirm zu der amerikanischen Flagge, die daneben stand. Er fragte sich, ob er sie lieber auf halbmast setzen oder umgedreht hissen sollte. Für die meisten Leute galt eine kopfstehende Flagge als Respektlosigkeit, doch beim Militär war sie ein Zeichen höchster Not – das Signal, sich vor einem lauernden Feind zu hüten. Und höchste Not war für den Zustand des Weißen Hauses noch eine Untertreibung.

Duncan drehte sich zu den Leuten um, die sich um den langen Konferenztisch versammelt hatten. Sein Sitz am Kopf des Tisches, gegenüber dem riesigen Bildschirm, war leer, aber ihm war nicht danach, sich zu setzen. Zum Henker, ihm war auch nicht nach reden zumute. Er wollte in Aktion treten, und zwar sofort. »Bitte kein Drumrumgerede. Wie ist die Lage?«

Stephen Harrison, der FBI-Chef, war auf dem Bildschirm eines Laptops auf dem Tisch zu sehen. Er nahm aus der Sicherheit des FBI-Hauptquartiers an der Konferenz teil. »Wir konnten jeden aufspüren, der mit Ihnen und Brentwood Kontakt hatte, angefangen von Familienmitgliedern bis hin zu den Sicherheitsbeamten am Flughafen. Sie wurden alle stillschweigend unter Quarantäne gestellt, doch Freunde und Verwandte fangen langsam an, unruhig zu werden. Wenn es nur um ein oder zwei Personen ginge, könnten wir die Sache unter Kontrolle halten, aber die vollständige Anzahl liegt bei ...« Er warf einen Blick zur Seite. »Fünfhundertdreiunddreißig.«

Stille.

Duncan holte tief Luft, angeekelt von der Mischung aus

Rasierwässerchen und Parfüms, die seine Nase malträtierte. Langsam atmete er wieder aus und starrte auf den Konferenztisch aus Kirschholz. »Welche Optionen bleiben uns?«

»Lügen«, antwortete Harrison. »Oder Halbwahrheiten. Lebensmittelvergiftung. Ein Ohnmachtsanfall. Doch jetzt sind Sie wieder auf dem Damm. Im Weißen Haus ist alles vorhanden, was Sie für eine Rede an die Nation brauchen. Demonstrieren Sie, dass Sie bei bester Gesundheit sind. Das wird die Medien beruhigen.«

»Für ein oder zwei Tage«, warf Boucher ein. »Aber sie werden eine Pressekonferenz verlangen. Wir könnten hier noch zwei Wochen lang festsitzen, Monate sogar! Bis ein Heilmittel gefunden ist.«

»Und wenn uns das nicht gelingt?«, fragte Harrison.

»Es *wird* gelingen«, sagte Duncan zuversichtlich. Er konnte vielleicht nicht das amerikanische Volk belügen, aber den Männern und Frauen hier am Tisch durchaus etwas vormachen, selbst wenn sie ihn letztlich durchschauten.

»Hören Sie, früher oder später wird die Presse Wind von der Quarantänesituation an der Ostküste bekommen. Sie werden schnell zu dem Schluss kommen, dass das Weiße Haus in derselben Lage ist. Wir brauchen einen Alternativplan.«

»O Gott«, hauchte jemand auf der anderen Seite des Raums.

Duncan sah eine Beraterin entsetzt die Hand vor den Mund schlagen. Sie starrte auf einen kleinen Monitor und hatte einen Ohrhörer angesteckt. Sie folgte der Besprechung nur mit *halbem* Ohr.

»Was ist los?«, fragte Boucher.

Der Kopf der Frau flog zu ihm herum. »Die Nachrichten.«

Jemand war geistesgegenwärtig genug, den großen Bildschirm einzuschalten, bevor Duncan darum bitten konnte. Nachrichtensendungen von CNN, MSNBC und Fox erschienen nebeneinander aufgereiht. In jeder sprach ein Reporter aufgeregt ins Mikrofon und ignorierte die Mitarbeiter anderer Fernsehstationen, die kreuz und quer durchs Bild huschten.

»Gehen wir auf Fox«, schlug Boucher vor.

Die Lautstärke wurde hochgefahren.

»Ich wiederhole, diese Nachricht hat uns soeben erreicht. Mehr als 500 US-Bürger sind unter Quarantäne gestellt worden, ohne dass ihre Familien eine Erklärung dafür erhielten. Eine Quelle innerhalb des Weißen Hauses, die sich nur anonym äußern wollte, berichtete der Associated Press, dass das Weiße Haus ebenfalls unter Quarantäne stehe, mehrere Mitarbeiter gegen ihren Willen dort festgehalten würden und eine Krankheit namens Brugada-Syndrom dafür verantwortlich sei. Sobald wir mehr über dieses Brugada wissen, werden wir Sie auf den neuesten Stand …«

»Genug«, sagte Duncan. Er stützte sich mit beiden Händen auf die Tischplatte und beugte sich vor. »Stephen, wie steht es nun mit dem Alternativplan?«

Harrison erbleichte. »Schon dabei.« Der Bildschirm erlosch.

»Der Rest von Ihnen geht wieder an die Arbeit. Und *kein* Kontakt zur Presse. Ich will völlige Funkstille, Leute, verstanden? Den einzigen Kontakt nach draußen halten die Nachrichtendienste von Regierung und Militär. Keine Familie. Keine Freunde. Keine Presse.« Er wandte sich zu Judy, die rechts hinter ihm stand. »Lassen Sie die Presse wissen, dass ich bald eine Rede an die Nation halten werde.«

Überall im Raum wurde erregtes Gemurmel laut.

»Los jetzt«, sagte Duncan mit einer Stimme hart am Rande des Zorns. »An die Arbeit.«

Die Gruppe löste sich langsam auf. Manche eilten nach draußen, andere zückten ihre Mobiltelefone. General Keasling, der während der ganzen Besprechung stumm geblieben war, sprach via Webcam mit Boucher. Der Präsident setzte sich neben Boucher und wandte sich der Kamera zu. »Gibt es schon etwas Neues?«

»Keinen Pieps«, erwiderte Keasling. »Wir beobachten die Region mit fünf Satelliten und zahllosen Überflügen durch Spionageflugzeuge.«

Duncan knirschte mit den Zähnen und schüttelte den Kopf. »Das reicht nicht. Die Lösung liegt dort im Dschungel.«

»Was haben Sie im Sinn?«, fragte Boucher.

Duncan sah Keasling an. »Wie viele Truppen können wir innerhalb von drei Tagen auf vietnamesischem Boden haben?«

Keasling überlegte einen Moment lang und fragte: »Nur Truppen? Keine Panzer, Jeeps oder andere schwere Ausrüstung?«

Duncan nickte. »Nur Truppen.«

»Eine vollständige Brigade, fünftausend Mann. Ich denke, das sollte reichen«, sagte Keasling.

Bouchers Stirn legte sich in Falten. Sie redeten hier über politischen Selbstmord. Ein aggressiver Präsident, der in fremde Länder einfiel, wurde so gut wie nie wiedergewählt. Nicht, ohne dass irgendwelche Terroristen Passagierflugzeuge in Wolkenkratzer krachen ließen. »Tom, Sie wollen doch nicht wirklich in Vietnam einmarschieren?«

»Nur als allerletzte Maßnahme, doch. Eine überlegene

Streitmacht wird uns Zeit und Gelegenheit verschaffen, dieses Problem zu lösen. Dann ziehen wir uns zurück.«

»Die Region ist ohnehin instabil«, wandte Boucher ein. »Andere asiatische Länder – nein, streichen Sie das –, jede andere Nation der Welt, die nicht mit uns verbündet ist, wird sich aufs Äußerste bedroht fühlen. Das könnte einen Weltkrieg auslösen.«

»Darum nennen wir es Plan B. Ich will bereit sein, wenn wir erfahren, dass Brugada sich ausbreitet. Ich werde keinen weltweiten Genozid riskieren, selbst wenn mich das sehr unpopulär machen sollte. Ich will, dass unsere Streitkräfte in der Region in äußerste Alarmbereitschaft versetzt werden, damit sie sich im schlimmsten Fall sofort in Marsch setzen könnten.«

»Ich sorge dafür«, sagte Keasling, bevor er die Verbindung unterbrach.

Duncan wandte sich an Boucher: »Dom, Sie sind der Spion. Finden Sie heraus, wer der Singvogel im Weißen Haus ist, und feuern Sie ihn. In hohem Bogen.«

Boucher nickte. »Mit Vergnügen. Aber ...« Er zog die Augenbrauen noch weiter hoch, so dass seine vom Alter gefurchte Stirn sich in ein einziges Faltenmeer verwandelte. »Tom, nur aus Neugierde, was ist eigentlich Plan A?«

Duncan grinste. »Wenn du sichergehen willst, dass etwas richtig erledigt wird ...«

24 Annamitische Kordilleren – Vietnam

Obwohl sein Instinkt ihm riet, aus allen Rohren feuernd loszustürmen, hielt King sich zurück. Wenn man sich unvorbereitet ins Gefecht stürzte, kam meistens jemand ums Leben. Und da sich die Chancen gegen sie langsam zu alpinen Höhen auftürmten, konnte nur ein solider Plan zum Erfolg führen. Queen und King teilten sich auf und umkreisten das VPLA-Lager, auf das sie gestoßen waren, während sie über die Kehlkopfmikrofone in Kontakt blieben.

Zwanzig große, olivgrüne Zelte in quadratischer Anordnung deuteten auf eine beachtliche Streitmacht hin, doch es war kaum jemand im Lager zu sehen. Die VPLA hatte das Gelände von Unterholz und Gebüsch befreit, die hohen Bäume aber unberührt gelassen. Das lag nicht etwa an ihrem Umweltbewusstsein, sondern daran, dass das dichte Laubdach sie vor neugierigen Augen im Orbit abschirmte. Hier draußen im Dschungel waren sie für die Welt unsichtbar und konnten tun und lassen, was sie wollten, ohne dafür zur Rechenschaft gezogen zu werden.

Aber heute nicht, dachte King, während er hinter den freiliegenden Wurzeln eines bemoosten Baumes kauerte, die Männer im Camp beobachtete und die Lage einzuschätzen versuchte. Die beiden Freiwilligen des Todes, die Sara entführt hatten, schleppten sie ins Zentrum des Lagers, wo sie von drei anderen begrüßt wurden. Es schien keine Autorität oder Rangordnung zu geben, das war seltsam. King konnte im Camp kein anderes lebendes Wesen entdecken. Schlecht bewacht und lax organisiert, eigentlich kein Problem. Selbst die Männer, die Sara entführt hatten, wirkten entspannt – offenbar gingen sie fest davon aus, dass er und Queen im Tunnel umgekommen waren.

»Queen«, flüsterte King in sein Kehlkopfmikrofon. »Was meinst du?«

Queen blickte aus dem Blätterdach herab. Sie war ein ganzes Stück weit vom Camp entfernt auf einen Baum geklettert und hatte sich durch die verflochtenen Äste der Baumwipfel vorgearbeitet. Dort oben befand man sich in einer eigenen Welt, in einer zweiten Schicht Dschungel, durch die man sich beinahe so leicht bewegen konnte wie auf dem Boden. Verborgen hinter sich überlappenden Schichten dichter Blätter konnte Queen das Lager beobachten, ohne befürchten zu müssen, dass man sie entdeckte.

»Ich zähle fünf«, sagte sie. »Sonst ist niemand da. Könnte eine gute Gelegenheit sein.«

King gab ihr recht, aber er wurde das Gefühl nicht los, dass irgendetwas nicht stimmte. Die Männer waren zu entspannt, zu siegesgewiss. Natürlich waren die VPLA-Leute keine Deltas, aber immerhin Spezialkräfte. Und ein Delta würde nie so nachlässig sein, wenn der Feind vor der Tür stand.

»King?« Queens Stimme stockte. Besorgt.

»Was ist?«

»Sieh mal auf deine Armbanduhr.«

King blickte auf den Seuchenmonitor an seinem Handgelenk. Drei von fünf Balken waren inzwischen gefüllt. Der dritte leuchtete orange. Etwas draußen in der Welt hatte sich verändert. Zum Schlechten.

Die Zeit lief ihnen davon.

Die fünf VPLA-Leute lachten, und King sah wieder zu ihnen hin. Obwohl er kein Wort verstehen konnte, begriff er, worüber sie Witze machten. Saras bewusstlose Gestalt lag zu ihren Füßen. Einer drehte sie mit dem Stiefel auf den Rücken. Sie lag halb auf ihrem Rucksack und sah aus, als wäre sie beim Sonnenbaden am Pool eingeschlafen. Der Mann kniete sich neben sie. Seine Gesten und das hässliche Gelächter sagten King alles, was er wissen musste.

»Ich trete in Aktion«, sagte er. »Halte mir den Rücken frei, aber schieß nur, wenn es unbedingt sein muss.«

Vom Gebüsch gedeckt, das den Rand des Camps säumte, schlich King sich näher. Tief geduckt kam er hinter einem der langen grünen Zelte zum Vorschein. Die stehenden Männer kehrten ihm den Rücken zu und versperrten gleichzeitig dem Mann, der neben Sara kniete, die Sicht. Alle Augen waren ohnehin auf sie gerichtet.

Während King sich bis auf etwa sieben Meter Entfernung anschlich, hörte er Queens Stimme im Ohrhörer. »King, mir gefällt das nicht. Da ist was faul. Leg sie um, schnapp dir Pawn, und dann nichts wie weg.«

Sie hatte recht, aber er durfte nicht riskieren, versehentlich Sara zu verletzen. Und er wollte sie sich über die Schulter geworfen haben und verschwunden sein, noch bevor der letzte Freiwillige des Todes tot umgefallen war. Dazu musste er näher heran. Nach dem ersten Schuss würde jeder VPLA-Mann weit und breit angelaufen kommen. Ihm blieb wenig Zeit. Der Schlüssel hieß Effizienz. Fünf Meter Abstand mussten reichen. Er hob sein M4 und legte an.

Der Soldat neben Sara drehte sie wieder auf den Bauch und zerrte an ihrem Rucksack. Ihre Augen öffneten sich und fielen auf King. Sie hatte die ganze Zeit nur die Bewusstlose gespielt. Er las ihr ein einzelnes, stummes Wort von den Lippen ab: »Lauf!«

Aber es war zu spät. Vier fünf Meter lange Falltüren klappten vor jeder Zeltreihe auf. Je zehn VPLA-Soldaten sprangen heraus, die Waffen auf King gerichtet. Doch keiner schoss.

Queens Flüstern drang kaum hörbar an Kings Ohr. »Räuspere dich, wenn ich mich zurückhalten soll.«

King räusperte sich und legte sein M4 auf den Waldboden. Er hob die Hände und drehte sich langsam im Kreis, sah den Männern in die Augen, die ihn umzingelt hatten. In allen las er Zorn. Außer bei einem. Er war kleiner als die anderen und strahlte doch mehr Selbstvertrauen aus … ohne eine Waffe zu tragen. Ein einzelner goldener Stern zierte die rechte Schulter seiner schwarz und braun getigerten Tarnuniform.

»Generalmajor«, begrüßte King ihn.

Trung grinste mit einem Blick auf seinen Stern. »Generalmajor Trung.« Er umkreiste King und musterte ihn von Kopf bis Fuß. Dann bückte er sich, nahm Kings KA-BAR-Messer an sich und zog ihm die Pistole aus dem Halfter. Er rief den fünf Männern, die um Sara herumstanden, einen Befehl zu. Sie zerrten sie auf die Füße, und jeder Anflug von Nachlässigkeit war plötzlich verschwunden. Alles nur gespielt.

Sara kreischte. Der eine Mann drehte ihr die Arme auf den Rücken, während ein zweiter sie an den Haaren in die Höhe riss. Mit weit aufgerissenen Augen begann sie zu wimmern, während der General auf sie zutrat. Er hielt ihr das rasiermesserscharfe KA-BAR-Messer vor die Nase und zeigte ihr das eigene, entsetzte Gesicht im Spiegel der Klinge.

Dann zog er ihr langsam die Schneide über die Wange.

Es fühlte sich so an wie ein Kugelschreiber, hart und kalt. Erst als der scharfe Schmerz einsetzte, begriff Sara, dass er sie tatsächlich geschnitten hatte! Warmes Blut sickerte aus der zehn Zentimeter langen Wunde und lief ihr über die Wange. Ihr Kinn zitterte, und Tränen traten ihr in die Augen.

Trung bewegte das Messer von Saras Wange zu ihrem Hals.

»Bitte«, flehte sie, während die Tränen sich mit ihrem Blut mischten und in der offenen Wunde brannten. »Nicht …«

Kings Hände ballten sich zu Fäusten. Er hielt den Atem an. Seine Augen ließen das Messer nicht los, das sich Saras Kehle näherte. Er vermutete, dass der VPLA-General ihn nur auf die Probe stellen wollte. Sara konnte ihnen noch von Nutzen sein. Es wäre ein strategischer Fehler, sie zu töten, und diese VPLA-Leute schienen ihr Geschäft zu verstehen.

Blut tropfte von Saras Hals. Ihr Blick flehte King an, ihr Leben zu retten. Das war die Mission.

Das Messer hielt inne, doch seine Schneide hatte sich schon durch ein paar Schichten Haut gegraben. Blut floss über das glänzende Metall, sammelte sich am Knauf und tropfte auf das trockene Laub am Boden. Der General blickte King an. »Ihre Partnerin. Sie hat dreißig Sekunden, sich zu zeigen.«

Kings Kiefer mahlten, während er seine Frustration hinunterschluckte. Dieser Hinterwäldler-Generalmajor und seine Truppe, die nie außerhalb des eigenen Landes im Einsatz gewesen war, hatten sie eiskalt erwischt. Trungs perfektes Englisch war das Sahnehäubchen auf der Torte. Seine völlig akzentfreie Aussprache besagte: *Ich kenne dich besser als du mich.*

Und das war die Wahrheit.

King schüttelte den Kopf. »Queen.«

Mehrere der VPLA-Soldaten rissen die Läufe ihrer Waffen in die Höhe, als das Blätterdach erzitterte. Sie wussten, dass sie sich versteckt hielt. Aber nicht, wo. Rinde schredderte von einem Baumstamm, während Queen an ihm entlang zu Boden glitt. Sie nahm ihre UMP am Lauf und reichte sie dem nächststehenden Soldaten. Dann hob sie die Arme, während er ihr das Messer und die Pistole abnahm. Er gab ihr einen Stoß in den Rücken, so dass sie auf King zutaumelte.

»Jetzt mach mal halblang, Freundchen«, fauchte sie. Sie mochten ihr die Schießeisen weggenommen haben, doch nicht ihre tödlichsten Waffen. Dazu hätte es schon einiger Amputationen bedurft.

Das Messer verschwand von Saras Kehle, und die Männer stießen sie zu Boden. Sie betastete ihre Wunden und stellte fest, dass kaum Blut floss. Es waren nur oberflächliche Schnitte.

Trung sprach in rasend schnellem Vietnamesisch auf seine Männer ein. Sie gehorchten augenblicklich und fesselten King, Queen und Sara mit Kabelbindern die Hände auf den Rücken. Dann stießen sie sie in das größte der Zelte.

Kings Augen weiteten sich, als er das Innere erblickte. Es war ein Sammelsurium von seltsamen Apparaten, Werkzeugen und Tischen, das ihm mehr über den Zweck des Zeltes sagte, als ihm lieb war.

Trung ging vor seinen drei Gefangenen her und grinste, als er in ihren Gesichtern las.

Kings Besorgnis.

Queens Zorn.

Saras Angst.

Er baute sich vor King auf und sagte ruhig: »Heute werden Sie Ihr erstes Wort Vietnamesisch lernen: *sự tra trấn*.«

King brauchte keinen Übersetzer, um es zu verstehen. An dieses Wort würde er sich für den Rest seines Lebens erinnern.

Folter.

25

Rook zitterte am ganzen Leib vor Wut und wollte sich auf die dunkle Gestalt stürzen, die Knights schlaffen Körper in die Grube herabließ. Doch Bishops muskulöse Arme hielten ihn eisern fest, während er ihm eine Warnung zuhauchte. »Erst den Feind kennenlernen, Rook. Es ist zu früh für Rache.«

Rook hielt schließlich still, während Knight kopfunter die Wand herabglitt. Seine Arme waren frei und baumelten herunter. Von den zusammengebundenen Füßen verlief ein Strick über den Rand der Grube, und Knight sah aus wie eine frischere Version der toten Dorfbewohner neben ihm. Eine zusätzliche Rinderhälfte im Kühlraum.

Die massige Silhouette oben setzte die Fackel ab, wodurch man noch weniger von ihr erkennen konnte, aber im flackernden Licht leuchteten Haare orangefarben auf. Das kam Rook seltsam vor, weil alles andere an der Gestalt menschlich wirkte ... wenn sie auch gebeugt ging wie ein alter Mann ... oder ein Affe. Doch als sie sich bückte und das Seil festband, wusste Rook, dass er keinen Affen vor sich hatte. Affen waren nicht intelligent genug, um Knoten zu schlingen. Und ganz bestimmt konnten sie einen Knight nicht überwältigen.

Bevor sie noch mehr sehen konnten, wandte die Gestalt sich ab und ging davon. Das Licht der Fackel verschwand im Tunnel.

Als sie nicht länger sichtbar war und die Kammer wieder im Finsteren lag, schaltete Rook seine Taschenlampe ein und eilte zu Knight.

Eine Aureole aus Licht legte sich um seinen Körper. Man hatte ihm die schusssichere Weste ausgezogen. Sein schwarzer Kampfanzug hing in Fetzen. Das kleine Display des Ausbruchsmonitors an seinem Handgelenk war gesplittert, auch wenn das Gerät noch funktionierte. Verletzungen verliefen quer über seine Brust. Und dennoch schien er weitgehend unversehrt zu sein. Bishop trat zu ihnen, und Rook senkte den Strahl der Lampe auf Knights Kopf.

Er trat entsetzt einen Schritt zurück und musste an sich halten, um nicht einen Schwall von Verwünschungen auszustoßen. Knights Gesicht, soweit nicht blutverkrustet, sah so bleich aus wie das einer Leiche. Dann runzelte Rook die Stirn und beugte sich näher. Es war gar nicht die Haut, die so blass war. Man hatte Knight durch die Höhlen geschleift, daher war sein Gesicht staubbedeckt. Rook streckte die Hand aus, um nach einem Puls zu tasten, doch Knight selbst beantwortete die unausgesprochene Frage, bevor Rooks Hand seinen Hals erreichte.

Er hustete.

Knight war am Leben!

Rook legte die Taschenlampe weg und ließ sich auf die Knie fallen. Mit einer Hand stützte er Knights blutverschmierten Kopf, die andere legte er hinter seinen Rücken. Gleichzeitig richtete Bishop sich hoch auf und schnitt den Strick durch, an dem Knight hing. Hastig, ohne auf den Lärm zu achten, scharrte Rook die Knochen mit den Füßen beiseite, bis er genug Platz geschaffen hatte. Dann ließ er Knight sanft zu Boden gleiten. »Halt durch, mein Freund.«

Knochen klapperten hinter Rook, als auch Somi herangestolpert kam. Sie musste sich an der Wand festhalten, während ihre Stichwunde bei jedem Atemzug Schmerzlanzen durch ihren Körper jagte.

Rook funkelte sie an. »Leise!«

»Sie werden zurückkommen«, sagte sie.

Rook erhob sich, während Bishop Knights Verletzungen untersuchte. »Hören Sie, Lady. Es ist mir scheißegal, wie Sie die Dinge hier in Ihrem Zauberwald regeln. Wir kümmern uns um unsere Leute.«

Somi schürzte die Lippen und nickte. Sie hatte nie mit Delta-Soldaten zusammengearbeitet, aber es war klar, dass sie ihren eigenen Kodex hatten, was das Leben betraf – und den Tod. Sie fand es … inspirierend. Beim Gedanken an ihren Verrat krümmte sie sich innerlich. Nie zuvor hatte sie in ihrer Loyalität zur VPLA geschwankt.

Doch nun wusste sie aus erster Hand, wie Trung Loyalität belohnte. Diese Männer hier waren anders. Sie hatten sich ihren Respekt verdient. Inzwischen wollte sie nur noch aus diesen Tunneln entkommen und untertauchen. Fürs Erste waren Rook und Bishop Verbündete. An die Wand gelehnt sah sie zu, wie Rook wieder zu Bishop trat, der sich über seinen halb toten Kameraden beugte.

»Kannst du mich hören, Knight?«, fragte Bishop, die Stimme kaum mehr als ein Flüstern. »Knight …«

Knights Lider zuckten, dann schlug er die Augen auf.

»Bish … Rook …« Er griff nach Rooks Arm. Seine Stimme klang undeutlich und belegt. Er ließ den Blick durch die Höhle wandern. »Sieht nicht nach der Himmelspforte aus.«

»Du Mistkerl bist doch nicht totzukriegen«, antwortete Rook mit einem Grinsen. »Es reicht dir wohl nicht mehr, beim *Go Fish* zu mogeln? Jetzt musst du auch noch dem Tod ein Schnippchen schlagen.«

Knight lachte in sich hinein, dann zuckte er zusammen. »Rippen gebrochen. Verstauchter Knöchel. Vielleicht auch gebrochen. Ganz sicher eine Gehirnerschütterung. Hast du was zu trinken?«

Bishop und Rook halfen Knight, sich aufzusetzen. Er zog Schmerztabletten aus der Tasche und spülte sie mit Wasser aus Rooks Feldflasche hinunter. »Ich habe einiges von diesem Höhlensystem gesehen«, sagte er zwischen den einzelnen Schlucken. »Es ist riesig. Überall Tunnel.«

Bishop beugte sich näher. »Knight, was sind die?«

Knight schloss die Augen.

»Knight?«

»Ich … denke nach«, antwortete Knight. Er schlug die Augen wieder auf. »Sie sind nicht … menschlich.«

»Affen?«, fragte Rook.

Knight schüttelte beinahe unmerklich den Kopf. »Zu intelligent. Durchtrieben. Aber in gewisser Hinsicht auch affenartig.«

Er zuckte zusammen, als ihm ein scharfer Schmerz durch die Brust schoss. Er kämpfte ihn nieder, bevor er fortfuhr: »Ein Fell wie Orang-Utans. Muskeln wie Silberrücken-Gorillas. Es sind keine Affen, aber menschlich sind sie auch nicht. Sie sind etwas anderes. Etwas … Uraltes. Man sieht es an ihren Augen.«

Knight hustete, spuckte einen blutigen Schleimklumpen aus und seufzte. Sein Kopf rollte zur Seite, als er Rook ansah. »Wir müssen hier raus.« Er nickte zu dem Tunnel hin, in dem sie die Kreatur hatten verschwinden sehen. »Da lang.«

»Wir können nicht gegen sie kämpfen«, sagte Somi.

»Keine Chance«, bestätigte Knight. »Aber die Tunnel reichen sehr weit, und ein paar Mal habe ich Tageslicht gesehen. Wir können es schaffen.«

Rook nickte. »Oder wir warten hier, bis jemand Appetit auf einen Happen koreanisches Futter bekommt.« Er richtete die Taschenlampe auf die kopfunter hängenden Kadaver. »Irgendwelche Ideen?«

»Ja«, erwiderte Somi. Sie griff mit ihrem gesunden Arm nach oben und packte das Hosenbein einer der Leichen. Mit einem schnellen Ruck zog sie sich hoch, stellte einen Fuß in den Schritt des Toten und stieß sich ab. Sie landete auf ihrer unverletzten Seite hinter der Kante der Tunnelöffnung, aus der man Knight herabgelassen hatte. Sie knurrte die drei überraschten Delta-Agenten an. »Wir tun, was der Mann gesagt hat. Wir müssen hier raus. Sofort.«

26

Auf dem Hinterhof gab es frisches grünes Gras und vier Blumenbeete. So gar nicht zu seiner üppigen Schönheit zu passen schienen die zwei Krieger, die sich dort aufhielten. Beide brachten Pfeil und Bogen in Schussposition. Gleichzeitig ließen sie den Pfeil von der Sehne schnellen. Der eine, der des Mädchens, schlug im Zentrum der Zielscheibe ein. Der zweite wich seitlich ab, streifte einen Stein und blieb in dem Holzzaun stecken, der den Hof umgab. »Toller Schuss, Siggy«, spottete das Mädchen.

»Du kannst mich mal, Jules«, konterte der junge Mann.

Mit seinen sechzehn Jahren verbrachte Jack Sigler mehr Zeit auf dem Skateboard als mit sonst etwas. Die Schule war ihm schon lange egal, und die Familie ... na ja, die war eben Familie. Aber wenn ihn seine Schwester auf ein paar Pfeilschüsse im Hinterhof herausforderte, konnte er nicht nein sagen, selbst wenn sie sonst eine blöde Tussi war.

Julie war ein Bücherwurm, doch hatte sie eine geheime Seite, die sie nur preisgab, wenn ihre Eltern nicht da waren. Pfeil und Bogen, Messerwerfen, Militärliteratur aus der Bibliothek. Erst hatte er gedacht, dass sie an irgendeiner Arbeit darüber schrieb, doch inzwischen beschäftigte sie sich schon ganz schön lange damit. Nicht, dass es ihn übermäßig interessiert hätte. Er schoss bloß gerne ein paar Pfeile ab. Er wusste, dass ihre Eltern allen Aktivitäten in dieser Richtung sofort einen Riegel vorschieben würden, also hielt er die Klappe. Irgendwie hatte er den Eindruck, dass die Einladung zum Wettschießen von Julie als Bestechung gedacht gewesen war, nicht als Freundschaftsangebot.

»Halt einfach den linken Arm gerade und visiere am Schaft entlang.«

Jack spannte den Bogen ein zweites Mal und ließ den Pfeil von der Sehne schnellen. Diesmal sah Julie lediglich zu. Der Pfeil glitt am oberen Rand der Zielscheibe ab und grub sich in den Zaun.

»Halt den Atem an, bevor du das nächste Mal schießt.«

»Ich lausche deinen weisen Worten, Meister Yoda.«

»Mir ist es egal, wenn du ein lausiger Schütze bist«, sagte Julie mit einem Lächeln. »Ich will bloß nicht, dass Dad seinen Zaun in kleinen Stücken vorfindet.«

Jack spannte den Bogen ein drittes Mal. Er fixierte das Ziel mit dem Auge und hielt widerwillig die Luft an. Ganz sanft korrigierte er die Richtung und fühlte plötzlich einen Augenblick lang tiefen inneren Frieden. Nur einen Moment lang. Und in diesen Sekundenbruchteilen freute er sich, mit seiner Schwester zusammen zu sein. Er ließ die Sehne schnellen und spürte den Draht gegen seinen nackten Arm klatschen. »Verdammte Scheiße!«

Jack ließ den Bogen fallen und hielt sich den Arm. Er erwartete einen tiefen Schnitt, doch als er die Hand wegnahm, sah er lediglich eine breite rote Strieme, wo die Sehne über die Haut geschrammt war. Ein Klacks im Vergleich zu vielen seiner Skateboard-Unfälle. Aber sein Stolz war verletzt. Wütend stürmte er zum Haus zurück.

»Jack«, rief Julie ihm belustigt nach.

»Lass mich in Ruhe«, schnappte er.

»Aber sieh doch nur!«

Das war nicht die Reaktion, die er erwartet hatte. Er

blickte über die Schulter und blieb verblüfft stehen. Sein Pfeil saß genau im Zentrum der Zielscheibe, direkt neben dem seiner Schwester.

»Siehst du«, meinte Julie. »Große Schwestern sind doch zu etwas nütze.«

Er trabte wieder zurück auf den improvisierten Bogenschießstand, und für den Rest der Woche, solange ihre Eltern im Urlaub waren, schlossen er und Julie einen Waffenstillstand. Anschließend war er schon ziemlich zielsicher. Mit der Rückkehr ihrer Eltern pendelte ihr Verhältnis sich wieder auf den Normalzustand ein, aber das war das erste Mal gewesen, dass er seine Schwester wirklich mochte. Inzwischen dachte er voller Zuneigung an sie zurück.

Sie gab ihm Kraft.

Und die brauchte er jetzt.

Die Erinnerung verblasste, und Schmerz trat an ihre Stelle. Darauf trainiert, die Qualen der Folter zu lindern, indem er aus seinem Körper entfloh und den manchmal abschätzig so genannten »Ort des Glücks« betrat, wandte sich King hilfesuchend an seine Schwester.

Es funktionierte nicht.

Sein unwillkürlicher Aufschrei drang durch den dünnen grünen Stoff des Zelts und fing sich in der Wand von Bäumen und Blättern, die jeden Laut dämpften und den Schall zur Erde zurückwarfen, wo er endgültig verschluckt wurde. Niemand außerhalb des kleinen VPLA-Lagers würde Zeuge seiner Qualen sein. Eng gefesselt, die Hände über dem Kopf an einen Zeltpfosten gebunden, konnte King nichts tun, um den Schmerz zu vermindern. Das war unmöglich.

Eine elektrische Spannung von 800 000 Volt, die durch einen menschlichen Körper schoss, hatte eine verheerende Wirkung. Dass der General ihm den Elektroschocker an die Schläfe hielt, verzehnfachte die Agonie. Ein drei bis fünf Sekunden langer Stromstoß konnte einen Mann in die Knie zwingen und ihm die Kontrolle über seine Muskeln und den Orientierungssinn rauben. King hatte in den letzten drei Minuten acht solche Stromstöße über sich ergehen lassen müssen ... an der Schläfe, der Brust, im Genick. Mittels eines batteriebetriebenen Elektroschockers, den sich jeder Idiot für ein paar Dollar bei eBay kaufen konnte. Folter für jedermann.

Zwischen tiefen Atemzügen versuchte King die Kontrolle über seine krampfenden Muskeln zurückzugewinnen. Der Schweiß lief ihm brennend über die nackte Brust und den Rücken. Sie hatten ihn von der Hüfte aufwärts entkleidet und den Seuchenmonitor konfisziert, bevor sie ihn an den Pfahl banden. Die durchtrainierten Muskeln unter der Haut tanzten in einem irrsinnigen Rhythmus, und erst nach ein paar Sekunden ließ das Zucken ein wenig nach. Sein Feuermal, soweit es auf seinem Rücken sichtbar war, glühte dunkelrot. Nur langsam beruhigten sich seine Muskeln. Es würde zehn Minuten dauern, bis er die Kontrolle über sie zurückerlangte. Sein Gewicht zerrte schmerzhaft an den Schultergelenken. Er hatte keine Kraft, sich aufzurichten.

King war dazu ausgebildet, der Folter standzuhalten. Auch unter Qualen den Mund nicht aufzumachen. Zu sterben, wenn es sein musste. Er wusste, dass er dazu in der Lage war. Unglücklicherweise war dieses Szenario im Training nicht vorgekommen, denn niemand stellte hier Fragen. Trung war wie ein Kind, das mit einem Brennglas einen Ameisenhügel traktierte. Sein bösartiges Lächeln sagte genug. Er amüsierte sich.

»Na, hast du schon einen Ständer?« Queen hatte es auch bemerkt. Auch sie trug ihren Seuchenmonitor nicht mehr, der zweifellos in einem anderen Zelt untersucht wurde. Ihr Kinn und ihr Schlüsselbein waren blutbefleckt. Aber das Blut war nicht ihr eigenes. Der Mann, der sie entkleidet hatte, hatte versucht, ihre Brüste zu betatschen. Sie hatte ihm die Nase halb abgebissen.

Trung hatte den undisziplinierten Mann erschießen lassen. Kurz darauf begann die Folter.

Seitdem war kein einziges Wort gefallen.

Neben Kings Schreien war das einzige andere Geräusch im Zelt Saras Schluchzen. Man hatte sie an einen Stuhl gefesselt. Sie war noch voll bekleidet. Niemand hatte ihr etwas getan. Als King sein letztes bisschen Energie dazu verwendete, den Kopf zu heben und in Saras flackernde Augen zu sehen, begriff er, dass es bei der Folter nicht darum ging, seine oder Queens Zunge zu lösen. Das Spiel hieß Einschüchterung, und es richtete sich gegen Sara.

Nachdem sie mit King und Queen fertig waren, würden sie sich Sara vornehmen. Und die würde ihnen alles sagen, was sie wissen wollten, um sich selbst zu retten … oder auch, um King und Queen weitere Qualen zu ersparen. Kings Gesichtsmuskeln zuckten.

So funktionierte das.

Trung stiefelte mit dem Elektroschocker um Queen herum, schaltete ihn ein und aus. Ein blauer Lichtbogen flackerte zwischen den beiden Metallspitzen und summte wie eine wütende Wespe.

Wenig beeindruckt grinste Queen ihn breit an, die Lippen noch rot vom eingetrockneten Blut von Trungs Mann. Er hatte sie ebenso wie King mit dem Elektroschocker bearbeitet, doch sie hatte keinen Laut von sich gegeben. Mit wenig mehr als einem Aufstöhnen ertrug sie die Folter. Trung hatte sie am Kopf geschockt, an den Brüsten, den Achselhöhlen, am Bauch. Aber sie blieb eisern.

Ihr ganzes Leben lang hatte sie Schmerz immer nur mit Verspätung herauslassen können ... und gewaltsam, genau wie ihr Vater. Wenn sie sich den Zeh stieß, blieb sie stumm, bis der Schmerz nachließ. Dann hieb sie mit der Faust gegen die Wand. Wenn das auch wieder weh tat, wiederholte sie die Prozedur so lange, bis sie den Schmerz nicht mehr fühlen konnte. Sie speicherte ihn wie ein Akku und Trungs Elektroschocker hatte diesen bereits voll aufgeladen. Sie brauchte nur ein Ventil, um ihn wieder freizusetzen.

Das Glitzern in Trungs Augen sagte ihr, dass er nicht aufgeben würde. Er schaltete den Elektroschocker aus und warf ihn auf einen Tisch aus zusammengebundenen Ästen. Dann wechselte er ein paar Worte mit dem Posten am Eingang. Der Mann nickte und ging schnell davon.

Trung lief auf und ab, ohne dass das ewige Grinsen in seinem Gesicht erlosch.

Saras Stimme durchbrach das Schweigen, das sich über die Folterkammer gelegt hatte. »S-sir. Wenn Sie meine Hilfe brauchen. Ich tue alles, was Sie wollen. Sie müssen nicht ...«

»Du hättest schon vor langer Zeit alles getan, was ich will«, unterbrach Trung sie, ohne seinen Schritt zu verhalten. »Aber ich bin hier noch nicht fertig.« Er starrte Queen an.

Sie erwiderte seinen Blick furchtlos.

Trung grinste. »Du bist ja geradezu versessen auf Schmerzen. Das ist unpassend für eine Frau deiner ...« Er musterte sie von Kopf bis Fuß. »... Form. Schönheit ist natürlich vergänglich. Man kann sie bearbeiten. Vielleicht bist du weniger kampflustig, wenn du deine Anziehungskraft verloren hast?«

Der Posten kehrte mit einer langen Metallstange und

einem Lötbrenner zurück. Die Spitze der Stange war von der Flamme eingehüllt. Trung knöpfte sein Hemd auf und entblößte auf seiner Brust ein Brandzeichen in Form eines Sterns. Aus seiner Mitte grinste bösartig ein Totenschädel heraus. Das Symbol der VPLA-Freiwilligen des Todes.

»Wir tragen es alle«, sagte Trung. »Aber deins wird man noch viel besser sehen.«

Er ließ sich von dem Posten das Brandeisen geben. King hob den Kopf. Sara keuchte auf. Queens Augen zuckten vor Zorn. Aber sie gab keinen Millimeter nach.

Trung hob den Stab, so dass sich das rot glühende Brandzeichen mit dem Stern und dem Totenschädel vor sein Gesicht schob. Langsam, das Eisen gerade vor sich ausgestreckt, näherte er sich Queen. »Schön stillhalten«, sagte er. »Wir wollen doch, dass es hübsch wird.«

Vor dem Zelt schraken die Männer zusammen, als sich drinnen ein wildes Knurren erhob. Es wurde immer lauter und steigerte sich zu einem ohrenbetäubenden Grollen, wie sie es im Leben noch nicht gehört hatten, schrecklicher als alles, was sie aus dem alptraumhaften Dschungel kannten. Wie ein Ozean, der durch ein winziges Loch schoss, entlud sich Queens Zorn donnernd durch ihren weit aufgerissenen Mund. Das dichte Blätterdach, die endlosen Bäume, die meilenweiten Entfernungen – nichts konnte ihn aufhalten.

Jedes lebende Wesen weit und breit vernahm den urtümlichen Aufschrei.

Doch Queen rührte sich nicht. Ihre Augen blieben starr auf Trung gerichtet, während das Brandeisen sich in ihre Haut fraß und ein Zeichen hinterließ, das nie verblassen würde. Als Trung zurücktrat, standen seine Augen voll Furcht. Er war noch nie einer Kriegerin wie dieser begegnet. Wie ein wilder Tiger verdiente sie es, respektiert zu werden … und gefürchtet. Sie trug das Symbol der Freiwilligen des Todes, wo jeder es sehen konnte. Sie glich einer Göttin. Er verneigte sich vor ihr, dann ging er hinaus und befahl, sie bei Morgengrauen zu erschießen.

27

Rook ergriff die Hände, die Bishop ihm entgegenstreckte, und hievte sich aus der Grube. Knight saß mit dem Rücken an die Wand gelehnt da, während die anderen im Eingang des Tunnels kauerten, in dem die Kreatur verschwunden war. Sie starrten in die Dunkelheit. Kein Lichtschein. Keine Geräusche, keine Bewegung. Der Geruch des Todes hing in der Luft. Sie hatten sich beinahe schon daran gewöhnt.

Rook sah auf die Armbanduhr. Ihre Day-Glo-Leuchtziffern tauchten sein Gesicht in ein schwaches, grünliches Licht. Zehn Uhr abends. »Vielleicht schlafen sie.«

Bishop nickte. »Hoffen wir es.«

Rooks Blick glitt von der Uhr zum Seuchenmonitor daneben. Das kleine Display zeigte drei Balken, grün, gelb … und orange. Er hielt den Arm in die Höhe, damit die anderen es auch sahen. »Wir müssen uns auf die Socken machen.« Er deutete auf Somis Stichwunde. »Wie fühlt sich das an?«

Sie fauchte ihn an. »Als hätte mir jemand ein Messer in die Brust gerammt, Sie Arsch.« Doch dann grinste sie. Inzwischen war ihr klar, dass sie die Verletzung überleben würde, und sie spürte ein wenig von ihrer gewohnten Streitlust zurückkehren.

»Ach, hören Sie doch auf mit dem ewigen Gejammer«, meinte Knight. »Wenigstens können Sie laufen.« Er spuckte einen Klumpen Blut aus. Seine Streitlust war nur Show.

Bishop inspizierte den Tunnel. Wie der, durch den sie gekommen waren, war er mit komplizierten Symbolen markiert. Trotzdem war hier etwas anders. Bishop ließ sich auf Hände und Knie nieder und kroch vorwärts. Da merkte er, was es war. Der Tunnel hier war nicht einmal einen Meter hoch und ungefähr ebenso schmal. Es würde eng werden, aber nicht zu eng. Er wandte sich an Somi. »Die Symbole, die die Tunneleingänge markieren. Können Sie die Schrift lesen?«

Er wich zur Seite und richtete die Taschenlampe auf die Zeichen, damit sie sie sehen konnte. Sie ließ die Finger über die geschwungenen, sich überkreuzenden Linien der Schriftzeichen gleiten. »Vietnamesisch ist das nicht.«

So viel war sicher. Schon als Kind war Somi absolut fasziniert von dieser Region gewesen und hatte, als ihr Vater noch lebte, vorgehabt, ihre Geschichte zu studieren. Mit Trung war das alles anders geworden, doch sie hatte jeden Vorwand genutzt, um weiter ihrer Leidenschaft frönen zu können. Wissen hieß Macht. Die Geschichte wiederholte sich. So lautete ihre Rechtfertigung. Aber sie wusste auch, dass sie nicht ewig Spionin sein würde, und sehnte sich danach, sich eines Tages in ein beschauliches Museum zurückziehen zu können. Ihr Wissen über die Geschichte dieses Gebietes war enzyklopädisch, und als CIA-Doppelagentin in Asien musste sie zahlreiche lokale Sprachen beherrschen. Aber was sie hier sah, widersprach jeglicher Logik.

»Vietnamesisch, Koreanisch, Japanisch. Alle diese Sprachen leiten sich aus dem Chinesischen ab. Die ältesten schriftlichen Aufzeichnungen aus China gehen bis auf die Shang-Dynastie zurück, fünfzehnhundert vor Christus. Archaisches Chinesisch. Aber das hier sieht … älter aus.«

Somi starrte die Symbole an wie in Trance. »Vereinzelt sind alte Orakelknochen in China aufgetaucht, die bis zu 5000 v. Chr. zurückdatiert werden konnten und eine bislang unbekannte Schrift aufweisen. Ich habe diese Schrift nie gesehen, aber gelesen, dass sie hauptsächlich figürlich ist – eine Bilderschrift. Modernes Chinesisch ist nur noch zu etwa vier Prozent piktografisch. Lange Zeit glaubten die Experten, die chinesische Sprache hätte sich unabhängig entwickelt, ohne Vorläufersprache. Die Orakelknochen deuteten auf etwas anderes hin, aber man konnte sie nie zu einem gemeinsamen Ursprung zurückverfolgen.«

Knight beugte sich vor und betrachtete die Symbole. Als Asiate und Undercover-Agent hatte er, ebenso wie Somi, so viele asiatische Sprachen wie möglich erlernen müssen. Er beherrschte Mandarin-Chinesisch, Koreanisch, Japanisch und Thai. Rook dagegen war der Experte für germanische, Queen für westeuropäische Sprachen, Bishop für Arabisch und King für alle Sprachen, die in Südamerika gesprochen wurden. Als Team konnten sie sich in den meisten Gegenden der Welt verständigen.

»Was ist eine Vorläufersprache?«, fragte Rook.

»Japanisch ist im Wesentlichen Chinesisch, das an die japanische Kultur und Aussprache angepasst wurde«, erklärte Knight. »Genau wie Englisch, Französisch und Spanisch alle vom Lateinischen abstammen. Die meisten Sprachen, die es heute auf der Erde gibt, haben sich aus Vorläufern entwickelt.«

Somi nickte. »Chinesisch galt immer als isolierte Sprache. Aber wenn diese Symbole so alt sind, wie es den Eindruck macht, könnten wir hier die Vorläufersprache für Chinesisch vor uns haben. Proto-Chinesisch. Die Kalligrafie ähnelt im Stil dem Chinesischen, aber die Symbole sind völlig anders und wesentlich archaischer.«

Rook zog eine Augenbraue hoch. Alte Sprachen waren ihm ziemlich gleichgültig. Jedenfalls im Moment. Er war nur daran interessiert, so schnell wie möglich hier herauszukommen. »Sehr gut informiert für jemanden vom Geheimdienst, aber können Sie es nun lesen oder nicht?«

Somi schüttelte den Kopf. »Nein.«

Rook blickte Knight an. »Du?«

»Nein.«

»Tja, dann hoffe ich mal, da steht ›Ausgang‹. Ich gehe jetzt nämlich hier raus.« Rook kniete sich hin und kroch in den Tunnel hinein, seine kleine Taschenlampe zwischen die Zähne geklemmt und eine Desert Eagle in jeder Hand.

Knight rollte sich vorsichtig auf Hände und Knie, damit er seinen geschwollenen Knöchel nicht anschlug, und krabbelte hinterher.

Bishop schenkte Somi ein schiefes Lächeln. »Jetzt Sie.«

Ihr Blick glitt zwischen ihrer bandagierten Brust und dem Tunnel hin und her. Es würde ihr nicht leichtfallen, zu kriechen. »Na großartig.« Quasi auf dem gesunden Arm *hinkend* kroch sie hinter Knight in den Tunnel.

Bishop warf einen letzten Blick zurück auf die Kammer der Knochen. Sie leuchteten weiß im Strahl seiner Taschenlampe. Dann bewegte sich ein Schatten am Rand des Lichtkegels und sprang zurück in die Dunkelheit, nach oben.

Bishops Augen weiteten sich. Da war etwas. Dicht hinter ihnen. Und sie hatten keinen Laut gehört. Er richtete die Taschenlampe auf den gegenüberliegenden Tunnel. Der, durch den sie in die Kammer gelangt waren. Tief in den Schatten des Tunnels glühten zwei gelbe Augen auf. Dann blinzelten sie und waren verschwunden.

Einen Augenblick später gingen sie wieder auf. Größer, bedrohlicher.

Näher.

Bishop feuerte zwei Schüsse ab. Er wusste, dass die meisten der Schrotkugeln nur die Wände treffen würden, hoffte aber, es würden genügend in den Tunnel eindringen, dass die Kreatur es sich zweimal überlegte, ob sie ihnen tatsächlich folgen wollte.

Die Schattengestalt jaulte auf. Treffer. Aber sie ging zum Angriff über.

»Was zum Teufel ist dahinten los?« Rooks Stimme donnerte durch den Tunnel.

Bishop stürzte sich in die dunkle Öffnung, verfolgt vom Klappern alter Knochen, während die Kreatur durch die Kammer jagte. »Rook, mach schon! So schnell du kannst! Sie sind direkt hinter mir!«

Bishop rollte sich auf den Rücken, setzte sich halb auf und richtete die Schrotflinte direkt zwischen den Beinen hindurch auf den Tunneleingang. Beinahe wäre ihm die Taschenlampe aus dem Mund gefallen, als er die rötlichbraune Kreatur aus der Grube springen und auf sich zustürmen sah. Er erhaschte nur einen kurzen Blick auf sie, bevor er den Abzug drückte. Die Schrotflinte donnerte los. Bishop biss auf die Taschenlampe, und sein Schmerzensschrei mischte sich mit dem der Kreatur. Er hatte getroffen, aber sie lebte noch. Endlich fand der Strahl der Taschenlampe sie wieder. Das blutende Biest griff schon wieder an.

Bishop ignorierte das Dröhnen in seinen Ohren und legte wieder an. Einen Augenblick lang fürchtete er, bei dem Knall würden ihm die Trommelfelle platzen. Dann fiel ihm ein, dass sie ja in Sekundenschnelle heilten. Während sein Verstand wieder ein Stückchen in Richtung

Wahnsinn abglitt. Doch er hatte keine Wahl. Erneut betätigte er den Abzug.

Ein weiterer Schuss donnerte durch den Tunnel, und der durch das Echo hundertfach verstärkte Knall legte sich schmerzhaft auf Bishops Ohren. Er hatte gut gezielt. Mitten ins Gesicht getroffen brach die Kreatur zusammen.

Bishop ließ die Schrotflinte fallen. Sie war leergeschossen. Er warf noch einen schnellen Blick zur Tunnelöffnung auf der anderen Seite der Kammer. Was er dort sah, brachte ihn dazu, davonzukrabbeln wie ein hysterischer Maulwurf.

Glühende Augenpaare, mehr als er zählen konnte, folgten ihm. Während er sich davonmachte, erfüllte ein ohrenbetäubendes Gebrüll die Tunnel, viel durchdringender und furchterregender als seine paar Schrotschüsse.

28

Als es für Julie Zeit wurde, aufs College zu gehen und der Stolz der Familie zu werden, tat sie nicht das, was man von ihr erwartete – nämlich Medizin zu studieren. Sie entschied sich für etwas ganz anderes. Sie meldete sich zur Air Force. Kings Schwester wollte Pilotin werden. Nicht einfach irgendeine Pilotin, sondern Kampffliegerin. Zwei Jahre später hatte sie ihre »Flügel«.

»Festhalten, Siggy!«, schrie sie Jack zu, der auf dem hinteren Sitz der F-14 Tomcat saß, einem zweistrahligen Überschalljäger. Sie hatte die Flügel zurückgeschwenkt, und sie sausten durch einen kristallklaren Himmel, sechstausend Meter über dem tiefblauen Ozean.

Plötzlich wurde das Flugzeug langsamer, gleichzeitig wurde Jack gegen den Gurt gepresst. Er sah die Flügel zu beiden Seiten ausschwenken. Was das bedeutete, wusste er, und er klammerte sich beidhändig am Sitz fest. Sie hingen jetzt kopfunter und zeichneten eine Rolle nach der anderen in den Himmel.

Er spürte, wie sein Magen rebellierte.

Julie lästerte: »Behalte ja dein Mittagessen bei dir, Siggy. Weißt du, wie schwierig es ist, den Gestank wieder aus diesen Dingern rauszukriegen?«

Plötzlich hörten die Purzelbäume auf, und sein Magen drehte sich ihm nicht mehr um. Stattdessen schien er jetzt dreihundert Meter weiter oben zu hängen. Jack spähte an

Julies Helm vorbei und sah nur glitzerndes Blau. Ein senkrechter Sturzflug.

Er öffnete den Mund zum Schrei, doch kein Ton drang heraus. Er hämmerte mit beiden Fäusten auf seinen Sitz ein. Innerlich schrie er ihr zu, die Maschine hochzuziehen. Hochziehen!

Das unendliche blaue Glitzern kristallisierte sich zu einem Meer von Wellenkämmen. Ein durchdringendes Brausen erfüllte das Cockpit. Das Geräusch wurde immer lauter, immer durchdringender. Dann hob sich der blaue Ozean ihnen entgegen und griff nach ihnen.

King schlug die Augen auf. Dunkelheit umschloss ihn. Doch das Brausen in seinen Ohren blieb. Jeder Muskel tat ihm weh.

Immer wenn er unter starkem Stress stand, träumte King vom Tod seiner Schwester. Das war der Auslöser für ihn gewesen, zur Army zu gehen. Den Gedanken, dass sie tot war, konnte er auch jetzt nur schwer ertragen. Heute fühlte es sich besonders real an, als hätte er tatsächlich mit in dem abstürzenden Flugzeug gesessen. Doch dann kehrte mit Macht die Erinnerung an die Folter zurück, und er wusste nicht so recht, was ihm lieber war.

Einen Moment lang fragte er sich, ob er noch immer in seinem Alptraum gefangen war, denn das unablässige Brausen wollte nicht aufhören. Es klang wie das Geräusch, wenn sein Großvater nachts vor dem Fernseher eingeschlafen war, nach der Johnny Carson Show und der Nationalhymne, sechs Stunden weißes Rauschen. King hatte das wahnsinnig gemacht, doch seit dem Tod seines Großvaters vermisste er es plötzlich und ließ gelegentlich den eigenen Fernseher über Nacht durchlaufen. Es schienen nicht mehr viele Familienmitglieder übrig zu sein, die er mochte. Jedenfalls bis das Schachteam zusammenfand. Sie waren seine Ersatzfamilie, und er die Vaterfigur. Der sprichwörtliche Haushaltsvorstand.

Und jetzt ließ er seine Familie im Stich.

Er hob ächzend den Kopf. Seine Muskeln zuckten unkontrolliert, als er sie anspannte, und hörten erst auf, als er sich aufrecht gegen den Pfahl lehnte, an dem er festgebunden war.

»Es regnet.« Queens Stimme wirkte so kräftig wie eh und je. Im Geiste sah King sie vor sich, wie sie gewesen war, stark und schön. Aber er wusste, dass sie halb nackt dastand und ein Brandmal trug, das nie verblassen würde.

»Es tut mir leid«, sagte er.

»King.« Ihre Stimme klang sanft, fast zärtlich. »Halt den Mund.« King brachte ein unterdrücktes Lachen zustande, aber es schmerzte wie der Teufel.

»Leute?« Eine dritte Stimme, zittrig und leise. Sara.

»Wir sind hier, Sara.«

»Ich kann euch nicht sehen.«

»Das kommt vor mitten in der Nacht«, meinte Queen. »Es ist finster.« Ein Tisch kam ins Wanken, und sein Inhalt schepperte. *Was zum Teufel war das?* King durchbohrte die Dunkelheit mit Blicken. Jemand war bei ihnen im Zelt.

»Sprecht weiter«, sagte Sara.

»Sara, sei still«, zischte King und brachte es fertig, dass seine Stimme streng klang, obwohl sie nur ein Hauch war. Er wollte noch etwas hinzufügen, doch da berührte eine Hand sein Gesicht. Er zuckte zurück, und eine zweite Hand legte sich auf seine andere Wange. Dann glitten sie herab, und zwei Arme umschlangen ihn.

Er erwartete, im nächsten Moment entweder zerquetscht oder erstochen zu werden, doch der Schmerz blieb aus. Er fühlte nur einen zitternden Körper, der sich an den seinen presste. Saras Stimme ertönte aus nächster Nähe, während sie die Stirn an seine Schulter legte. »Gott sei Dank. Alles in Ordnung?«

King war sprachlos. Offensichtlich ging sein Traum doch noch weiter. Wie war es möglich, dass Sara frei war?

»Wie?«, brachte er heraus.

Sara schniefte und wischte sich die tränenüberströmten Wangen. »Ich lese gern und gehe ins Kino. Man weiß doch, dass man die Muskeln anspannen muss, wenn man gefesselt wird, damit die Stricke locker bleiben.«

Kings Brust erbebte unter stummem Gelächter. Doch ein schmerzhafter Stich brachte ihn schnell wieder zu sich. »Normalerweise überprüfen sie das«, sagte er.

»Vielleicht bei Soldaten, aber nicht bei Laborratten vom CDC.«

Queens Stimme unterbrach sie. »Verdammt noch mal, Frau, binde uns endlich los!«

»Tut mir leid«, meinte Sara und begann dann hastig, Kings und Queens Fesseln zu lösen. Fünf Minuten später hatten sie ihre Kleider wiedergefunden und sich angezogen. Es fehlten lediglich die Seuchenmonitore und Queens BH. Einer der Soldaten hatte ihn wohl als Trophäe geklaut. Dann machten sie sich auf die Suche nach Waffen. Ihre Schießeisen hatten die VPLA-Soldaten an sich genommen, aber King entdecke hocherfreut sein KA-BAR-Messer auf einem der Tische. Er konnte es nicht sehen, aber er wusste, wie es sich anfühlte. Er fand auch den Elektroschocker, der ihm so viele Schmerzen bereitet hatte und noch immer bereitete. Er steckte ihn ein.

Queen stöberte ein Sortiment an Folterwerkzeugen auf, die sich gut als Waffe eigneten – drei Eispickel, ein Fleischerhaken und das inzwischen erkaltete Brandeisen. Sara nahm ein Messer von King entgegen, war aber ziemlich sicher, dass ihre zitternden Hände nichts damit anfangen konnten. Also steckte sie es ein in der Hoffnung, es möge irgendwie ihr Selbstvertrauen steigern.

Solange der Regen herunterprasselte, waren ihre gedämpften Stimmen unhörbar, und das Zelt lag in tiefer Dunkelheit. Der Regen gab eine ausgezeichnete Deckung für ihre Flucht ab. Die drei kauerten sich am Zelteingang hin und spähten nach draußen. Im Zentrum des Lagers kämpfte ein Feuer vergeblich gegen den Regen an. Obwohl es schon beinahe erloschen war, konnten Kings weit geöffnete Pupillen in seinem schwachen Licht die Umgebung deutlich erkennen. Zwei Wachtposten gingen Patrouille. Beide hielten die Köpfe gesenkt, damit ihnen die Regentropfen nicht ins Gesicht peitschten. Sie wirkten nicht besonders wachsam, doch King hatte seine Lektion gelernt. Die VPLA sollte man nicht unterschätzen.

Er wandte sich zu den anderen. »Wir laufen in den Wald, sobald sie uns den Rücken zuwenden. Der Regen wird unsere Schritte …«

Bevor er ausreden konnte, wurde das Rauschen leiser und verstummte dann wie abgeschaltet. Er hätte am liebsten lauthals geflucht. Nur eine Minute länger, und sie wären verschwunden gewesen. Nur eine Minute! King spähte wieder durch die Zeltöffnung. Die Posten schüttelten die Tropfen von den wasserdichten Ponchos. Dann traten sie ans Feuer und zündeten sich an den wieder aufflackernden Flammen Zigaretten an. Sie mussten es eben riskieren, wenn die beiden gerade wegsahen. Bis morgen früh zu warten, kam nicht infrage. Queen sollte schließlich im Morgengrauen exekutiert werden.

King blickte die beiden Frauen an. »Macht euch fertig«, sagte er und deutete dann nach links. »Da lang, und bleibt nicht stehen, bevor ich es euch …«

Er sah, wie Sara sich spannte. Aber nicht, weil sie gleich lossprinten wollte. Etwas irritierte sie. Vielleicht hatte sie wieder etwas gehört. King vertraute inzwischen auf ihre Sinneswahrnehmungen und versuchte, die Umweltgeräusche des Dschungels auszublenden. Dann hörte auch er es. Eine entfernte Explosion, die er sofort erkannte. Mörserfeuer! Sara sah ihn aus schreckgeweiteten Augen an. Erst da merkte er, dass er das Wort laut ausgesprochen hatte.

Queen hatte es ebenfalls gehört und trat ohne Zögern in Aktion. Sie drängte sich zwischen ihnen durch und stürmte aus dem Zelt. In jeder Hand hielt sie einen Eispickel.

King stürzte ihr hinterher, hielt dann aber inne, als er merkte, dass Sara nicht mitkam. Er drehte sich um und streckte ihr die Hand hin. »Wir haben bestenfalls noch ein paar Sekunden.«

Sie ergriff seine Hand und spürte seine innere Stärke, trotz allem, was er durchgemacht hatte. Er war durch die Hölle gegangen. Ihretwegen. Sie rannte neben ihm her, Hand in Hand, dankte Gott für diesen Mann und betete, dass noch nicht alles zu Ende sein möge.

Die Wachen, aufgeschreckt durch das Feuer des Granatwerfers, bemerkten Queen in dem Moment, als sie aus dem Zelt stürmte. Doch ihre Eispickel sausten bereits durch die Luft. Ein Mann wurde ins Auge getroffen. Er ging kreischend zu Boden. Der andere bekam den Eispickel in den Adamsapfel und kippte um, mit beiden Händen nach seiner Kehle greifend.

Immer mehr Soldaten strömten aus den Zelten, halb bekleidet, halb schlafend, aber alle mit Sturmgewehren bewaffnet, während Queen, King und Sara mitten durch das Camp rannten. Queen drehte zu den beiden Gefallenen ab, um sich ihre Waffen zu holen. Aber eine Druckwelle warf sie zu Boden, als die beiden Männer unter einem direkten Granatentreffer durch die Luft flogen. King zog sie wieder hoch, während in der Ferne weiter ununterbrochen Mörserfeuer ertönte.

»Lauft!«, brüllte King. Er wusste, dass einige der VPLAs bereits hinter ihnen her waren. Die Bäume am Waldrand vor ihnen wurden von Kugeln zerfetzt. Wären die VPLA-Leute nicht so schlaftrunken gewesen, hätte das ihr Ende bedeutet. Da das Camp unter Beschuss lag, würde wenigstens nur eine kleine Truppe hinter ihnen her sein.

Während sie in den Dschungel liefen, explodierten überall Granaten. Laute Stimmen ertönten, unmenschliches Gebrüll und sehr menschliche Schmerzensschreie. Heftiges Gewehrfeuer knatterte – eine richtiggehende Schlacht zwischen den Freiwilligen des Todes und jemand anderem war entbrannt. Waren es die Neo-Khmer? Einen Moment lang meinte King, eine englische Stimme zu erkennen. Er lauschte, aber die Nacht wurde zu einem Inferno der Gewalt. Eine einzelne Stimme aus dem Chaos herauszuhören war unmöglich.

Feuer loderten auf, als einige der Zelte von Mörsergranaten getroffen wurden. Der Schein der Flammen drang ein Stück weit in den Dschungel ein. King sah Sara direkt vor sich über eine gewaltige Baumwurzel stolpern. Queen war nirgendwo in Sicht.

Doch er wusste, dass sie da war. Nur lief sie nicht davon.

»Du kommst nach?«, fragte er die Dunkelheit.

»Ja«, ertönte Queens Stimme. »Wenn ich hier fertig bin.«

29

Im Labyrinth der Tunnel die Orientierung zu behalten wurde zunehmend unmöglich, während Rook vorausstürmte, nicht länger auf der Suche nach einem Ausgang. Sie mussten vor allem die Verfolger abschütteln, die hinter ihnen her waren. Die Kugelschreibertaschenlampe zwischen seinen Zähnen leuchtete den knapp einen Meter hohen wie breiten Tunnel nur unzulänglich aus. Daher lief er oft gegen eine Wand, wo er eine Öffnung vermutet hatte, oder streifte einen Geröllhaufen, den er nicht bemerkt hatte, bis er mit einem Geräusch wie klappernde Knochen in sich zusammenfiel.

Knight und Somi schafften es, sich trotz ihrer Verletzungen dicht hinter ihm zu halten. Die Angst vor Monstern in der Dunkelheit konnte selbst ernsthaft Verwundete so beflügeln, dass sie ihre Schmerzen vergaßen.

Bishop bildete die Nachhut und stürmte wie ein Bulle auf Händen und Knien dahin, so dass er den Vorsprung der anderen nach und nach aufholte. Für einen so großen Mann bewegte er sich erstaunlich gewandt durch den engen Tunnel, aber die Rufe und das Geknurre der sie verfolgenden Kreaturen wurden lauter und lauter. Er war viel zu langsam. Als er aufblickte, sah er Rooks Licht scharf nach links abbiegen.

Gleich darauf ertönte seine Stimme. »Links!« Er gab immer die Richtung an, falls Bishop seine Minitaschenlampe aus den Augen verlieren sollte, die einzige Lichtquelle im Tunnel.

Knights Silhouette verschwand in einem Seitentunnel, dicht gefolgt von Somi. Bishop wollte ihnen nach, doch etwas packte sein Bein. Er blickte sich um und sah schemenhaft eine bestialische Fratze, die sich in seinem Stiefel verbissen hatte. Der Druck der Kiefer war immens. Ohne die stählerne Schutzkappe wäre sein Fuß zermalmt worden.

Gelbe Augen funkelten ihn an, und ein tiefes Knurren drang aus der Kehle der Kreatur. Bishop stieß mit dem gefangenen Bein nach ihr und schmetterte ihren Kopf gegen die Tunnelwand. Mit seiner ganzen, gewaltigen Muskelkraft wiederholte er das noch zweimal, ohne dass das Biest lockerließ. Hinter der um sich schlagenden Kreatur sah er mehrere Augenpaare aufblitzen, die ungeduldig darauf warteten, sich auch ins Getümmel zu stürzen. Mit einem letzten, verzweifelten Aufstöhnen stieß Bishop dem Biest seinen freien Fuß mit voller Wucht ins Gesicht.

Er kam los, und die Augen der Kreatur schlossen sich. Sie plumpste bewusstlos auf den Höhlenboden. Noch während Bishop sich abwandte, um davonzukrabbeln, sah er die Augen des nächsten Biestes aufleuchten. Es zwängte sich an dem leblosen Körper vorbei.

Bishop stürzte sich in den Tunnel, in dem Rook verschwunden war. Aber er hing jetzt so weit zurück, dass er das Licht kaum noch sehen konnte. Rook schrie etwas, möglicherweise eine neue Richtungsangabe, aber Bishop war zu weit entfernt, um ihn zu verstehen, und der Tumult hinter ihm wurde immer lauter.

So schnell er konnte kroch er geradeaus weiter und betete, dass der Tunnel keine Sackgasse war. Stattdessen verlor er plötzlich den Boden unter den Füßen und stieß einen Schrei aus, als er nach vorne wegkippte. Einen Augenblick lang konnte er Rooks Taschenlampe aufblitzen sehen, doch gleich darauf war sie wieder verschwunden. Die Schwerkraft griff nach Bishop, und er schlitterte eine steile Rampe hinab. Seine Hände schleiften über einen glatten Tunnelboden, der wie eine Rutschbahn geformt war. Er wurde immer schneller, hob die Stiefel vom Boden und streckte die Arme gerade über dem Kopf aus. Er wollte eine so große Distanz wie möglich zwischen sich und die Dinger legen, die hinter ihnen waren.

Dann spuckte der Tunnel ihn aus. Er fiel etwa einen Meter tief auf einen Steinboden, rollte sich ab und kam sofort auf die Füße. Rooks Hand schloss sich um seine Schulter.

»Hier halten wir sie auf«, sagte er.

Bishop sah ihn an. Er konnte ihn ganz deutlich erkennen, in einem fahlen grünen Schein, der nichts mit der Minitaschenlampe zu tun hatte, die Rook immer noch zwischen die Zähne geklemmt hatte. Somi saß keuchend auf dem Boden und stöhnte bei jedem Atemzug. Knight kämpfte sich auf die Füße. Er wollte nicht auf dem Rücken liegend sterben.

Rook ging mit seinen beiden Desert Eagles im Anschlag auf die gähnende Tunnelöffnung zu. Er sah Bishop fragend an. »Schrotflinte?«

Bishop schüttelte den Kopf. Nein.

Ein dumpfes Kreischen drang aus dem Tunnel.

»Da kommen sie«, meinte Rook. Er warf Bishop eines seiner Schießeisen zu und baute sich vor dem Tunnel auf. »Wir schnappen sie uns beim Herauskommen.«

Bishop verstand. Sie konnten gar nicht danebenschießen. Er trat neben Rook und zielte auf den Tunnel.

Der Anblick der ersten Kreatur, die aus dem Tunnel flog, war im grünen Licht der Kammer ein so grässlicher Anblick, dass selbst die beiden hartgesottenen Männer zurückzuckten. Das Wesen prallte auf den Boden und kam wieder hoch, ohne auch nur einen Sekundenbruchteil zu zögern. Rook und Bishop eröffneten das Feuer mit zwei der durchschlagkräftigsten Handfeuerwaffen der Welt. Rook gab drei, Bishop zwei Schüsse ab.

Die Kreatur, jetzt kopflos und mit gähnenden Löchern im Leib, sackte zu Rooks Füßen zusammen.

Dann schoss eine zweite aus der Rutsche, kreischend und mit gefletschten Zähnen.

Diesmal waren Rook und Bishop besser darauf gefasst und gaben nur je einen Schuss ab, was auch dieses Geschöpf einen Großteil von Gesicht und Schädel kostete. Es stürzte neben dem anderen zu Boden.

Ein scharrendes Geräusch drang aus dem Tunnel. Dann verstummte es. Neue Schreie schallten aus der Öffnung, anders jetzt, weniger aggressiv.

»Sie ergreifen die Flucht«, stellte Rook fest. Er stieg über die beiden toten Gestalten hinweg, zielte in den dunklen Tunnel und feuerte seine verbliebenen vier Patronen ab. Funken flogen, wo die Kugeln die Wände streiften. Dann hörte Rook das Geräusch, auf das er gehofft hatte. Ein schmerzhaftes Aufstöhnen, gefolgt von einem Geräusch, das nach Schlittern klang. Nach einer Art feuchtem Glitschen.

Einen Augenblick später rutschte eine dritte Kreatur aus dem Tunnel, Rücken und Hinterbein von Rooks Kugeln zerfetzt.

Rook drehte sie mit dem Stiefel auf den Rücken und sah ihr in die toten Augen.

Ein entferntes Aufbrüllen ließ ihn erstarren. Sie hatten drei der Biester getötet und den Rest in die Flucht geschlagen. Aber die waren schlau. Sie würden zurückkommen. Wahrscheinlich mit Verstärkung. Er lud seine Desert Eagle nach und reichte Bishop zwei Magazine. »Ich habe auch noch zwei, aber das ist alles.«

Bishop nickte.

Somi sagte etwas, das keiner der Männer verstand. Sie wandten sich zu ihr um und sahen, dass sie aufgestanden war und sich an einer Art Statue festhielt.

»Was haben Sie gesagt?«, fragte Rook.

Sie starrte ihn mit großen Augen an. »Ich sagte ›Großer Gott‹.« Sie streckte den Arm aus. »Sehen Sie doch.«

Während des Gefechts am Tunnelausgang hatten weder Rook noch Bishop ihrer Umgebung viel Beachtung geschenkt oder sich über den grünen Schein gewundert, wegen dem sie wieder etwas sehen konnten. Rook fiel die Minitaschenlampe aus dem Mund, als er den Anblick der riesigen Grotte auf sich wirken ließ.

Mit gut zwanzig Metern Breite, fast sieben Metern Höhe und einer Länge von über hundert Metern war schon ihre Größe gewaltig, doch das war eher nebensächlich. Überall im Raum verteilt und an den Wänden hochgezogen erblickten sie gebäudeartige Strukturen ähnlich einer Stadt – gebaut aus grün leuchtenden Knochen. Die verwitterte Statue, an die Somi sich lehnte, war eines der wenigen Elemente der unterirdischen Höhle, das nicht aus Knochen bestand. Es war eine Szenerie direkt aus Dantes *Inferno,* eine Metropole aus den Knochen der Toten.

Rook trat auf das nächstgelegene Bauwerk zu. Er inspizierte einen der eingebauten Schädel, begutachtete Größe, Form und Gebiss. »Nicht menschlich.« Er sah sich zu seinen Gefährten um und deutete auf die getöteten Kreaturen. »Ich denke, die sind von derselben Art. Oder jedenfalls etwas Ähnliches. Die Eckzähne sind kleiner.«

Rook strich mit dem Finger über die Stirn des Schädels. Seine kühle Oberfläche war mit einer dünnen Schicht bedeckt, die sich wie feuchter Staub anfühlte. Die Linie, die er mit dem Finger gezogen hatte, hörte auf zu glühen und sah aus wie eine Narbe auf der Stirn des Schädels. Dafür glühte jetzt sein Finger wie die übrigen Knochen.

»Pilze oder Algen«, sagte Knight. »Biolumineszenz.« Er humpelte zum Eingang des nächsten Gebäudes und warf einen Blick hinein. Zwei Stufen, erbaut aus Reihen von Schädeln, führten zu einer anderthalb Meter hohen Türöffnung hinauf. Das dunkle Innere war ebenfalls vollständig aus zerlegten Skeletten konstruiert, die von einer Art Mörtel zusammengehalten wurden. In die Wände waren lange Bänke eingebaut, deren Oberfläche aus Oberschenkelknochen bestand, etwa in der Größe eines Doppelbetts. Knight beäugte sehnsüchtig die ebene Fläche, während Schmerzwellen durch seinen Körper liefen. Er setzte sich auf die oberste Stufe und lehnte den Kopf an den von Schädeln gesäumten Türrahmen.

»Glaubst du, das Zeug ist gefährlich?«, fragte Rook.

»Wahrscheinlich nicht«, antwortete Knight. »Aber essen würde ich es nicht.«

Rook wischte sich den Finger an seiner kugelsicheren Weste ab und verschmierte das grüne Glühen über die ganze Brust. Er schüttelte verdrießlich den Kopf. Hier kam man sich vor, als wäre man auf einem fremden Planeten, nicht im Inneren eines vietnamesischen Berges.

»Es sind Katakomben«, meinte Bishop. Er hatte den Steinsockel der Statue erklettert, an die Somi sich lehnte, und konnte die gesamte smaragdgrüne Kammer überblicken. »Hier müssen viele Generationen ihrer Toten begraben sein.«

»Katakomben ...«, sagte Rook. »Wie in Rom?«

Bishop nickte.

»Aber dann wären sie ja ...«

»Zivilisiert«, ergänzte Somi. »Und intelligent.«

Sie streckte die Hand nach Rook aus und hielt sich an seinem Arm fest. Während er sie stützte, versetzten Schuldgefühle ihr einen Stich. Sie hatte diesen Mann hintergangen, und jetzt half er ihr. Schlimmer noch, er würde wahrscheinlich sein Leben für sie geben. Doch sie schob ihre Gewissensbisse beiseite und konzentrierte sich auf das augenblickliche Dilemma. »Aber jetzt nicht mehr …«

»Ehrlich gesagt kümmert mich das einen feuchten Dreck«, sagte Rook. »Ich meine, wir hauen jetzt besser ab.«

»Vielleicht ist es keine so gute Idee, blindlings draufloszulaufen«, wandte Somi ein. »Sie zu verstehen könnte uns helfen …«

»Den Feind zu kennen ist die halbe Miete. Schon klar. Das ändert aber nichts daran, dass wir gejagt werden.«

»Aber sehen Sie doch«, sagte Somi und deutete auf die Eckzähne des grünen Schädels. »Die hier sind klein. Beinahe von menschlicher Größe.« Dann wies sie auf die drei Toten. »Die dagegen haben lange Reißzähne. Das ist nicht dieselbe Art. Und die Symbole. Was, wenn diese Kreaturen sie geschaffen haben? Was, wenn die chinesische Sprache auf diese Geschöpfe zurückgeht? Vielleicht könnte man sich mit ihnen verständigen.«

Rook seufzte. Er ließ Somi stehen und ging zu den drei toten Kreaturen. Er packte die, die noch einen Kopf hatte, am Handgelenk und schleifte sie zu Somi hin. »Na schön, Frau Professor. Sie haben zwei Minuten, mir etwas zu erzählen, was ich noch nicht weiß, abgesehen davon, dass diese Dinger stinken wie Hackfleisch in der Sonne. Anschließend suchen wir einen Weg nach draußen.«

Somi nickte und ließ sich auf die Knie sinken. »Ihre Taschenlampe«, sagte sie und streckte die Hand aus. Er las sie von der Stelle auf, wo er sie hatte fallen lassen, und reichte sie ihr. Sie leuchtete damit in die Augen der Kreatur. Sie waren gelb und stark reflektierend, was bedeutete, dass das Biest im Dunkeln erstaunlich gut sah. Ansonsten wirkte es menschlich. Die Gesichtszüge waren eine Kreuzung aus Mensch und Affe. Kurze Nase. Gewölbte Stirn, dicke Wangenknochen. Aber die Eckzähne – die sahen eher aus, als gehörten sie zu einem Löwen.

Ein rötlich-orangefarbener, sieben bis acht Zentimeter langer Pelz rahmte das Gesicht ein und bedeckte den größten Teil des Körpers. Die Haare waren steif und grob, fühlten sich fast an wie Kiefernnadeln. Somi fiel eine Lücke in der dichten Körperbehaarung auf, und sie sah genauer hin. Als sie ein Büschel Haare auf der Brust der Kreatur beiseiteschob, kam eine hellbraune, glatte weibliche Brust zum Vorschein.

»Es ist eine Frau«, sagte Somi.

»Ein Weibchen«, berichtigte Rook. »Das ist keine Frau.«

Bishop sprang von seinem Ausguck herunter. Er inspizierte die beiden anderen Toten. »Die hier auch.«

Somi fuhr mit ihrer Untersuchung fort und sah sich die Hände der Kreatur an. Die Armmuskulatur war ausgesprochen gut ausgebildet. Die Hände trugen harte, scharfe Fingernägel. Nicht direkt Klauen, aber zweifellos tödlich. Somi stand auf, um die Knochen zu inspizieren, aus denen das nächste, hüttenähnliche Bauwerk bestand. Die Knochen waren offenbar länger und dünner als die der toten Weibchen. Wenn es sich um dieselbe Spezies handelte, hatte sie sich seit dem Bau der Katakomben sehr verändert. Evolution in einem solchen Ausmaß erforderte Zeit, selbst unter extremen Bedingungen, was bedeutete, dass dieser Ort alt war … uralt … möglicherweise älter als der moderne Mensch. *Und was wären dann diese Dinger? Unsere Vorfahren?*

Rooks Stimme unterbrach Somis Betrachtungen. »Ich glaube, wir müssen die zwei Minuten abkürzen. Ich weiß jetzt, warum sie uns hier allein gelassen haben.« Rook blickte durch den niedrigen Eingang des Baus neben dem, vor dem Knight saß. Somi und Bishop traten zu ihm.

Innen wirkte das Bauwerk aus Knochen wie eine einfache Hütte. Eine Feuergrube war im Steinboden ausgehöhlt worden. Dem Knochendach fehlte die grünliche Färbung, da es mit einer dicken schwarzen Rußschicht bedeckt war. An einer Seitenwand lag ein länglicher Haufen aus Blättern und Pflanzenresten – eine Art Bett. Gegenüber erkannte man abgenagte Knochen, an denen noch faulige Fleischreste hingen. Grüne Uniformteile lagen überall verstreut. Die Reste einer Mahlzeit aus vietnamesischen Soldaten.

»Sie wohnen hier«, sagte Bishop.

»Höchste Zeit abzuhauen«, meinte Rook.

»Ich bleibe hier«, sagte Knight. »Jedenfalls fürs Erste.«

»Red keinen Scheiß.«

»Ich versuche nicht, den Märtyrer zu spielen«, erwiderte Knight. »Aber ich brauche eine Pause, sonst komme ich nicht mehr weit. Ihr kennt mich. Ihr wisst, dass ich hier alleine schneller rausschleichen kann als mit euch zusammen. Womit ich euch nicht zu nahe treten will.«

Rook wollte Einwände erheben, ließ es dann aber sein. Er und Bishop waren groß, nicht besonders agil und nicht gerade leise. Sie *würden* Aufmerksamkeit erregen. Sich von ihnen zu trennen mochte für Knight tatsächlich sicherer sein.

»Außerdem wirkt die Hütte hier unbewohnt.« Knight schob sich rückwärts in das Gebäude.

Rook sah Somi an. »Wollen Sie auch bleiben?«

Sie schüttelte den Kopf. »Ich bleibe bei den großen Männern mit den .50er-Kalibern.« Sie grinste Knight an. »Ohne Ihnen zu nahe treten zu wollen.«

»Möchtest du eines der Babys hierbehalten?«, fragte Rook und bot Knight sein Schießeisen an.

»Nein«, antwortete Knight. »Du wirst es brauchen.«

»Na gut, wir sehen uns draußen.« Rook seufzte, dann griff er behände nach Somi und warf sich ihre schlanke Gestalt über die Schulter. Die Desert Eagle in der anderen Hand haltend, marschierte er auf das hintere Ende der Katakomben zu. Bishop nickte Knight zu und schloss sich ihm an.

Knight glitt in das knöcherne Bauwerk hinein, kroch zum Bett und legte sich auf den Rücken. Noch bevor Rook und Bishop außer Hörweite waren, schlief er tief und fest auf seiner Ruhestätte aus Schenkelknochen.

Rook, Bishop und Somi passierten eine Reihe ganz unterschiedlicher Bauwerke, die aber alle aus Knochen bestanden. Dies war tatsächlich eine Totenstadt. Man konnte architektonische Unterschiede zwischen den Gebäuden aus verschiedenen Bauphasen erkennen, aber alle leuchteten grün von Mikroorganismen. Glücklicherweise stießen sie nirgends auf die viel tödlicheren Lebensformen, die in der Höhle ihr Zuhause gefunden hatten.

Nach fünf Minuten erreichten sie das andere Ende. Ein Tunnel in voller Stehhöhe erwartete sie. Rook lächelte. Sie mussten nicht länger wie Laborratten in einem Labyrinth herumkriechen. Dann sah er die Augen. Zwei Paare. Sie starrten ihm aus dem finsteren Loch entgegen.

Somi und Bishop erblickten sie ebenfalls.

»Setzen Sie mich ab«, sagte Somi.

Rook gehorchte. So konnte er besser zielen. Er hob die Waffe.

Somi stellte sich vor ihn. »Warten Sie.« Sie hob die Hände, die leeren Handflächen nach oben gerichtet. Dann rief sie etwas in einer Sprache, die Rook erkannte, aber nicht verstand.

»Was haben Sie gesagt?«, flüsterte er.

»Frieden, auf Chinesisch.«

Die Augen blinzelten nicht.

Rook schob sich langsam vor, die Desert Eagle in der Hand. »Taschenlampe«, sagte er und streckte Somi die Hand hin. Sie reichte ihm die kleine Leuchte. Er schaltete sie ein und richtete sie auf die Augen. Ein grässliches, von Haaren bedecktes Gesicht tauchte aus der Dunkelheit auf. Aber es war grau und gehörte zu einer Statue. Vielleicht identisch mit der zerfallenden Statue, die sie am anderen Ende der Grotte entdeckt hatten.

Rook richtete die Taschenlampe auf das andere Augenpaar. Doch bevor der Strahl es fand, verschwand es. Rook feuerte augenblicklich. Die Augen waren nicht verschwunden. Sie hatten geblinzelt. Die dazugehörige Kreatur stürzte sich in die grün schimmernde Grotte und trampelte brüllend auf sie zu. Für ihre Größe von lediglich anderthalb Metern bot sie einen furchterregenden Anblick. Das orangefarbene Fell, im grünen Licht ein stumpfes Braun, stand ab wie die Stacheln eines Igels. Die Haare wippten wild auf und ab, ließen die Konturen verschwimmen und boten ein schlechtes Ziel. Gefletschte Zähne glühten hellgrün. Brüste hüpften unter dem Körperfell. Noch ein Weibchen.

Das Geschlecht der Kreatur interessierte Rook nicht. Er drückte den Abzug und feuerte einen einzelnen Schuss ab, im sicheren Glauben an einen Treffer. Doch das Biest machte einen Satz, und die Kugel fuhr harmlos durch die langen Haare. Rook schoss ein zweites Mal, traf wieder nicht, und dann war die Kreatur in Reichweite.

Drei Schüsse bellten. Das Biest fiel und kam vor Rooks Füßen schlitternd zum Stillstand.

Rook sah Bishop an. »Lass dir ruhig Zeit.«

Bishop zuckte die Achseln. »Ich dachte, du hättest es erwischt.«

»Ja«, sagte Rook, irritiert darüber, dass er die Kreatur zweimal verfehlt hatte. »Dachte ich auch.«

Ein zischendes Geräusch erfüllte plötzlich die Grotte. Sie erkannten den Laut wieder. Rutschbahnen. Jede Menge davon. Die Kreaturen kamen über abschüssige Tunnel in die Katakomben gesaust, und zwar aus allen Richtungen.

Sie waren umzingelt.

30

Der Regen kehrte zurück, während Sturmwolken sich vor den Mond schoben und den ohnehin dunklen Dschungelboden in schwärzeste Finsternis tauchten. Es schüttete wie aus Kübeln, und in zehn Minuten prasselte mehr Regen herunter als in Los Angeles in einem ganzen Jahr. Das Regenwasser sammelte sich in den größten Blättern am höchsten Punkt, lief über und vereinigte sich zu Strömen, die bis zum Boden zu regelrechten Wasserfällen anschwollen. Das Rauschen und Plätschern des Wassers übertönte jedes Geräusch, das Queen vielleicht machte, während sie zum VPLA-Lager zurückschlich.

Aber die scharfen Stimmen der Freiwilligen des Todes, die sie verfolgten, waren selbst in diesem Getöse nicht zu überhören. Und der Schein ihrer Taschenlampen nicht zu übersehen.

Leichte Ziele.

In der Verwirrung der Mörserattacke und in ihrer Hast, die entkommenen Gefangenen zu verfolgen, schienen die Soldaten alles über nächtliche Kampftaktik vergessen zu haben. Sei leise. Halt dich im Dunkeln. Schlag erbarmungslos zu. Queen dagegen rezitierte das wie ein Mantra im Kopf, während sie einen Baum erkletterte und sich auf einen Ast hinausschob.

Eine Kaskade aus Wasser ergoss sich direkt über ihren Kopf, zerstob und umhüllte ihren Körper mit einem

Sprühregen. Selbst wenn einer der VPLA-Soldaten daran denken sollte, seine Taschenlampe nach oben zu richten, würde das Wasser sie verbergen. Der kühle Regen brannte auf der blasigen Haut ihrer Stirn, während kleine Rinnsale dem Kurs folgten, den das Brandeisen in das angeschwollene, entzündete Fleisch gezeichnet hatte. Sie spürte, wie das Symbol mit dem Stern und dem Totenkopf im Rhythmus ihres schnellen Herzschlags pochte – als stete Erinnerung daran, was man ihr angetan hatte. Vergessen war nicht möglich. Nie mehr. Sie würde das Foltermal jedes Mal sehen, wenn sie in den Spiegel blickte. Sie würde kein Getue darum machen. Sie würde ihrer zerstörten Schönheit nicht nachweinen. Sie würde es sich zunutze machen. Eins damit werden. Keine Freiwillige des Todes, sondern eine Inkarnation des Todes. Sie sog den Schmerz in sich auf, den das kühle Wasser in dem verbrannten Fleisch auflodern ließ.

Er schürte das Feuer in ihr.

Die Männer folgten Kings und Pawns Spuren. Aber auf dem nassen Boden war ihr Tritt unsicher. Queen zählte die Taschenlampen. Vier. Sie tastete nach den Waffen, die sie aus dem Zelt mitgebracht hatte.

Eispickel. Haken. Brandeisen.

Sie ließ Eispickel und Haken auf den Dschungelboden fallen. Das Werkzeug ihrer Folter war die Waffe ihrer Wahl. Die hinabgeworfenen Gegenstände dienten einem anderen Zweck.

Queen wartete.

Die Männer tauchten auf, im leichten Laufschritt.

Dann blitzte im Schein einer Taschenlampe Metall auf. Der erste Mann blieb stehen und bückte sich, um den Eispickel zu inspizieren.

Queen ließ sich herabfallen.

Das Brandeisen sauste auf den letzten Mann herab. Er sah es nicht kommen, und sein Bewusstsein registrierte nicht mehr, dass er starb. Das nasse Platschen, als die Leiche auf dem durchweichten Boden aufschlug, ging im Tosen des herabrauschenden Wassers unter.

Queen umkreiste die anderen drei Männer wie eine Löwin auf der Jagd, bevor sie brüllend vorschoss, das Brandeisen wie ein Schwert schwingend, um auf ihren Stirnen ihr eigenes Brandzeichen zu hinterlassen, eines aus Blut. Die Männer waren gut ausgebildet, aber angesichts von Queens wildem Angriff prallten sie erschrocken zurück. Einen Augenblick lang fragte sie sich, ob sie sie wohl für eine der Kreaturen hielten, die ihr Lager angegriffen hatten. Man hörte sie in der Ferne noch johlen und kreischen wie Wilde. Aber da waren die Männer schon tot, und an ihren Schädeln prangten blutige Male mit Stern und Totenkopf.

Queen sammelte ihre Taschenlampen und Schießeisen ein und versteckte sie hinter einem Baumstamm. Sie konnte sie später noch holen, aber ihre Rache würde sie ausschließlich mit dem Brandeisen vollenden. Sie marschierte zurück zum Camp.

Tief geduckt tauchte sie im düsteren Schein der brennenden Zelte aus dem Dschungel auf. Das blonde Haar hing ihr um die Schultern, verklebt von Blut und Wasser. Die Wunde mit dem Stern und Totenschädel an ihrer Stirn leuchtete knallrot auf der nassen, schneeweißen Haut. Sie betrachtete das Chaos im Lager und hielt Ausschau nach ihrem Ziel.

Die VPLA feuerte in den Urwald auf der anderen Seite des Camps hinein. Gelegentlich explodierten im Lager und seiner Umgebung Mörsergranaten, die aber hauptsächlich Bäume trafen. Doch der Kampflärm und schnelles Gewehrfeuer zeigten, dass der Feind vorrückte. Queens beste Chance zuzuschlagen, vielleicht die einzige, war jetzt.

Sie löste sich aus dem Dschungel und rannte an einem der brennenden Zelte entlang. Als sie es umrundet hatte und das eigentliche Lager erreichte, richtete sie sich auf und schlug einem VPLA-Soldaten über den Hinterkopf. Er landete reglos mit dem Gesicht im Schlamm. Queen schüttelte einen mit Haaren bedeckten Fleischklumpen vom Brandeisen und rannte quer durchs Camp, schlug in vollem Lauf links und rechts Soldaten von hinten nieder. Sie waren so gefesselt von dem Gefecht, das zwischen ihren Landsleuten und einer unsichtbaren, aber sehr lautstarken Streitmacht tobte, dass sie gar nicht auf die Idee kamen, sich umzusehen. Es war kein fairer Angriff, aber wenn die Chancen gegen einen standen, kämpfte man eben schmutzig. Besser, sein Gesicht zu verlieren als den Kopf. Queen hätte keine Schuldgefühle gehabt, sie alle abzuschlachten. Nicht nach dem, was sie ihr angetan hatten.

Im Zentrum des Camps blieb sie stehen. Fünf Tote säumten ihren Weg. Dann sah sie ihn. *Trung*. Er stand in der Nähe der Frontlinie. Ein tapferer Soldat. Befehle schreiend, das Gefecht unter Kontrolle bringend. Zweifellos auf dem besten Weg, den Feind zurückzuschlagen.

Flammenwerfer loderten durch den Dschungel, gefolgt von unmenschlichen Schreien, eine Bestätigung dafür, dass das Kampfglück sich zu wenden schien.

Nicht, wenn ich es verhindern kann, dachte Queen.

Sie ging direkt auf Trung los. Er stand zwischen zwei Männern, die seine Befehle an die Kämpfer im Dschungel weiterleiteten. Diese beiden würden zuerst sterben, dann der Generalmajor. Mit ihm würde sie sich Zeit lassen.

Eine Mörsergranate explodierte hinter Queen. Die

Druckwelle hätte sie beinahe umgeworfen, doch sie blieb auf den Beinen und in Bewegung. Leider hatte Trung einen Blick in ihre Richtung geworfen und sie bemerkt. Er schrie seinen beiden Männern etwas zu. Queen schleuderte das Brandeisen und traf einen Mann damit ins Gesicht. Als sich die Waffe des anderen hob, warf Queen sich zur Seite, rollte ab und kam mit einer Handvoll Schlamm wieder hoch. Den schleuderte sie dem Mann ins Gesicht und tauchte, als er schoss, nach links weg.

Kleine Schlammgeysire explodierten, während Kugeln in die Erde zu Queens Füßen einschlugen. Sie richtete sich wieder auf und schmetterte ihre Handwurzel von unten gegen die Nase des schlammbespritzten Mannes. Knochenstücke drangen in sein Gehirn ein und töteten ihn auf der Stelle. Queen war nass von seinem Blut. Sie sah sich nach Trung um, doch das Camp war plötzlich menschenleer. Gewehrfeuer verhallte in der Entfernung.

Die VPLA war geflohen.

Der Soldat, den sie mit dem Brandeisen niedergestreckt hatte, griff nach ihrem Knöchel. Queen stieß einen wütenden Schrei aus und trat ihm gegen die Kehle. Der Mann zappelte herum wie ein sterbender Fisch und schnappte gurgelnd nach Luft. Sie bückte sich und hob das Brandeisen auf. Das würde sie noch brauchen. Sie hieb dem Mann einmal auf den Kopf und erlöste ihn von seinen Qualen. Ein Akt der Barmherzigkeit. Mehr, als die für sie getan hätten.

Durch das Rauschen des Regens hörte Queen Rufe und patschende Schritte. Sie wandte sich zum Camp um und sah sich zwanzig zu Tode erschrockenen, regulären vietnamesischen Soldaten gegenüber, die sie unverwandt anstarrten. Queen trat auf die Lichtung, mit strähnigem Haar, das Gesicht blutverschmiert, das Brandeisen in der

Hand, hinter sich auf dem Boden sieben tote Freiwillige des Todes mit blutigen Brandmalen auf der Stirn.

Die Männer ließen die Waffen sinken und traten zurück. In ihre Gesichter malte sich ein Grauen, wie es nur aus der Begegnung mit dem Übernatürlichen entsteht. Ihnen erschien Queen wie ein unerbittlicher Geist. Die Toten kehrten zurück, um Rache an den Lebenden zu üben.

Die Soldaten liefen nicht davon, aber sie wichen Queens hasserfülltem Blick aus. Sie traten einfach beiseite und öffneten ihr eine Gasse in den Dschungel. Im Moment schien ihr Zorn sich nur gegen die Freiwilligen des Todes zu richten. Und die Soldaten wollten, dass das so blieb.

Während Queen durch das Lager schritt, mitten zwischen den vietnamesischen Soldaten und den Toten hindurch, bemerkte sie, dass einer der Männer, die sie getötet hatte, einen Rucksack umklammert hielt. Saras Rucksack. Sie hob ihn im Vorübergehen auf und nahm dabei auch ein AK-47 an sich. Sie warf einen schnellen Blick in den Rucksack und vergewisserte sich, dass alles, einschließlich der Blutprobe, noch sicher verwahrt war. Dann beschleunigte sie ihre Schritte und verschwand im Dickicht wie der Geist, für den die Soldaten sie gehalten hatten.

Sie war noch keine zehn Meter weit gekommen, als das VPLA-Camp hinter ihr in grellem Orangerot aufblühte und ein dämonisches Röhren ausstieß. Die Flammen hatten sich trotz des heftigen Regens ausgebreitet und ein Munitionsdepot oder einen Treibstofftank erfasst. Die davon ausgelöste Explosion war gewaltig. Eine Feuerwand schoss mit lautem Zischen durch den Urwald, während Regen und Nässe auf Blättern, Bäumen und am Dschungelboden in einer Dampfwolke aufgingen. Queen spürte die Druckwelle über sich hinwegrasen. Da sie sich außerhalb des schlimmsten Hitzebereichs aufhielt, erholte sie sich rasch und warf einen Blick zurück. Durch ein Dickicht aus brennenden Bäumen sah sie einen Krater, wo das Camp gewesen war.

Als die Explosion verhallte, legte sich Stille über den Dschungel. Beide Streitmächte waren entweder tot oder in Deckung gegangen.

In die Stille hinein klang das Knacken eines Astes hinter ihr wie eine Alarmsirene.

Sie wirbelte mit dem AK-47 im Anschlag herum. Aber bevor sie abdrücken konnte, packte eine starke Hand den Lauf und lenkte ihn nach oben. Queens Kugel schoss durch das Blätterdach, verschwand im Himmel und fiel erst meilenweit entfernt zu Boden.

Es war der einzige Schuss, den sie abfeuern konnte.

31

Das Ding krachte von oben herab, schlug mit starken Händen und Fingernägeln zu und schlitzte eine Wunde in Somis rechtes Bein. Während sie vor Schmerz aufjaulte und hinfiel, wirbelte Rook herum und gab drei Schüsse ab, die ein gezacktes Loch von fünfzehn Zentimetern Durchmesser in die Brust der Kreatur rissen.

»Was zum Teufel sind das für Biester?«, rief er, während er auf der Suche nach weiteren Zielen herumschnellte. Doch die Kreaturen blieben in Deckung, außer Sichtweite. Rook wurde klar, dass sie intelligent waren, viel intelligenter, als man nach einem Blick in ihre hässlichen Visagen vermutet hätte. Der erste Angriff aus dem Tunnel heraus war nur ein Ablenkungsmanöver gewesen, während die anderen sich von allen Seiten heranschlichen. Eine einfache Taktik, doch sie hätte beinahe Erfolg gehabt. Jetzt heckte der Rest etwas Neues aus.

Einen Augenblick lang fragte sich Bishop, ob die Kreaturen Knight gefunden hatten. Während ihr johlendes Gebrüll in der Grotte widerhallte, von den Wänden zurückgeworfen wurde, aus den Knochenhütten oder von der Decke herab erschallte, gelangte er zu der Einschätzung, dass ihre ganze Aufmerksamkeit ihm, Rook und Somi galt. Solange sie durchhielten, war Knight wohl in Sicherheit. Aber wie lange ... darüber wollte er lieber nicht nachdenken. Er selbst würde überleben, daran bestand wenig Zweifel. Solange sie ihm nicht den Kopf abrissen, konnte sich sein Körper wieder voll regenerieren. Aber nicht sein Verstand. Er würde in einen Wahnsinn versinken, der möglicherweise sogar diesen Kreaturen Angst einjagte. Da der Tod dem vorzuziehen war, hoffte er, dass sich eine Konfrontation vermeiden ließ.

Bishop half Somi wieder auf die Füße und lauschte den komplizierten Variationen der Stimmen, die sie umgaben. »Sie reden miteinander.«

»Toll«, meinte Rook, während er auf die Tunnelöffnung zuhielt und in alle Richtungen sicherte. Im grünen Schimmer der Höhle konnte er schemenhaft erkennen, wie sie zwischen Knochenhütten hindurchhuschten, über die Dächer kletterten, Wände erklommen und vorrückten wie eine Horde mutierter Ninjas. Aber er schoss nicht. Ein Treffer war zu unwahrscheinlich. Das Töten blieb dem Nahkampf vorbehalten. *Verdammt, ich wünschte, Queen wäre hier,* dachte er.

Rook erreichte die dunkle Tunnelöffnung und schwenkte den Strahl seiner Minitaschenlampe von einer Seite zur anderen. Der Gang erstreckte sich weiter, als der Lichtkegel reichte, und es gab zwei gute Nachrichten. Erstens verlief er aufwärts. Aufwärts war gut. Zweitens sah er keine gelben Augen und kein orangefarbenes Fell.

Ein Brüllen ließ Rook herumfahren. Eine nach der anderen kamen die Kreaturen ins Freie, dabei ließ ihr Wuchs – klein, aber massig – sie im fahlgrünen Schein wirken wie Kobolde aus der Hölle.

Bishop setzte Somi in der Türöffnung ab und trat neben Rook. Zwanzig der Kreaturen umringten sie in einem Halbkreis, ungeduldig, wartend. »Sieht nicht gut aus.«

Rook warf einen Blick zurück zu Somi. »Gehen Sie. Rennen Sie wie der Teufel. Wir holen Sie schon ein.«

»Nein«, sagte Somi und rappelte sich hoch. Mit ihrem Blut floss auch ihre letzte Energie aus der tiefen Beinwunde. Sie konnte nirgendwohin gehen ... jedenfalls nicht schnell genug. Sie humpelte zu Rook hin und musterte die abwartende Horde. »Geben Sie mir Ihre Waffe und verschwinden Sie.«

Rook spottete: »Erst Knight und jetzt Sie? *Er* kommt hier schon in einem Stück wieder raus. Aber Sie würden in Fetzen gerissen. Und jetzt ...«

Somi begann, ihre Hose auf einer Seite herunterzuziehen.

»Somi, was zum Teufel ...«

Rook erstarrte, als er das Brandzeichen auf ihrem Oberschenkel erkannte, einen Stern mit einem Totenkopf im Zentrum.

»Ich habe Sie in die Falle gelockt«, sagte Somi. »Ich habe Sara verraten.« Sie sah hinunter auf ihre Stichwunde. »Das war der Lohn. Sie haben sich meine Kooperation mit der Liebe zu meinem Vater erkauft und mein Schweigen mit einem Messer.«

Rooks Gesicht lief rot an. Es gibt wenig, was einen Soldaten härter trifft als Verrat.

»Rook«, sagte Bishop besorgt. »Sie kommen.«

Der Halbkreis zog sich langsam enger zusammen. Die Kreaturen wollten sie überwältigen, indem sie ihnen zu viele Ziele gleichzeitig boten ... aber sie hatten doch Respekt vor den Waffen. Sie mussten wissen, dass einige von ihnen sterben würden. Hinter was waren sie her, dass sie dafür ihr Leben riskierten? Nahrung konnte es nicht sein. Es hing noch eine Menge Fleisch in der Speisekammer.

Dann fiel Rook etwas auf. Der Angreifer, der von oben gekommen war und Somi das Bein aufgeschlitzt hatte, hätte ebenso leicht ihm selbst den Kopf abreißen können.

Aber er hatte beschlossen, *sie* zu attackieren. Als Rook genauer hinsah, merkte er, dass es *allesamt* Weibchen waren.

O verdammt, dachte Rook. Sie waren hinter ihm und Bishop her. Und sie wollten sie *lebendig* haben.

Er wich von Somi zurück. »Bish, Zeit zum Rückzug.« Bishop schloss sich ihm an, und die Kreaturen fingen an, laut zu knurren. Einige kreischten.

Somi stellte sich ihnen entgegen, allein gegen zwanzig. Sie warf einen Blick zurück zu Rook, und ihre Schuldgefühle überwältigten sie. Er hatte seine Schusswaffe behalten, und zwar aus gutem Grund. Warum sollte er ihr nach dem, was sie ihm gerade gestanden hatte, noch vertrauen? Sie war der Feind. Während Rooks und Bishops Gestalten mit der Dunkelheit verschmolzen, sagte sie: »Sie sind ein guter Soldat, Rook.«

Er erwiderte nichts, aber einen Augenblick später kam eine einzelne Desert Eagle aus der Finsternis geschlittert und stieß gegen ihren Fuß. Sie bückte sich, um sie aufzuheben, während die Kreaturen in Hektik gerieten. Einzelne trommelten sich gegen die Brust, erzürnt über das Verschwinden der Männer. Andere trampelten erregt auf und ab. Und dann, als Somi sich mit der Desert Eagle in der Hand wieder aufrichtete, griff eine an. Somi feuerte zwei Schüsse ab. Die Kreatur sackte vor ihren Füßen zusammen. Zwei weitere stürmten heran, und Speichel spritzte nach allen Seiten, während sie loskreischten. Somi erschoss die erste und sprang beiseite, als die zweite angriff. Sie biss Somi ins Bein, bevor sie mit einer .50er-Kugel in der Schläfe endete. Der Schädel der Kreatur explodierte, doch ihre Zähne blieben in Somi verbissen.

Sie wartete nicht auf weitere Einzelattacken. Die Kreaturen waren nah genug. Sie eröffnete das Feuer und betätigte noch viermal den Abzug, womit sie zwei weitere der

Kreaturen tötete. Fünfzehn äußerst erboste, äußerst verunsicherte Biester waren noch übrig. Dann klickte es.

Leergeschossen.

Die Kreaturen waren intelligent genug, um die richtigen Schlüsse zu ziehen. Sie stellten die Nackenhaare auf und stürmten brüllend auf Somi los. Sie erwartete sie regungslos, die Hand fest um den Griff ihres Messers geschlossen – der Quelle ihres Schmerzes. *Nur noch ein paar Sekunden,* dachte sie, *dann ist der Schmerz Vergangenheit.*

Als die erste der Kreaturen mit weit aufgerissenem Kiefer heranschoss und sie in den Kopf beißen wollte, packte sie den Griff fester und zerrte das Messer aus dem Gürtel. Sie duckte sich unter dem Biest weg. Dann richtete sie die Klinge nach oben und stieß zu.

Sie traf das Brustbein und schlitzte die Haut auf. Das war alles. Aber während die Kreatur vom eigenen Schwung über Somi hinweggetragen wurde, glitt das Messer plötzlich tiefer hinein. Ein Laut wie von zerreißendem Leder folgte, dann ein feuchtes Platschen.

Somi richtete sich wieder auf und achtete nicht auf die ausgeweideten inneren Organe der Kreatur, die sie von Kopf bis Fuß bedeckten. Sie hatte nicht mehr die Zeit, Ekel zu empfinden. Die anderen fielen über sie her.

Somi schwenkte den Arm mit gerade ausgestreckter Klinge im Bogen. Sie durchschnitt Kehle und Luftröhre eines weiteren Wesens und tötete es. In einer fließenden Bewegung richtete sie das Messer auf einen dritten Angreifer und wollte es ihm durch die Augenhöhle ins Gehirn treiben. Doch die Kreatur zuckte zur Seite und drehte sich weg, so dass die Klinge sich ins Fleisch einer kräftigen Schulter bohrte.

Das Wesen wirbelte herum. Somi versuchte, das Messer

aus der Schulter zu reißen, doch die starke Muskulatur und der dichte Pelz hielten es fest. Ihre Waffe war verloren.

Ein gellendes Kreischen erfüllte die Kammer und hallte von den Wänden wider, als würden tausende von glühenden, grünen Totenschädeln gleichzeitig schreien. Dann fiel ein Schatten über Somi. Sie sah hoch und blickte in zwei rot geränderte gelbe Augen, die auf sie zugeschossen kamen.

Die Rote.

Gegen sie gab es keine Gegenwehr. Selbst wenn Somi das Messer noch gehabt hätte, sie erkannte einen Killer, wenn sie einen sah.

Die Rote rammte ihre Füße gegen Somis Brust und stieß sie um. Ein lautes Knacken begleitete das Brechen mehrerer Rippen.

Da es Somi die Luft aus den Lungen gepresst hatte, konnte sie nicht einmal mehr schreien, als die Rote ihre Handgelenke packte und daran zerrte. Mit einem ekelerregenden Schmatzen lösten sich beide Arme von Somis Körper, als wäre sie nur eine Plastikpuppe in den Händen eines Gewichthebers.

Die Rote schob ihr Gesicht dicht an Somis heran, während deren Blut auf dem Steinboden verrann.

Somis Augenlicht schwand, aber sie konnte den ranzigen Atem der Kreatur riechen und schmecken. Während der Schock einsetzte, fragte sie sich, ob die Wesen sie bei lebendigem Leib auffressen würden. Würden sie ihr die Beine auch noch ausreißen? Sie ausweiden? Die Kreatur beugte sich tiefer, bewegte schwerfällig die Lippen.

Somis Kopf rollte zur Seite, während Dunkelheit sie einhüllte. Heißer Atem drang an ihr Ohr. Kurz bevor ihr Herz seinen letzten Schlag tat, hörte sie eine tiefe, urtümliche Stimme sagen: »Große Männer, gehören uns.«

32

Als der Morgen über dem Dschungel dämmerte, stahlen sich dünne Säulen orangefarbenen Lichts durch das Laubwerk wie Laserstrahlen. Einer von ihnen traf den schlafenden King. Er regte sich. Die nun geöffneten Augen zuckten hin und her. Sie waren allein. Sie drei. Aneinandergedrängt zwischen zwei hohen Brettwurzeln, getarnt mit großen Palmwedeln, die auch als Schutz vor dem Regen dienten, der erst vor einer Stunde aufgehört hatte.

Nachdem sie sich durch die Dunkelheit auf den eigenen Spuren zu Queen zurückgeschlichen hatten und fast von ihr erschossen worden wären, hatten sie die Waffen, Rucksäcke und Taschenlampen zusammengesucht, die Queen versteckt hatte, und waren geflüchtet, ohne ein Wort darüber zu verlieren, was sie durchgemacht hatten. Drei Stunden lang hasteten sie durch Dunkelheit und Regen und drangen immer weiter und höher in die annamitischen Kordilleren ein, bis sie schließlich nicht mehr konnten. Alle drei waren binnen Minuten eingeschlafen, sogar Sara, deren durcheinandergewürfelte Sinne den Schlaf schon unter normalen Bedingungen zu einer Herausforderung machten.

King wandte den Blick nach rechts und sah, dass Queen von ihm abgewandt dalag, zusammengerollt wie eine zürnende Geliebte. Aus dieser Perspektive war sie noch dieselbe Queen, die er ins Herz geschlossen hatte wie seine tote Schwester ... aber er wusste, dass sie sich verändert hatte. Dass sie zu einer düsteren Version ihres früheren Selbst geworden war. Er hatte das Brandzeichen auf ihrer Stirn noch nicht gesehen, aber er wusste, dass es da war. Und er musste vorsichtig sein, wie er darauf reagierte. Wäre sie seine echte Schwester gewesen, hätte King wahrscheinlich tiefe Traurigkeit empfunden. Aber das hier war Queen. Mitleid würde bei ihr nicht gut ankommen und konnte ihm schnell einen Tritt in den Unterleib einbringen. Er machte sich im Geiste eine Notiz, nicht einmal hinzusehen, wenn sie ihm das Brandzeichen schließlich präsentierte. Besser so tun, als wäre es gar nicht da. Sie genauso behandeln wie zuvor.

Er spürte zu seiner Linken eine Bewegung und sah sich um. Saras hübsches Gesicht ruhte an seiner Schulter. Ihre langen, dunklen Wimpern waren ihm bis jetzt gar nicht aufgefallen. Die Wangen waren schmutzverkrustet, und ihr normalerweise stacheliges Haar lag platt am Kopf angeklatscht. Sie hatte sich aus der intellektuellen Wissenschaftlerin in einen Wildfang verwandelt. *Aber trotzdem ist sie schön,* dachte er. Er fragte sich, wie es wohl sein mochte, unter ... angenehmeren Umständen neben diesem Gesicht aufzuwachen.

Einen Moment lang dachte er über sein *eigenes* Aussehen nach. Er war wie Queen gefoltert worden, doch seine Qual saß tief in den Muskeln. Niemand konnte sie ihm ansehen. Sein zotteliges Haar fühlte sich schwerer an als gewöhnlich. *Wahrscheinlich völlig schlammverkrustet,* dachte er. Die Kleider klebten ihm feucht an der Haut. Er rieb sich über die Wangen. Die Stoppeln waren länger als sonst, beinahe schon ein Bart, und sein Ziegenbärtchen musste dringend mal geschnitten werden.

King hätte beinahe aufgelacht, als ihm bewusst wurde,

dass er sich zum ersten Mal in seiner Karriere als Delta-Agent mitten während einer Mission Gedanken über seine äußere Erscheinung machte. Doch dann fiel sein Blick auf den Rucksack neben Sara und erinnerte ihn daran, dass sie mehr war als ein hübsches Gesicht. Sie war Pawn. Und das Heilmittel gegen Brugada – möglicherweise das Schicksal der Menschheit – hing von ihrem Erfolg ab.

Er beugte sich zu ihr, tätschelte ihr sanft die Wange und versuchte zu ignorieren, wie weich sie sich anfühlte. »Pawn, aufwachen.«

Sara stöhnte. Er griff nach ihrer Schulter und drückte sie. »Autsch«, sagte sie. »Ich bin wach, ich bin ja wach.«

Sie setzte sich auf, rieb sich die Augen und stieß einen Grunzlaut aus.

»Sie können sich später beklagen«, sagte King. »Sie müssen die Blutprobe im Rucksack analysieren.«

Sara wälzte sich stöhnend herum. Sie musterte King mit seinen wirren, dreckverklumpten Haaren und grinste: »Ist noch ein bisschen Espresso da?«

»Ich fürchte, der Generalmajor hat alles ausgetrunken.«

King betrachtete Saras Lächeln. Trotz der vertrackten Lage und ihrer offenbar überdurchschnittlichen Intelligenz wirkte sie in diesem Augenblick wie ein ganz normaler Mensch. Aber das war sie nicht. Nicht ganz. »Also, was ist los mit Ihnen?«

»Was meinen Sie?«

»Das Schnüffeln. Das Lauschen. Sie spüren die Dinge lange vor mir.«

»Macht Ihnen das etwas aus?«

Die Wahrheit war, dass es ihn ein wenig beunruhigte. Er hatte seine Karriere auf seinen schnellen Reflexen, geschärften Sinnen und einem wachen Verstand aufgebaut. Sie schien ihm in all diesen Belangen überlegen zu sein. Lediglich mit einer Schusswaffe konnte sie nicht umgehen.

Sara wischte sich eine an der Stirn klebende Haarsträhne aus dem Gesicht. »Sinnesverarbeitungsstörung. Oder sensorische Integrationsstörung. Je nachdem, mit wem man gerade redet. Es ist eine neurologische Störung, was bedeutet, dass niemand sie bisher so richtig versteht.«

Die Strähne fiel ihr wieder in die Stirn. Ungeduldig wischte sie sie beiseite. »Gehirn und Nervensystem bestehen aus Milliarden von Neuronen – erregungsleitenden Nervenzellen. Sie kommunizieren untereinander durch synaptische Übertragung. Chemische und elektrische Impulse – elektrochemische Signalwege. Mittels sensorischer Neuronen steht der Körper im Dialog mit dem Verstand und überträgt Informationen oder Stimuli, die unser Körper erfährt. Wenn ein Sinnesorgan, beispielsweise das Ohr, etwas wahrnimmt, senden Neuronen diese Signale auf Wegen ins Gehirn, die in frühester Jugend angelegt werden. Stellen Sie sich die Wege als Bahngleise vor. Solange wir Kinder sind, lassen sich die Weichen noch bewegen, aber wenn wir älter werden, rosten sie fest. Und manchmal bleiben sie in der falschen Richtung hängen, so dass ein Teil der Informationen, die vom Ohr übertragen werden, in dem Teil des Gehirns ankommt, der physische Berührungen interpretiert. Ein Großteil der Daten nimmt seinen richtigen Lauf – ich *kann* ja hören –, aber oft spüre ich ein Geräusch gleichzeitig auch auf der Haut.

Klingt vielleicht ganz interessant für einen Außenstehenden, aber das sieht man anders, wenn man jedes Mal, wenn man Parfüm riecht oder es regnet, von Kopfschmerzen heimgesucht wird. Ich höre entfernte Geräusche, als wären sie dicht neben mir. Eine Autohupe ist wie ein Schlag gegen die Brust. Wenn ich einen hübschen Hund sehe oder ein Baby, tut mir der Gaumen weh.«

»Das ist … unheimlich.«

»Es ist vor allem lästig.«

»Es hat uns ein paar Mal das Leben gerettet.«

Saras Miene hellte sich auf. War das ein Kompliment? Bevor sie fragen konnte, wechselte King das Thema.

»Wenn sie aufwacht«, sagte er und deutete erst auf Queen, dann auf ihre Stirn, »erwähnen Sie nichts von …«

Eine Faust knallte hart gegen Kings linke Schulter. Er stöhnte. Queen setzte sich neben ihm auf. »Behandle mich nicht wie eine jämmerliche Heulsuse, King. Und untersteh dich, es einfach zu ignorieren.«

Wie sich herausstellte, war das unmöglich. Das frische Brandmal hob sich grellrot von ihrer weißen Haut ab.

»Wie sieht es aus?«, fragte Queen.

King und Sara sahen mit unwillkürlicher Neugier hin. King wollte sagen, dass es Antibiotikasalbe benötigte. Vielleicht etwas Aloe. Etwas, das es … besser machte. Aber es war Sara, die genau die richtigen Worte fand.

»Es sieht richtig gemeingefährlich aus.«

Queen hob die Hand und betastete das Brandmal. Sie zuckte zusammen. »Tut höllisch weh.« Damit war das Thema erledigt. »Wie geht's weiter?«

King sah Sara an. Sie beide sahen Sara an.

»Ich werde die Blutprobe analysieren.«

»Und dann?«, fragte King.

»Wenn sie etwas taugt … wenn sie brauchbar ist, dann nichts wie weg aus Dodge City.«

Queen hob eines der AK-47 auf, die sie von den getöteten VPLA-Soldaten erbeutet hatte, und inspizierte es. »Und falls nicht?«

»Bleiben wir hier. Bis wir eine Lösung finden.« Sara blickte sie an. »Oder sterben.«

Queen lachte. »Seien Sie vorsichtig, Pawn. Wenn Sie zu lange mit uns herumhängen, wächst Ihnen noch ein Satz Eier. Und dann will King bestimmt nichts mehr von Ihnen wissen.« Sie kicherte in sich hinein und wandte sich ab. »Ich halte Wache.«

Nach einem schnellen, unbehaglichen Blickwechsel mit King machte sich Sara an die Arbeit. Sie öffnete ihren Rucksack und zog die Ausrüstung heraus. Das Fläschchen mit der Blutprobe. Ihren Laptop. Und einen kleinen, batteriebetriebenen Virentester. Es war eines der handlichen Geräte, die das CDC im Feldeinsatz benutzte und von deren Existenz die meisten Krankenhäuser noch nicht einmal etwas ahnten.

Sara fuhr den Laptop hoch. Der Bildschirm leuchtete auf, dann erschien der Linux-Pinguin und eine digitale Tonfolge erklang. Eine surreale Stille senkte sich über den Dschungel. Vögel hörten auf zu singen, das Summen der Insekten verstummte. Das fremde Geräusch eines hochfahrenden Laptops war hier ungewöhnlicher als Explosionen oder Gewehrschüsse, die von den wilden Tieren normalerweise einfach ignoriert wurden. Sara achtete nicht darauf und arbeitete weiter. Sie stöpselte den Virentester in den USB-Anschluss und schaltete ihn ein. Mit einer kleinen Pipette entnahm sie dem Fläschchen einen Tropfen Blut und spritzte ihn in die zylindrische Teströhre des Analysators. Nachdem sie das Fläschchen wieder versiegelt hatte, schloss sie den Deckel des Virentesters und legte einen Schalter um. Ein sanftes Summen ertönte, während er sich ans Werk machte.

»Und was tut das Ding?«, fragte King. »Sucht es nach Viren?«

»Es sucht nach Antikörpern, die der Mensch bei der Abwehr von Viren produziert. Dieser Analysator wurde so eingerichtet, dass er die Antikörper für unseren neuen Stamm der Vogelgrippe identifizieren kann, aber er wird auch alle anderen Viren aufspüren, denen diese Frau jemals ausgesetzt war.«

»Wie lange dauert das?«

»Nur ein paar Minuten.«

Die ersten Resultate gingen ein. Sara las mit, während der Text über den Bildschirm scrollte und jeden Antikörper im Blut der Frau auflistete, eine vollständige Aufzählung aller Keime, der sie zeit ihres Lebens ausgesetzt gewesen war. Die Liste war lang. Die Testresultate wurden zwar schnell übertragen, doch die Analyse konnte einige Zeit dauern. Die letzte Schläfrigkeit fiel von Sara ab. Sie stutzte, glaubte, etwas entdeckt zu haben, und scrollte hastig zurück, während immer neue Ergebnisse den Bildschirm füllten. Aber sie fand die Stelle nicht wieder.

Nicht, bevor die Hölle losbrach.

Queen kam ohne ihr AK-47 und mit weit aufgerissenen Augen ins Lager gestürmt. Der Dschungel hinter ihr erbebte.

Sara richtete sich auf. Was zum Teufel konnte Queen entwaffnet und in die Flucht geschlagen haben?

Die Antwort kam von oben. Plötzlich begann es Gestalten aus den Bäumen zu regnen. Sie bewegten sich so rasch, dass Sara sie nicht deutlich erkennen konnte. Verschwommene Bewegungen, ein Gewirr von Körpern, das sich über King und Queen warf und sie auf dem Waldboden festnagelte. Sie sah braune Haut. Orangefarbene Haare. Und dann nichts mehr. Doch sie war noch bei Bewusstsein und begriff, dass man ihr etwas über den Kopf gestülpt hatte. Die Attacke war fast gewaltlos abgelaufen. Sie war nicht verletzt. Aber hilflos.

Ihre Gedanken rasten, doch nicht vor Angst. Sie stumpfte langsam ab gegen das Gefühl des unmittelbar bevorstehenden Todes. Sie war besorgt wegen ihrer Blutprobe. Der Laptop war nahe daran gewesen, eine Antwort zu liefern. Die Mission war beinahe vollendet gewesen. Und jetzt wusste sie nicht, was aus der Probe und ihrer Ausrüstung werden würde. Gestohlen? Zerstört? Mitgenommen? Sicher war nur, dass ihnen die Zeit davonlief. Wenn sie versagten, konnte das den Tod von Millionen Menschen zur Folge haben – oder, noch schlimmer, *aller Menschen*. Und jetzt, da die Blutprobe verloren war und sie alle drei wieder in Fesseln lagen, wurde die letztere, erschreckende Möglichkeit immer wahrscheinlicher.

King und Queen erlitten das erniedrigende Schicksal, kampflos und ohne einen Schuss abgegeben zu haben, gefangen genommen zu werden. Wenn dieses Debakel sich in Fort Bragg einmal herumgesprochen hatte, würde der Spott kein Ende nehmen. Falls sie überlebten.

Sie stellten ihre fruchtlose Gegenwehr ein, wurden hochgehoben und durch den Dschungel geschleppt. Ihre Peiniger waren gewandt und lautlos. Sara vernahm nur das leise Tappen von Füßen auf dem Erdboden. Es war etwas Eigenartiges an der Art, wie sie sich bewegten ... an der Art, wie sie atmeten. Sie streckte vorsichtig die Hände aus und tastete nach ihrem Entführer. Sie fühlte Haut, weich und feucht. Dann Haare. Dicht. Wie bei einem deutschen Schäferhund. Das Haar bedeckte den größten Teil des Rückens.

Saras Augen weiteten sich unter der Kapuze. *O Gott,* dachte sie, *das sind Monster!*

33

Somis Schüsse klangen Bishop noch in den Ohren, während er mit Rook auf den Fersen den Tunnel hinaufstürmte. Keiner der beiden war ein guter Läufer. Sie verließen sich auf ihre überlegene Feuerkraft, genaues Zielen und brutale Entschlossenheit im Nahkampf. Ein schneller Rückzug lag ihnen nicht besonders. Aber diesmal hatte sie eine Horde von übermenschlichen Weibsdingern mit heruntergelassenen Hosen in einer unterirdischen Nekropole erwischt. Zu rennen wie der Teufel war das einzig Sinnvolle.

Während das grünliche Glimmen der von biolumineszenten Pilzen oder Algen überwachsenen Grotte hinter ihnen zurückblieb, kehrte wieder völlige Dunkelheit ein. Lediglich mit der Minitaschenlampe bewaffnet, kamen sie jetzt langsamer voran. Immerhin verlief der Tunnel stetig aufwärts und war groß genug, dass sie aufrecht nebeneinander herrennen konnten. Die entscheidende Frage lautete: Waren sie schnell genug, um der wilden Weibshorde zu entkommen?

Ein gutturales Brüllen röhrte weiter unten durch den Tunnel.

»Ich schwör's, ich kann ihren scheißefressenden Atem bis hier oben riechen«, keuchte Rook, während er mit einer Hand an der Tunnelwand und der anderen gerade vor sich ausgestreckt dahinrannte. »Haut ab, ihr miesen Weibsstücke!«

Sein Schrei hallte im Tunnel wider, und bevor er ganz verklungen war, fiel eine Stimme ein, tiefer als seine eigene und doch irgendwie feminin. Sie brüllte: »Großer Mann, unverschämt!« Gefolgt von: »Großer Mann, gehört mir!«

»Heilige ...« Rook zog die Hand von der Tunnelwand zurück und zwang sich, schneller zu laufen. Er konnte Bishop kaum sehen, merkte aber, dass auch der einen Tick zugelegt hatte. In einer Minute würde ihnen die Luft ausgehen, wenn sie nicht vorher voll gegen eine Wand liefen oder bald einen Ausgang fanden. Aber sich von den Dingern im Tunnel einfangen zu lassen ... das kam einfach nicht infrage.

Dreißig Sekunden später fühlte sich Rook dem Zusammenbruch nahe. Sein Herz wummerte vor Anstrengung. Obwohl er sich noch wie ein Läufer bewegte, hätte eine Oma beim Nordic Walking ihn mühelos überholen können. Bishop hielt sich besser. Er war zwar außer Atem, aber sein regenerativer Körper steckte einen Großteil der Belastung weg. Beide Männer machten eine Pause und holten tief Luft. Die Kreaturen hinter ihnen hatten zwar aufgehört zu kreischen, aber ihre stampfenden Schritte und schweren Atemzüge hallten durch den Tunnel.

»Wie viele Patronen?«, fragte Rook.

Bishop warf das Magazin der Desert Eagle aus und runzelte die Stirn. »Eine.« Er reichte Rook die Waffe. »Ich kann zurückbleiben.«

»Was soll denn das werden, ein Märtyrerwettbewerb?«

»Ich werd's überleben.«

»Und dich in eine hirnlose Mordmaschine verwandeln. Lieber nicht.«

Bishop nickte. Sie würden gemeinsam kämpfen.

»Gut, dann halt jetzt den Mund und mach dich bereit.« Rook wandte sich um, um der Horde von Weibsbestien entgegenzutreten, die auf sie zugestürmt kam wie Schulmädchen in den 1960er Jahren auf die Beatles.

»Rook«, sagte Bishop. »Deine Taschenlampe.«

Rook blickte auf die Lampe in seiner Hand. Sie war aus. Batterie leer.

»Ich kann dich trotzdem sehen«, meinte Bishop.

Beide Männer drehten sich um. Schwacher Lichtschein sickerte aus nicht allzu großer Entfernung in den Tunnel. Er war gedämpft – gefiltert –, versprach aber Tageslicht und einen Fluchtweg. Trotz ihrer brennenden Lungen rannten sie wieder los und hofften, die gute Sicht würde ihre Überlebenschancen verbessern.

Es war allerdings wahrscheinlicher, dass sie nur das Vergnügen haben würden, einander beim Sterben zuzusehen.

Die Steigung wurde flacher, und die beiden Männer liefen schneller. Die Lichtquelle, ein hoher, von Schlingpflanzen und Gebüsch überwucherter Ausgang, tauchte vor ihnen auf. Aus Angst, zu viel Zeit zu verlieren, wenn sie sich durch das Dickicht hacken und klettern mussten, schossen beide Männer wie Kanonenkugeln auf die grüne Wand zu.

Kletterpflanzen rissen ab. Blätter wirbelten durch die Luft. Die beiden kamen durch das Loch geflogen, als hätte der Berg sie ausgespien. Desorientiert kullerten sie auf einer weichen Matte von Pflanzenresten den Hang hinunter. Zehn Meter unterhalb des Ausgangs kamen sie endlich schlitternd zum Stillstand.

Bishop war rasch wieder auf den Beinen und zog Rook hoch. »Lauf!«

Rook gehorchte augenblicklich.

Die Bestien fächerten sich bereits auf und kamen den Hang heruntergerannt. Rook dachte an Knight, der der schnellste Runningback der NFL hätte werden können, wäre er nicht zu klein gewesen, um in die Auswahl zu kommen. Ein lebender Blitz. Und diese Dinger hatten sogar *ihn* erwischt. Rook stieß ein wütendes Gebrüll aus. Die Kreaturen saßen ihnen im Genick. Er spürte ihren Atem im Nacken. Er sah, wie die Bäume um ihn herum sich bewegten, während sie die Verfolgung durchs Geäst fortsetzten. Einen Moment lang empfand er Respekt vor dieser hoch organisierten Jagdgruppe. Dann hörte er ein tiefes, gleichmäßiges Donnern, das sein eigenes Gebrüll übertönte. Vor ihnen lichtete sich der Dschungel – sie rannten auf eine Klippe zu. Das unverwechselbare Geräusch von fließendem Wasser stieg aus einer breiten Schlucht auf.

Ein Fluss. Doch von hier aus war er nicht zu sehen. Womöglich würden sie dreißig Meter tief in tosendes Wildwasser stürzen. Unmöglich zu sagen. Aber alles war besser, als bei lebendigem Leib aufgefressen oder in Stücke gerissen zu werden. In unausgesprochenem Einverständnis sprangen Rook und Bishop über die Klippe und warfen sich ins Leere.

Der Fluss lag nur fünfzehn Meter weiter unten und sah tief und ruhig aus. Überlebbar. Aber würden die Kreaturen sie verfolgen? Rook drehte sich noch im Fallen um und sah die Bestien am Rand der Klippe aufgereiht stehen. Die Größte der Horde, die mit den rotgeränderten Augen, hämmerte sich auf die Brust und betonte damit jede Silbe: »Großer Mann, gehört mir!«

Rook zeigte ihr den Mittelfinger, bevor er in den Fluss krachte.

Bishop kam nach Luft ringend wieder an die Oberfläche. Rooks schlaffer Körper tauchte ein paar Meter entfernt mit dem Gesicht nach unten auf. Bishop schwamm zu ihm, schlang ihm einen Arm um die Brust und drehte ihn auf den Rücken. Rook schlug um sich und hustete, bevor er wieder zur Besinnung kam und aus eigener Kraft Wasser treten konnte.

»Ich glaube, ich bin auf dem Grund aufgekommen«, sagte er und rieb sich den Hinterkopf.

Bishop nickte. Er selbst war mit den Füßen voraus aufgekommen und hatte sich anschließend zusammengekrümmt. Ein kontrolliertes Eintauchen. Rook dagegen war eingeschlagen wie eine Mörsergranate.

Bishop wies auf das von Felsblöcken übersäte Ufer auf der anderen Seite. Es würde ihnen erstklassige Deckung verschaffen, während sie sich ausruhten und mit etwas Glück eine natürliche Barriere zwischen sich und die Kreaturen legen konnten, die wasserscheu zu sein schienen. Sie mochten intelligent genug sein, um zu sprechen, aber es gab weit und breit kein Freibad mit Schwimmkursen. So viel war sicher.

Sie schwammen ans Ufer und zogen sich zwischen die großen Felsen. Als sie außer Sicht waren, riskierten sie es, eine Pause einzulegen, nicht nur, um wieder zu Atem zu kommen. Das war das geringste ihrer Probleme. Rook fasste die Lage zusammen. »Okay, eine Horde verrückter Weibsbestien ist hinter uns her. Somi war eine Verräterin und ist gefallen. Knight wird vermisst. Die VPLA hat sich Pawn geschnappt. Wir haben keine Möglichkeit, mit King und Queen Kontakt aufzunehmen. Und zu allem Überfluss habe ich meine Magnum im Fluss verloren.«

Bishop zog sein Hemd aus und breitete es zum Trocknen auf einem Felsen aus.

»Habe ich etwas vergessen?«, fragte Rook.

Wie als Antwort ertönte der gellende Aufschrei einer Frau. Beide Männer erstarrten. Es klang nicht nach einer der Kreaturen, die auf sie Jagd machten … und doch – irgendwie seltsam.

Sie schrie wieder.

Geduckt schlichen sie zwischen den Felsen hindurch auf die unheimliche Stimme zu.

Bei ihrem nächsten Erschallen machten sie beide einen Satz zurück.

Es handelte sich definitiv um eine weibliche Stimme, doch sie verfügte über eine unmenschliche Lautstärke – selbst über das Donnern des Flusses, der hier immer schneller und wilder wurde, war sie problemlos hörbar.

Abermals gellte die Stimme der Frau, ging dann aber in einen tiefen, irgendwie pulsierenden Laut über. Wurde sie gefoltert? Lag sie in den Wehen? Auf jeden Fall klang es so, als bräuchte sie Hilfe. Rook bereitete sich darauf vor, zwischen den Felsen hervorzubrechen, um der holden Maid in Not beizustehen, doch Bishops starke Hand auf seiner Schulter verhinderte die noble Geste.

Er deutete mit Zeige- und Mittelfinger auf seine Augen, dann auf einen Spalt zwischen zwei Felsen, wo ein langer Felsblock über zwei anderen zum Liegen gekommen war und ein kleines Fenster bildete. Die abwechselnd lauter und leiser werdenden, spitzen Schreie der Frau klangen immer heftiger und fieberhafter. Rook unterdrückte sein Verlangen, den edlen Ritter zu spielen, und spähte durch die kleine Öffnung.

»Was zum …« Rook starrte wie gebannt auf die surreale Szene vor ihm. Wie in Trance griff er in eine Tasche an seinem Hosenbein und fingerte ein kleines Fernglas heraus. Er hob es an die Augen, ignorierte die Wasserflecken, die die Sicht behinderten, und betrachtete in Vergrößerung den seltsamsten Anblick, den er je gesehen hatte. Dann senkte er mit großen Augen das Fernglas und reichte es an Bishop weiter. »Bishop, was zum Teufel geht hier vor?«

34 Washington, D.C.

Jeff Ayers riss das Lenkrad nach links und überholte ein Auto, dessen Fahrer entweder steinalt oder ein Volltrottel war oder viel zu laut Musik hörte. Dass das rote Funkellicht des Krankenwagens mal der Aufmerksamkeit eines Fahrers entging, okay, doch mit heulender Sirene und Hupe gelang es Jeff normalerweise, die meisten an den Fahrbahnrand zu treiben.

Nicht diesen Witzbold.

Der Krankenwagen schoss links an dem schwarzen SUV vorbei. Ayers gab Vollgas und zog vor dem anderen Wagen wieder scharf nach rechts. Sein plötzliches Auftauchen musste den Fahrer des SUV erschreckt haben. Er bremste mit blockierenden Reifen und drehte sich zweimal. Er kam erst zum Stillstand, als er mit dem Heck einen kleinen Sportwagen rammte.

Im Außenspiegel sah Ayers den Fahrer des SUV aussteigen und die Faust schütteln. Der Mann würde es überleben. Mit der Frau, die zwei Blocks weiter ohne Puls auf dem Bürgersteig lag, sah es nicht so gut aus.

Die Sonne war noch nicht hinter dem Kapitol versunken und es hatte bereits drei Todesfälle gegeben. Bei den ersten beiden war er zu spät gekommen. Unmöglich, sie wiederzubeleben, die Todesursache war unklar. Abgesehen von den Sturzverletzungen schienen sie bei bester Gesundheit gewesen zu sein. Und beide waren jung.

Der aktuelle Notruf lag erst wenige Minuten zurück. Eine Frau, grauhaarig, Krampfadern, war vor einem Drugstore umgekippt. Gleich drei Leute hatten die 911 angerufen. Ayers hatte gerade eines der früheren Opfer im Leichenschauhaus abgeliefert. Entschlossen, nicht noch ein Rennen gegen den Tod zu verlieren, schaltete er die Sirene ein und gab Gas.

Verschwommen glitten kleine Läden und geparkte Autos an ihm vorbei. Er hielt angestrengt Ausschau nach einem Menschenauflauf. Es kam immer zu einem Menschenauflauf.

In einer Lücke zwischen der Kette von Läden rechts öffnete sich ein Parkplatz. Er sah das CVS-Schild einer Apotheke und eine kleine Gruppe von Leuten, die sich darunter versammelt hatten, die Blicke auf den Boden gerichtet. Eine kleinere Gruppe als sonst. Dann fiel ihm ein, dass das Opfer ja alt war. Bei Älteren gab es weniger Schaulustige.

»Fertigmachen«, rief Ayers seinem Partner David Montgomery zu, der hinten saß. Sie waren seit fünf Jahren ein Team und hatten während dieser Zeit viele Leben gerettet – und verloren. Er bog auf den Parkplatz ab, bremste sanft und hielt drei Meter von der Gruppe entfernt an.

Der Schalthebel stand kaum in Parkstellung, da sprangen auch schon die hinteren Türen und die Fahrertür des Krankenwagens auf. Ayers war dem Geschehen am nächsten. »Aus dem Weg«, rief er.

Die Leute wichen langsam zur Seite, wie betäubt und mit großen Augen, als wären sie in Trance. Ayers kannte den Blick. Sie hatten einen Menschen sterben sehen. Vielleicht eine Frau, die vor ihnen in der Schlange an der Kasse gestanden und ewig gebraucht hatte, bis sie mühselig das Geld genau abzählte. Und jetzt war sie tot, ein Abbild ihrer eigenen Sterblichkeit und Schwäche. Dieses Gefühl hatte

Ayers schon lange hinter sich gelassen, weil er im Unterschied zu diesen Leuten Menschen von den Toten zurückholen konnte.

Wenn er rechtzeitig kam.

Er ließ sich auf die Knie fallen und fühlte den Puls der alten Frau. Nicht vorhanden.

»Elektroden!«, schrie er Montgomery zu, der eine Bahre auf ihn zurollte.

Montgomery ließ die Bahre stehen und stürzte zurück in den Krankenwagen. Mit einem tragbaren Defibrillator tauchte er wieder auf.

Ayers riss die hellblaue Bluse der Frau auf, dass Knöpfe abplatzten und in die Reihen der Schaulustigen flogen. Ohne Zögern öffnete er den vorne verschlossenen BH und entblößte ihre schlaffen Brüste. Er streckte die Hände nach den beiden Paddles aus, die sein Partner schon bereithielt.

»Lädt«, sagte Montgomery.

Ayers hielt die Elektroden über der Brust der Frau, während er wie von fern die Kommentare der Umstehenden hörte.

»Können die sie wirklich zurückholen?«

»Ausgeschlossen.«

»Es ist zu lange her.«

»Was war eigentlich mit ihr los?«

»Geladen!« Montgomerys Stimme, lauter als die der anderen, war das Signal für Ayers.

»Wegbleiben!«, schrie er, dann presste er die Elektroden auf die Haut, eine links oberhalb des Herzens, die andere rechts unten. Der Schock kam schnell und durchzuckte den ganzen Körper der alten Frau. Ihr Rücken bog sich durch, und für einen Sekundenbruchteil flog sie in die Luft. Dann lag sie wieder reglos auf dem Rücken.

Da noch kein Herzüberwachungsgerät angeschlossen

war, musste Ayers die Paddles wieder Montgomery geben und den Puls der Frau fühlen.

Er spürte das leise Zucken eines Herzschlags unter den Fingerspitzen.

Jemand in der Menge sah sein Lächeln und rief: »Er hat's geschafft!«

Schwache Jubelrufe und vereinzeltes Klatschen wurden laut und weckten die Frau auf.

Sie schlug die Augen auf. »Was ist los?«

Ayers schloss ihre Bluse. »Wir sind nicht sicher, Ma'am, aber wir bringen Sie jetzt ins Krankenhaus, um es herauszufinden.«

35 Annamitische Kordilleren – Vietnam

Bishop gab Rook das Fernglas zurück, mit einem winzigen Stirnrunzeln auf seinem normalerweise ausdruckslosen Gesicht. Rook setzte das Glas an die Augen. Er musste sich davon überzeugen, dass er richtig gesehen hatte. Die Szene auf der anderen Seite war etwas, das Norman Rockwell unter LSD hätte malen können.

Rook stellte das Bild scharf und beobachtete das Schauspiel in kristallklarer Großaufnahme. Er gab ein ausgedehntes »Bäh« von sich, während er den behaarten, beinahe nackten Mann betrachtete, der mit einer selbst gebastelten Angelrute auf einem Felsen stand. Alles, was seine käseweißen Hinterbacken bedeckte, war ein Stoffstreifen, den er um die Hüfte geschlungen und zwischen den Beinen durchgezogen hatte wie den Mawashi-Lendenschurz eines Sumoringers.

Rook fiel auf, dass sein Gesicht eindeutig kaukasisch war. *Was zum Teufel hat ein Weißer im vietnamesischen Dschungel verloren?* Dichtes, unordentlich geschnittenes braunes Haar hing ihm in fettigen Locken fast bis auf die Schultern. Er trug eine Brille, die ihm immer weiter die Nase hinunterrutschte. Er schob sie hoch, deutete auf den Fluss und rief: »Da! Siehst du ihn?«

Amerikaner.

Seine gute Laune und das gelegentliche Auflachen schienen so gar nicht zu dem entsetzlichen Gekreische seiner nicht sichtbaren Gefährtin zu passen. Aber sie litt keine Schmerzen. Ganz im Gegenteil. Die fürchterlichen Laute waren Gelächter. Sie konnten die Frau nicht sehen, die sich auf der anderen Seite des Felsens befand, auf dem der Mann stand, aber offensichtlich hatten die beiden viel Spaß bei ihrem kleinen Angelausflug … im hintersten Winkel Vietnams.

Langsam – graziös – kam die Gefährtin des Mannes hinter dem Felsen hervor und watete in den Fluss.

Rook prallte zurück und wäre fast umgefallen.

Bishop hielt ihn fest. »Was ist?«

»Er … er angelt mit Cha-Ka!« Rooks Stimme war ein lautes Flüstern, das fast im Donnern des Flusses und dem ausgelassenen Kreischen der Frau unterging.

»Cha-Ka?«, fragte Bishop verständnislos.

»Sid und Marty Krofft«, erwiderte Rook. »*Die fast vergessene Welt?* Rick, Will und Holly Marshall? Cha-Ka war der kleine Höhlenmensch.«

Bishop zuckte nur die Achseln.

»Was denn, hast du samstagvormittags nie ferngesehen?« Rook schüttelte den Kopf und gab Bishop den Feldstecher. »Sieh selbst.«

Das tat Bishop.

Die Frau hatte sich im seichten Wasser hingekauert. Ihr Gesicht, glatt und hübsch, wurde eingerahmt von einer Mähne brauner Haare, die ihren Kopf, ihre Wangen und ihr Kinn umfloss wie das eines Affen. Ihre muskulöse Brust wurde verborgen von lose zusammengeknüpften Stofffetzen im Bikinistil. Die Haut darunter schien unbehaart zu sein. Ebenso Bauch, Rücken und Oberschenkel. Aber der Rest … Rook hatte recht: Sie sah aus wie ein großer Höhlenmensch. Nicht ganz so urtümlich wie die Bestien, die Knight in die Speisekammer gehängt und sie bis zum Fluss verfolgt hatten, aber auch nicht ganz menschlich. Ihr Körperbau war extrem muskulös. Ohne die eindeutig weiblichen Kurven hätte Bishop sie vielleicht für einen Primaten gehalten, aber sie war deutlich höher entwickelt.

Er senkte das Fernglas und sah Rook an. »Ich denke, wir sollten ihnen aus dem Weg gehen. Sie sieht nicht aus wie die anderen …«

»Aber sie sind verwandt«, meinte Rook. »Hier hat jemand Mutter Natur ins Handwerk gepfuscht.«

Bishop nickte und wies auf das angelnde Duo.

Rook nickte.

Der Typ da.

Das Gekreische der Frau erreichte einen rasenden Höhepunkt. Rook spähte durch die Lücke zwischen den Felsen. Ein großer Fisch hing am Haken. Da der Mann keine Angelrolle hatte, musste er rückwärts gehen, um den Fisch an Land zu ziehen. Das Mädchen platschte tiefer ins Wasser und holte die Leine ein. Sie hatten einen großen Wels gefangen, dessen schwarzer Körper wild zuckte. Das Mädchen hob den schweren Fisch in die Höhe, packte ihn an der Schwanzflosse und ließ ihn hinuntersausen wie einen Knüppel. Aufspritzend klatschte der Fisch auf einen Felsbrocken. Das Zappeln hörte auf.

Einen Moment lang fragte sich Rook, ob sie über eine Art vergessene Welt gestolpert waren, einen vom modernen Menschen so lange unberührten Ort, dass urzeitliche Kreaturen in den Wäldern überlebt hatten und primitive Stämme sich bekämpften. Nur gab es hier keine Dinosaurier, und diese Höhlenfrau konnte Edgar Rice Burroughs' barbarischer Königin nicht das Wasser reichen. Burroughs' Helden verliebten sich niemals in etwas so … Urweltliches. Sie hätten es auf der Stelle niedergeschossen.

Aber der Mann. Ein Rätsel. Seine Anwesenheit komplizierte die Dinge. Gab es noch andere wie ihn? Wären sie auf der anderen Seite des Flusses sicherer gewesen, bei den ungeschlachten, haarigen Zwergen? Er war sich nicht sicher. Eigentlich wollte er nur noch so schnell wie möglich raus aus Vietnam.

Scheiß auf den Rest der Welt, dachte Rook. *Ich bin schon einmal an Brugada gestorben. Auf ein weiteres Mal kommt es nicht an. Soll die Welt sich doch um sich selbst kümmern, und Cha-Ka und Rick Marshall können glücklich leben bis ans Ende ihrer Tage.*

Noch während er das dachte, wusste er, dass es nur ein flüchtiger Wunschtraum war, die Laune eines Durchschnittsmenschen. Aber er war kein Durchschnittsmensch. Er war ein Delta, der seine Mission noch längst nicht erfüllt hatte. Und das würde auch nie geschehen, wenn sie nicht zusahen, dass sie hier wegkamen und sich endlich eine Strategie zurechtlegten.

Doch ein Wechsel in der Windrichtung nahm ihnen die Möglichkeit, unentdeckt zu bleiben.

Cha-Ka hob den Kopf und schnupperte. Mit jedem Atemzug rümpfte sie ihre sehr schmale, sehr menschliche Nase. Dann flüsterte sie dem Mann etwas ins Ohr.

Rook und Bishop konnten nicht hören, was sie sagte, aber sie wussten, dass sie entdeckt worden waren. Bevor sie sich zurückziehen konnten, donnerte die Stimme des Mannes über das Tosen des Flusses. »Kommen Sie raus. Wir wissen, dass Sie da sind.«

Beide erstarrten. Sie wollten nichts mit dem Mann und seiner haarigen Begleiterin zu tun haben. Aber man hatte sie erwischt wie ein paar Spanner. Der Mann klang weder zornig noch nervös, einfach nur gebieterisch. Der Platzhirsch.

Bishop flüsterte: »Ich mache das. Du hältst dich versteckt. Sie wissen vielleicht nicht, dass wir zu zweit sind.«

»Nein, ich gehe«, widersprach Rook.

Bishop schüttelte den Kopf. »Du machst nur irgendeinen Quatsch und lässt dich umbringen.«

»Und du nicht?«

»Du kennst mich doch«, meinte Bishop. »Ich bin ein friedfertiger Mensch.«

Bishop erhob sich zu seiner vollen Größe von fast einem Meter neunzig. Er sprang mit einem Satz über die Felsblöcke hinweg und landete auf der anderen Seite wie der Unglaubliche Hulk.

Der Mann und die merkwürdige Frau traten einen Schritt zurück. Sie hatten offenbar nicht mit jemandem wie ihm gerechnet, eher mit einem knapp über eins fünfzig großen, halb verhungerten Einheimischen. Ein Riese aus dem Nahen Osten mit der Statur eines Berufsringers war in den annamitischen Kordilleren ein seltener Anblick.

Dann fand der Mann seine Selbstsicherheit wieder. »Meine Güte, da haben wir aber einen strammen jungen Mann.«

Bishop stand still und versuchte, in der Miene des Fremden zu lesen. Sein Selbstvertrauen schien echt zu sein. Er hatte nicht die geringste Angst. Bishop erinnerte sich an die rohe, physische Kraft der Kreaturen aus den Tunneln und an die Art, wie diese Frau hier den großen Wels getötet hatte. Wenn sie so stark war wie ihre wilderen Nachbarn, hatte der Mann allerdings keinen Anlass zur Sorge. Er hatte Bishop als »jungen Mann« bezeichnet, und nach den Krähenfüßen um seine Augen zu schließen, schätzte Bishop ihn auf etwa fünfundvierzig. Doch er besaß den Muskeltonus eines Athleten. Offenbar lebte er in diesem Dschungel, vermutlich schon seit Jahren.

»Sie sprechen Englisch«, stellte Bishop fest.

Der Mann zog überrascht die Augenbrauen hoch. »Genau wie Sie.«

»Und ich auch«, sagte die Frau. Allerdings klang ihre Stimme mehr wie die eines jungen Mädchens. Aus der Nähe sah Bishop, dass sie den Körper einer Erwachsenen besaß, ihr Gesicht aber jünger wirkte, keinesfalls älter als zwölf Jahre. »Vater, sag ihm, dass ich es auch kann.« Bishops Muskeln verhärteten sich.

Vater.

»Er kann dich ausgezeichnet hören, meine Liebe«, sagte der Mann. Er trat vor. »Mein Name ist Anthony Weston. Dr. Anthony Weston. Sie müssen ihr verzeihen. Sie ist noch ein Kind.«

Bishop zeigte seine Überraschung. »Das ist Ihr ... *Kind?*«

»Ja.« Weston schien einen Moment lang verdutzt. Dann hellte sich seine Miene auf. »Das muss ja alles schrecklich verwirrend für Sie sein.«

Er kehrte Bishop den Rücken zu, ging an dem Mädchen vorbei und setzte sich auf einen Felsen hinter ihr. Sie blieb bewegungslos zwischen ihnen stehen. »Sie ist nicht meine Tochter. Sie ist die Tochter des Sohnes meines Sohnes meines Sohnes. Meine Urgroßenkelin. Sie nennen mich alle Vater, weil ich der Begründer ihrer Rasse bin. Ich bin ihr Adam. Stimmt's, Lucy?«

Das Mädchen lächelte.

Bishop straffte sich. Die Geschichte dieses Mannes war noch irrer, als er sich hätte vorstellen können. Unmöglich. Das Mädchen war doch ein Teenager. Danach müsste Weston viel älter sein, als er aussah.

»Wie viel wiegen Sie?«, fragte Weston.

»Wie könnte sie Ihre Urgroßenkelin sein?«, fragte Bishop, statt zu antworten. »Dazu sind Sie nicht alt genug.«

»Sehr gut beobachtet. Sie sind vom US-Militär, richtig? Aber kein gewöhnlicher Soldat … zu intelligent … und zu groß außerdem.« Der Mann dachte einen Augenblick lang nach, dann kam er zu einem Schluss. »Sie sind hinter derselben Sache her wie diese hinterlistigen vietnamesischen Brüder, stimmt's?«

Weston bemerkte, dass Bishops Blick unverwandt auf ihm ruhte. »Richtig, richtig. Mein Alter. Ich muss jetzt in den Vierzigern sein. Ich habe schon vor Jahren zu zählen aufgehört. Aber die Kleine hier …« Weston verwuschelte die Haare des Mädchens wie ein liebevoller Großvater. »Lucy hier ist drei Jahre alt.«

Das Blut wich aus Bishops Gesicht.

Sie … ist … drei.

Bishops verständnislose Grimasse forderte Westons Spott heraus: »Kommen Sie, Sie sind intelligent genug, um zu sehen, dass sie nicht vollständig menschlich ist. Innerhalb von zwei Wochen nach der Geburt können sie laufen. Mit sechs Monaten auf Bäume klettern. Jagen mit einem Jahr. Mit zwei sind sie erwachsen. Die meisten bekommen Kinder, noch bevor sie drei sind. Lucy stammt von mir ab, also ist sie zum Teil *homo sapiens,* aber sie ist auch etwas anderes.«

Bishop blickte über den Fluss. »Eine von denen?«

Auf Westons Gesicht zeichnete sich Überraschung ab. »Sie haben sie gesehen?«

Bishop nickte.

»Und *die* haben *Sie* gesehen?«

Bishop nickte wieder.

Weston schürzte die Lippen, nickte langsam und wirkte plötzlich nachdenklich.

Bishop unterbrach seine Gedankengänge. »Was sind die?«

Weston blickte auf, als hätte ihn jemand aus tiefer Versunkenheit aufgeschreckt. »Wie? Ach so, die alten Hexen. So nenne ich sie. Obwohl sie wahrscheinlich für alles verantwortlich sind, was an meinem jetzigen Leben gut ist.« Weston lehnte sich zurück und verschränkte die Arme. »Ich bin seit 1995 hier. Ich bin Kryptozoologe und wollte in den Annamiten nach neuen Spezies suchen. Eigentlich hatte ich mit Wildschweinen oder Antilopen gerechnet, stattdessen fand ich *sie,* die Nguoi Rung. Die Waldmenschen. Selbst ich hatte sie als eine Erfindung abergläubischer Dörfler abgetan, bevor ich dann hier in den Bergen über sie gestolpert bin. Nachdem ich die Gruppe entdeckt hatte, habe ich sie eine Woche lang beobachtet, Jagdgewohnheiten, Werkzeuggebrauch, Sitten. Mir war von Anfang an klar, dass es keine Affen waren. Sie waren einzigartig. Intelligent, aber nicht menschlich. Dann entdeckten sie mich. Haben mich gejagt und schließlich gefangen.«

Weston verlagerte bei dem Gedanken daran fast unmerklich seine Sitzhaltung. »Ich dachte, sie wollten mich töten, und fast wäre es auch so weit gekommen. Aber das war nicht ihre Absicht. Eine nach der anderen von denen, die in der Brunft waren … machten sich mich zu Willen, angefangen mit Red, dem roten, dominanten Weibchen. Dann ließen sie mich liegen. Zwei Tage später kamen sie wieder. Ich hatte Fieber und stand mit einem Fuß im Grab. Damals erschien es mir seltsam, aber sie brachten mich in ihre Höhle und pflegten mich gesund. Als das Fieber nachließ, machten sich zwei weitere über mich her. Wenn ich mich weniger wehrte, wurden ihre Bisse immerhin sanfter und bluteten nicht so.« Weston wies auf mehrere Narben an seinen Schultern.

»Mit der Zeit fand ich heraus, dass alle Männchen aus unerklärlichen Gründen gestorben waren. Die Weibchen gehorchten lediglich ihrem angeborenen Drang, sich zu paaren und ihre Spezies zu erhalten. Da ich die richtige Größe besaß und ihren Männchen ähnlicher war als alle Kreaturen, die sie je gesehen hatten, nahmen sie mich auf. Ich wurde ihr Alphamännchen und studierte sie, während ich mit ihnen lebte. Als meine erste Tochter geboren wurde, war mir klar, dass wir gemeinsame Vorfahren hatten. Wie sonst hätten sie meine Kinder austragen können?«

Weston stand auf und streckte sich. Seine Geschichte näherte sich dem Ende. »Ich begann, das Höhlensystem zu erkunden, und machte eine ganz unglaubliche Entdeckung.«

»Die Knochenstadt«, sagte Bishop.

Weston blickte abermals überrascht. »Sie hatten ziemliches Glück, dass Sie aus der Nekropole entkommen sind. Seit ihrer Verbannung haben sie sich dort eingenistet.«

»Verbannung?«, fragte Bishop.

»Sie sind alt und unintelligent. Sie haben mir das Undenkbare angetan. Unverzeihlich. Ich kann ihren Anblick nicht ertragen. Und sie haben mir die Kinder vorenthalten.« Weston las einen Stein auf und ließ ihn über den Fluss tanzen. »Aber wo waren wir? Ach ja. Die Nekropole ist nur die Spitze des Eisbergs. Was ich entdeckt habe, kommt einem Wunder gleich. Die annamitischen Kordilleren werden als eine moderne Arche Noah bezeichnet, und in gewisser Hinsicht muss man das fast wörtlich nehmen. Sehen Sie, die Nguoi Rung sind die Nachfahren einer Zivilisation, die vor Hunderttausenden von Jahren entstand. Der Homo sapiens entwickelte sich parallel und lebte lange Zeit in friedlicher Koexistenz mit den Nguoi Rung, vermischte sich sogar mit ihnen. Aber die Menschheit wurde gewalttätig und kriegerisch. Verdrängte die Nguoi

Rung nach Osten. Sie flohen so weit sie konnten und siedelten sich hier an. Tausende von Jahren blühte ihre Zivilisation. Doch die menschliche Rasse breitete sich auch nach Asien aus, so dass die Nguoi sich in die Berge zurückziehen mussten. Sie lebten in Abgeschiedenheit und starben mangels Ressourcen langsam aus, während die Menschheit sie umzingelte. Was von ihnen noch übrig ist, etwa fünfundzwanzig Weibchen, ist das, was die natürliche Selektion uns nach zig Jahren des Sich-Versteckens und Gejagt-Werdens übriggelassen hat. Wilde mit einem Funken von Intelligenz. Ein Funke, der in ihren Nachkommen viel heller leuchtet. Aber sie sind alles, was noch da ist. Sie sind die letzten …«, Weston sah Bishop eindringlich an, »… die letzten Neandertaler.«

Neandertaler? Bishop konnte seine Verblüffung nicht verbergen.

Weston lächelte, entzückt von der Wirkung seiner Enthüllung. »Mit meiner Hilfe schafft die Spezies gerade ein Comeback und fordert das Land zurück, das ihnen schon gehörte, bevor der erste Mensch sprechen lernte. Was, so fürchte ich, für Sie schlechte Neuigkeiten bedeutet … besonders angesichts Ihrer Größe.«

Bishop versuchte noch, diese verschleierte Drohung zu entschlüsseln, als Weston Lucy leise einen Befehl erteilte. Sie sprang augenblicklich hoch in die Luft, federte von einem Felsblock ab und stürzte sich auf Bishop. Sie bewegte sich schnell wie der Blitz, und Bishops gewaltige Silhouette war nicht zu verfehlen. Er schaffte es noch, seine Faust hochzubringen und das Mädchen in den Bauch zu schlagen, aber nicht, bevor ihre ausgestreckten, mit scharfen Klauen bewehrten Finger seinen Hals aufschlitzten, Arterien durchtrennten, die Luftröhre, den Adamsapfel und dann das Rückgrat.

Während das Mädchen schwer auf dem felsigen Flussufer aufschlug und nach Luft rang, platschten Stücke von Bishops zerrissener Kehle in den Fluss. Er fiel auf die Knie. Sein Kopf knickte schräg nach hinten weg, nur noch von einem Fetzen Fleisch und Rückgrat gehalten. Während er rücklings ins Wasser fiel, streckte sich seine geöffnete Hand nach vorne und erschlaffte dann. Das Wasser spritzte hoch auf, als seine massige Gestalt in der seichten Uferzone des Flusses aufschlug.

Weston sah auf ihn hinab und tätschelte dem Mädchen den Kopf.

Lucy blickte zu ihm hoch. »Warum, Vater?«, fragte sie, eher neugierig als bedauernd.

»Er war zu groß.«

»Die Rote?«

Weston nickte. »Wir dürfen nicht zulassen, dass sie noch einmal Kinder bekommt.« Er stieß Bishops Körper weiter hinaus, bis der Fluss ihn davontrug. Eine Wolke von Blut aus seinem durchtrennten Hals färbte das Wasser rot. Weston sah Lucy an. »Die Fische werden es uns danken.«

Sie wandten sich ab und gingen davon, Lucy mit dem toten Fisch, Weston mit der Angelrute. Bishop würdigten sie keines weiteren Blickes.

Hinter der Wand aus Felsen, die ihn vor ihren Blicken schützte, zitterte Rook vor Zorn. Er hatte alles mit angehört ... alles gesehen. Lediglich Bishops letzte Tat – die ausgestreckte, offene Hand, die genauso gut eine Todeszuckung gewesen sein konnte – hatte ihn daran gehindert, aus seinem Versteck hervorzubrechen.

Er ballte die Fäuste vor Wut, konnte das Bild nicht auslöschen, wie Bishop der Kopf abgerissen wurde. Das war nicht überlebbar. Nicht einmal für Bishop. Rook kroch zurück in die Schatten der Felsen, die das Flussufer säumten.

Er wartete stumm, brachte seinen Atem unter Kontrolle und mit ihm seinen Zorn, wie er es Bishop so oft hatte tun sehen.

Als er sicher war, dass er allein war, begann er, die Felswand zu erklimmen, während er im Geiste eine Liste von allen anlegte, denen er eine Kugel verpassen oder Bekanntschaft mit einem stumpfen Gegenstand schließen lassen wollte. Doch ob er seinen Rachedurst jemals stillen konnte, war fraglich. Die Mission hatte weiterhin Vorrang, und Bishop sollte nicht umsonst gestorben sein. Es hatte Priorität, wieder zum Team zu stoßen und Pawn mit der Blutprobe unversehrt zurück in die Vereinigten Staaten zu bringen. Falls Weston oder Cha-Ka oder irgendeine der »alten Hexen« ihm dabei in die Quere kommen sollten – auch nur im Entferntesten –, würde Rook bereit sein.

36

Queen schlug die Augen auf und sah nur Schwärze. Sie war während der brutal effizienten Attacke bewusstlos geschlagen worden. Sie konnte nur einzelne Lichtflecken erkennen, durch Löcher in der Kapuze, die man ihr übergestülpt hatte. Mit jedem Atemzug sog sie den Geruch nach verfaulendem Fisch ein. Sie war nicht sicher, ob er von der Kapuze stammte oder vom Körper ihres Entführers – einem Körper, den sie nun einschätzte, ohne einen Muskel zu rühren.

Eine breite Schulter unter ihr. Lange, schwere Schritte, so dass sie bei jedem Auftreten einen Stoß in den Magen bekam. Der Rücken war interessant – dicht von Haaren bedeckt.

Ein Mann, dachte Queen.

Aber etwas stimmte nicht. Es waren einfach zu viele Haare. Selbst der behaarteste Mann hatte keinen so dichten Pelz am Rücken. Und dann der Angriff selbst. Queen war gegen die besten Gegner der Welt angetreten und hatte immer die Oberhand behalten. Doch diese Kerle hatten nicht nur sie überwältigt, sondern auch King. Schon mit Feuerwaffen wäre das ein Kunststück gewesen, doch sie ohne einen einzigen Schuss gefangen zu nehmen – das war kaum zu glauben. Und trotzdem war sie jetzt hier und wurde auf der Schulter eines nach Fisch stinkenden Monsters von Mann weggeschleppt. Queen hatte gewaltigen

Respekt vor der Art, wie sie es angestellt hatten. Diese Tollkühnheit, bewaffnete Soldaten mit nichts als den bloßen Händen anzugreifen, das war eigentlich ihre eigene Spezialität. Aber gegen diese Jungs – sah sie alt aus.

Queens Kampfgeist schaltete sich wieder ein. Wenn diese Kerle sich einbildeten, sie könnten sie bei ihrem eigenen Spiel schlagen, sollten sie es ruhig noch einmal versuchen. Diesmal würde sie sich nicht hinter einer Schusswaffe verstecken. Das war ihr Fehler gewesen. Nur darum hatte sie sich so leicht überwältigen lassen, dass sie sie nicht einmal zu Gesicht bekam.

Queen blieb schlaff wie eine Stoffpuppe und lauschte. Sie konnte die Schritte von mehreren anderen weiter vorne hören, aber keine von hinten. Sie befand sich am Ende der Meute. Irgendwie konnte sie an ihre Gegner nur als Meute denken. Die Gestalt, die sie trug, war zwar offensichtlich zum Teil menschlich, doch tierische Merkmale waren unübersehbar. Queen dachte wieder an Anh Dung und die Kreaturen, auf die sie dort gestoßen waren. Und später der Angriff auf das Lager der VPLA, das Brüllen und Kreischen, das durch den Dschungel geschallt war. Definitiv nicht menschlich. Ein Anflug von Nervosität durchfuhr sie, als sie überlegte, dass diese Wesen vielleicht *überhaupt* nicht menschlich waren ... *schon wieder*.

Dann hörte sie eine Stimme, und ihre Furcht war wie weggeblasen. »Schnell. Die anderen sind weit voraus.«

Es war eine weibliche Stimme ... links von ihr.

»Vater wird erfreut sein über unseren Fang«, meinte der Mann, der sie trug. Er sprach tief und kräftig. »Sie verstehen unsere Sprache.«

Queen zog rasch drei Schlussfolgerungen.

Erstens: Das hier war eine Art hinterwäldlerischer Stamm.

Zweitens: Sie mussten von einem Vietnamveteranen abstammen, der ihnen Englisch beigebracht hatte. Oder irgendeinem Vietcong, der die Sprache beherrschte und nach Kriegsende im Busch geblieben war.

Drittens: Sie musste sofort in Aktion treten. Nur zwei von ihnen waren in der Nähe, die anderen liefen weit voraus.

Es war der richtige Zeitpunkt, um ein wenig von der gespeicherten Wut abzulassen, mit der sie ihre inneren Akkus aufgeladen hatte. Es musste lautlos geschehen – nicht nötig, den Rest der Meute auf sich aufmerksam zu machen.

Sie schlug zu wie eine Kobra. Ihr Oberkörper schnellte hoch, sie streckte die Hände aus, packte zu und drehte. Der Mann, der sie trug, brachte gerade noch ein »Hä?« heraus, bevor sein Genick brach. Er mochte groß und stark sein, aber er war nicht unverwundbar. Queen fiel katzengleich auf die Füße, während der Mann auf dem Waldboden zusammensackte. Sie riss sich die Kapuze vom Kopf und sah einen weit aufgerissenen Mund vor sich, der einen Warnschrei ausstoßen wollte. Sie warf sich nach vorne, hielt der kleineren Gestalt mit beiden Händen den Mund zu und drängte sie gegen einen Baum.

Dann zögerte Queen. Die weit aufgerissenen Augen, die sie unter vorspringenden Brauen anstarrten, waren jung … kindlich und verängstigt. Aber das Gesicht … weiblich, ja, aber lediglich Augen, Nase, Mund und der obere Teil der Wangen waren haarlos. Queen runzelte die Stirn. *Was zum Teufel ging hier vor?* Das war ein Kind. Ein kleines Mädchen. Aber es sah aus wie eine rothaarige Version von *Beast* aus den X-Men an einem Bad-Hair-Day.

Und es kämpfte auch wie *Beast.*

Das Mädchen schlug Queens Arme beiseite und sprang

in die Luft. Es schwang sich auf einen Ast, ließ sich dann kopfunter herunterhängen und starrte die verblüffte Queen an wie ein tollwütiges Eichhörnchen. Dasselbe rötliche Haar wie an Gesicht und Kopf bedeckte auch einen Teil des Körpers. In einem langen V verjüngte es sich von den Schultern bis zur Hüfte, wo das Mädchen einen zu einer Art Lendenschurz zusammengebunden Stofffetzen trug. Die Oberschenkel waren fast unbehaart, Unterschenkel und Füße jedoch von Pelz bedeckt, ebenso Unterarme und Trizeps. Bizeps und Oberkörper waren ebenfalls leicht behaart. Die Brüste wirkten für ein so junges Mädchen zu üppig und waren mit einem Stofffetzen ähnlich dem um die Hüften bekleidet. Urtümlich, aber schamhaft. Sie sah mehr aus wie ein Höhlenmädchen als ein Affe … oder ein Mensch.

Das Mädchen knurrte und ließ sich fallen. Es landete überraschend schwer auf Queens Brust und warf sie um. Im selben Moment, als sie beide auf dem Boden aufschlugen, sprang das Mädchen außer Reichweite.

Queen blieb still auf dem Dschungelboden liegen und sah dem wilden Kind nach, wie es einen Baum erklomm, sich von einem Ast zum nächsten schwang und schließlich hoch oben im Blätterdach verschwand.

Dann sprang sie auf und rannte los, denn es war klar, dass das Mädchen die anderen zu Hilfe holen würde. Sie hätte gerne den Toten näher untersucht, konnte aber keine weitere Gefangennahme riskieren. Sie lief in dieselbe Richtung wie das Mädchen, schlug dabei jedoch einen großen Bogen. Sie durfte King und Pawn nicht ihrem Schicksal überlassen. Wenn sie den Feind umging, irritierte sie gleichzeitig diejenigen, die sie verfolgen würden. Die konnten nicht damit rechnen, dass Queen den Spieß umdrehte und ihrerseits Jagd auf sie machte. Schließlich hätte selbst das kleine Mädchen sie ohne weiteres töten können. Gegen das große Männchen hatte sie nur durch das Überraschungsmoment die Oberhand behalten. Sie musste dafür sorgen, dass es auf ihrer Seite blieb.

Ein lautes Kreischen schallte durch den Wald. Die anderen kehrten zurück.

Queen riskierte einen Blick auf fünf große Männchen, die sich schneller durchs Geäst bewegten, als sie auf dem Boden laufen konnte. Sie duckte sich hinter eine umgestürzte Palme und verlegte sich aufs Beobachten. Die Schreie der fünf Männchen erreichten ein Crescendo, als sie ihren toten Kameraden entdeckten. Wenn sie Queen noch einmal erwischten, würde es wohl nicht mehr so glimpflich abgehen. Nach und nach verhallten die unmenschlichen Laute, während die fünf in die Richtung davontrampelten, aus der sie mit ihren Gefangenen gekommen waren.

Queen lächelte. Die waren vielleicht stärker, schneller und beweglicher, aber sie waren nicht die intelligentesten Primaten im Dschungel. Natürlich würde ihnen irgendwann aufgehen, dass Queen einen anderen Weg eingeschlagen hatte. Sie waren keine Strategen, aber auch keine Idioten. Schließlich konnten sie sprechen.

Da Queen nicht scharf darauf war, ihren IQ zu testen, wartete sie, bis nichts mehr von den fünfen zu hören war, dann machte sie sich an die Verfolgung der anderen. Was als ehrenhafte Mission begonnen hatte, um die Welt vor einer neuen Biowaffe zu retten, hatte sich zu einem schmutzigen Kampf ums Überleben entwickelt. Erst Delta versus Freiwillige des Todes und reguläre vietnamesische Truppen. Jetzt Mensch versus Bestie.

37

Knight träumte, dass seine Mutter ihn zum Mittagessen rief, und erwachte in völliger Stille. Er hatte das heulende Gekreische der Nguoi Rung verschlafen, die hallenden Schüsse aus Rooks mächtiger Handfeuerwaffe, Somis schrecklichen Tod und auch, wie die Rote in klar verständlichem Englisch hinter Rook hergebrüllt hatte. Sonst hätte er den Fehler vermieden, immer tiefer in uralte Regionen einzudringen, die nicht von menschlicher Hand stammten.

Er setzte sich auf seinem Bett auf und rieb sich den Kopf. Obwohl er fest geschlafen hatte, tat ihm nach dem Liegen auf knorrigen alten Knochen alles weh. Er streckte den Rücken durch, atmete tief und dehnte seinen misshandelten Brustkasten. Erleichtert spürte er ein Knacken, als etwas in seinem Brustbein sich wieder einrenkte – was, konnte er nicht sagen, aber er fühlte sich besser.

Aus dem Inneren der Knochenhütte hatte er freie Sicht nach draußen. Er konnte die Höhlenwand mit ihrem grünen Leuchten sehen und skelettartige Konstruktionen an ihrer Basis. Das Licht war außergewöhnlich gleichmäßig. Er hielt Ausschau nach Bewegungen. Verschiebungen in den Schatten. Einem Flackern. Alles, was die Anwesenheit eines anderen Wesens verraten konnte, das ihm auflauerte. Er verlangsamte seinen Atem so stark, dass er ihn selbst nicht mehr hören konnte, und lauschte.

Er sah nichts.

Hörte nichts.

Stand auf.

Sein Fußknöchel gab nach und zwang ihn, sich wieder auf sein Bett aus Knochen zurückfallen zu lassen, die unter der plötzlichen Last klapperten.

Knight erstarrte. Als niemand sich zeigte, war er fast sicher, allein zu sein. In der Stille der Höhle hatte sein klapperndes Bett herumgelärmt wie eine Alarmglocke. Beziehungsweise eine Essensglocke.

Er griff nach einem der zusammenhängenden Radiusknochen mit Ulna, die ein dekoratives Muster um seine Bettstatt herum bildeten, und riss ihn mit einem Ruck los. Die Knochen waren stabil, doch das Gewebe, das sie zusammengehalten hatte, zerfiel zu Staub. Mit einer Rolle Isolierband aus seiner Cargohose befestigte er je einen der Unterarmknochen zu beiden Seiten seines verletzten Knöchels.

Nicht gerade eine Gel-Schiene, dachte er, *aber besser als nichts.*

Aufstöhnend kam er hoch, doch diesmal war der Schmerz erträglich. Die provisorische Schiene leitete die Last von seinem Knöchel auf den Unterschenkel ab. Er hinkte zur Tür und warf einen Blick hinaus. Da war nichts als der smaragdgrüne Schein der uralten Knochen.

Er schlüpfte lautlos ins Freie und umrundete das Bauwerk, das ihm Schutz geboten hatte. Um eine Ecke spähend, sah er einen langen, geraden Weg, fast schon eine Straße, die sich ein ganzes Stück weit erstreckte. Die Seiten waren von Gebäuden unterschiedlicher Größe und Komplexität gesäumt. Den ursprünglichen Zweck des Orts konnte man nur erahnen, doch das Design und die handwerkliche Ausführung der Bauwerke waren von eindrucksvoller, fast berückender Schönheit.

Nach kurzem Lauschen huschte Knight zur anderen Straßenseite, wo die Gebäude sich an der knochengespickten Steinwand hochzogen. Er hoffte, einen Tunnel zu finden, der ihn ans Tageslicht brachte. Verdammt, selbst das düstere Licht am Boden des Dschungels mit seiner feuchten Hitze wäre dieser kühlen Nekropole vorzuziehen. Er machte sich Sorgen wegen der Luft. Staub verklebte ihm die Nase, Staub, der aus den Knochen und Leichen stammte, die in dieser Höhle verrottet waren. Er atmete die Toten ein.

Knight bewegte sich so schnell wie mit dem verletzten Bein möglich und hielt sich im Schatten, doch das diffuse Licht des glühenden grünen Mooses schien in jeden Winkel der Kaverne zu dringen. Falls eine der Kreaturen, die hier hausten, zufällig in seine Richtung sah, würde er auffallen wie ein schwarzer Meteorit auf einem arktischen Eisschelf.

Als er das Klatschen breiter, nackter Füße aus einem Seitengang näher kommen hörte, duckte er sich in die erstbeste dunkle Tunnelöffnung. Bevor er sich in die Finsternis zurückzog, holte er ein Tuch aus der Tasche und wischte etwas von dem grünen Zeug von den Knochen ab. Dann steckte er den leuchtenden Fetzen ein und ließ die Nekropole hinter sich.

Da die Schritte immer näher klangen, blieb ihm keine andere Wahl, als weiter dem Tunnel zu folgen. Er verlief fünfzehn Meter lang geradeaus, und Knight hoffte, er würde anschließend nach oben führen, aber das tat er nicht. Er senkte sich noch tiefer in den Berg. Tiefer in die Höhlen der Nguoi Rung.

38

Wellen von Hitze streichelten Saras Körper. Sie konnte immer noch nichts sehen, doch der trockenen Wärme und einem gelegentlichen Knacken entnahm sie, dass sie an einem Feuer saß. An ihren hinter dem Rücken zusammengebundenen Händen spürte sie kalten Stein, und das gelegentliche Echo einer Stimme sagte ihr, dass sie sich in einer Höhle befand. Sie versuchte, sich auf ihre anderen Sinne zu konzentrieren, aber der beengte Raum und die gleichmäßige Hitze des Feuers verhinderten, dass sie mehr als ihre unmittelbare Umgebung »fühlte«.

Sie konnte nicht einmal sagen, ob King hier war. Irgendwann nach ihrer Gefangennahme hatte sie einen Kampf hinter sich gespürt und sich gefragt, ob Queen entkommen war. Eine Gruppe der Entführer schien sich an die Verfolgung gemacht zu haben, doch sie hatte keine Ahnung, was genau passiert war. Selbst wenn Queen entflohen war, bezweifelte Sara, dass sie weit kommen würde, ganz zu schweigen davon, dass sie zurückkehren und sie befreien könnte.

»Sara, sind Sie da?«

Eine Welle von Freude und Furcht durchlief Sara. »King«, sagte sie, und sein Name mündete in einen erleichterten Seufzer. »Sie sind am Leben.«

»Angesichts meines jetzigen Zustands und der Kopfschmerzen wünschte ich beinahe, ich wäre es nicht.«

»Sind Sie verletzt?«

»Nichts, was nicht wieder heilen würde, aber sie haben mir Hände und Füße zusammengebunden und mich daran aufgehängt. Sie können nicht zufällig Ihren Trick mit dem losen Seil noch einmal vorführen?«

Sara kämpfte mit ihren Fesseln, gab aber bald auf. »Keine Chance.« King seufzte. Die Mission hatte sich zu einer einzigen Katastrophe entwickelt. Die Landung mitten in einem Schlachtfeld. Saras Entführung. Gefangennahme und Folter durch die VPLA. Und jetzt, nach Saras Rettung, lagen sie *schon wieder* in Fesseln.

Aber *wer* war *diesmal* dafür verantwortlich, fragte er sich. Er konnte sich an nichts erinnern, außer, dass er vor einer Minute mit dröhnenden Kopfschmerzen zu sich gekommen war. Wenigstens waren sie noch zusammen. Oder nicht? »Queen?«

»Sie ist nicht hier«, sagte Sara. »Ich glaube, sie ist entkommen.«

King wusste nicht genau, ob er das gut oder schlecht finden sollte. Sie waren bereits von Knight, Rook und Bishop getrennt worden. Das Team fand Stärke aneinander. Jeder war ein Teil des Ganzen. King, der Kopf, kühl und gerissen. Bishop und Rook die Arme, stark und zuverlässig. Knight und Queen die Beine, mobil und tödlich. Immerhin, wenn Queen frei war, stand ohne Zweifel ein Rettungsversuch bevor – wenn sie noch lebte.

Sara wartete auf Antwort, doch King blieb stumm. Sie konnte die Stille nicht ertragen. Nicht jetzt. Da ihre eigenartigen Sinne nicht funktionierten und sie obendrein nichts sehen konnte, brauchte sie seine Stimme, um nicht durchzudrehen. Aber was sollte sie ihn fragen? Sie wusste so wenig von ihm. Seine Kindheit? Hatte er Familie? Eine Freundin? Der Mann war nicht gerade ein offenes Buch. »King«, begann sie, »warum tun Sie das, was Sie tun?«

»Was meinen Sie?«, fragte King und hoffte, sie hätte es nicht auf eine lange Unterhaltung abgesehen. Sein nach unten hängender Schädel dröhnte bei jedem Laut.

»Delta. Die meisten Kinder wollen Feuerwehrleute werden oder Paläontologen oder …«

»Oder Arzt«, meinte King.

»Ja, oder Arzt.«

»Ich wollte Farmer werden. Mais. Ich war verrückt nach frischen Maiskolben. Wollte gar nichts anderes essen.«

»Und was kam dazwischen?«

»Außer, dass ich zum Teenager wurde? Feststellte, dass Mädchen Titten haben, und beschloss, dass ein Skateboard besser zu mir passt als Gemüse?«

Während King die Gedanken nach innen richtete, ließ der pulsierende Schmerz in seinem Kopf etwas nach.

»Das ist nicht gerade ungewöhnlich. Was hat Sie zu … ich weiß nicht …«

»Zum Soldaten gemacht?«

»Ja.«

»Meine Schwester.«

»Das müssen ja schreckliche Hänseleien gewesen sein.« Sara schaffte es, unter ihrer Kapuze zu lächeln. Die Vorstellung, dass jemand King so lange hänseln könnte, bis er etwas Verrücktes tat, schien absurd. Als wollte man Ebbe und Flut aufhalten oder die Erde zum Stillstand bringen. Der Mann hatte tiefe, starke Wurzeln. Ihr erster Eindruck, dass er eine brummige Luftnummer sei, war längst großem Respekt gewichen. Hinter seiner unbeschwerten Fassade verbarg sich ein kühler, überlegter, tüchtiger Soldat. Aber er war mehr als das. Nach allem, was er durchgemacht und getan hatte, besaß King immer noch ein Herz. Und wer ein Herz wie dieses hatte, das den schlimmsten Schrecken der Welt trotzen und dennoch weiter schlagen konnte … empfinden konnte … ein solcher Mann war es wert, dass man ihn besser kennenlernte.

»Sie hieß Julie. Eine Zeitlang haben wir uns gegenseitig gehasst. Wie wohl die meisten Geschwister irgendwann. Das änderte sich, als wir älter wurden. Dann ging sie zur Air Force. Wollte Kampfpilotin werden.«

»Hat sie es geschafft?«

»Ja. Sie war ein erstaunlicher Mensch.«

Sara wartete, dass King weitersprach. Sie ahnte, dass er sich selten jemandem so öffnete, vermutlich nicht einmal dem Schachteam, und sie wollte ihn nicht drängen. Vielleicht war er nicht ganz klar, weil er mit dem Kopf nach unten hing. Vielleicht beruhte aber auch die Verbindung, die sie zwischen ihnen beiden wachsen fühlte, auf Gegenseitigkeit. Irgendwann konnte sie das Schweigen nicht mehr ertragen. »Und?«

»Sie ist abgestürzt.«

Sara verfluchte sich, dass sie die Geschichte nicht auf sich hatte beruhen lassen, aber dann sprach King weiter.

»Es war ein Übungsflug. Sie hat nie einen Kampfeinsatz geflogen. Im selben Jahr bin ich zur Armee gegangen. Als eine Art Tribut an sie, denke ich. Ziemlich blödsinnig im Rückblick. Wie sich herausstellte, konnte ich gut mit Schusswaffen umgehen.«

»Und dem Messer.«

King lachte kurz auf, stöhnte dann aber, als sein mit Blut gefüllter Schädel zu platzen drohte. »Und dem Messer. Natürlich wurde alles anders, als Deep Blue …«

King verstummte.

»Was ist Deep Blue?«

»Deep Blue ist ein Er und setzt bei dieser Mission aus.«

»Warum das?«

»Ich bin mir nicht sicher …« King überließ sich seinen

Gedanken und versuchte die Puzzleteilchen zusammenzusetzen. Warum hatte Deep Blue sich an dieser Mission nicht beteiligt? Tod oder Krankheit? Seine Identität war geheim, also nahm er wahrscheinlich eine hohe Machtposition ein. War viel beschäftigt. Leitete er eine andere Mission? Doch welche Mission konnte wichtiger sein als diese? *Brugada.* Das Wort blitzte kurz in Kings Hinterkopf auf. Es hatte etwas mit Brugada zu tun. Das musste es sein. Doch bevor sich das Puzzle zusammenfügen konnte, meldete Sara sich wieder.

»King.« Sie spürte die Gegenwart eines Neuankömmlings. Er war so nah, dass sie ihn trotz des Feuers bemerkte. »Jemand ist hier.«

»Sehr aufmerksam«, meinte eine freundliche Männerstimme. Die Kapuze wurde ihr vom Kopf gezogen. Das Feuer flackerte hell, ein, zwei Meter entfernt. Sie blinzelte und versuchte den Mann zu erkennen, der über ihr stand. Aber ihre Augen mussten sich erst umgewöhnen, zudem stand er im Gegenlicht.

King fühlte, wie er hochgehoben und sanft auf dem Boden der Höhle abgesetzt wurde. Seine Kapuze verschwand, und er kniff die Augen vor der Helligkeit zusammen. Sara hockte auf der anderen Seite eines Feuers, das zwischen ihnen flackerte. Rechts von ihm kauerte ein Mann. King sah ihm in die bebrillten Augen. Sie waren leuchtend blau und blickten freundlich drein. Dann fiel ihm auf, dass der Mann nur einen Lendenschurz trug. Ein bebrillter, nicht gerade blendend aussehender Tarzan.

Na großartig, dachte King.

Der Mann lächelte. »Ich muss mich für die Unannehmlichkeiten entschuldigen. Mein Name ist Dr. Anthony Weston.«

39

Nässe.

Die ganze Welt war nass.

Die Rinde der Bäume fühlte sich glitschig an. Mit jedem Schritt versank man im Schlamm. Und die eingeatmete Luft schien die Lungen mit einer klebrigen Schicht zu belegen. Das war im Dschungel zwar immer so, aber Rook war es eben erst richtig bewusst geworden. Während Erschöpfung und Verzweiflung einsetzten, schloss sich die Nässe immer enger um ihn. Eine nie gekannte Wut erfüllte ihn. Sein Team ... seine Freunde ... waren verschollen oder tot. *Sie alle*. Vielleicht sah er einige von ihnen ja bald wieder, dachte er, in den Hallen von Walhalla, wo die Krieger hingingen, wenn sie starben. Dort war ihr Platz. Aber ob er selbst im Kampf sterben und nicht einfach irgendwann ein Opfer der Elemente werden würde, da war er nicht mehr so sicher.

Er zerrte sich die klatschnassen, am Körper klebenden Kleider vom Leib. Der durchweichte Stoff behinderte ihn so sehr, dass er mehr Lärm machte, als ihm lieb war. Erst streifte er die schwere Flakweste ab. Von der Gruppe, die er jagte, waren keine Kugeln zu befürchten. Dann folgte das Hemd, das er sich vom Körper schälte wie die Haut eines Grillhähnchens. Jetzt konnten seine Poren endlich wieder atmen, und er entspannte sich ein wenig. Als Nächstes zog er den Ausbruchsmonitor vom Handgelenk. Jetzt, wo das sanfte Leuchten der digitalen Anzeige nicht mehr vom Ärmel bedeckt war, konnte es ihn verraten. Er registrierte, dass der Alarm auf Orange stand, und steckte das Gerät ein.

Nach einem wachsamen Blick über den Halbkreis freiliegender Brettwurzeln, hinter dem er sich versteckt hatte, wälzte er sich in einer Schlammpfütze wie ein Schwein. Von den blonden Haaren bis zu den Füßen war er jetzt mit feuchtem Dreck zugekleistert. Zufrieden mit dem Ergebnis, stand er auf und lehnte sich an den Baum. Die dunkelgraue Farbe war keine perfekte Tarnung, doch am Boden des Dschungels besser als seine kohlschwarze Uniform. Bei so vielen Gegnern ... so vielen *Dingern* ... war es wichtig, so unsichtbar wie möglich zu bleiben. Einen Moment lang musste er lächeln, als ihm die Szene aus *Predator* einfiel, wo Arnold Schwarzenegger seinen Körper mit Schlamm einreibt, um der wärmeempfindlichen Zielvorrichtung des außerirdischen Jägers zu entkommen. »Da drüben ... hinter den Bäumen«, imitierte er flüsternd eine seiner Lieblingsstellen. »Ich ... sehe ... dich.« Der Film war einer von mehreren, die ihn als Teenager ins Rekrutierungsbüro der Armee geführt hatten. Der gute alte Arnie hatte das Glück gehabt, nur einen einzigen Alien bekämpfen zu müssen. Rook trat gegen einen ganzen Stamm echter Neandertaler an.

Er warf seine Kleider in den Schlamm und trampelte barfuß darauf herum. Es gab ein nasses, schlürfendes Geräusch, als die Brühe seine Füße festhalten wollte. Nachdem er die Kleider – und ihren Geruch – versteckt hatte, war er abmarschbereit.

Ein Geräusch ließ ihn erstarren. Ein kaum hörbares Scharren auf Baumrinde. Da schlich sich einer von hinten an.

Mit einem Kampfschrei wirbelte Rook herum und erwischte den Angreifer mitten im Sprung. Die dunkle Gestalt erwiderte seinen Schrei, weiblich und wild.

Lucy, dachte er.

Sein Bein schwang in einem Roundhouse-Kick herum und erwischte die Bestie seitlich am Kopf. Er hörte ein zufriedenstellendes Aufstöhnen. Doch bevor er nachsetzen konnte, grub sich ein Knie in seine Weichteile. Der anschließende Hieb gegen sein Brustbein warf ihn rücklings in den Schlamm. Lucy verschwendete keine Zeit, warf sich auf ihn und rammte ihm brutal die Faust in den Bauch.

Rook grunzte und brüllte: »Das war's, jetzt mach ich dich fertig!« Er brachte die Fäuste hoch, um den Schädel seiner Gegnerin dazwischen zu zermalmen. Doch ein einzelnes Wort hielt ihn zurück.

»Rook?«

Das Gesicht beugte sich tiefer, unidentifizierbar unter einer dicken Schlammkruste. Rook blickte in ein Augenpaar, das ebenso blau leuchtete wie das seine. »Queen?«

Im Gesicht der dunklen Erscheinung blitzte es weiß auf. Ein Lächeln. »Rook!« Mit schlammverschmierten Lippen pflanzte Queen einen leidenschaftlichen Kuss auf Rooks Mund.

Als sie sich von ihm löste, grinste Rook von Ohr zu Ohr. »Freut mich auch, dich zu sehen.«

Queen stand auf. Wie Rook hatte sie sich von der Hüfte aufwärts entkleidet und ihren Seuchenmonitor abgestreift. Sie war von Kopf bis Fuß von einer Schlammschicht bedeckt und wirkte eher wie ein Model für Bademoden in Körperfarben, nicht wie ein tödlicher Killer, aber Rook wusste es besser. Er versuchte, ihren Körper zu ignorieren. Besser, er stellte sie sich als eine seiner Schwestern vor. Und vergaß den Kuss, den sie ihm gerade gegeben hatte. Sie war *Queen.*

Aber sie war auch – Queen bemerkte seine Irritation und wies ihn sofort in die Schranken. »Wenn du einen Ständer kriegst, ich schwör's, ich schneid ihn dir ab, Rook. Und jetzt beweg deinen faulen Arsch. Ich war bloß glücklich, dich lebend wiederzusehen.«

Rook griff nach ihrer Hand und zog sich hoch. Er rieb sich den schmerzenden Unterleib, eine Warnung, dass in der Schönheit neben ihm eine gefährliche Bestie lauerte. Rook richtete die Gedanken wieder auf ihre Mission. »Wo ist King? Habt ihr Pawn gefunden?«

Sie kauerten sich in den Winkel hinter den freiliegenden Brettwurzeln. »Wir hatten sie befreit, aber dann ... hat uns etwas angegriffen. Uns alle drei kampflos überwältigt. Wir hatten keine Chance.«

Rook nickte, und seine Augen füllten sich mit Zorn. »Dr. Weston und seine Brut.«

»Weston?«

»Stell dir einen Doktor Doolittle vor, nur mit einem Hang zu tierischer Liebe, dann liegst du richtig. Er hat ein ganzes Dorf voller Freaks. Sie sind schneller als Knight. Stärker als Bishop.«

»Ich hab sie gesehen«, meinte Queen, »bei meiner Flucht. Woher kennst du sie?«

Rook tat einen tiefen Atemzug. Das würde eine bittere Pille für Queen sein. »Ich habe diesen Weston belauscht, bevor sein haariges kleines Bastardkind Bishop den Kopf abgerissen hat. Somi ist auch tot.«

Ihre Augen blitzten auf, aber sie zuckte mit keiner Wimper. »Knight?«

»Verletzt, aber am Leben. Er hält sich versteckt. Er schafft es.« Rook schüttelte den Kopf, als er an die zurückliegenden Ereignisse dachte. »Das ist nicht alles. Die Mütter von Westons Volk ... sind reinblütige Neandertaler. Sie hatten sich Knight bereits geschnappt. Und ihn in die Speisekammer gehängt. Als Imbiss für später. Sie haben mehr von Monstern an sich als jede andere Art von Menschen, Neandertaler oder nicht. Die erste Generation von Westons Gruppe stammt von ihnen ab. Ich weiß nicht, wie viele es inzwischen sind, aber sie werden schneller erwachsen als wir, also denke ich, eine ganze Menge.«

Queen nickte nachdenklich. »Hast du einen Plan?«

»Ich wollte mich mit Schlamm tarnen, die Gegend auskundschaften, Weston und Cha-Ka finden und ihnen kräftig in den Arsch treten … aber wenn King und Pawn gefangen sind …«

»Wir müssen sie befreien und unsere Mission vollenden.«

Er knirschte mit den Zähnen, als er an Bishops Tod zurückdachte.

»Und wenn wir dabei über Weston stolpern«, sagte sie, »tja, dann sehen wir einfach mal, was passiert.«

Damit konnte er leben. »Weißt du, wo sie sind?«

Sie deutete nach Norden. »Wahrscheinlich am Fuß des Berges.«

Ein hoher, grüner Berg mit einem kahlen, felsigen Gipfel war durch einzelne Lücken im Blätterdach sichtbar. Um seine Spitze hing eine Nebelschicht.

»In den Tunneln, sind dir da die Symbole an den Wänden aufgefallen?«, fragte Rook.

Queen erinnerte sich gut daran. »An jeder einzelnen Abzweigung.«

Rook nickte. »Wie Hinweisschilder. Aber da war noch mehr … viel mehr. Eine ganze Stadt der Toten. Gebäude, ganz aus Knochen errichtet. Neandertalerknochen. Erleuchtet von grünen, glühenden Algen. Es war verteufelt unheimlich und gewaltig. Wäre es von Menschenhand geschaffen, man hätte es schon längst zum Weltwunder erklärt. Aber Weston hat die Nekropole als Nebensächlichkeit abgetan. Gemeint, es wäre nur die Spitze des Eisbergs. Ich verwette mein linkes Ei, dass wir sie nicht *auf* diesem Berg finden.«

Rook sah Queen an, deren Augen blau aus dem verkrusteten Schlamm herausleuchteten. »Sie werden *in* ihm sein.«

40

Weston kauerte auf den Fußballen, die Ellbogen auf die Knie gestützt. Er schien in eine Art primitiven Urzustand zurückgefallen zu sein und erinnerte ein wenig an die Höhlenmenschen in den Filmen, die in den Siebzigerjahren des letzten Jahrhunderts populär gewesen waren – stark behaarte Hippies in Stoffwindeln, die nach rohem Fleisch stanken. Der einzige Anachronismus in seiner Erscheinung war die Brille mit den dicken Gläsern, die seine blauen Augen vergrößerte.

Sara fand den Geruch des Mannes abstoßend und bemühte sich, durch den Mund statt durch die Nase zu atmen.

»Sie sehen wohl keine Möglichkeit, uns loszubinden?«, fragte King und wand sich, um eine bequemere Stellung zu finden.

Weston runzelte die Stirn. »Tut mir leid, aber wir haben die Erfahrung gemacht, dass man Leuten aus der Welt da draußen nicht trauen darf.«

»Wir waren zu dritt«, sagte King. Das beinhaltete die unausgesprochene Frage, die er sich die ganze Zeit stellte: Wo war Queen?

»Ihre Freundin hat schlagend bewiesen, warum man Ihnen nicht trauen darf«, meinte Weston, und seine Miene verfinsterte sich.

»Sie ist entkommen?«, fragte Sara.

»Allerdings«, erwiderte Weston. »Nachdem sie einen ihrer Bewacher und beinahe auch noch ein kleines Mädchen getötet hat. Keine Sorge, wir finden sie. Und wenn die anderen ihre Rachegelüste zügeln können, wird sie Ihnen bald Gesellschaft leisten.«

Es war gut zu wissen, dass Queen entkommen und in Freiheit war. Und Weston überschätzte offenbar seine Möglichkeiten, sie ein zweites Mal einzufangen. Ausgezeichnet. Weston hatte keine Ahnung, mit wem er sich da angelegt hatte.

King musterte ihn. Der Mann hatte ein freundliches Gesicht und ein angenehmes Wesen, aber er wusste aus Erfahrung, dass gerade gefährliche Männer sich oft sehr gut verstellen konnten. »Sie sind Amerikaner?«

»Früher einmal, ja.«

»Jetzt nicht mehr?«

»Sie wirken sehr selbstsicher für einen Mann in Fesseln«, meinte Weston lächelnd.

King grinste. »Ist nicht das erste Mal.«

Weston lachte und breitete die Arme aus, als wollte er die ganze Welt umarmen. »Und doch sind Sie hier! Sehr gut ... sehr gut ... Würde es Ihnen etwas ausmachen, mir zu verraten, *warum* Sie hier sind?«

King schwieg, und Sara folgte seinem Beispiel, als Weston sie fragend ansah.

»Das ist kein Verhör«, sagte Weston. »Ich bin kein Soldat.«

Das Schweigen hielt an.

»Ist vielleicht irgendwas in der Welt da draußen nicht ganz in Ordnung?«, fragte Weston. »Erwarten Sie vielleicht, hier die Lösung dafür zu finden? In den Annamiten? Wir haben die vietnamesischen Soldaten belauscht. Anscheinend suchen sie nach einem Heilmittel für eine

Krankheit, die hier ihren Ausgang genommen hat. Und Sie sind aus demselben Grund hier.«

King bedachte Weston mit einem kalten Blick.

»Sagen Sie«, meinte Weston, »welcher von Ihnen ist der Wissenschaftler?«

Er amüsierte sich über Kings harten Blick. »Sie gewiss nicht.« Er musterte Sara und rutschte mit den Füßen scharrend auf sie zu, ohne sich aus seiner kauernden Haltung zu erheben, ähnlich wie ein träger Gorilla. Er drückte ihr sanft den Arm.

Sie wich zurück. »Lassen Sie Ihre verdammten Finger von mir.«

Weston lachte auf und wieselte zu seinem alten Platz am Feuer zurück. »Sie sind die Wissenschaftlerin. Zu weich und empfindlich für eine Soldatin.«

King zeigte keine Regung, und seine Stimme blieb kühl wie immer. »Was wissen Sie über das Brugada-Syndrom?«

Weston zog die Augenbrauen hoch und lächelte breit. »So wird es also genannt? Klingt verhängnisvoll.«

»Es ist verhängnisvoll«, sagte King. Er sah keinen plausiblen Grund, nicht darüber zu reden. Weston wusste etwas, und es schien, als würden sie von ihm nur mit Offenheit etwas in Erfahrung bringen.

Weston wiegte sich auf den Fußballen vor und zurück. »Wie viele Tote?«

King versuchte, die Achseln zu zucken, aber seine gefesselten Arme hinderten ihn daran. »Nicht viele.«

»Wir wurden in einem sehr frühen Stadium darauf aufmerksam«, fiel Sara ein.

Weston wirkte verwirrt. »Ich bin nicht sicher, ob ich das verstehe. Ein paar Leute sterben, und amerikanische Spezialeinheiten fallen wegen des Heilmittels in ein fremdes Land ein?«

»Einer der ersten Erkrankten steht im Licht der Öffentlichkeit«, erklärte Sara.

»*Steht?* Nicht *stand?* Diese Person hat überlebt?« Weston beugte sich interessiert vor. »Wer war es?«

»Der Präsident«, erwiderte King.

Weston fiel beinahe um vor Überraschung. »Der Präsident der Vereinigten Staaten?«

»Was der Grund für unsere Anwesenheit ist«, nickte King.

»Das ergibt natürlich einen Sinn.« Weston beruhigte sich wieder und sagte: »Aber wie ist der Präsident erkrankt? Er macht doch gewiss keine Mondscheinspaziergänge im vietnamesischen Dschungel.«

»Brugada wurde waffenfähig gemacht«, sagte King. »Es war ein Attentat.«

»Und es ist ansteckend, reist huckepack in einer Vogelgrippe«, fügte Sara hinzu. »Wir konnten die Ausbreitung verhindern, indem wir Hunderte von Leuten unter Quarantäne stellten, einschließlich des Präsidenten und des größten Teils des Personals im Weißen Haus. Aber beim nächsten Mal könnten wir zu spät kommen.«

»Sie wissen, was es ist, nicht wahr?«, fragte King.

Weston richtete den Blick auf den Fußboden und scharrte mit bloßem Fuß darauf herum. »Die Menschen sterben in dieser Region seit hunderten, vielleicht sogar tausenden von Jahren am plötzlichen Tod. Jedes Jahr kommen mehr dazu. Und er hat die gesamte männliche Bevölkerung der Nguoi Rung dahingerafft. Die alten Mütter sind alles, was noch von ihnen übrig ist.« Er sah auf. »Wie kommen Sie darauf, dass es ein Heilmittel gibt?«

»Wir wissen, dass der ursprüngliche Brugada-Stamm sich in dieser Region entwickelt hat. Der neue höchstwahrscheinlich auch. Wer sind die Nguoi Rung?«

»Das werden Sie noch früh genug erfahren. Was ist mit diesem neuen Stamm?«, wollte Weston wissen.

»Ursprünglich handelte es sich um einen Gendefekt, der von Generation zu Generation vererbt wurde«, erklärte Sara. »Aufgrund einer Mutation ist die Krankheit inzwischen ansteckend, und der Tod tritt spätestens innerhalb einer Woche ein. Sie könnte die gesamte menschliche Bevölkerung der Erde auslöschen. Einschließlich Ihnen. Und wer immer hier mit Ihnen lebt.«

Weston donnerte sich mit der Faust gegen die Brust, wie um seine Männlichkeit zu demonstrieren. »Und doch bin ich hier. Direkt an der Quelle, am Leben und bei bester Gesundheit. Vielleicht sind Sie am falschen Ort?«

Sara funkelte ihn an. »Wir sind hier genau richtig, und das wissen Sie, nicht wahr?«

Westons Lächeln verblasste ein wenig. »Sie begreifen vielleicht meine Position nicht. Für Sie bin ich ein Freak. Meine Leute sind Monster – Tiere, die zu töten Sie nicht zögern würden. Missgeburten. Ich erkenne die Furcht in menschlichen Augen, wenn ich sie sehe. Und ich bin der Einzige, der zwischen meinen Leuten und der Außenwelt steht. Zwischen einer Kultur, die älter ist als die Menschheit, und ihrer Vernichtung. Sie versuchen vielleicht, die menschliche Zivilisation zu retten, aber ich will …«, seine Stimme bebte, »… meine Familie retten. Meine Kinder.« Er stand auf und brachte hinter einem Felsen Saras Rucksack zum Vorschein.

Sie keuchte auf.

Weston hockte sich hin und öffnete ihn. Er fand den Laptop und legte ihn zwischen sich und dem Feuer auf den Steinboden. Dann fischte er die Blutprobe heraus und stellte sie daneben. Er klappte den Bildschirm auf und drückte den Einschaltknopf. »Wissen Sie, der Laptop, den ich damals dabeihatte, war sicher fünf Kilo schwer. Der hier kann nicht mehr als ein Kilo wiegen. Der technologische Fortschritt ist schon erstaunlich, nicht?«

»Wie lange sind Sie schon hier?«, fragte King.

»Ich bin 1995 angekommen«, erwiderte Weston. Sara machte große Augen. »Fünfzehn Jahre.« Der Bildschirm leuchtete auf, und eine Tonfolge signalisierte, dass er den Betrieb an der Stelle wieder aufnahm, wo er zugeklappt worden war. »Hübscher Pinguin.« Weston drehte den Laptop zu Sara herum. »Sie haben Bluttests durchgeführt?«

Sie antwortete nicht und versuchte stattdessen, die Testresultate zu erkennen. Sie bemühte sich, keine Reaktion zu zeigen, als sie in der Liste der Antikörper aus dem Blut der Frau den neuen Stamm der Vogelgrippe entdeckte. Dieses Blut bot die beste Basis für ein Heilmittel.

»Da ist nichts«, sagte Sara.

Weston zog eine Augenbraue hoch. »Bevor ich meinen Platz hier gefunden habe, war ich Kryptozoologe. Ich bin kein Narr. Tatsächlich weiß ich mehr über Ihr Brugada-Syndrom als Sie.«

Mit einer beiläufigen Handbewegung warf er die Blutprobe ins Feuer. Das Glas zerbrach, und ein Geysir aus Dampf schoss fünf Meter hoch bis an die Höhlendecke. Eine Brise, die aus den Tiefen der Höhle drang, trug Dampf und Rauch entlang der Decke davon und nahm jede Spur des Blutes und der damit verbundenen Hoffnungen mit sich.

Sara musste ein Würgen unterdrücken, als sie begriff, dass sie verbranntes menschliches Blut roch, doch ihr Ekel verwandelte sich in Zorn. »Warum haben Sie das getan?«, schrie sie und kämpfte gegen ihre Fesseln an, wollte sich in wilder Wut auf Weston stürzen und ihn erwürgen.

»Weil«, sagte King, »er das Heilmittel bereits besitzt.«

Weston stand auf, nahm den Laptop und warf ihn so heftig gegen die Wand, dass er zerschellte. Das Kunststoffgehäuse klapperte zu Boden, und Weston nahm gelassen wieder seinen Platz am Feuer ein.

Dass er nicht zu leugnen versuchte, war Sara Antwort genug. »Warum geben Sie es uns nicht einfach und lassen uns gehen?! Es steht so viel auf dem Spiel, wie können Sie da …«

»Sie haben keine Ahnung, was auf dem Spiel steht!«, stieß Weston heftig hervor, und sein Gesicht lief rot an. »Die Zivilisation der Nguoi Rung, der Vorfahren meiner Kinder, hat hier Zuflucht vor der Menschheit gefunden. *Meine* Kinder finden hier Zuflucht. Ich kann nicht zulassen, dass das Wissen um ihre Existenz diesen Dschungel verlässt.« Seine Stimme beruhigte sich wieder. »Es ist schrecklich. Ich weiß. Aber ich habe schon schrecklichere Dinge getan, um diesen verborgenen Schatz zu hüten, und ich werde es wieder tun, wenn es sein muss. Sie können hier nicht weg. Ob Sie mit uns leben oder Gefangene bleiben wollen, liegt ganz bei Ihnen. Aber Sie werden nicht fortgehen.«

Er massierte sich die Schläfen, schloss die Augen und seufzte. »Der Rest der Welt wird einfach auf andere Art ein Heilmittel finden müssen.«

»Und die VPLA«, warf King ein. »Was haben Sie mit denen vor?«

»Auch die werden den Dschungel nicht mehr verlassen.« Weston hielt Kings Blick stand. »Ich *habe bereits* schreckliche Dinge getan, Soldat. Sie sollten besser als jeder andere wissen, dass Menschen zu töten, um Ihr Volk, Ihre Heimat zu schützen, eine …«

»Eine edle Tat ist«, vervollständigte King.

Weston lächelte schwach. »Eine edle Tat.«

»Und mein Name ist King.«

Wieder trat ein Grinsen auf Westons Gesicht. Er griff nach einem Stock und stocherte damit im Feuer herum. Funken stoben zur Decke. »Agent Orange, davon haben Sie gehört, oder?«

»Ein Herbizid, das im Vietnamkrieg eingesetzt wurde, um den Wald zu entlauben«, erwiderte King.

»Es wird heute noch vor der Ernte als Entlaubungsmittel bei Baumwolle eingesetzt«, fügte Sara hinzu. »Spuren davon finden sich in Baumwollsaatöl, was grotesk ist, denn es verursacht …«

Saras Augen weiteten sich.

Kings Kopf flog zu ihr herum. »Verursacht was?«

Sara begegnete seinem Blick und sah dann wieder Weston an. »Genetische Mutationen. Bindegewebskrebs, hodgkinsche Krankheit, Non-Hodgkin Lymphom, chronische lymphatische Leukämie … Es ist ein Karzinogen. Höchst mutagen.«

»Beeindruckend«, sagte Weston. »Ich habe ein paar Jahre gebraucht, um mir das alles zusammenzureimen. Und ein paar weitere, um herauszufinden, warum ich und die Kinder immun sind.«

»Sie haben Experimente an den Dorfbewohnern durchgeführt«, mutmaßte King.

»Um Gottes willen, nein. Ich habe sie *beobachtet*. Ihr Sterben hat mir die Mechanismen der Seuche gezeigt und ihren Verlauf, bis der Tod eintritt. Ein Dorf wurde von der Grippe befallen. Ein paar Tage später forderte der plötzliche Tod sein erstes Opfer. Dann ging eine Welle des Todes durch das Dorf. Manchmal sah ich stündlich einen Mann einfach tot umfallen.

Mit den Bewohnern eines Dorfes nördlich von hier habe ich darüber gesprochen. Zu meiner Überraschung war das nicht der erste Vorfall. Der Dorfälteste, ein sehr alter Mann, dem ich schon mehrfach im Dschungel begegnet war, hat mir von einer Zeit berichtet, als ein Mann in seinem Heimatdorf, vielleicht ein Träger von Brugada, sehr krank wurde. Sie behandelten ihn mit einem Kraut aus dem Dschungel, das, wie ich jetzt weiß, resistent gegen die Auswirkungen von Agent Orange ist, jedoch Spuren davon in seinen Wurzeln speichert. Agent Orange kann heute noch in den meisten hiesigen Nahrungsmitteln nachgewiesen werden, doch sie verwendeten eine große Menge eines hoch belasteten Krauts, einschließlich der Wurzeln. Sie zerrieben es, kochten es und flößten es dem Mann als Sud ein. Das war der Zeitpunkt, an dem die Dinge sich änderten. Ein paar Tage später erlag er dem plötzlichen Tod. Brugada und die Grippe hatten sich zusammengetan, sozusagen. Die Grippe breitete sich aus, und die Dörfler begannen zu sterben. Die Mutter des alten Mannes floh klugerweise, bevor sie und ihre Familie sich anstecken konnten, aber der Rest des Dorfes wurde ausgelöscht. Irgendwie überlebte das Grippevirus, möglicherweise innerhalb der lokalen Affenpopulation, die nicht an Brugada erkrankt, und tauchte in Anh Dung wieder auf. Ich habe es mit eigenen Augen gesehen, genau, wie der alte Mann es beschrieben hatte.«

King kämpfte gegen seine Fesseln an. Er konnte Weston mit bloßen Händen töten. Verdammt, er konnte es mit einer Hand tun. Er knurrte: »Jeder auf dem ganzen Planeten könnte sterben. Wollen Sie dabei auch nur zusehen?«

Weston richtete sich über King auf und hielt plötzlich einen großen Stein in der Hand. Er hob ihn langsam, um ihn auf Kings Kopf niedersausen zu lassen. »Manchmal stirbt eine Spezies aus, um einer besseren Platz zu machen. So geht das seit Millionen von Jahren.«

»Platz machen? Wem denn?«, rief King. »Es wird niemand mehr da sein!«

»O mein Gott«, sagte Sara.

King gab es auf, sich gegen seine Fesseln zu stemmen, und blickte sie an. Weston ebenso.

Sara sah wieder die Kreaturen von Anh Dung vor sich. Und ihre unmenschlichen Entführer. Sie hatte ihre Körper gespürt. Sie hatte sie für nicht-menschlich gehalten. Jetzt dämmerte ihr die Wahrheit – sie waren halb menschlich. »Seine Kinder«, flüsterte sie. »Sie waschen Ihre Hände in Unschuld, was die Auslöschung der menschlichen Rasse betrifft. Aber Sie haben auch nichts dagegen.«

»Der Tod trifft seine eigene Wahl. Wenn die menschliche Rasse kein Heilmittel für diese schreckliche Krankheit findet, dann hat die Natur sie disqualifiziert. Das ist der natürliche Lauf der Welt. Tut mir leid. Wirklich. Aber wir versuchen zwei völlig unterschiedliche, miteinander unvereinbare Zivilisationen zu erhalten.« Westons Miene hellte sich ein wenig auf. »Ach ja. Ich habe Sie ja noch gar nicht vorgestellt!«

Er legte eine Hand an den Mund und rief: »Oh, Lucy!«, dabei ließ er seine Stimme wie Ricky Ricardo in der Fünfzigerjahre-TV-Serie »I love Lucy« klingen. Anschließend blickte Weston über die Schulter zu King und Sara. »Ich liebe es, das zu tun.«

Lucy betrat den Raum. King dachte zunächst, das Flackerlicht des Feuers spiele seinen Augen einen Streich. Dann, als ihm klarwurde, dass die halb menschliche Gestalt vor ihm echt war, verhärtete sich seine Miene, als wäre sie aus Stein gemeißelt, eingefroren, ausdruckslos.

Sara keuchte auf und wich zurück, so gut sie konnte. Lucy war nicht unattraktiv – leuchtende Augen in einem Kindergesicht –, doch ihre wildere Seite – schmutzverklebte Haare am ganzen Körper, lange, dreckige Krallen an Fingern und Zehen – zeugte von etwas Uraltem. Etwas, vor dem sich die Kinder in der Nacht fürchteten. Lucy lächelte und bleckte zweieinhalb Zentimeter lange Eckzähne.

»Lucy«, Weston wies auf King. »Das ist King, und …« Er deutete auf Sara.

Sie saß mucksmäuschenstill wie ein verängstigtes Häschen, mit wild pochendem Herzen.

»Pawn«, antwortete King an ihrer Stelle. »Sie ist Pawn.«

»Schachfiguren«, begriff Weston. »Wie originell. Und ich dachte schon, Sie hätten nichts weiter als ein enormes Ego.«

»Das auch«, sagte King, obwohl sein Selbstvertrauen mehr denn je Fassade war.

»King und Pawn«, setzte Weston die Vorstellung fort, »das ist meine Urgroßenkelin Lucy. Sie ist mir das liebste meiner Kinder. Meine Neandertaler-Prinzessin. Die nächste Generation der Nguoi Rung.« Er verwuschelte ihr die Haare auf dem Kopf. Dann trat er zurück, obwohl Lucy sich anscheinend gerne noch länger hätte hätscheln lassen.

Neandertaler? Eine frühere Unterhaltung mit King blitzte in Saras Erinnerung auf. Plastizität. Genetische Assimilation. Lucy schien das Produkt beider Theorien zu sein, doch Weston hatte sie als seine Urgroßenkelin bezeichnet. Eine Blutsverwandte.

Wenn Lucy halb menschlich ist, dachte Sara, *wie sieht dann ihre Mutter aus?* Sie hatte die fossilen Überreste von etlichen Neandertalern gesehen, und Lucy wirkte *primitiver*. Breiter. Kräftiger. Raubtierhafter. Die Rekonstruktionen von Neandertalern sahen haarig und gebeugt aus, unterschieden sich aber nicht allzu sehr vom modernen

Menschen. Abgesehen von den klugen Augen und der Sprachfertigkeit war Westons Urgroßenkelin ein Tier.

»Wie viele?«, fragte sie.

»Verzeihung?«

»Wie viele … Enkelkinder haben Sie hier?«

»Bei der letzten Zählung fünfzehnhundert.« Weston rieb sich das Kinn. »Aber das war vor drei Jahren. Bei der Geburtenrate und unter Einbeziehung der hohen Säuglingssterblichkeit liegen wir inzwischen vermutlich eher bei zweitausend.«

»Zweitausend.« Sara war verblüfft, brachte aber noch eine weitere Frage zustande. »Von wie vielen Eltern?«

»Dreißig Neandertalermütter. Ein menschlicher Vater.«

Sara hätte sich die Hand vor den Mund geschlagen, wäre sie nicht gefesselt gewesen. Weston war der Vater einer völlig neuen Primatenspezies – weder Mensch noch Neandertaler. *Hybride,* dachte sie.

Weston wandte sich an Lucy. »Ich habe eine wichtige Aufgabe für dich.«

Ihre Miene leuchtete auf, und sie klatschte begeistert in die Hände.

Weston deutete auf King. »Bring ihn weg. Bewache ihn und lass ihn nicht aus den Augen. Aber tu ihm nichts …« Er sah King an, die Andeutung einer Drohung schimmerte hinter der Intelligenz in seinen Augen. »… noch nicht.«

Lucy hopste zu King.

»Bleib weg von mir …« King grunzte, als er auf den Bauch geworfen wurde. Sie packte ihn am Hosenbund und hob ihn hoch, als wäre er eine Aktentasche. Dann war sie verschwunden und schleppte ihn fröhlich kreischend durch die Höhlengänge.

Sara sah es mit wachsender Furcht. In den Händen dieses *Kindes* war King hilflos.

41 Washington, D.C.

Die Zeit auf dem College, als es nachts spät wurde, man früh wieder raus musste und sich die daraus resultierende extreme Müdigkeit nur mit Unmengen Kaffee bekämpfen ließ, war nur noch eine entfernte Erinnerung. Doch heute kam Duncan sich vor, als hätte ihn eine höllische Version der College-Zeiten eingeholt, wo das Nichtbestehen eines Tests den Tod zur Folge hatte. Was für einige seiner in den historischen Gemäuern des Weißen Hauses eingesperrten Mitarbeiter bereits der Fall gewesen war.

Jedes Mal hatten die implantierten Kardioverter ihren Dienst getan und die gesunden Herzen wieder zum Schlagen gebracht. Aber der Ausdruck von Furcht in den Augen derer, die der Krankheit zum Opfer gefallen waren, traf Duncan schwer. Sie waren keine Soldaten. Sekretärinnen, Reinigungskräfte und Köche. Senatoren, Kongressabgeordnete, Assistenten. Er bezweifelte, dass sehr viele von ihnen heute zum Personal des Weißen Hauses gehören würden, wenn sie darin ein tödliches Risiko gesehen hätten.

Die Opfer der Brugada-Seuche erkannte man an ihrer Blässe und den weit aufgerissenen Augen. Diejenigen, die bisher gesund geblieben waren, beäugten die Kranken mit misstrauischen Blicken. Die Spannung in den Hallen war beinahe greifbar und drohte die Menschen aufzureiben, die im Weißen Haus gefangen saßen.

Die einzige Gruppe, die bisher noch kein Opfer von Brugada zu beklagen hatte, war diejenige, die auf die Wirkung der Seuche am ehesten vorbereitet war: der Secret Service. Auch Domenick Boucher hatte den Stachel von Brugada noch nicht zu spüren bekommen, aber als er jetzt das Oval Office betrat, sah er aus wie der Tod persönlich. Er schloss leise die Tür hinter sich und lehnte sich dagegen.

Er war leichenblass, noch bleicher als die Männer und Frauen, die von den Toten wiederauferstanden waren.

Duncan setzte sich trotz seiner Erschöpfung aufrecht hin. »Hat es Sie erwischt?«

»Mich nicht.«

»Sondern?«

Boucher ließ sich auf eines der beiden Sofas sinken. »Beatrice Unzen. Alter neunundsechzig. Vor einer Apotheke mitten in der Stadt.«

»Hier in Washington?«

Boucher nickte. »Sie hat überlebt, weshalb man bei ihr Brugada diagnostizieren konnte. Wir konnten die Ärzte dazu bringen, Stillschweigen zu bewahren, weil es sich um einen isolierten Fall handelt – nach ihrem Wissensstand.«

»Aber ...«

»Dem ist nicht so. Im Raum Washington hat es sechs Todesfälle gegeben. Alles gesunde Erwachsene. Todesursache: unbekannt.«

»Wie konnte das geschehen?«

»Anscheinend hatte Brentwoods Fahrer vergessen, dass er in einem Laden ein paar Rubbellose gekauft hat. Auf den Überwachungsbändern sieht man ihn niesen, während er jedes verdammte Twinkie und jeden Slim Jim in dem Geschäft befingert.«

Duncan massierte sich die Schläfen.

»Die Analytiker sind noch dabei, die Anzahl der Kunden zu ermitteln, die seit dem Fahrer dort waren. Im Moment sind sie bei hunderteinunddreißig. Die meisten sind nicht zu identifizieren, denn die Bilder sind grobkörnig, und alle haben bar bezahlt.«

»Was bedeutet das für uns?«

»Soll ich ehrlich sein?«

Duncan nickte.

»Wir sind erledigt.« Boucher seufzte. »Unsere einzige Rettung ist im Moment, dass die Presse noch nicht zwei und zwei zusammengezählt hat. Sie wissen von Brugada, doch bisher gehen die Fälle in der großen Anzahl von Todesfällen, die es tagtäglich in dieser Stadt gibt, noch unter. Glücklicherweise sind alle Augen auf dieses Büro hier gerichtet. Solange das Weiße Haus abgeriegelt bleibt und der Präsident anscheinend in Todesgefahr schwebt, zuckt wegen ein paar Leichen auf den Straßen niemand mit der Wimper.

Aber wenn die Todesziffer steigt, falls ein cleverer junger Reporter die Sache mal aus einem neuen Blickwinkel betrachtet und sich die Wahrheit zusammenreimt ... nun, Brugada wird dann nur noch eines von vielen Problemen sein.«

Duncan nickte. Sie standen einer Pandemie gegenüber, die sich kontinuierlich ausbreitete und tötete, ohne auch nur vor den Gesündesten haltzumachen. Er wusste, was das für die Nation bedeutete. Für die Welt. Viele Menschen würden eines gewaltsamen Todes sterben, lange bevor Brugada ihre Herzen zum Stillstand brachte. »Wie geht es voran mit meinen Reiseplänen?«

»Es ist alles vorbereitet«, sagte Boucher. »Ich empfehle Ihnen, bis zum letzten möglichen Moment abzuwarten, bevor Sie das Weiße Haus verlassen.«

Duncan erhob sich. »Ich muss eine Videoaufzeichnung

vorbereiten. Eine Rede an die Nation. Niemand darf wissen, dass ich fort bin. Falls … *wenn* … die Neuigkeiten durchsickern, wird die Welt von mir hören wollen. Und sie wird wissen wollen, dass ich die Stellung halte.«

»Ich werde alles Nötige arrangieren.«

Boucher erhob sich und hielt Duncan die Tür auf. Der Präsident blieb neben ihm stehen und flüsterte ihm zu: »Bringen Sie das Team auf den aktuellen Stand.«

REVOLUTION

42 Annamitische Kordilleren – Vietnam

Während Dunkelheit sie umfing, wunderte Sara sich, wie Weston den Weg fand. Hatten sich seine Augen den hiesigen Verhältnissen angepasst? Verfügte er wie sie über außergewöhnliche Sinne, die es ihm gestatteten, sich im Dunkeln zurechtzufinden? Sie versuchte, ihre durcheinandergewürfelten Wahrnehmungen zu nutzen, doch sie schienen in den engen, hallenden Gängen nicht zu funktionieren.

Ein leises Zischen wie von einer zurückweichenden Welle an einem Sandstrand klang durch die Höhle, während Weston mit den Fingern an der Felswand entlangstreifte. Er kannte sich hier gut aus, aber mit einer Gefangenen im Schlepptau wollte er nicht über einen der vielen Vorsprünge stolpern, an denen er sich sonst nur die Zehen stieß.

Das gleichmäßige weiße Rauschen von Westons Hand an der Wand gab Sara etwas, auf das sie sich konzentrieren konnte. Weißes Rauschen war ihr Verbündeter. Es löschte die Alltagsgeräusche der Stadt aus, das Knacken im Gebälk bei Witterungswechseln, es ermöglichte ihr zu schlafen. Wie ein Filter hielt es die Geräusche zurück und dämpfte die Reizüberflutung, in der ihre Synapsen ertranken. Ihre Nerven beruhigten sich. Sie atmete tief durch die Nase ein und bereute es sofort wieder. Westons Körpergeruch war für sie wie ein Tritt vor den Kopf. Sie unterdrückte ein Würgen, doch bevor ihre Nase Westons Gestank wieder loswurde, bemerkte sie einen neuen Duft, der sich daruntermischte. Etwas Frisches. Mit einem Schritt zur Seite versuchte sie, aus Westons Dunstkreis zu entkommen. Sie schnupperte.

Der neue Duft war ... wie von ionisierter Luft nach einem Gewitter. Süß, sauber und erfrischend. Die Atmosphäre wurde kühler.

Sara versuchte, die belebende Luft auf sich wirken zu lassen, und fragte sich dabei, was Weston vorhatte. Er hatte gesagt, es gäbe da etwas, das sie sehen müsse. Er war überzeugt, dass sie als Wissenschaftlerin dann sein Verhalten besser verstehen würde. Warum seine Aufgabe so wichtig sei. Natürlich lag er mit dieser Einschätzung völlig daneben. Sie würde alles tun, was nötig war, um der Außenwelt das Heilmittel gegen Brugada zu bringen, selbst wenn sie dafür die Existenz seines Stammes verraten musste. Wie man so schön sagte – die Bedürfnisse der vielen überwogen die Bedürfnisse der wenigen. Oder des Einzelnen. Im Augenblick also Westons.

Ein plötzlicher Stoß schoss durch Saras linkes Bein, als sie gegen einen aus der Wand ragenden Felsvorsprung knallte. Sie stolperte und schrie vor Schmerz auf. Fast wäre sie gestürzt, doch Westons Hand riss sie wieder hoch.

Sein Gestank drang wieder in den Vordergrund, jetzt aus nächster Nähe auch noch vermischt mit seinem ekelhaften Mundgeruch. »Bleiben Sie hinter mir. Wir wollen uns doch nicht den Knöchel verstauchen, oder?«

Es kam ihr vor, als wären sie schon kilometerweit durch die finsteren, auf und ab verlaufenden Tunnel gewandert, aber vielleicht waren es auch nur ein paar hundert Meter gewesen. In dieser unterirdischen Düsternis verlor man jedes Zeitgefühl. Sie wusste nur, dass die Reise irgendwo ins Herz des Berges führte.

Oder auch nicht.

Der schwache Schein einer weit vor ihnen liegenden Lichtquelle drang in den Tunnel, noch nicht klar erkennbar. Hinter dem Ausgang schien es grün und blau zu leuchten. Der Dschungel? Hatten sie den Berg *durchquert*?

Es wurde immer heller. Jetzt konnte sie in dem grünblauen Licht schon Westons halbnackte Gestalt federnd vor sich herschreiten sehen. Die Höhlenwände schälten sich aus dem Dunkel. Sara bemerkte überrascht, dass aus dem groben, natürlichen Stollen ein geglätteter, rechteckiger Tunnel geworden war. Es war ihr bereits aufgefallen, dass der Boden nicht mehr so uneben war, aber sie hatte geglaubt, es sei einfach ein sehr ausgetretener Pfad durch die Kavernen. Doch das hier war ein künstlich aus dem Felsen herausgearbeiteter Tunnel. Eine Meisterleistung der Ingenieurkunst.

Zunächst hielt sie ihn für einen modernen Minenstollen und dachte, dass die Vietnamesen hier Bergbau betrieben und die Anlagen aufgelassen hätten, als die Region während des Krieges vor die Hunde ging. Dann bemerkte sie die Symbole an den Wänden. Sie sagten ihr nichts, wirkten aber altertümlich, viel älter, als ein moderner Stollen sein konnte.

Über ihre Faszination für den Tunnel vergaß sie Weston und seine Absichten. Sie widmete ihre ganze Aufmerksamkeit den Wänden. Der polierte Stein funkelte blau und grün. *Quarz,* dachte sie. *Er reflektiert das Licht von weiter vorne.*

Weston blieb stehen, und sie prallte gegen ihn. Das Kribbeln seiner Rückenhaare auf ihrem Gesicht riss sie aus ihren Gedanken, und Übelkeit drehte ihr den Magen um.

Er fuhr zu ihr herum. »Hinsetzen.«

Sie gehorchte. Sie hatte keine Ahnung, was geschehen würde, wenn sie davonrannte, aber da sie nicht wusste, was aus King geworden war, und der Rest des Schachteams vermisst wurde, wollte sie nichts riskieren.

Noch nicht.

Weston trat auf die Tunnelwand zu und drückte. Eine Steinplatte glitt in die Wand und dann zur Seite. Eine ein Meter fünfzig hohe und neunzig Zentimeter breite Öffnung tat sich auf. Weston bückte sich hindurch und verschwand in der Dunkelheit.

Als er nicht sofort zurückkam, dachte Sara wieder an Flucht. Aber wohin? Umkehren kam nicht in Frage. Da erwartete sie nur ein Dorf voller Neandertaler. Oder sie würde sich in der Finsternis das Bein brechen. Und vorwärts … wer weiß, welche Schrecken dort lauerten? Sie biss sich frustriert auf die Lippe. *King würde es tun,* dachte sie. Denk wie ein Delta. *Es wäre besser, bei dem Versuch draufzugehen – kämpfend –, als es gar nicht erst probiert zu haben.*

Sie ging davon aus, dass jedes Mitglied des Schachteams diesem Motto sofort zugestimmt hätte. Das genügte als Antrieb. Sie sprang auf und rannte auf das Licht zu, zwang sich zu kurzen, schnellen Schritten. Ein Gefühl der Freiheit durchdrang ihre Muskeln, und sie legte die Distanz in zwanzig Sekunden zurück. Schon ein paar Meter vor dem Tunnelausgang musste sie in dem gleißenden, aquamarinblauen Licht zwinkern.

Dann war sie heraus aus dem Tunnel und wurde sich mit schrecklicher Klarheit ihrer Lage bewusst.

Weston kam ihr gemächlich hinterhergeschlendert. Er

hielt ein Messer in der Hand, und in einem Halfter an seiner Hüfte steckte eine Pistole. »Wunderschön, nicht wahr?« Ohne ein weiteres Wort packte er sie grob am Handgelenk und riss sie zu sich herum, so dass ihre Gesichter nur Zentimeter voneinander entfernt waren. Lediglich Saras gefesselte Hände lagen noch zwischen ihnen.

Weston grinste, während er den Blick nach unten richtete. Die Spitze des Messers stieß gegen ihren Bauch und drohte, sich durch Hemd und Fleisch zu bohren. Dann riss er das Messer mit einer schlitzenden Bewegung nach oben.

Ein widerliches, schneidendes Geräusch wurde laut, lediglich übertönt durch Saras Aufschrei.

43

Knight schlich weiter durch den Tunnel, sein Weg nur schwach beleuchtet von den glühenden, phosphoreszierenden Algen an seinem Halstuch. Sein Instinkt riet ihm zur Umkehr, es schien einfach keine gute Idee zu sein, immer tiefer in den Berg einzudringen, doch er wollte sehen, wo er dabei landete. Der Gang war angenehmerweise frei von wilden Affen-Frauen, und eine dünne Schicht Staub auf dem Boden stimmte Knight zuversichtlich. Hier war schon eine ganze Weile niemand vorbeikommen. Was immer da unten lag, für die Bestien war es uninteressant und damit ein geeigneter Zufluchtsort für jemanden, den sie offenbar als leckeren koreanischen Snack betrachteten.

Er bemühte sich, leise aufzutreten und seine Fußabdrücke im Staub zu verwischen, doch sein verletztes und geschientes Bein klackte und hallte mit jedem Schritt im Tunnel wider. Dennoch verlor er nicht die Hoffnung. Er war unbehelligt aus der Nekropole entkommen und würde es auch zurück in den Dschungel schaffen, es sei denn, der Tunnel entpuppte sich als Sackgasse.

Als er waagrecht zu verlaufen begann, wuchs seine Zuversicht. Dann spürte er auch noch eine leichte Brise, und seine Hoffnung stieg weiter. Das *Klack-klack-klack* seiner Knochenschiene ging immer schneller, während er vorwärtshumpelte wie ein Krüppel beim Hundertmeterlauf.

Der Tunnel weitete sich, und Knight blieb wie erstarrt stehen.

Eine große Kammer tat sich vor ihm auf, aber sie war völlig anders als die Nekropole. Der Boden lag zwei Meter tiefer, die Decke zweieinhalb Meter über ihm, und der Raum ähnelte in seiner Größe und Diamantform einem Baseballfeld. Eine in den Fels gehauene Treppe führte hinab in ein Labyrinth, das direkt der griechischen Mythologie entsprungen schien. Aber hier war nicht Griechenland, und im Zentrum des Labyrinths wartete kein Minotaurus. Stattdessen ragte dort ein großer Kristall auf, größer als Knight, wie eine Art ägyptischer Obelisk. Knight starrte gebannt auf den Kristall. Licht strahlte aus dem Inneren des polierten, monolithischen Objekts und durchflutete den ganzen Raum. Dann veränderte es sich plötzlich und schimmerte jetzt wie eine *Aurora borealis*. Während farbige Lichterscheinungen durch den Raum flirrten, fielen Knight zwei Strahlen auf, in denen Staubkörnchen tanzten. Sein Blick folgte ihnen bis zu ihrer Quelle – zwei Löcher in der Wand gegenüber. Sie waren halb mit kreisrunden Luken geschlossen.

Von jedem hölzernen Lukendeckel lief ein dünnes Seil durch eine Reihe steinerner Ösen zur Decke. Die Leinen, jeweils mit einem daran festgeknoteten Stein beschwert, hingen über dem Eingang herab, in dem Knight stand. Das Gewicht der Steine hielt die Luken einen Spaltbreit geöffnet und ließ dünne Lichtstrahlen hereinfallen … die im kristallinen Zentrum des aus dem Fels gehauenen Raums verstärkt wurden.

Knight betrachtete die Seile mit zusammengekniffenen Augen, dann wanderte sein Blick zurück zum Kristall. Die ganze Apparatur wirkte wie ein primitiver Lichtschalter. »Unmöglich.«

Aber so war es. Knight zog an den Leinen, und, einmal in Bewegung gesetzt, ließ das Gewicht der Steine sie bis zum Boden herabsinken. Die Luken sprangen auf und ließen helles Tageslicht hereinströmen, das von dem Kristall in seine Einzelfarben zerlegt wurde und sich schimmernd über den ganzen Raum legte.

Jetzt konnte man Details erkennen. Das Labyrinth war weit mehr als ein simpler Irrgarten. Seine dreißig Zentimeter dicken Steinwände waren beidseitig mit Somis protochinesischen Schriftzeichen bedeckt. Jedes Symbol nahm einen zehn mal zehn Zentimeter messenden Raum in einem perfekt angelegten Raster ein. Es sah aus wie ein antikes vietnamesisches Kriegerdenkmal, nur dass es nicht in gerader Linie verlief, sondern sich durch den Raum schlängelte. Knight stieg die Treppe hinunter und betrat das Labyrinth.

Er vermutete, dass er mit der Zeit sogar die Bedeutung einiger der Symbole enträtseln könnte. Wenn dies wirklich die Vorläufersprache des Chinesischen war, ließen sich die vier Prozent der chinesischen Sprache, die heute noch bildhaft waren, wahrscheinlich an diesen Wänden wiederfinden. Und dann konnte man weitere Symbole aufgrund dieses Kontextes entschlüsseln. Aber so etwas nahm Jahre in Anspruch. Knight ging auf das Zentrum des Irrgartens zu. Er fühlte sich versucht, zu mogeln und über die Mauern zu klettern, doch er hatte sich den Verlauf des Weges von oben gut eingeprägt. Es dauerte nur ein paar Minuten, bis er das Zentrum mit dem riesigen Kristall erreichte.

Da er den Blick nach oben auf den Kristall gerichtet hielt, übersah er die Gegenstände, die auf dem Boden verstreut lagen, und geriet ins Stolpern. Normalerweise hätte er sich elegant abgerollt und wäre gleich wieder auf die Füße gekommen, aber mit seinem verbundenen Knöchel kippte er um wie ein betrunkenes Eichhörnchen. Er landete mit dem Gesicht voraus, konnte den Aufprall aber wenigstens mit den Händen abfangen. Erschöpfung überkam ihn, während er sich über seine eigene Ungeschicklichkeit ärgerte. Er schloss die Augen und lauschte seinem eigenen Atem. Er rasselte.

Nein, es war nicht sein Atem. Sondern etwas anderes.

Knight schlug die Augen auf. Die oberste Seite eines Notizbuchs mit roter Spiralheftung flatterte mit jedem seiner Atemzüge. Er setzte sich auf. Das Notizbuch war aufgeschlagen, und jemand hatte einen Stift darauf liegen lassen. Eine dünne Staubschicht bedeckte beides. Die Gegenstände lagen schon lange hier, doch sie gehörten einem Menschen der Gegenwart. Jemand war vor ihm hier gewesen. Jemand kannte diesen Ort. Die entscheidende Frage lautete: Lebte er noch?

Um das Notizbuch herum verteilt lagen lauter Frottagen, Kohleabreibungen von den Wänden des Labyrinths. Der Boden war übersät davon. Knight sah den inzwischen leeren Skizzenblock an einer Wand in der Nähe lehnen. Wer immer hier gewesen war, hatte erkleckliche Zeit auf die Entschlüsselung der Sprache verwendet, aber war ihm sein Vorhaben gelungen?

Knight griff nach dem Notizbuch, schlug die erste Seite auf und war überrascht, die linierten Blätter in Englisch beschrieben zu sehen. Die Handschrift war eine ziemliche Klaue, aber lesbar. Er überflog den ersten Eintrag.

Dr. Anthony Weston
17.6.1995

Der Flug nach Laos – furchtbar. Das Essen – grauenhaft. Das Abenteuer – großartig! Trotz meiner schlechten Unterkunft bin ich ganz aufgeregt, was die bevorstehende Expedition in die annamitischen Kordilleren betrifft. Die Wunder, die in diesem abgelegenen, dunklen und unheimlichen Land nur darauf warten, entdeckt zu werden, sollen die Haltung der wissenschaftlichen Gemeinde (und meiner Ex-Frau) gegenüber der Kryptozoologie verändern. Die Vorstellung, dass wir, nur weil wir die Erde bewohnen, bereits all ihre Geheimnisse kennen, ist absurd. Bei der Rückreise nach Oregon werde ich vielleicht fünfundzwanzig Pfund abgenommen haben, aber das Gewicht meiner Entdeckungen wird das mehr als aufwiegen. Entdeckungen, von denen ich hoffe, sie werden die Wunden der Vergangenheit heilen und die Menschen stolz auf mich machen. Dies ist der Grund, warum ich …

Knight hielt inne. Es war absehbar, dass dieser euphorische Wortschwall noch ein paar Seiten lang weiterging. Er blätterte vorwärts, bis er auf eine Zeichnung stieß. In der Gestalt erkannte er sofort eine der urweltlichen Frauen, tief geduckt in einer Masse von niedergedrücktem Schilfgras, betrachtet aus sicherer Distanz.

Er las den Text unter der Zeichnung.

> An diesem fünften Tag meiner Beobachtung der Nguoi Rung blieb einer davon lange genug still sitzen, dass ich eine Zeichnung anfertigen konnte. Ich habe erwogen, Fotos zu schießen, aber das würde höchstwahrscheinlich zu meiner Entdeckung führen. Es war schon riskant genug, mich so nahe heranzuwagen. Wenn sie meinen Beobachtungsposten hoch über ihnen finden, fürchte ich, dass sie fliehen werden.

Knight lachte leise auf. Der Typ war ja goldig. Fliehen? Sie würden ihn auffressen. Hatten sie vermutlich auch getan.

Er blätterte um und betrachtete weitere Zeichnungen und die begleitenden Notizen. Dieser Weston hielt sich anscheinend für den Nachfolger von Jane Goodall und zeichnete jede Einzelheit über die Geschöpfe auf, die er Nguoi Rung nannte. Wann und wie sie jagten, was Knight bereits aus eigener Erfahrung kannte. Wie sie miteinander interagierten, mittels einer Sprache, wie er glaubte. Er hatte alles aufgeschrieben. Jede Einzelheit, die er sehen konnte, ohne ihnen zu nahe zu kommen.

Knight schlug die nächste Seite auf und runzelte die Stirn. Auf dem zerknitterten Blatt stand kein Text, aber es war mit einer Mischung aus altem Schlamm und Blut verkrustet. Er blätterte weiter. Westons Schrift erschien wieder, aber ohne Datum, und der Stil hatte sich verändert.

> Zwei Monate. Mein Gott. Seit zwei Monaten bin ich ein Gefangener, und erst jetzt konnte ich meine Besitztümer zurückerlangen. Ich bin erniedrigt, gefoltert und auf unaussprechliche Weise gedemütigt worden. Die Nguoi Rung sind böse. O Gott, bitte hilf mir oder lass mich sterben.

Auf der nächsten Seite erwartete Knight Ähnliches zu finden, doch entdeckte er noch etwas Abstoßenderes.

> Heute wurde ein Wurf geboren. Von dem Alphaweibchen, das ich wegen ihres roten Körpers Red genannt habe. Ein echter Wurf. Sechs winzige Babys. Ich war Zeuge der Geburt, da ich mich inzwischen innerhalb der Gruppe einigermaßen frei bewegen kann. Die Zärtlichkeit der Mütter war beeindruckend, während sie ein Kind nach dem anderen zur Welt brachten und dazwischen immer eine Pause machten, so dass jedes neue Kind erst gesäugt werden konnte, bevor das nächste kam. Ich durfte Red erst nach langem Widerstand der anderen sehen, doch sie ließ mich näher heran. Schließlich waren es meine Kinder, und bei Gott, sie haben meine Augen!

Knight ließ das Notizbuch fallen. Sie hatten Weston nicht nur gefangen genommen und vergewaltigt, sondern auch seine *Kinder* zur Welt gebracht? Unfassbar. Unglaublich. Verstört hielt Knight den Atem an und lauschte. Nach dieser Lektüre fürchtete er jetzt mehr denn je, dass die Nguoi Rung ihn wieder zu fassen bekämen. Und was dann? Würde ihn ein ähnliches Schicksal erwarten?

Nein, dachte er. *Mich wollten sie nur fressen.*

Das war Westons Schicksal allemal vorzuziehen. Knight war bestürzt von dem abermals veränderten Tonfall des Berichts. Weston sprach nicht mehr von Rettung oder Tod. Die halb menschliche Brut waren *seine* Kinder und hatten *seine* Augen! Knight musste nicht weiterlesen, um zu wissen, dass Weston bei den Nguoi Rung geblieben war. Wie jeder gute Vater. Das Notizbuch lag schon seit langer Zeit im Labyrinth, also mochte er inzwischen tot sein, doch Knight war ganz sicher, dass Weston die Nekropole und diesen Irrgarten entdeckt hatte. Er war ein Teil der Nguoi Rung geworden, der Vater von etwas Unmenschlichem.

Knight überflog die Seiten des Notizbuchs nach Schlüsselwörtern wie »Kinder«, »Liebe« und »Glück« und wurde fündig. Weston hatte sich wirklich völlig assimiliert. Und gelernt, es zu genießen. Während er weiterblätterte, fiel Knight ein weiterer Eintrag ins Auge.

Die alten Scheiß-Mütter haben mich heute wieder verprügelt. Sie bringen den Kindern bei, sich wie Wilde aufzuführen. Zu töten, wie es ihnen gerade passt. Menschenfleisch aus den nahegelegenen Dörfern zu fressen. Es ist abstoßend. Ich halte das nicht länger aus. Ich muss entweder Widerstand leisten oder von hier flüchten … aber ich ertrage den Gedanken nicht, meine Kinder zurückzulassen, nicht jetzt, nicht, wo die ersten Enkel zur Welt kommen.

Enkel?, wunderte sich Knight. Wenn der Eintrag im ersten Jahr geschrieben worden wäre, müsste das älteste Kind jetzt gerade fünfzehn sein. Aber das Notizbuch war schon lange nicht mehr weitergeführt worden, schon seit Jahren nicht. Wie konnte es da bereits Enkelkinder gegeben haben?

Knight schob den Gedanken beiseite. Das verworrene persönliche Schicksal des Dr. Weston musste warten. Er war mehr daran interessiert zu erfahren, was der Mann über die Sprache herausgefunden hatte, die die Wände dieser Kammer bedeckte. Er überflog den Text nur noch auf der Suche nach Zeichnungen. Bei einem hingekritzelten Symbol hielt er inne. Die folgenden Seiten beschrieben, wie Weston auf die Symbole in den Tunneln gestoßen war, seine folgende Entdeckung der Nekropole und dann dieses Raums, den er nach dem berühmten Stein der Rosetta die Rosetta-Kammer nannte.

Knight blätterte weiter und staunte, wie Weston über hundert Notizbuchseiten hinweg nach und nach die Symbole entziffert hatte. Jahrelange Arbeit musste darin stecken, bis sich auf den letzten zehn Seiten des Notizbuchs eine Übersetzung der steinernen Inschriften anschloss. Sie erzählten eine fortlaufende Geschichte, beginnend an der Mauer des Labyrinths zur linken Seite der Treppe, dann dem ganzen Irrgarten folgend, bis sie an der rechten Seite derselben Treppe endete. Knight las den ersten Absatz der Übersetzung:

> Dies ist die Geschichte der Nguoi Rung – Anmerkung: Ich kann nicht sagen, was der Name ursprünglich bedeutet hat, glaube aber, dass es sich um eine Art Stammesbezeichnung handelte. – Berichtigung! Nachdem ich weitergelesen hatte, gelangte ich zu dem Schluss, dass die Vorfahren der Nguoi Rung Neandertaler waren!!!

44

Wasser gurgelte um den leblosen Körper herum, der halb auf dem sandigen Ufer und halb im träge dahinfließenden Fluss lag. Er war von der Strömung fast eine Meile weit stromabwärts getragen worden, bevor er sich in einem umgestürzten Baum verfing und sich in eine Reihe von Stromschnellen hineindrehte, die ihn an den Strand spülten. Fische inspizierten den Körper und befanden die bekleideten Beine und Füße als nicht essbar. Aber wenn sie an das Fleisch des Mannes herangekommen wären, hätten sie eine gute Nahrungsquelle vorgefunden, genau wie die beiden Ratten am Ufer, die an einer großen, klaffenden Wunde ein Festmahl hielten.

Trotz der fürchterlichen Verletzung am Hals lebte Bishop noch. Die beinahe tödliche Wunde hatte seine unnatürliche Fähigkeit zur Selbstheilung zwar verlangsamt, aber nicht blockiert. Zerrissene Nervenstränge wieder zum Funktionieren zu bringen dauerte länger, als einfaches Muskelgewebe wiederherzustellen. Nach mehreren Stunden am Ufer war die Regeneration seiner Wirbelsäule abgeschlossen.

Die zerstörten Muskeln an Bishops Hals wuchsen rasch wieder zusammen. Die Halsschlagader verlängerte sich und sprühte bereits Blut, bevor sie sich wieder mit ihrer oberen Hälfte verband. Die Innenseite der Kehle formte sich neu und war noch nicht ganz fertig, als sich schon eine neue Schicht Haut darüber bildete.

Die einzige verbliebene Verletzung war die an der Seite des Halses, wo die Ratten sich an dem sich ständig regenerierenden Fleisch gütlich taten.

Bishop setzte sich ruckartig auf, während sein Körper das viele Wasser aus Magen und Lunge ausstieß. Nach drei heftigen Konvulsionen war die Flüssigkeit draußen. Er sah sich um. Die Augen weit aufgerissen.

Eine Brise kitzelte ihn am Hals. Er schlug danach.

Eine Luftblase platzte im Fluss. Er trat nach ihr.

Eine der hungrigen Ratten hatte immer noch Appetit und biss Bishop in den Finger. Die Wunde heilte schnell, doch nicht so schnell, wie der Schmerz zuschlug. Bishop brüllte auf und erwischte die Ratte am Hinterbein. Sie quiekte und kratzte. Da sie sich nicht befreien konnte, krümmte sie sich nach oben und biss Bishop in die Handfläche. Schreiend hob er sie hoch und packte ihren walnussgroßen Kopf. Dann riss er sie von seiner Hand los und hob sie an den Mund wie einen frisch gegrillten Maiskolben. Und biss hinein, als könnte er die triefende, geschmolzene Butter schmecken.

Die Ratte quiekte kurz und verstummte, als Bishops Zähne sich durch Rücken, Rippen und Wirbelsäule gruben und ein apfelgroßes Stück aus ihr herausbissen. Er schlang das Fleisch mit den Knochen hinunter, und während die spitzen Rippen ihm Kehle und Magen aufschlitzten, verheilte das verletzte Gewebe ebenso schnell wieder.

Eine Bewegung fiel ihm ins Auge. Noch eine Ratte. Wieder packte ihn die Wut, und er schleuderte den toten Nager in seiner Hand weg, um dem zweiten nachzujagen, ohne Grund, ohne Nachdenken, ohne Zögern – stromaufwärts.

45

King hatte sich nie dafür interessiert, wie ein Gepäckstück sich wohl fühlen mochte, doch jetzt wusste er es. Man hatte ihn achtlos durch ein Gewirr von Tunneln geschleppt, wo er gegen Wände krachte, fallen gelassen und wieder aufgehoben und manchmal an einem Bein weitergeschleift wurde. Doch er ließ das Entwürdigende seiner Behandlung nicht an sich heran. Die Kreaturen, und was er von ihrem Alltag sah, nahmen ihn viel zu sehr gefangen.

Die Nguoi Rung waren allgegenwärtig in den Höhlen dicht unter der Oberfläche des Berges. Manche, wie Lucy, waren junge Frauen, die anscheinend ganz gewöhnliche Haushaltsarbeiten verrichteten. Aber es gab auch andere. Fröhliche Kinder. Ernsthafte Erwachsene – junge Erwachsene. Keiner von ihnen konnte älter sein, als Weston hier Jahre verbracht hatte. Fünfzehn. Während die Weibchen allesamt breithüftig und gebärfreudig zu sein schienen, unterschieden sich die Männer in Größe und Statur. Manche, hager und kleinwüchsig, saßen auf Baumstämmen und kratzen mit geschärften Steinen auf langen, glatten Steinplatten herum. *Schrieben.* Andere, mit ausgeprägten Muskeln und vorspringenden Augenwülsten, trieben Kammern in die Höhlenwände oder stellten Waffen her.

Lucy schleifte King eine lange, gewundene Steintreppe empor. Mit auf den Rücken gebundenen Händen versuchte er, die Stufen auf den Armen hinaufzuhoppeln, doch Lucy war zu schnell für ihn. Meistens knallte er mit dem Rücken gegen die nächste Stufe. Als sie an einer Reihe von kreisförmigen Fenstern vorüberkamen, die auf den Dschungel hinausgingen, wurde King erst bewusst, wie gewaltig Westons Stamm, seine Familie – oder wie immer er sie nennen mochte – angewachsen war. Das war kein Dorf mehr. Es war eine Stadt.

Endlich endete die Treppe. Anscheinend verschaffte Lucys bevorzugter Status ihr ein eigenes Zimmer abseits von den Kämmerchen, in denen die anderen unten hausten. Sie erreichten einen Raum, der wie ein Tortenstück geformt war. Durch zwei große, drei Meter tiefe Löcher vom Durchmesser eines Hula-Hoop-Reifens in der Felswand sah man den blauen Himmel. Während die Luft draußen feuchtigkeitsgeschwängert war, fühlte sie sich im Inneren des Berges kühl und trocken an. Ohne den Geruch nach verrottendem Fleisch hätte man glatt meinen können, sich in einem Themenpark für reiche, gelangweilte Müßiggänger zu befinden.

Lucy legte King beiläufig auf einer steinernen Plattform von der Größe und Höhe eines Kaffeetisches ab. Ihre raue Oberfläche war zerkratzt wie ein Schneidebrett und roch nach einer seltsamen Mischung aus allen möglichen Körperflüssigkeiten. King wollte gar nicht so genau wissen, was vor ihm hier gelegen hatte. Er sah Lucy zu einer Art Steintisch gehen, der aus der Wand herausragte und anscheinend aus dem Berg selbst herausgemeißelt worden war. An dem anderthalb Meter breiten, fast zwei Meter langen Tresen war an sich nichts Bemerkenswertes, aber King fiel etwas Seltsames auf. Am äußeren Rand entlang verlief eine flache, halbrunde, vielleicht zweieinhalb Zentimeter tiefe Rinne und führte zu einem kleinen Loch in der Mitte. King senkte den Blick. Im Boden befand sich eine Öffnung. Um sie herum war der Stein dunkelbraun verfärbt.

Lucy wandte sich von dem Tisch ab, wodurch eine Reihe von Steinklingen sichtbar wurden, die sie zuvor mit ihrem Körper verdeckt hatte. Sie wiesen ähnliche Verfärbungen auf wie das Loch unter dem Tisch. Lucy klappte eine handgefertigte Holztruhe auf, die mit Symbolen bedeckt war, wie King und Queen sie in den Tunneln gesehen hatten. Damals hatte er die Freiwilligen des Todes noch für die größte Gefahr gehalten. Doch im Vergleich zu der Hölle, in die er hier geraten war, erschien der Kampf gegen die VPLA rückblickend wie ein Spaziergang. Und die Hölle war gerade dabei, noch ein bisschen heißer zu werden.

Lucy holte Arme voll Stroh, Reisig und ein paar Scheite Brennholz aus der Kiste und fing an, sie geschickt in einer Feuergrube im Boden zu arrangieren. Ganz nach unten kam eine Schicht Stroh, dann das Reisig und darüber eine Pyramide aus Holzscheiten. Lucy schlug einen Feuerstein auf den Boden und ließ damit eine Funkenkaskade in die Höhe schießen. Nach zwei vergeblichen Versuchen und kräftigem Pusten kam das Feuer in Gang.

»Was gibt's zum Abendessen?«, fragte King.

»Dich«, erwiderte Lucy beiläufig, als erklärte sie einem Kopf Salat, dass sie ihn gleich hacken würde. Sie überprüfte die Schärfe ihrer Steinmesser, indem sie mit dem Finger darüberstrich.

King begriff, dass der Vergleich mit dem Kopfsalat vielleicht gar nicht so weit hergeholt war. Er betrachtete die Kratzer in der Oberfläche des Steins, auf dem er gerade saß. Seine Augen weiteten sich. Es war ein Schneidebrett. Ein sehr großes Schneidebrett.

»Dein Vater hat dir befohlen, auf mich aufzupassen.

Ich glaube nicht, dass er damit aufessen gemeint hat«, sagte King.

Lucy starrte ihn aus zusammengekniffenen Augen an, wie es nur ein wütender Teenager fertigbringt. »Vater weiß nicht alles. Die alten Mütter haben mir auch einiges beigebracht.«

»Ich dachte, sie wären verbannt worden.«

»Ich besuche sie, wann ich will. Auf der anderen Seite des Flusses. Vater weiß nichts davon.«

Im Grunde wollte King es gar nicht wissen, doch es war wichtig. »Und was haben die alten Mütter dir ... beigebracht?«

Lucy lächelte. Das kleine Mädchen war verschwunden, und an seine Stelle war etwas Wildes getreten. King stellte sich vor, dass die alten Mütter dem Mädchen glichen, das er jetzt vor sich sah. »Kochen.«

Lucy mochte intelligent sein. Sie konnte sprechen, vielleicht sogar schreiben oder lesen. Aber ihre Kenntnisse bezog sie von Weston *und* den alten Müttern, auch was Ethik anging. Ihr moralischer Kompass, unreif und von nicht menschlichen Hirnen geformt, ging falsch. King war sicher, dass die Nguoi Rung als intelligente Vorfahren der modernen Menschheit Recht von Unrecht hatten unterscheiden können. Doch ebenso wie die Menschen konnte man auch sie lehren, zu hassen, böse zu sein.

»Und es stört dich nicht, dass ich mit dir sprechen kann?«, fragte King.

Lucy hielt mit einer Steinklinge in der Hand inne. »Warum sollte es?«

»Weil ich so bin wie du.«

Lucy zog eine Augenbraue hoch, die eher der Ansatz der Kopfbehaarung war als eine richtige Augenbraue. Sie lächelte und bleckte dabei ihre scharfen Eckzähne. »Du bist überhaupt nicht wie ich.« Sie kauerte sich neben ihn hin und spielte mit der Steinklinge. »Ich bin stark. Du bist schwach. Ich bin klug. Du bist dumm.« Sie pochte sich auf die Brust. »Ich bin Nguoi Rung. Du bist Mensch.«

»Weston ist auch ein Mensch.«

»*Vater* ist Alpha. Kein Mensch.«

King seufzte. Man hatte sie einer totalen Gehirnwäsche unterzogen.

Lucy stand auf und stemmte einen Arm in die Hüfte. »Du bist Nahrung. Ich bin hungrig.« Dann lachte sie. Ihre Stimme klang wie die eines beliebigen weiblichen Teenagers.

»Wie alt bist du, Lucy?«

Sie schärfte den Stein an einem anderen, schlug kleine Stücke ab und erzeugte so eine frische Schneide. »Drei.«

»Du kannst nicht drei sein«, sagte King.

Lucy wirbelte zu ihm herum. Wütend. »Bin ich doch! Vater hat es schon dem anderen Mann erklärt, bevor ich ihn getötet habe.«

King hatte Mühe, seine wachsende Beunruhigung zu verbergen. »Welcher andere Mann?«

»Groß. Größer als du. Dunkle Haut.«

Bishop.

»Wie hast du ihn getötet?« Bishop war nicht so leicht umzubringen. Es sei denn ...

»Ich habe ihm den Kopf abgerissen.«

King ließ die Schultern sinken, gemeinsam mit seinem Mut.

Bishop war tot.

King schluckte eine Mischung aus Verzweiflung und Zorn hinunter und konzentrierte sich auf das nächstliegende Problem, so, wie man es ihn gelehrt hatte. *Soll sie doch denken, dass sie drei ist. Vielleicht altern sie ja anders. Sie benimmt sich jedenfalls wie ein Teenager.*

»Ist das eine Küche? Weißt du, was eine Küche ist?«

Sie schmollte. »Das ist *mein Zimmer. Keine* Küche.«

»Dein Zimmer gefällt mir«, sagte er rasch, da er fürchtete, sie verärgert zu haben. »Es ist sehr hübsch.«

Lucy entspannte sich. Ein winziges Lächeln trat auf ihre Lippen.

»Hast du auch ein Bett?«

Ein verwirrter Ausdruck trat auf ihr Gesicht. Dann sah sie ihn an, als hätte er sich gerade in die Hose gemacht. »Du sitzt auf meinem Bett.«

Trotz Kings Abscheu davor, dass das Neandertalermädchen auf etwas schlief, das offenbar gleichzeitig als Schneidebrett diente, brachte er heraus: »Und es ist sehr bequem.«

Lucy verzog ungläubig die Miene. »Ich mag es nicht. Es ist hart.«

»Warum besorgst du dir nicht ein neues?«

Lucys Gesicht legte sich in verständnislose Falten. »Ein neues?«

King nickte. »Ein schönes, weiches.«

»Vater sagt, das Bett ist gut. Gut genug für eine Prinzessin.«

»Mein Bett ist weich«, sagte King. »Als ob man auf einer Wolke übernachtet.«

Lucy setzte sich auf die Kante des steinernen Betts. Sie strich mit der Hand über die Oberfläche.

Sie hat angebissen, dachte King. Jetzt musste er nur noch die Leine einholen. »Weißt du, wenn wir heiraten würden, könntest du in meinem Bett schlafen.«

»Was ist heiraten?«, fragte Lucy.

»Das, was Leute tun, wenn sie sich lieben. Du bist nicht verheiratet?«

Lucy schüttelte verneinend den Kopf. Ihre Miene wurde ernst.

»Dein Vater trägt einen Ehering. Er muss mit jemandem verheiratet sein.«

Lucy wirkte verdutzt. Sie war nicht intelligent genug, um zu merken, dass er mit ihr spielte, aber sie hatte genug Verstand, um die Puzzleteilchen zusammenzusetzen, die er vor ihr ausbreitete. Heirat gleich Liebe, was sie anscheinend verstand, und Weston war verheiratet. Ipso facto wurde Weston geliebt, und sie wollte haben, was ihr Vater besaß. Sie wollte ebenso geliebt sein, obwohl sie keine Ahnung hatte, was das bedeutete. Sie sah King in die Augen: »Und du würdest mich heiraten?«

»Aber klar.« Kings Stimme klang überzeugend, aber anscheinend nicht überzeugend genug.

»Warum?«

King lächelte. »Zunächst mal hast du schöne Augen.«

Lucy sah weg, aber das bisschen Wange, das nicht von Fell bedeckt war, verriet ihr Erröten.

»Und, wie du gesagt hast. Du bist klug. Ich bin dumm. Du bist stark. Ich bin schwach. Du bist Nguoi Rung … und ich möchte es werden.« Lucy sah ihn wieder an. »Was könnte an dir nicht liebenswert sein?«

»Aber ich bin eine Prinzessin. Ein Lieblingskind.«

»Du hast doch gehört, wie Weston mich angesprochen hat, oder?«

Lucy nickte.

»Du hast meinen Namen gehört. Wie hat er mich genannt?« Lucy nickte wieder, dann flüsterte sie: »King. Der König.«

»Du magst hier eine Prinzessin sein, aber wenn du mich heiratest, wirst du …«

»Königin!« Lucy lächelte breit. »Wie verheiraten wir uns?«

»Das kann nur ein Alpha tun.«

Lucy biss sich auf die Lippen. »Das macht er nicht.«

»Wir könnten ihn fragen.«

Sie blickte unsicher drein.

»Er kann nicht mehr als nein sagen.«

Das schien Lucy einzuleuchten. Sie nickte. »Okay.« Sie ging zur Tür.

»Warte«, sagte King.

Lucy wandte sich um.

»Es ist üblich, dass der Mann den Vater der Braut um ihre Hand bittet«, sagte King schnell. Was für eine abgedrehte Unterhaltung! Als wäre Weston eine multiple Persönlichkeit. Vater. Alpha. Weston. Was war er sonst noch alles für diese Leute? Gott? »Ich muss ihn selbst fragen. Wenn er ja sagt, kann er uns auf der Stelle vermählen.«

Lucy stolzierte durch den Raum. Sie las die Steinklinge auf und beugte sich dicht zu King herab. Sie starrte ihm in die Augen, als suchte sie darin nach einem Anzeichen für Verrat. King erwiderte den Blick mit einem Lächeln. Sie knurrte und durchtrennte seine Fesseln. »Bleib bei mir.«

King rieb sich die Handgelenke und reckte die Arme. Er hatte nicht vor abzuhauen. Lucy hatte Bishop getötet, sie konnte leicht dasselbe mit ihm tun. Natürlich wäre er am liebsten in den Dschungel geflohen, doch Lucy konnte ihn an den einzigen Ort bringen, wo er noch dringender hinwollte – zu Sara. Im Angesicht des Todes hatte er erkannt, dass er unbedingt die Chance haben wollte, sie abseits von Schusswechseln, Explosionen, Affenmenschen und biologischen Massenvernichtungswaffen näher kennenzulernen. Aber dazu musste er sie zunächst einmal retten und einen Weg finden, die Mission zu vollenden.

Plötzlich entdeckte King einen harten Gegenstand in seiner Hosentasche. Als sie ihn entwaffnet hatten, war er bewusstlos gewesen, und anscheinend hatten sie bei der

Durchsuchung etwas übersehen. Er schob die Hand in die Tasche und ertastete hartes Plastik, zwei metallische Spitzen. Seine Finger zuckten zurück, als sein Körper sich an den Schock erinnerte, der normalerweise auf eine Berührung mit diesen Metallspitzen folgte. Es war Trungs Elektroschocker. Die Nguoi Rung hatten ihn entweder nicht bemerkt oder nichts damit anzufangen gewusst. Er war nicht sicher, ob das Ding am dicht behaarten Körper eines Neandertalerhybriden überhaupt funktionieren würde, doch es war besser als nichts.

King stand auf und folgte Lucy. Am Kopf der gewundenen Treppe, die sie ihn hinaufgeschleift hatte, wandte sie sich zu ihm um und sagte mit verschmitztem Teenagerblick: »Wenn er nein sagt, kann ich dich immer noch auffressen.«

46

Sara fiel rücklings auf den nackten Felsboden. Voll Entsetzen starrte sie die Klinge in Westons Hand an. Dann merkte sie, dass sie sich auf ihre Hände stützte. Ihre *befreiten* Hände. Er hatte nur ihre Fesseln durchschnitten. Weston schob das Messer in eine Scheide am Gürtel und zog die Pistole aus dem Halfter auf der anderen Seite. Er richtete die Waffe auf Sara und wedelte damit herum.

»Na los. Aufstehen«, sagte er. »Und laben Sie Ihre Augen an den Wundern des Mount Meru.«

Sie spürte, dass Weston nicht vorhatte, sie zu töten, daher gehorchte sie. Die Wahrheit war, dass sie seit dem Moment, da sie den ersten Blick auf dieses Schauspiel aus einer anderen Welt geworfen hatte, sich nichts sehnlicher wünschte als eine Gelegenheit, dies alles zu erforschen. Als sie sich nun dem vielleicht ältesten und großartigsten aller Weltwunder zuwandte, wäre sie fast auf die Knie gesunken. Der Anblick war atemberaubend – in seiner Schönheit und Großartigkeit überwältigender als ein Blick in den Grand Canyon. Sie stand auf einer Klippe mehr als hundert Meter über der Anlage.

Vor ihr erstreckte sich eine Stadt, schöner als alles, was sie aus modernen Zeiten kannte. Die Anordnung war altertümlich, mit kleinen Wohnhäusern, die in einem äußeren Ring untergebracht waren, während sich zum Stadtkern hin immer größere geheimnisvolle Bauwerke erhoben. Die Stadt teilte sich gemäß der antiken Galeriebauweise in konzentrische Ringe auf, die voneinander durch Mauern getrennt waren. Ihre Lage auf einem Hügel innerhalb einer riesenhaften Höhle betonte die Steilheit der einzelnen Galerien. Die Architektur hatte einen asiatischen Anklang. Sie musste den ersten asiatischen Baumeistern, die die Stadt wohl noch mit eigenen Augen gesehen hatten, als Inspiration für ihre Werke gedient haben. Alles war aus Stein gebaut. Manche der Gebäude schienen nahtlos aus dem Berg selbst herausgearbeitet zu sein. Andere bestanden aus großen Steinblöcken, die fugenlos zusammengesetzt waren. Das einzige Anzeichen von Verfall waren einige vermoderte und eingestürzte Dächer. Doch ebenso viele schienen neu gedeckt zu sein, mit frisch geschnittenen Planken, die im aquamarinblauen Licht glänzten.

Und das Licht selbst war vielleicht das außergewöhnlichste Attribut dieses Ortes. Es strömte wie durch Zauberhand aus riesigen, geheimnisvollen Kristallen, die in hundert Metern Höhe von oben herabhingen. Ganze Trauben von ihnen klebten gleichsam an der Decke, doch einige, die größten davon, erstreckten sich bis zum Boden und ließen die Riesenkristalle, die man in der Mine von Naica in Mexiko entdeckt hatte, geradezu zwergenhaft erscheinen. Aber die Kristalle waren nicht die Quelle des Lichts, sie verstärkten und verteilten es lediglich. Die eigentliche Lichtquelle war dieselbe wie überall auf der Welt. Die Erbauer hatten oberhalb der Baumlinie Hunderte von kleinen Lichtschächten in den Berg gebohrt. Dort schien die Sonne herein und traf auf die Kristalle, die ihr Licht brachen und in der Höhle zerstreuten. Gerade brachte eine vorüberziehende Wolke es zum Flackern. Wunderschöne Effekte in allen Regenbogenfarben tanzten über jede Oberfläche.

Saras Blick folgte einem der Regenbogenstrahlen und entdeckte grüne Flecken in der Stadt. Dort wuchsen Bäume. Und Blumenbeete. Alles war gut gepflegt, eine Augenweide. Doch die Stadt war unbewohnt. Es war eine lebende Geisterstadt.

Und die Stadt fühlte sich tot an, trotz ihres offenkundigen Wachstums in neuerer Zeit. Erst glaubte Sara, es sei der seltsam unirdische Eindruck der Stadt, der in ihr ein Gefühl von untotem Schrecken auslöste. Doch ihr Unbehagen wuchs immer mehr, bis schließlich ein bestimmter Punkt überschritten war. Etwas in ihrem Verstand, wie ein Gummiband, das sich irgendwo verfangen hatte, schnalzte plötzlich mit voller Wucht zurück. Sie taumelte und versuchte zu begreifen, was hier nicht stimmte.

Weston sah sie schwanken und packte sie an der Schulter. »Alles in Ordnung?«

Sara hob die Hand, brachte aber kein Wort heraus. Sie brauchte all ihre Konzentration, um auf den Beinen zu bleiben. Als sie endlich sicher war, dass sie nicht über den Rand der Klippe stürzen würde, versuchte sie ihre Sinne in den Griff zu bekommen.

Sie atmete. Sie lauschte. Sie fühlte … weniger.

Sara machte große Augen.

Geruch war Geruch und Geräusch war Geräusch. Sie spürte nichts außer der Hand auf ihrer Schulter und dem Boden unter ihren Füßen. Sie erlebte die Welt jetzt in fünf unterschiedlichen Kategorien, nicht als ewiges Durcheinander.

»Was ist los?«, fragte Weston, eher interessiert als besorgt.

»Ich habe eine neurologische Störung. Ich fühle und sehe Geräusche, manchmal auch Gerüche.«

»Und jetzt?«

»Nichts.«

Weston lachte leise. »Erstaunlich, nicht wahr?«

Sara riss die Augen auf und musterte die antiken Bauwerke. »Es sind die Kristalle.«

»Allerdings.« Weston richtete sich hoch auf, stolz wie ein Kind, das seinen Freunden sein neues Fahrrad vorführt. »Bevor ich in die Annamiten kam, war ich eine Art postmoderner Hippie. Ich trug immer Kristalle. Quarz. Ich bin nicht sicher, ob ich jemals wirklich daran geglaubt habe, dass die Steine etwas bewirken. Ich fand sie einfach hübsch.«

Er atmete tief ein, hielt kurz die Luft an und stieß sie dann mit einem Lächeln wieder aus. »Im Buddhismus gilt Quarz als einer der ›sieben Schätze‹. Die amerikanischen Ureinwohner nannten ihn ›die Gehirnzellen von Großmutter Erde‹. In den altindischen Veden wird er verehrt als ›Edelstein, der die Furcht nimmt‹. In ihrer ganzen Geschichte hat die Menschheit – fälschlicherweise – normalen Quarzkristallen besondere Kräfte zugeschrieben. Ich schätze, dass dieser Glaube von den Kristallen vom Mount Meru inspiriert wurde. Der Unterschied ist, dass diese hier wirklich funktionieren.«

Sara spekulierte unwillkürlich weiter. »Vielleicht sind es die Schwingungen.«

»Wie bitte?«

Sara dachte laut nach. »Alle Materie existiert in drei Aggregatzuständen. Gasförmig, flüssig und fest. Die Atome in einem Gas sind frei beweglich. In einer Flüssigkeit sind sie dichter – zusammengepresst –, aber immer noch beweglich. Doch in einem Festkörper sind die Atome komprimiert – liegen so dicht aneinander, dass sie sich nicht bewegen können. In den meisten Substanzen, Stein beispielsweise, ist die Anordnung zufällig und beliebig. In

Kristallen wie Quarz dagegen sind die Atome ... organisiert. In Strukturen und Gittern. Es ist, als wären sie in kleinen Kästchen eingesperrt, an deren engen Wänden sie einfach abprallen. Wenn Trillionen von Atomen alle denselben, mikroskopischen, einheitlichen Muster folgen, strahlen sie unmerkliche, aber kraftvolle Vibrationen aus.

Ich bezweifle, dass sie Krankheiten oder Verletzungen heilen können, aber der menschliche Verstand ist ein Netzwerk von Neuronen. Elektrische Impulse verlaufen in bestimmten Bahnen kreuz und quer durchs Gehirn. Die Ordnung ist nicht perfekt. Menschen stottern. Sie vergessen. Das Gehirn kann denken, aber es kann sich nicht organisieren. Impulse kommen sich gegenseitig in die Quere. Gehen verloren. Verbindungen brechen zusammen. Wie der Verstand wirklich funktioniert, ist immer noch ein Rätsel. Wir wissen jedoch, dass er ziemlich chaotisch sein kann. Vielleicht richten diese Kristalle die neuronalen Pfade aneinander aus?«

»Als würde man Boston ein rechtwinkliges Straßennetz verpassen.«

»Genau.« Sara sah Weston an und bereute sofort, dass sie sich hatte mitreißen lassen. Der Mann war ihr Feind. Sie warf einen Blick auf den Seuchenmonitor. Immer noch orange. Trotz ihrer zunehmenden Selbstverachtung hatte sie noch eine Frage. »Sind sie aus Quarz?«

»Zum Teil schon, da bin ich sicher«, erwiderte Weston, »aber wenn man daran leckt, schmecken sie salzig.«

»Das ist der Grund, warum die Luft so frisch ist. Sie ionisieren sie.«

Weston nickte und holte noch einmal tief Atem. »Belebend.«

Sara war sich da nicht so sicher. Es kam ihr vor, als hätten die Kristalle ihre Art, die Welt wahrzunehmen, neu definiert, so dass sie plötzlich wie jeder normale Mensch empfand. Während die Sinne, mit denen sie geboren worden war, sich immer weiter zurückzogen, wurde ihr plötzlich schlecht. Sie hatte die Welt nie wie ein normaler Mensch erlebt. Schon der einseitige Verlust des Hörvermögens führte bei vielen Menschen zu Desorientierung und Schwindelgefühlen. Manchmal zu Übelkeit. Doch das hier war wesentlich schlimmer. Zum ersten Mal im Leben begriff sie, dass ihre durcheinandergeratenen Sinne, die sie schlecht schlafen und oft wie benommen wirken ließen, die dafür sorgten, dass sie sich über Kleinigkeiten aufregte, die andere gar nicht bemerkten, kein Fluch waren. Sie machten ihre Persönlichkeit aus.

Ihr ureigenstes Wesen.

Und wie ein Mensch, der plötzlich keinen Espresso mehr trinkt, sondern entkoffeinierten Kaffee, konnte sie schlecht damit umgehen. Der Raum drehte sich vor ihren Augen, ruckte hin und her wie der Wagen einer Schreibmaschine unter den Fingern eines besessenen Schriftstellers. Sie kämpfte gegen den Drang an, sich zu übergeben. Weston durfte ihre Schwäche nicht bemerken.

Sie holte tief Atem. Wenigstens war die Luft kühl, sauber und mit Sauerstoff angereichert. Mit jedem Atemzug wurde sie ruhiger. Als ihr Verstand wieder funktionierte, erinnerte sie sich daran, dass sie immer Ablenkung gebraucht hatte, um ihre durcheinandergewürfelten Sinneswahrnehmungen zu ertragen. Mit derselben Methode würde sie auch eine Welt ignorieren, die sie durch normale Sinne erfuhr.

Sie öffnete die Augen und blickte über den Rand der Klippe. Ein Fluss schlängelte sich durch die Außenbezirke der Stadt. Er strömte durch einen Tunnel in der Felswand auf der anderen Seite herein, über den sich perfekt aneinandergefügte Steine wölbten. Der Fluss zog sich fast um die ganze Stadt herum, bevor er durch einen zweiten Tunnel, identisch mit dem ersten, wieder abfloss. Er wirkte wie ein Burggraben, eine schnell fließende Mauer aus Wasser. Überhaupt ähnelte die Stadt einer Festung, und Sara fragte sich unwillkürlich, auf welche Art die Neandertalerzivilisation wohl erloschen war.

Konkurrenz, dachte sie. Sie waren ausgehungert worden, als die Menschen die Umgebung besiedelten und die Ressourcen aufbrauchten. Ständig in Furcht vor der Vernichtung, mussten die Neandertaler sich eingeigelt haben, bis ihre Bevölkerung zurückging und nur noch wenige übrigblieben. Und dann ... und dann hatten entweder Hyperevolution oder genetische Assimilation binnen weniger kurzer Generationen zu etwas völlig Neuem geführt. Zu etwas, das in der Lage war, ganze Dörfer auszulöschen.

Ein Superraubtier.

Als Weston auftauchte und seine menschlichen Gene und Fähigkeiten mit einbrachte, war die kleine Gruppe der Superraubtiere in eine Phase der Plastizität eingetreten. Die Bevölkerung explodierte. Und würde weiter wachsen, bis ein Konflikt mit der Außenwelt die Neandertaler wieder an den Rand der Ausrottung trieb. *Allerdings werden sie auf unserem Planeten bald freie Bahn haben,* dachte Sara.

Ein Aufflackern von regenbogenfarbenem Licht zog ihren Blick auf das Zentrum der Stadt, wo auf einer Hügelkuppe ein großer Tempel stand. Fünf Türme in der Form von gezackten Speerspitzen erhoben sich daraus. Das Design kam Sara bekannt vor. Sie hatte es irgendwo schon einmal gesehen. Auf einer Postkarte von ihrer Zimmergenossin auf dem College, die ... wohin gleich wieder gereist war? »Angkor Wat.«

»Sehr gut beobachtet«, bestätigte Weston.

Sie sah ihn an und überlegte einen Moment lang, ob sie ihn vielleicht von der Klippe hinabstoßen konnte. Dann fiel ihr Blick auf die Waffe, die in seiner Armbeuge lag, aber immer noch auf sie gerichtet war. Er schien ihre Gedanken gelesen zu haben.

»Vielleicht haben Sie schon einmal gehört«, fragte Weston, »dass Angkor Wat symbolisch Mount Meru darstellen sollte, den Sitz der hinduistischen Gottheiten? Das stimmt nicht. Die meisten Leute glauben, dass die spitzen Türme Berge symbolisieren, dabei ist Angkor Wat nur ein primitives Faksimile des ursprünglichen Tempels, der *hier* entstand. Die ersten Menschen, die so weit nach Asien vordrangen, wurden versklavt. Doch einigen gelang es zu entlaufen, und sie brachten wiederum der Menschheit Nachricht von diesem Ort. Eine neue Religion war geboren. *Dies* ist der legendäre Mount Meru. Von Hindus und Buddhisten gleichermaßen verehrt. Die Achse aller realen und mythologischen Universen. Surya, der Sonnengott, soll Mount Meru täglich einmal umrunden.

Weston gestikulierte in Richtung der runden Löcher in der Bergwand, die das Sonnenlicht einließen. »Und wie Sie sehen, wandert die Sonne tatsächlich jeden Tag um den ganzen Berg. Er ist die Heimat lange vergessener Götter, die beinahe ausgerottet worden wären.«

»Götter können ausgerottet werden?«, meinte Sara, selbst überrascht von dem Sarkasmus in ihrer Stimme. Das Letzte, was sie wollte, war, Weston in Rage zu bringen.

Aber er blieb ungerührt und grinste lediglich. Vielleicht hatte er, da er so lange nicht mehr unter Menschen gewesen war, verlernt, gewisse Untertöne zu interpretieren.

»Selbst Götter haben ihre Tiefpunkte«, meinte er. »Die Titanen wurden von Zeus besiegt. Seth sperrte Osiris in einen Sarg und versenkte ihn im Meer. Jesus wurde ans

Kreuz genagelt. Natürlich gibt es einen gewaltigen Unterschied zwischen ihnen und den Göttern, die hier ihren Sitz haben.« Er blickte Sara erregt an. »Diese sind real! Und ich bin ihr Vater.«

»Hier lebt doch niemand«, wandte Sara ein und unterdrückte eine neue Welle von Übelkeit.

»Aber bald«, sagte Weston. »Ich habe den Kindern verboten, hier zu wohnen, bevor alles restauriert ist. Aber es sind nur noch ein paar Dächer zu ersetzen, dann wird in dieser Kammer wieder der Gesang der Nguoi Rung erschallen.«

Sara stellte sich Lucy als Opernsängerin vor und hätte beinahe laut aufgelacht. Es war eine absurde Vorstellung. Trotz ihrer halb menschlichen Abstammung wirkten sie alle so primitiv und grobschlächtig, dass Sara ihre Zweifel hatte, ob irgendeiner von ihnen überhaupt einen Ton halten konnte. Aber sie würden ja auch keine Opern singen, sondern ihre neu errungene Herrschaft über den Planeten bejubeln. »Wie können Sie behaupten, dass die Neandertaler ein größeres Recht haben, auf der Erde zu leben. Sie sind doch auch ein Mensch.«

Weston wurde zornig. »Neandertaler und Menschen haben das *gleiche* Recht zu leben. Wenn ich Sie freilasse, würde ich vielleicht die menschliche Rasse retten, die Neandertaler aber zum Untergang verurteilen.«

»Wenn Sie uns nicht fortlassen, verurteilen Sie die ganze Menschheit zum Tod. Mehr als sechs Milliarden«, seufzte Sara. Ihr war klar, dass Weston ihr nie so weit vertrauen würde, sie mit dem Heilmittel gehen zu lassen. Der Mann war ein halsstarriger Idiot, der viel zu sehr in seine Mischlingskinder vernarrt war, als dass er sich um irgendjemanden sonst kümmerte. »Sie werden nie einer von ihnen sein.«

Weston beruhigte sich, und einen Moment lang wirkte er traurig. »Das ist wahr. Ich bin ihnen so ähnlich geworden, wie ich nur konnte. Ich habe ihre Bräuche angenommen. Ich habe ihre Sprache lesen und schreiben gelernt. Ich habe ihre vergessene Geschichte entschlüsselt und ihre Welt kartografiert. In gewisser Weise bin ich den ursprünglichen Neandertalern, die diesen Ort erbaut haben, ähnlicher als die Mütter meiner Kinder. Doch das Entscheidende ist, dass meine Kinder mich akzeptieren ... genau, wie sie Sie mit der Zeit akzeptieren werden.« Er wedelte mit der Waffe. »Vorwärts.«

Sara näherte sich ängstlich dem Rand der Klippe. Gerade hatte er doch noch angedeutet, sie am Leben lassen zu wollen. Aber Weston war schon lange nicht mehr bei klarem Verstand. Bevor sie den mehr als hundert Meter tiefen Abgrund erreicht hatte, stieß sie einen leisen Seufzer der Erleichterung aus. An der Wand des riesigen Hohlraums im Berg zog sich eine in den Felsen gehauene Treppe entlang, die sie vorher nicht hatte sehen können. Was hatte Weston mit ihr vor?

»Was wollen Sie von mir?«, fragte sie, während sie die Treppe hinunterstarrte.

»Ich will den Neandertalern wieder zu ihrer ursprünglichen Größe verhelfen. Sie waren ein erstaunliches Volk. Zivilisiert, viel weiter entwickelt als der kriegerische Homo sapiens ihrer Zeit. Doch dazu müssen sie noch viel lernen.«

Sara hielt inne und sah sich um. »Sie wollen, dass ich sie unterrichte?«

»Wer wäre besser dafür geeignet?«

»Hm, so ungefähr jeder.«

»Sonst ist keiner da.«

»King ist ...«

»... ein Killer«, fiel Weston ihr ins Wort. »Und ich fürchte, er wird nicht aufgeben, bevor er tot ist.«

Sara stieg wortlos die Treppe hinunter. Sie konnte nichts gegen Weston ausrichten, und schon gar nicht gegen seine superstarken, superschnellen Kinder. Flucht war für sie keine Option.

Oder doch? Seit sie das Höhlensystem betreten hatten, war weit und breit kein Nguoi Rung zu sehen gewesen. Und die Stadt lag verlassen. Allein mit Weston, das mochte ihre einzige Chance zur Flucht sein.

Aber erst musste sie in Erfahrung bringen, was das Heilmittel gegen Brugada war.

Sie warf einen Blick zurück.

Er war größer, stärker und zweifellos wilder als sie, dazu hatte er ein Messer und eine Pistole. Saras Leben lag in seiner Hand. Sie fragte sich, ob sie je wieder die Außenwelt sehen würde. Sie sehnte sich danach. Sie wollte ihre verqueren Sinneswahrnehmungen wiederhaben. Sie wünschte sich den Lärm und das Chaos der Stadt zurück. Und sie wollte King wiedersehen. Bei ihm blieben ihre Gedanken hängen. Nicht wegen seines guten Aussehens. Nicht wegen seiner Stimme oder seiner Augen oder all der Dinge, die Frauen an Männern gewöhnlich anzogen. Sie dachte an seine nachtwandlerische Fähigkeit, zu überleben, und hoffte, dabei ein wenig von seiner Raffinesse und Sicherheit auf sich selbst zu übertragen.

Wenn es ihr nicht gelang ... würde sie ihr Leben lang eine Sklavin sein.

Oder in einer Stunde tot.

47

Ein einzelner Hybrid-Neandertaler streifte durch den Dschungel. Er vermied es, auf Äste und trockene Blätter zu treten, um sich nicht zu verraten. Als Wachtposten war es seine Aufgabe, den Bereich um die Ansiedlung zu kontrollieren. Es waren noch andere Posten unterwegs, einige auf dem Boden, andere in den Bäumen, die nach gefährlichen Tieren oder menschlichen Militäreinheiten Ausschau hielten. Er freute sich auf den Tag, wenn die Renovierung der Stadt Meru abgeschlossen war und sein Volk aus dem Dorf in den Berg selbst umziehen konnte. Man hatte ihn wegen seiner scharfen Augen als Ersten Späher auserwählt. Er würde die Stadt von hoch oben im Tempel aus überwachen – der letzten Verteidigungslinie gegen jeden, dem es gelingen sollte, die äußeren Linien zu durchbrechen. Seine Tage des Herumschleichens im Dschungel waren gezählt.

Der Hybrid hielt inne und schnupperte. Ein fremder Geruch hing in der Luft. Er konnte ihn nicht einordnen. Vielleicht ein Tier oder sogar eine der alten Mütter? Sie rochen oft fremdartig, wenn sie durch den Dschungel strichen und töteten und fraßen, was ihnen unter die Finger kam. Manchmal beneidete er sie. Sie konnten jagen und essen, was sie wollten. Red hatte ihn einmal mit auf die Jagd genommen, als er noch jung war. Sie waren auf zwei Menschenfrauen gestoßen, die am Fluss Wasser holen wollten. Er hatte von beiden gekostet, und es war eine leckere Mahlzeit gewesen. Danach hatte er sich das Blut von Händen und Mund gewaschen, bevor er nach Hause ging. Vater hätte sich nur aufgeregt, weil auch er menschlich war, aber eben anders. Er gehörte zur Familie.

Er schob die Gedanken an seine Eltern beiseite. Der innere Konflikt zwischen der alten und der neuen Welt hinderte ihn nur an der Erfüllung seiner Pflicht. Seine Nase und Ohren waren nicht so gut wie die Augen, daher stand er jetzt ganz still und beobachtete. Licht schimmerte durch das Blätterdach, das sich in einer leichten Nachmittagsbrise wiegte. Äste ächzten, Blätter raschelten, und dazwischen hörte man die Laute der Waldbewohner. Alles klang normal. Doch der Geruch ging nicht weg.

Dann sah er es. Ein Stofffetzen hatte sich an einem toten Ast verfangen. Er griff danach und hielt den Stoff an die Nase, atmete tief ein. Jemand war hier gewesen ... ein *Mensch* war ihnen durchgeschlüpft. Aber Menschen stellten keine große Gefahr dar; sogar mit Schusswaffen waren sie selten ernstzunehmende Gegner. Er selbst verspürte nie das Bedürfnis, eine Waffe zu tragen, obwohl sie gelegentlich erbeutete Waffen gegen den Feind einsetzten, wie bei dem Angriff auf das VPLA-Lager. Allerdings hatte Vater sie gelehrt, dass einige menschliche Waffen in der Lage waren, ganze Berge zu zerstören.

Daher konnte es zur Katastrophe führen, wenn auch nur ein einziger Mensch es schaffte, bis zur Ansiedlung vorzudringen.

Ganz kurz erwog er, den Eindringling auf eigene Faust zur Strecke zu bringen. Dann könnte er sich den Wanst vollschlagen und die Zeugnisse seiner Untat vergraben oder die Leiche in den Fluss werfen. Aber er entschied sich dagegen. Unmöglich zu sagen, wie viele Menschen schon eingedrungen waren.

Er besaß kräftige Lungen und einen mächtigen Brustkorb, so dass sein Warnruf alle in der Ansiedlung erreichen würde. Die gesamte Bevölkerung würde sich sofort auf die Suche nach den Menschen machen und sie binnen Minuten aufgespürt haben. Er holte tief Luft …

»He, Kumpel.« Es war nur ein Flüstern, doch der Laut ließ den Hybriden herumwirbeln wie einen Kreisel.

Er erwartete, seinen Gegner auf dem Boden zu sehen, daher bemerkte er die Gestalt, die von *oben* kam, zu spät. Bevor er einen Laut ausstoßen konnte, sah er entsetzt die Spitze eines geschnitzten Holzspeers aus seinem Bauch ragen. Seine Augen quollen hervor, als ein Schatten sich auf ihn herabfallen ließ, ein schlammbedecktes, beinahe nacktes menschliches Weibchen. Seine Augen leuchteten weiß und blau aus der dunklen Schlammschicht heraus. Und in den Händen hielt es … einen weiteren Speer, der auf seinen weit aufgerissenen Mund zuschoss.

Queens Speer bohrte sich in die Kehle des Hybriden, durchtrennte die Wirbel und drang hinten am Hals wieder heraus. Die Kreatur fiel nach hinten, zuckte noch einmal und lag dann still. Queen riss ihren Speer mit einem Ruck aus dem Mund des Hybriden, während Rook aus seinem Versteck hervorkam. Er drehte seinen Speer hin und her und ruckelte daran, bis er sich aus dem Rücken des Hybriden löste.

Wortlos zerrten sie die Leiche ins Gebüsch und bedeckten sie mit Blättern. Als das erledigt war, nahmen sie ihre Speere und machten sich ans Klettern. Queen war schnell und geschickt und hielt nur hin und wieder an, um Rook zu helfen. Nach zwei anstrengenden Minuten erreichten sie das Blätterdach, unsichtbar für die Welt am Boden. Doch hier drohten neue Gefahren.

Es war ein langsamer und nervenaufreibender Prozess,

sich durchs Geäst zu bewegen. Ein Fehltritt bedeutete einen fünfzehn Meter tiefen Sturz, der garantiert schwere und schmerzhafte Verletzungen zur Folge hätte, wenn nicht Schlimmeres. Queen besaß einige Erfahrung darin, sich in Bäumen zu verstecken, aber Rook mit seiner Körpergröße war dafür wenig geeignet. Sie hatten erwogen, getrennt zu marschieren, sich dann aber dagegen entschieden. Gemeinsam kämpfte es sich besser. Und am Boden wären sie zwar beweglicher, aber auch leichter zu entdecken gewesen. Jetzt ging es vor allem darum, den Gegner erst einmal auszukundschaften, das Kämpfen kam später. Daher zogen sie es vor, die Dinge aus der Vogelperspektive zu betrachten. Vielleicht waren sie mittlerweile so sehr an Satellitenaufnahmen gewöhnt, dass sie aus diesem Blickwinkel die Lage besser beurteilen konnten.

Ohne Zwischenfälle erreichten sie den Waldrand, wo die Hybriden-Siedlung begann. Nachdem sie sich zwischen die Äste eines Baumes vorgearbeitet hatten, dessen Rinde dem Schlamm an ihren Körpern farblich am nächsten kam, nahmen sie die Gemeinschaft unter ihnen in Augenschein. Rook fasste seinen Eindruck in einem einzigen Wort zusammen. »Scheiße.«

Sie blickten auf eine Lichtung am Fuß des Berges hinab, auf der etwa fünfzig große Hütten standen. Eine Reihe von Höhlen durchlöcherte die Bergflanke. Aus mehreren Feuern stiegen Rauchsäulen auf, die sich ausbreiteten und mit drohenden schwarzen Regenwolken vermischten. In Käfigen aus Stein und Holz liefen Tiere auf und ab – zwei Tiger und vier Bären –, und in einem umzäunten Tümpel wurden zwei Krokodile gehalten. Doch die Raubtiersammlung überraschte Rook weniger als die Anzahl der Neandertaler.

»Das müssen mehr als tausend sein«, sagte er.

Queen nickte. Eine Zählung erübrigte sich. Da die Bevölkerung bei den verschiedensten Arbeiten und auf der Nahrungssuche in ständiger Bewegung war, konnte man die Gesamtzahl nur schätzen. »Du sagst doch, Weston ist erst seit fünfzehn Jahren hier, oder?«

»Richtig ...«, antwortete Rook. »Aber er hat auch gesagt, dass diese Burschen schnell erwachsen werden und mit drei Jahren schon Kinder kriegen.«

»Dann sind diese ... Dinger ... also alle fünfzehn Jahre alt oder jünger? Eine Horde von Kindern?«

Rook schüttelte den Kopf. »In unseren Jahren sind sie Kinder. Aber sie sind nicht menschlich. Das sind keine Kinder. Die sind so erwachsen wie du und ich, nur viel tödlicher.«

Schweigend sahen sie zu, wie zwei Elefanten ins Dorf marschiert kamen und gefällte Bäume hinter sich herschleiften. Die Stämme waren rasch entastet, und mit Hilfe von Steinklingen und purer Stärke begann eine Gruppe großer Männchen damit, das Holz in lange Planken zu spalten. Innerhalb von fünfzehn Minuten hatten sie je zehn Bretter aus den Stämmen hergestellt. Die Elefanten kehrten mit ihren Mahuts in den Dschungel zurück, und die Hybridmännchen, die das Holz geschnitten hatten, brachten es weg. Je zwei Männer trugen einen Stapel von zehn Planken zwischen sich, der beinahe dem Gewicht der Bäume entsprach, aus denen sie hergestellt waren.

»Die kommen dabei nicht einmal ins Schwitzen«, bemerkte Rook.

»Sieh mal, wohin sie gehen«, meinte Queen. Die männlichen Hybriden verschwanden in der Dunkelheit der größten Höhlenöffnung. »Was wollen sie denn *innerhalb* des Berges mit all dem Holz?«

»Eines sage ich dir«, erklärte Rook mit einem Blick auf

den Berg. »Egal wie viele wir hier draußen sehen, drinnen sind noch viel mehr. Die sind wie Ameisen. Wenn sie King und Pawn haben, dann sind sie da drin.«

»Wenn sie nicht schon tot sind.«

Rook warf einen finsteren Blick in Queens Richtung. »Das darfst du nicht einmal denken.«

Sie wandte den Blick ab und nickte. Sie konnte eine unbarmherzige und effiziente Killerin sein, doch das bedeutete nicht, dass die anderen im Team ihr gleichgültig waren. Aber es war schwer, optimistisch zu bleiben, wenn die Chancen so überwältigend gegen einen standen. Queen zwang sich, die positive Seite zu sehen: Sie hatte bereits zwei von den Kreaturen getötet. Sie waren nicht unbesiegbar.

»Was machen wir jetzt?«, fragte Rook.

Queen warf einen Blick zum Himmel und sah dann Rook an. Der raubtierhafte Glanz in ihren Augen kehrte zurück. »Wir warten auf die Nacht, beten, dass es nicht regnet, und dann befreien wir die Gefangenen.«

48

Knight verschlang den Text wie einen spannenden Roman. Es war eine fesselnde Geschichte, die Weston sich aus den Geschehnissen zusammengereimt, aus seiner Sicht interpretiert und mit Anmerkungen gespickt hatte.

Es ging um die unbekannte gemeinsame Vergangenheit von Homo sapiens und Neandertalern. Die Seiten stellten eine Chronik des Aufstiegs der menschlichen Rasse dar, von tausenden von Jahren friedlicher Koexistenz und vermischter Blutlinien, bis irgendetwas sich verändert hatte. Ob ein Evolutionssprung der Grund war oder das Verhalten eines einzelnen menschlichen Anführers, ging nicht deutlich aus der Geschichte hervor, aber eines war klar – die Menschheit wurde gewalttätig. Die Neandertaler wehrten sich nach Kräften, doch trotz ihrer größeren Zahl und der technologischen Vorteile hatten sie wenig Talent zum Kriegführen. Über Generationen hinweg wurden sie weiter nach Norden gedrängt, hinaus aus Afrika und weiter bis nach Asien, wo sie sich in den äußersten Osten flüchteten.

Tatsächlich verlief die Flucht so schnell, dass die menschliche Rasse nicht Schritt halten konnte. Die Neandertaler beschlossen, sich in den abgelegenen annamitischen Kordilleren niederzulassen, weil Nahrung und Versteckmöglichkeiten dort reichlich vorhanden waren, das Gelände sich gut verteidigen ließ, und … sie fanden Frieden innerhalb des Berges. Mount Meru.

Der Bericht sprach von den gigantischen Kristallen, die den Geist zu heilen vermochten, vom Bau der Nekropole aus den Knochen der Toten und der Errichtung eines Tempels, der den Kristallen gewidmet war, und dem Gott, der ihnen diese neue Heimat geschenkt hatte.

Drei Seiten später änderte sich der Tenor der Erzählung. Menschen waren gesichtet worden. Kundschafter. Leicht zu töten, doch die Neandertaler wussten, dass andere ihnen folgen würden. Sie gaben sich eine neue Form der Führung, die Knight trotz ihrer fortschrittlichen Zivilisation sehr primitiv, sehr neandertalerhaft vorkam. Die größten und aggressivsten Männer wurden zu Anführern. Nicht die klügsten. Nicht die listigsten. Die Krieger. Sie bereiteten sich auf den Kampf vor. Und hier endete die Übersetzung. Knight las den letzten Absatz.

> Den Stärksten und Erbarmungslosesten von uns verleihen wir die Ehre der Führerschaft, damit wir überleben können, was die Zukunft auch bringen mag. Dieses Prinzip soll über alle Generationen hinweg gelten, auf dass wir Krieger werden, auf dass wir zu dem werden, was die Menschen am meisten fürchten.

Knight drehte die Seite um, aber Westons Aufzeichnungen endeten hier. Es war der allerletzte Eintrag, und Knight begriff, dass er höchstwahrscheinlich an dem Tag entstanden war, als er hier auf dem Boden der Höhle alles stehen und liegen ließ, um … ja, um was zu tun?

Die Antwort traf Knight wie ein Blitz, und er lachte auf. »Was für ein durchtriebener Teufel!« Weston hatte seine Chance gesehen, die Führung an sich zu reißen. Wenn seine Peiniger immer noch nach denselben Regeln lebten, und falls Weston ein großer Mann war, dann konnte er seine Dominanz geltend machen und die Kontrolle übernehmen. Aber hatte er Erfolg gehabt und überlebt, oder war er bei dem Versuch gestorben? Er war nie hierher zurückgekehrt, das war sicher, aber der Grund dafür blieb im Dunkeln.

Knight legte das Notizbuch zurück auf den Boden und sah die Frottagen der Schriftzeichen von den Wänden durch. Beim Anblick der Symbole überkam ihn Bewunderung für das uralte Wissen, das hier festgehalten war. So viel Potenzial. Wäre der Homo sapiens nicht gekommen, was hätte die Rasse der Neandertaler nicht alles erreichen können! Sie waren lange vor dem modernen Menschen auf der Erde aufgetaucht und hatten anscheinend einen großen Vorsprung besessen. Doch ihnen hatte der Blutdurst gefehlt.

Sein Blick fiel auf die Ecke eines gefalteten Blatts Papier, das aus dem Notizbuch ragte. Knight griff danach und faltete es auf. Es war eine detaillierte Karte vom Inneren des Mount Meru und seiner Umgebung. Natürlich gab es keine »Sie befinden sich hier«-Markierung, aber auch so hatte er das Labyrinth schnell identifiziert. Ein Ausgang auf der anderen Seite führte zu einer Kaverne, die eigentlich nicht real sein konnte. Die Zeichnung zeigte eine ganze Stadt, mit einem irgendwie vertraut wirkenden Tempel im Zentrum, umgeben von etwas, das wie riesige, von der Decke hängende Kristalle aussah.

Die Kristalle.

Knight blickte hoch zu dem gigantischen Kristall, der das Labyrinth erhellte, und dachte an die Kristalle aus dem Bericht, die angeblich den Geist heilten. »Unmöglich«, sagte er laut. Doch da er die Nekropole der Neandertaler mit eigenen Augen gesehen und jetzt ihre Geschichte gelesen hatte, konnte es eigentlich keinen Zweifel geben, dass die Karte stimmte. Er fasste den Entschluss, in Richtung der Stadt zu gehen, vor allem, weil er sich damit weiter von den alten Müttern entfernte. Wäre er ein großer Mann gewesen, hätte er vielleicht versuchen können, seine Dominanz geltend zu machen, aber in den Händen dieser wilden Frauen war er nur ein Spielzeug.

Ganz sicher konnte *er* die Führung nicht an sich reißen, doch Rook oder Bishop … die waren wie geschaffen dafür.

Knight faltete die Karte säuberlich zu einem Quadrat zusammen und steckte sie ein. Er humpelte durch die zweite Hälfte des Labyrinths und hoppelte eine Treppe hinauf, die zu einem Tunnel führte, der dem, durch den er hereingekommen war, genau gegenüberlag. Kaum hatte er ihn betreten, hüllte ihn wieder Finsternis ein.

»Verdammt.« Er hatte das mit den leuchtenden Algen getränkte Tuch auf der anderen Seite liegen lassen … am Eingang des Irrgartens.

Scheiß drauf, dachte er und setzte den Weg in die Finsternis fort.

Nach wenigen Schritten blieb er wieder stehen.

Er hatte etwas gehört.

Ein Quieken.

Dann noch eines. Mit angehaltenem Atem lauschte er. Das Trappeln winziger Klauen erklang aus dem Tunnel vor ihm.

Ein Nagetier.

Knight spürte, wie das Ding gegen seinen Fuß prallte. Es quiekte abermals und sauste dann an ihm vorüber. Er sah es die Treppe hinunterhüpfen und ohne zu zögern im Labyrinth verschwinden. Entweder das Tier war gerade beim Joggen, oder es war auf der Flucht. Diese Befürchtung bestätigte sich, als ein dumpfes Knurren, begleitet von schweren Schritten, aus der Dunkelheit drang. Wer oder was die Ratte auch jagte, würde zuerst auf Knight stoßen.

49

Das Echo von Saras Schritten auf dem Kopfsteinpflaster der Straße hallte von den imposanten Steinbauten und der Höhlendecke in der Höhe wider. Weston lief barfuß und völlig lautlos. Sein Gang war gelassen und selbstbewusst, er bewegte sich wie ein Kind in seinem eigenen Haus. Er kannte jede Ecke, jeder Umriss war ihm vertraut.

Er gehört tatsächlich hierher, dachte Sara. Sie hätte Weston und seinen kleinen Clan liebend gern hier in Ruhe und Frieden leben lassen, aber sie wusste, dass es ihr nie gelingen würde, ihn davon zu überzeugen.

Von nahem betrachtet nahm die Architektur einen neuen Charakter an. Eine Art Begegnung zwischen Asien und dem alten Rom. Eleganz gepaart mit Macht. Schön und schaurig zugleich. Die Mauern bestanden aus großen Steinblöcken, die vielleicht einmal poliert gewesen waren, deren Oberfläche jetzt aber rau war. Die vorspringenden Dächer der größeren Gebäude wurden von Säulenkolonnaden getragen, die an die frühe dorische Ordnung Roms erinnerten. Sie hatten bereits vier der fünf Galerien durchquert, die durch hohe, von großen Toren durchbrochene Mauern getrennt waren.

Das Licht wandelte sich ständig, wanderte durch die Höhle, kletterte an Gebäuden empor und glitt über die Straßen. Weston hatte ihr erklärt, dass die Sonneneinstrahlung auf den Kristallen sich durch die um den Berg ziehenden Wolken pausenlos änderte. Als Sara noch ein Kind war, hatte ihre Mutter Kristalle mit wunderschönen Regenbogeneffekten in die Fenster gehängt, aber das war ein Witz im Vergleich zu dem hier. Die kühle, frische Luft kitzelte in der Nase wie ein Herbsttag in New England.

Sie hatten jetzt schon einen ziemlich langen Fußmarsch hinter sich, doch nach dem schweren Dschungelboden empfand Sara den harten, glatten Stein unter ihren Füßen als willkommene Abwechslung. Unter anderen Umständen hätte sie den Mount Meru mit größtem Vergnügen erkundet. Aber so blendete sie Westons fortdauernde Geschichtslektion über den Niedergang der Neandertalerzivilisation vollständig aus. Anscheinend stand die gesamte Geschichte der Spezies, die bis weit vor das Erscheinen des Homo sapiens zurückreichte, in einer anderen Höhle aufgeschrieben. Es war eine große Versuchung, sich von diesem Ort gefangen nehmen zu lassen. Von seiner Geschichte, seinem Geheimnis. Aber Sara lockte etwas anderes – Flucht.

Bis jetzt hatte sie noch nicht weiter gedacht als: »Zieh deine Stiefel aus, damit er dich nicht wegrennen hört.« Den Rest ihrer Energie richtete sie darauf, sich den Plan der Stadt einzuprägen. Wenn sie den entscheidenden Zug machte, durfte es kein Zögern geben, keine Unsicherheit. Sie war zuversichtlich, dass sie den Weg durch die Tore wiederfinden und sich an schmale Gassen halten konnte, um offene Plätze zu meiden. Doch weiter, als aus der Stadt herauszukommen, reichte ihr Plan nicht. Die lange Treppe in der Höhlenwand konnte sie nicht nehmen. Sie würde wie auf dem Präsentierteller sitzen, und Weston konnte sie mit Leichtigkeit wieder einfangen. Außerdem führte dieser Weg direkt zurück in die Höhle des Löwen. Sie sah nur eine einzige andere Möglichkeit, nämlich in den unterirdischen Fluss zu springen und sich von ihm forttragen zu lassen ... wo immer er hinführte.

Ein Tippen auf der Schulter ließ sie hochschrecken.

»So gedankenverloren?«, fragte Weston, während er sie mit der Pistole anstupste. Er wusste, dass sie nicht alles mitbekam, was er sagte. Aber wer wollte ihr daraus einen Vorwurf machen? Sie war überwältigt von der Umgebung, genau wie er, als er zum ersten Mal auf diesen Ort gestoßen war. Und jetzt, nach jahrelanger Arbeit, erstrahlte Meru fast wieder in seinem alten Glanz – eine Stadt der Götter. Er deutete nach oben. »Wir sind fast da.«

Sara blickte auf. Sie hatte sich von den umgebenden Gebäuden und ihren Fluchtplänen so ablenken lassen, dass sie den hoch über ihnen aufragenden Tempel gar nicht beachtet hatte. Das fünfte und letzte Tor lag vor ihnen, weit geöffnet wie die anderen. Sara trat einen Schritt zurück. Sie verspürte nicht den Wunsch, den Tempel zu betreten. Sie wusste, es war das Ziel ihres Ausflugs und der Anfang eines Alptraums. Aber welche Wahl hatte sie schon mit einer Waffe im Rücken?

Sie ging durch das zehn Meter große, überwölbte Tor und bemerkte, dass die Restaurierungsarbeiten an den gewaltigen Flügeln noch nicht ganz fertiggestellt waren. Ohne die Mauer der fünften Galerie hatte sie jetzt freien Blick auf den Tempel. Reihen von Balustraden säumten den äußeren Ring des eigentlichen Geländes. Um jede vertikale Säule wand sich die Skulptur einer Schlange, von denen keine zwei sich glichen. Direkt hinter den Balustraden lag der Eingang. Sie gelangten in einen langen Hof, der mit Palmen und blühenden Büschen bestanden war. Farbenprächtig erleuchtet von den Kristallen, bildete der Innenhof ein Gegengewicht zu den beunruhigenden Gefühlen, die die Schlangenbalustraden weckten.

Aber Saras Angst ließ trotz der Schönheit des Tempels nicht nach. Weston war verstummt, ausgerechnet jetzt. Dieser Ort musste tausend Geschichten beherbergen. Doch Weston bekam den Mund nicht mehr auf. Nun war *er* wohl abgelenkt … von seinen Plänen. Hoffte er, dass sie angesichts der machtvollen Aura dieses Ortes ihre Meinung ändern würde, oder führte er sie zu einer Gefängniszelle? Schwer zu sagen.

Sie beschloss, einen Versuch zu unternehmen, irgendwie an den Mann heranzukommen. »Erzählen Sie mir von Ihrer Familie«, bat sie.

»Sie ist hier, bei mir.«

»Ich meine, bevor …« Sara wies mit den Händen auf die Stadt. »… vor all dem hier. Vor Vietnam. Wer waren Ihre Eltern?«

Weston beäugte sie misstrauisch. Er rang sich ein Grinsen ab. »Mein Vater war Alkoholiker, ein gewalttätiges Arschloch.«

Eins zu null, dachte Sara.

Am Ende des Hofs erhob sich eine steile Treppe fünfzehn Meter hoch bis zu einem gewaltigen, rechteckigen Durchgang, der zum eigentlichen Tempel führte. Darüber stiegen die fünf Türme – in Quincunx-Form angeordnet, wie die fünf Punkte auf einem Spielwürfel – zur Höhlendecke empor, die hier nur noch dreißig Meter entfernt war. Die fünf Ebenen jedes Turms verengten sich kurvenförmig nach oben und liefen in einer Spitze aus. Von hier aus wirkten sie noch mehr wie gezackte Speerspitzen als aus der Entfernung. Ein Ort, der seine Gefährlichkeit regelrecht hinausposaunte. Es war ein fantastischer Anblick, hinter dem sich jedoch eine innere Düsternis verbarg. Hatte es vielleicht einen Grund gegeben, warum die Menschheit sich gegen die Neandertaler wandte?

»Rauf«, befahl Weston, als sie am Fuß der Treppe angelangten. Jede Stufe war dreißig Zentimeter hoch und fünfzehn Zentimeter tief. Sie erklomm sie langsam, indem sie die Hände zu Hilfe nahm, um nicht nach hinten zu fallen.

»Was ist mit Ihrer Frau? Sie tragen einen Ehering.«

Weston blieb stehen. Sie sah sich nach ihm um. Sein Stirnrunzeln sagte alles: Dieses Thema war tabu.

Schnell schaltete sie um. »Was ist mit Ihrer Mutter?«

Als Weston antwortete, klang seine Stimme gelöster. »Meine Mutter ... war ein Engel. Und eine gute Köchin. Aber alles andere als gesundheitsbewusst. Ihre Allheilmittel gegen jede Krankheit, von einer Erkältung bis zur übelsten Grippe, waren Apfelkuchen, Vanilleeis und Schokoladenfrappé. Es ist ein Wunder, dass ich bei all dem Zucker, der meinem Immunsystem den Garaus gemacht hat, nicht im Krankenhaus gelandet bin.«

»War sie Hausfrau?«

»Anfangs, bis mein Vater uns verlassen hat. Dann erinnerte sie sich an ihren Abschluss in Biologie und wurde Tierpflegerin im Zoo. Sie hat meine Liebe zur Natur geweckt.«

Am Kopf der Treppe angelangt blickte Sara in den gähnenden Rachen des Tempels. Der Gang erstreckte sich fünfzehn Meter weit und endete unter dem mittleren Turm. Mehrere Oberlichter schnitten Lichtwürfel aus dem Gang. Sie drehte sich zu Weston um, als er zu ihr aufschloss. »Welche Spezies hat sie gepflegt?«

»Gorillas. Prachtvolle Geschöpfe.«

»Hm«, meinte Sara. »Das ist schon eine Ironie.«

Sobald ihr Verstand das Wort registrierte, wurde ihr klar, was sie gesagt hatte, und sie schloss die Augen.

Zwei zu null.

»Was?« Weston blinzelte, als hätte man ihn geohrfeigt.

Seine Stimme hob sich. »Was haben Sie da gesagt?« Er trat mit gerötetem Gesicht einen Schritt näher. »Ironie? *Ironie!* Sie halten meine Kinder für Affen? Sie können sprechen. Sie können denken. Sie haben einen Moralkodex. Das ist mehr, als man vom größten Teil der menschlichen Rasse sagen kann!«

»Ich wollte nicht …«

»Doch, das wollten Sie.« Er packte ihre Schulter und wirbelte sie herum. »Das wollten Sie.«

Er stieß sie in den Gang hinein. Durchgänge auf jeder Seite führten zu quadratischen, kreuzförmig angeordneten Hallen. Sie senkten sich drei Stufen tief zu Fischbecken hinab, in denen sehr große Fische schwammen, eine Vielzahl von Arten.

Hinter dem Kruzifix der Hallen, am Ende des Gangs, begann eine weitere Treppe, die sich durch das Dach des Tempels freischwebend zum mittleren Turm emporhob. Weston unterstrich seine Anordnung diesmal mit einem Schubser. »Rauf.«

Auf jeder Stufe stand eine Zeile in antiker Bilderschrift, die vom Ende der einen zum Anfang der nächsten weiterlief, als sollte der Text beim Erklimmen der Stufen gelesen werden. Die Schrift in asiatischem Stil war einfach, doch kunstvoll ausgeführt. Auf der fünften Stufe hielt Sara inne und zog die Schriftzeile mit dem Finger nach. »Wissen Sie, was da steht?«

Weston blieb neben ihr stehen. »Es sind Verwünschungen.«

Sara blickte die Treppe hinauf. Die Schrift schien sich endlos weiterzuziehen. »Verwünschungen? Gegen wen?«

»Gegen Sie. Gegen mich. Gegen die Menschheit.« Weston fuchtelte mit der Pistole herum. »Weiter.«

Ein flaues Gefühl breitete sich in ihrem Magen aus. Der

ganze Tempel, die ganze Stadt gründete sich auf den Hass gegen die Menschheit. Und sie wurde gerade mitten ins Herz all dessen geführt. Sie glaubte nicht an Gespenster, doch sie vermeinte den Geist dieses Ortes zu spüren, seit sie das Tor zur ersten Galerie passiert hatten. Es war nicht Weston, der ihr Angst einjagte. Es war die Stadt selbst.

Es war nie vorgesehen gewesen, dass ein Homo sapiens den Weg hierher fand.

Sie waren nicht willkommen.

Sara stiegt schnell die Treppe hinauf, ohne weiter auf die Schriftzeichen zu achten. Sie hatte das mulmige Gefühl, die Stadt könnte plötzlich zum Leben erwachen und sie rücklings hinunterschleudern. Oben blieb sie außer Atem vor einer Holztür stehen. Die Tür war von einem Relief verziert, wie es sich an vielen der Gebäude und Schreine der Stadt fand. Doch dieses hier war nicht alt. Das frische Holz der Tür hob sich wie das der neu gedeckten Dächer hell vom grauen Stein des Tempels ab. Das Relief zeigte ein Gesicht – Weston.

Er blieb neben ihr stehen und betrachtete sein Abbild. »Ein bisschen grob gearbeitet, aber gut getroffen, finden Sie nicht? Sie haben gerade erst begonnen, ihre Kultur neu zu entdecken, doch ihre künstlerischen Fähigkeiten …« Weston sah ihr in die Augen. »Ihre *künstlerischen Fähigkeiten* scheinen angeboren zu sein.« Er öffnete die Tür, hob die Pistole und sagte: »Da rein.«

Sara gehorchte.

Sie gelangte in einen kreisförmigen Raum, der teils heiliger Tempel, teils Junggesellenbude zu sein schien – Westons »Zweitwohnung« wahrscheinlich. Licht strömte durch kreisförmige Lüftungsöffnungen in der Decke. Sie bemerkte, dass die Kammer eine miniaturisierte Version der großen Höhle draußen war. Sie verfügte sogar über einen Kristalllüster, der das Licht reflektierte und im Raum verteilte.

In der Mitte unter dem Kristallleuchter befand sich eine Feuergrube. Die umlaufende Wand war mit mehreren antiken Reliefs verziert, die Menschenopfer, Geister und seltsame Rituale darstellten. Saras Blick blieb an einer Szene hängen, in der mehrere männliche Neandertaler eine menschliche Frau auf einen Altar niederdrückten. In dem Moment glaubte sie zu begreifen, womit die Neandertaler sich den Hass der Menschen zugezogen hatten. Vor tausenden von Jahren mussten sie viel »menschlicher« gewesen sein als die Gruppe, die sie kennengelernt hatte. Behaarter vielleicht, aber nicht annähernd so stark. Ein hyperevolutionärer Sprung hatte vermutlich während der Zeit der Isolation für diese Veränderung gesorgt. Doch böse und tückisch schienen sie schon vorher gewesen zu sein, hatten eine dunkle Form der Magie praktiziert, Menschen geopfert, dunkle Rituale vollzogen. *Vielleicht heimlich zuerst,* dachte sie, *aber man muss ihnen auf die Schliche gekommen sein.* Und der entsetzte Homo sapiens reagierte auf die Art, die er am besten beherrschte – mit Mord.

Sie wandte sich von dem Relief ab und erblickte ein modern aussehendes Bett. Es war aus Holz und mit einer handgefertigten Matratze bedeckt. Weston schnallte den Gürtel mit Messer und Pistole ab und legte ihn darauf. Ein roter Striemen an seiner Hüfte zeigte, dass der Gürtel zu eng eingestellt war. Er setzte sich und ließ den Blick über die Szenen an den Wänden wandern. »Bevor ich das hier entdeckt habe, dachte ich, die Neandertaler wären Opfer der menschlichen Dummheit und Gewalttätigkeit geworden. Aber dieser Raum hat mir die Augen geöffnet. Sie haben der Menschheit schreckliche Dinge angetan. Schwere Verbrechen. Und sie haben dafür bezahlt.«

»Warum beschützen Sie sie dann?«

»Haben wir am Ende des Zweiten Weltkriegs alle Nazis getötet? Haben wir weiter Atombomben auf Japan abgeworfen? Natürlich nicht. Wir halfen ihnen beim Wiederaufbau. Sie hatten einen Fehler begangen und dafür Prügel bezogen. Aber die Neandertaler bekamen nie die Chance, ihre Fehler wiedergutzumachen.«

»Und jetzt schon, meinen Sie? Indem Sie zulassen, dass die menschliche Rasse ausstirbt?«

»Das ist nicht meine Schuld!« Weston kam wieder auf die Füße und lief erregt auf und ab. »Das tut sich die Menschheit selbst an.«

»Wie praktisch für Sie.« Sie schüttelte die Fäuste. »Geben Sie mir einfach das Heilmittel und lassen Sie mich gehen!«

Weston hielt inne, überrascht von ihrem Ausbruch. Einen Augenblick lang betrachtete er sie mit neuen Augen, so, wie er King angesehen hatte. Als Bedrohung. »Ich fürchte, Sie hätten keine Chance, das Heilmittel auf meine Art zu empfangen.«

Sara überlegte, was das heißen sollte. Rekapitulierte, was sie über Westons Zeit im Dschungel wusste. »Von den alten Müttern.« Sie legte sich die Hand vor den Mund, als ihr die Wahrheit aufging. »Es ist eine Geschlechtskrankheit?«

»Das ist eine abstoßende Bezeichnung für die Übertragung durch Blut, aber im Wesentlichen korrekt. Es ist jedenfalls eine der Arten, wie man sich anstecken kann. Ich konnte natürlich die Wirkungsweise nicht im Detail studieren.«

»Etwas wird übertragen«, meinte Sara, jetzt voll auf das Brugada-Heilmittel konzentriert statt auf den ranzig riechenden Mann neben ihr. »Höchstwahrscheinlich ein

Virus, das die DNA verändert und die Gene lahmlegt, die Brugada zum Killer machen. Das ist wirklich außerordentlich. Eine Vogelgrippe überträgt das aktive Gen, und ein zweites Virus schaltet es wieder ab. Virale Konkurrenz.«

»Interessant. Die männliche Nguoi-Rung-Bevölkerung starb ziemlich schnell aus. Aber die Frauen überlebten. Zu irgendeinem Zeitpunkt infizierten sie sich mit einem Virus – Ihrem konkurrierenden Virus –, und es veränderte ihre Gene, schützte künftige Generationen vor Brugada. Andernfalls hätte die Rasse der Neandertaler mit den alten Müttern geendet.«

Saras Miene erhellte sich, als sie verstand. »Das ergibt einen Sinn. Was waren Ihre Symptome?«

Er dachte kurz nach. »Geschwollene Drüsen. Leichtes Fieber. Und ein Ausschlag, der irgendwann Blasen warf, verkrustete, schorfig wurde und dann abheilte. Keine große Sache.«

Sara konnte nicht glauben, was sie da hörte. Es war nicht *wie* eine Geschlechtskrankheit, es *war* eine Geschlechtskrankheit. Weston hatte gerade einen klassischen Fall von Herpes beschrieben; okay, vermutlich ein neuer Stamm, aber immer noch Herpes. Das Herpesvirus wurde häufig in der Gentherapie eingesetzt, da es leichten Zugriff auf den genetischen Code hatte und ihn verändern konnte. Mehrere im Labor geschaffene Heilmittel auf Herpesbasis waren bereits in Entwicklung, gegen HIV, Krebs, Lebertumore – eine ganze Liste. In diesem Fall hatte die Natur die Arbeit erledigt, indem sie das SCN5A-Gen wieder abschaltete, das von der Vogelgrippe aktiviert wurde. »Das ist wahrhaft erstaunlich.«

»Ich bin ja geschmeichelt über Ihre Einschätzung, aber Sie brauchen gar nicht so hoffnungsvoll dreinzuschauen.«

Weston drehte sich zu ihr um. »Ich werde Ihnen kein Blut spenden, und ich bin auch kein Philister, also können Sie vergessen, das Heilmittel ... auf anderem Weg von mir zu bekommen.«

Westons Blick flackerte plötzlich und glitt nach unten. Sara dachte schon, dass er ihren Körper anglotzte, aber sein Gesichtsausdruck passte nicht dazu.

»Was ist das?«, fragte er. »An Ihrem Handgelenk. Die Farbe hat sich gerade verändert.«

»Es ist ein ...« Sara erstarrte, als sie auf ihren Seuchenmonitor sah. Er leuchtete in tiefem Blutrot. Brugada war *ausgebrochen*.

Die Pandemie hatte begonnen.

Sie keuchte auf. »Nein ...«

Weston trat vor, packte ihr Handgelenk und betrachtete den Regenbogen warmer Farben. »Was ist das für eine Uhr?«

Sara entriss ihm ihren Arm. Sie hielt ihm das Handgelenk vor die Augen. »Das bedeutet, dass die Pandemie begonnen hat. Menschen *sterben*. Sie müssen mich gehen lassen.«

Weston starrte sie an.

»Bitte«, sagte sie, mit vor Verzweiflung bebender Stimme.

»Sie wissen, dass ich das nicht tun kann.«

Saras Furcht verwandelte sich in Zorn. »Kein Philister, sagen Sie? Aber Sie wollen zulassen, dass die menschliche Rasse ausstirbt?« Sie schüttelte den Kopf. Es war sinnlos. Dieses Gespräch hatten sie schon gehabt. Ihr Blick fiel auf seinen Ehering. *Höchste Zeit, die richtigen Knöpfe zu drücken,* dachte sie, bevor sie fragte: »Was ist mit Ihrer Frau? Sie ist auch da draußen, nicht wahr?«

»Ich habe Sie gewarnt, nicht von ihr zu sprechen.«

»Haben Sie Ihre Frau geliebt? Haben Sie sie je geliebt?«

Zornesadern schwollen auf Westons Stirn. »Ich sagte, lassen Sie das!« Er hob die Waffe.

Sie zögerte kurz, doch Weston hatte sie nicht den ganzen Weg hierher geschleppt, um sie zu erschießen. »Was ist mit Ihren Kindern?«

Weston kam drohend auf sie zu.

»Eine Tochter?«

Keine Antwort. Aber die vor Zorn geweiteten Augen verrieten ihr, dass sie über die Wahrheit gestolpert war.

»Ein Sohn also.«

Weston hielt inne und durchbohrte sie mit Blicken.

»Er wird unter den Ersten sein, die sterben. Brugada befällt fast nur Männer. Lassen Sie mich gehen, dann ...«

»Mein Sohn *ist* bereits tot. Ertrunken. Nur weil ich ihn zehn Minuten lang allein gelassen habe. *Zehn* Minuten. Als ich ihn fand, war es schon zu spät. Ich konnte ihm nicht mehr helfen. Seither hasst mich meine Frau, und sechs Monate später ließ sie sich scheiden.« Er drückte Sara die Pistolenmündung unters Kinn und hob ihren Kopf, bis sie Auge in Auge standen. »Aber ich habe eine *neue* Familie gefunden. Alles, was ich liebe, ist hier, und ich will *verdammt* sein, wenn ich noch einmal zulasse, dass einem meiner Kinder etwas zustößt, wenn ich es verhindern kann.«

Drei zu null.

50

Mit jedem schnellen Schritt schossen Feuerlanzen durch Knights Bein. In seinem Zustand stellte er sich besser keinem wütenden Neandertaler in den Weg. Selbst im Vollbesitz seiner Kräfte hätte er kaum eine Chance gehabt, aber in dieser Verfassung kam er sich vor wie eine flügellose Fliege gegenüber einer Schwarzen Witwe. Das Ding würde einfach auf ihn zumarschieren, seine Fangzähne in ihn schlagen und fertig. Seine einzige wirkliche Überlebenschance bestand darin, sich im Labyrinth zu verkriechen, bevor es ihn fand.

Ein dumpfes Brüllen hallte durch den Raum. Knight riskierte einen schnellen Blick über die Schulter zum Eingang. Was er dort sah, verzehnfachte seine Furcht.

Die Gestalt war riesenhaft, gewaltig.

Ihre Augen blitzten vor nacktem Hass.

Blutiger Speichel sprühte.

Muskeln spannten sich.

Der Gigant setzte vom Eingang her über zwei Wände des Labyrinths hinweg und landete drei Meter hinter Knight.

Bishop.

Aber er war nicht mehr Bishop. Er war ein Regenerierter.

Und für Knight, unbewaffnet und verletzt, bedeutete das den sicheren Tod.

Er versuchte erst gar nicht, mit Bishop zu reden. Er bettelte nicht um Gnade. Er tat das Einzige, was ihm übrigblieb.

Er rannte davon.

Sein Rennen war nur ein unbeholfenes Gehopse. Er verlagerte mehr Gewicht auf das angeschlagene Bein. Als er um eine Ecke bog, traf die Schiene im falschen Winkel auf, und die alten Knochen, die seinen Knöchel stützten, zerbrachen. Er stürzte schwer zu Boden.

Er mühte sich, auf seinem gesunden Fuß wieder hochzukommen. Gerade, als er es geschafft hatte, kam Bishop um die Ecke und warf sich auf ihn, die Arme nach Knights Kehle ausgestreckt.

Knight tauchte zur Seite weg und es gelang ihm, sich abzurollen, obwohl ein stechender Schmerz durch sein Bein schoss.

Bishop wurde vom Schwung des eigenen Angriffs weitergetragen. In seinem Wahnsinn drehte er den Kopf zu Knight und griff nach ihm, ohne darauf zu achten, dass er auf die Wand zuschoss. Sein Hals bog sich in einem seltsamen Winkel ab und knackte. Er schloss die Augen und heulte einen Moment lang vor Schmerz auf. Aber seine Verletzungen verheilten schnell.

Ohne Zeit zu verlieren krabbelte Knight auf allen vieren um die nächste Ecke. Er hoffte, rechtzeitig den Mittelpunkt des Labyrinths zu erreichen und sich in einem anderen Gang verkriechen zu können. Wenn er sich ganz still verhielt, machte Bishop sich vielleicht wieder an die Verfolgung der Ratte. Andererseits konnte er auch den gesamten Irrgarten hirnlos wie eine Laborratte durchstreifen. Nur, dass in diesem Fall kein Stück Käse am anderen Ende auf ihn wartete – sondern Knight.

Das Zentrum des Labyrinths kam bereits in Sicht, als

Knights Hoffnungen sich zerschlugen. Steinchen begannen auf ihn herabzuregnen. Bishop hatte sich abermals nicht an die Regeln des Labyrinths gehalten und kam von oben über die Mauern. Knight war auf den Angriff gefasst und warf sich auf den Rücken.

Bishop sprang herab und landete zu Knights Füßen, doch der kleinere und flinkere Kämpfer war bereit. Er trat fest gegen Bishops baumstammähnliches Bein, und seine geübte Technik zeigte den gewünschten Erfolg. Bishops Knie bog sich mit einem widerlichen Knacken nach hinten durch, gab nach, und er fiel nach vorne. Noch im Fallen versetzte Knight ihm einen weiteren Tritt, diesmal gegen die Luftröhre, die unter dem heftigen Stoß zerquetscht wurde.

Bishop heilte schnell, aber er musste trotzdem atmen. Und die Verwundungen brauchten eine Weile, um sich zu reparieren.

Während sein Teamkollege mit irrem Gurgeln zu Boden sackte, krabbelte Knight bereits davon. Doch bevor er einen Meter weit gekommen war, griff etwas nach seinem verletzten Knöchel. Und drückte zu.

Knight brüllte vor Schmerz. Bishops Hand hielt ihn gepackt wie ein Schraubstock.

Den Schmerz ignorierend, zog er das gesunde Bein an und ließ es auf Bishops Unterarm herabsausen. Bishops Finger öffneten sich für Sekundenbruchteile, und mehr brauchte Knight nicht. Er riss sich los und krabbelte ins Zentrum des Labyrinths.

Westons Kohlefrottagen glitten unter seinem Gestrampel weg und behinderten ihn. Er würde es nicht schaffen.

Als ihm das klarwurde, drehte Knight sich um und sah Bishop aus dem Labyrinth heraushinken, während sein abgeknicktes Knie sich wieder gerade richtete und einrastete. Knight hielt sich an dem riesigen Kristall fest und zog sich auf die Füße. Hier würde er zum letzten Gefecht antreten. Auch wenn es an dessen Ausgang keinen Zweifel geben konnte. Knight hatte selbst gesehen, was Regenerierte ihren Opfern antaten. Sie fraßen sie auf. Schlimmer als das. Sie brachten sie nicht erst um und fraßen sie *dann* auf. Sie töteten, *indem* sie sie fraßen. Bishop würde ihn nicht erwürgen. Ihm nicht den Todesstoß versetzen. Er würde einfach anfangen zu kauen, und zwar an dem Stück von Knights Körper, das ihm als Erstes zwischen die Zähne geriet.

Knight machte sich bereit, während Bishop auf seinem verheilenden Knie näher kam. Er knurrte und feixte, während er sich duckte und zum Angriff überging. Erst langsam, dann immer schneller stürmte er auf Knight los, den Blick auf dessen Kehle fixiert.

Knight straffte sich, um Bishop die Daumen in die Augen zu stoßen und anschließend seine Schmerzpunkte zu attackieren.

Doch der Angriff brach ab.

Bishops Beine gaben unter ihm nach.

Er ließ sich auf ein Knie fallen und krümmte sich.

Dann begann er zu würgen. Ein Etwas, das aussah wie Wirbelsäule, Rippen und Fleisch einer Ratte, platschte auf eine von Westons Frottagen. In einer zweiten Übelkeitswelle überschüttete er das Ganze mit Magenschleim.

Er hustete, dann schluchzte er wie im Todeskampf. Erst langsam beruhigte er sich und betrachtete seine Hände. Sie zitterten. Er fand Knights erschrockenen Blick. »Knight?«

»Bish?«

Bishop sah das schleimige Rattenfleisch auf dem Boden an. »War ich das?«

»Bishop, wie – alles in Ordnung mit dir? Du wolltest mich gerade zum Abendessen verdrücken.«

Bishop stand auf. »Tut mir leid, ich …« Er taumelte rückwärts, weg von Knight. Dann verzerrte sich sein Gesicht in plötzlichem Zorn, und er beäugte Knight wie ein fetter Junge eine Sahnetorte, kam wieder näher. Blieb stehen, würgte und hielt sich den Kopf. »Knight.«

»Komm her!« Knight ergriff Bishops Hand und zog ihn ins Zentrum des Raums. »Fühlst du dich jetzt besser?«

»Ja … viel besser.« Bishop schüttelte den Kopf und zwinkerte. »Was passiert da?«

Knight legte Bishops Hand auf den großen Kristall, der aus dem Boden aufragte. »Es ist der Kristall. Das muss es sein. Weston …«

Bishops Augen weiteten sich. »Du bist Weston begegnet?«

»Nein … du? Er lebt?« Knight sah Bishop mit gehetztem Blick an. »Hat er dich …«

Bishop nickte. »Seine Enkeltochter hat mir den Kopf abgerissen. Aber anscheinend nicht ganz. Sie ist nicht menschlich. Sie ist …«

»Eine Neandertalerin.« Knight deutete auf das Notizbuch am Boden. »Sein Tagebuch. Er hat die alten Mütter beschrieben, seine Kinder, diese Kristalle.«

Bishop begutachtete den großen Kristall, der teilweise aus Quarz bestand.

»Die Neandertaler glaubten, dass sie den Geist heilen können.«

Bishop zog sein Messer, und Knight wirkte ein wenig beunruhigt. Bishop lächelte. »Nur für den Kristall.« Er stieß fest mit dem Messer zu. Es gab einen kleinen Kratzer, mehr nicht. Er holte abermals aus, zielte diesmal auf einen Spalt. Ein Brocken von der Größe seines Daumens brach heraus. Er hob ihn auf. »Bleib hier.«

Mit dem Bruchstück in der Hand ging Bishop rückwärts, weg von dem großen Kristall. Er erreichte die Stelle mit den Überresten der Ratten, wo er erstmals die Wirkung des Kristalls gespürt hatte. Bei dem Anblick wischte er sich über den Mund. Widerliche Klumpen gerinnenden Blutes blieben an seiner Hand kleben. Er verzog das Gesicht, dann verschwand er im Labyrinth. Knight befürchtete, dass der riesenhafte Mann wild und hungrig wieder hervorstürmen würde, doch als er auftauchte, lächelte er breit. Es war eine Art von Lächeln, wie sie nur entkommene Gefangene zustande bringen.

Er war frei.

Bishop lachte leise und legte kopfschüttelnd die Hand gegen den gewaltigen Kristall.

Seine Hochstimmung war ansteckend. Knight grinste, glücklich darüber, seinen Freund nicht nur am Leben, sondern in bester Verfassung zu sehen. Er bezweifelte, dass ein anderer als Bishop in der Lage gewesen wäre, nicht nur die eigenen, tief verwurzelten Dämonen zu bekämpfen, sondern auch mit der genetischen Veränderung zurechtzukommen.

Knights Lächeln erlosch, als er das orangefarbene Glimmen an Bishops Seuchenmonitor auf dunkles Pink und dann tiefes Rot springen sah.

Bishop warf einen Blick auf das Gerät, und augenblicklich verwandelte sich seine Freude in Sorge. »Wir müssen die anderen finden.«

»Weißt du, wo Rook steckt?«, fragte Knight.

Bishop schüttelte langsam den Kopf. »Er hat gesehen, was sie mir angetan haben. Ich weiß nicht, ob er die Mission Mission sein lassen würde, um sich an Weston zu rächen, aber er würde ihm auch nicht gerade absichtlich aus dem Weg gehen.«

»Dann machen wir es genauso.«

»Weißt du, wo er ist?«

Knight hielt Westons Karte in die Höhe. »Ich habe da so eine Ahnung.«

51

»Warum tragen Sie dann immer noch Ihren Ehering?«, wollte Sara wissen und versuchte die Pistolenmündung, die sich unter ihrem Kinn ins Fleisch grub, zu ignorieren. Weston presste so fest zu, dass sie ihren eigenen Puls zwischen den Kiefern spüren konnte. Einen Moment lang glaubte sie, er würde abdrücken, aber er überlegte es sich anders. Seine Augen waren nass.

Nasse Augen bedeuten, dass er nur verschwommen sieht, dachte Sara. »Sie müssen sie immer noch lieben.«

»Eine Weile lang, ja. Ihre Reaktion war verständlich.« Weston wischte sich mit dem Ärmel über die Nase, schniefte und betrachtete den Ring an seinem Finger. Der Goldreif glitzerte im schimmernden, aquamarinblauen Licht des Raums. »Aber jetzt …« Er lachte, ein wenig zu irre für Saras Geschmack. »Aber jetzt kriege ich das verdammte Ding einfach nicht mehr ab.«

Die Waffe senkte sich ein wenig.

»Wissen Sie, ich wünschte, sie könnte all das hier sehen. Was aus mir geworden ist. Dass mein Beruf kein Humbug war. Dass ich *doch* ein guter Vater bin.«

Seine Augen standen voller Tränen.

»Ich weiß, dass es nichts ändern würde …«

Einen Augenblick lang erschlaffte Westons Arm. Die Pistolenmündung zeigte zu Boden.

»Das würde ihn nicht zurückbringen.«

Weston blinzelte. Tränen liefen ihm über die Wangen. Sein Blick verschwamm.

Sara wartete nicht länger.

Sie trat zu, wie ihr Vater es sie in zehn Jahren als ihr Fußballtrainer gelehrt hatte. Immer mit dem Spann! Und es wurde ein Volltreffer auf den Stofffetzen, der Westons Weichteile verhüllte.

Er schrie auf und ging in die Knie. In rasendem Zorn hob er die Waffe und drückte ab, doch der furchtbare Schmerz in seinem Unterleib und die Tränen in seinen Augen machten das Zielen unmöglich. Der Schuss ging daneben. Eine zweite Chance bekam er nicht. Saras nächster Tritt traf sein Handgelenk, und die Pistole schlitterte durch den Raum, bis sie hinter einem Stapel Feuerholz liegen blieb.

Weston grunzte und holte zu einem wilden Schwinger aus. Er traf Sara mit dem Handrücken am Mund und spaltete ihr die Lippe. Aber der Schmerz und das Wissen, was sie gleich tun würde, spornte sie nur noch mehr an. Sie brauchte diese gespaltene Lippe und hatte Westons Schlag daher zugelassen.

Sie warf sich auf ihn, packte seinen schütteren Bart mit der linken Hand und riss seinen Kopf zur Seite. Mit der rechten Hand umklammerte sie seinen linken Arm. Dann schoss sie wie ein wildes Tier vor und grub ihre Zähne in seine Schulter. Obwohl er aufheulte und sich wegdrehte, hing sie an ihm fest wie ein hungriger Vampir und sorgte dafür, dass das Blut, das durch seinen Körper strömte, sich mit ihrem eigenen aus der offenen Lippe vermischte. Er würde ihr das Heilmittel geben, ob er wollte oder nicht.

»Aufhören!«, schrie er, vor Panik überschlug sich seine Stimme. »Gehen Sie weg von mir! Bitte!«

Sara ließ ihn los und trat zurück. Weston sank zu Boden, sein Oberkörper voller Blut, das Gesicht tränenüberströmt. An seiner Schulter sah sie alte Narben unter den frischen Bissen, die sie ihm zugefügt hatte. Narben von seinem Martyrium mit den alten Müttern. Einen Augenblick lang tat ihr der Mann leid. Er hatte Schreckliches durchgemacht, so viele Qualen erlitten. *Kein Wunder, dass er sein seelisches Gleichgewicht verloren hat,* dachte sie.

»Sie können nicht fort!«, brüllte er, und Geifer sammelte sich in seinem Bart.

Sie antwortete nicht. Sie streifte die Stiefel ab, und die Kälte des Steinbodens im Tempel traf ihre Füße wie ein Schock, doch jetzt konnte sie sich völlig lautlos bewegen. Sie dachte daran, nach der Pistole zu suchen, aber vielleicht kam er wieder auf die Beine, bevor sie sie fand. Also schnappte sie sich stattdessen seinen Gürtel mit dem Messer vom Bett und rannte zur Tür hinaus.

Westons Stimme verfolgte sie. »Aus Mount Meru gibt es für Sie kein Entkommen, Pawn! Ob Sie eines gewaltsamen Todes sterben oder an Altersschwäche, es wird hier geschehen!«

Einen Moment lang war sie in Versuchung, zurückzulaufen und ihm das Messer in den Bauch zu rammen. Das würde eine Menge Probleme lösen. Aber sie war keine Mörderin, und was sie ihm abgerungen hatte, war viel zu wichtig.

Sie besaß das Heilmittel.

Sie *war* das Heilmittel.

Zwei Stufen auf einmal nehmend rannte sie die Treppe hinunter. Die Vorsicht beim Hinaufklettern war vergessen, während sie, endlich frei, hinuntersprang. Sie musste entkommen. Sie musste überleben.

Als sie unten ankam, stolperte sie, kullerte über den harten Steinboden und sprang wieder auf. Aber weiter kam sie nicht. Eine lebende Mauer stellte sich ihr in den Weg und warf sie flach auf den Rücken. Sara blickte hoch in das Gesicht der letzten … Person, die sie jetzt sehen wollte.

Lucy.

52

Das Zittern in Rooks Knie brachte Blätter zum Rascheln und Äste zum Schwanken.

»Was treibst du denn da?«, hauchte Queen.

»Muskelzuckungen im Bein«, erwiderte Rook. »Ich bin nicht dafür geschaffen, den ganzen Tag wie ein verdammter Affe in den Bäumen rumzuhopsen.«

Die Zeit verstrich im Schneckentempo. Gespräche beschränkten sich auf ein Minimum, denn die Ansammlung von Monstern unter ihnen, von denen jedes einzelne stark genug war, sie in Stücke zu reißen – selbst das kleinste –, durfte sie auf keinen Fall bemerken. Während die Sonne ihre Bahn zog und sich hinter immer dicker und dunkler werdenden Wolken verbarg, hatten sie zugesehen, wie die Neandertaler unter ihnen ihren Geschäften nachgingen, als wäre alles in bester Ordnung.

Es wurden weitere Holzplanken hergestellt. In großen Kesseln köchelten unterschiedliche Fleischgerichte. Torsos und Keulen von Tieren brieten über offenen Feuern. Die Hybriden aßen während der Arbeit, ohne je eine vollständige Mahlzeit zu sich zu nehmen. Sie waren fleißig und hingebungsvoll, behauten Steine, stellten Leitern, Werkzeuge, Tontöpfe und Seile her. Keiner blieb untätig. Sobald ein Gegenstand fertig war, wurde er schleunigst in die Höhle geschafft. Dort ging irgendetwas Großes vor, dessen war Rook sich sicher.

Er kratzte sich am Arm, wo der Schlamm angetrocknet war und abblätterte. Ein Wölkchen Staub löste sich und verteilte sich zwischen großen Blättern, die sie vor den Blicken der Hybriden schützten. »Ich schwör's, es ist höchste Zeit, dass die Sonne untergeht. Der Mist hier fängt an zu jucken.«

Queen nickte. Sie neigte nicht zum Jammern, aber auch sie juckte es am ganzen Körper, und nur mit phänomenaler Willenskraft konnte sie sich davon abhalten, die Tarnschicht aus getrockneter Erde vom Leib zu schaben. Am schlimmsten war es an der Stirn. Direkt nach dem Auftragen hatte der kühle Schlamm zunächst den Schmerz des versengten Fleisches um das Brandzeichen gelindert. Aber nun, da das Wasser verdunstet war und die trockene Erde sich zusammenzog und auf der Haut spannte, flammte der Schmerz wieder auf. Sie legte die Stirn in Falten. Der Stich, den diese Selbstkasteiung ihr versetzte, lenkte sie vom Juckreiz ab, doch gleichzeitig löste sich eine so große Schlammplatte von der Haut, dass sie in einem Stück herunterfiel.

Sie merkte es gerade noch rechtzeitig, um sie mit einer eilig ausgestreckten Hand aufzufangen, bevor sie durchs Blattwerk fallen und die Hybriden mit einer Staubwolke auf ihr Versteck aufmerksam machen konnte. Sie lächelte Rook zu und seufzte erleichtert auf. Das war knapp gewesen.

Doch Rook erwiderte ihr Lächeln nicht. Schock, Zorn und Mitleid glitten in Wellen über sein Gesicht, wie die wechselnden Farben eines Riffoktopus. »Queen … was zum Teufel …?«

Sie hatte vergessen, dass er noch nichts von dem Brandzeichen wusste. »Mit besten Empfehlungen von der VPLA.«

Sie starrten sich lange an, ohne die Miene zu verziehen

oder sich zu bewegen. Ihre Kommunikation grenzte ans Spirituelle, beide wussten genau, was der andere fühlte und dachte. Mitleid. Zorn. Endlich brach Rook das Schweigen. »Tja, dann müssen wir uns wohl alle eins machen lassen.«

Queen lächelte. »Du würdest den Schmerz nicht ertragen, Kleiner.«

»Wer hat das getan?«

»Generalmajor Trung.«

»Tot?«

»Noch nicht.«

»Wird es aber bald sein?«

»Ohne jeden Zweifel.«

Rook stimmte mit einem leichten Neigen des Kopfes zu.

Sie richteten ihr Augenmerk wieder auf die Ansiedlung der Hybriden. Alles wirkte unverändert. Rook seufzte. »Noch zehn Minuten so weiter, und ich schwöre dir, dass ich …«

Etwas kitzelte ihn am Ohr. Er schlug danach, und ein nasser Tropfen Schlamm platschte auf einen nahegelegenen Ast. Erstaunt richteten beide den Blick nach oben.

Der Himmel über ihnen wirkte verrauscht, wie ein leerer Fernsehbildschirm.

»Was ist denn das?«, fragte Rook. So etwas hatte er noch nie gesehen. Die Wolken wirkten gesprenkelt wie ein Halbton-Comic aus den 1950er Jahren. »Das kann doch kein Regen sein. Regentropfen sieht man nicht von so weit weg.«

Im nächsten Moment war er da. Tropfen in der Größe von Trauben schossen in einem unaufhörlichen Sturzbach vom Himmel. Gott schien die Niagarafälle direkt zu ihnen umgeleitet zu haben. Das Rauschen des Regens im Blätterdach war lauter als ein volles Stadion beim Super Bowl.

Die Kühle erfrischte sie zwar, gleichzeitig war es jedoch ein Gefühl, als würde man von Kopf bis Fuß durchgewalkt. Der tarnende Schlamm war binnen Sekunden weggespült. Ihre leuchtend weiße Haut war wie ein Signalfeuer für jeden, der gerade zufällig nach oben sah.

Durch das Tosen des Wassers drang ein Schrei zu ihnen. Worte waren nicht zu verstehen, aber Tonfall und Lautstärke signalisierten Dringlichkeit, einen Notfall. Waren sie entdeckt worden? Sie spähten durch die Blätter, vorsichtiger jetzt, da ihre weißen Gesichter und blonden Haare sich von dem dunkelgrünen Laub abhoben. Der Schrei wiederholte sich, lauter und näher. Eine Anzahl der Hybriden ließ alles stehen und liegen, griff nach den Speeren und hetzte in den Dschungel. Eine zweite Gruppe rannte auf die Höhlenöffnung zu und verschwand in der Dunkelheit. Die Lichtung blieb verlassen zurück.

Nur Augenblicke später hallten Explosionen und Gewehrfeuer durch den Dschungel. Rook und Queen wussten, dass sich ihnen die vielleicht einzige Chance bot. Sie ließen sich zu Boden gleiten und rannten auf die Lichtung. Der dichte Teppich aus aufsprühenden Regentropfen, der nahtlos mit dem Weiß ihrer hellen Haut verschmolz, war ihre einzige Tarnung.

Sie warfen ihre improvisierten Holzspeere weg und bedienten sich an den Lanzen mit Steinspitzen, die an den Hüttenwänden lehnten. Queen sah ein KA-BAR-Messer in einem Holzklotz neben einem Feuer stecken. Sie riss es im Vorbeieilen heraus und inspizierte es.

Es gehörte King.

Er war hier gewesen.

Als sie sich dem großen Höhleneingang näherten, sah Queen ein wahres Monster von Hybride auf sich zuschreiten. Diesmal stand es zwei gegen einen, aber Queen bezweifelte, dass sie eine Chance hätten. Mit einem Überraschungsangriff einen Hybriden auszuschalten war eine Sache. Das hier war eher so, als ob man sich vor einen Lastwagen warf. Doch es gab kein Zurück. Dann fiel ihr Blick auf die Reihe von Käfigen, in denen die wilden Tiere auf und ab tigerten. Queen hielt inne und hackte mit Kings Messer auf die handgemachten Seile ein, mit denen die Türen zugebunden waren. Die Bären sahen neugierig zu. Die Tiger reagierten sofort und warfen sich gegen die Gitter.

Queen hetzte davon, um Rook einzuholen, der nicht stehen geblieben war. Im Gegenteil, er hatte noch an Tempo zugelegt und sich kampfbereit gemacht. Bevor sie einen Warnruf wegen der Tiger ausstoßen konnte, verstellte der große männliche Hybride ihnen den Weg. Er war unbewaffnet. Bei seinem Körperbau mit über einem Meter achtzig Größe, breiten Schultern, klauenartigen Fingernägeln und zweieinhalb Zentimeter langen Reißzähnen war das normalerweise auch nicht nötig ... doch heute schon.

Statt sich ihrem Gegner zu stellen, rammte Queen Rook von hinten und warf ihn zu Boden. Sie rutschten durch den Schlamm, während die zwei Tiger zum Sprung ansetzten.

Drei gewaltige Raubtiere trafen in einem Wirbel von mächtigen Kiefern und scharfen Krallen aufeinander. Blut spritzte. Wildes Gebrüll ertönte. Einer der Tiger kam, von dem Hybriden durch die Luft geschleudert, wie ein Geschoss aus dem Kampfgetümmel gesaust. Er drehte sich noch im Fallen, landete auf den Füßen und griff sofort wieder an.

Der Hybride lieferte sich einen tapferen Kampf, wenn man bedachte, dass die meisten Menschen in seiner Situation sich heulend in die Hose gemacht hätten. Aber die beiden riesigen Katzen waren zu viel für ihn.

Während die eine mit ausgefahrenen Krallen wild nach ihm schlug, setzte die zweite zum tödlichen Biss an seinem starken Hals an. Noch im Sterben prügelte der Hybride auf den Tiger ein, doch die gewaltigen Kiefer ließen nicht locker.

Bevor das Interesse der Tiger für ihre sterbende Beute erlahmen konnte, rannten Rook und Queen ohne weiteren Zwischenfall in die Höhle und tauchten in der Dunkelheit unter.

53

»Lucy, halt!«, rief King, als Lucy die Faust hob, um Sara den Schädel zu zerschmettern. Er legte ihr die Hand auf den Arm, nicht um sie gewaltsam zurückzuhalten – er wusste, dass er das nicht konnte –, sondern in der Hoffnung, seine Berührung würde sie ablenken.

Das tat sie.

Ihr Arm zuckte zurück, schwang dann aber herum und traf King quer über die Brust. Er wurde nach hinten geworfen und krachte gegen die Wand. Warme Nässe breitete sich an seinem Hinterkopf aus. Taumelnd betastete er den Riss mit den Fingern. Salziger Schweiß brannte in der kleinen Wunde. Er würde es überleben.

Jedenfalls noch ein paar Sekunden lang.

Lucy drückte ihn an die Wand. »Du heiratest mich, aber du wirst nie über mir stehen!«

King blickte in ihre hübschen, braunen Augen, die so voller Hass waren, und zum ersten Mal wurde ihm bewusst, dass sie mindestens zehn Zentimeter größer war als er. Offenbar hatte sie Westons Körpermaße geerbt. Sie hatte recht. Er würde in der Tat nie über ihr stehen. Unwillkürlich musste er lächeln.

Sie stieß ihn noch fester zurück. »Was grinst du so?«

Sara rappelte sich auf, Westons Gürtel fest an sich gedrückt. Die harten Kanten des Messers pressten sich in ihren Bauch. Sie griff danach. Wenn Lucy King töten wollte, musste sie vielleicht Gebrauch davon machen. Aber King entschärfte die Situation mit den letzten Worten, die Sara von ihm erwartet hätte.

»Weil du recht hast. Und ich bin froh, dass ich jemanden wie dich gefunden habe. Jemanden, der stark ist. Der mich beschützt.«

Lucy verwandelte sich vom wütenden Killer in einen kichernden Teenager. Sara starrte sie verblüfft an. Er konnte sie um den Finger wickeln …!

Ein schmerzerfüllter Schrei voller Zorn ertönte aus dem obersten Raum des Tempels. Weston. Er war nach den Tritten, die Sara ihm verpasst hatte, immer noch nicht wieder auf die Beine gekommen und verschaffte sich mit einem wilden Gebrüll Luft, das kaum noch menschlich klang.

Lucy ließ King los. »Vater?«

Sara erkannte ihre Chance. Allem Anschein nach ließ Lucy sich leicht übertölpeln. »Er ist verletzt. Vielleicht liegt er sogar im Sterben. Ich wollte gerade Hilfe holen.«

»Vater!« Panik verzerrte Lucys behaartes Gesicht, während sie die steilen Treppen hinaufsprang, immer vier auf einmal.

Sara lief zu King. »Komm!«, sagte sie, packte ihn am Handgelenk und zog ihn durch den Korridor, der zwischen den kreuzförmig angelegten Fischteichen hindurchlief.

Immer noch benommen stolperte King hinter ihr her. Als sie die letzte Halle der Fischteiche erreichten, blieb Sara abrupt stehen und drehte sich zu King um. Das laute Trampeln seiner bestiefelten Füße war unüberhörbar.

»Was ist?«, fragte King, der langsam wieder zur Besinnung kam.

»Zieh die Stiefel aus. Sonst können sie uns hören.«

Ohne Zögern gehorchte King und streifte die Stiefel ab.

Sara griff danach und warf sie in den Fischteich. Große, glitschige Mäuler schnappten nach ihnen, während sie untergingen.

Seite an Seite rannten sie lautlos ins Freie, dann blieben sie wieder stehen. Hoch oben auf der Klippe am Ausgang des Höhlensystems war eine Gruppe von Hybriden aufgetaucht und kreischte erregt. Sie hatten die Menschen noch nicht entdeckt, doch das würden sie, sobald Lucy oder Weston Alarm schlug.

King riss Sara am Arm zurück in den Gang. Er blickte hinter sich und konnte Lucys und Westons Füße schon an der Oberkante der Türöffnung auftauchen sehen, während sie ihm langsam die Treppe herunterhalf.

Ein Warnton erklang von den Hybriden weiter oben. Es hörte sich nach einer Art Horn an, dessen Echo von den Wänden der Stadthöhle zurückgeworfen wurde. Einen Moment lang dachte King, sie wären entdeckt, aber dann hörte er Westons Stimme: »Was ist los? Was geht da vor sich?«

Unmittelbar bevor Lucy und Weston freien Blick in den Tunnel hatten, packte King Sara und schob sie in einen der angrenzenden Räume. Es waren riesige, mit Oberlichtern versehene Hallen, die nichts enthielten außer drei umlaufende Stufen, die zu den Fischbecken hinabführten. Keine Möglichkeit, sich zu verstecken. Kein Fluchtweg … außer einem.

»Steig ins Wasser«, flüsterte King.

Sara sah die glänzende Haut mehrerer großer Fische im Kristalllicht von oben aufblitzen. »Bist du verrückt?«

Westons schmerzliches Stöhnen wurde lauter, während Lucy ihn durch den Gang führte.

»Sie reißt uns in Stücke, wenn sie uns erwischt.« Kings Augen blitzten eindringlich. »Sie hat Bishop getötet. *Bi-*

shop. Du hast ja keine Ahnung, wie schwierig das ist. Und sie ist viel wilder, als selbst Weston weiß.«

Ohne weitere Widerrede ließ Sara sich ins Wasser gleiten. King folgte ihr vorsichtig, um keine Wellen zu schlagen. Fische umschwärmten ihre Körper und stupsten sie mit ihren wulstigen Mäulern hungrig an. Da sie keine richtigen Zähne besaßen, konnten sie nicht zubeißen, aber mit ihren großen Leibern drückten sie sie immer weiter unter Wasser. King fragte sich, wie tief diese Becken hinabreichten. Nach allem, was er wusste, mochten es gut und gerne hundert Meter sein.

Während sie immer tiefer versanken, fürchtete er, dass sie lediglich den Tod durch Lucys Hand gegen das Ertrinken eingetauscht hatten. Er schätzte, dass sie etwa zehn Meter tief gekommen waren, als sie endlich auf Grund stießen. Er öffnete die Augen. Durch die Silhouetten der zahllosen großen Fische, die über ihnen durcheinanderwirbelten, sah er das kleine Lichtquadrat, wo sie ins Wasser getaucht waren. Aber erst hier, weit unter der Oberfläche, konnte man erkennen, dass die vier Fischbecken unterirdisch miteinander in Verbindung standen und in Wirklichkeit ein einziges, sehr großes und tiefes Becken bildeten.

Lucy stützte Weston, während sie ihn durch den Gang führte. Er konnte laufen, aber sie trug ein Gutteil seines Gewichts.

»Danke, meine Liebe«, sagte er.

»Vater, ich ...« Lucy blieb stehen und schnupperte.

»Was ist?«, fragte Weston.

Lucy bückte sich und beschnüffelte den Boden. »Hier sind sie stehen geblieben.«

Weston zog die Augenbrauen hoch. »Sie?«

Lucy ignorierte die Frage und betrat den Raum, in dem

King und Sara kurz zuvor ins Wasser geglitten waren. Sie schnupperte am Rand des Teichs. Die Fische wühlten die Wasseroberfläche unter ihr auf. Dann entdeckte sie etwas, und ihre Hand schoss ins Wasser. Die Haare klebten triefnass an ihrem Arm, als sie einen Militärstiefel Größe zwölf zu Tage förderte. »Er hat seine Stiefel ausgezogen.«

Weston schnappte ihn ihr aus der Hand. »*Seine* Stiefel?« Seine Augen weiteten sich, und seine Stimme klang verärgert. »Du hast *King* hierher gebracht?«

Lucy krümmte sich. Sie mochte Weston physisch weit überlegen sein, aber sie fürchtete ihn dennoch. »Er wollte mich heiraten. Wollte dich um meine Hand bitten.«

Westons Gesicht verzog sich zu einer schrecklichen Grimasse. Er biss sich auf die Unterlippe. Grinste höhnisch. Seine Augen zuckten wütend hin und her. Dann beruhigte er sich etwas. Er konnte ihr keinen Vorwurf machen. Sie wusste nichts von Menschen, ihrer Tücke und ihren Lügen. Er hätte es besser wissen sollen, als sie mit einem Mann wie King allein zu lassen.

Lucy deutete auf seinen Ringfinger. »Du bist verheiratet. Du wirst geliebt. Und ich nicht!«

Weston schüttelte traurig den Kopf und strich ihr dabei übers Haar. Dann zog er sie in seine Arme. »Alles, was er dir erzählt hat, war gelogen. Niemand könnte dich mehr lieben als ich.«

Ein zweiter lauter Warnton ertönte oben auf der Klippe. Als Weston zum Tempelausgang wollte, griff Lucy nach seinem Arm. »Was ist mit der Menschenfrau?«

»Sie können nicht an uns vorbei, und die anderen Ausgänge sind gut verborgen. Wir finden sie, wenn wir zurückkommen.«

Lucy ließ ihn nicht los. »Und dann?«

»Ich weiß noch nicht.«

»Darf ich sie töten?«

Er zögerte, sah Lucy in die Augen. »Du gierst zu sehr nach Blut, Lucy. Manchmal ist das notwendig, aber nicht jedes Problem lässt sich mit Gewalt lösen. Sie sitzen in der Falle, und früher oder später müssen sie sich zeigen, sonst verhungern sie.«

Lucy stampfte auf. Weston spürte den Steinboden erzittern. »Die Mütter würden sie töten. Sie sind stark und furchtlos.«

Weston versuchte seine wachsende Sorge zu verbergen. Sie galt nicht nur dem eigenen Wohlbefinden – Lucy konnte ihn innerhalb von Sekunden töten –, sondern dem Zustand seiner Familie. Was wusste Lucy von den Müttern? Sie waren schon lange vor ihrer Geburt ausgestoßen worden. Den Kindern wurde beigebracht, sie zu meiden. Doch Lucy schien weit mehr von ihnen zu wissen als das, was man den Kindern der Nguoi Rung erzählte. Hatte sie etwa direkten Kontakt mit den alten Müttern? Und wie viele andere Kinder waren noch ihrem primitiven Einfluss ausgesetzt gewesen? Falls es hier Spaltungstendenzen gab, würde er sich nicht von dem mageren Intellekt der Mütter unterkriegen lassen. »Dann töte sie. Töte sie beide.«

Lucy hüpfte vor Vorfreude auf und ab und klatschte kichernd in die Hände. Zusammen verließen sie den Tempel.

Als die Fische endlich begriffen, dass die Neuankömmlinge in ihrem Teich nicht essbar waren, verloren sie das Interesse. King zupfte Sara am Ärmel. Sie schlug die Augen auf. Es gefiel ihr offenbar gar nicht unter Wasser, und vermutlich bekam sie bereits Atemnot. Sie hielt sich mit einer Hand die Nase zu und stieß mit der anderen nach den Fischen.

King deutete auf die gegenüberliegende Seite des Beckens, wo ein Lichtquadrat weit oben einen zweiten Ausgang anzeigte. Gemeinsam schwammen sie in einem lang gezogenen Bogen darauf zu. Sie konnten nur hoffen, dass Weston und Lucy schon weg waren.

Sie hatten gerade die Hälfte der Strecke zurückgelegt, als Sara wild zu strampeln begann. Sie hatte fast keine Luft mehr und musste dringend nach oben. King zog sie mit sich und schwamm schneller. Die Fischschwärme teilten sich vor ihnen, und als sie die Oberfläche erreichten, legte er den Finger an die Lippen. Das Signal war unmissverständlich – egal wie dringend du Atem holen möchtest, tu es leise.

Gleichzeitig durchbrachen sie die Oberfläche. Sara gab sich alle Mühe, leise zu atmen, konnte aber ein leises Pfeifen ihrer Lunge nicht unterdrücken. King zog sich langsam aus dem Wasser, damit es keinen Wellenschlag gab, dann half er Sara heraus. Sie sackte mit durchnässten Kleidern auf dem kalten Steinboden zusammen und schnappte nach Luft wie ein Fisch auf dem Trockenen.

Als King einen Blick nach draußen warf, sah er gerade noch, wie Weston und Lucy den Tempel verließen und durch die Balustraden mit den Schlangen auf das große Tor zueilten.

Er drehte sich zu Sara um, die sich inzwischen aufgesetzt hatte. »Sie sind weg.«

Sie nickte und lächelte. »Du wirst es nicht glauben«, sagte sie und genoss seine Verblüffung. »Ich habe das Heilmittel gegen Brugada.«

Kings Gesicht verzerrte sich. Er taumelte, fing sich wieder und stürzte dann schwer zu Boden. Er landete auf dem Rücken, ein Arm über die oberste Stufe zum Fischteich herabbaumelnd. Sein Gesicht wurde still und reglos. Die weit geöffneten Augen starrten ins Leere.

Tot.

Brugada.

Sara wusste, was geschehen war, und wartete darauf, dass der Kardioverter-Defibrillator seinen Dienst tat. Sie holte erschrocken Luft, als sie merkte, dass King nicht zurückkommen würde. Die Elektroschockfolter der VPLA musste das kleine, in Kings Brust implantierte Gerät beschädigt haben. Sie hatten ihm mehrere Schocks direkt über der Naht der kleinen Schnittwunde verpasst.

Sie hatte das Heilmittel zu spät entdeckt, um ihn zu retten.

54

In der Hoffnung, die große Höhle würde sie direkt ins Herz des Berges führen, machten sich Rook und Queen auf den Weg in die Finsternis. Hier und da gab es ein winziges bisschen Licht von der Glut einer Feuergrube oder einer Fackel. Das Rauschen des Regens und die Gewehrsalven verklangen, als sie tiefer in die Dunkelheit eintauchten.

Schon vor einiger Zeit waren sie an mehreren großen Kammern mit riesigen Stapeln an Baumaterial vorbeigekommen. Seiltrommeln. Berge von Holzplanken. Alles, was sie draußen sahen, wurde in den Hallen gelagert. Bislang hatten sie mindestens zehn dieser Hallen auf jeder Seite gezählt. Jetzt näherten sie sich einem weiteren Paar von Höhlen, eine zu jeder Seite des Gangs. Das Licht war zu schlecht, um etwas darin zu erkennen, und in der Dunkelheit konnten verborgene Gefahren lauern. Sie gingen vorbei, ohne den Inhalt zu inspizieren.

Die Luft fühlte sich kühl und feucht auf der Haut an, klebte auf ihren entblößten Oberkörpern und ließ sie frösteln. Rook schüttelte sich. »Wir brauchen ein paar Klamotten.«

»Was denn, stört's dich plötzlich, mich halb nackt zu sehen?«

Rook lachte leise. »Ich seh ja nicht mal was. Außerdem …«

Queen blieb ruckartig stehen und legte Rook die Hand vor den Mund. Weiter vorne im Tunnel flackerte etwas rötlich auf. Stimmen drangen an ihr Ohr. Jemand kam ihnen entgegen.

Sie schlichen geduckt zu der niedrigen Öffnung auf der linken Seite des Tunnels zurück, tauchten in der Dunkelheit unter und lauschten, während die entfernten Stimmen lauter wurden. Plötzlich spannte sich Rook.

»Gib mir das Messer«, flüsterte er.

»Warum?«

»Gib mir das Messer.« Rooks Stimme klang wie ein eisiger Hauch. Er spürte, wie der Messergriff gegen seinen Arm stieß, während Queen es ihm an der Klinge reichte. Er umschloss das Heft mit der Hand.

»Was ist denn?«

Die Stimmen waren jetzt deutlicher vernehmbar. Mindestens zwei weibliche Hybriden. Drei männliche. Und noch jemand anderes. »Weston«, knurrte Rook unterdrückt.

Westons Stimme schallte durch den Tunnel. »Überprüft alle Räume zwischen der alten und neuen Stadt. Sie müssen gefunden werden. Ich will sie alle haben.«

Rook schüttelte den Kopf. Sie würden auch diese Kammer durchsuchen. Obwohl alles in ihm danach drängte, Weston für das bezahlen zu lassen, was er Bishop angetan hatte, wäre er diesem Kampf lieber aus dem Weg gegangen. Die Chancen waren minimal.

»Wie willst du vorgehen?«, fragte Queen.

»Allein«, erwiderte Rook. »Diesen Kampf können wir nicht gewinnen, aber wenigstens einer von uns kann überleben. Finde King und Pawn. Seht zu, dass ihr von hier wegkommt. Vollendet die Mission. Sie brauchen dich, und ich bin Bishop das hier schuldig. Er war für mich wie ein Bruder.«

Ein Lichtstrahl fiel durch die Türöffnung. Rook sah sich nach Queen um, die sich angriffsbereit duckte. Sie hörte gar nicht zu. Überzeugt, dass die erregten Stimmen der Hybriden, die Weston von dem stattgefundenen Überfall berichteten, seine Stimme übertönen würden, sagte Rook etwas lauter: »Und du bist für mich wie eine Schwester.« Queen sah ihm in die Augen. »Du weißt, wie ich meinen Schwestern gegenüber empfinde, Queen.«

Ihre Kiefermuskeln spannten sich, während sie die Zähne zusammenbiss. Dann huschte sie zurück in die Dunkelheit.

Er flüsterte: »Finde King. Rette Sara. Das ist die Mission.«

Die Stimmen draußen wurden lauter.

»Es war ein erbärmlicher Angriff, Vater, leicht zurückzuschlagen.« Die tiefe Stimme war jetzt laut und deutlich zu vernehmen. »Wir haben sie aufgehalten. Sie sind umzingelt.«

»Trotzdem haben wir drei Wachtposten verloren!«, donnerte Westons Stimme durch die Höhle. »Sie hätten uns beinahe überrumpelt, und ich garantiere euch, da sind noch mehr. Das sind keine einfachen Soldaten. Das solltet ihr nie vergessen.«

»Die Amerikaner waren besser, und was hatten sie davon, Vater?« Die Stimme des männlichen Hybriden klang arrogant, während die Gruppe vor der Türöffnung stehen blieb. Das große Männchen bot Weston die Stirn. »Zwei sitzen in Meru in der Falle, und die anderen sind in alle Winde zerstreut.«

»Ich habe einen am Fluss getötet!«, sagte Lucy und hopste aufgeregt auf und ab.

Westons Hand legte sich auf die Schulter des großen Männchens. »Shane, du bist mein ältester Sohn, mein tapferster Krieger. Aber du musst mir vertrauen. Du kennst die Menschen nicht so gut wie ich. Sie sind uns zahlenmäßig überlegen und besitzen Waffen, mit denen sie uns vernichten können. Bevor wir nicht jeden Einzelnen erwischt haben, gibt es keine Sicherheit für uns. Denk an dein Volk, bevor du handelst, Shane, und unterschätze deine Feinde nicht … niemals.«

Als Weston geendet hatte, schlug er Shane auf die Schulter. Das große Männchen trat einen Schritt zur Seite, und plötzlich konnte Rook Weston sehen … und Weston Rook.

»Shane!«, schrie Weston, während Rook in einer einzigen fließenden Bewegung gleichzeitig den Speer schleuderte und sich mit dem Messer auf Weston stürzte.

Im selben Moment traf ihn ein furchtbarer Schlag in die Seite, der ihn gegen die Wand schmetterte. Das Messer flog in hohem Bogen davon und klapperte zu Boden.

Aus ihrem Versteck in der Dunkelheit sah Queen, wie die vier verbliebenen Hybriden Rook umzingelten. Shane hatte ihn, von Westons Angstschrei gewarnt, aus der Drehung heraus erwischt, doch Rooks Speer hatte seinerseits Shanes Brust durchbohrt. Das große Männchen stürzte gleichzeitig mit Rook zu Boden, aber nur Shane blieb liegen.

Weston ließ sich neben seinem Sohn auf die Knie fallen und fühlte an seinem dicken, behaarten Hals nach einem Puls. »Nein, nein, nein!« Da war nichts mehr. Der scharfe Speer, von Rooks starkem Arm praktisch aus nächster Nähe geschleudert, hatte sich durchs Schlüsselbein ins Herz des Riesen gebohrt. Weston stand auf, atmete tief durch und unterdrückte ein Aufschluchzen. Er packte den Speer, der in Shanes Brust steckte, und riss ihn mit einem feuchten Schmatzen heraus. Dann stürmte er auf Rook zu, der noch dabei war, sich aufzurappeln.

Lucy kam ihm zuvor und schlug nach Rook. Er ging wieder zu Boden. »Rühr mich ja nicht an, Cha-Ka!«

Weston stieß einen scharfen, schlürfenden Laut aus. Die vier Hybriden wichen sofort zurück, behielten Rook aber zwischen sich. Weston näherte sich, den Speer in der Hand. »Cha-Ka. Das ist lustig.«

»Fahrt zur Hölle«, sagte Rook.

»Hat mir früher gut gefallen, die Sendung«, erwiderte Weston. Dann hob er mit einem gutturalen Aufschrei den Speer über den Kopf und ließ ihn herabsausen.

Doch bevor die Spitze Rooks Brust erreichte, schoss eine große Hand aus der Dunkelheit hervor und zerbrach den hölzernen Schaft in zwei Stücke. Alle erstarrten. Rook sah den verwirrten Ausdruck in Westons Augen und erkannte, dass er genauso überrascht war.

Die Hölle brach los. Anderthalb Meter große, pelzige Gestalten strömten aus der Höhlenöffnung. Die Hybriden brüllten erschrocken auf, als sie von ihren eigenen Großmüttern attackiert wurden. Lucy quietschte und brachte sich in Sicherheit, drückte sich ein Stück weiter gegen die Tunnelwand. Die anderen waren schnell überwältigt und wurden von je zwei vollblütigen Neandertalerinnen zu Boden geworfen.

Dann löste sich die Rote aus der Dunkelheit, die gelben Augen glühten im Feuerschein. Sie trat über Rook hinweg, ohne Furcht vor ihm zu zeigen. Und ging auf Weston zu. Ihr Kopf zuckte, während sie sprach. »Großer Mann. Meiner. Ich zuerst gefunden. Gehört mir.«

Weston starrte in die rot geränderten Augen, die vor fünfzehn Jahren sein Leben verändert hatten. Sie hatte ihm, wenn auch unabsichtlich, das Leben gerettet und ihm eine Familie als Ersatz für die gegeben, die er verloren hatte. Darum hatte er sie am Leben gelassen. Und er rettete ihr Volk vom Rand des Aussterbens – was sie zwar nicht verstehen konnte, aber instinktiv ahnte. Darum hatte sie *ihn* leben lassen.

Doch wenn die Rote Rook lebend haben wollte ... den großen Mann ... dann konnte sie nur eines von ihm wollen. Das bedeutete das Ende ihres Waffenstillstands.

Konkurrenz mochte gut fürs Geschäft sein, aber sie war wenig hilfreich, wenn es darum ging, eine Spezies vor dem Untergang zu bewahren. Im Moment konnte Weston nichts unternehmen. Red handelte mehr vom Instinkt geleitet als aus Überlegung. Sie war brünstig und wollte sich paaren. In diesem starken und großspurigen Soldaten sah sie einen brauchbaren Partner und war ihm bis mitten in die letzte Festung ihrer Urahnen gefolgt.

Weston betrachtete Rook und bemerkte dessen Entsetzen, das dicht unter der Oberfläche schlummerte. Was immer die alten Hexen ihm antaten, würde ein weit schlimmeres Schicksal sein als der Tod. »Nimm ihn«, sagte Weston. »Ich schenke ihn euch.«

Er konnte sich später um die alten Mütter kümmern. Jetzt musste er sie erst einmal aus dem Weg haben.

Die Rote schnaubte, wirbelte herum und hob Rook ohne Mühe hoch. Sie hievte ihn sich über die breite Schulter und trug ihn in jene Dunkelheit davon, aus der sie gekommen war. Die anderen folgten ihr. Rooks wütender Protest und seine unaussprechlichen Flüche verhallten in der Ferne, während die Gruppe sich durch einen der vielen geheimen Tunnel zurückzog, die kreuz und quer durch den Berg verliefen.

Ein gedämpfter Aufschrei ertönte aus der Richtung, aus der Queen und Rook gekommen waren. Queen konnte kein Wort verstehen, aber es klang nach einem Alarmruf.

»Kommt mit!«, befahl Weston, und seine Gruppe eilte

davon. Shanes Leiche nahmen sie mit, doch eine brennende Fackel und Kings Messer blieben zurück.

Noch einmal wurde Rooks Stimme in der Dunkelheit laut, weit entfernt, unverständlich und schmerzerfüllt. Dann war er weg, von einer Bande Monster aus grauer Vorzeit ins Herz des Berges verschleppt. Queen stand auf. Ihre Arme zitterten. Sie atmete mühsam. Bishop war tot. Rook hatte nicht mehr lange zu leben. Er würde lieber sterben, bevor er zuließ, dass diese Dinger sich an ihm vergingen. Oder sich so vehement zur Wehr setzen, dass ihnen keine andere Wahl blieb, als ihn zu töten.

Queen musste sich zwingen, die Mission nicht aus den Augen zu verlieren. Der Nguoi Rung namens Shane hatte zwei Menschen erwähnt, die im Mount Meru in der Falle saßen. Sie war nicht sicher, wo das war, vermutete aber, dass Westons Gruppe von dort gekommen war. Sie prüfte den Tunnel nach Anzeichen von Gefahr. Die aufgebrachten Stimmen von Westons Mannschaft waren in der Ferne verklungen. Sie hob die Fackel und Kings KA-BAR-Messer auf. Als sie sich umwandte, um tiefer in die Höhle einzudringen, nahm sie aus dem Augenwinkel ein Glitzern wahr. Es kam aus dem Raum, in dem sie und Rook sich versteckt hatten.

Sie hielt inne und ging zurück in die Kammer. Ihre Augen wurden groß, als ein unvergleichlicher Schatz im Licht der Fackel aufleuchtete.

»Himmelarsch.« Queens Zorn beschleunigte ihren Puls bis zu einem Punkt, wo sie ihn wie Bänder aus Schmerz in ihrer gebrandmarkten Stirn toben fühlte. Hätten sie nur ein paar Minuten früher gewusst, was dieser Raum enthielt, wäre Rook jetzt kein Gefangener gewesen.

55 Washington, D.C.

Die Leute vom Secret Service standen Spalier. Sie stellten sicher, dass seine Abreise unter völliger Geheimhaltung erfolgte. Niemand außer dem Mann an seiner Seite und seinen loyalen Sicherheitsleuten würde wissen, dass der Präsident der Vereinigten Staaten seinen Posten verlassen hatte.

Er hatte gar kein gutes Gefühl bei diesem Täuschungsmanöver, aber um manche Dinge musste man sich einfach persönlich kümmern. Und das hieß, das Weiße Haus zu verlassen. Die Quarantäne zu durchbrechen. Nicht, dass die noch besonders wichtig gewesen wäre. Inzwischen machte die Geschichte landesweit Schlagzeilen.

Nachdem bereits das zehnte Opfer, ein weiterer Überlebender, mit Brugada diagnostiziert worden war, hatten sich die Ärzte trotz der eindringlichen Warnung des FBI an die Presse gewandt. Wie üblich wurde die Sache reißerisch aufgebauscht. Brugada galt jetzt nicht nur als Verursacher der zehn Fälle in Washington, sondern jedes halbwegs ungeklärten Todesfalles im ganzen Land. Wenn man der Presse Glauben schenken wollte, näherte sich die Zahl der Opfer der Fünfhundertermarke.

Religiöse Führer, je charismatischer, desto besser, gaben Interviews zu »Armageddon« und produzierten einen endlosen Strom von leeren Worthülsen zum Thema »Das Ende der Welt ist nahe«. Wer zu Hause blieb, traf die richtige Entscheidung, doch manche verschanzten sich und reagierten gewalttätig gegenüber jedem, der sich näherte. Auf der Straße verbreitete sich eine Carpe-Diem-Mentalität.

In Los Angeles und Chicago kam es zu Krawallen.

Die Medien griffen alles begierig auf und heizten die Angst vor dem Weltuntergang noch zusätzlich an. Vor allem Fox, in deren Sendungen den religiösen Eiferern das Feld überlassen wurde. Akte der Gewalttätigkeit fanden plötzlich Verständnis. Journalisten im Studio untermalten ihre Worte mit schrillen Gesten, sich überschlagenden Stimmen und wilden Blicken. Die Berichterstatter auf den Straßen fluchten, kämpften sich zwischen betrunkenen Horden durch, und in Los Angeles gerieten sie sogar unter Beschuss.

Als Duncan an einem unbesetzten Büro vorbeikam, hörte er aus einer solchen Nachrichtensendung gerade ein dramatisches »Wir unterbrechen unsere fortlaufende Berichterstattung über die Pandemie 20–10 mit einer Botschaft des Präsidenten der Vereinigten Staaten von Amerika«.

Er blieb in der Tür stehen und sah auf den Bildschirm an der Wand. Sein eigenes Gesicht erschien, grimmig und ernst, aber mit jenem gut einstudierten Funken Hoffnung. Die Worte, die er eine Stunde zuvor gesprochen hatte, hafteten ihm noch frisch im Gedächtnis. »Freunde, wir befinden uns in einer schwierigen und besorgniserregenden Situation.«

»Sir«, mahnte Bouchers Stimme, während der Duncan aus der Konserve fortfuhr, die Krankheit zu erklären und ein sachliches Bild der Lage zu zeichnen. Washington stehe unter Quarantäne. Die Flughäfen seien geschlossen. Noch seien zwar keine Ausgangssperre und kein Kriegsrecht verhängt worden, doch die Option liege auf dem Tisch und werde in die Tat umgesetzt, wenn es zu Plünderungen kommen sollte. Und dann gab er ihnen Hoffnung. Amerikas beste Leute seien mit dem Problem befasst und würden unter Hochdruck arbeiten, und er sei zuversichtlich – zuversichtlich –, dass schnell eine Lösung gefunden werden würde.

»Sir«, wiederholte Boucher.

Duncan sah ihn an.

»Sind Sie sich ganz sicher?«

»Das bin ich.«

»Sie gehen ein großes Risiko ein.«

»Die ganze Welt steht auf dem Spiel.«

Boucher gestattete sich ein Lächeln. »Sie sind ein besserer Mann als die meisten.«

»Wir werden sehen.«

»Und wenn die Welt morgen früh an unsere Tür klopft? Man wird wieder von Ihnen hören wollen.«

»Ich bin rechtzeitig zum Frühstück zurück.«

Boucher rollte mit dem Kopf und ließ ein paar Wirbel knacken. »Und falls nicht?«

»Wenn ich nicht zurückkomme? Dann spielt es sowieso keine Rolle mehr, nicht wahr?«

Bouchers Mundwinkel zogen sich unter dem Schnurrbart nach unten. »Nein. Wohl kaum.«

Sie ließen den aufgezeichneten Duncan mit seinem Appell, Ruhe zu bewahren, zurück. Über zwei Treppen erreichten sie ein unterirdisches Parkdeck, dessen Ausgang vier Blocks weiter in einer ganz normal wirkenden Privatgarage mündete. Eine Auswahl von schwarzen SUVs und Stretchlimousinen stand bereit, alle schwer gepanzert, und wartete darauf, den Präsidenten in einem Notfall schnellstens fortzubringen, wenn Marine One, sein persönlicher

Hubschrauber, nicht in Frage kam (weil beispielsweise der Luftraum über Washington nicht sicher war).

Doch Duncan ließ die schwarzen Fahrzeuge links liegen und ging zu einem unauffälligen Hyundai Entourage. Er war ebenso schwer gepanzert wie alle Wagen in der Garage, aber wenn er ihn mit einer Baseballmütze auf dem Kopf und im Rücksitz festgeschnallten Kinderpuppen fuhr, erkannte ihn kein Mensch.

Boucher reichte ihm die Schlüssel. »Als Familienvater konnte ich Sie mir nie so recht vorstellen.«

Die Lichter des Vans blinkten zweimal, als Duncan die Türen entriegelte. »Nie zu spät, damit anzufangen, meinen Sie nicht?« Er setzte sich hinters Lenkrad.

»Superdad.«

»Dom, hören Sie«, sagte Duncan mit so leiser Stimme, dass die Secret-Service-Leute ihn nicht hören konnten. »Sollte es schlimmer werden, riegeln Sie die Städte ab. Sorgen Sie dafür, dass die Leute nicht herumreisen. Wenn alle sich vernünftig verhalten, können wir die Sache unter Kontrolle halten.«

»Sonst noch etwas?«

»Ja. Bitten Sie das FBI, ein paar schwer bewaffnete Leute zu Fox News zu schicken und sie die Furcht Gottes zu lehren.«

Boucher lächelte. »Mit Vergnügen, Sir.«

Duncan ließ den Van an, fuhr das Fenster herunter und steuerte auf die Ausfahrt zu. Als er an Boucher vorbeirollte, lehnte er sich aus dem Fenster. »Packen wir's an.«

56 Mount Meru – Vietnam

Generalmajor Trung spürte, dass er und dreißig seiner Elitesoldaten – der klägliche Rest der ursprünglichen Kampftruppe – vom Feind umzingelt waren. Sie hatten einen erfolgreichen Überraschungsangriff auf eine kleine Gruppe der haarigen Biester durchgeführt, doch der Lärm hatte noch mehr von ihnen angelockt. Viel mehr. Und plötzlich stellten sie fest, dass sie in der Unterzahl waren und eingekesselt wurden.

Der Dschungel war verstummt, bis auf den Wind, der an den Baumwipfeln rüttelte und einen Sturm ankündigte. Aber gelegentlich schwankten und ächzten die Äste auch ohne Brise, und manchmal neigten sich die großen Bäume sogar gegen den Wind.

Sie kommen. Er erkannte die Anzeichen, die er bei seiner ersten Begegnung mit den Kreaturen 2009 übersehen hatte.

Und, dachte er zornig, *auch bei dem Überfall auf ihr Camp.* Sie hatten die amerikanischen Gefangenen verloren. Vor allem die Wissenschaftlerin, um die es von Anfang an gegangen war.

Doch sie hatten die drohende Niederlage in einen Triumph verwandelt, als es seinen Männern – denjenigen, die jetzt hier mit ihm im Dschungel warteten – gelungen war, den Feind zurückzuschlagen.

Ihr Zielobjekt hatten sie vorübergehend verloren, doch sie würden es wiederfinden.

Er hoffte nur, dass die Wissenschaftlerin dann noch am Leben war.

Der Wind drehte und beugte die Baumwipfel, durch die der Gegner sich unsichtbar anschlich, in seine Richtung. Er trug den ekelerregenden Gestank der Biester mit sich.

Sie kamen.

Trung war bereit. Er gab seinen Männern ein Zeichen. Die Hälfte von ihnen setzte die Gewehre an die Schulter und zielte. Nach oben. Der Rest ließ sich im Kreis auf ein Knie nieder und schwenkte die Waffen hin und her, wodurch sie einen undurchdringlichen Ring zu allen Seiten bildeten.

Trung kniff die Augen in dem feuchten Dunst zusammen, durch den nur ein paar Lichtstrahlen ihren Weg aus dem Dschungeldach fanden. Während der Wind immer stärker wurde, tanzten Lichtflecken über den Boden. Im Grenzbereich zwischen Hell und Dunkel bemerkte er eine andere Bewegung, konnte sie aber nicht klar erkennen. Sein Finger legte sich um den Abzug seines AK-47.

Der Feind war da.

Aber er wartete noch.

Seine Gedanken glitten kurz zu Queen, er fragte sich, ob sie sich vielleicht gerade an ihn anpirschte. Der Atem stockte ihm, wenn er sich ihr Gesicht vorstellte, voll Wildheit und gezeichnet mit den blutroten Insignien der Freiwilligen des Todes. Dann zuckte er zusammen. Eine laute Stimme schallte durch den Wald.

»Sie hätten nicht zurückkommen sollen!«

Trung erkannte die Stimme, es war dieselbe, die er schon 2009 gehört hatte und ein weiteres Mal während des Überfalls auf das Camp. Es war die Stimme des Feindes, und der Feind war Amerikaner.

»Geben Sie die Frau heraus, und ich verschwinde«,

sagte Trung. Das entsprach der Wahrheit. Er hatte nicht den Wunsch, gegen diesen Mann und seine ... Brut zu kämpfen. Ein Flächenbombardement war dafür eine viel bessere Lösung.

Direkt vor sich sah er eine Bewegung. Er kniff die Augen zusammen.

Der Mann trat ins Freie.

»Nicht schießen«, sagte er mit erhobenen Händen.

Trung nahm den Finger vom Abzug, und seine Männer taten es ihm gleich. Der Mann war hochgewachsen, überragte Trungs größten Soldaten um Kopfeslänge. Außerdem war er fast völlig nackt, trug nur eine Art Lendenschurz und hatte eine frische Bisswunde an der Schulter wie ein Wilder.

»Ich fürchte, das ist nicht möglich«, sagte der Mann.

Trung erwiderte nichts und ließ die Stille seine Frage stellen. Warum?

»Sie gehört mir«, lautete die Antwort.

Gehörte ihm? Es war zwar deutlich zu sehen, dass der Mann in einen primitiven Lebensstil zurückverfallen war (abgesehen von der Brille auf seiner Nase), trotzdem war Trung überrascht, dass er wie ein Höhlenmensch behauptete, die Frau wäre sein Eigentum.

Er ließ den Blick durch den Wald schweifen und sah sonst niemanden. Doch er wusste, dass der Mann nicht allein war. Ein einzelner Mensch konnte nicht einen derartigen Gestank verbreiten. »Sie ist wichtig für das vietnamesische Volk«, sagte Trung, bemüht, seine zunehmende Feindseligkeit zu verbergen.

»Das glaube ich Ihnen«, erwiderte der Mann. »Aber Sie können sie nicht haben.«

Trung kniff die Augen noch weiter zusammen, während er das Gewehr unmerklich auf den Kopf des Mannes richtete, doch dem entging die winzige Veränderung in Trungs Miene nicht.

Er duckte sich, während der Gewehrlauf ihm folgte. Trungs Finger schloss sich um den Abzug. Im letzten Augenblick jedoch nahm er einen Schatten wahr. Etwas erhob sich *hinter* dem Mann.

Trung drückte den Abzug, und drei Schüsse krachten, doch weil er sich selbst Deckung suchend zu Boden werfen musste, gingen sie allesamt daneben. Eine behaarte Frau mit massigem Körper hatte sich mit einem Speer in der Hand aufgerichtet und die Waffe mit gewaltiger Wucht auf Trung geschleudert. Er hörte den Schaft durch die feuchte Luft zischen und dicht an seiner Wange vorbeisausen. Mit einem nassen Klatschen schlug der Speer mitten im Rücken des Soldaten ein, der die Gruppe nach der anderen Seite sicherte.

Er sank lautlos zusammen, seine Wirbelsäule glatt durchtrennt.

Konfusion brach aus, als Trungs jetzt noch neunundzwanzig Mann starke Truppe das Feuer eröffnete, zunächst ungezielt, dann auf die großen, haarigen Gestalten, die aus dem Dschungel kamen. Sie schienen aus dem Boden zu wachsen und aus den Bäumen zu fallen. Die ersten waren schon tot, als sie unten ankamen – sie plumpsten wie faulige Früchte aus den Bäumen. Dumpfe Aufschläge ließen Wolken von verrottenden Pflanzenresten und Blättern durch die Luft stieben.

Trung feuerte eine schnelle Dreiersalve ab. Eine der Kreaturen fiel nach vorne, taumelte zu Boden und schlitterte ihm vor die Füße. Unbemerkt von Trung war der wilde weiße Mann zum Angriff übergegangen. Mit hoch erhobenem Speer stürmte er heran, in der anderen Hand ein Messer gezückt. In seinen Augen flackerte der Wahnsinn. Trungs Versuch, mit ihm zivilisiert zu verhandeln, war von Anfang an zum Scheitern verurteilt gewesen.

Während der Speer durch die Luft sauste, duckte sich Trung. Doch er war gar nicht das Ziel. Der Schaft traf den Mann neben ihm, warf ihn zurück und nagelte ihn an einen Baum.

Trungs Augen weiteten sich. Der wilde Mann war ein Krieger.

Mit seiner Trillerpfeife rief der Generalmajor neun seiner Leute zu sich, während die anderen weiter auf die vordringende Hauptmacht des Feindes schossen. Was er vorhatte, erforderte gutes Timing, Raffinesse und Opferbereitschaft.

Es gab eine kurze Feuerpause, als die Magazine leergeschossen waren. Die Soldaten waren Meister darin, sie zu wechseln, aber die winzige Verzögerung war alles, was der Gegner brauchte. Der weiße Mann reckte mit einem Schlachtruf sein Messer in die Luft. Das war der Augenblick, auf den Trung gewartet hatte.

Er warf die Granate, die er bereitgehalten hatte, seitlich ins Dickicht, wo sie unbemerkt über den Dschungelboden kollerte.

»Runter!«, schrie er seinen Männern zu. Bevor er hinter einem umgestürzten Baum in Deckung ging, sah er erfreut, wie sich die bebrillten Augen des Höhlenmenschen weiteten. Der Mann schrie eine Warnung und warf sich zur Seite, doch seine Stimme ging im Kriegsgeschrei seiner primitiven Genossen und dem Knallen der Gewehre der VPLA unter.

Die Druckwelle der Explosion und Schrapnellsplitter verbreiteten Tod und Verwüstung. Trung kam ohne eine Sekunde zu verlieren wieder auf die Beine. Wenn der Höhlenmensch und seine Genossen sich wieder aufgerappelt hatten, würden Trung und neun seiner Männer verschwunden sein. Ein alter Tunnel, den er auf einer Vietcong-Karte entdeckt hatte, brachte sie hinter den feindlichen Linien wieder an die Oberfläche. Als sie aus dem Loch auftauchten wie Schlangen aus ihrer Grube, lag der Gefechtslärm weit hinter ihnen.

Sie hatten die Frontlinie durchbrochen. Und als Nächstes würden sie die Tore der Stadt erstürmen.

Trung hatte die Mehrzahl seiner Männer zurückgelassen. Sie würden siegen oder sterben – das war der Weg der Freiwilligen des Todes. Es war ein Preis, den zu zahlen sie bereit waren, und oft wurde der Erfolg gerade damit erkauft. Als der Dschungel sich endlich zu lichten begann, wusste er, dass das Opfer nicht umsonst gewesen war. Am Fuß des Berges, der hoch über ihnen aufragte, war ein Dorf entstanden. Ein Dorf, das von den Mensch-Kreaturen bewohnt wurde. Aber diese hier waren keine Krieger und ergriffen sofort die Flucht.

Trung wartete in der Dorfmitte, während seine Männer die Hütten durchsuchten. Kurz darauf erstatteten sie Bericht. Das Dorf war verlassen. Einer der Männer deutete auf eine große Höhle, die in den Berg hineinführte. Fackellicht leckte an den Wänden.

Trung befahl seinen Männern hineinzugehen.

Nur Augenblicke später verstummte das Gewehrfeuer im Dschungel. Dann erscholl der wütende Schrei eines Mannes.

Trung, der das zornige Geheul gehört hatte, hielt im Eingang kurz inne. Der Höhlenmensch kam.

57

Die Sekunden verstrichen. Der Kardioverter-Defibrillator aktivierte sich nicht. Wie Sara befürchtet hatte, war er bei Kings Folterung durchgebrannt. Ohne es zu wissen, hatte der Generalmajor Kings Tod besiegelt, als er ihm achthunderttausend Volt durch den Körper jagte.

Sara weinte leise um ihn, unterdrückte ihre Schluchzer aus Angst, entdeckt zu werden. Ihr ganzer Körper krümmte sich unter den lautlosen Weinkrämpfen. Sie hatte schon oft Menschen sterben sehen, aber nie jemanden, der ihr so nahe gestanden hatte. Sicher, sie hatte King erst seit ganz kurzer Zeit gekannt, doch sie wusste jetzt, dass Zuneigung nicht mit der Entfernung wächst, sondern durch gemeinsames Leiden. Und sie hatten in den vergangenen Tagen genug für ein ganzes Leben gelitten.

Während sie sich über Kings leblose Gestalt beugte und in seine gebrochenen Augen sah, konnte Sara sich nicht länger zurückhalten. Sie warf sich über ihn und schluchzte hemmungslos, verlor mit jedem Atemzug ein bisschen von ihrem Kampfgeist, während Furcht und Hoffnungslosigkeit sich in ihr ausbreiteten.

Wie sollte sie ohne ihn entkommen? Wie sollte sie Weston und Lucy aus dem Weg gehen? Oder den Horden von Hybriden? Selbst wenn ihr die Flucht gelang, müsste sie sich allein durch den Dschungel schlagen. Und wie lange? Tage? Monate? Sie hatte nicht einmal eine Ahnung, in welche Richtung sie gehen musste. Wahrscheinlich würde sie direkt in ein Lager der Hybriden oder der Freiwilligen des Todes hineinstolpern. Sie war von Feinden regelrecht umzingelt. Tausende von Kilometern von ihrer Heimat entfernt. Verschollen in einer uralten Stadt, die unter einem Berg begraben lag, und in ihrem Körper trug sie das Einzige, was die menschliche Rasse vor dem Aussterben bewahren konnte.

»Verdammt!«, schrie sie, ohne Rücksicht darauf, ob jemand sie hören konnte. Sie versetzte Kings leblosem Bein einen wütenden Schlag. Ein scharfer Schmerz schoss ihr durch die Hand, als sie auf etwas Hartes traf. Sie wollte schon weiterfluchen, als sie plötzlich stutzte. Was befand sich in der Tasche von Kings Cargohose, das Weston oder seine Helfershelfer bei der Durchsuchung übersehen hatten? Eine Waffe bestimmt nicht. Aber vielleicht ein Funkgerät? Ob sie Hilfe herbeirufen konnte?

Ein Hoffnungsfunke keimte in ihr auf. Sie griff in die Tasche und zog ein kleines Gerät hervor. Im selben Moment stürzte die Hoffnung in sich zusammen. Es war kein Funkgerät. Verständnislos starrte sie den Apparat an, bis es ihr dämmerte. Ein solides schwarzes Gehäuse mit einem einzelnen Knopf und zwei Metallspitzen. Der Elektroschocker!

Sara keuchte auf und straffte sich. Konnte das klappen? Sie hielt den Apparat ans Ohr und schüttelte ihn, hörte aber kein Wasser darin. Es musste einfach funktionieren! Schwer atmend vor Verzweiflung riss sie Kings Hemd auf, entdeckte den vernähten Einschnitt, wo der Kardioverter-Defibrillator implantiert war, und setzte den Elektroschocker auf der nackten Haut auf.

Sie drückte auf den Knopf und entlud achthunderttausend Volt in Kings Körper. Ein Großteil der Ladung floss durch Organe und Muskeln ab, doch die Nähe zum Herzen und die hohe Voltzahl brachten Kings Herz wieder zum Schlagen.

Ein Mal.

Sara stieß ein wütendes Grollen aus, drückte noch einmal auf den Knopf, presste die Spitzen fest in sein Fleisch.

Der zweite Schock hatte denselben Effekt. Das Herz reagierte auf den elektrischen Impuls und schlug ein einziges Mal.

Dann noch einmal.

Und wieder.

Kings Augen bewegten sich, und er zwinkerte.

Sara ließ den Elektroschocker fallen und legte aufschluchzend die Hand vor den Mund. King war am Leben. Das Gerät, das erst sein Schicksal besiegelt hatte, hatte ihn nun davor gerettet. Sie wollte sich über ihn werfen, ihn an sich drücken, ihn liebkosen, ihm danken, dass er zurückgekommen war. Aber sie saß nur da und weinte, wagte es nicht, ihn zu berühren, aus Angst, das Leben würde wieder aus ihm weichen.

Aber Kings Herz war gesund. Sein Körper in Hochform. Und er lebte.

King blickte hoch in Saras fassungslose und gleichzeitig erleichterte, feuchte Augen. Er war tot gewesen. Und sie hatte ihn ins Leben zurückgeholt. Sein Blick glitt zu dem Objekt, das sie in der Hand gehalten hatte, als er zu sich kam. Der Elektroschocker. Aber sein Kardio… King erinnerte sich an das letzte Mal, als er den Stachel des Elektroschockers gespürt hatte, und begriff, was Sara sich bereits zusammengereimt hatte. Der Defibrillator war zerstört.

»Danke«, sagte er und lächelte. »Rook hat Scheiße erzählt …« Sara runzelte die Stirn. *Was?*

»Es ist viel schlimmer als Sodbrennen.«

Sara lächelte erst, dann lachte sie, und schließlich stockte ihr der Atem. Kings Augen wurden groß, und er griff nach ihrem Handgelenk, wo der Seuchenmonitor dunkelrot glühte. »Nein«, flüsterte er, schloss die Augen und lag wieder ganz still. Die Panik schlug ihre Klauen in Saras Eingeweide. Sie streckte rasch die Hand aus und fühlte an seinem Hals nach dem Puls. Er schlug stark und gleichmäßig.

Aber er war ohnmächtig – und hilflos.

58

Als King die Augen wieder aufschlug, starrte er nicht mehr hinauf zu den gigantischen Bergkristallen an der Decke der Fischbeckenhalle. Auch ruhte sein Körper nicht mehr auf der harten Oberfläche der obersten Stufe.

Stattdessen lag er auf einem Bett, er spürte eine Art handgefertigte Matratze unter seinem Rücken. Die mit Blättern ausgestopften Kissen raschelten, wenn er sich bewegte. Nicht gerade orthopädischer Schaumstoff, doch ungleich bequemer als der Steinboden.

Ein Blick zur Seite zeigte ihm ein kleines Fenster, durch das trübes Kristalllicht hereinfiel – die einzige Lichtquelle des Raums. Die Sonne musste fast schon untergegangen sein, dachte er. Und später? Würde es stockfinster werden?

Er bekam eine Gänsehaut, nicht wegen der Dunkelheit und dem, was darin lauern konnte, sondern weil er fror. Er blickte an sich herab und stellte fest, dass er beinahe nackt war, nur mit einem großen Blatt bedeckt wie der sprichwörtliche Adam.

Er versuchte zu begreifen, was geschehen war. Während sich seine Augen nur zögernd an das dämmrige Licht gewöhnten, nahm der Raum allmählich Konturen an. Es gab einfache Regale aus grob behauenen Brettern. Einen Tisch. Mehrere Hocker. Eine unbenutzte Feuergrube. An einer Wäscheleine hingen Kleider. Er nahm an, dass es seine waren. Hinter den Kleidern, in den Schatten verborgen, war noch etwas anderes … jemand anderes.

»Es ist ein Schlafzimmer.« Saras Stimme kam aus der dunklen Ecke.

»Im Tempel?«, fragte King. Er wäre am liebsten so weit weg wie möglich von diesem Zentrum des Bösen gewesen.

»In der Stadt. Dritte Galerie. Ziemlich überfülltes Viertel … so seltsam das klingt. Die würden ewig brauchen, um uns hier zu finden. Wie fühlst du dich?«

King lächelte trotz seiner Schmerzen. »Entblößt.«

»Tut mir leid, Decken gab's keine.«

»Warum sitzt du in der Ecke?«, wollte King wissen.

»Ich wollte dich nicht erschrecken.«

»Weil ich nackt bin?«

»Nein …« Sara beugte sich vor, so dass der Lichtstrahl vom Fenster auf sie fiel. Er sah nur ihren Oberkörper. Der Rest lag im Dunkeln. Sie bedeckte die kleinen Brüste mit den Händen, aber allein ihre Schultern, das Schlüsselbein und die glatte Haut waren ein bezaubernder Anblick. »Weil ich es bin.«

»Keine Sorge. Ich bin daran gewöhnt, den Umkleideraum mit einer vollbusigen Blondine zu teilen, weißt du noch? Ich kann meine Libido ganz gut im Zaum halten.«

Sie lächelte. »Na ja, ich weniger.« Sie zuckte verlegen zusammen. »Ich meine, ich bin nicht daran gewöhnt, einen Umkleideraum zu teilen. Nicht mit einer Blondine. Ich wollte sagen …«

King lachte und zuckte sofort zusammen, als ein plötzlicher Schmerz durch seine Brust schoss. »Schon okay. Ich weiß, was du sagen wolltest.«

Sara seufzte erleichtert, denn sie selbst war sich da gar nicht so sicher.

King setzte sich auf, achtete aber darauf, dass sein Feigenblatt an Ort und Stelle blieb. Umkleideraumerfahrungen hin und her, er fing an, sich ein wenig *underdressed* vorzukommen. Queen mochte eine attraktive Frau sein, aber er hatte nie Gefühle für sie entwickelt wie für Sara. »Wie bist du Weston entkommen? Das muss ganz schön …«

»Das ist jetzt unwichtig«, unterbrach ihn Sara. »Wichtig ist, was ich ihm abgenommen habe.«

King sah die Erregung in ihren Augen aufblitzen. »Du hast das Heilmittel?«

»Ich *bin* das Heilmittel.«

Er starrte sie an. »Ich verstehe nicht.«

»Es ist ein Virus, das wie eine Geschlechtskrankheit durch Blut übertragen wird, aber es *heilt* Brugada. Es sind noch ein paar andere Symptome damit verbunden, aber die habe ich noch nicht entwickelt. Weston hat sich bei den alten Müttern angesteckt, als sie … du weißt schon … und es wurde auf all ihre Nachkommen übertragen.«

Verwirrt sah sie Kings erzürnten Gesichtsausdruck. Dann begriff sie, was sie da angedeutet hatte. »Oh, er hat mir nichts getan. Keine Sorge.« Sie nahm ihre Unterlippe zwischen Daumen und Zeigefinger und zog sie nach vorne, so dass man die aufgeplatzte Stelle sah. »Ich hab's mir selbst genommen. Hab ihn gebissen.«

Sie hatte es geschafft. Sara, die zaghafte kleine Wissenschaftlerin, hatte sich von all den Schrecken dieses Dschungels samt seiner Geschichte nicht unterkriegen lassen, sondern getan, was nötig war, um ihren Job zu erledigen. Jetzt mussten sie nur noch heil davonkommen.

King wusste, dass er nach wie vor damit rechnen musste, sich mit Brugada zu infizieren und tot umzufallen. Und ein zweites Mal würde es Sara vielleicht nicht gelingen, ihn ins Leben zurückzuholen. »Wärst du eventuell zu einer kleinen Blutspende bereit? Es wäre mir wirklich lieber, nicht noch einmal geschockt zu werden.«

»Schon erledigt«, meinte Sara und bedeutete ihm, seine Unterlippe zu überprüfen.

King betastete die Innenseite mit der Zunge. Er fand eine frische Verletzung, die dank der Enzyme in seinem Speichel bereits zu verheilen begann.

»Du warst völlig weggetreten. Ich habe dich in die Lippe gebissen, meine Wunde wieder geöffnet und dir einen dicken, blutigen Kuss gegeben.«

»Du hättest warten können, bis ich wach bin. Hätte mehr Spaß gemacht.«

»*Falls* du überhaupt aufgewacht wärst«, meinte sie.

»Richtig. Danke.« King stand auf, das große Blatt sorgfältig festhaltend. Er befühlte seine Boxershorts. *Trocken genug*, dachte er. Er nahm sie von der Leine, ließ das Blatt fallen und streifte sie über.

Dann packte ihn die Erkenntnis wie ein vergessener Kopfschmerz, der bei einer falschen Bewegung plötzlich wieder einsetzt. Saras Uhr. Das rote Glühen. Er fragte: »Wann hat der Monitor die Farbe geändert?«

Sara sah auf ihr Handgelenk. »Während ich bei Weston war.«

»Wie lange war ich ohne Bewusstsein?«

»Ein paar Stunden.«

Kings Miene verdüsterte sich. Ein paar Stunden Verzögerung beim Ausbruch einer Pandemie konnten Tausende von Menschen das Leben kosten. Vielleicht mehr.

Das war auch Sara klar. »Ich habe ein paar Mal versucht, dich zu wecken …«

»Mach dir keine Gedanken«, sagte er. »Aber jetzt müssen wir so schnell wie möglich hier raus.«

»Und die anderen?«, fragte Sara.

King hasste es, doch ihm blieb keine Wahl. Vielleicht war es schon jetzt zu spät. »Die können auf sich selbst aufpassen.«

»Schon möglich«, kam eine Stimme vom Eingang her, »aber ich glaube, *ihr* könntet ein bisschen Hilfe gebrauchen.«

Sara sprang auf die Füße, Westons Schusswaffe in der Hand, und richtete sie auf die Tür. Ein Schatten schlüpfte herein und trat zwischen den auf der Leine hängenden Kleidern hindurch ins Licht.

Queen stand vor ihnen, nur mit ihren Kampfhosen und Stiefeln bekleidet, aber über und über bedeckt mit Waffen. Zahllose Gürtel mit Messern und allen möglichen Handfeuerwaffen. Über den Rücken hatte sie sich vier AK-47, eine Panzerfaust und einen Tornister voll Magazinen geschlungen. Sie hielt einen Rucksack in der einen und ein Funkgerät in der anderen Hand.

»Wie haben Sie uns gefunden?«, fragte Sara, die befürchtete, dass andere sie genauso leicht entdecken könnten.

»Während meines Abstiegs hab ich euch von oben gesehen. Bin dann anfangs ein paar nassen Fußabdrücken gefolgt. Dann habe ich Haus für Haus durchsucht. Und jetzt helft mir mal mit dem Kram hier. Die Sachen wiegen ein paar Tonnen.«

Sie halfen ihr, das Arsenal von Waffen abzustreifen, und reihten sie auf dem Bett auf. Queen reichte King einen der Gürtel, die sie um die Hüfte geschlungen hatte. »Der hier ist für dich.«

King erkannte den Griff und zog das Messer heraus. »Meins?«

Queen nickte.

»Danke«, sagte King.

»Betrachte es als Hochzeitsgeschenk«, spöttelte Queen. »Immerhin gehört sie jetzt zur Familie«, sagte sie mit einem Blick auf Sara. Dann erlosch ihr Lächeln. »Und es gibt eine freie Stelle im Team.«

»Bishop«, sagte King.

Queen nickte. »Rook ist gefangen. Knight ist verletzt, versteckt sich irgendwo. Pawn zwei ist tot.«

King schloss die Augen. Das von Bishop hatte er gewusst. Aber nicht, dass Rook und Knight vermisst wurden und Somi tot war. Schlechte Neuigkeiten. Keine einzige Mission in seinem ganzen Leben hatte einen so hohen Tribut gefordert. Er kämpfte seine aufsteigende Mutlosigkeit nieder und wandelte Trauer in Zorn um, wie man es ihm beigebracht hatte. Trauer machte einen Soldaten langsam und vernebelte ihm den Verstand. Zorn schärfte ihn wie Feuerstein eine Messerklinge. »Was ist Rook zugestoßen?«

»Wir sind zusammen hier eingedrungen.« Queen schüttelte den Kopf. »Die ursprünglichen Neandertalerfrauen haben ihn sich geschnappt. Sie sind kleiner, aber noch viel gemeiner als die anderen. Es sind die, auf die wir in Anh Dung gestoßen sind. Rook war noch am Leben, als sie ihn weggeschleppt haben … aber ich bin nicht sicher, wie lange noch.«

»Warum haben sie ihn mitgenommen?«, fragte Sara.

Queen pflückte Saras mittlerweile getrockneten Sport-BH von der Leine. »Was dagegen, wenn ich mir den ausleihe?«

»Nein … nur zu.«

Queen zog den BH an und zwängte ihre deutlich größeren Brüste hinein. »Ein bisschen eng.« Sie hüpfte auf und ab. Ihr Busen befreite sich nicht von selbst. »Geht aber.« Sie sah King an, ihre Augen plötzlich kalt. »Sie haben Rook als Ersatz für Weston mitgenommen.«

King und Sara wussten, was das bedeutete. Weston, der Vater der Kinder der Neandertalerfrauen, hatte ihnen wieder eine Familie gegeben. Jetzt wollten sie eine neue gründen ... mit Rook.

»O Gott«, sagte Sara.

»Wenn wir ihn jetzt nicht finden, holen wir ihn später«, sagte King. »Aber erst müssen wir Sara in die Staaten zurückschaffen.«

Queen blickte auf. »Warum?«

»Ich habe das Heilmittel«, erklärte Sara. »Es ist in meinem Blut. Haben Sie irgendwelche offenen Wunden?«

Queen legte den Finger an die Stirn und drückte zu. Die trockene, angeschwollene Haut platze auf und blutete. Sara presste ihre Lippe zusammen und öffnete die alte Verletzung wieder. Dann ging sie zu Queen und küsste sie sanft, aber lange auf die Stirn, so dass ihr Blut sich nicht nur oberflächlich, sondern tief in der Wunde vermischen konnte und das Heilmittel in ihren Blutkreislauf gelangte. Als sie sich zurückzog, waren Saras Lippen leuchtend rot, als hätte sie Lippenstift aufgetragen. Sie wischte das Blut an Kings schwarzer Kampfhose auf der Leine ab. »So«, sagte sie. »Jetzt haben Sie das Heilmittel auch.«

Queen nickte, griff nach dem Funkgerät, das sie mitgebracht hatte, und schaltete es ein. Ein lautes Rauschen erfüllte den Raum, gemischt mit statischem Knistern. »Lasst uns die Samthandschuhe ausziehen, uns aus diesem Berg verdrücken und ein Taxi rufen.«

Ein Trommelfeuer von Schüssen ertönte – entfernt, aber verstärkt durch die Akustik der riesigen Höhle. Sie eilten zu dem kleinen Fenster und spähten hinaus. Weit oben kamen kleine Gestalten in braun-schwarzen Tarnuniformen die Treppe herunter – es waren bestimmt zehn – und mähten mit gezieltem Feuer ein paar Hybride nieder, die sie verfolgten. Die Soldaten waren offensichtlich bestens ausgebildet.

Eine Elitetruppe.

Ein tagheller Blitz flammte hinter dem Ring von Oberlichtern im Berg auf und wurde durch die Riesenkristalle verstärkt. Gleich darauf plätscherte Regen durch die Löcher und rauschte auf die Stadt nieder, wässerte die unterirdischen Pflanzen und bildete kleine Bäche auf Merus abschüssigen Straßen. Der feuchte Stein roch frisch und süß.

King knirschte mit den Zähnen, als ein weiterer Blitz die Soldaten beleuchtete. Sie bewegten sich die lange Steintreppe in einem perfekten Rückzugsmanöver herunter. Der Mann in der Nachhut stellte das Feuer ein und lief an die Spitze, während der nächste Mann in der Reihe seine Position einnahm und das Feuer eröffnete. Dann lief wiederum er an die Spitze, während der nächste den Rückzug sicherte. Immer gedeckt, immer in Bewegung, immer tödlich.

»Freiwillige des Todes.«

59

Nachdem er schnell in seinen schwarzen Drillich geschlüpft war, fühlte King sich wieder mehr als Soldat, auch wenn er nicht so aussah. Er war barfuß, ebenso wie Sara. Sie tat es King und Queen nach und kleidete sich wieder ganz in Schwarz. Die jetzt trockenen kurzen Haare lagen ihr flach am Kopf.

Nachdem er sich den Gürtel mit seinem KA-BAR-Messer umgeschnallt und eine Smith & Wesson Modell 39, eine 9mm-Pistole, ins Halfter gesteckt hatte, griff King nach einem AK-47 und schob fünf Ersatzmagazine in die Taschen seiner Cargohose. Queen schlang sich einen Tornister mit Ersatzmagazinen für ihre AK und zwei Geschossen für die bereits geladene Panzerfaust über die Schulter.

»Wo hast du das alles gefunden?«, wollte King wissen.

»Ein Lagerraum in den Höhlen weiter oben«, erwiderte Queen. »Anscheinend haben sie von so ziemlich allen Armeen aus der Region die verschiedensten Waffen erbeutet.«

Er stieß den großen Rucksack mit der Schuhspitze an. »Was ist da drin?«

Queen grinste und öffnete ihn. Der Rucksack enthielt mehrere Pakete C4-Sprengstoff, bereits vollständig verdrahtet, dazu ein Funkzündgerät. »Irgendwann müssen sie ein Sprengstoffteam eingesackt haben.«

King nickte und erwiderte Queens Grinsen. »Das bringt mich auf eine Idee.«

»Dachte ich mir schon«, sagte sie, während sie die Panzerfaust aufhob und zur Tür ging. »Ich werde sie ein bisschen aufhalten.«

King hielt Sara eine Waffe hin. »Das hier«, erklärte er, »ist ein AR-15-Sturmgewehr. Feuert achthundert Schuss pro Minute ab, also halte den Abzug nicht durchgedrückt. Kurze, gezielte Feuerstöße sind viel besser als draufloszuballern.« Er demonstrierte ihr rasch die Sicherung, wie man die Waffe an die Schulter setzte und wie man nachlud. Dann reichte er sie ihr und steckte drei Reservemagazine in die Taschen ihrer Cargohose. »Bleib dicht bei mir. Tu genau, was ich sage.«

Sara nickte, während Nervosität allmählich Besitz von ihr ergriff. Seit Beginn dieser Mission war sie in mehrere Feuergefechte verwickelt worden, aber diesmal war es anders. Da nur noch drei Mitglieder des ursprünglichen siebenköpfigen Teams übrig waren, erwartete man von ihr, dass sie mitkämpfte. King schnallte ihr einen Gürtel um die Hüfte. Darin steckten ein Messer und eine Pistole, genau wie bei King.

»Die Pistole ist entsichert«, sagte er. »Wenn du sie benutzen musst, zieh sie einfach und drück auf den Abzug. Sie ist bereits durchgeladen.«

Ein ohrenbetäubendes Zischen ertönte vor der Tür. King und Sara sahen aus dem Fenster. Eine Rauchspur zog sich hinter einer raketengetriebenen Granate durch die gewaltige Höhle. Sie flog in gerader Linie auf die Männer zu, die die Treppe herabgestiegen kamen. Sekunden später schlug sie in der Höhlenwand ein und explodierte. Donner rollte durch den riesigen Hohlraum, und das orangefarbene Licht der Explosion drang, verstärkt durch die Kristalle, bis in den letzten Winkel. Ein Teil der Treppe brach weg, und einer der verfolgenden Hybriden stürzte seitlich herab. Aber die VPLA-Soldaten setzten ihren Abstieg fort, während die Hybriden sich hinter der klaffenden Lücke in der Treppe zusammenrotteten.

Queen lud die Panzerfaust nach. »Besser, du setzt dich in Bewegung, King! Falls ich die Jungs nicht treffe, kennen sie jetzt unsere Position.«

Sturmwolken verhüllten die sinkende Sonne, und es gab für die Kristalle immer weniger Licht zu verteilen. In dem düsteren Schein mussten sie die Augen anstrengen, um noch etwas zu erkennen. Aber sie waren auch besser vor dem Feind verborgen.

Eine zweite Granate aus der Panzerfaust schoss in einer unkontrollierten Spirale durch die Höhle. Das alte Geschoss war defekt. Es traf ein kleines Gebäude in der ersten Galerie der Stadt und machte es dem Erdboden gleich. Queen stieß unterdrückte Verwünschungen aus und lud die dritte und letzte Granate.

King ergriff Saras Handgelenk und zog sie zur Tür. »Zeit zu gehen.« Sie verließen den im ersten Stock liegenden Raum und liefen eine Treppe hinunter, während eine dritte Rauchspur durch die Luft zog. Diese Granate flog wie die erste in einer geraden Linie. Doch diesmal wurden plötzlich Warnrufe unter den Männern auf der langen, geschwungenen Treppe laut. Queen hatte gut gezielt. Sie warfen sich zu Boden, wobei sich einige von ihnen sicher verletzten. Die meisten entgingen der Explosion, doch zwei erwischte es voll. Die Granate zerfetzte unterschiedslos Stein, Fleisch und Knochen. Ein weiterer Mann wurde von der Druckwelle der Explosion seitlich über die Kante der Treppe gefegt. Sein Schrei schien sich endlos hinzuziehen, bis er fünfzehn Meter tiefer auf dem Felsboden aufschlug. Die sieben überlebenden Freiwilligen des Todes stürmten weiter und kümmerten sich nicht mehr um die

Hybriden, die hinter der großen Lücke in der Treppe festsaßen.

Einer versuchte, die Entfernung im Sprung zu überbrücken, schaffte es aber nicht und stürzte zu Tode. Danach zogen die anderen sich die Treppe hinauf zurück und verschwanden.

Queen warf die Panzerfaust weg, als King und Sara sie erreichten. »Wohin jetzt, Boss?«

King deutete auf den Tempel, der im düsteren Licht kaum noch zu sehen war und bedrohlicher denn je wirkte. »Zum Tempel.«

Queen entledigte sich ihrer Stiefel, und barfuß rannten sie beinahe lautlos dahin. Als sie den äußeren Ring des Tempels mit den schlangenumwundenen Balustraden erreichten, ließ King anhalten. Zu Queen sagte er: »Niemand darf durch das Tor.«

Queen nickte und bezog Stellung hinter den Balustraden. King sah Sara an. »Niemand.«

Sie nickte ebenfalls, allerdings etwas weniger zuversichtlich, da sie merkte, dass der Befehl auch ihr galt. Queens Beispiel folgend streckte sie sich flach hinter den Balustraden aus und nahm mit dem AR-15 das zehn Meter hohe Tor aufs Korn. Sie betete darum, dass niemand hindurchkommen würde, bevor King zurückkam. Ein Blick über die Schulter zeigte ihr, dass er mit dem Rucksack voller C4 auf den Schultern die Treppe zum Tempel emporhastete.

Der dunkle Umriss des Haupttors war kaum noch zu erkennen, während der Regen in Sturzbächen durch die Löcher in den riesigen Hohlraum strömte, die großen Kristalle verhüllte und eine Art unterirdischen Monsun produzierte. Ein breiter, seichter Fluss aus Regenwasser strömte über den zentralen Hof des Tempels und durch das große Tor hinaus. Da Sara die Anlage der Stadt kannte, wusste sie, dass das Wasser die abschüssige Hauptstraße durch alle fünf Galerietore hinunterlaufen würde, bis es in den Fluss stürzte, der die Stadt hufeisenförmig umschloss.

»War nett, dich kennenzulernen«, sagte Queen zu Sara.

Sara stieß ein nervöses Auflachen aus. »Danke für die Blumen.« Sie staunte über diese seltsame Leichtigkeit, die sich unmittelbar vor einem Kampf einzustellen schien. Noch vor jedem bevorstehenden Gefecht hatte sie ein Lächeln auf den Gesichtern des Teams entdeckt. Diese unterschwellige Fröhlichkeit vor dem Kampf schien so ein Krieger-Ding zu sein. Es schweißte zusammen. Bevor sie ihr Leben in die Hände der anderen legten, versicherten sie sich gegenseitig ihrer Kameradschaft. Dass Queen ihr gegenüber einen Scherz machte, war ein Kompliment. Sara beschloss, es zu erwidern. »Ich werde versuchen, dich nicht zu erschießen.«

Queens breites Grinsen erlosch, als das dumpfe Dröhnen schwerer Stiefel aus der Stadt heraufhallte und mit jeder Sekunde lauter wurde.

Die Freiwilligen des Todes näherten sich dem Tor.

60

Ein durchdringender Schrei wälzte sich durch die finsteren Tunnel des Mount Meru. Eine Reihe von Flüchen folgte.

Rook stand mit dem Rücken zur Wand in einer kleinen, leeren Kammer, die anscheinend nicht mehr war als der Schnittpunkt von vier zusammenlaufenden Tunneln. Er wusste, dass sie sich offenbar in der Nähe der Nekropole befanden, denn eine dünne Algenschicht tauchte den Raum in schwaches grünes Glimmen. Was er nicht wusste, war, was zum Teufel die alten Hexen von ihm wollten.

Obwohl er einige von ihnen getötet hatte, schienen sie nicht die Absicht zu haben, es ihm mit gleicher Münze zurückzuzahlen. Das hieß keineswegs, dass sie nicht aggressiv waren. Aus mehreren Wunden in der Brust sickerte ihm Blut über den Rumpf. Sie hätten ihn mit Leichtigkeit töten können. Es mochte sein, dass sie mit ihm spielen oder ihn quälen wollten. Aber der Ausdruck in ihren Augen sagte etwas anderes. Er sah keine Bosheit oder Gehässigkeit darin. Eher gespannte Erregung.

Er versuchte sich von der Wand zu lösen, wurde jedoch zurückgestoßen und schlug mit dem Kopf gegen den Fels. »Verdammte Scheiße!«

»Worte nicht nett!«, rief die Rote. »Du nett sein zu Müttern.«

Sie grunzte einer der anderen etwas zu. Ohne Zögern sprang die Neandertalerfrau vorwärts, landete auf Rook, schlang ihm die Beine um die Hüften und klammerte sich an seinem Hals fest. Bevor Rook etwas unternehmen konnte, spürte er einen immensen Druck an der Schulter, und dann einen doppelten Schmerzstoß, als zwei große Reißzähne sich in sein Fleisch bohrten.

Er schrie auf, bevor er sich auf sein Training besann. Sie mochten stärker sein, aber er besaß die besseren Hebel, die größere Reichweite, und er hatte den besten Sparringspartner der Welt im Nahkampf – Queen. Er umschloss den Kopf der Bestie mit den Händen und drückte ihr beide Daumen mit voller Kraft in die Augen. Die Neandertalerin fuhr fauchend zurück und lockerte ihren Griff. Rook wirbelte um die eigene Achse, bis ihr Körper sich von ihm löste, dann hievte er sie von sich wie ein Kugelstoßer. Sie krachte in zwei der anderen hinein und ging zusammen mit ihnen zu Boden.

Eine vierte ging auf Rook los wie ein Bulle bei der Stierhatz in Pamplona. Er wartete, dann trat er einen Schritt zur Seite, packte eine Handvoll Haare an ihrem Hinterkopf und riss sie vorwärts. Sie knallte mit dem Kopf voran gegen die Wand und sackte bewusstlos zusammen.

Berauscht von Adrenalin und Zuversicht, stellte Rook sich dem Rest der alten Hexen entgegen, breitete die Arme aus und brüllte aus vollem Hals. Es waren keine Worte, er brüllte einfach seinen Zorn hinaus. Er war von einer Bande haariger Freaks verschleppt worden, die ihn herumschubsen und, wie es aussah, zu ihrem Lustknaben machen wollten. Und das kam *nicht* infrage. Er würde kämpfen bis zum Tod, um das zu verhindern.

Zu seiner Überraschung wich der Haufen zurück und lockerte seine Umzingelung. Die Neandertalerin zu seinen Füßen regte sich, kam wieder zu Bewusstsein und krabbelte eiligst auf allen vieren davon, um sich hinter den anderen zu verstecken. Seine Kraft und sein wild entschlossenes Auftreten schienen Eindruck hinterlassen zu haben.

Die Rote trat vor. Sie richtete sich hoch auf, schnupperte in der Luft, dann hockte sie sich hin und starrte ihn aus durchdringenden gelben Augen an. Sie grunzte zweimal anerkennend, dann sagte sie: »Großer Mann, neuer Vater.«

»Ausgeschlossen«, erwiderte Rook.

»Großer Mann, doch!« Sie drosch mit beiden Fäusten auf den Boden.

Rook dachte einen Moment lang nach. Sie wollten ihn als Vater haben. Den *neuen* Vater. Als *Ersatz* für Weston. Wenn er nein sagte, könnten sie ihn auf der Stelle töten. Aber wenn er zustimmte, was dann? Würde der Spaß so weitergehen, bis er nicht mehr weiterkämpfen konnte oder starb? Oder gab es da vielleicht einen Zwischenweg? Er versuchte es mit Neandertalerlogik.

»Weston ist der Vater.«

»Nein, du Vater.«

»Ich bin Rook. Weston Vater.«

»Rook Vater!«

»Es kann nur einen Vater geben«, sagte Rook und hob den Zeigefinger. »Und Weston *ist* Vater.«

Die Rote schien zu überlegen, kaute auf der Unterlippe. Rook wartete, ob sie zu dem Schluss gelangen würde, auf den er hoffte.

»Dann … wir töten Vater.«

»Braves Mädchen«, sagte Rook, dann stockte ihm kurz der Atem. »Warte, welchen denn?«

»Weston-Vater.«

»Und wenn Weston tot ist«, sagte Rook, »dann werde ich Vater sein. Aber nicht vorher. Verstanden?«

Plötzlich kam Bewegung in die Neandertalerhorde, und

sie wich von dem Tunnelausgang auf der anderen Seite zurück. Was dann geschah, kam für Rook völlig überraschend. Sie bildeten einen schützenden Kreis um ihn und machten sich selbst hoch aufgerichtet zu seiner Verteidigung bereit. Schemenhafte Gestalten näherten sich. Leise Stimmen ertönten.

Menschliche Stimmen.

Englisch.

Rook konnte sie nicht sehen, aber als eine der Stimmen mitten im Satz verstummte und »O nein« sagte, erkannte er sie. Während die alten Mütter kreischend zum Angriff ansetzten, richtete sich Rook hinter ihnen zu voller Größe auf und rief: »Halt!«

Sie gehorchten und erstarrten, nur wenig mehr als einen Meter von den beiden Neuankömmlingen entfernt. Rook musste fast lachen, als er in ihre bleichen und verstörten Gesichter sah – Bishop und Knight, der sich wie ein Babyaffe an den Rücken des großen Mannes klammerte. Die Neandertaler ließen Rook durch zu seinen verwirrten Teamkollegen. Doch keiner war verwirrter als Rook. Bishop, am Leben ... und *normal?* Bei bester Gesundheit, wie es schien.

»Bishop, aber wie ...? Ich habe gesehen, wie sie dir den Kopf abgerissen hat.«

Bishop grinste. Er lächelte tatsächlich. Dann zuckte er die Achseln. »Nicht vollständig, vermute ich.«

»Und du fühlst dich gut? Ich meine, du weißt schon, du bist nicht ungewöhnlich hungrig?«

»Vorhin schon«, warf Knight ein. »Ich verrate dir lieber nicht, was er da oben alles ausgekotzt hat.«

Bishop fischte das Bruchstück des Kristalls aus der Tasche. »An den Kristallen hier ist etwas, das mich geheilt hat. Ich fühle mich besser als seit Jahren.«

Rook lachte leise. »Ist mir scheißegal, wie es passiert ist. Ich bin einfach froh, euch Jungs lebend wiederzusehen.« Er hieb ihnen beiden auf die Schulter.

»Na dann …« Knight räusperte sich. »Möchtest du uns nicht deinem Harem vorstellen?«

»Pass auf, was du sagst, Kleiner.« Rook wandte sich zur Gruppe der Neandertalerfrauen um, die immer noch angriffsbereit dastanden. Er wies auf Knight und Bishop. »Freunde.«

»Gefährlich«, raunzte die Rote, und ihre Nackenhaare sträubten sich.

»Nein. Bishop. Knight. Freunde.«

Einige begannen zu knurren. Ein unterdrücktes Röhren tönte aus dem hinteren Teil der Gruppe.

»Mach deine Dominanz geltend«, flüsterte Knight. »Laut und deutlich.«

Rook schluckte seine Verlegenheit hinunter, doch ihm blieb keine Wahl. Er holte tief Luft und bellte: »Nein, verdammt noch mal!« Bei den Worten drehte er sich ganz zu den Müttern um, fletschte die Zähne und breitete kampfbereit die Arme aus. »*Ich* bin der Vater. Dies sind Freunde! Ihr werdet ihnen *nichts* tun!«

Die Gruppe wich augenblicklich zurück. Die Rote nickte, und ihre gesträubten Haare glätteten sich.

Himmel, dachte Rook, *lasst uns mal über gestörtes Verhalten reden.*

Knight warf Rook über Bishops Schulter ein Lächeln zu. »Ich habe Westons Tagebuch gefunden. Er hat schon vor Jahren herausgefunden, wie man sie unter Kontrolle bringt. Ich wollte eigentlich, dass Bishop es ausprobiert, aber du füllst die Rolle perfekt aus.«

Rook grinste tückisch zurück. »Halt dich zurück, sonst sag ich ihnen, sie sollen dich wieder in die Speisekammer hängen.« Dann wandte er sich zu den alten Müttern. »Also gut, machen wir uns auf die Suche nach Weston.«

Die Rote lächelte. »Ja, Vater.«

61

Von hoch oben auf der ersten Treppe des Tempels konnte King über die Mauer der fünften Galerie hinwegsehen. Die ganze Stadt breitete sich unter ihm aus, im düsteren Licht der gigantischen Kristalle, die gefährlich unsicher von der Decke herabzubaumeln schienen. Leider konnte er so auch die vorrückenden VPLA-Truppen sehen, die gerade durch das Tor der vierten Galerie stürmten, die Waffen auf der Suche nach Gegnern herumschwenkend. Sie bewegten sich sehr sicher und zielstrebig in ihre Richtung, als wüssten sie genau, wo sie sie finden würden. Er selbst hätte es ebenso gemacht. Das Zentrum der Stadt mit seinen hohen Mauern und einem einzigen Zugang war am besten zu verteidigen, der geeignetste Platz, um sich zu verschanzen.

King arbeitete schneller und knetete den letzten Klumpen C4 in einen Spalt am Kopfende der Treppe. C4 kann, anders als es im Kino immer wieder dargestellt wird, weder durch Schüsse noch durch Feuer oder von selbst explodieren. Es ist extrem sicher in der Handhabung, jedenfalls bis man eine Zündkapsel hineinsteckt. Das tat King als Nächstes, indem er zwei Zünddrähte tief in die Knetmasse schob, genau wie zuvor schon bei zehn anderen Sprengladungen, die er in Lücken an der Treppe und in den Tempelmauern um das kreuzförmig angelegte, riesige Fischbecken angebracht hatte.

King schaltete das Funkzündgerät ein, und ein einzelnes grünes Lämpchen leuchtete auf. Die Sprengladungen waren scharf, und das elektrische Zündgerät konnte sie innerhalb einer Millisekunde zur Explosion bringen. Der Apparat besaß nur eine einzige Sicherheitsvorkehrung. Wenn man den roten Knopf am Ende des kugelschreiberförmigen Geräts einmal drückte, war es entsichert, und ein zweiter Druck sendete das Zündsignal an die im C4 eingebetteten Sprengkapseln. Allerdings konnte man das Gerät auch wieder sichern, indem man die Kappe drehte. Alles in allem ziemlich modern. King fragte sich, ob Weston die Zündvorrichtung vielleicht von der VPLA erbeutet hatte.

Beim Gedanken an die anrückenden Freiwilligen des Todes blickte King auf. Durch den strömenden Regen konnte er die Soldaten nicht mehr sehen. Entweder waren sie in die Seitenstraßen der Stadt abgeschwenkt ... oder sie hatten das Tor erreicht.

Ein Feuerstoß von weiter unten bestätigte diese Vermutung.

King sprang die Treppen hinab zum Tempelhof mit den Palmen und Blumenrabatten. Er fragte sich, ob die Schockwelle des C4 so stark sein würde, dass die Kristalle hoch oben an der Decke zersprangen. Würden sie auf sie herabstürzen? Würde die Sintflut aus dem gewaltigen unterirdischen Fischbecken die Stadt hinwegschwemmen? Er wusste es nicht. Aber er wusste, dass das darauf folgende Chaos sein Verbündeter war.

In vollem Lauf erreichte er den Hof und machte sein AK-47 schussbereit.

Ein zweiter Feuerstoß flackerte über die Balustraden. Queen gab Warnschüsse ab und ließ die VPLA wissen, dass der erste Mann, der die Nase hereinsteckte, ein toter Mann war. Das Tor war ein enger Flaschenhals.

Er erreichte die Balustraden und kauerte sich neben Queen, die nicht mehr in ihrer ursprünglichen Position lag. Ebenso wenig wie Sara. Sie hatte sich weiter nach links verlagert.

Queen hatte bereits zweimal die Stellung gewechselt, nach jedem Feuerstoß. Erstens um den Eindruck zu erwecken, dass eine größere Streitmacht den Tempel verteidigte, aber auch, um den Mann zu täuschen, der hereingespäht hatte und zweifellos bald eine Handgranate in ihre Richtung schleudern würde.

King nahm das Tor ins Visier. »Lagebericht?«

»Sie werfen immer mal wieder einen Blick herein, und ich versuche sie davon zu überzeugen, dass das keine gute Idee ist«, sagte Queen, über die Zielvorrichtung ihres AK-47 visierend. »Alles erledigt?«

»Ich habe den Tempel vermint.« King zeigte ihr die Zündvorrichtung. »Die Fahrt hier raus wird schnell und nass.«

Queen feuerte eine Salve ab, als ein Mann seinen Kopf um die Ecke des Tors streckte. Splitter und Funken flogen, doch die drei Kugeln verfehlten ihr Ziel knapp. King und Queen sprangen auf und liefen in Saras Richtung. Auf halbem Weg warfen sie sich hin und legten die Waffen wieder an. Queen machte eine Kopfbewegung zu Sara hin, die nervös wirkte, aber das Gewehr und ihre Konzentration unverwandt aufs Tor richtete. »Was ist mit ihr?«

King musterte Sara. Auch triefnass und Grimassen schneidend war sie irgendwie immer noch schön. Einen Augenblick lang wusste er nicht recht, was Queen eigentlich von ihm wissen wollte. Ging es um die Mission oder darum, dass Queen seit seiner ersten Begegnung mit Sara in ihm wie in einem offenen Buch gelesen hatte. »Was soll mit ihr sein?«

»Wie wird sie sich halten?«

King versuchte, seine Erleichterung zu verbergen, war aber sicher, dass Queen auch diese Scharade durchschaute. »Sie ist ein Naturtalent.«

»Bist du sicher?«

Eine Dreiersalve knallte. Hinter dem Tor schrie ein Mann auf. War er getroffen? King blickte sich um und sah, wie Sara aufsprang und auf sie zulief, das Gewehr unverrückt auf das Tor gerichtet, während sie zwischen den Reihen von Balustraden hindurchhuschte. King lächelte. Sie *war* ein Naturtalent.

Queen schlug King auf die Schulter, während sie sich aufrichtete. »Da soll mich doch einer …«

Die kleine Gruppe traf sich in der Mitte der Balustradenreihen.

»Wie weiter?«, fragte Sara.

»Deckung!«, schrie King, während mehrere Handgranaten über die Fläche zwischen ihnen und dem Tor kullerten. King riss Sara hoch, und alle drei rannten in den Hof zurück. Die Balustraden zersplitterten und flogen durch die Luft, als fünf Granaten gleichzeitig detonierten. Es war eine ähnliche Taktik wie die, die das Schachteam beim ersten Angriff der regulären VPA angewandt hatte. Steinsplitter surrten durch die Luft, und die Druckwelle schickte King, Queen und Sara zu Boden.

King rappelte sich auf und duckte sich hinter ein Hochbeet im hinteren Teil des Hofs. Es beherbergte rote und gelbe Blumen und vier Palmen. Die Position war gut zu verteidigen, aber nur sieben Meter von der mit Sprengstoff gespickten Treppe entfernt. Viel zu nahe für das, was er vorhatte.

Queen und Sara bezogen hinter einem identischen Hochbeet auf der anderen Seite Stellung. Sara kniete sich hinter eine Palme und legte an. Queen warf sich platt hinter die dreißig Zentimeter hohe Steinumrandung und zielte um die Ecke herum. Sie wirkten wie zwei Katzen, die auf die Füße gefallen waren und kampfbereit fauchten. Und das gerade noch rechtzeitig.

Am Eingang zum Hof markierte ein Wall aus Schutt den Ort, wo die Balustraden gestanden hatten. Sieben Soldaten sprangen mit gezückten Waffen darüber und eröffneten das Feuer. Kugeln prasselten durch den Hof und Querschläger surrten davon, während die VPLA-Männer ein Sperrfeuer legten und hinter den Hochbeeten im vorderen Teil des Gartens Deckung nahmen.

King lehnte sich über die Mauer und gab vier getrennte Dreiersalven auf zwei Ziele ab. Die ersten sechs Kugeln zerfetzten den Stamm einer Palme. Die zweiten ließen Funken von einem Stein fliegen. Im düsteren Licht ein Ziel zu finden war keine leichte Aufgabe, da man es durch Regen und Dunkelheit nur am feindlichen Gewehrfeuer erkennen konnte. Und das war eine gefährliche Taktik.

Unmittelbar nachdem King das Feuer eingestellt hatte, tauchten Queen und Sara aus ihren Verstecken auf, so dass die VPLA-Soldaten sich wieder zurückducken mussten. King nutzte die Ablenkung, um über den Hof zu sprinten und sich neben Queen fallen zu lassen.

»Sara!«, rief er.

Sie sah sich nach ihm um, während sie sich hinter ihren dicken Palmenstamm duckte. »Was denn?«

»Weißt du, wo sie sind? Merkst du es?«

Sara wusste, was er meinte. Konnte sie sie *spüren?* Vor ein paar Tagen hätte sie das für eine alberne Frage gehalten. Aber jetzt, in der Hitze des Gefechts, wünschte sie, sie könnte sie bejahen. Leider war dem nicht so. »Nein! Die Kristalle bringen mich ganz durcheinander ... oder machen mich gesund. Wie man's nimmt. Sie haben etwas an sich, was die neuronalen Pfade in meinem Nervensystem neu ausrichtet. Meine Sinne funktionieren jetzt so normal wie deine. Ich bin blind, sozusagen.«

Verdammt, dachte King. Jetzt hätten sie den kleinen Vorteil von Saras falsch verdrahteten Sinneswahrnehmungen gut brauchen können. So musste es eben mit guter alter Taktik gehen. Bei den meisten Feuergefechten bildete sich ein bestimmter Rhythmus heraus. Eine Seite feuerte und ging wieder in Deckung, dann tat die gegnerische Seite es ihr nach. Ein kleiner falscher Schritt im Muster dieses riskanten Tanzes konnte zum Tod führen. Wenn man den Rhythmus absichtlich durchbrach, war er sogar garantiert. Man konnte nur nicht vorhersagen, wen es erwischte … es sei denn, man zinkte die Karten.

King blieb in Deckung, während Queen und Sara den Kampf fortsetzten. Er zählte mit, während die Gewehrsalven ausgetauscht wurden. Er hörte Kugeln dumpf in den Baum einschlagen, der Sara schützte, und von der Mauer wegpfeifen, hinter der Queen lag. Die VPLA-Soldaten hatten sie entdeckt, und es war nur eine Frage der Zeit, bis die erste Granate geflogen kam.

King schob sich zur anderen Seite des Hochbeets. Er wartete, bis Queen und Sara ein Trommelfeuer legten. Dann, als das letzte Leuchtspurgeschoss die Luft durchschnitt, erhob er sich im selben Moment wie die sieben VPLA-Soldaten aus seiner Deckung. Doch sie zielten auf Sara und Queen und bemerkten King erst, als es zu spät war. Zwei der Freiwilligen des Todes gingen mit je drei Kugeln im Leib zu Boden. Einen dritten verwundete King am Arm – seinem Wurfarm. Der Mann schrie auf, nicht nur vor Schmerz, sondern weil die Kugel die Sehnen an seinem Unterarm durchschlagen hatte. Seine Finger öffneten sich kraftlos, und die entsicherte Handgranate, die er gerade hatte werfen wollen, kullerte ihm vor die Füße. Sekunden später detonierte sie, riss den Soldaten in Fetzen und jagte Metall- und Steinsplitter in Kopf und Brust von zwei anderen.

Fünf weniger. Blieben noch zwei. Das Blatt hatte sich gerade zu ihren Gunsten gewendet.

Dann pulsierte ein Blitz außerhalb des Berges und tauchte die Stadt in grelles Flackerlicht.

King erstarrte, als hätte er in die Augen der Medusa geblickt.

Auf der zweieinhalb Meter hohen Mauer, die den Hof umschloss und ihn von den Säulen der Balustraden trennte, stand eine Armee von Hybriden, geduckt und angriffsbereit. Die beiden überlebenden Freiwilligen des Todes sahen sie ebenfalls und legten auf sie an. Queen und Sara jedoch standen angesichts der erdrückenden Übermacht mit gesenkten Waffen auf und traten zu King. Sie wussten, wenn auch nur ein einziger Schuss fiel, würde der Kampf binnen Sekunden entschieden sein und mit ihrem Tod enden.

King warf sein AK-47 zu Boden und hob die Hände. Queen und Sara folgten seinem Beispiel. Die Freiwilligen des Todes taten es ihnen schließlich nach.

Überall in der regennassen Stadt flammten lodernde Feuer auf. Das orangefarbene Licht traf von unten auf die Kristalle und verdoppelte dadurch seine Intensität. Es wirkte wie ein Sonnenuntergang in Südkalifornien, warm und freundlich. Glänzend wie Whisky rauschte der Regen durch die Oberlichter auf die Stadt und floss durch ihre Straßen.

Dann patschten Schritte durch die Nässe. Weston kam mit Lucy an seiner Seite die Treppe herunter. Ein Sturzbach rann über die Stufen und leckte an ihren Füßen.

King tastete in der Hosentasche nach dem Funkzünder. Er konnte Weston ins Nirwana befördern. Aber damit würde er auch das Todesurteil für das Team unterschreiben. Er trat in die Mitte des Hofs, wo die beiden VPLA-Soldaten standen, und hoffte, sie würden klug genug sein, nicht ihre Pistolen zu ziehen und auf ihn zu schießen. Weston blieb drei Meter entfernt von ihnen stehen, während seine Armee von Hybriden von der Mauer hüpfte und sie umzingelte.

»Was haben Sie mit uns vor?«, fragte Sara und trat einen Schritt vor.

Weston lächelte. »Sie beide«, sagte er, auf King und Sara deutend, »gehören Lucy.«

Lucy klatschte in die Hände, kreischte und fletschte ihre zweieinhalb Zentimeter langen Reißzähne. Sie würden sie nicht noch einmal überlisten.

»Was den Rest angeht«, meinte Weston und wies auf den Kreis von wütenden Hybriden. »Die gehören denen.«

62

Der Kreis der Hybriden um King, Queen, Sara und die zwei übriggebliebenen Freiwilligen des Todes schloss sich und zwang die Kombattanten, die sich Minuten zuvor noch gegenseitig umzubringen versucht hatten, immer enger zusammen. Aus der Nähe, im Licht der gigantischen Fackeln, deren Flammen in der ganzen Stadt loderten, erkannte Queen in einem der überlebenden Soldaten Generalmajor Trung.

Sie musterte ihn stirnrunzelnd. Noch trug sie eine Pistole und ein Messer um die Hüfte geschnallt. Es wäre ein Leichtes, ihn mit einer dieser Waffen zu töten, doch das konnte von den Hybriden als Angriff missverstanden werden. Und das wäre ihrer aller Ende. Sie beschloss, sich auf ihre zuverlässigsten Waffen zu verlassen, die gleichzeitig am wenigsten dazu geeignet schienen, einen Angriff der Hybriden zu provozieren. Sie umrundete King und Sara und trat Trung entgegen.

Er erkannte sie augenblicklich. Seine Augen weiteten sich, als er an die schrecklichen Dinge zurückdachte, die er ihr angetan hatte, dieser Frau, deren Wildheit und Stärke die jedes Mannes in den Schatten stellte, den er je ausgebildet hatte, ihn selbst mit eingeschlossen. Das hellrote Brandmal an ihrer Stirn war furchteinflößend. Auch sein Kumpan sah Queen und wich zur Seite.

»Tun Sie nichts Unüberlegtes«, meinte Trung, die Hand

auf den Griff seiner im Halfter steckenden Waffe gelegt. »Sonst könnten die ...«

Queen streckte beide Hände nach ihm aus, bevor Trung auch nur daran denken konnte, seine Pistole zu ziehen. Sie packte seine Hemdbrust und riss ihn zu sich. Gleichzeitig stieß sie ihre Stirn mit dem leuchtend roten Brandzeichen der Freiwilligen des Todes nach vorne. Ihr Schädel krachte in sein Gesicht, und mit einem lautem Knacken gaben seine Nase und seine Wangenknochen unter dem mächtigen Kopfstoß nach. Trung erschlaffte, getötet von einem einzigen Schlag, auf seine Stirn eine blutrote, verschmierte Version des VPLA-Zeichens mit dem Stern und dem Totenkopf gestempelt.

Queen ließ Trung los, der zu einem formlosen Haufen zusammensackte, und musterte die Hybriden, die ihr am nächsten standen. Sie wichen einen Moment lang zurück, bevor sie sich auf den letzten VPLA-Soldaten konzentrierten. Mit einer Schnelligkeit, die der von Queen in nichts nachstand, packten sie ihn. Er schrie auf, aber ein schneller Ruck drehte ihm den Hals um und brachte ihn zum Schweigen. Es sah aus wie ein Kinderspiel, wie das Aufschrauben einer Colaflasche. King zog seine Pistole. Sara und Queen folgten seinem Beispiel.

Es folgte ein Duell der Blicke, da keine Seite den Anfang machen wollte. Es bestand kein Zweifel, dass es Verluste bei beiden Parteien geben würde, sobald die Schlacht begann.

Aber die Hybriden hatten ihre Überzahl sowie überlegene Stärke und Schnelligkeit auf ihrer Seite.

Weston trat zurück und ließ Lucy nach vorne. »Tut mir leid, aber die Welt wird ohne Sie auskommen müssen«, meinte er, während er sich langsam von dem bevorstehenden Kampf zurückzog.

Der Ring der Hybriden schloss sich enger.

Der Angriff würde nicht mehr lange auf sich warten lassen. King wusste, wenn er ihnen den ersten Zug überließ, konnten er und Queen vielleicht noch ein paar Schüsse abfeuern, doch der Kampf würde schnell vorüber sein. Ihre einzige Chance war, die Initiative zu ergreifen.

»Schockmethode«, sagte King.

»Was?«, fragte Weston.

Queen nickte.

»Was soll das …«

King und Queen hoben die Waffen und drückten gleichzeitig ab. In wenigen Sekunden hatten sie die Magazine geleert. Zehn der Hybriden lagen tot am Boden.

Lucy wandte sich zu Weston um. »Vater …« Sie legte die Hand vor eine klaffende Wunde in ihrer Brust.

Der plötzliche Ausbruch von Gewalt hatte die Hybriden in stumme Erstarrung versetzt. Ihre Blicke glitten fassungslos zu ihren gefallenen Brüdern und Schwestern.

Westons Unterkiefer bebte, und seine Augen füllten sich mit Tränen. Lucy glitt aus seinen Armen und brach zusammen. Blut sickerte aus der Schusswunde in ihrer Brust. »Lucy. Meine Prinzessin. Nein …« Er verwandelte sich in eine Verkörperung des Zorns. Seine Wangen flatterten, während er schrie: »Tötet sie! Tötet jeden Einzelnen von ihnen!«

King nahm Sara die Pistole aus der Hand und packte ihr Handgelenk. Mit ihr im Schlepptau rannte er wild feuernd los und schoss sich den Weg durch die Mauer von Gestalten frei, die sie umringte. Augenblicke später platzten sie aus dem Kreis heraus wie ein Zellkern, der aus der Zelle extrahiert wird.

Die Hybriden erwachten endlich aus ihrer Betäubung und setzten den dreien nach. Ihre Nackenhaare stellten sich auf. Ihre Zähne knirschten. Sie knurrten. Sie wurden so nicht-menschlich wie ihre Mütter … oder Großmütter … die urplötzlich am Ausgang des Hofs auftauchten, halb in den Schatten verborgen.

King, Queen und Sara kamen schlitternd auf den nassen Steinplatten zum Stehen. Das Wasser gurgelte mittlerweile zwei, drei Zentimeter tief um ihre Füße. King sah sich zum Tempel um. Sie waren immer noch zu nah. Sie konnten in Stücke gerissen werden, wenn er seinen Plan jetzt ausführte. So oder so würden sie sterben.

Egal, dachte er, *vielleicht muss ich es riskieren*. Er zog den Funkzünder aus der Tasche und umschloss ihn fest mit den Fingern.

Die Hybriden blieben ebenfalls stehen, verwirrt vom plötzlichen Auftauchen ihrer Vorfahren.

Ohne Zögern griffen die alten Mütter an.

King hob die Waffe, obwohl die Situation völlig hoffnungslos erschien.

Aber er schoss nicht. Irgendetwas stimmte da nicht.

Der Sturmangriff der Neandertalerfrauen war nicht gegen sie gerichtet. Im Gegenteil, die Woge aus Fell teilte sich und flutete um sie herum. Die Mütter gingen auf Weston und die Hybriden los!

King wirbelte herum und sah, wie sich die Verblüffung von Weston und den Hybriden in Zorn verwandelte. Dieser Kampf hatte sich schon lange angebahnt. Die beiden Streitmächte blieben kurz voreinander stehen, schätzten den Gegner ab und kreischten wie eine Horde wütender Affen.

Weston zog sich zurück und blickte ängstlich die Mütter an … und seine Kinder.

Eine schwere Hand legte sich auf Kings Schulter. Er fuhr herum und richtete die Waffe zwischen zwei blaue Augen, die im orangefarbenen Licht über einem breiten Lächeln zu schweben schienen.

»Was hältst du von meiner Kavallerie?«

Rook.

Er trug kein Hemd, so dass man eine blutige Bissverletzung an seiner Schulter und drei tiefe Risswunden an der Brust sah. King senkte die Waffe und lächelte.

Eine weitere große Gestalt trat in sein Blickfeld. »Wir müssen los.«

Bishop.

Das Gekreische erreichte seinen Höhepunkt, doch die Mütter schienen immer noch auf etwas zu warten. King fragte sich, was das sein mochte, als Rook bereits vortrat und rief: »Jetzt!«

Verblüfft beobachtete King, wie die alten Mütter seinem Befehl gehorchten und sich auf ihre Gegner warfen, fünfzehn anderthalb Meter große Abrissbirnen. Die Haare aufgestellt, vor Nässe glänzend, und bei jedem energischen Schritt auf und ab wippend. Ihre gelben Augen glühten im orangefarbenen Lichtschein, den die Kristalle durch den immer noch sturzbachartig fallenden Regen verströmten.

Einige der jüngeren und kleineren Hybriden ergriffen kurzerhand die Flucht. Ebenso Weston. Aber die größeren Männchen rührten sich nicht von der Stelle. Die alten Mütter warfen sich auf sie, bissen um sich, schlugen zu und schwangen sich von einem der großen Männchen zum anderen, als wären es Bäume. Schmerzensschreie und Wutgeheul hallten durch die Kaverne und übertönten das Rauschen des Regens.

»Kommt schon!«, rief Rook. »Knight wartet unten am Fluss auf uns.«

Sie kletterten über die zersplitterten Balustraden und

hielten auf das große Tor zu, dessen gewaltige Öffnung wie ein Leuchtturm der Hoffnung vor ihnen aufragte.

Im Laufen warf Queen einen Blick auf Rook, dessen blutige Brust in der surrealen Beleuchtung orangefarben glühte. Sie sah die Bisswunde an seiner Schulter. »Du hast doch nicht tatsächlich …«

Rook starrte sie ungläubig an. »Spinnst du? Ich habe alle möglichen leeren Versprechungen gemacht, blablabla.«

»Wie in den meisten deiner Beziehungen«, fügte King hinzu.

Rook grinste und nickte. »Was soll ich sagen? Ich bin halt ein Frauentyp.«

Als sie durchs Tor hasteten, wurde aus allen Richtungen das Kreischen von Hybriden laut, die sie verfolgten. Die ganze Stadt schien zu *leben*. Wimmelte von Hybriden. Sie konnten ihnen niemals entkommen, nicht einmal mit Hilfe der alten Mütter, die höchstwahrscheinlich ebenfalls umkommen würden.

Auf dem Weg zum Tor der vierten Galerie sprangen fünf Hybriden vor ihnen auf die Straße und schlichen geduckt auf sie zu. King führte seine Gruppe zu einem der Häuser in der Nähe und drückte einmal auf den Knopf des Funkzünders. Er blieb zurück, während das Team hinter ihm eine Treppe hinaufstieg.

Er blickte auf diese erstaunliche Stadt, die tausende von Jahren verschollen gewesen war, Heimstatt einer vergessenen Zivilisation. Angesichts der Schönheit und Geschichtsträchtigkeit des Orts schreckte King vor dem zurück, was er tun musste. Dieses Wunder war einzigartig. Unersetzlich.

Aber das galt auch für die menschliche Rasse. Da er keine andere Möglichkeit zur Flucht sah, schüttelte er den Kopf, schloss die Augen und drückte ein zweites Mal den Zündknopf.

63

Die fünf Hybriden, die auf das Team zurannten, kamen ins Stolpern und stürzten, als die gewaltige Menge an Sprengstoff, die King angebracht hatte, explodierte. Der Tempel ging in die Luft wie ein Vulkan, und Steinblöcke von der Größe eines VW-Käfers regneten auf die Stadt herab. Ganze Gebäude brachen in sich zusammen, während gigantische Bruchstücke von Mauern, Treppen und Säulen wie Raketen in sie einschlugen. Die Fragmente im Zentrum der Explosion schossen direkt in die Höhe und trafen die großen Kristalle an der Höhlendecke.

Von außen wirkte Mount Meru wie ein echter Vulkan, da der Rauch durch die Löcher in der Bergwand quoll. Doch nicht aller Rauch gelangte nach draußen. Sturzbäche von Regen spülten ihn durch die Lichtschächte zurück ins Innere und liefen rußschwarz an den Höhlenwänden herunter.

Die Erde bebte, während eine ohrenbetäubende Schockwelle von den Wänden der Kaverne widerhallte und schmerzhaft gegen die Trommelfelle anbrandete – von Menschen und Nguoi Rung gleichermaßen. Als die Druckwelle endlich abebbte, erhob sich ein neuerliches Grollen, erst langsam, doch immer lauter anschwellend. Die Hybriden auf der Straße kamen wacklig wieder auf die Beine. Sie sahen sich gegenseitig benommen an und zogen sich in Richtung der Außenbezirke der Stadt zurück.

King lief hinauf in den ersten Stock, wo Queen, Bishop, Rook und Sara auf ihn warteten. Sie sahen zum Fenster hinaus. Eine gewaltige Rauchwolke stieg aus dem Tempel auf. Immer noch polterten unter dem strömenden Regen Steinbrocken auf die Stadt herab.

Teile des Tempels verdrehten sich und stürzten wie ein Kartenhaus in sich zusammen. Der Lärm des Einsturzes mischte sich unter das immer stärker werdende Grollen.

Sara wandte sich plötzlich von dem Schauspiel ab und sah King an. »Weston ist ganz in der Nähe.«

»Hast du deine Sinne wieder?«, fragte King.

»*Den* kann ich auch so meilenweit riechen!«

King schnupperte. Ein Geruch ähnlich wie der einer verdorbenen französischen Zwiebelsuppe stieg ihm in die Nase. Er drehte sich im selben Moment zur Tür um, als Weston mit gezückter Pistole hereinkam und abdrückte.

King grunzte vor Schmerz, fasste sich an die Schulter und ging zu Boden.

»Was haben Sie getan?«, schrie Weston und stürzte zum Fenster, während er mit der Waffe herumfuchtelte, damit die anderen ihm aus dem Weg gingen. Er blickte auf den qualmenden, zerstörten Tempel. Die ganze Stadt erzitterte. Das Grollen wuchs zu einem Donnern an.

»Nein …«, flüsterte Weston, als er den Grund der ständig stärker werdenden Erschütterungen sah. Ein regelrechter Fluss ergoss sich aus dem Tor zur fünften Galerie in die Hauptstraße. In seiner tosenden Bugwelle trug er Schutt, weggerissene Balustraden, die Leichen von mehr als fünfzig Hybriden und ein paar der alten Mütter mit sich. Dazwischen zappelten Massen von orangefarbenen und weißen Fischen. Das unterirdische Fischbecken leerte sich. Zusammen mit den gewaltigen Mengen von Regenwasser wälzten sich die Fluten durch die abschüssigen Straßen der Stadt.

Ein lautes Knacken wie von einem umstürzenden Baum ließ Westons Blick nach oben schnellen. Einer der riesigen Kristalle, der von der Decke bis zum Fundament der Stadt gewachsen war, bröckelte und neigte sich langsam zur Seite.

Nach Größe und Gewicht entsprach er zwei hintereinandergestellten Jumbo-Jets. Er schlug mit einer Wucht auf, die weit über die der Detonationen des C4 hinausging, und zerschmetterte die Überreste des Tempels. Die folgende Schockwelle ebnete die Mauer der fünften Galerie ein, ließ den Fluss, der durch die Hauptstraße strömte, noch mehr anschwellen und lockerte die Kristalle an der Decke.

Meru befand sich im Zustand der Auflösung.

Mit flackerndem Blick wandte Weston sich von der Stadt ab und fixierte das Team. Er zitterte. Schweißtropfen liefen ihm übers Gesicht. Seine Waffe schwenkte von Sara, die an der Tür bei King kniete, zu Rook, Bishop und Queen, die Weston offenbar als ernsthaftere Bedrohung betrachtete.

Der Lauf richtete sich auf Bishop. Weston starrte ihn aus schreckgeweiteten Augen an. »Ich – ich habe Sie sterben sehen!« Er spannte den Hahn der Waffe. »Sie müssten tot sein.«

Bishop grinste. »Das sagen sie alle.«

Dann griff er an.

Weston schoss ihm zwei Kugeln in die Brust, bevor sie zusammenprallten. Beide torkelten zurück und stürzten gemeinsam zum Fenster hinaus, nur Augenblicke, nachdem die Flutwelle voller Schutt vorüber war. Sie fielen in einen mittlerweile fast zwei Meter tiefen, rasch dahinrauschenden Fluss.

King rappelte sich auf und lief zum Fenster. »Nichts wie

weg«, sagte er und sprang hindurch. Sara, Queen und Rook folgten ihm auf dem Fuß.

Die tosenden Wassermassen wanden sich durch die Stadt wie eine riesige Schlange, immer den Biegungen und Gefällen folgend. Sie waren ihnen hilflos ausgeliefert. Schwimmen war unmöglich, sie konnten nur versuchen, den Kopf über Wasser zu halten und sich nicht von den mitgerissenen Trümmern oder an der Flanke eines Gebäudes oder Tores zerquetschen zu lassen, während sie durch die Stadt geschwemmt wurden.

Über die Hausdächer hüpfend folgten mehrere Hybriden dem tosenden Fluss und schrien »Vater! Vater!«, während sie versuchten, Weston dem Griff der Fluten zu entreißen. Einer lehnte sich von einer steinernen Straßenüberführung herunter und erwischte Weston am Arm. Das Schachteam wurde vorbeigespült. Doch Weston wollte nicht gerettet werden. Er wollte Rache. »Lass mich los!«, schrie er.

Der Hybride war verwirrt. »Vater?«

Weston riss sich los und plumpste zurück ins Wasser, das ihn hinter seinen Feinden hertrug, den Zerstörern von Meru, den Mördern seiner Familie. Lucys Mördern.

In den nächsten dreißig Sekunden wurde das Schachteam durch zwei weitere Tore gespült. Als sie sich dem letzten näherten, winkte ihnen Knight vom Kopf einer Statue aus zu, dann sprang er auch ins Wasser. Er hatte die Zerstörung von unten verfolgt und, während die Stadt sich aufzulösen begann, gesehen, wie die flüchtende Hybridenhorde über die Dächer näher kam. Sich ins tosende Wasser zu stürzen war allemal besser, als auf sie zu warten. Hinter dem letzten und kleinsten der Tore verteilte sich die Flut auf der offenen Fläche … zwischen der Stadt und dem Fluss. Sara schwamm zu King hin, der mit seiner verwundeten Schulter Mühe hatte, sich über Wasser zu halten.

»Brauchst du Hil…« Sara verstummte, als King sie unter Wasser drückte.

Sieben Meter weiter hinten legte Weston an und gab zwei Schüsse ab. King tauchte weg, und das Wasser schluckte die Energie der Geschosse. Als er wieder an die Oberfläche kam, fiel der Boden unter ihnen weg, und sie wurden von einem Wasserfall durch die Luft gewirbelt.

Sie landeten in dem gewundenen »Burggraben«, der die Stadt umschloss, und wurden von den nachstürzenden Wassermassen tief unter die Oberfläche gedrückt. King kämpfte mit seinem gesunden Arm vergeblich dagegen an. Als er versuchte, auch den verletzten Arm einzusetzen, lähmte ihn der furchtbare Schmerz und raubte ihm fast das Bewusstsein. Dann wurde er in die Höhe gerissen. Sara. Sie packte ihn am Hemd und zog ihn von dem neu entstandenen Wasserfall weg.

Der normalerweise träge Fluss, der die Stadt umströmte, war zum tosenden Wildwasser angeschwollen, gespeist vom Monsunregen und den zusätzlichen Fluten aus dem Fischbecken des Tempels. Während sie um die Stadt herumgetragen wurden, kamen Queen, Rook und Bishop zu ihnen geschwommen.

»Wir müssen hier raus«, sagte King mit einem Blick auf den Abflusstunnel des Stroms, der mittlerweile fast bis zur Decke geflutet war. In dem unterirdischen Fluss gab es kein Luftholen. Doch über die glatten, senkrechten Wände des Flussbetts war ein Ausstieg unmöglich. Sie waren so *gebaut*, um Feinde wegzuspülen.

»Zusammenbleiben und wegtauchen!«, rief King, während sie sich dem Abfluss näherten. »Tief Luft holen und zusammenrollen!«

Das Team begann zu hyperventilieren, um das Blut mit Sauerstoff zu sättigen. Sara machte mit, so gut sie konnte. Drei Meter vor dem Abfluss prallten drei Querschläger von den Felsen vor ihnen ab. Weston schwamm immer noch hinter ihnen, immer noch zornerfüllt, zückte die Waffe und kam näher. Den Hybriden, die ihnen weiter am Flussufer entlang folgten, schrie er zu: »Nach draußen! Los jetzt! Sofort!«

Die Hybriden gehorchten, brachen die Verfolgung ab und steuerten die anderen, verborgenen Ausgänge der Stadt an.

King warf einen Blick zurück auf Meru und sah einige der riesigen Kristalle von der Decke stürzen. Der ganze Berg fiel in sich zusammen. Gruppen von Hybriden und vereinzelte alte Mütter flüchteten durch enge Tunnel, die ihm vorher nicht aufgefallen waren. Er wandte sich wieder dem Abfluss zu. Drohend ragte er vor ihnen auf wie die Pforte zur Unterwelt.

»Runter!«, brüllte King.

Das Schachteam tauchte unter und rollte sich in fötaler Haltung zusammen. Nur Sekunden später verlosch das orangefarbene Glühen des kristallverstärkten Lichts, und sie wurden in den pechschwarzen unterirdischen Flusslauf hineingesogen.

64

Kalte, nasse Dunkelheit umgab Sara. Sie wurde hin und her geworfen, während die Wassermassen wie eine Achterbahn durch das Innere des Berges schossen. Ihr Rücken knallte gegen die Felsendecke. Sie schrie vor Schmerz auf, und kostbare Luft entwich aus ihren Lungen. Immerhin trieb sie dadurch nicht mehr oben, sondern sank in die Mitte des Kanals. Der Nachteil war, dass sie nun wieder Luft holen musste.

Ihre Lungen und der malträtierte Rücken brannten. Ausgelöst durch den Schock, die Todesangst und das heftige Auf und Ab des Flusses liefen Wellen von Übelkeit durch ihren Körper. Sie schlug die Augen auf und sah nur Schwärze. Die anderen hätten weniger als einen Meter entfernt sein können, doch es war, als würden sie nicht existieren. Sie war in einer Art quälender Vorhölle gelandet, aus der es kein Entrinnen gab. Einer Vorhölle voller Schmerzen.

Sara presste sich die Hand vor Mund und Nase und kämpfte gegen den instinktiven Drang ihres Körpers an, Atem zu holen. Sie blieb mit dem Fuß am Boden hängen und wurde herumgewirbelt. Wieder öffnete sie die Augen, und jetzt sah sie einen hellen Kreis vor sich schweben. Innerhalb des Kreises erkannte sie fünf Silhouetten, die zum Licht schwammen. Sie hatten den Ausgang erreicht!

Mondlicht schimmerte über ihr durch eine Lücke zwischen den abziehenden Unwetterwolken. Ihr Gleichgewichtssinn kehrte zurück. Sie sah nach oben, stieß sich mit den Füßen vom schlammigen Flussbett ab und schoss an die Oberfläche. Keuchend und hustend tauchte sie auf. Der Fluss wurde langsamer und tiefer, so dass das Team sich wieder sammeln konnte.

King, Queen und Rook trieben gemeinsam in der Flussmitte. Sara, immer noch drei Meter zurück, legte sich auf den Rücken und betrachtete fasziniert die Sturmwolken am Himmel. Es waren nicht die wirbelnden dunklen Wolken, die traubengroßen Regentropfen oder der frische Duft des Sturms, die sie fesselten, es war die Art, wie sie all das wahrnahm. Ein Blitz zuckte über den Himmel. Sie sah ihn mit den Augen ... und *spürte* ihn in der Brust. Sie konnte den Wind durch den Wald peitschen und an den Blättern zerren hören. Der Laut kitzelte sie im Genick. Sie erfuhr die Welt wieder so, wie sie sie kannte. Und das war herrlich.

King kam zu ihr geschwommen. »Alles in Ordnung?«

Sara lächelte. »Du hast ja keine Ahn...« Ein Platschen, das sich von den Lauten des Flusses unterschied, drang an ihr Ohr, und ihre Schultern verspannten sich. Etwas war hinter ihnen aus dem Wasser aufgetaucht. Am Geruch erkannte sie, wer es war. Ein metallisches Klicken verursachte ihr einen tiefen Kitzel im Rücken. »Runter!«

Sara und King duckten sich unter Wasser, während drei Schüsse knallten. Sie schwammen untergetaucht weiter flussabwärts und kamen neben den vier anderen Mitgliedern des Teams wieder hoch.

»Wir können seinen Kugeln nicht ewig ausweichen!«, sagte Rook. »Irgendwann landet er einen Glückstreffer.«

Sie mussten zusehen, dass sie aus dem Fluss herauskamen. King blickte nach oben. Die Steilwände zu beiden Seiten waren zwischen zwölf und fünfzehn Meter hoch –

zu hoch, um sie zu erklimmen, ohne ein leichtes Ziel abzugeben. Und einen nennenswerten Uferstreifen gab es nicht. Falls je einer existiert hatte, lag er unter dem angestiegenen Wasserspiegel. Sie saßen fest. Dem Fluss und dem pistolenschwingenden Weston ausgeliefert.

Sara packte King am Arm. Er ächzte vor Schmerzen.

»Tut mir leid«, sagte sie und deutete nach oben.

Eine Gruppe von Hybriden rannte zwölf Meter über dem Fluss das Steilufer entlang, hielt Schritt, ohne das Team aus den Augen zu lassen, und wartete ab, dass sie herauskamen. King sah zur anderen Seite und schüttelte den Kopf. Fünf der alten Mütter, darunter die Rote, stampften durch das regennasse Gebüsch, während sie ebenfalls auf gleicher Höhe mit der Gruppe blieben, die den Fluss hinuntertrieb.

Da sie von drei Seiten von Feinden bedroht wurden, blieb ihnen nur die Wahl, sich dem Fluss anzuvertrauen und zu beten, dass die Krokodile während eines Monsunsturms keinen Appetit verspürten. King blickte zurück und sah, dass Weston verschwunden war. »Wo ist Weston?«, rief er.

Das Team sah sich nach ihm um, entdeckte ihn jedoch nirgends.

»Hat er klein beigegeben?«, fragte Knight.

King bezweifelte das und suchte den großen Mann zwischen dessen Nachkommenschaft. Doch er war nirgendwo zu sehen.

Ein Blitz zuckte durch den Himmel und schlug ganz in der Nähe im Wald ein. Ein Donnerschlag zerriss die Luft, während durch den Einschlag kochend heiße Wassertropfen durch die Luft zischten. Die intensive sensorische Reaktion war wie ein Schmerz in Saras Brust. Sie flüchtete sich unter Wasser.

King tauchte ihr nach, befürchtete, sie hätte einen Krampf, entdeckte sie aber Wasser tretend dicht unter der Oberfläche.

Wieder zuckte ein Blitz durch die Nacht und erleuchtete die Unterwasserwelt. Fische aus dem riesigen Becken der Stadt schwammen um sie herum, manche lebendig, manche tot. Ein Hybride wurde unter ihnen von den Fluten herumgeworfen. Tot. Aus dem Augenwinkel sah King ein silbernes Aufglänzen weit vorne, fast taghell im plötzlichen Licht des Blitzes.

Er schwamm darauf zu, doch ein Zupfen am Fuß ließ ihn herumfahren. Er erwartete, einen der Fische zu sehen, der wieder auf der Suche nach einer Mahlzeit war, blickte jedoch in Westons wutverzerrtes Gesicht. Er hielt Kings Fußknöchel umklammert! King trat zu und bekam mit einem heftigen Ruck das Bein frei. Er schoss an die Oberfläche.

»Weston kommt gleich hoch!«, schrie er, dann tauchte er wieder. Das Team folgte ihm, während Weston mit seiner Pistole die Oberfläche durchstieß.

Er stieß ein wütendes Knurren aus, dann glitt er ebenfalls wieder unter Wasser. Das Schachteam hing ein paar Meter voraus unter der Oberfläche. Weston wartete, bis einem von ihnen die Luft ausging. Er würde gleichzeitig auftauchen und feuern. Ein Kinderspiel.

King richtete den Blick nach unten und schwamm voraus auf das metallische Blinken zu, das ihm zuvor aufgefallen war. Wieder zuckte ein Blitz herab, und da sah er es direkt unter sich. Er streckte den Arm aus, verlor den vertrauten Gegenstand fast wieder aus der Hand, doch dann schlossen sich seine Finger fest darum. Er wandte sich um, gerade als das Team geschlossen zur Oberfläche schwamm. Der Hintergedanke dabei war, Weston zu verwirren, indem sie ihm multiple Ziele boten, aber da auch er direkt unter der Oberfläche schwebte, wussten sie alle, dass er diesmal nicht danebenschießen würde.

Sara würde sein erstes Opfer sein.

Doch wenn sie nicht auftauchten, mussten sie alle ertrinken.

King stieß sich vom Flussbett ab und schoss nach oben wie ein Torpedo. Er durchbrach die Oberfläche und legte Rooks verlorene Desert Eagle Kaliber .50 an, den Griff mit beiden Händen umfasst.

Er holte tief Atem und schmeckte schlammiges Wasser. Westons Kopf tauchte langsam auf wie der Turm eines U-Boots. Kings Blick heftete sich wie ein Laserstrahl an seinen Schädel. Sobald er weit genug aus dem Wasser war, drückte er ab, im selben Moment, als Weston ihn bemerkte und ebenfalls feuerte. Doch sein Schuss ging in die Luft, als Kings Geschoss ihn zurückwarf. Westons Gesicht implodierte und wurde ihm förmlich durch den Hinterkopf gepresst. Sein Körper erschlaffte und trieb Richtung Ufer, wo er gegen die steile Böschung stieß.

Die Hybriden oben heulten und riefen nach ihrem Vater. Doch seine Leiche blieb an einem Ast hängen, still und reglos.

Ihr Vater war tot.

Sie standen stumm am Rand der Klippe. Die Verfolgungsjagd war vergessen, während sie um ihn trauerten.

Doch die alten Mütter ließen sich nicht ablenken. Sie waren nicht an Vater interessiert. Ihre Augen ruhten auf Rook.

Sara tauchte gleichzeitig mit den anderen prustend auf und blickte gehetzt um sich. King schwamm zu ihr hin.

»Alles okay«, sagte er.

»Wo ist Weston?«

King hielt die Magnum in die Höhe und überprüfte das Magazin. Leer. »Tot.« Er richtete den Blick wieder auf die alten Mütter und fragte sich, wann sie etwas versuchen würden. Wenn es ihnen endlich gelang, sich aus dem Fluss zu befreien, würden sie zu erschöpft sein, um noch fliehen zu können, geschweige denn kämpfen.

»Knight«, rief King. »Wohin führt dieser Fluss?«

»Südwestlich durch Laos nach Kambodscha.«

»Vorbei an Anh Dung?«

Knight dachte nach und rief sich die Skizze aus dem Labyrinth ins Gedächtnis, legte in Gedanken die Karten der Region darüber, die er sich beim Herflug eingeprägt hatte. »Ja, so ist es.«

King nickte. Dort würden sie sich den alten Müttern stellen.

Am Geburtsort von Brugada.

Dem Dorf des plötzlichen Todes.

Dessen Bewohner nichtsahnend Versuchskaninchen von Westons Beobachtungen gewesen waren.

Ein Dorf, das ein Feld voller Landminen beherbergte.

Anh Dung.

Sie würden es dort beenden, wo alles angefangen hatte.

65

Die Verfolgungsjagd entwickelte sich zu einem surrealen Erlebnis in Zeitlupentempo. Der Fluss hatte sich zu einem sanften Strom verbreitert und floss nun träge und gemütlich dahin. Die Neandertalerfrauen schlenderten auf der Jagd nach dem, was Rook jetzt ironisch ihre »Große Weiße Hoffnung« nannte, nämlich ihm selbst, am Steilufer entlang, das jetzt nur noch drei Meter über dem Wasser aufragte.

Der Sturm hatte in den letzten zehn Minuten nachgelassen. Doch immer noch zuckten vereinzelte Blitze über den Himmel, brachten die Welt zum Erzittern und erfüllten die Luft mit dem Geruch nach Ozon.

Seit Westons Tod war keine Spur mehr von den Hybriden zu sehen.

Das Team ließ sich auf dem Rücken treiben, um so ausgeruht wie möglich zu sein, wenn es schließlich in Aktion treten musste. Und dieser Augenblick schien immer näher zu kommen, da aus Hunderten von schnell fließenden Rinnsalen Wasser in den Fluss strömte und den Wasserspiegel ansteigen ließ. Sie waren unter mehreren umgestürzten Bäumen hindurchgetrieben, die die Neandertaler vermutlich benutzten, um den Fluss zu überqueren. Jedes Mal, wenn sie unter einem durchkamen, versuchten die alten Mütter, sie aus dem Wasser zu klauben. Doch ihre Arme reichten nicht weit genug. Wenn der Wasserspiegel jedoch weiter so anstieg, konnten sie das Team bald herauspflücken wie Fleischstücke aus einem Eintopf.

King schätzte, dass sie inzwischen mindestens drei Kilometer vom Berg und der uralten Stadt Meru entfernt waren. Wieder wurde Donner laut, doch diesmal klang er irgendwie anders. Entfernt, aber zu gleichmäßig. Dann begriff King, dass dem Donner kein Blitz vorausgegangen war.

Queen sprach aus, was er dachte. »Das war kein Donner.«

Die Gruppe begann Wasser zu treten und blickte stromaufwärts. Sie konnten es nicht spüren, aber sie sahen es. Eine Schockwelle erschütterte den Boden, brachte die Bäume zum Schwanken und löste aus den Uferwänden Erdklumpen, die in den Fluss stürzten. Wetterleuchten drang durch die Wolken. Einen Augenblick lang tauchte ein gleißend heller Scherenschnitt des Mount Meru auf. Der Berg sah aus, als hätte ein Meteor eingeschlagen. Er war nur noch halb so hoch wie zuvor. Die riesige Höhle war in sich zusammengestürzt. Meru, Heimstatt der Götter, letzter Zufluchtsort der Spezies der Neandertaler, existierte nicht mehr.

Zunächst empfand Sara Trauer über den Verlust eines so unglaublichen und historisch wertvollen Ortes, doch dann erinnerte sie sich an die Atmosphäre, die dort geherrscht hatte. Obwohl ihre Sinne betäubt gewesen waren, hatte sie die Stadt als böse empfunden. Diese Flüche gegen die Menschheit. All der Hass, der auf die Steine übergegangen und noch spürbar gewesen war. Meru war ein Ort des Bösen gewesen, und Weston hatte so viel Zeit dort verbracht, dass er gleichgültig gegenüber dem Schicksal der menschlichen Rasse geworden war. Die Welt war besser dran, wenn sie nichts davon erfuhr.

Kings Gedanken drehten sich mehr um ihre eigene Situation. Der Einsturz des Berges musste eine Flutwelle in ihre Richtung auslösen. Und wenn sie nicht von den Trümmern erschlagen wurden, die diese Wasserwand vor sich hertrug, würde der Fluss, jetzt durch den in sich zusammengestürzten Berg blockiert, plötzlich versiegen, was sie zur leichten Beute für die alten Mütter machte.

King richtete den Blick auf das Ufer, und da sah er die Rettung nahen. Ein Teil des Steilufers war abgerutscht und bildete jetzt einen langen Strand auf der Seite gegenüber den Neandertalerfrauen. Er schätzte ab, wie weit sie schon gekommen waren und in welche Richtung der Fluss hier verlief, und entdeckte schließlich einige Objekte am Ufer – einen verrottenden Weidenkorb, ein zerfetztes T-Shirt und ein halb unter Wasser liegendes Kanu.

Anh Dung. Hier musste es sein.

»Dorthin!«, schrie King und zeigte ans Ufer.

Während die sechs Mitglieder des Schachteams auf das Ufer zuhielten, kreischten und schrien die alten Mütter, die offenbar nicht schwimmen konnten.

»Rook!«, schrie die Rote. »Du Vater! Rook!«

Dann waren sie verschwunden, rannten wahrscheinlich so schnell wie möglich zum nächsten umgestürzten Baum, der ihnen als Brücke dienen konnte. In null Komma nichts würden sie wieder da sein. Das Schachteam kroch an Land, doch da umspülte bereits eine erste kleine Flutwelle ihre Füße.

Rook warf einen Blick zurück. »Lauft, lauft, lauft!«

Während Bishop Knight auflas und mit ihm losrannte, stapften die anderen mit wackligen Knien durch den Sand hinauf in den Dschungel, gerade noch rechtzeitig, bevor eine Wasserwand den Fluss herabstürzte und den Uferstreifen mit sich riss. Ein Brausen erfüllte den Urwald. Die tosenden Wassermassen traten über die Ufer. Bäume knackten, und welkes Laub wurde mitgerissen, während der Fluss sich in den Dschungel ergoss.

Sie rannten weiter, ohne die herannahende Wasserwand zu sehen.

Aber Sara konnte sie spüren. Gewaltig und schnell, gebremst zwar durch Hunderte von Baumstämmen, doch unaufhaltsam.

»Schneller!«, drängte sie, als sie merkte, dass das Wasser sie einzuholen drohte, unsichtbar in der Dunkelheit. Aber sie spürte noch etwas anderes – die Hybriden. Nach dem ersten Schock hatten sie die Jagd wieder aufgenommen. Und lechzten nach Rache.

Als die ersten Spritzer kalten Wassers an Saras Füßen leckten, hatte sie plötzlich das Gefühl, die Erde würde sich unter ihr aufbäumen. Sie stolperte einen Hang hinauf, wobei sie sich immer wieder in das Gemisch aus durchnässter Erde und losen Blättern krallte, um nicht abzurutschen. Endlich war sie ganz aus dem Wasser heraus, ließ sich flach auf den Bauch fallen und holte mehrmals tief Luft.

King streckte ihr die Hand entgegen. »Noch nicht«, sagte er und zog sie wieder auf die Füße.

Sie rannten weiter, und dann, so plötzlich, wie der Fluss sie aus dem Berg geschwemmt hatte, waren sie aus dem Dschungel heraus und erreichten eine Lichtung. Blitze erhellten die Szenerie – ein mit mannshohem Gras bewachsenes Feld. Eine Abfolge von leuchtend orangefarbenen Fähnchen, die Bishop vor Tagen angebracht hatte und von denen jedes einzelne eine Landmine markierte, führte zwischen den Halmen hindurch. Das Feld war voll davon.

»Folge den Markierungen«, sagte King, »aber tritt *nirgendwo* auch nur in die Nähe von ihnen.«

Sie verließen die Deckung des Dschungels und drangen

in das hohe Gras ein, dem peitschenden Regen und Wind und den Hybriden ausgeliefert, die ihnen auf den Fersen waren.

Freudiges Gejohle wurde laut. Die Hybriden kamen.

Von rechts erklang ein dumpfes Brüllen, gefolgt von einem Schrei: »Rook!«

Red und die alten Mütter hatten den Fluss noch vor der Flutwelle überquert. Das Schachbrett war aufgestellt, die Figuren machten ihre Züge.

Das hohe, feste Gras klatschte Sara beim Laufen ins Gesicht, immerhin eine kleine Ablenkung von den Schmerzen im Rücken, wo der unterirdische Fluss sie gegen die Höhlendecke geschmettert hatte. Sie versuchte, sich auf den Wegweiser vor sich zu konzentrieren – Rooks nackten weißen Rücken.

Plötzlich sah sie ihn einen Satz in die Luft machen. Als er wieder landete, tauchte ein orangenes Fähnchen zwischen ihnen auf. Sara war schon zu nah dran, daher kam sie beim Absprung ins Stolpern und stürzte. Als sie aufblickte, sah sie King über eine kleine Erhebung springen, auf die sie beinahe draufgefallen wäre. Er half ihr hoch und schob sie vorwärts. Das Gras am Rand des Feldes rauschte auf, als die Verfolger hineinrannten.

In dem von Rook und Queen frei getrampelten Pfad kamen King, Sara und Bishop, der Knight auf den Schultern trug, schnell voran, obwohl die Hybriden und die alten Mütter zweifellos noch schneller waren. Sara holte auf, und Rooks weißer Rücken kam wieder in Sicht.

Wütendes Knurren wurde im Gras um sie herum laut. Der Feind hatte sie eingeholt. Ob Hybriden oder reinrassige Neandertaler, ließ sich unmöglich sagen. Dann signalisierte ein leises Klicken zu ihrer Rechten, dass eine der vergrabenen Landminen ausgelöst worden war.

King warf sich mit Sara zu Boden, während die Mine explodierte. Ein beinloser Hybride wirbelte schreiend über sie hinweg. Die Detonation schien eine Kettenreaktion in Gang zu setzen. Über das ganze Feld verteilt gingen Landminen in die Luft, während die Hybriden ohne Gespür für die Gefahr mit abgerissenen Gliedmaßen kreischend durch die Luft flogen.

King und Sara kamen wieder auf die Beine und flüchteten weiter, gerade als das Gras hinter ihnen sich teilte und die Rote herausschoss. Sie saß ihnen dicht auf den Fersen, die Nackenhaare gesträubt, die Zähne gefletscht. Sie war eine Kreatur aus der Vergangenheit der Menschheit, und King war nicht einmal sicher, ob eine Mine sie aufhalten konnte.

»King!«

Saras Stimme machte ihn gerade noch rechtzeitig auf die orangefarbene Flagge aufmerksam. Augenblicklich warf er sich nach vorne, rollte sich ab und kam wieder auf die Füße. Als er sich umblickte, sah er die Rote ebenfalls über den Wimpel hinwegsetzen.

Klüger, als sie aussieht, dachte King.

»Sie sind überall!«, schrie Sara, die mehr als fünfzig Individuen spürte, die sich von allen Seiten näherten ... außer direkt von vorne. Doch dann fühlte sie auch dort Gestalten. Sie waren umzingelt. »Direkt voraus! Direkt vor uns sind noch mehr!«

Eine plötzliche Druckwelle wirbelte Sara und King durch die Luft, als ein Hybride ganz in der Nähe mit einem lauten *Wumm* auf eine Landmine trat. Sie krachten gegen Rook, der gerade mit Queen den Rand des Feldes erreicht hatte. Bishop und Knight waren dicht hinter ihnen. Das Team rappelte sich wieder auf. Queen machte sich bereit, um ihrer aller Leben zu kämpfen. Rook, halb nackt und unbewaffnet, ballte die Fäuste. Bishop setzte Knight ab und baute sich vor allen anderen auf, um mit seinem gewaltigen Körper den ersten Ansturm aufzufangen.

Dann erblickten sie die Gruppe, die sie im Dorf Anh Dung erwartete. Zu viele, um sie zählen zu können, und weitaus tödlicher als Weston, die Rote, die Hybriden und die Freiwilligen des Todes. Sie taten das Einzige, was ihnen übrigblieb – sie ließen sich auf die Knie fallen und warteten auf das Ende. Es kam schnell, als die Masse der Männer vor ihnen das Feuer eröffnete.

66

Ein Stakkato von Gewehrsalven zerfetzte die Luft. Flackerndes Mündungsfeuer und Leuchtspurmunition erhellten Anh Dung und das Feld. Sara hielt sich die Ohren zu, obwohl sie den Blick nicht abwenden konnte, während die Leuchtspurgeschosse über ihren Kopf hinwegzischten und das Gras niedermähten. Sie fühlte sich zurückversetzt an den Anfang ihrer Mission, die Landung im Kampfgebiet. Herumschwirrende Kugeln. Glühende Leuchtspurmunition. Sterbende Menschen. Der einzige Unterschied war, dass sie diesmal nicht schrie. Sie zuckte kaum mit der Wimper.

Hybriden und alte Mütter heulten auf, als die Hochleistungsgeschosse ihre Körper ebenso glatt durchsiebten wie das Gras. Landminen gingen in die Luft, als diejenigen, die nicht den Kugeln zum Opfer gefallen waren, kopflos durch das Feld davonrannten. Der Kampf, wenn man ihn so nennen wollte, dauerte nur zehn Sekunden.

King kehrte dem Gemetzel den Rücken zu und musterte die angreifende Streitmacht. Fünfzig Männer, von Kopf bis Fuß in Schwarz gekleidet, ohne irgendwelche Insignien oder Rangabzeichen. Die Augen hinter runden Brillengläsern und seltsamen Gesichtsmasken verborgen, die Nase und Mund bedeckten, so dass ihre Identität verborgen blieb. Aber King wusste genau, wer sie waren. Er hatte bei verschiedenen Missionen dieselbe Ausrüstung getragen.

»Feuer einstellen!«

Deltas.

Und zwar eine Menge.

Hinter den Soldaten flammten Scheinwerfer auf. In ihrem Licht, hell wie die Sonne, enthüllte sich das ganze Ausmaß der Gewaltorgie. Blut und Fleischklumpen klebten an den dicken Grashalmen des Feldes. Mulden im dichten Gras zeigten an, wo Leichen lagen. Die Neandertaler, ob Hybriden oder Originale, hatten keine Chance gehabt.

Weston hat recht behalten, dachte Sara. Die Natur hatte eine der Rassen zum Aussterben verurteilt, doch es war nicht die Menschheit, die an Brugada sterben sollte. Die Menschheit war viel zu gut im Morden, um diesen Kampf zu verlieren. Selbst wenn Weston sie hätte ziehen lassen, diese gewaltige Streitmacht hätte die Hallen von Mount Meru gestürmt, bis das Heilmittel gefunden war. Und nichts, was Weston tun konnte, hätte daran etwas geändert.

Einige der Soldaten kamen auf das Schachteam zu, während die anderen das Feld im Auge behielten.

Ein einzelner, schwarz gekleideter Mann trat vor und ging auf King zu.

»Sie haben das Heilmittel?« Die Stimme klang tief und verstellt, um die Identität des Sprechers zu verschleiern.

King erwiderte seinen Blick schweigend und überlegte, ob er den Mann kannte. Irgendwie glaubte er, die Stimme schon einmal gehört zu haben.

»Nach all der Zeit vertrauen Sie mir immer noch nicht?« Jetzt wusste er es. King erkannte hinter dem Sarkasmus das einzige Mitglied des Teams, das seit Beginn der Mission gefehlt hatte.

»Deep Blue?«

Deep Blue nickte. »Wir tauschen uns auf dem Rückflug aus ... wenn Sie das Heilmittel haben. Falls nicht, habe ich ein paar Freunde mitgebracht, um es an uns zu bringen.«

»Die hätten wir vor ein paar Tagen brauchen können.«

»Ich weiß«, sagte Deep Blue. »Tut mir leid.« Er musterte die Gruppe. Rook, malträtiert und aus Risswunden in der Brust und einer Art Biss in der Schulter blutend. Queen, auf deren Stirn ein geschwollenes rotes Brandzeichen prangte. Knight, der nur auf einem Bein stehen konnte. Bishop, der kerngesund wie immer aussah, aber anders. Mehr ... im Frieden mit sich selbst. Pawn, die Zivilistin, mit blutig zerschrammtem Rücken unter dem Hemd. Und King, mit einer Schusswunde in der Schulter. Ein Mitglied fehlte.

»Pawn zwei?«

»Tot«, sagte King. »Umgebracht.«

Deep Blue ließ einen Moment lang den Kopf hängen. »Und das Heilmittel?«

»Das haben wir.«

Im Gras ertönte ein Rascheln, und fünfzig Sturmgewehre richteten sich auf eine Stelle am Rand des Feldes. Eine einsame Gestalt kam herausgetaumelt.

Die Rote.

Sie blutete aus drei Schussverletzungen, einer am Arm, zwei im Oberschenkel. Sie humpelte ein paar Meter aus dem Gras heraus und blieb stehen. Betrachtete die Silhouetten, die vor ihr im grellen Gegenlicht aufgereiht standen. Sie hörte ein paar der Männer Flüche ausstoßen und sagen: »Was zum Teufel ist das?« Sie ignorierte sie, hatte nur Augen für eine Person. »Rook.«

Zwei weitere Gestalten tauchten aus dem Feld auf, ebenfalls getroffen, doch nicht tödlich verwundet. Zwei Hybriden, ein Mann und eine Frau. Sie stellten sich neben die Rote und legten ihr die Hände auf die dichte Mähne.

»Rook!«, rief die Rote zähnefletschend.

»Auf meinen Befehl«, sagte Deep Blue.

»Halt!«, rief Rook, trat aus dem grellen Licht heraus und ging auf die Rote und die Hybriden zu.

»Rook«, warnte King.

Rook hob lediglich die Hand und bedeutete ihnen zu warten. Er ging den leichten Abhang hinunter und blieb unmittelbar vor der Roten stehen. Er kauerte sich vor ihr hin.

»Du Vater«, sagte die Rote.

Rook nickte. »Weston ist tot.«

»Du jetzt kommen.«

»Nein.«

Die Rote brüllte auf, hieb auf den Boden und stürmte vorwärts.

Rook wich aus, packte die verletzte alte Mutter am Genick und warf sie zu Boden. Er wusste, wäre sie nicht verwundet gewesen, es hätte anders ausgehen können. Doch jetzt hatte er seine Dominanz geltend gemacht.

Er richtete sich über ihr auf.

Sie blickte heftig atmend zu ihm hoch.

»Geh. Jetzt.« Er deutete auf die Hybriden. »Und nimm sie mit.«

Die Rote schnaubte und rappelte sich auf. Sie knurrte und runzelte dann die Stirn. »Rook kommt wieder?«

»Keine Chance.«

Die Rote musterte die Soldaten, die ihre Waffen auf sie gerichtet hielten, dann schüttelte sie den Kopf und wandte sich ab. Gefolgt von ihren zwei Kindern hinkte sie ins hohe Gras zurück und verschwand.

»Rook«, zischte Queen verärgert. »Wir können sie nicht gehen lassen. Sie haben Menschen getötet. Die Dorfbewohner. Somi.«

»Das hier ist ihr Zuhause«, erwiderte Rook. »Und das war es schon, bevor es überhaupt eine menschliche Rasse gab. Sie haben nur ihre Heimat beschützt. In unserem Job tun wir täglich dasselbe.«

»Sir!« Ein Mann kam auf die Gruppe zugelaufen, ganz in Schwarz, wie alle anderen, aber mit einem Pilotenhelm. »Zwei MIG-21 im Anflug.«

»Geschätzte Ankunft?«, fragte Deep Blue.

»Fünf Minuten.«

»Also gut«, rief Deep Blue. »Packt zusammen. Zeit, zu verschwinden.« Die Soldaten setzten sich in Bewegung und liefen zu den Scheinwerfern.

»Ihr sechs kommt mit mir«, sagte Deep Blue und ging voraus, vorbei an den verwüsteten Hütten von Anh Dung zu der Stelle, wo fünf Transporthubschrauber UH-100 S Stealth Blackhawk mit gerade anlaufenden Rotoren warteten.

Dreißig Sekunden später flog das wiedervereinte und komplette Schachteam dicht über dem Dschungel dahin, in südlicher Richtung über Kambodscha aufs Südchinesische Meer hinaus, wo sie auf den Trägerverband der USS *Kitty Hawk* treffen sollten, der dort »Routinemanöver« durchführte.

Eine Stunde später erreichten die fünf Stealth Blackhawks das offene Meer. An Bord des zentralen Hubschraubers der V-Formation befand sich das Schachteam. Sie waren alle in dicke Wolldecken gewickelt und fingen zum ersten Mal seit Tagen an, sich zu entspannen. Wären sie nicht so erpicht darauf gewesen, ihre Story zu erzählen, hätte das gleichmäßige, dröhnende *Tschopp-tschopp* der Rotoren sie in den Schlaf gelullt. Doch die Geschichte wollte unbedingt heraus. Sie berichteten von ihren Erlebnissen mit den Neo-Khmer, der VPLA, Weston, den Neandertalern und ihrer halbblütigen Brut. Deep Blue hörte schweigend zu, und jedes Zeichen, ob er ihrem Bericht glaubte oder nicht, blieb hinter seiner Maske verborgen.

Als sie mit der Konfrontation auf dem Feld bei Anh Dung endeten, nickte Deep Blue. »Ich bin froh, dass wir noch rechtzeitig gekommen sind.«

»Wenn Sie mir die Frage gestatten«, meinte Queen. »Was zum Teufel hat Sie so lange aufgehalten?«

»Ich war indisponiert.«

Die sechs Leute um ihn herum, die ganz tief in der Scheiße gesteckt und sich aus eigener Kraft wieder befreit hatten, musterten ihn mit zweifelnden Blicken. Da musste er sich schon etwas Besseres einfallen lassen.

Deep Blue saß einen Moment lang still da, und seine Gedanken blieben unter der Maske unergründlich. Er warf einen Blick ins Cockpit und vergewisserte sich, dass die Piloten nicht hersahen. »Ich war infiziert ... *bin* infiziert mit Brugada. Und ich bin der Grund, warum Sie mit dieser Mission beauftragt wurden.«

Er griff nach hinten und zog sich die Maske vom Kopf. Ein gut aussehendes Gesicht, das sie alle auf der Stelle erkannten, lächelte sie an.

President Duncan.

»Heilige ...«, sagte Rook.

»Ich glaub's nicht«, flüsterte Knight.

Sara war noch verblüffter als die anderen. »Mr President«, murmelte sie und bot ihm die Hand. Von den sechsen war sie die Einzige, die schon mit ihm gesprochen hatte, bei einer Videokonferenz mit dem unter Quarantäne stehenden Weißen Haus.

Er schüttelte ihr die Hand. »Schön, Sie endlich persönlich kennenzulernen.« Er wandte sich King zu. »Ich wollte es Ihnen schon letzte Woche sagen. Beim Barbecue.« Er zuckte die Achseln. »Es kam anders.«

»Können wir das Barbecue nachholen?«, fragte Queen.

Duncan lächelte. »Soweit es mich betrifft, können Sie alles haben, was Sie wollen.«

King legte den Kopf zurück und schloss die Augen. »Ein Barbecue ist okay.«

Sara betrachtete das Schachteam. Fast hatte sie schon das Gefühl gehabt, über das Potenzial zu verfügen, wie sie zu sein. Sie hatte sich durch den Dschungel gekämpft, war gefangen genommen, geschlagen und beschossen worden. Sie hatte einen Mann gebissen, um an das Heilmittel für Brugada zu kommen. Sie hatte mit dem uralten Feind der Menschheit gefochten, der durch genetische Assimilation oder Hyperevolution wieder zum Wilden geworden war. Was auch immer, es kümmerte sie nicht. Sie wollte kein Barbecue, sie wollte eine Million Dollar, eine Jacht und eine Vollzeitmasseurin. Aber alles, was sich diese fünf wünschten, waren ein kaltes Bier und ein paar Rippchen. Ihr Einsatz für ihr Land, für die ganze Menschheit ging über Saras Vorstellungsvermögen. Sie hatten die Welt gerettet und verlangten keine Gegenleistung. Bei allen Fehlern, die sie bei ihrer ersten Begegnung in ihnen gesehen hatte, erkannte sie sie jetzt als das, was sie wirklich und wahrhaftig waren: Helden.

EPILOG

Siletz Reservation – Oregon

King schüttelte den Kopf, als er sich der kleinen Ortschaft näherte. Nach dem sechsstündigen Flug nach Portland und weiteren zweieinhalb Stunden Fahrt in einem engen, gemieteten Chevy Aveo fing er wirklich langsam an, sich nach dem Barbecue in Camp David zu sehnen, das für die folgende Woche angesetzt war. Anschließend an Vietnam hatte das Team sechs Wochen Urlaub bekommen, um sich von den erlittenen Verletzungen zu erholen und einer unchristlichen Anzahl von Militär- und Regierungsbeamten Bericht zu erstatten.

Sara und einem Team vom CDC war es schnell gelungen, das Herpesvirus zu isolieren, das Brugada abschaltete. Der daraus entstandene Impfstoff – BGS, auch »Bugs«-Impfung genannt – war eine echte Gentherapie und wurde an zehn Freiwilligen aus dem Weißen Haus getestet, deren Herz bereits stehen geblieben und von den implantierten Kardiovertern wieder in Gang gesetzt worden war. Sie wünschten sich nichts sehnlicher als ein Heilmittel. Die EKGs bewiesen den Erfolg, und die Bugs-Impfung wurde auf den Rest des unter Quarantäne stehenden Weißen Hauses ausgeweitet – ganz ohne Austausch von Körperflüssigkeit und Bissen. Die Infizierten außerhalb des Weißen Hauses zu impfen, war ein logistischer Alptraum gewesen. Viele Gesunde meldeten sich aus Angst, die Krankheit zu haben. Verlangten, unverzüglich behandelt zu werden. Andere wiederum erfuhren nie, dass sie krank waren, und fielen einfach tot um. Doch schließlich gelang es, BGS industriell herzustellen, und es wurde zur Zwangsimpfung erklärt. Es würde seine Zeit dauern, das ganze Land zu immunisieren, doch der Ausbruch von Brugada war erfolgreich eingedämmt worden, und es kamen keine neuen Fälle mehr hinzu. Außerdem hatte Duncan dafür gesorgt, dass Proben von BGS allen Regierungen und Gesundheitsorganisationen der Welt zur Verfügung gestellt wurden. Brugada, sowohl der alte als auch der neue Stamm, würde bald der Vergangenheit angehören.

Als Duncan endlich eine Pressekonferenz einberufen hatte, war die Hölle losgebrochen. Schuldzuweisungen flogen hin und her. Experten schwadronierten drauflos. Eine Minderheit der Bevölkerung verlangte seinen Rücktritt, doch als die Details der Ereignisse um das Attentat auf ihn ans Licht kamen, brachten Nationalstolz und Zorn auf die verantwortliche Nation die Andersdenkenden schnell zum Schweigen.

Eine Untersuchung seitens der vietnamesischen Regierung (die behauptete, von der Angelegenheit nichts gewusst zu haben) ergab, dass Trung daran mitgearbeitet hatte, die Krankheit waffenfähig zu machen. Unter Aufsicht eines Teams vom 20th Support Command aus Fort Meade, das für die Eliminierung von chemischen, biologischen, radioaktiven, nuklearen und explosiven Bedrohungen zuständig war, wurden Trungs Forschungsergebnisse, die Proben und das Labor verbrannt. Die beteiligten Wissenschaftler sahen Gefängnisstrafen entgegen. Und Trung, nun, er lag unter den Trümmern von Mount Meru begraben, aber nur eine Handvoll Menschen wussten über die näheren Umstände seines Todes, über Weston, die Nguio Rung und die letzten überlebenden Neandertaler Bescheid. Ihre Welt blieb ein Geheimnis, das hatte Rook sich von Duncan ausgebeten.

King hätte sich liebend gerne noch eine Woche zusammen mit dem Team in Fort Bragg entspannt. Sie waren wieder bester Laune und beinahe zu hundert Prozent fit. Abermals waren sie gegen eine der schlimmsten Plagen der Welt angetreten und hatten überlebt. Das hatte sie noch enger zusammengeschweißt, auch wenn sie Narben davongetragen hatten. Bis auf Bishop natürlich, der gesünder denn je war – solange er den Kristall um den Hals trug, konnte sein Körper sich jetzt beliebig regenerieren, ohne dass er befürchten musste, in den Wahnsinn abzugleiten. Nach dem lang erwarteten Barbecue würden sie bereit sein für die nächste Mission.

King bedauerte, dass er in der Zwischenzeit nicht so viel von Sara gehabt hatte, wie er es sich gewünscht hätte. Sie hatten sich ein paar Mal in Hotelzimmern getroffen, wenn irgendwelche Nachbesprechungen sie zusammenführten, doch die Zeit war immer knapp gewesen. Jetzt, da ihr Leben langsam wieder in normalen Bahnen verlief, hoffte er, sie regelmäßiger zu sehen. In vieler Hinsicht war sie das genaue Gegenteil von ihm, aber sie war klug und witzig, und nachdem sie die Schrecken des Mount Meru überlebt hatte, verstand sie ihn besser, als jede andere Frau es konnte.

Doch das Schicksal schien sie noch ein Weilchen länger voneinander fernhalten zu wollen. Er hatte eine geheimnisvolle E-Mail von seinem alten Freund, dem Archäologen George Pierce, empfangen, der früher mit seiner Schwester verlobt gewesen war. Im vergangenen Jahr war er eines der Opfer von Manifold Genetics gewesen, jener Firma, die auch Bishop in einen selbstheilenden Regenerierten verwandelt hatte. Pierce war ebenso wie Bishop als

Versuchskaninchen missbraucht worden und hatte regenerative Fähigkeiten entwickelt. Im Unterschied zu Bishop basierte die Formel, die bei Pierce Anwendung gefunden hatte, jedoch auf der DNA der mythischen Hydra. Seine Verwandlung war physisch spektakulär verlaufen – grüne Schuppen, gelbe Augen, scharfe Klauen. Aber dank eines uralten Serums des historischen Herkules, mit dessen Hilfe dieser die Hydra 2500 Jahre zuvor besiegt hatte, war sie glücklicherweise auch umkehrbar gewesen.

King hatte Pierce seit den dramatischen Ereignissen des vergangenen Jahres nur einmal gesehen, fühlte sich ihm jedoch enger verbunden denn je. Als daher seine knappe, aber eindringliche E-Mail einging und Pierce auf Anrufe nicht reagierte, tat King das Einzige, was ihm übrigblieb – er folgte den Instruktionen, die Pierce geschickt hatte:

Jack, suche Fiona Lane und ihre Großmutter Delores auf. Sie brauchen die Art von Hilfe, die nur du geben kannst. Siletz, Oregon. Dringend. Bitte.

– George –

King hatte gleich für den nächsten Morgen einen Flug gebucht. Also heute. Die E-Mail war jetzt fünfzehn Stunden alt, und King hoffte, dass er nicht zu spät kam, was immer für ein Problem Pierce hatte. Er wusste inzwischen, dass Fiona und ihre Großmutter dem Stamm der Siletz angehörten und in dem Reservat lebten, doch sonst war nichts Ungewöhnliches an ihnen. Überhaupt nichts. Ganz normale Amerikaner, die ganz normale amerikanische Dinge taten. Eltern-Lehrer-Vereinigung. Pfadfinder. Basketball. Fionas Eltern – Delores' vollblütiger indianischer Sohn und seine weiße Frau, ein Landei aus Texas – waren bei einem Bootsunfall gestorben, als Fiona zwei Jahre alt war. Seitdem hatte ihre Großmutter sie in dem Reservat großgezogen, und Fiona war inzwischen zehn. Er konnte sich beim besten Willen nicht vorstellen, wozu diese beiden ausgerechnet seine Hilfe brauchten.

Er passierte ein Schild mit der Aufschrift:

WILLKOMMEN IN SILETZ –
EINWOHNERZAHL 3000

King schüttelte den Kopf und dachte: *George, ich hoffe nur, dass ich hier keinen Hirngespinsten nachjage ... und ich will rechtzeitig zu meinem Barbecue wieder zurück sein.*

Die Straße war zu beiden Seiten von Kiefern gesäumt. King ließ ein Fenster herunter und atmete tief die kühle Luft des Frühherbstes ein. Dann stutzte er.

Rauch.

Nur eine winzige Spur.

Aber nicht von einem Lagerfeuer.

Eine rußige Rauchwolke legte sich über die Straße und breitete sich träge aus. King schloss das Fenster wieder, gab dem Vierzylindermotor die Sporen und schoss durch die Schwaden hindurch. Er hielt nach einer Seitenstraße Ausschau, die zum Brandherd führen konnte, entdeckte aber keine. Da er sich auch an keine früheren Abzweigungen erinnerte, fuhr er einfach in schnellem Tempo weiter. Auf einer Hügelkuppe bog er um eine Kurve und sah endlich die kleine Ortschaft unter sich liegen.

Sie war ein Trümmerfeld.

Aus mehreren Gebäuden stieg Rauch auf.

Die Enden heruntergerissener Stromleitungen zuckten wie Schlangen hin und her und sprühten Funken.

Leichen lagen überall herum, so viele Leichen.

Ohne Zögern raste King die Straße hinab. Sobald er die Stadtgrenze erreichte, hielt er Ausschau nach Überlebenden, nach jemandem, mit dem er reden, dem er helfen konnte. Doch nichts regte sich. Dreimal hielt er an, um sich die Opfer näher anzusehen, aber keiner war mehr am Leben. Die Toten wiesen fürchterliche Verletzungen auf. Seit Anh Dung hatte er nichts Vergleichbares mehr gesehen. Aber das waren nur ein paar Dutzend Menschen gewesen.

Hier mussten tausende liegen.

In was war George da wieder hineingeraten?

King sprang ins Auto und folgte der Wegbeschreibung, die er sich ausgedruckt hatte. Er kam an mehr als fünfzig Toten und etlichen seltsam ascheartigen Haufen vorbei, bevor er das Haus fand. Es war ein kleines weißes Gebäude mit versengter Vinyltäfelung und einem riesigen Loch, wo sich einmal die Tür befunden hatte. Es sah so aus, als hätte jemand eine Abrissbirne gegen das Haus geschwungen. King zog seine Sig Sauer und sah sich um.

Im Eingang blieb er verblüfft stehen. Das Loch in der Vorderwand setzte sich in der Hinterwand fort. Etwas hatte das Gebäude durchschlagen wie eine Kugel vom Kaliber .50 einen Schädel und dabei hinten ein noch größeres Loch gerissen als vorne. Die Trümmer des Einschlags lagen in einem kleinen Hinterhof verstreut. Eine gelbe, rostige Kinderschaukel war umgestürzt und verbogen. Sie lag halb begraben unter einem dieser großen Aschehaufen, als wäre das, was immer in das Haus eingeschlagen war, dort zum Stillstand gekommen und zu Staub verbrannt.

King trat ins Wohnzimmer und fand dort die Überreste von Delores. Die alte Frau war regelrecht zerschmettert worden. Nach den Holzsplittern und Fragmenten der Vinyltäfelung zu schließen, die in ihrem Körper steckten, vermutete King, dass sie beim Einschlag sofort tot gewesen sein musste.

Verdammt, dachte er. Hätte Pierce sich doch nur genauer ausgedrückt. Wenn er gewusst hätte, dass ein ganzer Ort in Gefahr schwebte, wäre er nach zwei Stunden mit ein paar Hundertschaften angerückt, nicht erst fünfzehn Stunden später als auf sich allein gestellter Delta-Agent! King hatte keine Ahnung, was hier geschehen war. Aber mit mehr Informationen wäre es vielleicht zu verhindern gewesen. Oder wenn er schneller gekommen wäre.

Er verließ das Haus und ging zurück zum Wagen, während er sein Handy herauszog. Er tippte die persönliche Nummer von Deep Blue ein, die sich von der Durchwahl zu President Duncan unterschied. Doch er drückte nicht auf die Wähltaste. Aus dem Augenwinkel bemerkte er eine Gestalt. Eine Gestalt *auf dem Rücksitz seines Wagens*.

Er hob die Waffe und blickte sich um. Niemand zu sehen. Nur Flammen, Rauch und unter Hochspannung herumzuckende Kabelenden.

King zog die Autotür auf und richtete die Waffe in den Wagen. Die Gestalt auf dem Rücksitz rührte sich nicht, aber selbst wenn sie wach gewesen wäre, hätte das zehnjährige Mädchen mit der hellbraunen Haut, einem *Dexter-Laboratory*-Rucksack und dunklen, zu einem Pferdeschwanz zusammengebundenen Haaren keine Bedrohung dargestellt. Am T-Shirt des Mädchens war eine Notiz festgesteckt, die King zunächst ignorierte, um nach dem Puls zu fühlen. Er schlug kräftig und regelmäßig. Rasch untersuchte er die Kleine, tastete ihre Gliedmaßen nach Brüchen ab. Sie schien unversehrt zu sein.

Erst dann griff King nach dem Notizzettel, und im selben Moment wusste er, dass aus seinem Barbecue beim

Präsidenten und dem Rendezvous mit Sara nichts werden würde.

King – die hier überlasse ich Ihnen.
Ich bin hinter dem Rest her.

Er hatte dieses Symbol vor einem Jahr schon einmal gesehen, in einer Höhle unterhalb von Gibraltar – dem damaligen Versteck eines uralten, im Verborgenen operierenden Ordens, der sich *Gesellschaft des Herkules* nannte. Es hatte sich gleichzeitig um den Zufluchtsort des Mannes gehandelt, dessen Schutz dieser Orden sich widmete.

Alexander Diotrephes.

Herkules.

Danksagung

Während der letzten vier Jahre habe ich die Erfahrung gemacht, dass der Beruf des Schriftstellers (und die dazugehörige Selbstvermarktung) für mich ohne eine Kerngruppe von Helfern nicht machbar wäre. Der Aufwand an Zeit, Talent und Wissen, die nötig sind, um große Werbung für große Geschichten zu machen, ist immens. Daher möchte ich hier die folgenden Leute besonders hervorheben, meine Kerngruppe:

Todd Wielgos, Leiter der Forschungsabteilung bei MS Chemistry, sorgt stets dafür, dass meine genetischen Manipulationen nicht nur glaubwürdig, sondern auf dem neuesten Stand sind – obwohl ihm das, was ich mit seiner Wissenschaft anstelle, gewiss manchmal peinlich ist. Er lässt mich klüger aussehen, als ich bin.

Major Ed Humm, Angehöriger des US Marine Corps im Ruhestand: Ihr Rat in Bezug auf alles von Militärtaktik über Waffen bis hin zu kleinsten Details wie ausländischen Uniformen ist unschätzbar. Brigadegeneral Anthony Tata – Ihre Einblicke in die Welt der Deltas und Ihre Kenntnis über Feldausrüstung waren genau das, was ich brauchte, um die Dinge realistisch darstellen zu können.

Stanley Tremblay (alias Rook) und Walter Elly (alias »Sucka«), ihr macht PR, Webanalyse und Sozio-Marketing zu einem Vergnügen und einer Herausforderung. Außerdem seid ihr die besten Testpersonen, die sich ein

Autor für seine Ideen wünschen kann. Eure unermüdliche Begeisterung für meine Bücher und andere Medienprojekte, die ich auskoche, ist ansteckend und hält mich auch dann auf Trab, wenn ich einmal einen Durchhänger habe. Roger Brodeur, du bist einer meiner größten Unterstützer, mein Lieblings-Schwiegervater und der beste Grammatik- und Rechtschreibkorrektor, den ich kenne.

Scott Miller und die Gang bei Trident Media Group, euer Rat ist immer hochwillkommen, und eure Kritik hat immer Hand und Fuß. Bei all den aufregenden Projekten, die wir in der Mache haben, freue ich mich auf eine lange und fruchtbare Reise zusammen mit euch.

Und jetzt zu den Leuten, die wirklich dafür sorgen, dass Träume wahr werden. Peter Wolverton, Sie sind einfach ein klasse Lektor, dessen Scharfblick manchmal brutal, aber immer herzlich willkommen ist. Den Lesern ist nicht entgangen, wie viel besser ich mit den Schachteam-Romanen geworden bin, und das ist nicht zuletzt Ihnen zu verdanken. Elizabeth Byrne, ich freue mich immer über eine E-Mail von Ihnen, und ich weiß Ihre schnellen Erwiderungen und durchdachten Antworten auf meine vielen Fragen sehr zu schätzen. Rafal Gibek, Produktionsredakteur, und Christina MacDonald, Lektorin – Sie haben sich meiner ungeschliffenen Prosa angenommen und sie auf Hochglanz poliert. Und Jerry Todd, als Schriftsteller bin ich ein unbarmherziger Kritiker, was Titelbilder anbetrifft, und ich bin absolut begeistert von dem, was Sie für *Operation Genesis* geschaffen haben. Euch allen ein herzliches Dankeschön.

Und schließlich die Menschen, die in meinen Danksagungen immer zum Schluss kommen – aber in meinem Leben an erster Stelle stehen: Meine Frau Hilaree, deren jahrelange Aufopferung die Verwirklichung meines Traums,

Schriftteller zu werden, ermöglichte. Meine Kinder Aquila, Solomon und Norah – während ich meine Tage damit verbringe, Szenen voller Hochspannung und Torturen zu ersinnen, erfüllt ihr meine Tage mit Kreativität, Freude und Liebe. Ihr seid das Yin zu meinem schriftstellerischen Yang. Ich liebe euch.